正宗

波平由紀靖

郁朋社

正宗／目次

第一部

第一章　国宗　7
第二章　巨大彗星　34
第三章　蒙古の国書　86
第四章　行光　146
第五章　文永の役　157
第六章　滝ノ口　188
第七章　渡宋　224
第八章　弘安の役　261
第九章　故地　329
第十章　邂逅　359
第十一章　華燭　405
第十二章　焔硝　435
第十三章　正宗　457
第十四章　残り香　473

第十五章　赤い月　493
第十六章　刀身彫り　513
第十七章　貞宗　526
第十八章　鎌倉物　551
第十九章　紅蓮の炎　571
第二十章　遊子　614
第二十一章　入道　661

第二部

第一章　沸えの美　709
第二章　振分髪　729
第三章　贋作　752
終　章　776
参考文献　778

父、九十歳の年に、この書を上梓す。

装　画／大阪芸大教授・劇画家　バロン吉元
装　丁／根本比奈子

第一部

第一章　国宗《くにむね》

一　備前の名匠

源氏の氏神を祀《まつ》る鶴岡八幡宮寺《つるがおかはちまんぐうじ》の北西、鎌倉七切り通しの一つ巨福呂坂口《こぶくろざかぐち》を越えると、そこから先は広大な北条氏得宗《とくそう》領の山ノ内荘である。道はまっすぐ隣国の武蔵へと続き、やがて秋色の中に紛れてしまっている。

坂口に造られた鎌倉最大の禅刹《ぜんさつ》・建長寺《けんちょうじ》の総門を過ぎ、山ノ内路をさらに少し進むと、右手の狭隘《きょうあい》な山あいに最明寺《さいみょうじ》は在った。寺とは言っても、得宗家別邸の一角に設けられた、庵《いおり》に近い小さな持仏《じぶつ》堂《どう》である。

茅葺《かやぶ》きの簡素な造りの堂内は、ひっそりと静まり返っていた。時折、その静寂《しじま》を、けたたましい百《も》舌《ず》の啼き声が切り裂いている。開け放たれた板唐戸《いたからど》の外には、燃えるような紅葉の佇まいがあった。鎌倉の秋は日ごとに深まりを見せている。

堂内の中ほどで、仏と向かい合うように、黒衣《こくえ》を着た一人の男が座禅を組んでいた。意志の強さを想わせる太い眉毛に、筋の通った鼻。張りのあるふくよかな顔には、威厳と気品を漂わせていた。三年前、瀕死《ひんし》の病に冒されたため、三十歳の若さで宋僧蘭渓道隆《らんけいどうりゅう》を戒師《かいし》として出家した、前の鎌倉幕府五代執権《しっけん》北条時頼《ときより》である。法名を道崇《どうすう》と号しているが、人は最明寺殿と呼んでいる。

冷涼とした秋気の中に泰然《たいぜん》と座した時頼の姿は、大木の梢《こずえ》から雪原を睥睨《へいげい》している一羽の猛禽《もうきん》のように孤高《ここう》であった。はた目には無我の境地に遊んでいるように見える。しかし、出家したというものの、時頼の心は浮き世のただ中にある。常に治世に心を砕き、時には心ならずも権謀術数を廻らしている。執権職を父の従弟にあたる長時《ながとき》に譲ったものの、長時政権は時頼の嫡子時宗《ときむね》が成人するまでの中継ぎであり、時頼は病が癒《い》えると、幕政に対して隠然とした力を及ぼしていた。剃髪《ていはつ》し僧衣をまとっていても、時頼は実質、この国を統《す》べる最高権力者の地位にある。

「最明寺様、備前から召し出しました刀鍛冶が、ただ今、まかり越しました」

別邸に通じる渡り廊下を密やかに軋《きし》ませて現れた時頼の近習《きんじゅ》が、遠慮がちな低い声で黒衣の背に声をかけた。

「さようか」

来訪者を待ちかねていたのか、時頼は直ちに結んでいた印を解いた。


時頼は近習を従えて対面用の広間に入り、上座にゆっくりと着座した。板間には一人の男が平伏《へいふく》していた。

「その方が備前の国宗か。高名はかねがね聞き及んでおる。遠路はるばる御苦労であった」

時頼が男にねぎらいの言葉をかけた。

「ははっ」

国宗と呼ばれた男はさらに頭を低くした。板間にそろえた両手には小さな火傷《やけど》の痕が目立ち、ごつごつとした太い指が醜い。永年の間、鉄と格闘してきた証だ。

やがて国宗は姿勢を正すと、時頼を涼やかな目で見つめた。備前は備前刀の本拠地長船《おさふね》にほど近い新田庄《にゅうたのしょう》和気《わけ》の刀工で、時頼より一回りほど年配の四十七である。通称を三郎。人は備前三郎国宗と呼び慣わしている。

備前は古来より刀剣の産地として名高く、いつの時代にも刀工の数、その技量の高さは他国の及ぶところではないが、その備前で、当代、国宗の右に出る刀工はいない。一芸に秀でた者の自信がそうさせるのか、幕府の実質的統率者を前にしても、国宗の顔色には何ら臆するところがなかった。時頼の命で、家人数名を引き連れて、一昨日、鎌倉に足を踏み入れたばかりである。

「何と言っても備前は刀剣の本場。その備前に数いる刀工の中でも、国宗はひときわ抜きん出た名工と聞き及んでいる。しかも我が得宗領新田庄の住人というではないか。御家人の中にそちの太刀を所持する者がいたので、この前じっくりと拝見させてもらった。備前刀独特の華《はな》のある刃文といい、品格のある姿といい、実に名刀と呼ぶにふさわしい太刀であった。それで早速、その方を鎌倉に召し出すことにしたのだ」

「名工などと……おそれ入ります」

国宗は軽く頭を垂れた。

源頼朝が鎌倉に幕府を開いてから、はや七十年近い年月が経とうとしていた。東国のありふれた寒村にすぎなかった鎌倉には、鶴岡八幡宮寺を中心に若宮大路《わかみやおおじ》御所《ごしょ》や御家人の館が建ち並び、神社仏閣も次々と建立《こんりゅう》されて、武家政権の中枢都市としての体裁が整いつつあった。かつて頼朝はみずから大軍を率いて奥州の藤原氏を攻め滅ぼしたが、その時、平泉《ひらいずみ》で目にした華やかな文化は、蝦夷《えみし》の住む未開の地という観念を抱いていた頼朝には、少なからず衝撃であった。

（鎌倉にも京の都に劣らぬ文化を花咲かそう）

頼朝は燦然《さんぜん》と輝く金色堂《こんじきどう》の前で、心にそう誓ったのである。

以来、幕府は諸国から様々な職能人を鎌倉に招き寄せてきた。仏師、絵師、番匠《ばんしょう》、鋳物師、僧侶、舞楽人《ぶがくにん》、医師、陰陽師《おんみょうじ》……。特に僧侶などは、名僧を求めて大陸にまで使者を送った。だが、武士にとって何よりも大切な武器については、その製作者である刀工の招聘《しょうへい》はあまり行われていなかった。刀の生産には良質の砂鉄と木炭の供給が不可欠である。刀工を鎌倉に招くよりは、立地条件に恵まれた地域を幕府が直接支配し、完成品を鎌倉に運ぶ方が理にかなっていた。そのため、幕府はそれほど刀工の招聘には意を用いなかったのである。

「そちを召し出したのは、この鎌倉に備前の流儀を広めてもらいたいがためだ。当地にも奥州の舞草《もうぐさ》鍛冶や京の粟田口《あわたぐち》鍛冶に連なる者たちがいて、三浦半島の付け根の沼間《ぬま》では国弘《くにひろ》の一派が、ここ山ノ内の鍛冶《かじ》ヶ谷《がや》では国綱《くにつな》の一派が御用を務めている。しかし地鍛冶《じかじ》だけでは、征夷大将軍お膝元の刀鍛冶としては心もとない。わしは鎌倉に、備前や奈良、京都にも引けをとらぬ有力な鍛冶集団を育てたいと願っている。国宗にその礎《いしずえ》を築いて欲しいのだ」

「もったいないお言葉です」

「一朝一夕《いっちょういっせき》には成せぬことだがよろしく頼む。それに近い将来、刀の需要が逼迫《ひっぱく》するおそれがあるのだ。それ故、今のうちに手を打っておきたい」

「また乱世が訪れるのでございますか！」

主従の恩顧の絆の強さで語られる鎌倉武士団であるが、鎌倉幕府はその設立当初から血生臭い政権であった。頼朝が範頼《のりより》、義経《よしつね》の二弟を葬ってから今日に至るまで、政権内部で醜い権力闘争をいくたびもくり返してきた。時頼自身、頼朝以来の有力御家人であった三浦一族を滅ぼしている。しかしそれら骨肉の争いは小競り合い程度のものであり、刀剣類の需要を喚起するような大乱は、幕府成立間もない頃に後鳥羽《ごとば》上皇が討幕の兵を挙げて敗れた、承久《じょうきゅう》の乱のみである。

「政《まつりごと》を誤ればその可能性も大だが、それよりも……」

時頼はどこか遠くを見る眼差しをして言い淀んだ。その顔には憂色をたたえている。時頼の脳裡には、まだ見ぬ大陸の大草原が去来していた。水平線ならぬ地平線の彼方まで樹木一本無い緑の大地。禅の師である蘭渓道隆らから得た知識であるが、現在、大陸では史上空前の大変動が起きているのだという。

時頼はこの国の実質的な指導者である。迂闊《うかつ》なことを言えば、人心を混乱に陥れることになる。だが時頼は、国宗には告げておかねばならないと思った。

「その方もすでに存じているだろうが、大陸では蒙古《もうこ》がついに高麗を席巻《せつけん》し、宋の命運も風前の灯だそうだ」

「……」

国宗は黙って頷いた。

備前の吉井川流域に位置する長船地方は古くから刀剣の生産地として開け、波穏やかな瀬戸内を利用して京都や太宰府《だざいふ》などとも緊密に繋《つな》がっている。吉井川河口は古来水運の要衝であり、遣唐使の船出した牛窓《うしまど》の津にも近く、優秀な刀剣を求めて各地から商人が集まってきた。そのため、大陸や朝鮮半島から太宰府などにもたらされた海外の情報は、瀬戸内に面した備前には海路を通じて素早く伝達されるのである。京都や鎌倉へ伝えられるより早いのは、地の利と武器の供給地という特殊性ならではである。国宗も海の向こうの異国の地で、何やら蒙古という、とてつもない嵐が猛り狂っているのは承知していた。

「北方民族の蒙古は、わずか五十年余りの間に、西遼《せいりょう》や西夏《せいか》、それに金《きん》はおろか遠く西域《せいいき》までも征服し、史上空前の大帝国を建設しつつあるそうだ。今では宋も蒙古には抗しきれず、長江《ちょうこう》の南に追いやられてしまっている」

国宗は黙って時頼の言葉を聴いていた。時頼に史上空前の大帝国と言われても、その大きさはどれほどのものか想像だにできなかった。

「その蒙古が海を渡って攻めてくるのでございますか!」

「高麗が屈した今、早晩、蒙古との一戦は避けられなくなるだろう。蒙古と陸続きの高麗と違い、我が国は島国だ。蒙古といえどもそう易々とは攻めては来られまい。だが外敵に備えるため、武備の充実を図っておかねばならぬ。そちを鎌倉に呼んだのはそのためだ」

思いがけない時頼の言葉だった。国宗は鎌倉移住を物見遊山程度に考えていた。四、五年したら暇を貰い、備前へ帰るつもりで鎌倉の地を踏んでいた。

「私を召しましたのには、その様な深い思慮があっての事とは、露ほども考えませんでした。最明寺様の真意を伺ったからには、この国宗、御期待に添えますよう、力の限り尽くす所存にございます」

「うん、よろしく頼むぞ。ここから西へほどない場所に、屋敷と田畑を用意させた。落ち着いたら細《さい》工所《くどころ》の指示に従って鍛刀を始めよ。そして鎌倉の地鍛冶たちの良き師表《しひょう》となって欲しい」

「色々と御配慮を頂き、かたじけのうございます」

国宗は再び平伏した。

「おお、そうだ。蒙古帝国の基礎を築いた初代王の名は、チンギス汗《ハン》と言うのだそうだ。汗とは王の意味だ。この王の幼名鉄木眞《テムジン》は、鉄を鍛える人という、鍛冶屋を意味する名前らしい」

時頼が国宗に初めて笑みを見せた。

「蒙古王の幼名が鍛冶屋とは！　ならば鍛刀にもいっそう身が入りまする」

国宗も笑って応えた。

二　沼間《ぬま》鍛冶

翌年の正元《しょうげん》二年（一二六〇）、白木蓮《はくもくれん》が春の陽射しを浴びながら天に向かって咲き誇る頃のことであった。山ノ内にある得宗《とくそう》家別邸の正門から三人の男が馬で出立した。先頭を行く駿馬《しゅんめ》に跨《またが》った男は、僧衣に裹頭《かとう》のなりをして太刀を佩《は》いていた。三騎は巨福呂《こぶくろ》坂を下り、鶴岡八幡宮寺を迂回《うかい》して市中の小町大路《こまちおおじ》を南に向かって進んだ。そして大町大路《おおまちおおじ》で東に向きを変えると、名越《なごえ》の坂道をゆっくりと登っていった。

三方を山で囲まれた鎌倉は天然の要害の地であり、山の尾根は平たく削られ、垂直の崖や土塁が廻らされ、堅固な城壁の役を担っていた。鎌倉に入る七つの切り通しは、いわば鎌倉城の城門である。名越切り通しも、兵馬が大挙して通過できぬよう道は狭く曲がりくねり、両岸は垂直にそびえて、その上は平場《ひらば》となって兵を配置できる構造になっていた。

三騎が名越の坂口を越えて麓まで下り終えると、まだ田植えの時期には間のある田園が寂寥感《せきりょうかん》を漂わせて広がり、その上を十数羽の朱鷺《とき》が、濁声《だみごえ》を発しながら優雅に群れ飛んでいくのが見えた。一行は清流の岸辺でしばらく馬を休ませた後、再び川の流れに沿うように、東に向かって馬を走らせた。得宗家別邸を出てから四里半余り、一行はじきに沼間《ぬま》の集落に到着していた。集落の周りには外敵の侵入を防ぐため、砦と見まがう築地《ついじ》が廻らされている。この事からも、ここが特殊な村であることが知れた。

相模湾に注ぐ多古江《たこえ》川の支流沿いに、数十軒の人家が寄り集まっていた。家々の多くは土壁《つちかべ》で造られ、中からは鉄を鍛える槌音が響いている。

沼間は鎌倉鍛冶の二大拠点の一つになっていて、奥州の舞草《もうぐさ》鍛冶の流れを汲む藤源次《とうげんじ》国弘一門が幕府の需要に応じていた。舞草鍛冶は我が国最古の刀剣鍛錬法である大和物《やまともの》の一派で、先代の国弘は、後鳥羽上皇の鍛えた刀を研ぐため、勅命により上洛したほどの名工である。もともとは三浦半島の豪族・三浦氏に隷属《れいぞく》していた刀工集団であるが、その三浦一族は十二年前の宝治合戦《ほうじがっせん》で、北条時頼によって滅亡させられている。現在、沼間鍛冶は幕府の直属鍛冶集団となっていて、頭領の国弘をはじめ、一門の国光や助真《すけざね》などが技を競っていた。

三頭の馬が蹄《ひづめ》の音を止めた。国弘の鍛冶場の前である。周囲の家より間口が広く、土壁もていねいに仕上げられている。二人の従者が馬を下りた。

「あのう……」

馬の嘶《いなな》きを聞きつけて、鍛冶場から粗末な鍛錬衣を着た男が顔を出し、恐る恐る騎馬の一行に声をかけた。鍛冶場で下働きをしている小者である。

「先の執権、最明寺様だ。国弘はおるか」

下馬した従者の一人が、主人の馬の轡《くつわ》をつかみながら応じた。

「えっ！……しばらくお待ち下さいませ」

男は転がり込むようにして、鍛冶場に踵《きびす》を返した。中で響いていた様々な槌音が、蛙《かわず》の合唱が一斉に途絶えたように止んだ。

「これはこれは最明寺様」

鍛冶場から二人の男が姿を現し、地面に片膝をついた。沼間鍛冶を束ねている国弘と、その長男の滝太郎《たきたろう》である。五十五歳になる国弘は小柄な体躯であるが、集落のいくつもの鍛冶場を差配《さはい》しているだけあって、赤ら顔の風貌にはどこか徳を感じさせるものがあった。

国弘は幕府の細工所御用人《さいくどころごようにん》を務める御用鍛冶である。幕府は二十年ほど前から、御家人たちが勝手に有能な職人や芸能人を召し抱えることを禁止した。その代わり政所《まんどころ》の中に細工所という組織を設け、一芸に秀でた様々な職人を統制し、ここを通して将軍家や得宗家をはじめ、御家人や社寺の需要に応じている。細工所御用人は各種の賦役《ふえき》が免除される他、その技能に応じて年貢免除の田畑が与えられていた。

「今日は申し付けたい事があってやってきた」

時頼は下馬しながら言った。

「このような所に最明寺様みずからお出ましとは。呼びつけて頂ければ、早速に参りましたものをして御用の向きはどのような事でございましょう」

国弘が恐縮しながら言った。

「昨年、わしが備前から招いた、国宗のことは存じておろうな」

「はい、まだお逢いしてはおりませぬが……」

時頼が備前の高名な刀工を鎌倉に招聘《しょうへい》したことは、鍛冶仲間では知らぬ者などいない。

「名声にたがわず、腕のよい刀工だ」

時頼が国弘を見据えながら言った。時頼は刀剣の目利《めき》きに玄人《くろうと》はだしの見識を持っている。国弘もそのことは知っていた。時頼の言葉の持つ意味は重い。

「わしは国宗の優れた技を、この鎌倉に広めたいと願っている。それで国弘に相談だが、沼間鍛冶の中から誰か一人、国宗のもとへ修業に出してはもらえまいか」

「一人でございますか。……鍛冶ヶ谷からも誰か行くのでございますか」

国弘は鎌倉のもう一方の刀剣生産拠点を口にした。山ノ内の鍛冶ヶ谷では、国綱の一門が沼間鍛冶と競うように刀を鍛えている。

「国宗も鎌倉に来てまだ日が浅い。何人も送り込んでは迷惑であろう。それでまず一人」

「そうでございますか」

(備前流の秘技を主命で会得できるならありがたいことだ。よそ者の風下に立つのは沼間鍛冶の頭領として不満だが、国宗は鎌倉にまでその名が聞こえている名工だ。止むを得まい。さて、誰に白羽《しらは》の矢を立てたものか。……よその鍛冶場に出しても恥ずかしくない技量の持ち主で、歳は若い方が好いのだが)

国弘の脳裡に二人の若者の顔が浮かんだ。息子の滝太郎と、弟・国光の次男光次郎。いずれも沼間鍛冶の名跡である国弘、国光を継ぐ定めの者たちである。共に二十代半ば過ぎ。

国弘も人の親である。できることなら、将来、息子を沼間鍛冶の頭領としたいのはやまやまだが、実力は甥の光次郎が優っている。

（鎌倉殿は諸芸の者には、徹底した実力主義を求めている。沼間鍛冶の将来を考えれば、光次郎を入門させるのが最良の人選であろう。光次郎なら、よその鍛冶場に送り込んでも恥ずかしくない腕を持っている）

国弘は時頼の顔を見つめた。二人の視線が絡み合った。

（聡明な最明寺様のこと。名指しこそされなかったが、きっと内心では光次郎の名を思い描いているに相違ない。山ノ内ではなく沼間に足を運ばれたのも、光次郎が念頭にあるからであろう）

国弘は決断した。

「国光と光次郎を呼んできてくれ」

国弘は息子の滝太郎に命じた。滝太郎は父親の言葉に、一瞬、きょとんとした表情を見せたが、すぐにその言葉の意味するところを悟った。

（父は俺ではなく、光次郎を選んだのだ！）

「はい」

滝太郎は時頼に一礼して駆け出していった。駆けながら滝太郎は屈辱感に打ちのめされそうであった。滝太郎は人一倍気位の高い男である。人選に漏れたばかりか、国光親子を呼びに走っている自分が情けなかった。

「光次郎に修業させるのか」

滝太郎が姿を消すと、時頼は国弘に問いかけた。

「光次郎はいずれ沼間鍛冶を、ひいては鎌倉鍛冶を背負っていく逸材にございます」

国弘が述べたことは誇張ではなかった。光次郎は山ノ内鍛冶の頭領である山ノ内国綱の娘を嫁にしており、将来、山ノ内と沼間の鍛冶集団の橋渡し役が期待される立場にある。今のところ山ノ内鍛冶の若手の中にも、光次郎の鍛刀の技を凌ぐ者は見あたらないから、鎌倉の地鍛冶を代表して国宗のもとに入門するなら、光次郎は適役である。

「鎌倉鍛冶か。何とも響きの好い言葉よな。沼間や山ノ内産の刀を、鎌倉物として全国に通用するようなものに育て上げたいものだ」

時頼は国弘の洩らした『鎌倉鍛冶』という言葉にいたく心を動かされた様子で、国弘に激励を込めた眼差しを向けて言った。

間もなくすると、滝太郎が国光と光次郎を伴って馳せ戻った。国光親子は鍛錬の最中だったのであろう、二人とも額に玉の汗を浮かべている。国光は兄の国弘とは五つ歳が離れていた。

「お呼びでございますか」

国光は手拭いで額の汗を拭きながら、床几《しょうぎ》に腰をおろして待っていた時頼の前に片膝をついた。

「国光、最明寺様が、備前から来られた国宗様のもとへ、誰か修業に出すよう申されているのだが、光次郎を行かせてはもらえぬか」

「国宗様のところへ……それなら滝太郎がおるではないか」

国光にすれば、本家筋にあたる頭領の息子を差し置いて、我が子をどうぞと言うわけにはいかない。

「世間一般はいざ知らず、匠《たくみ》の世界は腕だけがすべてぞ。光次郎には鎌倉鍛冶の将来がかかっている。承知してくれ」

その時だった。

「我々沼間の鍛冶が作る刀では、御用の向きに沿わぬと仰せられまするか」

国弘と国光の会話に耳を傾けていた光次郎が、突如、時頼に面と向かって言い放った。光次郎は向こう気の強い性格である。

「これ、口を慎まぬか！」

父の国光が慌てて息子を叱責する。

「まあよい。職人はそれくらいの矜持《きょうじ》を持たねば優れた物は作れぬ」

そう言った後、時頼は床几から立ち上がると、突然、腰に佩《は》いた太刀を抜き放った。

「光次郎、この太刀を鑑《み》てみよ」

そう言いながら、時頼は手にした太刀を光次郎に手渡した。打ちおろしたばかりの新身《あらみ》である。

「このお刀は？」

「国宗がこの鎌倉で最初に鍛えた太刀だ。昨日、わしのもとに届けられたばかりだ。光次郎がこの刀を自分の作より劣ると鑑るならば、入門の件、断ってもよい。だが及ばぬと思ったら、明日にでも国宗のもとへ出向け」

時頼が刀を手にした光次郎に向かって、きっぱりと言い放った。

どこかぞんざいな手つきで刀を受け取った光次郎は、刀身を眇《すが》めるようにして鑑はじめた。

「これは……」

光次郎は短い言葉を洩らした後、時頼が目の前にいるのを忘れたかのように刀に見入った。反りの深い品格のある太刀姿に、華やかな丁子《ちょうじ》乱れの刃文が焼かれていた。

日本刀にはその流儀により様々な刃文がある。直刃《すぐは》、湾《のた》れ乱れ、互《ぐ》の目《め》乱れ、丁子乱れなどである。

備前物は刃文の中でも最も華やかな丁子乱れを焼く。丁子乱れとは、刃文の乱れの頭が、丁子の蕾《つぼみ》の形に似ているのでそう呼ばれている。

（俺の焼き刃に比べ何と躍動感に溢れていることか！）

二十六歳になる光次郎は、鎌倉の地鍛冶の流儀である大和物の鍛法に加え、京都の粟田口の技法も修めている。二流を学んだ遠因は、奥州舞草《もうくさ》鍛冶の真国《さねくに》である。真国は鎌倉の山ノ内に移住してきたが、その子二代真国は京都に上り、粟田口国家《くにいえ》の六男国綱に師事した。粟田口一門は京都を代表する鍛冶集団で、真国はその技量を国綱に認められ、師の娘を娶《めと》り鎌倉に帰ってきた。その子が山ノ内国綱であるが、光次郎は縁あって山ノ内国綱に粟田口の流儀を学び、その娘を嫁にしている。

沼間鍛冶にしろ粟田口一派にしろ、その刃文は焼幅の狭い直刃か、せいぜい直刃に小乱れの混じる程度のおとなしい焼き刃である。直刃を見慣れている光次郎にとって、国宗の丁子乱れの刃文は衝撃であった。無論、備前刀を手にするのは初めてではない。これまで幾度もその華やかな刃文を目にしている。しかし国宗のような名工の作品を、じかに見た経験は一度もなかった。光次郎は備前物の真髄に触れた想いであった。

光次郎は国宗の太刀を前に、我を忘れたかのように、陶酔にも似た表情を浮かべていた。まるで美女でも見つめているような眼差しである。

「どうだ、光次郎」

いつまでも刀から目を離さない光次郎に痺《しび》れを切らしたのか、時頼が声を発した。

「最明寺様、入門のお申し付け、ありがたくお受け致します」

光次郎は目を輝かせながら太刀を恭《うやうや》しく時頼に返すと、それまでの態度を豹変させ、地面に両手をついて時頼に頭を下げた。

北条時頼が沼間の鍛冶集落を訪れた翌々日のことだった。朝餉《あさげ》の後、簡単な旅支度をした光次郎は、父親とその弟子たちに暇乞《いとまご》いをするため鍛冶場に顔を出した。国光の鍛冶場には十二名の弟子がいる。鎌倉と三浦から来ている内弟子の二人以外は、皆、沼間の鍛冶集落の住人である。鍛冶集落に暮らす者は、わずかな例外を除いて血縁関係にあり、そしてほとんどの者が何らかの形で刀剣製作に関わっている。一族一職の特異な集落は、団結の強い極めて閉鎖的な社会を形成している。内弟子の二人も、もとを質《ただ》せば鍛冶集落縁故の者たちである。

薄暗い鍛冶場では吹子《ふいご》脇の火床《ほど》の炭が燃え盛り、すでに鍛錬が始まっていた。耳の奥まで響く槌音に合わせて、激しく火花が飛び散っている。光次郎は鍛冶場の中を見まわした。火災を防ぐため土で固めた壁には、様々な鍛冶道具が掛けられていた。黒くくすんだ柱や梁《はり》は、鍛冶場の永い歴史を物語っている。慣れ親しんだ光景が、今朝の光次郎にはいつもと違って感じられた。

「準備ができましたので行って参ります」

光次郎は横座《よこざ》に構えた父に声をかけた。

国光は吹子を操る手を休めずに言った。

「そうか、国宗様にくれぐれもよろしくな。わしもなるべく早く、挨拶に伺うつもりだ」

「分かりました。では皆も元気でな」

光次郎は弟子たちを見まわしながら会釈した。

「光次郎さんもお元気で」

「早く備前の技を持ち帰って、我々に教えて下さい」

弟子たちの威勢のいい声が鍛冶場に響いた。

「身体《からだ》には気をつけるんだよ」

通りまで見送りに出た母親のイセツルが、心配そうな声で言った。母にとって、息子はいくつになっても子供である。その目には、子を遠国《おんごく》にでも送り出すような不安気な色を浮かべていた。心配そうな目がもう一つ。憂えげな眼差しの女は妻のお菊である。太郎と次郎、二人の幼い子を連れ、胸には乳呑み児を抱いている。お菊は光次郎と目を合わせても、何も言わなかった。

「それでは」

光次郎は手を振って家を後にした。

やがて光次郎は国弘の鍛冶場の前までやってきた。一昨日、時頼から国宗の太刀を見せられた場所である。光次郎の脳裡を国宗の刀が過ぎった。己の技の未熟さを思い知らされたというより、鍛冶の技の奥深さを認識させてくれた一刀であった。

(時頼様の期待に応えねばならない)

光次郎は改めて責任の重さを痛感していた。

「行くのか」

光次郎に声をかけた者があった。国弘の息子の滝太郎である。偶然、鍛冶場から出てきたところであった。二人は従兄弟《いとこ》同士で歳は一つしか違わないだけに、互いを競争相手と意識し合っている。光次郎は自分一人だけが国宗のもとに入門を命ぜられ、滝太郎に後ろめたい想いでいた。

「ああ、……悪かったな。滝太郎兄を差し置いて俺が行くことになり……」

「気にするな。その代わり国宗様から学んだ技は、沼間の者たちに余すところなく教えるのだぞ」

「もちろんだ。ところで国弘伯父はおられるか。一言、挨拶していきたいのだが」

「親父《おやじ》は鎌倉に用があって、昨日から家を留守にしている」

「……そうか、それじゃ仕方がないな。帰られたら、よろしく伝えておいてくれ」

光次郎はそう言って滝太郎と別れた。

山ノ内の国宗宅までは鎌倉市中を経由して四里半余り。若者の足では二時《ふたとき》（四時間）ばかりの道程《みちのり》である。光次郎は名越《なごえ》の坂口を越えて鎌倉に入った。やがて横目に通り過ぎた鶴岡八幡宮寺では、桜並木がまだ固い蕾を北風に揺らしていた。巨福呂《こぶくろ》坂を登り終えると、右手の谷《やつ》を壮麗な大伽藍《だいがらん》が埋め尽くしていた。七年前、北条時頼によって創建された建長寺である。その、宋風の禅宗寺院からほどない場所に、国宗の屋敷はあった。

（さすがに最明寺様が呼び寄せられただけあって、立派な屋敷を賜っている）

以前は御家人の屋敷だったのであろう。少し古びてはいるが、刀鍛冶風情にはもったいないほどの造りである。屋敷の北側と東側には簡素ではあるが築地《ついじ》が廻らされ、西側と南側は竹林が迫っていた。

屋敷の中からは鍛錬の槌音が響いている。光次郎は立ち止まって耳を澄ました。音の間隔から二人の先手《さきて》が大槌《おおづち》を振るっているのが知れた。実に狂いのない響きである。

（さすが槌音にも隙がない）

名匠の鍛冶場という先入観があるせいか、光次郎には槌音までもが巧妙なものに思えた。

国宗は郷里の鍛冶場を長男と三男に託し、鎌倉へは二十五になる次男・宗次郎《そうじろう》夫婦と、二十一になる四男の四郎、それに十四になる一人娘の桔梗《ききょう》を伴って移住していた。国宗の妻は四年前に五男を産んだ時亡くなり、その五男も二歳で夭死していた。国宗は鎌倉に永住する気はなく、いずれ備前に帰るつもりでいる。国宗は鎌倉に落ち着くと、近在の平八郎と又助を弟子に加えていた。二人は同輩の十八歳で、鍛冶はまったくの素人であった。

国宗宅の門をくぐった光次郎を、応対に出た桔梗が鍛冶場へ案内した。鍛冶場は国宗がこの屋敷に入居後に、母屋の南側に新しく築いたものである。熱気のこもる薄暗い鍛冶場では、吹子《ふいご》の横に置かれた金敷《かなしき》を囲むように、三人の男たちが二丁《にちょう》がけの鍛錬の最中であった。

「父と兄たちです。中へどうぞ」

桔梗が鍛冶場の入り口で立ち止まった光次郎を促した。

「鍛錬の仕事が一段落するまで、外で待たせてもらいます」

時頼に命じられてここへやってきたとは言え、光次郎はまだ国宗とは面識がない。国宗の許可無く他人の鍛冶場へ足を踏み入れるのは、同業者として憚《はばか》られた。

「そうですか……」

だが、じきに槌音が止んだ。吹子の傍らの横座《よこざ》で小槌を振るっていた国宗が、入り口の人影に気づいたのである。

「何をしておる。入らぬか」

ぶっきらぼうな物言いにもかかわらず、光次郎は国宗の言葉にどこか温かみを感じた。大槌を置いた二人の息子たちも光次郎を振り返った。光次郎は鍛冶場に足を踏み入れた。

「沼間の光次郎と申します。最明寺様の命で修業にまかり越しました。ふつつか者ですが、どうぞよろしくお願い致します」

光次郎は三人の前で深々と頭を下げた。

「最明寺様から、光次郎は鎌倉でも優秀な鍛冶と聞き及んでおる。わしが特段教えるような事もなかろうが、鎌倉とは流儀が違うゆえ、目新しい技があれば何なりと修得していかれよ。いつまでと修業の年限も定めぬ方がよかろう。光次郎が学ぶべきものが無くなったと思う時が修業の終わりだ。その時が来たら、自由に沼間に帰られるとよい。技は己の目で見て盗まれよ。教えてもらおうなどと考えるな。盗んででも自分のものにしたいという強い意志がなければ、技は身には付かぬものだ」

「分かりました。まずは備前刀独特の、あの華やかな刃文の土《つち》取《ど》り法を盗ませて頂こうと思います」

光次郎は一昨日、時頼から見せられた国宗の太刀を想い浮かべながら声を弾ませた。

「さようか。では今日から光次郎は我が家族の一人だ。皆も仲良くやってくれ。桔梗、光次郎を弟子部屋に案内しなさい」

国宗は娘に命じた。


光次郎は内弟子として、国宗の屋敷で暮らすことになった。光次郎はすでに、父や山ノ内国綱から大和物と山城物の鍛法を受け継いでいる。これに加え、備前の技法を修めることができれば、光次郎は刀剣鍛錬法の三大流儀を、すべて身に付けることになる。国宗門下となった光次郎は、備前の鍛法を早く自分のものとし、技の高みを極めようと燃えていた。

『技は己の目で見て盗め。教えてもらおうなどと考えるな』

光次郎は国宗からそう申し渡された。鍛刀の技術はその秘伝保持のため、血族間で伝えられるのが原則である。一子相伝《いっしそうでん》が鍛冶仲間の掟《おきて》。国宗のその言葉を聞いた時、光次郎は秘伝修得の壁を感じた。

しかし、それは杞憂にすぎなかった。国宗は時頼の命で光次郎を門人にしたとは言え、これまで何の面識もなかった光次郎の前で、その奥義を余すところなく披瀝《ひれき》するのだった。

日本刀の華《はな》と称賛される備前の刃文は、刀剣王国の面目躍如《めんもくやくじょ》たるものがあった。光次郎は憑《つ》かれたように技の習得に励み、国宗の流儀を一つ一つ着実に身に付けていった。

光次郎が国宗に弟子入りした年、大陸では急死した第四代蒙古皇帝モンケ汗《ハン》の跡をめぐって、次弟のフビライと末弟のアリクブケが骨肉相食《あいは》む内紛を始めていた。フビライが開平府《かいへいふ》で継承者選定のクリルタイ（政治会議）を開き大ハーン即位を宣言すると、アリクブケも兄と張り合ってカラコルムで即位した。蒙古帝国はチンギス汗の孫二人により、南北に分裂したのである。

三　鎌倉大仏

国宗の屋敷の近くに、こんもりとした林の中を縫うように流れる小さな清流があった。単調なせせらぎの音に混じって、辺りには玲瓏《れいろう》とした鶯《うぐいす》の声が響いている。川の水はまだ冷たかった。その川縁で女が洗い物をしていた。利口そうな顔立ちの女は、襷《たすき》で袖をたくし上げ、白い細腕をてきぱきと水面《みなも》で動かしていた。今年、十五になった国宗の娘桔梗《ききょう》である。

川筋に沿って小道が続いていた。その路上から桔梗に野太い声をかけた者があった。

「ちょっと、お訊ね申す」

桔梗が背後を振り返ると、一人の質素ななりをした僧が、錫杖《しゃくじょう》を手にして立っていた。太い声とは裏腹に痩身《そうしん》の僧である。

「この辺りに備前から来られた刀鍛冶の家はござらぬか」

「国宗のことでございましょうか」

桔梗は立ち上がって訊き返した。

「そうじゃ。国宗殿じゃ」

「国宗は私の父ですが、御坊は」

「おお、そなた、娘子か。ちょうど良かった。拙僧は浄光《じょうこう》と申す者。以前、国宗殿とは備前の新田庄《にゅうたのしょう》でお逢いしたことがある。国宗殿が鎌倉に招かれていると聞き、懐かしくなって訪ねて参ったのだ。親父殿は御在宅か」

「はい、家におります。案内致しましょう」

桔梗は洗い物を桶《おけ》の中に投げ込むと、襷を外しながら小道を僧の先に立った。そして家に着くと、客人を鍛冶場に案内した。

「お父さん、お坊さんが訪ねてこられたよ」

桔梗は研ぎ場で刀に砥石を当てていた国宗に声をかけた。

「お坊さん？」

国宗が手の動きを止めた。

「国宗殿、拙僧でござるよ」

桔梗の背後から、研ぎ場をのぞき込むように浄光が顔を出した。

「これは浄光様ではございませぬか！」

国宗は驚いた顔をした。

「勧進《かんじん》のため備前の国を訪れた時には世話になりました」

「いえいえ、何の。ま、おかけ下さいませ」

国宗は手にしていた刀を研ぎ桶の上に寝かせると、桶の水で手を清めながら、浄光に研ぎ場の縁に腰をおろすように勧めた。

「この前、深澤《ふかざわ》村の近くまで用があって出かけたのですが、そのついでに大仏寺の建築現場をのぞいてみました。外から見る限り大仏殿もほぼ完成し、中の大仏様も仕上げの最中だと聞きました。あの様子ではさぞかし、奈良の大仏様にも劣らぬ立派な御仏《みほとけ》が誕生されることでしょう」

常日頃、あまり感情の昂《たか》ぶりを見せない国宗が、いくぶん興奮した口調で言った。

「ようやく念願が叶いそうです」

国宗を訪ねてきた沙門浄光《しゃもんじょうこう》は、真言宗の僧である。鎌倉の地に大仏造立《ぞうりゅう》を発願《ほつがん》し、しかもそれをできるだけ民の施《ほどこ》しで実現しようと心血を注いでいた。何年もの間、全国を行脚《あんぎゃ》して浄財を募り、その甲斐あって、建長四年（一二五二）から青銅の大仏が鋳造されていた。

「備前から鎌倉に来る途中、奈良に立ち寄り東大寺に参詣して参りましたが、大仏のあまりの巨大さに度肝を抜かれてしまいました。奈良の大仏は聖武《しょうむ》天皇の発願で造られましたが、鎌倉の大仏は、はなはだ失礼な言い方ですが、一介の僧の発願によるもの。奈良の大仏に劣らぬ巨大な大仏を鎌倉に造ろうなど、浄光様は何と気宇壮大《きうそうだい》な僧かと驚き感じ入っております」

「いや、なに、そもそも鎌倉の地に、大仏造立を思い立った初めの人は頼朝様です。建久《けんきゅう》六年の春に、頼朝様は正室様とともに上洛し、復興造営された東大寺大仏殿の落慶供養会《らっけいくようえ》に臨まれましたが、その席で頼朝様の頭に鎌倉大仏の構想が芽生えたのです。しかし、それから四年後に頼朝様は亡くなられたため、それは実現されませんでした。拙僧はそのことを、頼朝様の侍女だった稲多野局《いなだのつぼね》様から聞きました。それが私に大仏造立を思い立たせてくれた一つのきっかけです」

実は深澤村に大仏が造られるのは、今回のものが初めてではない。浄光は前にもこの地に大仏を造立している。その大仏は巨大な木造仏であった。それは暦仁《りゃくにん》元年（一二三八）に着工され、六年後に完成した。しかしその大仏は、台風によって大仏殿とともに倒壊してしまったのである。

浄光はこの時も全国を行脚し、勧進をしてまわった。だが、大仏造立という大事業は、木造仏とは言え一介の念仏僧の手に負えるものではなかった。この時、浄光に手を差し伸べたのは、時の権力者北条泰時《やすとき》であった。しかし木造の大仏造立にあたって、幕府は資金を援助したものの前面に出ることはなかった。その開眼供養にも、当日は折しも雷雨だったせいもあり、少数の人が参列したにすぎなかった。幕府はあくまでも、『大仏は貴賤《きせん》にかかわらず民の浄財により民が造ったもの』、ということを強調したかったのである。それにより大仏が尊い仏として信仰を集めれば、社会の安定が図れるだろうとの深い読みがあった。

木造から青銅製の大仏に新たに造り直すことになった時、前に比べ費用は膨大なものとなり、到底、浄光の勧進などで賄えるものではなかった。そのため今回は北条時頼の協力により、国家的大事業となったのである。材料の銅は宋銭を鋳潰したものではなく、船を宋に送り銅塊を輸入したものを使った。それでも幕府は、民草《たみくさ》が喜捨《きしゃ》で造った大仏、という姿勢を崩さなかった。

「木造仏の倒壊にもめげず、今度はさらに困難な金銅仏を造ろうなどと、時の権力者ならいざ知らず、とても常人の発想とは思えませせぬ」

「前の失敗があったからこそ、今度はうまく行ったのです。最初の木造仏は暴風で一部破損したものの、青銅の大仏を造るにあたって、その原型とすることができました。失敗は、成功のもとの諺《ことわざ》どおり、無駄ではなかったのです」

浄光は二つの大仏を造る資金を集めるため、二度にわたって備前を訪れた。その際、国宗は多くの鍛冶関係者に呼びかけ、浄光の勧進に協力したのである。国宗は鎌倉に移住すると日を置かず浄光を訪ねたが、その時、草庵《そうあん》の主は勧進の旅に出ていて逢えずじまいであった。

「今日は大仏寺のことで最明寺様に報告することがあり、こちらに参りました。いよいよこの秋には、落慶開眼の運びになります」

「それはおめでたい。永年の苦労が、ようやく報われますな。鎌倉中の人々も、大仏の完成を首を長くして待っていたことでしょう」

「国宗殿も当日は是非詣でられよ。おお、そこの娘子もな。よき縁結びの御利益《ごりやく》がありますぞ」

浄光が国宗の傍らに立っている桔梗に向かって、人なつこい笑顔で言った。

鎌倉の山野を秋の彩《いろど》りが埋め尽くす頃、深澤の里では将軍宗尊《むねたか》親王や執権北条長時、それに皇族、高僧らが綺羅星《きらぼし》の如く列席して、大仏殿落慶開眼供養会が盛大に執り行われた。無論、前執権時頼の姿もその中に在った。建長四年（一二五二）の大仏造立開始から、十年の歳月が流れていた。莫大な資材と労力、費用、それに永い時間を要した言語に絶する大事業は、ようやく完遂され晴れの日を迎えたのである。

澄み渡った秋空に読経の声が響き渡り、声明《しょうみょう》に合わせ散華《さんげ》が撒《ま》かれた。その後、様々な楽士《がくし》たちによって、珍しい音楽や舞が奉納された。

落慶の日以来、深澤の里には、大仏を一目見ようと多くの参詣客が押しかけるようになった。ある日、国宗と桔梗は、二人連れだって大仏見物に出かけた。混雑を避け、ゆっくり心おきなく拝観できる日を選んだのだ。しかし深澤の里には、その日も大勢の参拝客が訪れ、鎌倉で一番繁華な若宮大路以上に賑わっていた。

大仏寺の正門から大仏殿に向かって、広い石畳が一直線に延びていた。大仏殿は七間四方の壮大なもので、落慶当日そのままに色鮮やかな五色の幔幕《まんまく》や幡《はた》で飾られ、高くそびえる二層の甍《いらか》の上では、棟飾りの黄金の鴟尾《しび》が陽光に燦然《さんぜん》と輝いていた。

「行き交う人が皆、善男善女に見えるの」

国宗が桔梗に言った。

「ええ、本当に」

善人のみが参拝に訪れているのか、それともここへ来れば誰でも善人の顔へと変貌するのか、落慶当初の華やいだ雰囲気そのままに、陰気な顔をした者は一人もいなかった。そこはまさに、現世の一角に出現した浄土のようである。

朱塗りの大仏殿の中は種々の花で荘厳《しょうごん》され、全身に鍍金《めっき》を施された巨大な阿弥陀如来坐像《あみだにょらいざぞう》が鎮座していた。堂内は感嘆のざわめきで満ち満ちていた。大仏は衲衣《のうえ》をまとい、手を腹部の前に組んだ弥陀《みだ》定印《じょういん》の姿で、柱や壁の朱色と厳かな対比をなし、堂内に足を踏み入れた者は一様に驚きの声をあげた後、神々しい大仏に心を奪われていた。黄金の妖しい煌めきが、見る者の心に極楽浄土を想起させるのだった。

桔梗もそうだった。人波に押されるように大仏の前に向かいながら、不思議な陶酔感に包まれ、御仏《みほとけ》の顔を魅せられたように見つめていた。

ようやく大仏の前に歩み寄った桔梗は、手を合わせて瞑目《めいもく》しながら、備前の国にいる兄たちの健康を祈った。やがて目を開いた桔梗は右隣の父を見た。国宗は何か祈念しているのか、まだ頭を垂れ合掌していた。桔梗は何気なく視線を反対側に向けた。桔梗のすぐ近くで二人の若者が大仏を拝んでいた。二十歳ほどの墨衣《すみごろも》をまとった僧と、それよりいくぶん年下の男。その刹那、それまで桔梗の胸の中を占めていた大仏の存在が、一瞬にして消し飛んでいた。

(何と男っぷりの好い!)

桔梗の心を捉えたのは若い方だった。身なりは民草《たみくさ》の粗衣をまとっていたが、容貌は高貴な殿上人《てんじょうびと》の御曹子かと想えるほど気品に満ちていた。桔梗の胸を何かが衝き抜けていた。生まれてこの方、初めて経験する昂揚《こうよう》した想い。桔梗は男に心を奪われ、瞬時の間、うっとり我を忘れていたが、やがて二人の男は人ごみに紛れて姿を消していった。

「誰か知った顔でもいたのか?」

人捜し顔の娘に国宗が声をかけた。

「いえ……」

桔梗は慌てて首を横に振った。その時、大仏の顔が目に留まった。桔梗は大仏に自分の心を見透かされたように感じ、気恥ずかしかった。

桔梗は大仏殿の入り口を出る時、境内を見まわしてみたが、二人の男の姿はどこにもなかった。

(大仏様を拝むと縁結びの御利益《ごりやく》があると言っておられたが……)

桔梗は浄光の言葉を想い出していた。

「浄光様は忙しかろうな。一言、お祝いを述べようと思っていたが、またの機会に致そう」

浄光は鎌倉大仏造立の最大の功労者ながら、いっさいの栄誉を拒絶して、ただの修行僧の地位に甘んじていた。大仏寺の僧坊にも入らず、以前から住んでいる大仏寺近くの質素な庵で暮らしていた。とは言っても、大仏殿落慶後は寺に詰めていることが多かった。参拝に訪れる勧進で世話になった人々に、御礼の挨拶をするためである。

国宗は多忙であろう浄光のことを考え、面会するのを止めて正門の方に歩みだした。桔梗も父親の後に従う。期せずして父の口から浄光の名が出たせいで、桔梗は人知れず頬を赤めていた。遅まきながら初めて異性に惹かれた、桔梗十五の秋であった。

第二章　巨大彗星《すいせい》

一　慕情

国宗宅の部屋の掃除は桔梗の仕事だ。以前、御家人が住んでいた屋敷は、刀工風情にはもったいないほどの広さだった。それだけに掃除は大変である。その日も兄嫁の奈津《なつ》と朝餉《あさげ》の後片付けを終えた後、桔梗は各部屋の板間を雑巾で拭いていた。去年の大仏殿落慶開眼供養会の日から、半年余りが経過していた。惜春の趣《おもむき》で花びらを散らしていた桜が葉桜の季節となり、裏の竹藪からは鍛冶場の槌音と競うかのように、一日中鶯の美声が響き渡る季節を迎えていた。

国宗が客間として使用している部屋の隅に、白鞘《しらざや》に入れられた一本の太刀が、柄《つか》を下にして無造作に立てかけてあった。この部屋は来客との応対に使う他、採光に恵まれているため、刀の手入れや、研ぎ上げた刀の良し悪しを鑑《み》る際などに使用している。掃除のため客間に入った桔梗は、その白鞘に目を留めると、手にしていた水桶と雑巾を板間に置き、太刀の前で膝をついた。

いつの間にか桔梗の胸が、ひとりでに高鳴っていた。桔梗は着物の裾《すそ》で手を拭うと、柄に右手を伸ばして持ち上げた。女の片手には、ずっしりとした感触。桔梗は鞘に片方の手を添えると、静かに鞘《さや》口《くち》を切った。鞘が滑り一寸ほど刀身が姿を現した。部屋の隅の薄暗い場所にもかかわらず、備前刀独特の華やかな刃文が妖しく浮き上がった。だが、桔梗が見つめたのは刀身の綾《あや》ではなかった。桔梗の目に映っているのは、澄んだ鉄色《かないろ》ではなく黄金色《こがねいろ》だった。山銅《やまがね》に金を着せた一重《ひと》鎺《えはばき》。鐔元《つばもと》がぐらつかぬように、刀身を締めている金具である。艶消しの加工が施されているため金ぴかではないが、紛れもなく黄金の輝きを放っていた。

（金色《きんいろ》は人の心を狂わせるのだろうか……）

桔梗は鎺に見惚れながらそう思った。

黄金など庶民には無縁な存在である。だが刀鍛冶の関係者は別だった。刀には鎺や鐔、刀装金具などに金銀が多用される。だから桔梗も目にする機会が多かった。桔梗は最近、よく家人の目を盗んで、黄金の輝きに酔いしれるようになった。黄金を見つめていると、切ない想いが胸を焦がした。黄金の色は、全身を鍍金《めつき》された神々しい大仏の色だった。金色《こんじき》は、大仏の前で逢った若者の横顔を、桔梗の脳裡に甦らせるのだった。

あの日以来、桔梗は鎌倉市中に用があった折りなど、何度か深澤の里まで大仏を拝みに出かけた。もう一度、あの若者に逢えるかも知れない、という一縷《いちる》の望みを抱いて。しかし、乙女心が叶うことはなかった。桔梗にとり黄金色は若者そのものとなっていた。

桔梗はそっと太刀を鞘に収め、元の場所に置いた。若者と別れてしまうような想い。桔梗は大きく深呼吸した。

桔梗は雑巾を水に浸して固く絞ると、板間を拭きだした。几帳面な性格だけに仕事ぶりは丹念である。ちょうど桔梗が部屋の掃除を終えた頃だった。国宗が弟子の光次郎とともに部屋に入ってきた。二人は鍛錬衣のままである。

「掃除中か」

「もう終えたところです」

「そうか」

国宗はそれだけ言うと部屋の中に入り、板間に胡座《あぐら》をかいた。光次郎も師に倣《なら》った。

(何か大事な話でもあるのだろうか?)

二人の間の微妙な空気を察した桔梗は、水桶と雑巾を持ってそそくさと部屋から立ち去った。

「光次郎、太刀を一振り鍛えてみよ」

桔梗が姿を消すと、国宗が口を開いた。

「太刀をでございますか?」

光次郎は、師匠は何を言い出すのだ、といった顔をした。国宗の鍛冶場では太刀、短刀、薙刀《なぎなた》など、様々な刀剣類を鍛えている。それらの中でも一番多いのが太刀だ。師の国宗や国宗の次男宗次郎らとともに、光次郎もその生産の一翼を担っている。幕府が武器類の増産を命じていたから、休む間もないほどである。

「ただの太刀ではないぞ」

国宗は光次郎の心を読んだのか、穏やかな語り口ながら感情を込めて言った。国宗の目がいつになく輝いていた。

「と言いますと?」

「最明寺様に献上する太刀だ」

「……」

「これまでわしの鍛冶場で学んだ備前の流儀でなくともよい。お前は鎌倉地鍛冶の鍛法の他に、京の粟田口の鍛法にも通じている。これまで体得した各派の技の長短を見極め、これぞ光次郎の技の真髄、と言えるような刀を鍛えてみよ。重ねて申し付けるが、備前の流儀にこだわらなくともよい」

光次郎は本家筋にあたる国弘一派の鍛法に加え、嫁の父山ノ内国綱より粟田口の作刀法も修めている。若い頃から修練した技はすっかり身に染みついていて、備前の流儀で刀を鍛えていてもどこかに手癖《てくせ》となって現れる。国宗の息子の宗次郎は父の代作も任されているが、光次郎は宗次郎より技は巧みであるにもかかわらず、国宗が光次郎の作に己の銘を切ることはない。そのことは、国宗が血縁の有無で差別しているのでないことを光次郎は重々承知している。光次郎の鍛えた刀には、国宗作として世に出すには憚《はばか》られる、微妙な手癖が現れるからだ。だがそれは刀として劣るということではない。あくまで作風の差異である。国宗は光次郎の手癖を熟知しているため、あえて備前の流儀にこだわらなくともよいと申し渡したのである。

「分かりました。立派な太刀を鍛え上げて御覧に入れます」

「心して鍛えよ。そして最明寺様を驚かせてやれ。それがそちのために骨身を惜しまなかった、あのお方に対する報恩ぞ」

何か深い考えがあっての事であろう。国宗は厳かに命じた。

光次郎の精鍛《せいたん》が始まった。北条氏得宗に贈る太刀である。光次郎は毎日、井戸水で斎戒沐浴《さいかいもくよく》してから鍛冶場に入った。先手《さきて》を務める平八郎や又助も同様である。

『備前の流儀でなくともよい。これまで体得した各派の技の長短を見極め、これぞ光次郎の技の真髄と言えるような刀を鍛えてみよ』

国宗のその一言が、光次郎の気持ちをずいぶんと楽にさせていた。

光次郎が国宗の鍛冶場で修業を始めて二年が経過していた。刀工としてひとかどの技能を修めていた光次郎のこと、備前物の鍛法の奥義を自分のものとするのに、一年とかからなかった。光次郎は大和物と山城物に加え、備前の流儀までも操れるようになったのである。鍛刀法の三大流儀をすべて身に付けてみると、光次郎にはおのずと見えてくるものがあった。それぞれの鍛刀法の長所と短所である。そうなれば必然的に、それぞれの鍛刀法の長所だけを選りすぐって、新しい流儀を編み出そうと思うのが人情である。

(相州鎌倉の地に、独自の鍛刀法を打ち立てられぬものか)

光次郎はここ一年余りは、その事ばかりを考え試行錯誤をくり返していた。

(献上刀の製作を命じられたが、これまでの成果を世に問うよい機会かも知れぬ。だが焼き刃はどうすればよい。時頼様は華やかな丁子《ちょうじ》の刃文を望まれていることだろう。しかし丁子刃は備前刀そのもの。丁子を真似ていては、いつまで経っても鎌倉に独自の鍛法は生まれぬ)

光次郎はその様に思った。

(よし、今回はあえて丁子刃は焼かぬぞ。これまで培《つちか》ってきたあらゆる技を傾注して、最良の刀を鍛えるのみだ)

光次郎の心が定まった。だが光次郎に気負いはなかった。出雲《いずも》から取り寄せた鉄塊の吟味に始まり、鍛錬、成形、土取り、焼き入れ、鍛冶押しと、一連の工程を無難にこなしていった。やがて一振りの太刀ができ上がった。

その日、国宗は娘の桔梗に客間を掃除しておくように命じた。

（光次郎様の新身《あらみ》を拝見するためだ）

時頼に献上するために鍛えた刀が仕上がったのを聞いていた桔梗は、部屋を埃《ほこり》ひとつ無く掃除し、床には一輪の杜若《かきつばた》を活ける心遣いを見せた。

昼前、戸の開け放たれた客間に、国宗と光次郎が向かい合って正座した。光次郎の前には、真新しい白鞘が置かれている。

「では鑑《み》せてもらおうか」

「はい、お願いします」

光次郎は両手で白鞘を捧げ持つようにして、師に手渡した。国宗はゆっくりと鞘口《さやぐち》を切った。国宗の目にまっさきに飛び込んできたのは、明るく冴える直刃《すぐは》の刃文である。

「これは……！」

国宗はその眉間に、一瞬皺《しわ》を寄せた。光次郎が時頼の命で国宗のもとに弟子入りして、すでに丸二年が経過していた。その間、光次郎は備前の鍛法を学ぶべく修業してきたはずであった。備前刀の特徴はその刃文にある。他の追随を許さぬ華やかな丁子乱れの刃文。光次郎はその焼き方を得心がゆくまで習得したはずである。なのに献上刀には、乱れ刃と対極にある直刃を焼いていた。修業の成果を時頼に披瀝《ひれき》すべき大事な献上刀に。

（備前の流儀にこだわらなくともよいと言ったのはわしだが、ここまで備前物とかけ離れた刀を鍛えるとは！）

国宗は半ば呆れていた。

国宗は鞘を払うと、柄を握る手を前に突き出し刀姿に見入った。腰反りが高くついて小切先《こぎつさき》となり、身幅は狭く優美であった。一見粟田口物に見える上品な太刀姿である。国宗は今度は刀を斜めにすると、眇《すが》めるようにして刀身を見つめた。地肌《じはだ》の鍛えはよく詰んで美しく青く冴え、刃文は中直刃《ちゆうすぐは》が破綻なく焼かれていた。備前刀では刃中に匂《にお》いと呼ばれる霞みのような白い粒子がつくが、光次郎の鍛えた刀の地肌や刃縁《はぶち》には、匂いよりも粒子の粗い沸《に》えと呼ばれる輝く粒子が連なっていた。

(これはこれで良しとするか)

国宗は一呼吸して刀身を鞘に収めた。

「では、この太刀を最明寺様に献上致すとしよう。さっそく細工所《さいくどころ》とかけあい、日取りを決めてもらわねば」

国宗はそれだけ言った。刀の出来については何も批評しない。

「親方には申し訳ありませんでした。備前の丁子刃を学びながら、直刃で焼きを入れてしまいました」

国宗から一言あると思っていた光次郎は頭を下げた。

「何も気にすることはない。備前の流儀に囚われずともよい、と申し渡したではないか。ただ最明寺様が何とおっしゃるか。最明寺様は備前の焼き刃を地鍛冶の間に広めたい御様子であったが」

国宗は淡々と言った。

得宗家別邸より遣わされた小者が、国宗の屋敷に姿を見せたのはそれから間もなくであった。小者は、時頼が国宗との面会を許したことを口達《こうたつ》して帰っていった。

命ぜられた日時に、国宗は光次郎を伴って得宗家別邸を訪ねた。時頼は二人の来訪を歓待した。

「最明寺様、光次郎も我が鍛冶場に来て、はや二年になりまする。もはや私のもとで学ぶべきことは無くなったはず。今日は最明寺様の許しが得られるならば、光次郎を沼間に帰すつもりで参りました。その許しを得る前に、光次郎が鍛えたばかりの一刀を御覧頂きたいと存じますが」

「そうか。それは楽しみな」

「鎌倉は全国の武士を束ねる都にございますれば、奈良や京都や備前の鍛刀法の借り物ではない、鎌倉の流儀と呼ぶべき独自の鍛法をこの地に生み出さねばならないと思います。それが武士の府のお膝元で刀を鍛える刀鍛冶の、心意気であり宿命かと。この太刀は光次郎がこれまで学んだ各伝法の長所を取り入れ独創的に鍛えたもので、私はこの刀を鎌倉ぶりの兆しが見えた一刀として高く評価致します。これまでと違った高い温度で焼きを入れたため、地肌や刃縁《はぶち》にキラキラ輝く粒が顕著になっております。その辺りを見所として、どうか御覧下さいませ」

国宗は太刀を時頼に渡す前に一言申し添えた。それを後ろで聴いていた光次郎は師に感謝した。

（この前、親方は何も言わなかったが、俺の胸の中をちゃんと分かっていてくれたのだ。備前の流儀とはまったくかけ離れた太刀を鍛えてしまった弟子を、親方としてかばってくれている面もあるのだろうが……）

時頼は国宗から太刀を受け取り静かに見据えた。時頼もその刀には華麗な刃文を期待していた。だが案に相違し、一番地味な直刃が焼かれていた。時頼は少し失望した。しかし、その中直刃《ちゅうすぐは》の刃文は青く冴えて変化があった。特に顕著に現れた刃縁の粒子には、これまで経眼《けいがん》した刀にはない味があった。時頼は刀身を見つめていると、立ち竦《すく》むような深淵《しんえん》に引き込まれていきそうな錯覚を覚えた。国宗の言うように、光次郎の鍛えた太刀には、これまでの伝法を打ち破ろうとする斬新《ざんしん》さが見られた。

「この太刀はなかなかの出来映えと鑑《み》た。ありがたく頂戴しておく。……鎌倉には鎌倉の流儀か。今日は二人に教えられた気がする。わしは備前の華やかな刃文に憧れ、この鎌倉に備前の流儀を移植すれば事足りると考えていたが、ただ今より考えを改める。光次郎、これからも鎌倉物と胸を張れるような、武士の府に恥じぬ刀を創り出すよう励むがよい」

時頼が力強い声で言った。

「かしこまりました」

光次郎は深々と頭を下げた。

「それでは最明寺様、光次郎は沼間に帰すことに致します。光次郎はまだ先のある身、必ずや最明寺様の期待に添えるような鎌倉物を創り出してくれる事でありましょう」

「あい分かった」

時頼は国宗の言葉に笑顔で頷いた。

時頼に首尾よく太刀の献上を果たした光次郎は、国宗のもとでの修業を終え沼間に帰ることになった。季節は初夏になっていた。光次郎が国宗の鍛冶場を去る日、桔梗は兄嫁の奈津と遅い朝餉の支度をしていた。昨夜はささやかな送別の宴を開いたため、男どもは朝が遅かった。

光次郎が家に来てからの二年間は、桔梗にとってまさに光陰矢の如しの感があった。同じ屋敷内で寝起きする光次郎と、農繁期には一緒に田畑を耕すこともあった。今ではよそ者の光次郎とも、家族のような絆が芽生えていた。それだけに別れの日の朝は、どこか湿っぽい気持ちになっていた。帰り支度を終えた光次郎は、国宗や弟子らと鍛冶場で談笑していた。桔梗は兄嫁と一緒に、心を込めて最後の食事の準備に余念がなかった。

「ごめん」

家の表で声がした。聞き慣れぬ声。

（迎えの人が来たのだろうか……）

桔梗は包丁を置いた。光次郎は国宗の鍛冶場に入門する際には、風呂敷一つの身軽さで沼間を出てきたが、二年の間には物も増えていた。日用の品々のおおかたは兄弟弟子たちに分け与えたが、使い勝手を工夫した鍛冶道具や焼刃土《やきばづち》、試作刀などは沼間に持ち帰るつもりだった。それらは結構な重量になったので、光次郎は沼間から加勢を呼んだのである。桔梗もそのことは承知していたので、朝餉の料理も多めに作っていた。

桔梗が門口に出ると、長身の男が朝日を背に受けて立っていた。桔梗は男の顔を見た時、我が目を疑った。眉目秀麗《びもくしゅうれい》な顔立ちの若者。

（この人、あの時の！）

そこにいたのは忘れもしない、あの大仏殿で逢った美男だったからである。開眼《かいげん》なったばかりの金色に煌《きら》めく大仏の前で、桔梗の目にそれ以上に輝いて映った男。その同じ男が、眩い旭日の中に佇んでいた。折りに触れては想い出す顔。桔梗は声も無かった。

「ここは国宗様のお宅でございますか」

痴《し》れ者のように呆然と突っ立っている桔梗に男が訊ねた。桔梗にはその声までも麗しく聞こえた。

「ええ、そうです……」

桔梗は我に返って答えた。

「私は沼間から光次郎様を迎えに来た者です」

「まあ、光次郎様の里の方ですか！」

国宗の鍛冶場から沼間までは四里半の道程である。若者はまだ暗いうちに発ってきたのであろう。

「どうぞ、光次郎様は鍛冶場の方ですよ」

桔梗は先に立って、男を鍛冶場の方に案内した。桔梗の心は躍っていた。大仏殿で見かけた行きずりの男。二度と逢うことは叶わないであろうと思っていたが、意外にもまだ縁はあったのだ。

『よき縁結びの御利益《ごりやく》がありますぞ』

桔梗の脳裡に、沙門浄光《しゃもんじょうこう》の言葉が去来していた。

「沼間から迎えの人が参られましたよ」

鍛冶場で談笑していた光次郎に桔梗が声をかけた。

「どうぞお入り下さい」

桔梗は男を鍛冶場に招き入れた。

「おう、藤三郎《とうざぶろう》ではないか。お前が迎えに来てくれたのか」

「はい、親方に命じられて参りました」

沼間の若者は、ぺこりと頭を下げて鍛冶場の中に入った。

(藤三郎様とおっしゃるのだ！)

男の名前が分かり、桔梗の胸に新たな嬉しさが溢れた。

「皆さん、食事の準備ができましたよ。藤三郎様も御一緒にどうぞ」

桔梗はさっそく男の名を口にしてみた。淀みなく言えたものの、その後で急に恥ずかしい想いが込み上げてきた。

「ありがとうございます」

礼を述べた時の藤三郎の目が眩しかった。桔梗は慌てて鍛冶場を後にした。

囲炉裏を囲んで遅い朝餉が始まった。簡単ではあるが、心づくしの料理が並んでいた。

「藤三郎、沼間の方は変わりないか」

国宗の屋敷から沼間までは日帰りできる距離だが、光次郎は修業中、よほどの事がない限り妻子のもとへは帰らなかった。

「ええ、特に変わったことはありません。国光様はじめ皆元気です。おかみさんや子供さんも、光次郎様の帰りを心待ちにしております」

箸を持つ手を膝に置いて藤三郎が答えた。

「そうか、藤三郎もさぞや鍛冶の腕を上げたであろうな」

「いえ、そんな」

「藤三郎様も刀を打たれるのですか」

桔梗が椀《わん》に飯をよそおいながら訊いた。

「藤三郎はいずれ国光一派を背負って立つ逸材ですぞ」

光次郎がおどけた口調で言った。

「藤三郎殿は見れば見るほど好い男じゃのう。女に持てるであろう」

突然、弟子の平八郎が真顔で言った。それは桔梗が最も気がかりにしていることだ。

「沼間では藤三郎を知らぬ女子《おなご》はおりませぬ」

光次郎が調子を合わせる。

「光次郎様までその様なことを」

「いや、これは本当のことです。おかげでうちの鍛冶場の前では、用もないのに女どもが行ったり来たり。おい藤三郎、わしがこちらにいる間に、好い女をこさえてしまったのではないだろうな」

光次郎の言葉に桔梗の顔が一瞬曇った。

「そんなことはありません。まだろくな刀も打てない身で……」

藤三郎は実直そうに言った。その言葉に桔梗の心が晴れる。

「どうだ、桔梗。桔梗は藤三郎殿をどう思う」

桔梗のすぐ上の兄が妹をからかった。

「私、みんなの食事なんか作るのやめて、沼間へ行っちゃおうかな」

さっぱりした性格の桔梗は、あっさりと言ってのけた。

「おいおい、それは困る」

弟子たちがおどけ、皆、どっと笑い転げた。朝餉はじきに終わった。

「それでは国宗様、永い間、懇切に指導して頂き、ありがとうございました。これからもここを第二の我が家と思い、時々、刀剣談義にやって参ります。皆さんも沼間に遊びに来て下さい」

光次郎が膝を改めて深く頭を下げた。

光次郎と藤三郎は、国宗らに見送られて屋敷を去っていった。桔梗は二人の姿が見えなくなるまで立ち尽くしていたが、二人は一度足を止め、光次郎が手を振り藤三郎が頭を下げた。桔梗も手を振って応えた。桔梗の胸には、光次郎の去った寂しさと、藤三郎に邂逅《かいこう》できた嬉しさが、混沌として渦巻いていた。

内弟子だった光次郎が沼間に帰り、国宗の鍛冶場は当初の顔ぶれとなった。本来の姿に戻ったはずなのに、国宗屋敷の住人たちは何かが欠けてしまったような気分に囚われていた。とりわけ桔梗はその想いが強かった。

（沼間に行ってみたい）

日が経つにつれ、桔梗の藤三郎への女心は募るばかりであった。

二　告白

季節は瞬く間に移ろい、野火《のび》を放ったような真っ赤な曼珠沙華《まんじゅしゃげ》が、路傍《ろぼう》のあちらこちらに群れ咲いていた。そんなある日、桔梗は鎌倉市中に出かけた。用をさっさと済ませた桔梗は、大仏寺のある深澤の里に足を運んだ。寺の周りの森はすでに紅葉が始まり、そこに棲《す》む鹿も交尾期を迎えていた。雌を求める雄鹿の遠音《とおね》が、寺の背後の山中に物悲しげに響いている。落慶直後の頃に比べれば参詣客は少なかったが、それでも大仏寺への人足は絶えない様子であった。

寺の正門をくぐると、大仏殿に向かって石畳が一直線に続いていた。大仏殿の入り口が大きく開いていて、阿弥陀如来仏の一部が、山の端《は》から顔を出し始めた月のようにのぞいていた。金色の眩《まばゆ》い光を目にした時、桔梗の胸は早鐘のように高鳴っていた。

桔梗は大仏殿に入った。初めて藤三郎と出逢った場所。桔梗にとって、そこは特別な空間となっていた。

（藤三郎様に逢いたい）

桔梗は沼間に帰る光次郎と藤三郎を見送った日のことを想い出し、昂ぶった気持ちで大仏を拝んだ。

寺の境内を出てしばらく歩いた所で、桔梗に声をかけた者があった。

「もしや国宗殿の娘子では」

沙門浄光《しゃもんじょうこう》であった。

「これは浄光様！」

「大仏に逢いに来て下されたか」

「はい」

「お父上は息災《そくさい》か」

「はい、相変わらず」

「そうか、それは何より。確か……そなたの名は桔梗殿であったな。美しくなられたの。半年ほど前に逢ったばかりなのに、何という変貌ぶりか。さては好きな男でもできたな。男に懸想《けそう》すると、女は美しくなるものじゃ。どうだ、図星であろう」

桔梗も負けてはいなかった。

「大仏様を拝めばよき縁結びの御利益《ごりやく》がある、と仰せになられたのは浄光様です。浄光様の言葉を信じて手を合わせたところ、たちどころに好い男にめぐり逢うことができました」

「そなたもなかなか言うのう。わしの負けじゃ」

浄光は大仏寺の別当《べっとう》に用があると言うので、二人はそこで別れた。

その夜は、風も穏やかな仲秋《ちゅうしゅう》の十五夜だった。夕方、桔梗はお供えの団子《だんご》を作り、壺に活けた尾花《おばな》とともに濡れ縁に置いた。夕餉の後片付けを終えた後、縁先に出てみると、清《さや》かな満月が竹林の上に昇っていた。満月の色が昼間参拝した大仏の姿を想い起こさせ、桔梗の胸に切ない慕情を甦らせた。桔梗は縁に座ると、庭にすだく虫の音を聴きながら月を見つめていた。

「ここにいたのか」

父の声がした。

「ほう、団子を供えたのか。今夜は十五夜か」

国宗も桔梗の傍らに胡座《あぐら》をかいた。

「旨そうだな、一つもらうぞ」

国宗はそう言って団子を頬張った。

「お父さんたら、さっき夕餉を済ませたばかりではありませぬか」

「飯と団子は別腹だ」

そう言いながら国宗は団子を呑み込んだ。

「うん、母さんの作った団子の味と同じだ」

「そう、なら良かった。お母さんが生きていたら、今夜も団子を作って供えたでしょうね。こうして親子そろってお月様を見ていたと思うわ。五郎も早死にしなければ大きくなっていたことでしょう」

五郎は夭逝《ようせい》した桔梗の弟である。妻と末子を相次いで失ったことが、国宗の鎌倉行きを決断させたと言ってよい。すでに国宗が鎌倉に移住して三年になろうとしていた。ここにきて国宗は悩んでいた。

（備前に帰るべきか、それとも鎌倉に根をおろすべきか）

国宗はいずれとも決めかねていた。時頼が国宗を招聘《しょうへい》したのは、第一に備前の鍛刀法を鎌倉の地に扶植《ふしょく》すること。第二に外寇《がいこう》に備えて刀剣の増産を図ることであった。国宗は沼間鍛冶の光次郎に、持てる技のすべてを伝授したつもりである。しかし光次郎は時頼への献上刀作製にあたっては備前の鍛法を用いず、その後も独自の鍛錬法を編み出そうとしていた。そのためか、光次郎が修業を終えた後、時頼は国宗の鍛冶場に新たな入門者を送り込んでこなかった。今、国宗の鍛冶場で修業中の鎌倉者は、先手《さきて》として雇った平八郎と又助だけである。二人は槌《つち》すら握ったことのない若者たちであったが、今では刀工の道を志して修業に励んでいた。刀剣の増産については、作るはしから幕府が買い上げるため、備前にいた頃より忙しい毎日を送っていた。

（鍛冶免《かじめん》の田畑や立派な屋敷も賜り、和気《わけ》にいた頃より暮らし向きには恵まれている。このまま鎌倉に住み続けた方が、家族のために良いのだろうか……）

国宗にその判断はつきかねていた。ところが今日、今後の身の振り方に影響を与えるような話が舞い込んだのである。

国宗は満月に見惚れている娘を見た。煌々《こうこう》と冴える月の光に浮かび上がった横貌は、薄闇を透して見るせいか、いつもの桔梗と雰囲気が違っていた。目の前に座っているのは、娘ではなく女だった。父親に女の匂いを感じさせるほど、桔梗はしっとり女らしくなっていた。親の欲目にも美しく見えた。

（最近、ますますムメに似てきたな）

国宗は亡き妻の面影と娘の貌を重ね合わせていた。

「光次郎様は何か用でもあったのですか。せっかく来られたのです。泊まっていくようにお引き留めなされば良かったのに。私もお逢いしとうございました。今日、来られると分かっていたら、市中に出かけたりはしなかったものを」

　昼間、桔梗が家を留守にしている間に、沼間の光次郎が訪ねてきたのだ。修業を終え、沼間に帰って五ヶ月余り。その間、光次郎は三度ほど国宗の屋敷に顔を出していた。

「光次郎は父の名乗りの国光を継ぎ、これからは『新藤五国光《しんとうご》』と称するそうだ。今日はそのことを報告しに来たのだ」

　最近、光次郎の父は病みがちになっていた。そのため、光次郎は国宗の鍛冶場での修業を終えたのを機に、父の刀工名国光を継いだのである。沼間鍛冶の本流国弘は藤原姓を名乗っている。光次郎の父は本家から独立した際、新たに藤原氏を打ち立てる決意で新藤姓を名乗り、新藤国光と称していた。二代国光の光次郎は新藤家の五子だったため、茎《なかご》に新藤五国光を刻むことにしたのである。

「光次郎もお前に逢いたかったようだ。よろしく伝えてくれと申していた」

「一人で来られたのですか」

　桔梗はもしや藤三郎を伴っていたのではないかと想った。

「ああ」

「そうですか……」

　また国宗が団子に手を伸ばした。

「お父さん、どうしたのですか。お供え物を食べるなんて、まるで子供みたいですよ」

「そうか、行儀が悪いか」

　国宗は一度つまんだ団子を元に戻した。

「どうかされたのですか。今夜は少し変ですよ」

国宗はいつになく、そわそわしている。

「桔梗、お前を嫁に欲しいという者がおるのだが」

突然、国宗が前触れもなく唐突なことを口にした。

「えっ！」

「……」

「どなたでございます」

桔梗の縁談話は初めてである。桔梗もすでに十六。縁談の一つや二つあっても不思議ではない。しかし、今の桔梗に藤三郎以外の男が目に入るはずもなかったが、桔梗はその様なことはお首にも出さず国宗に応じた。

「今日、光次郎が持ってきた話だが……」

光次郎と聞いて桔梗にある期待が湧いた。しかし、それはすぐに打ち破られた。

「山ノ内の国綱殿が、桔梗を三男常吉《つねきち》殿の嫁にと望まれているそうだ」

国綱は京の名匠粟田口《あわたぐち》国綱の娘孫である。鎌倉の地鍛冶は沼間鍛冶と山ノ内鍛冶に二分され、互いに切磋琢磨《せっさたくま》しながら技量を競っているが、山ノ内鍛冶の頭領が国綱である。鎌倉から二里ほど隔たった、山ノ内荘の北辺にある鍛冶ヶ谷で、刀工集団を率いて鍛刀している。光次郎は本家筋にあたる国弘一派の流儀に加え、山ノ内国綱に粟田口伝を学び、その娘を娶っている。つまり桔梗の縁談の相手は、光次郎の妻の弟である。

「常吉殿が桔梗を見初めたのだそうだ。常吉殿を見知っているのか」

「そう言えば、八幡宮の夏祭りを見に行った時、光次郎様がおかみさんとその弟を紹介してくれたことがありました……確かあの人が常吉様」

桔梗の記憶にその男のことはほとんど残っていなかった。

（藤三郎様と比べ何と印象の薄いことか）

桔梗は満月を見上げて心の中で呟いた。

「どんな感じの男だった。光次郎は二年間、この家でお前とも一緒に暮らし、桔梗の性格をよく承知しているはずだ。同様に義弟の人となりも熟知しておろう。その上で縁談を持ってきたのであろうから、よもやおかしな話ではあるまい。山ノ内鍛冶を束ねる国綱殿の御子息なら、桔梗の縁談の相手としても不足はないが、桔梗はどう思う」

国宗は案外乗り気である。

「私はまだ嫁に行く気などありませぬ。四郎兄もまだ独り身ではありませぬか。四郎兄に嫁を迎えるのが先でございます」

「しかし物事はそう順序よくは運ばぬ。兄が嫁を貰うのを待っていては、お前は行きそびれてしまうかも知れないのだぞ」

「とにかくまだ嫁に行く気はありませぬ。その話はお断り下さいませ」

桔梗は的違いな縁談話を持ち込んだ光次郎が恨めしかった。

（相手が藤三郎様なら……）

桔梗は皮肉なことだと思った。

「桔梗が嫌なら仕方がないな。桔梗もまだ十六だしな」

国宗もこの時期、鎌倉に根をおろすべきか迷っている。備前に帰るなら、備前で婿を見つけてやりたいと思う。その迷いが娘の縁談に対し、今ひとつ積極的になるのを妨げていた。美しい月夜の、父娘の会話はそれで終わった。

光次郎が桔梗の縁談話を持ち込んでから数日後のことだった。国宗は独りで沼間へ向かっていた。光次郎宅を訪ね、縁談話の返事をするためである。光次郎は、折りを見て返事を伺いに参ります、と言い残して帰ったのであったが、律儀な国宗は相手が自分の弟子だったにもかかわらず、みずから足を運ぶことにしたのである。

「この前の縁談話をそのままにはできないから、明日、沼間に行って光次郎に断ってくる。それで良いのだな」

国宗は昨夜、桔梗の意志を再び確かめた。

「せっかく光次郎様が持ってきて下さった話ですけど……」

桔梗の返事は変わらなかった。

今朝、屋敷を出た国宗を、桔梗がそこまで見送ると言ってついてきた。

「もうこの辺でよい」

建長寺の前だった。

「もう少し」

桔梗は建長寺の門前を過ぎても帰ろうとしなかった。国宗は押し黙ったまま、飼い犬のようについてくる娘の顔を盗み見した。地面に視線を落として歩む娘の顔は、何か物言いたげであった。

「わしに話があるようだな」

巨福呂坂《こぶくろ》口にさしかかった時、国宗が娘を問い質すように言った。桔梗は下を向いたまま頷いた。

「話があるんだったら話してみよ。お前らしくないではないか」

いつになくしおらしい娘の態度に、国宗も優しい口調で声をかけた。

「好きな人がいるんです」

桔梗が国宗の目を見てきっぱりと言った。

「何！」

国宗は驚いた。心当たりはまったく無かった。

「片想いなんです」

「……相手は誰だ」

「お父さんも存じている方……この前、光次郎様を沼間から迎えに来た人です」

「あの男か！」

光次郎の弟子は、国宗が見ても好男子だった。

「名前は何と申したかな」

「藤三郎様よ」

「藤三郎か。あの時が初対面であろう。一目惚れしたわけか」

「いいえ、あの人を見初《みそ》めたのは、お父さんと大仏詣でに出かけた時、大仏様の前で見かけたのが最初です。ただの行きずりの人とばかり思っていたのに、まさか光次郎様の弟子だったとは。浄光様もおっしゃいました。大仏様を拝むと縁結びの御利益《ごりやく》があると。大仏様を拝み終えた途端に、あの人の顔が目に飛び込んできたのです。何かの縁を感じてなりません」

「しかし男は顔じゃないぞ。悪いより好いに越したことはないが、好すぎるのは問題だ。光次郎が沼間の女どもが騒いでいると申していたではないか。そんな男と一緒になったら、一生苦労することになるぞ」

「この前、言葉を交わした限りでは、その様な浮ついた人ではありませんでした」

「色恋は人を盲目《もうもく》にするものだ。お前の目はあてにならないぞ」

「では、お父さんは藤三郎様をどう思われました。何の先入観もなく見られたはずです」

「あの日限りの印象では、しっかりした若者だと感じた」

「でしょう。だったら沼間へ行ったついでに、私の気持ちを藤三郎様に伝えてくれるよう、光次郎様に頼んでもらえませんか」

「しかしな、光次郎の義弟との縁談を断ったあげく、弟子との縁談を勧めてくれとは、光次郎はともかく、嫁御《よめご》に悪いぞ」

「そこはお父さんの年の功の見せどころよ。私の一生のお願いだから」

桔梗は手を合わせた。燃える秋、巨福呂坂は紅や黄色に色づいていたが、桔梗の胸はそれ以上に燃え立っていた。

国宗が沼間を訪れるのは二度目であった。光次郎を弟子入りさせた直後に、沼間の頭領国弘とその弟国光を訪ねたことがある。それ以来であった。

国宗の突然の来訪に、光次郎は恐縮し、国宗を座敷に上げた。

「親方に沼間まで足をお運び頂くとは恐縮です。近々、私が伺いましたものを」

光次郎の隣には妻のお菊が控えている。その弟との縁談を断らねばならないだけに、国宗はお菊と目を合わせるのが辛い。

（やはり光次郎に自宅まで来てもらった方が話しやすかったか）

国宗は少し後悔していた。その上、桔梗に頼まれた一件もある。

（藤三郎の話を切り出すのは、日を改めた方が良いかも知れぬな。しかし、常吉殿との縁談を断るとなると理由がいる。やはり桔梗の気持ちを率直に話すべきか……）

国宗は光次郎夫婦を前に迷っていた。その時、国宗の脳裡に、先ほど巨福呂坂口で別れた娘の顔が過ぎった。

『私の一生のお願いだから』

国宗を拝み倒すように手を合わせた娘の眼差しが、国宗の背中を強く押していた。

「いつまでも引き延ばすのは悪いと思ってな。……実は桔梗には意中の者がいるようなのだ。わしも先ほど知ったばかりなのだが」

国宗は前置き抜きで言った。光次郎は『まさか！』という表情をして、お菊と顔を見合わせた。座に気まずい沈黙が流れた。

「そうでしたか。一緒に暮らしている間、その様な素振りは微塵《みじん》も感じられませんでした。そうと分かっていれば、今回の申し出など致しませんでしたものを。私の不覚、まったく面目ありません。親方には深くお詫びします。桔梗殿にも私が謝っていたとお伝え下さい」

「いやいや、わしも仕事にかまけて、これまで娘の縁談など考えたこともなかった。自分の娘はいつまでも子供だと思っているうちに、いつの間にか大人になってしまっていた。おかげで自分の娘を見直すよいきっかけになった。光次郎には娘のことを心に留めておいてもらって、ありがたいと思っている。嫁御にもこのとおりじゃ」

国宗はお菊に向かって頭を下げた。

「桔梗殿が好きになった男とは、どのような方でありましょう」

光次郎が訊ねた。国宗は言葉に詰まった。だが思い切って話さねばならない。

「聞いて驚かないでくれ。そなたの弟子の藤三郎だ」

国宗は声をひそめて言った。

「藤三郎！」

声をあげたのはお菊であった。

「大仏寺に参詣に行った時、藤三郎を見初めたのだそうだ。行きずりの男と思っていたのに、光次郎の弟子と知って、これこそ運命の相手と、すっかりのぼせてしまっているようだ。恋い病を患っている者に、いくら他の縁談を勧めても無駄というもの。逆に光次郎を通して、藤三郎との間を取り持ってくれと頼まれる始末だ」

「そういう事でしたか」

「藤三郎を見初めたのなら仕方ありませんね」

お菊が言った。

「藤三郎はいくつになった」

光次郎がお菊に訊いた。

「確か十八かと」

「そうか」

「ずいぶん沼間の女どもが騒いでいると申していたが」

「はい、沼間の在原業平《ありわらのなりひら》にございます」

光次郎は美男の代名詞を口にした。

「業平か……ところで藤三郎とは、どのような素性の者か」

国宗の問いかけに、光次郎は一呼吸置くように国宗を見つめた。

「藤三郎の祖父の名を聞けば、国宗様でもきっと驚かれることかと」

「……？」

「藤三郎の祖父は、あの豊後の名匠、紀行平《きのゆきひら》にございます」

「何！　行平とな」

国宗は非常に驚いた顔をした。行平は紀《き》氏を名乗る豪族の出で、伯父で隣国彦山《ひこさん》の学頭をしていた定秀《ていしゅう》に鍛冶の技を学び、後鳥羽上皇の鍛刀のお相手として御番鍛冶《ごばんかじ》に名を連ねようとするほどの名工であった。しかし政争に巻き込まれて上野国《こうづけ》の利根庄《とねのしょう》に流罪となり、その後、罪を許され帰国したが、承久《じょうきゅう》元年（一二一九）に幕府に召し出され、鎌倉の由比《ゆい》の飯島《いいじま》へ移住している。

「行平の孫ということは？」

「行平は利根に流罪中、地元の女との間に一子をもうけたそうにございます。それが藤三郎の父で、行平は鎌倉に召し出されるや、利根の地からまっさきに我が子を呼び寄せ、自分の鍛刀の技を伝授したそうです。行平は鎌倉に移り住んで、わずか数年で他界しました。行平の子はその後、行光を名乗り、沼間や飯島で鍛冶をしておりましたが、三児を残して早世致しました。その三男が藤三郎で、父親の死は十二の時です。以来、我が父、国光のもとで修業し、今日に及んでおります。祖父行平の血筋を受け継いで、すでに独り立ちできる技量に達しております。また藤三郎の五つ違いの長兄は、藤三郎が生まれて数年後に父が病になったため、行平と縁のあった日光の寺に預けられました。今は鶴岡八幡宮の供僧《ぐそう》をやっておりますが、やはり蛙の子は蛙、この兄は祐慶《ゆうけい》と申すのですが、務めの傍ら私のもとにやってきて鍛冶修業にも精を出しております。独学にもかかわらず刀身彫りに秀でていて、私のところでは、彫り物はもっぱら祐慶に頼んでおります。次兄は生まれてすぐ亡くなったそうですが、藤三郎の母はまだ由比の飯島で元気に暮らしております。我が弟子を褒めるわけではございませぬが、桔梗殿はよき男を目に留められたと思います」

「そうであったか……あの者が豊後行平の孫とはな。それで行平の国許《くにもと》の方は」

「行平が流罪中の間は本妻の子が定秀に師事し、独立した後は定慶《じょうけい》と名乗ったそうにございます。その子孫の者たちは、豊後で代々鍛刀していると聞き及んでおります。藤三郎の父の行光は本来なら紀氏を名乗るべきところ、妾腹の身だったために姓を捨てて生きておりました」

「話を聞く今の今まで、藤三郎のことを単なる色男としか見ていなかった。そのような数奇な生い立ちの者とは……それで藤三郎には、今、特定の女はいないのであろうか」

「大丈夫です。周りの女どもが勝手に騒いでいるだけで、本人は鍛刀一筋の男ですから」

「そうか、それなら安心した。桔梗から頼まれた時、そこのところを一番心配していたのだ。それでは光次郎、桔梗と藤三郎の間を、うまく取り持ってはもらえぬか」

「桔梗殿には二年間世話になりました。私にとっては、かわいい妹のようなもの。この話、私の方こそ願ったりです。及ばずながら尽力致します」

「嫁御には悪いことを致しましたな。聞いてのとおり故、この国宗を御容赦下され」

「何をおっしゃります。我が子同然の藤三郎に良縁を持ってきて頂き、こちらこそ感謝しております」

「後で藤三郎に桔梗殿の気持ちを伝えておきます。藤三郎は鍛冶場におりますから、逢っていかれませんか」

「そうさせてもらおうか」

鍛冶場では光次郎の弟子たちが、それぞれの持ち場で汗を流していた。藤三郎は吹子《ふいご》を操りながら、素材の積み沸かしを行っていた。鉄を鍛錬する前の準備段階ともいうべき工程である。汚れや汗にまみれた粗衣をまとっていても、藤三郎の姿は気高く見えた。国宗に気づいた藤三郎が、槌を振りおろしながら会釈した。国宗はしばらく藤三郎の仕事ぶりを眺めていた。無駄のない動き。鮮やかな手さばき。国宗は藤三郎と同じ年頃の自分を、思わず振り返っていた。

（この歳の頃、わしはこれほど巧く仕事をこなしていただろうか）

国宗は調子よく鳴り響く槌音を聴きながら、鉄と格闘する藤三郎にしばし見惚れていた。

国宗は沼間鍛冶の頭領国弘と、光次郎の父先代国光に挨拶した後、山ノ内への帰路についた。光次郎は国宗を途中まで見送った。

「藤三郎は知れば知るほど魅力的な男だな。光次郎、わしまで藤三郎に惚れてしまった。後のことはよろしく頼む」

国宗は深々と頭を下げた。

「お任せ下さい。月下氷人《げつかひようじん》の役、みごと果たして御覧に入れます」

国宗と別れた後、自宅に帰った光次郎は、鍛冶場で汗を流している藤三郎を見つめた。

（沼間では年頃の娘たちばかりか年増《としま》たちでさえ藤三郎に熱をあげているというが、藤三郎は女に興味がないのかまったく浮いた噂はない。一途に鍛冶修業に打ち込んでいる。桔梗殿との縁談話を告げれば、どういう反応を示すだろうか。頭から拒絶しはしまいか。無骨な藤三郎の伴侶には、桔梗殿の様なさっぱりした性格の女が良いと思うのだが……）

光次郎は国宗から頼まれた話を、藤三郎に話す機会をうかがっていた。その日の夕餉の後、弟子部屋に下がろうとする藤三郎を呼び止めた光次郎は、桔梗の想いを口にした。

「どうだ、藤三郎。わしは二年もの間、桔梗殿と同じ屋根の下で寝起きし、あの娘の性分はよく存じている。同じようにお前の性格も重々承知している。桔梗殿は国宗様の娘、そなたの祖父はその国宗様にも劣らぬ名工。この二つの血筋がこの鎌倉で出逢ったのは、まさに天の采配《さいはい》ではないかと想う。傍《はた》から見てもまことに良縁というしかない」

藤三郎は光次郎の言葉を、じっと囲炉裏の熾火《おきび》を見つめながら聴き入っていた。顔色一つ変えるわけでもなく、平静そのものである。

（こいつ、俺の話に気乗りしないのか）

光次郎は藤三郎の態度を見てそう思った。

「どうだ、藤三郎の気持ちを聞かせてくれ」

光次郎が返答を促した。

「私には身に過ぎるお話です。親方にお任せします」

光次郎の予想に反し、藤三郎はあっさりと快諾した。

「……そうか」

光次郎は安堵の息を洩らしたものの、弟子の二つ返事が気になった。

「ずいぶん決断が早いが……一生の問題だぞ。迷いとかはないのか」

光次郎は藤三郎の目を見つめた。

「桔梗さんに一度も逢っていなかったら、どんな良縁と思えても迷ったはずです。親方を迎えに国宗様のお宅に出向いた時、桔梗さんを一目見て、しっかりした娘さんとの印象を受けました。あの人なら、迷うこともありません」

藤三郎は師の憂えげな眼差《まなざ》しをはね除けるように言った。


国宗が沼間を訪ねた翌日には、光次郎の姿は山ノ内の国宗の屋敷にあった。国宗と桔梗、それに光次郎の三人は座敷にかしこまっていた。桔梗は光次郎と視線を合わすのが恥ずかしかった。父から沼間の様子は詳細に聞いた。国宗は桔梗以上に藤三郎に惚れ込んだ様子で沼間から帰ってきた。父親と光次郎に自分の胸のうちを告げ、桔梗の気分は楽になっていたが、今度は大きな不安が桔梗の懐に巣くっていた。

（光次郎様はどのような返事を持ってきてくれたのだろうか）

藤三郎が女泣かせの好男子だけに、桔梗の心は落ち着かなかった。

簡単な挨拶の後、光次郎が桔梗を見つめて言った。

「桔梗殿はよい男を見初められましたな。藤三郎も互いに気心が合えば、桔梗殿を娶《めと》りたいと申しております」

「そうか！」

国宗が弾んだ声を出した。桔梗の頬が紅く染まった。

「それでどうでしょう。近々二人だけでゆっくり逢ってみては」

「光次郎にすべてお願いする。段取りを付けてやってくれ」

国宗が膝を乗り出して言った。

「日時と場所は桔梗殿が決めて下され」

いきなり下駄を預けられた桔梗は、目を部屋の外に泳がせた。片雲《へんうん》ひとつない天色《あまいろ》の空が清々《すがすが》しかった。桔梗は落慶なった大仏寺に参拝した時のことを想っていた。

（あの日の空もこんなだった。澄み渡った秋空を背にして、本殿の甍《いらか》の線が何とも美しかった）

桔梗は決断した。

「それでは、待ち合わせは大仏様の前、ということにして頂けませんか。私が藤三郎様に初めて出逢った場所ですから」

「おう、あそこなら分かりやすい。それなら早速、明日ということではどうだ。天気も秋晴れが続いていることだし……刻限は早いうちが良かろう」

国宗は鍛刀の技のみならず、人間的にもひとかどの人物である。その国宗が一人娘の縁談のこととなると親馬鹿状態に陥り、まるで自分が藤三郎に逢いに行くかのようなお節介ぶりを見せた。

「そういうことでお願いします」

桔梗は父親に呆れた様子で、光次郎に頭を下げた。

「藤三郎の身寄りは母と兄の二人だけですから、いずれ折りを見て挨拶に伺えば良いでしょう。私はさっそく沼間に帰って、明日のことを藤三郎に話します」

光次郎は座を温める間もなく、国宗の屋敷を立ち去っていった。

三　契《ちぎ》り

翌日、桔梗は約束の刻限に間に合うよう、深澤の里に出かけた。手には竹の皮に包んだおにぎりを、大事そうに提げていた。大仏寺には早めに着いたため、まだ藤三郎の姿はなかった。昨年の落慶の日からほぼ一年が経っていたが、寺の境内は相変わらず参詣客で賑わっている。桔梗は二人で大仏を参拝するつもりでいたので、大仏殿の脇で藤三郎の到着を待った。こうして想い人を待つのは初めての経験であった。

いつの間にか陽が高くなっていた。だが約束の刻限になっても、藤三郎はなかなか現れなかった。

（どうしたのだろう。何か急用でもできて、来られなくなったのだろうか？）

桔梗がそんな不安を覚え始めた時だった。

「あんた、鍛冶屋の娘さんかい」

行き交う参詣客の中から飛び出してきた見知らぬ女が、桔梗に不躾《ぶしつけ》な視線を向けながら声をかけてきた。どこか底意地の悪そうな感じの、二十歳過ぎとおぼしき女である。

「ええ、そうですが？」

「ああ、良かった。あたい、藤三郎という男に頼まれて、あんたを探しに来たんだよ」

「えっ！　どういうことですか？」

「あんたの知り合いは腹痛《はらいた》を起こしちまってさ、歩くのもままならずに、近くの寺のお堂で横になっているぞ。そのことを、あんたに知らせてくれと頼まれたんだ。案内するから付いてきな」

「そうだったのですか。待ち合わせの刻限になっても姿を見せないので、心配していたところです。それで藤三郎さんの具合はどうなんですか」

「よほど悪いらしいね。ころげまわって苦しんでいたよ。びっしょり脂汗をかいてさ」

「ええっ、どうしよう！」

「とにかく付いてきな」

女は先になって小股《こまた》走りに急ぎだした。桔梗も慌ててその後に続く。

「このすぐ先だよ」

やがて女は脇道に入っていった。欅《けやき》の木立の向こうに建物が見えた。打ち捨てられた小さな廃寺《はいじ》である。

「あの中だよ」

女が壊れた堂《どう》を指差した。観音扉《かんのんとびら》が開け放たれてあった。

「ありがとうございました」

桔梗は女に礼を言って堂の石段を駈け上がった。

「キャッ！」

堂内に足を踏み入れた桔梗が絶叫に近い悲鳴をあげた。近くの柿の木で実をついばんでいた烏《からす》が、大きな羽音を残して飛び立った。それと同時に、堂内から桔梗が飛び出してきた。その後から二人の浮浪者風情の男が姿を現した。外にいた女が両手を広げ、桔梗の退路を断った。

「何をするんです！」

桔梗が怯《おび》えた目で女に言った。

「よそ者のくせして、藤三郎にちょっかいを出すからこんな目に遭うんだ。あんたら、早いとこ、この女を手込めにしてやんな」

女が浮浪者に命じた。男たちが桔梗に迫った。突然、女が背後から桔梗を浮浪者の方に蹴飛ばした。腰をしたたかに蹴られた桔梗は、男たちの足元に腹這いになって転んだ。手に提げていたおにぎりの包みが、躰の下敷きになって潰れた。男たちが桔梗の手をつかんで、堂の方へ引きずり始めた。

「止めて、誰か助けて！」

桔梗の声が辺りに何度となく響き渡った。桔梗が堂内に引きずり込まれようとした時だった。墨衣《すみごろも》の裾を翻《ひるがえ》しながら、廃寺に向かって駆けてきた僧があった。

「ここで何をしておる！」

僧が大声で一喝した。

「浄光様！」

浮浪者の一人が叫んだ。その声を聞いて、桔梗も突然現れた僧を見つめた。そこには見知った顔があったが、桔梗はもう声も出なかった。

「松吉と才蔵ではないか。あれほど悪さをするなと言ったのに、この罰当たりどもめ」

沙門浄光は鎌倉が飢饉《ききん》や自然災害に見舞われるたびに炊き出しを行っていたが、二人の浮浪者も施粥《せしゆく》を受けたことのある者たちだった。浄光には狼藉者《ろうぜきもの》らも頭が上がらない。

「その女が銭《ぜに》をくれると言ったものだから」

松吉が女を指差した。

「くそ坊主め、邪魔をしやがったな」

女はそう言うなり、踵《きびす》を返して逃げ去っていった。

「浄光様」

桔梗がようやくか細い声を出した。

「そなた国宗殿の！」

浄光が桔梗に気づいた。

「お前たち、この娘の父親は国宗様と言ってな、先の執権時頼様がわざわざ鎌倉に招いた有名な刀鍛冶ぞ。もしも時頼様にこのことが知れたら、お主たちの命はないぞ。それでも良いのか」

「わっ、そんな方の娘とは知らず、どうかお許しを。執権様には御内密に」

浮浪者たちは桔梗と浄光に土下座して謝った。

「で、あの女はどこの誰だ」

「分かりません。この辺では見かけない顔です。娘に男を寝取られて悔しいから、仕返しをしてやりたい。娘を手込めにしてくれたら、銭をくれると言われたものだから。申し訳ありません」

「私、男を寝取ってなんかいません！　それは嘘です」

桔梗が浄光に必死に訴えた。

「分かった、分かった」

浄光が頷く。

「お前たちも二度とこのようなことはすまいぞ。腹が減ったら、わしの所へ来い」

「へえ」

浮浪者たちは何度も頭を下げながら、その場を立ち去っていった。桔梗は浄光にそれまでの顛末《てんまつ》を語った。

「それはめでたい。わしが申したとおり、大仏には男女の仲を取り持つ御利益《ごりやく》があったであろう。それはそうと、その藤三郎とやらは、いかがしたのであろうか。少し心配じゃ。同じように狼藉を受けておらねばよいが」

桔梗もそのことが心配だった。

「ひょっとしたら、待ち合わせ場所で待っているということも考えられるな。一緒に大仏殿まで行ってみるか」

「はい」

二人は大仏寺へ急いだ。しかし、そこに藤三郎の姿は見あたらなかった。

「どうなさる」

浄光が訊いた。

「いちど家に帰り、兄と一緒に沼間まで行ってみます」

「そうか。わしも寺の者に、もしもそれらしき若者がここへ来たら、桔梗殿は家に戻ったと言づてするよう頼んでおこう」

「ありがとうございます。私、今日はまだ大仏様を拝んでいません。手を合わせてから帰ります」

「おう、そうなされ。あの女がまだその辺りをうろついているかも知れぬ。道々気をつけてな」

桔梗は境内で浄光と別れ大仏殿に入った。

（藤三郎様に何事もありませぬように）

桔梗は黄金の阿弥陀如来像にひたすら祈った。

大仏殿を出た桔梗は小走りに家路を急いだ。桔梗は先ほどの女のことが気になって仕方がなかった。女の憎悪を、まるで蜘蛛《くも》の巣が顔に絡みついたように、肌で感じていた。

『藤三郎にちょっかいを出すからこんな目に遭うんだ』

女の言葉が耳から離れなかった。

（藤三郎様と訳ありだった女だろうか？）

沼間で一番の美男を生涯の伴侶にと心に決めた時、このような事があるかも知れないと覚悟していたのであったが、その日がこんなにも早く訪れるとは想ってもみなかった。恋路の出鼻をくじかれた気がした。父の国宗も藤三郎のことをすっかり気に入ってくれていただけに、今日の出来事は非常に残念であり、桔梗の胸に藤三郎に対する一点の不審が芽生えていた。

桔梗は家に帰り着いた。自分の家なのに敷居をまたぐのがためらわれた。炊事場に入ると、手に提げているおにぎりの包みに気づいた。藤三郎と一緒に食べるために、心を込めてこしらえたおにぎりである。竹の皮の包みを開くと、おにぎりは見るも無惨な状態になっていた。桔梗の胸に悲しみが込み上げてきた。桔梗は肩を震わせて嗚咽《おえつ》を始めた。

「まあ、桔梗さん、どうしたの！」

竹籠《たけかご》に収穫したばかりの里芋を入れ、兄嫁の奈津が炊事場に入ってきた。桔梗は慌てて涙を拭いたが、嗚咽は止まらなかった。

「藤三郎さんと何かあったのかい？」

奈津はしっかり者の桔梗が涙を流しているのを初めて見た。桔梗は何も応えなかったが、ぐしゃぐしゃに潰れたおにぎりが、義妹の身に起きた異常を如実に物語っていた。尋常ならざるものを感じた奈津は、直ちに鍛冶場へ走り、国宗と夫を連れて炊事場に戻った。

「桔梗、どうしたのだ！」

国宗が訊ねた。桔梗は落ち着きを取り戻していた。

「話してみろ」

兄の言葉に桔梗は訥々《とつとつ》と語り始めた。

「やはりな」

桔梗の話を聞き終えた宗次郎が、怒気を滲ませた口調で吐き捨てるように言った。沼間で人気の美男に桔梗が惚れたと聞いた時、皆、一様に不安を抱いたのであったが、それが早くも適中したのである。兄の一言が、桔梗を居たたまれなくさせていた。

「宗次郎、すぐに沼間に発て。光次郎を訪ねて子細を確かめてこい」

国宗が宗次郎に命じた。

「はい」

宗次郎は待っていましたとばかりに、着替えのため座敷に上がっていった。妻の奈津がその後に続いた。

宗次郎は慌ただしく家を出ると、駆けるように巨福呂《こぶくろ》坂を下った。たった一人の、かわいい妹を泣かせた男が憎かった。

「藤三郎に逢ったら縁談を白紙に戻してやる」

宗次郎は額に汗を滲ませながら、何度もそう呟いていた。

宗次郎が鶴岡八幡宮寺の三ノ鳥居《とりい》付近まで来た時だった。宗次郎は前から歩いてくる二人連れの男たちを見て驚いた。その一人は藤三郎だった。笑顔で談笑している相手は僧衣をまとっている。

宗次郎に先ほどの桔梗の泣き顔が想い起こされた。なのに藤三郎は笑っている。宗次郎はその落差が許せなかった。自然、顔は鬼のように険しくなっていた。宗次郎が二人の前で立ち止まった。

「あっ、宗次郎さん！」

藤三郎が宗次郎に気づいた。

「こんにちは、お久しぶりです」

藤三郎の屈託のない呼びかけに、宗次郎の怒りは頂点に達していた。

「今日は妹と大仏寺で逢う約束だったのではないのか」

宗次郎は語気を荒くして言った。

「はい、でも桔梗さんの都合で明日に延びました。……御存じなかったのですか？」

藤三郎は思いがけないことを口にした。

「妹の都合！　それは何だ」

「今日はよんどころない事情ができたので、待ち合わせは明日にしてくれと。そう言づてを頂きましたが？」

「言づて？　妹は言づてなどしていないぞ。現に今日は大仏寺へ行ったのだぞ」

「そんな！　私は大仏寺へ出かける途中、名越《なごえ》の坂口で、妹さんに頼まれたという人に確かに言づてされました。都合が悪くなったのなら仕方がないなと、こうして八幡宮にいる兄のもとに立ち寄っていたところです。あっ、紹介が遅れましたが、この者は私の兄の祐慶《ゆうけい》です。こちらの方は先ほど話した、国宗様の御次男の宗次郎さんです」

藤三郎が兄を紹介した。

「祐慶でござる」

墨衣《すみごろも》をまとった男は、大柄で筋肉質な体躯をしていた。弟の藤三郎には似ず、精悍な面構えである。

「いったいどう言うことだ。妹はそんなことは誰にも頼んでいないぞ」

宗次郎は祐慶に形だけの会釈をした後、再び藤三郎を問い詰めた。

「それでは言づてをくれたあの者は……？」

藤三郎は狐につままれたような顔をした。そこで宗次郎は、今日、桔梗の身に起こった出来事を話して聞かせた。藤三郎の顔が青くなった。

「藤三郎、その女狐《めぎつね》にまんまと騙《だま》されたようだな。その女はどこの誰だ」

祐慶が弟を睨みつけた。

「沼間の女でしょう……はっきりとは断定しかねますが、一人だけその様な事をしそうな女に心当たりがあります。しかし今日、私たちが大仏寺で待ち合わせることを知っているだろうか？」

「それを知っているのは、そんなにはおらんだろう」

祐慶が言った。

「ええ、親方夫婦と鍛冶場で働いている者たちです」

「そうか、そう言うことか……。宗次郎殿、弟は女どもにたいそう人気がありましてな。こいつは仕事一筋の朴念仁《ぼくねんじん》ですが、弟に勝手に横恋慕《よこれんぼ》している女も一人や二人ではないので、きっとその中の一人の仕業に違いない。鍛冶場の誰かが不用意に今日のことを洩らしたため、女の逆恨みを買ったのでござろう」

「そうなのか、藤三郎殿。お主には何の非もないのでござるな」

「もちろんです」

「分かりました。私にもだいたいの事情が呑み込めました。これから家に帰って、このことを妹に伝えます。ところで藤三郎殿は、今日は沼間に帰られるのか」

「いいえ、親方から三日の休みを頂いて参りましたので、今夜は飯島の母の家に泊まる予定でいます」

「そうですか、それでは明日、改めて大仏寺で妹に逢って下され」

「そうさせてもらえれば嬉しいです」

「よかったな、藤三郎。本来なら破談にされても文句を言えぬ立場だぞ」

「はい、分かっております」


翌日、桔梗と藤三郎はようやく大仏殿で逢うことができた。

「昨日は桔梗さんを大変恐ろしい目に遭わせてしまって申し訳ありません。明日、沼間に帰ったら親方とも相談した上で、頭領の国弘様から女にお灸を据えてもらいます」

「その人、藤三郎様とは訳ありな方ではありませんよね」

「もちろん、見知っているというだけですよ」

「藤三郎さんを信じます」

「これはお詫びの印です。今朝、市中で買ってきました」

藤三郎は椿の花の彫刻が施された黄楊櫛《つげぐし》を渡した。

「まあ、ありがとう」

やっと心の通じ合った二人を、巨大な金銅仏が柔和な顔で見守っていた。

四　呱々《ここ》

藤三郎の祖父紀行平《きのゆきひら》が豊後の国から鎌倉へ招かれたのは、承久《じょうきゅう》元年（一二一九）のことで、三代将軍源実朝《みなもとのさねとも》が鶴岡八幡宮寺で暗殺された年であった。行平は鎌倉に移住すると、直ちに上野《こうずけ》流罪中にもうけた行光を利根庄《とねのしょう》から飯島に呼び寄せた。行光はすでに二十一歳になっていた。しかし親子水入らずの生活は、三年と続かなかった。行平の突然の死により、行光は再び不遇をかこつことになる。幕府から提供されていた屋敷と広い田畑は、行平の死により幕府に返さなければならなくなった。このため独り者だった行光は、鍛冶仕事を求めて沼間に移り住んだのである。やがて行光は妻を娶《めと》ったが四十前の晩婚で、妻の千代とは一回りほど年齢が離れていた。結婚を機に、行光は父の墳墓のある飯島へ再び移り住んだ。祐慶《ゆうけい》、藤三郎兄弟はここで生まれたのである。

「お祖父《じい》さんはこの辺りに、大きな屋敷を賜っていたのだぞ」

藤三郎が幼少の頃、行平の命日に家族で墓参りをした折り、行光が二人の息子に昔のことを語って聞かせたことがあった。行光が指差した辺りは、鎌倉の発展の波に呑み込まれ、すでに昔日の面影もないほどに変貌を遂げていた。

藤三郎の生まれ育った家は、行平の屋敷跡からほどない場所にあった。行光は七年前に他界したため、今では五十五歳になる母の千代が、小さな家とわずかばかりの畑を一人で守っていた。

弘長《こうちょう》三年（一二六三）の、桜が咲き誇っている頃だった。飯島の家を出た藤三郎と母の千代は、若宮大路を鶴岡八幡宮寺へと向かっていた。二人ともなけなしの一張羅《いっちょうら》に身を包み、藤三郎の手には、今朝、由比ヶ浜の沖で獲れた目の下二尺ほどの真鯛と、酒樽《さかだる》が提げられていた。二人が八幡宮寺の前まで来ると、三ノ鳥居の辺りから手を振る僧衣の者があった。神仏混淆《しんぶつこんこう》の八幡宮寺で、供僧《ぐそう》を務める祐慶である。

祐慶は幼い頃から性格が粗暴であった。長男の行く末を案じた行光は、自身が病を患ったこともあり、祐慶が八歳になった時、息子を父の行平と縁故のあった日光の寺に預けた。祐慶は仏法の修得には身を入れなかったが、薙刀《なぎなた》の修行には一心不乱に打ち込んだ。その甲斐あって薙刀を持たせれば日光では右に出る者はないほどまでに腕を上げ、それとともに粗暴な性格は陰をひそめ仏法にも親しむようになっていった。それと時を同じくして、祐慶は彫刻に興味を持ち始め、独学で仏像などを彫るようになった。それも刀に施す刀身彫刻である。刀身彫りは祖父行平の得意とするところであったから、その血を引いたのであろう。二年前、日光から鶴岡八幡宮寺に移ってからは、供僧の務めの片手間に、国光の鍛冶場で鍛刀の修業にも励んでいて、これが縁で国光一門の刀に彫刻を施すようになっていた。祐慶はまた、鎌倉唯一の港で交易船の訪れる和賀江島《わかえじま》の近くで幼少時代を過ごしたせいか、大陸の言葉に強い憧れを持っていて、八幡宮寺供僧となって後は、渡来僧などから異国の言葉を学んでいた。

「母《かあ》さん、兄者じゃ」

「そうか」

三人は八幡宮寺の鳥居の前で、待ち合わせをしていたのである。

「待ちくたびれたぞ」

「すみません、漁師の舟が遅くなったものだから。でも、こんな大きな鯛が手に入りましたぞ」

藤三郎は竹籠《たけかご》の中の大鯛を、兄の前に差し出して見せた。

「そうか、それは良かった。酒は俺が持とう。向こうも待っているはずだ。少し急ごう。母さんは足の方は大丈夫ですか」

「何のこれしき。今日のめでたい日に、足が痛いなどと言ってはおられぬわ」

「そうですか、それじゃ行こうか」

三人が向かった先は、山ノ内の国宗宅である。春爛漫《はるらんまん》の桜の季節に、藤三郎が桔梗を娶ることになったのである。今日はその祝いの宴が、国宗宅で行われることになっていた。

「よく参られました」

国宗は家族、門弟の全員で藤三郎一家を出迎えた。

「今日はおめでとう」

藤三郎の師、沼間の光次郎こと国光も、妻のお菊とともにすでに草鞋《わらじ》を脱いでいた。

「すべては仏のお導きですぞ」

宴には沙門浄光《しゃもんじょうこう》も招かれていた。

(桔梗さんの貌が輝いて見える)

藤三郎が惚れ直すほど、その日の桔梗は美しかった。身内やごく親しい者たちだけで執り行われたささやかな宴は、夜の更けるのも忘れて続けられた。藤三郎十九歳、桔梗十七歳。桔梗が大仏殿で藤三郎を見初めてから、一年半余りが過ぎていた。

藤三郎夫婦は沼間に家を借りて生活を始めた。

「あの女の人は、まだここにいるのでしょう」

沼間に居を構えた時、桔梗は浮浪者に自分を襲わせた女のことを藤三郎に訊ねた。女のことを話題にしたのは、忌まわしい事件のあった翌日、藤三郎と大仏寺で逢った時以来である。過去のことは口にしまいと心に決めていたが、沼間で生活するとなるとやはり気になり訊ねたのであった。

「お万のことか。頭領の国弘様からきつく注意してもらったら、いつの間にか姿が見えなくなった。おそらく鎌倉市中にでも移ったのであろう」

「そうですか……」

女がいつ舞い戻ってくるかも知れないという不安があったが、沼間にいないと分かって、桔梗は安堵した。だが桔梗には、女の件より、もう一つ気がかりなことがあった。それは国光の妻お菊との関係である。

「弟さんとの縁談話を断り、藤三郎の嫁になりました。申し訳なく思っております」

桔梗はある日、お菊と二人きりになった機会に詫びを言った。

「そんなこと、何も気にすることはないよ。姉の欲目で見ても、藤三郎と弟では男まいの点では月とスッポン、初めから勝負にならないよ。私でさえもう少し若かったら、夫から藤三郎に乗り換えたいくらいだから当然だよ。それより、他の女に藤三郎を寝取られないように気をつけるんだよ」

お菊は笑いながら言った。光次郎の妻はそんな気さくな性分だった。桔梗は救われた気がした。しかし沼間の若い女たちは、藤三郎が連れてきたよそ者の桔梗に、嫉妬と好奇がないまぜになった冷たい視線を向けてきた。桔梗はそれが辛かった。だが、それも最初のうちだけだった。鍛冶集落だけに、桔梗が備前の名匠の娘だということが知れると、女たちは妙に納得し、それならば仕方あるまいと、桔梗を沼間の一員として受け入れていった。

桔梗は借りた田畑を耕し、飯島で一人暮らしをしている義母のもとへもよく出かけ、親身に面倒を見た。山ノ内の実家へは、いつも藤三郎と連れ立って顔を出した。

藤三郎と桔梗が一緒になった年の、十二月のことだった。

「最明寺様が亡くなられたらしい」

国光の鍛冶場から仕事を終えて帰宅した藤三郎が、入り口の戸を開けるなり、炊事場にいた桔梗に沈んだ声で言った。

「時頼様が！」

「三十七歳だったそうだ」

「まだお若いのに」

時頼は質素倹約を旨とし、御家人や民衆にも善政を布いた名執権であった。それだけに早世が惜しまれた。

「外は寒かったでしょう。夕餉の準備はできていますよ」

藤三郎は仕事着を着替え、囲炉裏の前に座った。自在鉤《じざいかぎ》に吊された鍋が煮立っていた。桔梗が椀《わん》に雑穀の飯をよそった。

「考えてみれば、最明寺様がそなたの父を鎌倉に招かなかったら、俺たちが夫婦《めおと》になることはなかったはずだ。備前と相模の遠く離れた地で生を受けた二人を、こうして娶《めあわ》せるきっかけを作ってくれたのは最明寺様だ。御冥福を祈らねばな」

「そうですね。私の父はさぞかし力を落としていることでしょう」

「備前へ帰るなどと言い出さねばよいのだが」

「父は最明寺様と約束されたのだそうです。この鎌倉の刀鍛冶の腕を、武士の都にふさわしいものに育て上げると」

「そうだったな」

二人が食事を始めた時だった。桔梗が突然、片手で口を押さえた。

「おい、どうした！　気分でも悪いのか」

桔梗は立ち上がると外へ駆け出していった。

「おい！」

藤三郎もすぐに桔梗の後を追った。桔梗は外で屈《かが》み込み、食べた物を何度か吐いた。

「どうしたのだ」

藤三郎は桔梗の背中をさすった。

「あなた、水をお願いします」

「ああ……」

藤三郎は家に引き返し、瓶《かめ》の中の水を柄杓《ひしやく》ですくい、桔梗のところに運んだ。

「ほら」

「すみません」

桔梗は水で口をすすぎ、少し呑んだ。

「もう大丈夫です」

「どこか具合でも悪いのか？」

藤三郎は桔梗の顔をのぞき込むようにして訊ねた。

「子ができたみたいですよ」

「何！　俺の子供がか」

「あなたの子に決まっているではありませぬか」

「そうか、子ができたのか！」

藤三郎は冴え冴えとした月明かりの中で、思わず桔梗を抱きしめていた。


藤三郎と桔梗が結ばれた翌年、文永《ぶんえい》元年（一二六四）のことであった。梅雨が明け、満天に綺羅星《きらぼし》が瞬《またた》きだすと、鎌倉市中に誰れ言うとなく彗星《すいせい》の話が広まっていった。

「東北の空に不吉な星が現れているそうだ」

藤三郎も国光の鍛冶場で兄弟子に教えられた。その夜、藤三郎が厠《かわや》から出て東北の空を仰ぐと、稜線の上に二尺ほどの蒼白い尾を曳いた彗星が見えた。初めて目にする不気味な天文現象であった。藤三郎の背筋を冷たいものが走った。

（飢饉《ききん》か疫病の前兆だろうか。桔梗が身籠《みご》もっているというのに）

藤三郎は悪い胸騒ぎを覚えた。

それからも彗星の輝きは日ごとに増してゆき、光芒はしだいに長く大きくなり三尺に及んだ。古老たちに訊ねても、誰一人、今回のような長い尾を持つ彗星を経験した者はいなかった。希に見る大彗星の出現に、世相に不安が広がった。全国各地の神社仏閣で、世の安寧《あんねい》を願う祈祷《きとう》が行われ始めた。

「この子は無事に生まれることができるのでしょうか」

桔梗は大きな腹を抱え、何度も藤三郎に訊ねた。初産の桔梗に、彗星は要らぬ心痛を与えていた。

「大丈夫だ。よけいな心配をするな。そなたがしっかりしなければ、元気な子は産めぬぞ。八幡宮の兄にも、桔梗が無事出産できるよう祈祷をお願いしておくから」

藤三郎はそう言って桔梗を慰めた。

桔梗の腹が膨らむのに比例するかのように、彗星はなおも不気味に輝きを増していった。人々は夜が訪れるたびに天を仰ぎ、いつもの位置に凶星《きょうせい》が居座っているのを確認しては、おののきを深くするようになっていた。

そんなある日、沼間の国光の鍛冶場に祐慶が顔を出した。国光から預かっていた刀に彫りを入れ終え、それを届けに来たのである。藤三郎は祐慶に難しい顔をして語りかけた。

「兄者、彗星が現れて以来、桔梗があれこれ要らぬことを考え、思い悩んでいる様子なのです。兄者に安産祈願の祈祷をお願いしておくからと約束したので、帰りに家に立ち寄り、一言、声をかけてやってはもらえませんか」

「そうか、分かった……。そうだ藤三郎、生まれる子のために守り刀を鍛えてやらぬか。その刀に神仏の御加護が宿るよう、俺が呪《まじな》いをしてやる」

「呪い?」

「そうだ、呪いだ」

「……分かりました。さっそく鍛えます」

七月の初旬になると、巨大彗星の不気味な光芒は半天に及んでいた。桔梗は臨月を迎えた。藤三郎は小振りの短刀を鍛え上げ、沼間を訪れた祐慶にそれを見せた。

「なかなか姿の好い短刀ではないか。さすが国光門下」

祐慶、藤三郎兄弟の師国光は、短刀をよく手がけた。すでにこの頃は、短刀を打たせれば、鎌倉あたりでは国光の右に出る者はいなかった。

「まだ親方ほどのものは打てませんが……」

「これはしばらく預かるぞ」

祐慶は短刀を懐に入れて、鶴岡八幡宮寺に帰っていった。それから七日ほど後、祐慶が藤三郎の家を訪れた。

「お守り刀に呪《まじな》いを施してきた」

祐慶は藤三郎夫婦の前に短刀を差し出した。

「拝見します」

藤三郎が白鞘《しらざや》から刀身を抜いた。刀身の表には、みごとな梵字が三文字刻まれていた。

「これは……」

「その梵字は上からカーン、ケー、バイと読む。それぞれ不動明王、計都星《けいとせい》、薬師如来《やくしにょらい》の意味だ。真ん中の計都星すなわち彗星を、不動明王と薬師如来が囲んで、仏の力で邪悪な彗星を封じ込めている図だ。これをお守り刀にすれば、桔梗殿も立派な子供を産むことができよう」

「なるほど、さすが兄者、考えたものだ。桔梗、これを肌身から離すでないぞ」

桔梗も藤三郎から守り刀を受け取り、しげしげと刀身彫りに見入った。

「義兄様《あに》、ありがとうございます」

「何の」

祐慶が守り刀に彫った梵字の呪《まじな》いが効いたのか、桔梗は心の安定を取り戻した。それと時を同じくして、彗星の尾がしだいに短くなっていった。やがて桔梗は男児を産み落とした。

「まるで五郎の生まれ変わりのようだ」

桔梗は産まれたばかりの我が子を抱きしめると、まっさきにそう口にした。桔梗は五男一女の六人兄弟だった。上に兄が四人、下に歳の離れた一人の弟がいた。母は弟を産んで間もなくすると、出産時の難のせいで亡くなってしまった。弟は五郎と名付けられ、叔母の貰い乳で育ったが、授乳時以外はまだ十歳だった桔梗が世話をしていた。遊びに行くにも、いつも弟を負《お》ぶっていた。泣き止まぬ弟に、まだ膨らみかけたばかりの胸の乳首を含ませ、懸命にあやしたこともある。しかし五郎は二歳の時、流行病《はやりやまい》で亡くなった。桔梗の嘆きは、まるで実の子を失ったように深かった。

「あなた、この子に五郎と名付けてもよいですか」

我が子に亡き弟の面影を重ねていたのであろう、桔梗は藤三郎に哀願した。藤三郎も妻の夭逝《ようせい》した弟のことは聞いていた。

「別に構わないが、しかし長男に五郎では少しおかしくないか」

「この子もいずれは刀鍛冶になる定めでしょう。刀鍛冶にとって刀工名こそ真の名。俗名など仮の名にすぎませぬ」

「それもそうだな、お前の好きにしろ」

こうして凶星の落し子のような赤子は五郎と名付けられた。後世、名刀鍛冶の第一に挙げられるようになる、『五郎正宗』の誕生である。

八月になると病を患った執権北条長時に代わって、北条政村《まさむら》が七代執権の座に就き、得宗家嫡男の時宗《ときむね》が連署《れんしょ》となった。時宗はまだ十四歳の若さだったため、政村が中継ぎとして七代執権に就任したのである。

その後、彗星はしだいに小さくなっていき、九月の中旬を過ぎるとついに見えなくなった。この年、大陸ではアリクブケが兄のフビライに降伏し、四年もの間、南北に分裂していた蒙古帝国は再び統合されていた。

第三章　蒙古の国書

一　風濤《ふうとう》を越えて

蒙古帝国の都は第二代ハーンのオゴディ以来、モンゴル高原中央部のカラコルムに置かれてきた。正元《しょうげん》二年（一二六〇）に第五代ハーンに即位したフビライは、首都をカラコルムから開平《かいへい》に移し、燕京《えんけい》（北京）を副都に定めた。爽涼《そうりょう》とした開平を夏の都、温暖な燕京を冬の都としたのである。夏と冬の営地《えいち》を移動しながら暮らす、大草原の遊牧民族ならではの発想であった。さらに三年後には開平を上都《じょうと》、その翌年には燕京を中都《ちゅうと》と改称していた。

文永《ぶんえい》二年（一二六五）、上都の宮殿で蒙古の高級官吏である趙彝《ちょうい》が、フビライにある進言を行っていた。趙は高麗の釜山《ぶさん》西方に位置する咸安《かんあん》の出身で、日本の事情に精通していた。趙が日本通となったのには理由があった。趙には高麗の合浦《がっぽ》で倭寇《わこう》の襲撃に遭い、家を焼かれて娶《めと》ったばかりの新妻を拉致《らち》された過去がある。日本へ連れ去られた妻の安否を探るうちに、いつしか日本の知識を蓄えていた。蒙古の高麗侵攻の際、祖国を裏切り、燕京に赴いて進士《しんし》試験（科挙《かきょ》）に合格、ついにはフビライの知遇を得た長身白皙《はくせき》の男。

「高麗国の隣に日本という島国がございますが、この国は宋と誼《よしみ》を通じ盛んに交易を行っております。

宋を攻略する前に日本に使者を送り、朝貢《ちょうこう》を促してみてはいかがでございましょう」

趙彝は羊毛で織られた絨毯《じゅうたん》に片膝を落とし、玉座《ぎょくざ》に腰を沈めたフビライの顔色をうかがいながら、慎重に言葉を選んで献言した。

「倭国《わこく》のことか」

フビライは気のなさそうな返事をした。趙彝の言う宋は、趙匡胤《ちょうきょういん》が建国した宋王朝（北宋）が、騎馬民族国家（女真族《じょしんぞく》）の金に華北を侵略された後、南に逃れて淮河《わいが》以南の地に再興した王朝（南宋）のことである。杭州《こうしゅう》を臨安《りんあん》と名付けて実質的な首都としていたが、フビライは四年前に南宋征服を宣言し、蚕《かいこ》が桑の葉を貪《むさぼ》るように着々とその領域を侵しつつあった。昨年は弟のアリクブケを降伏させ、南北に並存していた大ハーン位を再び一つのものとしたばかりである。それだけにこの時期、フビライに東方の小さな島国のことなど眼中にない。

「宋を滅ぼせば史上空前の大蒙古帝国が誕生する。その暁には蒙古の威に恐れをなした周辺の蛮国は、黙っていてもことごとく臣従を願い出てくるであろう。東方の島国のことなど捨て置いてよい」

フビライは趙彝の進言に取り合わなかった。それにもかかわらず、趙はフビライに食い下がった。声はいちだんと熱を帯びている。

「日本は今では宋の数少ない交易国の一つで、宋は焔硝《えんしょう》（火薬）の原料になる硫黄の他、刀剣などの武器を得ております。それに何と申しましても、日本に産する豊富な金銀は魅力でございます。かの国から訪れる留学僧などは、砂金や銀などを潤沢に持参して参るそうにございます」

趙彝はことさら日本が金銀の産出国であることを強調し、フビライの関心を惹こうとした。そしてさらに続けた。

「島国とは申せ、日本は高麗国に優る国土を有しておるとか。追いつめられた宋に日本と手を組まれては、厄介なことになりかねません。今のうちに我が帝国と誼《よしみ》を結ばせ、宋との交易を絶たせれば、我々は大きな利益を得るとともに、宋には多大な痛手を与えることができます」

趙彝は熱心に日本との交易をフビライに説いた。実は趙のフビライへの進言は、高麗が蒙古に人質として差し出した、高麗王元宗《げんそう》の世子《せいし》・諶《しん》（忠烈《ちゅうれつ》）の内意を受けてのことである。

諶は正元《しょうげん》元年（一二五九）に高麗が蒙古に臣従して以来、六年もの間人質としてフビライの側近くにあって、蒙古のやり方を熟知していた。蒙古は他国を併呑《へいどん》すると、その国の投降兵を使って、新たな国へ侵略の毒牙を向けるのが常だった。それ故に、今ではすっかりフビライの寵臣《ちょうしん》となった諶にとり、海を隔てた隣国日本は甚《はなは》だ気になる存在であった。諶は趙彝に言った。

「フビライ様は宋攻略の暁には、必ず日本を次なる侵略の目標とするであろう。海を知らぬ蒙古が日本を侵略しようとすれば、フビライ様は兵や兵糧のみならず、船や水夫まで高麗に強要するであろう。そうなれば我が高麗王朝が大打撃を被るのは目に見えている。今のうちに日本が穏便に蒙古の威に服すれば問題はないのだが……。日本に朝貢を促す招諭使《しょうゆし》を遣わすよう、フビライ様を口説いてはもらえぬか」

諶は高麗国の世子である。次代の国王の座が約束されている。諶の言葉を聞いただけでは、高麗国の難儀を心底思いやっているように聞こえる。しかし、そうではないのを趙彝は知っている。諶の頭の中には国民への心遣いなどかけらもなく、高麗王朝の安寧《あんねい》だけがある。そのためには、蒙古に対しどのようなへつらいでもする男だ。

（諶様は口とは裏腹にフビライ様の関心を日本に向けさせ、日本に侵攻させようという魂胆だ。自分の国が蒙古の属国と化したのに、隣国の日本が何ら禍《わざわい》を受けていないことが許せないのだ。蒙古に媚《こ》びることしかできないくせに、その鬱積《うっせき》したものを日本侵攻という形で晴らそうとしている。祖国ではまだ蒙古との戦いを続けている者たちがいるというのに）

趙彝は諶に哀れすら感じた。同類相哀れむ。諶の姿は趙自身の姿だ。趙は祖国を踏みにじった蒙古に取り入り、今では大ハーンのフビライにまみえることのできる地位にまで出世している。

（諶様の話に乗ってみるか。そうすれば……）

趙彝の脳裡に倭寇に拉致された妻の貌が過ぎった。美しい女だった。災難からすでに十三年、趙は新たに蒙古人の妻を娶り子もなしていた。しかし、新婚間もない頃に引き裂かれるように別れた相思相愛の妻のことは、いつまでも忘れられるものではなかった。

（日本が蒙古に臣従すれば、妻の安否を確かめることができるかも知れない。フビライ様を焚きつければ、妻を掠《さら》った日本人どもに復讐してやることもできる）

「分かりました。ではフビライ様に進言してみましょう」

趙彝は諶に向かって慇懃《いんぎん》に答えた。だが日本通の趙は、日本がそう簡単に蒙古への朝貢を受け入れるとは思っていない。趙は『隋書倭国伝《ずいしょわこくでん》』に記された、日本の聖徳太子が隋の煬帝《ようだい》に送った国書を読んだことがある。

『日出づる処《ところ》の天子、日没する処の天子に致す。恙《つつが》無きや……』

現在、高麗王朝は蒙古皇帝から『朝鮮国王』の称号を得て、どうにか命脈を保っている有様である。その様な祖国の状況を思うと、煬帝を激怒させたという日本の国書が何とも清々しく思える。日本は高麗と違い、海という天然の防壁に守られている。日本がすんなり蒙古に臣従するとは考えられない。

（しかし、いずれ日本侵攻は避けられぬことだろう）

趙彝は諶の依頼というより、日本で生きているかも知れない妻の消息を知りたい一心から、フビライに日本招諭のことを進言したのである。

「日本は最果ての取るに足りない島国と思っていた。その方が申すように、それほど利用価値がある国なら、さっそく招諭使を遣わし朝貢を促してみよう」

招諭使とは相手の国に対し、貢ぎ物を持って臣従の挨拶に来るようにとの、フビライの命を伝える使節のことである。フビライは一度の使節派遣で日本が臣従すると思っているのか、趙彝に鷹揚な態度で応えた。


趙彝の進言を容れて、フビライは日本に招諭使を遣わすことになった。文永三年（一二六六）の秋、フビライは兵部侍郎《へいぶじろう》（国防次官）黒的《こくてき》を正使、礼部侍郎《れいぶじろう》（文部次官）殷弘《いんこう》を副使に任じ、国書を持たせて日本へ発たせた。途中、使節の一行は、高麗の都江都《こうと》に立ち寄った。高麗の首都は蒙古が朝鮮半島に侵攻して以来、開城《かいじょう》より漢江《かんこう》の河口に浮かぶ江華島《こうかとう》へ遷都《せんと》していた。使節は江華山城を訪れ、元《げん》宗《そう》に日本へ案内するよう要請した。

「フビライの征服欲が、いよいよ日本に向けられたか」

招諭使一行の到着を知った元宗は絶句した。元宗は自分の息子諶《しん》がフビライをそそのかした元凶であることなど知る由もない。

「もし日本がすんなり朝貢に応じなければ最悪の事態となりましょう。高麗は日本遠征の出撃基地と化し、冷徹なフビライは我が国に兵の提供のみならず、膨大な数の軍船や食糧を供出するよう命じてくることでしょう。そうなれば我が高麗国は疲弊の極みに達します。何としてでも最悪の事態は避けねばなりません」

元宗が最も信を置く宰相の李蔵用《りぞうよう》が言った。

「どうすればよい。何か策はあるか」

「蒙古は草原の民。真冬の荒れ狂う海を見せれば、恐れをなして渡海を断念するかも知れませぬ。残念なことに、この際、それしか手立てはありませぬ」

李蔵用は顔に苦悩の色を浮かべ、声を震わせながら言った。

「先導役には誰をあてる」

「枢密院《すうみついん》副使の宋君斐《そうくんひ》が適役かと」

その場に宋君斐が呼ばれた。

「その方に日本招諭使の案内役を命じる。蒙古使節団を巨済島《きょさいとう》に導け」

李蔵用は宋君斐に命じた。巨済島は朝鮮半島南端の釜山近くにある島で、見晴らしのよい日には遠く日本の対馬を見ることができる。

「巨済島まででよろしいのですか？」

宋君斐も高麗王朝の高官の一人である。フビライが高麗に対し、その派遣した使節団を日本まで案内するよう命じてきたことは承知している。それなのに李蔵用は巨済島を口にした。

「そうだ。海が最も荒れる季節に巨済島に導き、使節の日本行きを断念させよ。高麗王朝の命運がかかっている」

李蔵用は宋君斐に厳命した。

宋君斐は船の準備の遅れを理由に、使節団の出立をできるだけ先に延ばした。日本招諭使の一行がようやく江都を発ったのはその年の末、季節はすでに厳冬を迎えていた。江都を出てからも天候不良などを理由に浦々で碇泊をくり返し、蒙古使節が巨済島に着いたのは翌年の一月のことだった。

宋君斐は黒的らを巨済島の松辺浦《しょうへんぽ》に案内した。日本の対馬が望める景勝の地である。真冬の厳寒の海は北風が吹きすさび、波浪が白い飛沫《しぶき》をあげて荒れ狂っていた。海を行く船など一隻も見あたらない。はるか彼方に、うっすらと島影が見えた。

「あれが日本の対馬です」

宋君斐は黒的と殷弘に大声で指し示した。それでも宋君斐の声は風に掻き消されそうであった。大草原で育った蒙古使二人は、初めて目にした荒れ狂う海に戦慄《せんりつ》を覚えていた。

「まるで風濤《ふうとう》が天を蹴っているような光景だ」

文才に秀でた殷弘が、眼前の光景を詩的に、しかも的確に表現して見せた。

「日本本国に渡るにはまずこの大海原を越え、さらに壱岐島《いきのしま》、そして博多津と、大海を三度も越えねばなりません。これまでにかの地へ渡海を試みた多くの船が、消息不明となっております。日本に渡るには決死の覚悟が必要なのです。それに対馬や壱岐の島民は野蛮で礼儀をわきまえぬ者たちです。彼らは倭寇の一員で、我が国の沿岸を荒らしまわる海賊の輩《やから》です」

宋君斐は李蔵用に命じられたとおり、使節の日本行きを断念させるため、黒的と殷弘の顔色をうかがいながら語った。

「対馬の先の海もこのように荒れているのか」

黒的が青ざめた顔で訊ねた。

「対馬と壱岐の間の海は、これに倍する荒れ模様かと」

宋君斐が大袈裟に答えた。

「それでは対馬へ渡るのもおぼつかないのに、まして日本へ渡るのは不可能ではないか」

招諭使の任をまっとうして日本を臣従させ、その功績により兵部尚書《ひようぶしようしよ》（国防長官）の座を狙おうとしていた黒的は、宋君斐の言葉に意気消沈してしまった。

（このような東方の果てで無駄死にしてしまっては元も子もない。先導役の高麗側が尻込みするぐらいだ。ならばここで引き返して、フビライ様に日本招諭の愚を申し上げた方が得策だ）

打算的な性格の黒的は渡海を断念した。


「あらかじめ、風濤の険阻《けんそ》をもって日本に行けなかったと言い訳をするなと、きつく申し渡してあったではないか」

航海の困難を理由に引き返し、日本への通使の不要を説く黒的に、フビライは激怒した。そして怒りの鉾先は、先導役を果たさなかった高麗に向けられた。

「その方ら、即刻、高麗に出立せよ。そして元宗に伝えよ。今度は高麗の責任で、必ず国書を日本に届けさせよと」

季節は真夏になっていた。黒的と殷弘は再び高麗に向かった。二人の今度の役目は、高麗王に日本への国書を託す役である。黒的は高麗に到着すると、元宗にフビライの厳命を伝えた。高麗側も今度ばかりは妙策がなく、元宗は家臣の潘阜《はんぷ》を使者に任命した。

潘阜の一行は九月の末に江華島から日本へ出立し、十一月に対馬に到着した。対馬は筑前守護少弐《しように》資能《すけよし》の守護領で、地頭の宗助国《そうすけくに》が治めていた。

「いよいよ来たか！」

助国は呻《うめ》くように呟いた。対馬は国境の島である。対岸の国がどのような状況に置かれているか、助国は肌身で承知していた。助国は高麗使の扱いを主家の少弐資能に仰いだ。

正月元旦、助国は資能に命じられて、招諭使一行を、古代から日本の海外通交の窓口であった大宰《だざい》府《ふ》に案内した。資能は使節をそこに留め置き、蒙古王の国書と高麗王元宗の親書を鎌倉へ送った。

二　国書到着

文永五年（一二六八）、閏《うるう》正月八日の未明のことだった。鎌倉の都大路を一頭の馬が疾風の如く駆け抜けた。それからしばらくすると、市中を駆けまわる蹄《ひづめ》の音がひっきりなしに聞こえ始めた。

明け方近くには、幕府評定所の広間には、執権北条政村、その補佐役である連署の北条時宗の他、北条氏一門や有力御家人からなる十四名の評定衆が顔をそろえていた。太宰府から、高麗使節がもたらした蒙古の国書が届けられたのである。

蒙古王から突然送られてきた国書は、尊大きわまりない書き出しで始まっていた。表面的には日蒙両国の平和的な通交を要求するものであったが、属国となった高麗同様、蒙古の冊封《さくほう》を受け入れなければ武力を用いるのも辞さない、と明記してあった。

「我が国はいにしえより、大陸の王朝とは対等であるという矜持《きょうじ》を持っている。この国書は屈辱この上もない」

「およそ外交文書にあるまじき、非礼きわまりない恫喝文《どうかつぶん》ではないか。蛮族の分際で傲慢不遜《ごうまんふそん》の蒙古奴《め》が」

国書の内容を知った幕閣の面々は、そろって眉を逆立てた。

「高麗が蒙古の属国となって久しい。宋も大陸南部に追いやられ、いよいよ命運が尽きようとしている。早晩、このような事態が訪れるであろうと、亡き時頼様は危惧《きぐ》しておられたが」

六十四歳になる執権職の政村が顔を曇らせて言った。幕府が大陸の情勢にまったく無知であったわけではない。交易船や渡来僧、九州の海族衆《かいぞくしゅう》など、多くの筋から海外情勢はある程度把握していた。政村も蒙古という大陸北方の蛮族が、史上類を見ない大帝国を築きつつあるという事態は認識していた。蒙古軍に蹂躙《じゅうりん》された高麗は、『骸骨野《がいこつや》に満《み》つ』という辛酸を舐めたと聞いている。兵馬の権を握る執権職の双肩に、得体の知れぬ重圧がかかっていた。

「我が国始まって以来の、まさに国の存亡にかかわる一大事だ。天智《てんじ》二年に、白村江《はくそんこう》の戦いで唐・新羅《しらぎ》の連合軍と鉾を交えて以来、異国との戦を忘れていた」

北条実時が後悔頻《しき》りといった顔で腕を組み瞑目《めいもく》した。実時は広間に居並んだ者の中では最も博学な男である。

「単なる脅しではないのか。大海を渡ってまで侵略軍を差し向けるとは思えぬ。適当にあしらってはいかがか」

名越時章《なごえときあき》が言った。

「あしらうとは返事を致さねばならぬが、蒙古の服属要求を呑むということでござるか」

実時が目を見開いて訊いた。

「表面だけ取り繕って、交易で利をあげればよい」

時章の弟教時《のりとき》が、あらかじめ示し合わせたように兄の意見を擁護する。二人は事あるごとに政村や時宗に反抗的な態度を見せる。それだけ幕府内で力がある証である。

名越氏は二代執権義時の次男朝時《ともとき》を祖とする家系で、北陸三ヶ国と鎮西《ちんぜい》三ヶ国の守護を兼ね、幕政中枢でも評定衆、引付衆《ひきつけしゅう》を務め、九条頼経《よりつね》、九条頼嗣《よりつぐ》、宗尊《むねたか》親王という歴代将軍の近臣として勢力を築いている。その力を背景に、時章《ときあき》は弟の教時《のりとき》とともに反得宗派の筆頭であり、あわよくば得宗家にとって代わろうと思っている。そんな名越兄弟にしてみれば、蒙古の国書は政権に一歩近づく千載一遇の好機とも映る。二人は憂国の情より、権力欲が優っていた。

「そう甘くはあるまい。結局、高麗のような悲惨な状況に陥りますぞ」

安達泰盛《やすもり》が声を荒げた。その時だった。

「おのおの方」

広間に突然凛《りん》とした声が響いた。座を静めるような声を発したのは、若干十八歳の時宗であった。五代執権北条時頼と正室の間に生まれた得宗家嫡男で、生まれながらにして執権の座を約束された存在である。四年前より執権に次ぐ要職である連署に就任し、政村の補佐役を務めている。

「我が国に服属を要求するこの書状は、宣戦布告以外の何ものでもない。礼なければ仁《おもいやり》なく、仁なき交わりは禽獣《きんじゅう》の交わりにも劣る。我が国は聖徳太子以来、華夷秩序《かいちつじょ》からの脱却を国是としてきた。蒙古の服属要求は断固として拒否すべきである。武力による威嚇には武力によって応えるのが武士《もののふ》の道ではござらぬか。この蒙古の国書は断固黙殺すればよろしかろう」

時宗は南宋から日本に逃れてきた禅僧蘭渓道隆《らんけいどうりゅう》から、宋王朝没落の原因を幾度となく耳にしていた。蘭渓によれば、宋は北方の蛮族のために国土の大半を侵略されたが、それというのも宋が蒙古の強大な兵力を恐れるあまり、常に場あたり的な和平策に終始したため、蛮族の侮《あなど》りを受けて国を守りきれなかったからだと言う。宋の失策に学んだ時宗は、交渉の道を断って徹底抗戦する決意を満座に示したのである。

「そうだ」

評定衆の大半も時宗の強硬意見を支持した。だがそれに異議を唱えたものがあった。またしても名越時章《ときあき》である。

「日本という国が、今、瀬戸際に立たされているのやも知れぬ。ここで即断せず、もう少し日をかけて吟味《ぎんみ》致そうではないか。それに外交は元来、朝廷の専権事項。我々に外交の経験は皆無であるから、国書を都に送り、朝廷の裁定を待たれてはいかがか」

時章の意見にも一理ある。

「我が国は永い間、他国との正式な国交を持っていない。海外の情報の量にはおぼつかないものがある。できるだけ返事を遅らせて、その間に情報を集めるべきだ」

弟の教時《のりとき》も兄の意見を再び擁護する。名越兄弟の発言をきっかけに、評定衆の間で鼎《かなえ》の沸くがごとき論争が始まった。蒙古の国書をどう処理するか、評定所の論議は収拾がつかなくなり、その日の評定は虚しく終わった。その後も連日評定が行われたが、議論が集約されることはなかった。

国書が鎌倉に届いてから半月ばかりが経った日のことだった。評定の後、北条政村の私邸で、政村、安達泰盛、北条実時の三人が膝を交えた。

「このような時局に評定衆の意見が真っ二つに割れてしまっている。これではまずい。蒙古と対決するには権力が一点に集中し、強力な指導力が発揮されるのが望ましい。名越兄弟の反得宗ぶりは目に余るものがある」

昼間の評定の場を想い出してか、着座するなり安達泰盛が苦々しげに言った。泰盛は三十八歳。泰盛の歳の離れた妹堀内殿《ほりうちどの》は時宗に嫁いでおり、得宗家を支える立場にある。

「わしは時宗が一人前になるまでの後見役として、これまで執権職を預かってきた。国書が届いてからの時宗の堂々とした論争ぶりを見たであろう。時宗も評定の場を差配《さはい》できるまでに成長した。もし蒙古の国書を握り潰し、蒙古と一戦を交えるならば、時の政権は本格政権でなければならぬ。わしは今度の件を機に、執権職を時宗に譲ろうと思う。人心を若返らせ、挙国一致で蒙古との戦に臨むべきだ。わしは連署になって時宗を補佐する」

実時と泰盛にとって、政村の思いがけない発言であった。政村はそれだけ事態を深刻に受け止めていた。その場に重苦しい沈黙の時が流れた。

「それは御英断かも知れませぬが……また名越兄弟が一騒動を起こすかも知れませぬな」

実時が政村と泰盛を見まわしながら、溜め息混じりに言った。

名越兄弟の兄光時《みつとき》は、かつて時宗の父時頼が執権を継いだ際には、時頼の執権就任に反対して、一触即発の騒動を起こした前科がある。教時《のりとき》自身も時宗が連署に就任して二年後の文永三年（一二六六）七月、宗尊《むねたか》親王が将軍を廃され京都に送還された際には、評定衆でありながら宗尊の送還に抵抗し、数十騎の兵を率いて示威行動に出ている。この時は軍事衝突に到ることは回避されたものの、名越氏はいつの時代にも、得宗家にとって獅子身中《しししんちゅう》の虫《むし》であった。

翌日、再び評定が行われた。しかし、それはいつもの評定ではなかった。政村は開口一番、みずからの執権退任を皆に告げた。

「いつまでも意見が二つに割れたままでは、この国家存亡の危機に対処するのは叶わぬ。もはや議論は出尽くした。わしは執権として最終判断を下す。時宗の意見を容れ、蒙古の国書に対する返書は不可とする。だが外交は朝廷の専権事項であるから、都の顔も立てねばなるまい。鎌倉の意見を添えて国書を奏上し、朝廷の裁定を待つこととする。それから御家人は一致団結して国難にあたらねばならぬが、それには人心を一新し、挙国一致で蒙古との戦に臨むべきだ。そこでわしは執権職を時宗に譲り、これからは連署として補佐役にまわる。その時期は朝廷の裁定が下りた後の方がよかろう。その前にわしが辞職すれば、要らぬ混乱を招くおそれがある」

居並んだ評定衆にとり、政村の辞意は突然なことであった。特に得宗家転覆をもくろむ名越兄弟には、時宗の執権職就任は衝撃であった。

政村の辞意表明と引き替えに、半ば強引な形で蒙古国書に対する幕府の方針が定まった。閏正月の末、国書を朝廷に届けるため、京都をめざして早馬が発った。

二月四日は藤三郎の父行光の命日であった。藤三郎は国光から三日の暇を貰い、昨日から妻子を連れて由比の飯島の実家に里帰りしていた。昨夜は風も無い夜であったが、明け方になって木枯らしが吹き始めていた。燃え盛る囲炉裏の火で、自在鉤《じざいかぎ》に吊された鍋の汁物が煮立っている。五郎も五歳になっていた。かわいい盛りである。藤三郎の母の千代は、器用に箸を使っている孫の顔を飽きずに眺めていた。桔梗が椀《わん》に汁をついでいる。藤三郎には満ち足りた光景だった。

（このような日々がいつまでも続けばよいが）

藤三郎は朝餉の汁をすすりながら思った。蒙古の国書が鎌倉に届いてからすでに一月余り。幕府は人心の混乱を避けるためそのことは伏せていたが、隠しおおせるものではなかった。幕府がそのことを秘すれば秘するほど風評はしだいに膨らみ、今にも鎌倉にまで蒙古軍が攻めてくると思っている者もいるほどであった。鎌倉市中には目に見えない緊張感が漂っていた。

入り口の扉が滑り、藤三郎の兄の祐慶が、駆け込むように土間へ入ってきた。

「おや、祐慶。早かったではないか」

千代が息子に声をかけた。祐慶も父の命日のため、鶴岡八幡宮寺から暇を貰って帰ってきたのだ。

「寒かったでしょう」

桔梗が土間に降り、祐慶から錫杖《しゃくじょう》を預かった。

「蒙古のことは聞いたか」

祐慶は桔梗に軽く会釈しただけで藤三郎に訊ねた。

「沼間もその話でもちきりです。色々な流言《りゅうげん》が飛び交っているので、情報が錯綜しています。本当のところはどうなんです」

「大陸では蒙古と宋が争い、宋の命運が風前の灯だということは知っているな。高麗も属国にされて久しい。その高麗が蒙古の命で蒙古王の国書を届けてきたのだ。それには貢ぎ物を持って挨拶に来い、さもなくば兵を用いるぞと、脅し文句が書き連ねてあったそうだ。要するに高麗同様、属国になれと言ってきたのだ」

「ふざけたことを」

「その国書はすでに朝廷に送ったのだそうだ。坂東《ばんどう》の田舎武者には、外交のことはよく分からないかられ。朝廷の裁定を仰いでから、どうするか決めるのであろう」

「戦《いくさ》になるのですか」

桔梗が祐慶に訊いた。

「向こうが攻めてきたらそうなるだろうな」

「蒙古って何？」

五郎が伯父に向かって、かわいらしい声を発した。

「海の向こうに住んでいる鬼だ」

祐慶が答えた。

「強いの」

「さあ、来てみなければ分からないな」

「鬼どもが来たら、父さんの作った刀で斬ってやる」

「ほう、五郎は勇ましいな」

「蒙古の武器はやはり柳葉刀《りゅうようとう》でしょうか」

藤三郎が訊いた。

「さあ、似たようなものじゃないのか」

藤三郎は異国の刀と日本の刀が火花を散らしている場面を想像した。飯島の近くには交易港の和賀江島があるが、藤三郎はここに来航した宋船の乗り組みから柳葉刀を見せてもらったことがある。片刃の湾曲した片手刀で、刀身は先端に向かって極端に幅広となり、重ねも厚く重量があった。この刀の一撃をまともに受け止めたら、日本の刀は折れてしまうのではないかと想えた。

「日本の刀と柳葉刀、どちらが武器として優れているのでしょう」

「それは我が国の刀だろう。宋の文人欧陽脩《おうようしゅう》は刀を日本刀と呼んで、その鋭利さと美しさを絶賛している。かの国では日本の刀を帯びていると凶事を避けると言われ、珍重されているそうだ。鎌倉でも交易に訪れた福建辺りの商人が、好んで刀を買い漁《あさ》っているではないか」

祐慶の言うとおり、刀は日本から大陸へ輸出する代表的な品である。いにしえの直刀《ちょくとう》時代ならともかく、我が国が大陸の刀を輸入したなどという話は聞いたことがない。

（我々の作る刀は優秀なのだ）

藤三郎はそう納得した。

三　若き執権

二月六日、京都の六波羅探題北方《ろくはらたんだいきたかた》に、鎌倉から国書が届いた。六波羅探題は、鎌倉幕府が京都六波羅の北と南に設置した出先機関である。それぞれ六波羅探題北方、六波羅探題南方《みなみかた》と呼び、幕府の直接指揮下にあって、京都周辺の治安維持、朝廷の監視、朝廷と幕府間の取り次ぎなどを行っている。その長は執権、連署に次ぐ重職とされ、北条氏一族が派遣されて政務にあたっている。北と南では北方が上位であるが、国書が送られてきた時、北方は北条時茂《ときもち》、南方は時宗の三歳年上の異母兄北条時輔《ときすけ》が務めていた。

翌七日、六波羅探題北方の北条時茂は、前太政大臣で関東申次《かんとうもうしつぎ》の西園寺実氏《さねうじ》を経て、後嵯峨《ごさが》上皇に国書を奉呈した。

朝廷の驚きは幕府の比ではなかった。後嵯峨上皇、亀山天皇、関白近衛基平《このえもとひら》を中心に、蒙古への返書の可否について御所で連日廟議《びょうぎ》が行われた。ここでも議論が百出した。国書に添えられた鎌倉方の意見どおり、国書を無視して公武一丸となって国難に対処すべきだと主張する者や、形式だけなら属国となっても巧みに交易して利益をあげればよい、などといった国辱的な意見を述べる輩《やから》もあった。

廟議が沸騰している折り、国書の後を追うように、六波羅探題南方の北条時輔のもとに、鎌倉の名《な》越教時《ごえのりとき》から書状が届けられた。それには、近々、政村が執権を退いて、時宗にその職を譲る旨のことがしたためられてあった。名越兄弟は時輔と懇意であった。というより、時輔を反得宗派に引き込むため、幕府の待遇に不満を抱いている時輔に接近していたのである。

「くそっ」

書状を読み終えた時輔は、震える手でそれを握り潰した。

時輔は長男でありながら妾腹《しょうふく》であるため、父時頼から正室の子である弟の時宗、宗政よりも格下に扱われた。嫡子《ちゃくし》と庶子《しょし》の待遇の相違は、鎌倉の武家社会においてはそれが一般的なものであったが、しかし時輔はいつしか怨念《おんねん》の情を時宗に募らせていた。その想いが決定的になったのは、文永元年（一二六四）八月、執権北条長時の出家にともない、連署政村が執権となり、時宗が十四歳で連署に就任した時である。それは時宗体制の発足を意味し、時輔は明確に弟の風下に立つことを位置づけられたからである。

時宗の連署就任に伴い、時輔も新たな役職に任じられた。それまで六代将軍宗尊親王《むねたかしんのう》の側近として将軍御所に仕えていた時輔に、仁治《にんじ》三年（一二四二）以来、実に二十二年間も廃止されていた六波羅探題南方の役職がまわってきたのである。南方を復活させ、連署の兄をその長として送り込んだ執権政村の意図は、西国の要である六波羅探題を強化するための人選であったが、もはや僻《ひが》んだ心でしか弟を見ることのできない時輔は、そうは思わなかった。

（弟が連署になるというのに、俺は六波羅探題。しかも南方より上席である北方には、北条氏でも傍流の時茂が就いている）

時輔は心ならずも上洛の途につくが、その胸中には、鎌倉を追放された、という想いが込み上げていた。

時宗に疎《うと》まれ京都に追いやられたと誤解している時輔は、異母弟の執権就任に激しい嫉妬を燃やしていた。時輔は西園寺権中納言《ごんちゅうなごん》実兼《さねかね》らと示し合わせ、蒙古の国書に対する幕府の方針に反対する。しかし二月十九日、朝廷は連日の廟議の結果、幕府の意見を容れて『返書あるべからず』、つまり無視するという結論に達した。

幕府は朝廷の裁定が下りると、直ちに西国の守護に対し蒙古の侵攻に備えることを命じた。そして三月八日には前代未聞の執権、連署交代が行われ、時宗が執権、政村が連署となった。幕府は時宗を中心にして、蒙古との戦闘態勢の構築に入ったのである。

沼間鍛冶の頭領国弘と、山ノ内鍛冶を束ねる国綱、それに備前三郎国宗の三工に、細工所《さいくどころ》から呼び出しがかかったのは、執権交代直後のことだった。国弘は体調を崩していたため、代理として甥の新藤五国光を出席させた。三人の刀工を前に、細工所頭の二階堂重行《にかいどうしげゆき》が申し渡した。

「すでに皆も存じておろうが、蒙古王から極めて無礼な牒状《ちょうじょう》が届いた。その内容たるや、高麗に倣《なら》って属国になれ、さもなくば兵を送ると書き記してあったそうだ。我が国はこれを無視し、太宰府にいる蒙古の使節を追い払うことになった。そういう事情であるから、いずれ蒙古軍の襲来は避けられぬであろう」

細工所頭は重苦しい表情をして語った。

国宗は細工所頭の言葉を聴きながら、初めて最明寺《さいみようじ》で時頼に目通りした日のことを想い浮かべていた。あの日から八年の歳月が流れていた。それは国宗が鎌倉で過ごした年月に他ならない。

(時頼様はこの日のことを予期しておられた。先見の明には、ただただ驚くばかりだ。確か蒙古王の幼名は、鍛冶屋を意味するとか仰せになられた……)

国宗は遠い過去を振り返っていた。

「鎌倉殿は全国の御家人に蒙古襲来への備えを、朝廷は神社仏閣に異国降伏の祈祷《きとう》を命じられた。とにかく早急に武備を整えねばこの国が危ないのだ。その方らには刀剣、薙刀《なぎなた》、弓の矢尻まで、とにかく増産を始めて欲しい。炭や鉄はこちらで必要なだけ手配する」

細工所頭は、幕府から武器類の備蓄を命じられたのである。細工所頭が洩らした『この国が危ない』という一言が、三人の刀工に不安を抱かせた。

「蒙古兵の武器はいかなる物でございますか」

山ノ内国綱が細工所頭に訊ねた。それは刀工なら誰しも知りたいことだった。蒙古兵の武器に対し、従来の刀剣で対処できればそれで良いが、もし不都合があるならば改良を加えねばならない。

「さあ、わしには分からぬ」

細工所頭は腕組みして困惑の色を見せたが、それも無理からぬことだった。これまで武士が経験した戦いといえば、相手方の気心も戦闘法も知り尽くした日本人同士の戦《いくさ》であった。異国との戦いはかつて新羅《しらぎ》へ援兵を送って以来であるから、この国の人間で異民族との戦いを経験した者は、朝鮮半島や大陸沿岸を荒らしまわった海族衆くらいのものである。その海族衆にしても、蒙古との戦闘経験は皆無であった。

「蒙古軍の得物《えもの》がどのようなものか、我々武士には、そなたたち以上に関心のあることだが……敵の手の内が分からぬ以上、我が国の刀剣が奴らの物より優っていることを願うばかりじゃ。とにかくこれまで以上に、刀剣の増産に全力をあげてくれ。国の命運がかかっている」

細工所頭の二階堂重行は、三人の刀工に頭を下げて頼んだ。

「かしこまりました」

国の命運がかかっているとまで言われ、刀工たちは身の引き締まる思いであった。細工所頭の命を受けた三人の刀工は、そそくさとそれぞれの鍛冶場へ帰っていった。

三人の刀工が細工所に呼ばれた日、祐慶と藤三郎は沼間から鎌倉に向かって歩いていた。鎌倉に通じる道は俗に鎌倉七口《ななくち》と言われているが、実際には他にも通行路があった。小坪《こつぼ》口や稲村ケ崎の海岸がそれである。

「飯島に寄っていこう」

兄弟のどちらが言うとはなしに母の家に立ち寄ることになり、二人は沼間から二里ばかりの距離にある実家に向かった。飯島へは由比ヶ浜東端の飯島崎を抜ける小坪口が最短である。

祐慶は国光に頼まれていた刀身彫りを終えたので、昨日、それを沼間に届けに来たのである。藤三郎の家に一泊し、今日はその帰りであった。藤三郎は逆に、製作を依頼されていた太刀を、市中にある御家人宅に届けに行くところであった。

桔梗を娶《めと》ってすでに五年の歳月が流れ、藤三郎も今では国光の代作をこなすほどになっていた。今、背に負っている太刀は、藤三郎の刀に惚れ込んだ若い御家人の注文品である。藤三郎は師の代作を手がけているものの、まだ刀工名を持たない。藤三郎はこの刀を師の許可を得て鍛えた。無論、茎《なかご》に銘は無い。

「親方が褒めておられましたぞ。兄者に彫りを入れてもらえば、刀の格が数段も上がると。大進坊《だいしんぼう》祐慶の刀身彫りはすっかり有名になりましたな」

鶴岡八幡宮寺の北西隣の谷間《たにあい》は御谷《おやつ》と呼ばれ、この辺り一帯には八幡宮の別当や供僧の住坊が立ち並んでいる。その数は時代により変遷はあるが二十五坊余り。そのため鶴岡二十五坊と称されている。祐慶はその一つ、『大進坊』の住持職《じゅうじしき》であるため、世人《せじん》は彼のことを大進坊祐慶と呼び慣わしている。

以前から沼間の国光一門の刀身彫りは、すべて祐慶が手がけるようになっていた。祐慶は国光に彫りを頼まれると、供僧の仕事の合間に住坊で鏨《たがね》を振るった。祐慶も近頃では、『薙刀の大進坊』に加え、『刀身彫りの大進坊』とも呼ばれるようになっていた。二つの異名を奉られるほど才に恵まれた祐慶は、その筋の者には知る人ぞ知るの存在である。

「御先祖様の名を辱めてはならぬと、肝に銘じて努力しているからな。わしにも、それなりに苦労が絶えぬわけよ」

兄弟の祖父豊後行平は、みずから鍛えた刀に神仏の尊像《そんぞう》や倶利伽羅《くりから》を巧みに彫り、刀身彫りの草分け的存在である。祐慶は行平の作品を目標に、刀身彫りの修練に励んできた。

「やはり血筋かな」

藤三郎が言った。

「お互い、血筋に縛られているわけだ」

二人は顔を見合わせて笑った。

夏の暑い盛りであった。蝉時雨《せみしぐれ》が暑さをいっそうかき立てていた。山を一つ越えると、狭隘《きょうあい》な谷に出た。海に向かって漁師の粗末な掘っ立て小屋が点在していた。西側の丘の山頂は木々を除いて平場《ひらば》になり、鎌倉を馬蹄形に囲む尾根の東の終端になっていた。一朝有事の際には、城郭の櫓《やぐら》の役目を期待される場所である。丘の南端は峻険《しゅんけん》な崖となって海と接しており、飯島崎と呼ばれていた。小坪路はここの海岸線の岩場を、どうにか人が歩ける程度に通じている。

「今日は大潮だな。今頃は潮が最も干《ひ》る刻限か」

漁師村の中を歩きながら祐慶が言った。

「久しぶりに磯遊びでもしていきますか」

「そうするか」

祐慶も賛成した。兄弟は童《わらべ》の時分には、飯島崎の辺りを遊び場にしていた。海で泳いだり、釣りに興じたり、山に分け入っては鳥獣を捕らえた。二人一緒に飯島崎を訪れたことが童心を呼び覚まし、汗ばんだ肌が海に涼を求めさせたのである。

漁師村を抜けると、松並木が続く海岸線に出た。飯島崎とその南東方向にある大崎との間には、美しい弧状の砂浜が五町（約五百メートル）ほどにわたって続き、浜辺には網や魚が干してあった。潮騒の音、磯の香り、肌を過ぎる風、紺碧の海。兄弟の脳裡に幼い日の想い出がまざまざと甦るのだった。

兄弟は松並木の中を飯島崎の方に歩いていた。しばらく歩くと、駿馬《しゅんめ》が三頭、松の木に繋がれているのが見えた。その中の一頭は全身が黒光りする青鹿毛《あおかげ》で、特に体躯が他の二頭よりも秀でていた。

「立派な馬だな」

藤三郎が立ち止まって馬に目をやった時だった。飯島崎の方で獣《けもの》の声にも似た絶叫があがり、刀を斬り結ぶ音がし始めた。大勢の者が乱闘を演じている様子だ。

「何事か！」

二人は音のする方に向かって駆けていた。

潮が干いたばかりの清浄な砂浜が、乱闘する者たちの足跡で醜く汚されていた。見るからに悪漢風《あっかんふ》情《ぜい》の七人が、身なりのよい武士三人を取り囲むように斬り合っていた。

「どうします」

藤三郎が兄に向かって言った。

「どうもこうもあるか。多勢の奴らに加勢しても面白くない。久しぶりに腕が疼《うず》くわ」

祐慶は祭りの踊りの輪にでも参加するような気安さで、乱闘の場に飛び出していった。経を読むより武術を好む祐慶である。日光の山中で鍛え抜かれた肉体に薙刀を持たせれば鬼に金棒だが、今日は錫杖《しゃくじょう》しか手にしていない。

「無茶をしないで下さいよ」

藤三郎はみずから乱闘に加わった兄を、不安気な眼差しで見つめた。

突然の闖入者《ちんにゅうしゃ》に驚いたのは多勢の方であった。悪漢風情のうちの二人が祐慶の相手を始めると、やがて乱闘の場は藤三郎のいる松林の中にまで移動してきた。藤三郎は身の危険を感じた。自分の命はみずから守らねばならない。藤三郎は背負っていた包みを開くと、注文打ちの太刀を取り出した。拵えの金銅《こんどう》の金具も眩い長覆輪《ながふくりん》の太刀である。依頼主に渡す前に使用するのは心苦しいが、危急《ききゅう》の場合であるから止むを得ない。その時だった。松林の中で斬り合っていた若い武士が、松を背にしていた賊に太刀を思いっきり振りおろした。だが相手は身軽にその太刀筋を交わした。武士の太刀は鈍い音を立てて、松の老木の幹に深くめり込んでいた。武士は必死に太刀を外そうとした。しかし柄《つか》は微動だにしなかった。

「しまった！」

若い武士が叫んだ。ニヤリとほくそ笑んだ賊が、武士に斬りかかる。それを武士の仲間の一人が割って入って防いだ。

「これをお使いなさい」

藤三郎が大声で叫ぶと、若い武士が振り返った。藤三郎は持っていた太刀を鞘ごと放り投げた。武士の手が太刀を空中でつかまえた。

「ありがたい。恩に着るぞ」

武士は礼を述べると太刀を抜き放ち、再び乱闘に加わっていった。

「うぐっ」

渚辺で闘っていた別の武士が、賊の一人を袈裟懸《けさが》けに斬って、肩の辺りに深手を負わせた。次いで藤三郎から刀を受け取った武士が、もう一人を斬り倒した。祐慶を迎え撃った二人は、錫杖一本で立ちまわる僧に手こずっている。すると賊どもは形勢不利と見たのか、深手を負った仲間を囲むようにしながら、足早に漁師村の方へ逃げ去っていった。砂浜を血で染めながら断末魔《だんまつま》をあげているもう一人は見捨てられた。

「お怪我はありませぬか」

藤三郎から刀を受け取った武士のもとへ、二人の武士が駆け寄った。どうやらその若い武士が主人で、残りの二人は従者らしい。

「何者でしょうか？」

従者の一人が、主人に訊ねた。

「もしや……」

若い武士は呟くように洩らした後、視線を宙に泳がせた。その眼は悲しい色を湛えていた。まるで肉親の葬送《そうそう》に臨む時の眼。

武士はすぐに我に返ると、藤三郎に歩み寄り頭を下げた。

「危うく命を落とすところであったが、おかげで助かった。礼を申す」

「何、たまたま通りかかったものですから」

「そちらの御坊にも礼を申す」

武士が祐慶にも頭を下げた。その時、従者の一人が砂浜でもがき苦しんでいる男を抱え起こした。

「いったいお前たちは何者だ。誰に頼まれて襲った」

しかし男は呻《うめ》き声をあげるだけである。

「おい、答えろ」

従者が男を揺すった。

「止めろ、もうよい」

若い武士が制止した。その声はどこか哀調を滲ませていた。やがて男の息が絶えた。

「その方の刀を血で汚してしまったな」

若い武士は男が息を引き取ると、手にした太刀を眇《すが》めながら言った。そして刃に付いた血糊を袖で拭うと、白鮫《しろざめ》の皮の貼られた柄《つか》に目を落とした。鮫皮には手垢一つ無かった。

「この刀、真新しいの」

「打ち上げたばかりの新身《あらみ》でございます」

「そなた刀鍛冶か……」

「はい、沼間の藤三郎と申します」

「沼間の……もしや国光のところの藤三郎か！」

「そのとおりです」

「国光からその方の名は聞いておる」

「親方から……」

武士の口から、師の名が無造作に飛び出し、藤三郎は驚いた。

「……向こうに繋いである駿馬といい、いったい、あなた様は……？」

「こちらは北条時宗様だ」

従者が主人に代わって答えた。

「時宗様！」

藤三郎の目の前にいるのは、この三月に鎌倉幕府八代執権となった時宗であった。この日、時宗は鎌倉防衛線の要である、鎌倉を三方から囲む山の尾根を一通り巡視したのであった。尾根は平らに削られ、垂直の崖や土塁が廻らされ、城郭の役目を果たしている。由比ヶ浜西岸の極楽寺坂から馬を乗り入れた時宗一行は、鎌倉を囲む尾根を右回りに飯島崎の山頂までやってきたのである。そこに立つと、眼下に波静かな大海原が広がっていた。夏の盛りである。海まで降りてみようということになり、三人は海岸までやってきて、賊に襲撃されたのであった。

「これは執権様とは存ぜず、失礼致しました」

祐慶が慌てて砂浜に片膝をついた。藤三郎も兄に倣《なら》った。

「御坊の名は」

「祐慶と申す八幡宮の供僧を務める者にございます」

「おう、そちが薙刀の名人にして、刀身彫りを能《よ》くする祐慶か。藤三郎の兄であろう」

「これはまた驚きました。執権様が我々兄弟の名を御存じとは、光栄至極にございます」

祐慶と藤三郎は、時宗に深々と頭を下げた。

「沼間の頭領国弘が、これからの鎌倉鍛冶を担《にな》う人材は、国光と藤三郎だと申していたぞ。一度、祐慶と藤三郎に逢ってみたいと思っていたところだ」

「そんな、滅相もありません」

二人はますます畏《かしこ》まっていた。

「ところでこの太刀は」

時宗が藤三郎に訊いた。

「はい、私が鍛えたもので、注文主に届けに参る途中でございます」

「そうであったか。新身を依頼主に渡す前に賊の血で汚してしまったな。……差し障りがなければ、依頼主の名を教えてくれぬか」

「はい、北条実政《さねまさ》様でございます」

「何だ、越後六郎殿の太刀か」

時宗の遠縁にあたる実政は、時宗より三つ年上の御家人である。

「どうだ藤三郎、人を斬り殺したばかりの太刀を、知らぬ振りをして依頼主に納めるわけには参るまい。この太刀はわしが買い受けるゆえ、実政殿には新たに鍛え直してはもらえぬか。これから実政殿の邸に立ち寄り、わしからよく事情を話しておくが」

有り難い申し出であった。

「どうか良きにお計らい下さいませ」

その時、松の幹に食い込んだ太刀を外そうとしていた近習の平頼綱《たいらよりつな》が、諦めた様子で時宗のもとへ戻って来た。

「抜けぬか、頼綱」

「鎬《しのぎ》のところまで食い込んで取れませぬ。後で鑿《のみ》でも使って外しておきます」

「そうか」

「あれほどまでに深々と斬り込めるとは、恐るべき切れ味。同業者として誰が鍛えた刀か知りとうございます。作者をお教え願えませんか」

藤三郎が時宗に訊ねた。

「はっはっは」

突然、時宗が笑いだした。

「……？」

「国光の師ではないか。藤三郎も国光から、あの太刀を鍛えた鍛冶の技を学んだのではないのか」

「……とおっしゃいますと！」

国光の師と言えば、先代国光と国宗、それに山ノ内国綱の三人である。

「備前三郎国宗だ。あの太刀は父時頼の遺品として譲り受けたものだ。国宗が鎌倉に鍛冶場を開いて、初めて鍛えた太刀と聞いておる」

藤三郎は驚いた。

「国宗でございましたか。国宗は私の嫁の父にございます」

「何っ！　藤三郎は国宗の娘を娶《めと》っておるのか。これはまた、何と奇遇な」

今度は時宗が驚いた。祐慶、藤三郎兄弟と、北条時宗の不思議なめぐり逢いであった。

数日後、沼間に帰っていた藤三郎のもとに、時宗から心のこもった直筆の礼状とともに、太刀一腰代として過分な金子《きんす》が届けられたのだった。

四　蒙古の都

日本に蒙古の国書をもたらした高麗使一行は、太宰府に五ヶ月ほど留まった後、返書を得られぬまま虚しく出帆していった。高麗は使節団が帰国すると、フビライに日本招諭の顚末《てんまつ》を奏上させるため、直ちに潘阜《はんぷ》を上都に派遣した。

「取るに足りぬ小国の分際で、余の送った国書に対して、返書すら拒絶するとは無礼極まりない」

潘阜から報告を受けたフビライは青筋を立てて激怒した。

「その方も役立たずよな。よくもおめおめと手ぶらで帰国できたものだ」

フビライは玉座の前にひざまずいた潘阜を、語気を荒げて罵倒した。世界帝国樹立の野望に燃えているフビライは、南宋征服を急いでいた。そのためには一刻も早く日本を自己の陣営に引き込み、南宋との交易を中止させねばならないと考えるようになっていた。趙彝《ちょうい》の日本招諭の進言に、すっかり毒されてしまったのである。フビライは高麗から先に帰国していた黒的《こくてき》と殷弘《いんこう》を、三たび上都の宮殿に召し出した。

「汚名をそそぎたくば日本へ渡り、必ず返書を受け取って参れ。今回は高麗にも国使を随伴させるよう、元宗に申し伝えよ」

フビライは玉座から立ち上がって命じた。

「かしこまりました」

黒的と殷弘の二人は、互いに顔を見合わせながら弱々しい声で返事をした。東海の蛮国と蔑《さげす》む日本に、自尊心をいたく傷つけられたフビライの怒りは、それだけでは収まらなかった。

「高麗王元宗に沙汰《さた》することがある。早急に高官の出頭を申し付けよ」

フビライは近習の一人に苛立った声で命じた。

フビライの緊急の呼び出しに、元宗は宰相の李蔵用《りぞうよう》を入朝させた。いったい何事かとおっとり刀でフビライの前に進み出た李に、フビライは冷酷な表情を浮かべて言い放った。

「元宗に伝えよ。高麗の全軍をいつでも動員できるよう準備いたせ。それと同時に、大海を航海する能力のある四千石積みの船一千隻を建造せよ」

それは高麗が最も恐れていたことだった。

「その兵と船は日本遠征に用いるためのものですか！」

驚いた李がフビライに訊ねた。

「日本遠征でも宋討伐でも、高麗の望むままに用いるが」

李はフビライの言葉を聞いて絶句した。

（皇帝は我が国を日本遠征のみならず、宋討伐にまで利用する腹積もりだ。このままでは高麗の国力は疲弊しきってしまう）

しかし、蒙古の属国となった高麗に、フビライに異を唱えることは許されなかった。


黒的と殷弘は高麗経由で日本へと向かった。元宗の任じた先導役も再び潘阜である。今度の招諭使一行には蒙古国使に加え、高麗国使として申思佺《しんしぜん》らも加わり、従卒、水夫らを含めて総勢八十余人。十二月末に高麗の合浦《がっぽ》を発って対馬に向かった。

黒的の一行は対馬西岸の伊奈浦《いなうら》に碇《いかり》を打った。地頭館のある府中《ふちゅう》から、直線距離にして十里余り北方に隔たった寒村である。

「我々は蒙古皇帝の命でこの国にやってきた。昨年、太宰府に赴き、少弐資能《しょうにすけよし》殿を通じて蒙古皇帝の国書を日本国王に差し出したが、いまだにその返書を受け取っていない。国書を与えて丸一年が経った。国書の内容についてはすでに吟味し尽くしたはず。今回は是が非でも返書を受理して参れとの、我が皇帝陛下のおぼし召しである。このことを早急に朝廷へ伝え、我らを都へ案内するよう取り計らってもらいたい」

潘阜は黒的に代わって、昨年来面識のある地頭の宗助国に高圧的に申し入れた。助国は蒙古使節の来訪を知らせるため、対馬から太宰府へ早舟を送った。早舟は途中、壱岐島《いきのしま》にも立ち寄り、壱岐の守護代平景隆《たいらかげたか》に一報を入れた。

壱岐は対馬と太宰府の中間に位置する小さな島である。

『高麗船に乗った蒙古使節が対馬に来て、日本の返書を待っている』

そのことは瞬く間に島中の住民に知れ渡った。この情報を天佑《てんゆう》と感じた一人の若者があった。若者の名は権作《ごんさく》。十八歳になる野鍛冶の息子である。母は二年前に亡くなり、父親と鎌や鉈《なた》などの刃物を作って細々と生計を立てていた。

(高麗の船なら命がけで頼み込めば乗せてもらえるかも知れない)

権作は決死の覚悟で対馬に渡ることにした。真冬の玄界灘の波は荒い。壱岐から対馬の島影は見えていても、なかなか対馬に向かう船にめぐり逢えなかった。そうこうしているうちに、季節は二月の末になろうとしていた。ある日、波が収まり、権作はようやく対馬に渡ることができた。荷物といえば、父の鍛冶場から勝手に持ち出した売り物の刃物類である。権作はそれを食糧などに交換して食いつなぐつもりでいた。権作は父親を捨てたのである。高麗行きは母親を亡くした二年前から心に決めていたことだった。それはまた母親の願いでもあった。

対馬の府中に着いた権作は、高麗船がまだ島にいると聞いて安堵した。一月の初めに高麗船のことを知って以来、二ヶ月近くになろうとしていた。高麗船がすでに出帆したのではと、それだけを心配していたのだ。権作は、高麗船は対馬の国府のある府中に寄港しているものとばかり思っていた。対馬北方の伊奈浦に碇泊していると聞いて少し落胆したが、気を取り直して徒歩で伊奈浦に向かった。

高麗船は伊奈浦の沖合に碇泊していた。浦の要所には兵が配置され、昼夜を分かたず異国船の監視にあたっている。権作は壱岐から刃物の行商に来たのだと偽り、浦の家々をまわって商いをしながら、高麗船に乗り込む機会をうかがっていた。

一方、蒙古使節が対馬に来たとの知らせは、太宰府に注進された後、そこから京の六波羅探題を経て鎌倉に届けられた。時宗は前回同様、使節の要求を無視することにした。そのため対馬では、返書を貰えねば国には帰れぬと、高麗船は居座りを続けていたのである。季節は陰暦の三月を迎え、浦の桜の木はすっかり葉桜の季節を迎えていた。

「これでは埒《らち》があかぬ。かといって博多へ船を進めても同じことであろう。困ったことになった。どうしたものか」

高麗船の上で、黒的が副使の殷弘に向かってぼやいた。

「今回、何の成果もなく国へ帰っては、我々に厳罰が下されるのは必定。それで前から考えていたのですが……」

殷弘が急に声をひそめた。

「この島の住民を何人か拉致し、国へ連れ帰ってはいかがでございましょう。そうすれば我々が確かに日本へ渡ったという証になります。日本が我々に門戸を閉ざしているのは、島国ゆえに我が蒙古帝国の強大さを認識していないからに他なりません。拉致した島民に帝国の壮大な都でも見せて送り返せば、彼らの口から大陸の実情を知ったこの国の指導者らは、誤った考えを改めるに違いありません。このまま手ぶらで帰国するよりは、少しはましではないでしょうか」

「なるほど、それは妙案かも知れぬ」

黒的も殷弘の陰湿な企てに賛意を示した。

その翌日の三月七日のこと、権作が浜辺でいつものように高麗船に乗り込む機会をうかがっている時だった。一艘の野菜を満載した小舟が、高麗船に向かって漕ぎ進んでいくのが見えた。小舟には島の二人の若者が乗っていた。二人は高麗船へ野菜の商いに出かけたのである。高麗船と物品の交換をするには、役人の許可が必要だった。

（俺がこの村の人間だったら、ああして船に近づけるのだが……）

そう思って見ていると、二人は縄梯子《なわばしご》の降ろされている船の右舷側に小舟を寄せた。高麗船との間で何か会話が交わされている様子だ。その後、一人が縄梯子をよじ登り始めた。

（船に乗り込むのは御法度《ごはっと》のはずだが！　いったいどうしたことだ？）

権作が目を凝らすと、何と船の舷側から三人の兵が弓で若者を狙っているのが見えた。島の若者は弓で脅され、むりやり船に乗せられたのだ。一人が乗船すると、続いてもう一人も縄梯子をよじ登り始めた。二人目が船の中に消えると高麗船が慌ただしくなった。数人の水夫が船の舳先《へさき》で轆轤《ろくろ》をまわし碇を揚げ始めた。帆の準備も始まっている。

（船を出航させるのだ！）

権作がそう直感した時だった。陸から監視していた地頭配下の武士たちも、高麗船の異変に気づいた。早鐘《はやがね》が狂ったように打ち鳴らされ始めた。浜に引き揚げてある小舟に向かって、軽装の胴丸《どうまる》に薙刀や弓を手にした監視兵たちが走り寄っていった。野菜を積んだままの無人の小舟は、高麗船から離れて漂い始めている。

（島の人間をむりやり船に連れ込んだということは、高麗船はきっと国に帰るのだ。今だ、この時を

おいて、日本を出る機会はない）

　そう判断した権作は、何も持たず一心不乱に浜を駆けていた。砂に足を取られながら着物を脱ぎ捨て、下帯《したおび》一つの姿になっていた。そして海に飛び込むと懸命に高麗船に向かって泳ぎ始めた。春の海は思ったより冷たかった。船の舳先《へさき》ではまだ轆轤《ろくろ》がまわされている。左右の舷から百足《むかで》の足のように艪《ろ》が突き出された。

（急がねば遅れてしまう）

　権作は海面近くまで降ろされていた縄梯子をめざした。船が目前に迫った時、縄梯子がスルスルと取り込まれていくのが見えた。それを合図に十二本の艪がいっせいに海面に突き出された。この時、高麗船側は、権作が船に向かって泳いでくるのを認識していた。

「仲間が拉致されたのを見て、助けに来たのだろう」

　黒的が言った。

「何も武器を持たずに助けに来るとは勇気のある奴ですな」

　殷弘が感心した口調で応じた。

　権作は船から矢を射かけられる恐怖に駆られながらも、懸命に船に近づいていった。目先に水面まで姿を現した碇が迫っていた。

（よし、碇にしがみついてやれ）

　権作は船首へ向かい、まさに水面から抜き揚げられようとしている碇にしがみついた。

「何て奴だ。よし、こいつもついでに拉致していくぞ」

　黒的が潘阜に命じた。武器を持った者たちが舳先《へさき》に走った。碇とともに権作が揚がってきた。

高麗人船頭の号令で轆轤《ろくろ》の巻き揚げが止まると、権作は碇を吊している縄をつかみ、猿のような軽い身のこなしで船の舳先に飛び移った。褐色に日焼けした権作のたくましい裸体は、たちまち槍衾《やりぶすま》に囲まれた。それを見た潘阜が船頭に出航を命じた。艪が整然と海面をかき始め、権作は潘阜の前に引き出された。

「なぜ、船に乗り込んだ。仲間を助けに来たのか」

通事《つうじ》が荒い息の権作に訊ねた。権作は通事を見つめたまま、一呼吸も二呼吸も置いた後、ようやく声を発した。

「違う。俺は日本人ではない。高麗人だ」

権作が船内で初めて口にした言葉は、たどたどしい高麗語だった。周りにいた高麗人の水夫や潘阜は一様に驚きの声をあげたが、高麗の言葉を解さない黒的らは、何ら表情を変えずに通事の言葉を待っていた。

「この者はさっきの島民の仲間ではなく、高麗人だと申しております」

通事が昂《たか》ぶった声で黒的に告げた。黒的は驚きの表情を浮かべた後、詳細を問い質すよう通事に命じた。

「名前は、歳は、……どうしてこの国にいる」

通事が権作に訊ねた。

「俺の姓は趙《ちょう》だ。壱岐島で生まれたので、権作という日本名しかない。しかし父も母もれっきとした高麗人で、歳は十八だ」

「その辺の事情を詳しく話してみよ」

「俺の両親は高麗の合浦《がっぽ》という所に住んでいた時、倭寇《わこう》の襲撃を受けて家を焼かれ、母は囚われて壱岐に連れてこられたのだ。その時、母は俺を妊《みごも》っていた。母は色々あった後、壱岐で野鍛冶をしていた日本人のもとに嫁がされ俺を産んだ。俺は人のよい野鍛冶の息子として育てられたが、母は俺に密かに母国語を教えてくれた。その母も二年前に亡くなった。俺は祖国の船が対馬に来ていると知り、高麗へ帰る決意をしたのだ。永いこと、この日を待っていたんだ。どうしても祖国へ帰りたい。高麗へ連れて帰ってくれ」

権作は必死に訴えた。通事は権作の話したことを黒的に告げた。

「そういう事情だったのか。それなら乗せていってやれ。潘阜殿、この男のことはそなたに任せる。詳しく事情を訊いて、高麗の親族を捜してやるとよい」

「分かりました」

潘阜が頷いた。その様子を、手を後ろ手に縛られた塔次郎《とうじろう》と弥四郎《やしろう》が、不安な眼差しで見つめていた。今しがた拉致された、野菜売りの若者たちである。

「よし帆を揚げろ」

船が十分な沖合に出たのを見計らって、船頭が水夫たちに命じた。十二本の艪《ろ》が収納され、帆がはためき、やがて風を孕《はら》んだ。地頭配下の武士たちを乗せた数艘《そう》の小舟は、高麗船に迫ることもできなかった。伊奈浦の浜辺では、為す術《すべ》のない多くの武士たちが地団駄《じだんだ》を踏んでいた。

三月七日に伊奈浦を出帆した高麗船は、三月半ばには高麗に帰った。

権作は日本招諭使一行とともに江都で元宗に閲した後、潘阜の計らいで両親が住んでいたという合浦に送られ、母から聞かされていた記憶を頼りに縁者を捜すことになった。一方、拉致された塔次郎と弥四郎は、黒的と申思佺《しんしぜん》に従い中都に連行された。町といえば対馬の府中の賑わいしか知らない二人にとって、壮大な中都の都は目に映るすべてが驚嘆するものばかりであった。

「皇帝陛下に謁見が許された。陛下から色々と御下問があるかも知れぬが、ありのままに答えよ」

蒙古服に着替えさせられた塔次郎と弥四郎に、黒的は通事を介してそう命じた。

「皇帝陛下というのは、我が国の帝《みかど》みたいなお方か」

塔次郎が通事に訊き返した。

「日本の帝など比べものにならぬわ。帝が王なら、我が皇帝陛下は百王の長だ」

通事が呆れ顔で答えた。拉致された二人にとって、支配者といえば対馬地頭の宗助国であり、その助国の主《あるじ》である太宰府の筑前守護少弐《しように》氏であった。鎌倉の将軍や京都の帝となれば、神や仏にも似た存在である。『百王の長』と言われると、もはや二人の想像の域を超えていた。

二人は拉致されて以来、まさに俎《まないた》の上の鯉であったが、出される食事は島の粗末な物に比べれば御馳走ばかりであり、どうやら命だけは奪われそうにないとの感触を得ていた。だから二人は皇帝陛下との謁見と聞いても、珍しいもの見たさで心は躍っていたほどである。だが黒的と殷弘の二人は違った。日本への招諭使の役目を二度も仰せつかりながら、今回も国書に対する返書を得ることは叶わなかった。二人は厳罰を覚悟していた。ただ一縷《いちる》の望みは拉致してきた日本人だった。

黒的と殷弘、それに高麗国使として日本に渡った申思佺《しんしぜん》の三人は、塔次郎と弥四郎を伴い、帰国報告のためフビライの待つ宮殿へ出向いた。フビライが顔を紅潮させて罵倒する光景を想像し、三人の心は重く沈んでいた。対馬から連れ帰った二人の若者が、少しでもフビライの勘気を和らげてくれることを祈るばかりだった。

「一昨日、日本から帰って参りました」

黒的がフビライの前にひざまずき、口を開いた。

「して、首尾は」

日本招諭が今回も不首尾に終わったことは、すでにフビライの耳に届いていた。それにもかかわらず、フビライは何食わぬ顔で黒的に訊ねた。その声の響きは、冷ややかなものだった。

「日本側は不遜《ふそん》にも、またもや我々一行を無視し、どうしても返書を与えようとは致しませんでした」

フビライは無言で黒的を見つめた。そしておもむろに言い放った。

「もはや外交交渉の余地はなく、武力行使しかないと申すか」

「いえ、そうは申しません。日本が返書を拒んでいるのは、我が蒙古帝国の強大さを何一つ知らぬがためかと。百聞は一見にしかずと申しますが、日本人に我が大帝国の繁栄ぶりを見せつけてやれば、日本の指導者を心変わりさせることができるかも知れません」

「ほう、何か手立てがあると申すか」

「はい、ここにいる二人の若者は、日本の対馬から拉致して連れ帰った者たちでございますが……」

そう言って黒的は塔次郎と弥四郎を指し示した。

「その者たちは日本人か！」

フビライは初めて日本人を目にした。

塔次郎と弥四郎は黒的に指差され、皇帝と黒的の会話が自分たちのことに及んでいるのを理解した。皇帝との謁見と聞いても、初め物見遊山の気分で黒的に従ってきたが、壮大な宮殿の中で多くの顕官《けんかん》と屈強な蒙古兵に囲まれた皇帝の姿に圧倒され、二人はただ言葉もなく萎縮していた。飛び交う言葉の意味が解せないため、なおさら二人は不安に陥っていたのである。

「実は日本から連れ帰った者は、この二人の他にもう一人おりました。その者はみずから高麗行きを願って、勝手に我が船に乗り込んできた者でございます」

「ほう、それはまたどう言うことだ」

「倭寇に拉致された高麗女が、日本で産み落とした子にございました。母親が亡くなったので、高麗へ逃げ出す決意をしたのだそうです」

「その様なわけか」

「そう言う事情でしたので、その高麗人のことは、すべて高麗側に任せて参りました」

この黒的の言葉に非常な関心を抱いた者がいた。居並んだ顕官の末席にいた高麗人の趙彝《ちょうい》である。日本招諭使が帰国したので、朝見の場に日本通の一人として参列していた。

(その男の母親の名は！　男の歳は！)

趙は黒的に向かって質したかった。しかし皇帝フビライの前である。みだりに発言することは許されなかった。

「そうか、それでこの二人はどうするつもりだ」

「はい、この若者たちに我が蒙古帝国の繁栄ぶりと強大さを学ばせた上で、日本に送り返したらいかがでしょう。日本の指導者が大陸の実情を知れば、おのずと身の処し方を理解するのではないでしょうか。それすら分からぬようでは大馬鹿者です。その時は日本遠征もやむなしかと」

「日本人に訊ねる。日本にはどれだけの数の人間が住んでいるのか」

フビライが突然二人に質問した。黒的の後ろに控えていた通事が、慌てて塔次郎と弥四郎にフビライの言葉を伝えた。対馬から外に出たことのない二人が、その様なことを知る由もない。自分たちの住んでいる対馬の人口すら答えかねるのだ。二人は互いに顔を見合わせ首をひねるだけである。

「日本には羊や馬はいるのか」

「日本の王には徳が備わっているか」

「日本の兵は勇敢か」

「日本の東の果てに別な国はないのか」

などなど、フビライは多岐にわたって質問をくり返した。しかし島育ちの読み書きもできない二人である。フビライの質問には、ほとんど満足な答えは返せなかった。

「日本人は戦う時、武器は何を使用する」

「刀に薙刀、それに弓を用います」

二人が初めてまともに答えられた。

「持参した日本の武器を皇帝陛下の前に」

黒的が従者に命じた。刀、薙刀、弓、矢、短刀などがフビライの前に並べられた。黒的が高麗に滞在中、倭寇の使用した武器を潘阜に頼んで手に入れた物である。

「ただ今、日本人が申した武器でございます。そしてこれが日本刀でございます」

黒的はそう言って一振りの太刀をつかんだ。

「これへ」

フビライが命じた。黒的から太刀を受け取った近習の者が、それをフビライに手渡した。

「何という美しい刀だ。西域辺りの刀は鞘に玉石を散りばめてあって美麗であるが、刀身自体がこのように美しいのは初めて目にした」

鞘から刀身を抜き放ったフビライの口から賛嘆の言葉が洩れた。大陸ではすでに平安時代後期から日本刀の鋭利さと美しさは知れ渡っていて、宋の詩人欧陽脩《おうようしゅう》も『日本刀歌』で褒め称えているが、草原の民であるフビライが日本刀を目にするのは初めてであった。

「なかなか斬れそうな刃だ。切れ味がどれほどのものか試して見せよ」

フビライは親指の腹で刃先を触った後、太刀を近習の武官に手渡した。フビライの親指の腹には、一筋の血が滲んでいた。

「では兜《かぶと》を断ち割らせてみましょう」

そばにいた将軍が配下の兵に命じると、手頃な台の上に兜が載せられて運ばれてきた。

「この刀はどのように使うのだ」

将軍が日本人に訊ねた。通事に促され、塔次郎が受け取った刀を両手で握りしめ、大上段に振りかぶって見せた。

「双手《もろて》で扱うのか。分かった。ドルジ、試してみよ」

将軍が皇帝を警固している護衛兵の一人に命じた。居並んだ兵の中では最も刀の扱いに熟達した男である。ドルジは初めて手にする日本刀を不慣れな手つきで握りしめた。蒙古刀は片手で使用するために勝手が違う。ドルジは日本の刀を片手で振ったりしてその感触を確かめた後、ゆっくり兜の前に進み出ると、両手で柄を握りしめ兜に向かって振りおろした。兜はみごとに断たれ、太刀は刃こぼれ一つしなかった。

「何という切れ味だ！」

フビライも、斬り手も、それを見ていた者たちも驚いた。

（このような鋭い刀を作る技があるからこそ、日本人は返書を拒むことができるのか）

それまで日本を取るに足りない蛮国と見下していたフビライの心の中に、日本の存在が強く印象づけられた一瞬であった。さきほど傷つけた親指の腹が、いつの間にかヒリヒリと痛み出していた。

フビライは塔次郎と弥四郎の二人に下賜《かし》の品を与えた後、王宮の見学と帝都を自由に散策することを許した。

フビライが玉座を離れるのを待ちかねていたように、趙彝《ちょうい》が黒的に歩み寄った。

「日本から逃げてきた高麗人の歳はいくつでございますか。母親の名や父親の名は分からないのでございますか」

突然、堰《せき》を切ったように話しかけてきた趙彝に、黒的は驚いた顔をした。

「あっ、これは失礼致しました。実は私の妻は倭寇に拉致され、日本に連れていかれたまま消息が分からないのです。もしやと思いまして」

「おう、そなたにはそんな過去がおありか。それは心配なことだ。……確か歳は十八と申しておった。船の中では趙と呼んでいたが、わしは母親の名までは耳にしておらぬ。その者のことはすべて高麗側に任せていたのでな……確かそなたの姓も趙であったな」

「はい、妻が拉致されたのは十八年前でございます」

「ほう、それなら歳も合うな。そんなことならよく訊いておくべきだった。高麗人のことなので、こちらに関係があるなど思いも及ばず、すべて潘阜殿に任せてしまった」

「妻が妊《みごも》っていたかどうかは定かではありません。趙という姓も多いですから、その若者が私の息子であると断定はできませんが、少しでも可能性があるなら、その高麗人のことを何でもいいから知りたいのです」

「そなたの気持ちはよく分かる。わしから潘阜殿に文を書き、あの青年の詳細な情報を送ってもらうことにしよう」

「ありがとうございます。よろしくお願い致します」

趙は黒的に深々と頭を下げた。

フビライは大帝国の首都にはふさわしくなくなった中都に代えるべく、中都の北東部に隣接して新しい都の建設に踏み切っていた。一昨年の正月に始められた工事は、帝国内の様々な人種の英知を結集して精力的に進められていた。塔次郎と弥四郎の二人は、建設中の都にも足を踏み入れることを許された。二人は蒙古帝国の都の壮大さに圧倒され、肌や目の色の違う異民族に驚愕し、豊富な食べ物を十分に堪能していた。


夏になるとフビライは高麗に対し新しい国書を日本に届けるように命令し、それと一緒に塔次郎と弥四郎は対馬に送還されることになった。

元宗はこの役を金有成《きんゆうせい》と高柔《こうじゅう》の二人に命じた。九月十七日、二人は塔次郎と弥四郎を対馬に送り返し、しばらくそこに留め置かれた後、太宰府に向かい、フビライの国書を少弐資能《しょうにすけよし》に提出した。それより前、対馬に戻った二人の若者から得られた大陸の情勢が、宗助国より資能のもとに早舟で伝えられていた。

資能にとっては二度目の国書の受理である。前回同様、国書は直ちに鎌倉に送られ、さらに朝廷へと差し出された。

朝廷はたび重なる使節の来航に根負けし、一度返書を与えて蒙古の出方を見てはということになり、文章博士の菅原長成《すがわらのながなり》に返書を起草させた。長成は独立国家としての矜恃《きょうじ》に満ちた堂々たる文を作成したが、幕府はこの返書を太宰府に送ることはなかった。北条時宗は使節を門前払いすることにより、フビライの恫喝《どうかつ》に屈しないとの断固とした態度を貫いたのである。

金有成ら高麗使節の一行は、二月まで太宰府に留まった後、またもや虚しく帰国していった。前年の秋に使節が高麗を発った時、その都は江都であったが、帰国した時には本来の都開城《かいじょう》に還都《かんと》が行われていた。

高麗王から日本招諭がまたもや失敗したと報告を受け、今度こそはうまくいくだろうと思っていたフビライは激怒した。しかし南宋攻略のためには日本招諭を諦めるわけにはいかなかった。大海という防壁に守られた日本へ、膨大な兵力と軍費を投入して大遠征を行うよりは、外交努力で日本の属国化を図る方が賢明であり、使節の派遣は何度でも試みる価値があった。

第五次の日本招諭の使節には、みずからが志願した女真族《じょしんぞく》出身の趙良弼《ちょうりょうひつ》が起用された。文永八年（一二七一）九月、趙は筑前今津《いまづ》に来航し国書を提出した。

新しい国書も相変わらず蒙古への服属を命じるもので、時宗の方針に何ら影響を与えるようなものではなかった。後嵯峨《ごさが》法皇が蒙古の国書を審議させると、朝廷内部では返事を出すかどうかでまたもや論争がくり返されたが、幕府が返書を与えることに断固反対したのと、朝廷内でも蒙古の要求に屈するべきではないという強硬論が強かったため、朝廷、幕府ともに国書を黙殺することになった。

この年の十一月、蒙古は国号を大元《だいげん》と改めた。


翌年の一月、返書を貰えぬと知った招諭使の一行は、やむなく高麗に引き揚げることになった。趙良弼が宿泊所となっている鴻臚館《こうろかん》から船に戻る前夜のことだった。突然、筑前守護の少弐資能《しょうにすけよし》が趙を訪ねてきた。そして通事を介して趙に驚くべき申し出を行ったのである。

「我が配下の者を蒙古へ連れていってはくれぬか」

「それはまたいかなる理由で!」

「単刀直入に申そう。前の使節が送り返してきた対馬の二人の漁民から、想像もつかぬような情報が得られた。しかし彼らはこの国の文字すらも読み書きできぬ者たち。情報の質にも限りがある。それで今度は、ある程度は学識のある者たちを大陸に遣わし、もっと蒙古の内情を調べさせたいのだ」

「つまり間諜《かんちょう》を送りたいと」

「ありていに言えば」

「あなたもはっきりおっしゃる方だ。間諜などというものは、人知れず、相手に悟られぬよう、密かに潜入させるものではございませぬか」

趙良弼は苦笑いしながら言った。

招諭使の一行が太宰府に滞在して四ヶ月ほどになるが、趙はこれまでの使節とは違っていた。みずから志願して日本招諭使の役を買って出ただけに、返書受け取りに並々ならぬ熱意を持っていた。それに加え、日本を知ろうという意欲が旺盛であった。資能は趙に請われるまま、趙が太宰府周辺で見聞を広めることに便宜を図った。資能にはある秘めた想いがあった。

「よろしいのでございますか。あのように博多湾一帯を自由に歩きまわらせて」

趙良弼が鴻臚館《こうろかん》から外出する時、資能は必ず護衛を付けさせたが、その任にあたった者から何度も苦言を受けた。

「よいのだ、なるだけ趙の好きなようにさせろ。考えがある」

資能はこれまで幾人もの招諭使と接してきた。その結果、蒙古襲来は近いと踏んでいた。趙良弼はこれまでの使節と違い、日本への探求心が旺盛であった。それは趙の個人的な熱意であったのだが、資能はそれを蒙古襲来近しの証と見ていた。それは倭寇の中心勢力である、肥前の松浦党《まつらとう》からもたらされた情報とも符合していた。

(蒙古が襲来するとすれば、大軍をどこに上陸させるだろうか……)

資能は西国の守りの責任者として、常にそのことが頭から離れなかった。常識的に考えれば、蒙古は博多湾に侵攻して太宰府まで最短距離の地に兵を上陸させ、ここに拠点を築いて太宰府を陥し、その上で九州を制圧した後、京や鎌倉へ侵略の毒牙を伸ばすことが想像された。

(だが警固の厳重な博多を避け、他へ上陸する可能性も多分にある)

資能は悩ましい想いに苛《さいな》まれていた。蒙古軍の上陸地点が確定できなければ、幕府は九州北岸から、山陰、若狭湾の辺りまで広範囲に守備軍を配置せねばならず、兵力の分散は即ち反撃力の低下を意味した。

(博多に上陸してくれるのが一番よいのだが……)

趙良弼が日本の国情を知りたがっていると分かった時、資能にふとある考えが閃いていた。

（仕向けてみるか……蒙古軍に博多の詳しい情報をつかませれば、うまく乗ってくるかも知れぬ）

資能はわざと趙を自由にさせたのである。

一方、趙も日本側の返書不可の頑《かたく》なな態度を改めさせようと、資能に大陸の情勢を包み隠さず語って聞かせた。二人の間にはいつしか不思議な心の交流が芽生えていた。これまでの使節との間にはなかったものである。その気安さが、資能に配下を蒙古に派遣することを思い立たせたのだ。もちろん対馬の島民二人の帰還が、資能の背を押したのは言うまでもない。

「それは大将軍の意志ですか」

「いや、私の一存だ。この太宰府を預かる者として、異国と国境を接する地を治める者として、大陸の情勢は可能な限り詳細につかんでおきたいのだ。できることならみずから大陸に渡って、この目で蒙古なるものの正体を見極めたいくらいだ」

趙は資能の言葉を聞きながら、素早く頭をめぐらせていた。

（願ってもないことだ）

趙はそう思った。前々回の使節は、対馬の島民二人を拉致してまで、自分たちが日本へ渡った証とした。そしてフビライは二人を歓待した。

（返書を得られず手ぶらで帰るよりはましか。それに後で何か利用価値があるかも知れぬ）

「それで大陸へ赴く人数はいかほどです」

「十二名の者を選んである。高麗や宋の言葉に堪能な者も数名含まれている」

「使節団と称してもいいほどの、かなりな人数ですな。あなたからの使節として、蒙古皇帝に謁見を願い出てもよろしいのですか」

「私にその様な使節を派遣する権限などない。先ほども申し上げたように、私は大陸の情報が知りたいだけだ。対馬の島民二人を拉致した前例に倣って、日本渡海を証拠立てるものとして、博多の民草《たみくさ》を勝手に連れ帰ったという事にしてはもらえまいか」

虫のよい話であった。

「対馬の島民の場合は、幸いにも皇帝陛下に歓待され帰国も許されましたが、また同じような処遇が下されるとは限りませぬぞ。最悪の場合は即刻死罪ということもあり得ます。私に十二名の命の保証はできかねますよ」

「それはもちろん覚悟の上」

「ならば引き受けましょう」

趙は資能の申し出を承諾した。

それから間もなくして、趙良弼の船は日本人十二名を乗せて高麗へ帰っていった。高麗に着いた趙は、日本人を配下の張鐸《ちょうたく》に託して直ちに中都に向かわせた。日本渡航の経過をフビライに報告させるためである。趙はみずから日本行きを志願しただけに、任務を果たせなかったことに責任を感じていた。趙はまだ諦めていなかった。開城に留まり、フビライの次の沙汰を待ったのである。

五　誅殺《ちゅうさつ》

蒙古使が博多を離れた翌月のことだった。文永九年（一二七二）二月のある夜、執権の時宗邸には、連署政村、安達泰盛、御内人《みうちにん》の平頼綱が、人目を忍んで顔をそろえていた。揺らめく燭《しょく》の傍らで密議を凝らしている。

「兄弟の情に流されてはなりませんぞ」

政村が時宗に向かって決断を促すように言った。その声は苦渋に満ちて重苦しかった。

「蒙古の国書が初めてもたらされてから六年、今回で四度も使節を追い返したことになる。これほどまで執拗に服属を迫ってくるとは思わなかった。宋が滅べば必ず兵を送ってくるのは必定。いや、それよりも早い時期かも知れぬ。この未曾有《みぞう》の国難に対しては、武士団の統制を固めるため、執権への権力集中をいっそう計らねばならない。そのためにも反得宗派は明らかに獅子《しし》身中《しんちゅう》の虫《むし》。蒙古襲来以前に葬り去らねばならぬ」

安達泰盛も妹婿の時宗に反得宗派の粛清《しゅくせい》を促す。得宗専制に不満を抱く北条氏傍流と一部御家人、時宗の実兄でありながら幕府中枢から遠ざけられている北条時輔《ときすけ》、それに蒙古国書無視の方針に異を唱える公卿《くぎょう》らが反得宗勢力を形成していた。

時宗は腕を組み、じっと目を瞑《つむ》ったままである。名越時章《ときあき》・教時《のりとき》兄弟が、六波羅探題南方の北条時輔と頻繁に連絡を取り合っていることは分かっていた。また時輔は都にあって、前将軍の宗尊《むねたか》親王や反鎌倉派の公卿たちと気脈を通じている。蒙古から国書が届いた時には返書の扱いに関して幕府と対立し、時宗が執権に就任した際には反得宗派の一人として不満を示した。

六波羅探題北方は、先々代執権北条長時の弟で得宗支持の北条時茂《ときもち》であったが、文永七年（一二七〇）に死去、後任が赴任しない状態となっていた。以来、南方の時輔が反鎌倉派と連帯して、六波羅の主導権を握っている。このため時宗は、昨年十二月に長時の子北条義宗を北方として赴任させ、反鎌倉派の動きを封殺する措置を執っていた。

『名越一族が時宗の庶兄時輔を執権に担ぎ、反鎌倉派の公家たちと結託して宗尊親王を即位させようとしている』

蒙古国書に対する返書や、異国警固をめぐり政情が紛糾する最中、その様な不穏な噂が、御家人たちの間でまことしやかに語られていた。

（事ここに至っては、兄を討つしか手立てはないのか）

木枯らしが邸を揺るがしていたが、それ以上に時宗の心は揺れていた。時宗の脳裡に、四年前の執権に就任した直後の夏、飯島崎の浜辺で賊に襲われた時のことが過ぎった。乱闘の後、時宗は兄時輔が刺客《しかく》を送ってきたのではと疑った。しかしそれは想像したくないことだった。近習の頼綱が時宗の斬り捨てた賊から背後にいる者の名を訊きだそうとした時、思わず止めさせたのは真実を知るのをためらったためだ。しかし頼綱は時宗には無断で、浜辺で斬り殺した賊の素性を探らせた。その結果、賊と時輔との関連が疑われた。頼綱から報告を受けた時宗は、強い衝撃を受けた。

（嫡男をもうける前に、妾腹の男子などつくるからだ）

時宗は父の時頼を恨《うら》んだ。

（泰盛が言うように、目前に迫った国難を乗り切るには、挙国一致の強固な政権を築くため、兄にはこの世から消えてもらわねばならぬのか……）

隙間風が灯明を激しく揺らした。時宗は兄と名越兄弟の討伐を決意した。

二月十一日辰刻《たつのこく》（午前十時）、時宗はついに反得宗派粛清のための兵を動かした。名越時章・教時兄弟の、鎌倉にあるそれぞれの邸宅を急襲させたのである。乱戦の中で時章は自刃、教時は子の宗教《むねのり》とともに斬殺されて果てた。

鴨川の東岸に位置する六波羅の地は、武士の屋敷が立ち並ぶ『もののふの町』であり、六波羅を東西に貫く六条坊門小路《ろくじょうぼうもんこうじ》を境に、北方と南方に分かれている。文永九年二月十五日、六波羅探題北方を率いる北条義宗のもとに、鎌倉から早馬が届き幕命が伝えられた。

「時輔殿を討てだと！」

義宗は書面を開いて絶句した。義宗は去年の十一月末に、六波羅探題北方として赴任したばかりである。

（異腹とは言え、時宗様の実兄ではないか）

時輔を誅殺せよとの時宗の命に、若干二十の義宗は驚愕した。手にした書状が偽物ではないかと、何度も見直したほどである。

（六波羅探題北方として上洛を命じられた時、時宗様はすでにこの日のことを予定されていたのではないのか）

義宗は、最初から時輔追討使として都に送られたのでは、と時宗を疑った。着任早々の若輩者の義宗にとって、それはあまりにも重すぎる幕命であった。しかし主命とあらば、即座に実行しなければならなかった。

「南方に悟られぬよう兵を集めよ。日の落ちるのを待って時輔殿を討つ」

義宗は側近に命じた。

夜のとばりが降りると、義宗の館を出た兵は二手に分かれ、大和大路と東京極大路の二方面から時輔の館を囲んだ。不意を突かれた時輔は手勢を率いて戦ったが、たちまち討ち取られてしまった。館には火がかけられ、満月の夜空を焦がした。

この時、鴨川の河原の草陰から、紅蓮《ぐれん》の炎を見つめている二人があった。六歳になる時輔の次男時《とき》影《かげ》と、その守り役大場《おおば》恒茂《つねしげ》である。

「なぜ館が燃えているのだ。父や母はどうなったのだ」

時影は泣きながら恒茂に訊ねた。

「この恒茂にも分かりませぬ」

二人は義宗軍が時輔の館を包囲した時、辛くも館を離れていて難を逃れたのだ。実は時輔の館近くにある南方に属する渋谷《しぶや》兼重《かねしげ》という御家人宅で、今宵、馬が産気づいたのである。時影がかねてより馬の出産を見たいと言っていたので、その宵、恒茂は時輔の正室の許しを得て時影とともに兼重宅の厩《うまや》にいた。その時、辺りに甲冑の音が響き渡った。

「いったい何事だ！」

恒茂が懇意にしている兼重は厩を離れた。恒茂は幼い時影を連れているので、その場に留まった。すぐに兼重が引き返してきて、厩の入り口で恒茂を手招きした。

「いかが致した？」

恒茂が兼重のそばへ歩み寄ると、兼重は声をひそめて思いがけないことを口にした。

「鎌倉の命で義宗様が時輔様を討たれるそうだ。たった今、北方から達しがあった。すでに時輔様の館は大勢の兵に囲まれている」

「何ということだ！　こうしてはおられぬ」

恒茂は太刀の柄に手をかけ、時輔の館に戻ろうとした。それを兼重が押し留めた。

「義宗様から通達があった。鎌倉の命であるから、南方の者であってもいっさい手向かい致すなと」

「しかし、それでは世話になった時輔様に面目が立たぬ」

「お主一人が加勢に駆けつけても何のことがあろう。それより……」

兼重はそう言って、馬の出産を心待ちにしている時影の方に目をやった。

「かくなる上は、時影様を無事に逃がすのがお主の役目ではないのか」

「……」

兼重にそう言われ、恒茂は突然自分の置かれてしまった境遇の重大さに気づいた。

「どうすればよい」

「落ちるなら今夜のうちだ。朝になって時影様がいないことが北方に知れれば騒動になるぞ」

「どこへ落ち延びろと言うのだ」

「吉野しかあるまい」

「吉野か」

「待っていろ、食い物と金子《きんす》を用意させる」

兼重は逃走資金と当座の食糧を恒茂に与えた。そして時影と恒茂の二人は、とりあえず鴨川まで逃れたのであった。

この騒動の結果、前将軍の宗尊親王は出家させられて佐渡へ配流《はいる》となり、得宗家への反抗勢力は無くなった。時宗は二十二歳にして幕府の全権力を一身に集中し、蒙古との戦に備える体制を整えたのである。

六　趙龍《ちょうりゅう》

日本で北条時輔《ときすけ》が六波羅の館で誅殺された頃だった。フビライは新しい都を建設中だった中都を、まだ建設半ばにもかかわらず大都と改めた。

その大都に隣接する燕京《えんけい》時代の街並みの一角に、それほど大きくもない禅宗の古刹《こさつ》があった。その日も寺の境内では、早朝から七人の僧たちが少林拳の修行に励んでいた。裂帛《れっぱく》の気合いが飛び交う中、拳が突き出される音、足刀《そくとう》が空を切る音がきびきびと響いていた。

「趙龍《ちょうりゅう》、腕を上げたな」

組み手を終えて互いに一礼した後、少林拳を指導している葉遵徳《ようじゅんとく》が、相手をしていた青年僧に荒い息をしながら声をかけた。

「ありがとうございます」

趙龍と呼ばれた僧はたっぷり汗をかいているものの、呼吸に少しの乱れもない。

「もう教える技も無くなったぞ」

葉はそう言って汗を拭った。

趙龍は三年前、対馬を訪れた高麗船で日本を脱出した権作であった。日本招諭使の正使を務めた黒的が、趙彝《ちょうい》の要請で高麗人の潘阜《はんぷ》に権作の詳しい身上を調査させると、権作が覚えていた父母の名から趙彝との親子関係が判明したのである。

趙彝は権作を中都に呼び寄せた。高麗を捨てた趙彝には新しい家族があったが、権作は名も龍と改め、父親のもとで暮らすことになった。中都に移ってしばらくした時、趙龍は都を散策していて路地に迷い込み、少林拳を修行している僧たちに出逢った。

趙龍は壱岐では高麗人の子として差別され、様々な苛《いじ》めにも遭った。念願叶って高麗の合浦《がっぽ》に帰ると、初めは倭寇の犠牲者として人々の同情を集めていたが、趙彜の係累と判明してからは裏切り者の子として蔑《さげす》まれた。蒙古の都で暮らすことになったが、言葉はまったく分からず、周囲の人間がすべて敵にすら思えていた頃である。

（これだ、これさえ身に付ければ、他人に見下されることはない）

趙龍は父親の許可を得て寺に入った。以来、一心不乱に武術の修行に専念してきた。運動能力に恵まれていた趙龍はみるみる腕を上げ、わずか二年ばかりの間に、今では師をも負かすほどになっていた。寺では学問を習い、手慰《てなぐさ》みに水墨画も独習していた。

高麗王の世子《せいし》である諶《しん》は、いまだに大都で人質生活を送っていた。高麗が蒙古に服属したのは諶が二十五歳の時であるから、以来、十三年もの永きにわたってフビライのもとで生活している。諶は高麗人の妃《きさき》がいたにもかかわらず、昨年の六月、フビライに願い出てその娘クツルガイミシを娶《めと》ったばかりであった。高麗国内には今でも反政府勢力が割拠している。それを弾圧し王権を保つためには、フビライに媚びて蒙古軍の威を借りる以外に方策はなかった。

ある日、大都の宮殿の一角で暮らしている諶のもとを、趙彜《ちょうい》が訪ねてきた。趙彜の後ろには、僧衣に身を包んだ若者が従っていた。

「諶様、これが息子の龍でございます」

「初めてお目にかかります。龍でございます」

「おう、そなたが数奇な運命の子か。趙から噂は聞いていたぞ。しかし、よくも日本から逃げ帰れたものよな。そのなりを見ると、まだ寺にいるのだな」

「はい、学問と武術を習っております」

趙龍はいずれ還俗し、寺を出るつもりでいる。

「言葉に不自由していると聞いていたが、巧くなったようだな」

「はい、何とか」

「日本で暮らした十七年間、その経験がいつの日か役立つこともあろう」

「そう願っております」

「日本といえば譴様、趙良弼《ちょうりょうひつ》様も招諭に失敗したそうにございます」

趙彝が言った。

「そうか」

趙彝はかつて譴の意向を受けて、フビライに日本へ招諭使を遣わすよう進言した。それは倭寇に拉致された妻の安否を確かめたいとの想いからであったが、妻はすでに死亡していた。今、趙彝の胸にあるのは、妻を掠《さら》った日本人への復讐である。

「もうこれ以上日本へ招諭使を送って何になりましょう。もはや武威を用いて日本を従わせるしかありません。譴様は今では皇帝陛下の娘婿。率先して日本遠征の先頭に立てば、日本降伏の暁には、高麗のみならず日本の王にもなれるかもしれませぬ」

趙彝は譴の心をくすぐった。

趙彝に煽動された諶の行動は早かった。三月になると、フビライに謁して日本への侵攻を提案したのである。

「皇帝陛下には私の国の人民をなだめて頂き、おかげで国を保つことができ、心より感謝致しております。その御礼として、ささやかな忠義を表したいと思っております」

諶はそう言ってフビライを正視した。

「思いますれば、我が隣国日本は、いまだに皇帝陛下の徳による導きを受けておりません。またもや陛下の送られた使節に対し、不敬な振る舞いに及んだと聞き及んでおります。蛮国には武威を用いるのが妥当かと存じます。どうか日本遠征の詔《みことのり》を発して、軍容を整え戦艦兵糧を準備するようお命じ下さいませ。もしもこの事を臣である私にお任せ下されば、忠義を尽くして励み、微力ではありますが陛下をお助けしたいと願っております」

諶は熱心に日本征伐をフビライに提案した。諶は自国の高麗が蒙古の属国になってしまったのに、隣国の日本が独立を保っているのが嫉《ねた》ましく、屈折した感情からそれがたまらなく許せないのだ。フビライの娘婿となった今、日本遠征で軍功をあげれば、趙彝の言ったように、あわよくば高麗、日本両国の王になれるかも知れないと、浅はかな野望を膨らませていた。

「今頃、趙良弼が再度日本へ出向いている頃だ。日本をどうするかは、趙が帰ってから決める」

フビライはそう返事をしたものの、もはや日本招諭の方策には期待していなかった。フビライは日本の処置について、内心ではすでに決断を下していた。

「兵を用いる時には、我が高麗に日本遠征の先鋒をお命じになるよう、伏してお願い申し上げます」

諶は自分の野望のために高麗人民がどれほど難儀を強いられるか、その様なことは何ら考えもせずフビライに懇願した。諶は蒙古の威を借りて日本遠征を行えば、日本はたちどころに戦わずして屈すると、甘い読みをしていたのである。次代の高麗王は、それほどの器量しかない男であった。

この頃、高麗の開城でフビライの沙汰を待っていた趙良弼のもとに、蒙都に向かわせた張鐸《ちょうたく》が日本人を連れて帰ってきた。

「まるでとんぼ返りではないか。いったいどうしたのだ？」

「皇帝陛下は十二名の日本人を敵状視察に訪れた間諜だと疑い、最後まで謁見を許されませんでした。すみやかに日本人を太宰府に送り届け、国書に対する返書を持ち帰るようにとのこと」

「そうであったか」

日本人送還を命じられた趙良粥は、再び日本へ向かった。高麗船が博多湾に入ったのは初夏の頃であった。昨年の十一月、フビライは国号を蒙古から元に改めていたから、今回は元朝の使節ということになる。

「彼らは皇帝陛下の謁見も叶わず、ただ太宰府と元都を往復しただけに終わってしまいました」

預かった十二名の日本人を引き渡しながら、趙良弼は再会した少弐資能《しょうにすけよし》に詫びるように言った。

「期待をしていたのだが……」

資能は落胆の色を見せた。

使節の一行は、昨年、日本側に提出した国書に対する返書を、再び鴻臚館《こうろかん》で待つことになった。しかし幕府は、今回も彼らを完全に黙殺した。翌年の三月、元使趙良粥は、またもや返書を得られず帰国していった。

第四章　行光

一　独立

文永《ぶんえい》十年（一二七三）の三月、沼間の鍛冶場はどこも活気を帯びていた。幕府は再度博多に来航した元使趙良弼《ちょうりょうひつ》を、今までどおり返書を与えず帰国させたばかりであった。それは日本に朝貢を求めるフビライに対する、時宗の一貫した回答である。若き執権の外圧に対する断固とした態度は、武門の統領として当然のことであった。先月には南宋の襄陽《じょうよう》が陥落し、大陸から反蒙古勢力が駆逐されようとしていた。蒙古軍の襲来が目前に迫った今、武備の充実が急がれていた。

国光の鍛冶場も、幕府や御家人の需要に応じるため、休む間もなく作刀に追われていた。そんなある日、藤三郎は鍛冶押《かじお》しした三振りの太刀に疵などの欠点がないのを確認すると、それを持って銘切り中の国光の前に立った。鍛冶押しとは、焼き入れを終えた刀を刀工が荒砥《あらと》で研ぎ、疵などの有無を調べるとともに、整形を施す工程である。

「お願いします」

「おう、できたか」

藤三郎は太刀を国光の傍らに置いた。太刀は鎌倉の御家人の注文品で、すべて藤三郎が鍛えて焼きを入れたものである。国光はこの太刀の茎《なかご》に自分の銘を切って世に出すのである。それは即ち、藤三郎の鍛刀の技量が、師と同程度ということを意味する。

藤三郎が師の代作を任されて久しい。国光は幕府のお抱え工であるから、国光の鍛冶場で鍛えられた刀のほとんどは細工所《さいくどころ》に納入される。国光の名で納められるそれらの刀の半ばは、藤三郎の手になるものである。幕府の御用の品には銘を切ることはないが、御用の合間に鍛えた売り物用の刀には国光がみずから銘を切る。その多くは『国光』と二字銘であるが、最近は『鎌倉住人新藤五国光作』などと、鎌倉の名を銘文に加えた長銘《ながめい》も切るようになっていた。それは、鎌倉の地に武士《もののふ》の都にふさわしい鍛刀の流儀を打ち立てたいという、国光の大望の表れであった。国光は刀の茎《なかご》に『鎌倉』と銘を切り添えた最初の刀工である。

「試し焼き用の太刀も、火造《ひづく》りを終えてあります」

火造りとは鍛錬を終え、予定の長さに素延《すの》べした鋼材を、刀の姿に打ち出す作業である。

「そうか。では、明後日《あさって》頃にでも、新しい焼き入れを試みるか」

国光は備前三郎国宗のもとで修業を終えて以来、『鎌倉物』を創り出そうと、新しい鍛刀法の工夫に余念がなかった。それは一口で言えば、切れ味と強靱《きょうじん》さの追求に他ならない。しかし、新しい鍛刀法を、そうたやすく打ち立てられるはずもなかった。

大陸から伝来した直刀は、日本人の戦闘様式に適うよう、いつしか反りを持つ湾刀《わんとう》へと進化し、さらに折れや曲がりを防ぐ工夫として、軟らかい心鉄《しんがね》を硬い皮鉄《かわがね》で包み込む鍛法が編み出され、これにより他に類を見ない鋭利な美しい刀剣の完成を見た。そして鎌倉時代中期ともなると、平安朝貴族の佩用した優美な太刀姿から、鎌倉武士の気風を反映した頑丈な太刀姿に変貌を遂げていた。刀身の身幅は広くなり、重ねは厚みを増し、切先は猪の太くて短い首のように短く詰まった猪首切先《いくびきっさき》と呼ばれる形状になっていた。これは進歩する甲冑と競い合いながら到達した理想の姿であり、日本刀はほぼ円熟期を迎えていた。国光は完成の域に達した日本刀に、さらに改良を加えようとしていた。

「猪首切先に鈍刀無しだ。もはや姿をいじってみたところで、得るものはあるまい。わしは焼き入れ法に工夫を凝らしてみるつもりだ。焼き入れの温度を高くして刃を硬くするのだ。刃が硬くなれば切れ味が増す」

国光はそう言って、これまで身に付けた伝法に固守せず、備前や粟田口物よりも高火《たかび》で焼き入れすることを試みていた。近頃、国光が太刀よりも短刀の製作に熱心なのは、小品の方が頻繁に焼き入れを試せるからである。太刀の製作の半ばは藤三郎に任せ、自身は火力の強い栗炭を使用して、主に短刀で焼き入れをくり返していた。

「藤三郎、仕事が終わったら一杯やっていけ」

国光は銘を切る手を休めると、藤三郎をチラリと見てそう言った。目が何か物言いたげである。

「はい、……分かりました」

国光が一人の弟子にその様な声をかけることは滅多にない。酒に誘う時は鍛冶場の者全員に声をかける。弟子に対し分け隔てなどしない男だ。

(何か話でもあるのか……)

藤三郎に思いあたる節はなかった。

その日の夕方、仕事を終えた藤三郎が母屋に出向くと、囲炉裏に座った国光はすでに酒を呑み始めていた。藤三郎はお菊に促され、国光と対座するように腰をおろした。囲炉裏の前には簡単な肴《さかな》の用意がされていた。

「ま、一杯やれ」

国光は藤三郎に木盃《もくはい》を取らせると、酒壺を持ってどぶろくを注いだ。

「いただきます」

藤三郎は盃を呑み干した。

「さ、どうぞ。あなたの好きなタランボ（タラの芽）の衣揚《ころもあ》げですよ」

お菊が器に旬の食材をのせて勧めた。

「もう、タランボの季節になったのですね」

藤三郎はタラの芽を頬張った。サクッとした歯触りの後、口いっぱいに独特のほろ苦い風味が広がった。年に一度の旬の味。

「旨い！」

藤三郎は思わず声を洩らした。

「そう、よかった。今日は裏山からたくさん採ってきたから、桔梗さんにも持って帰るといいわ」

「ありがとうございます」

「ところで藤三郎、お前はいくつになった」

「……はい、二十九になりました」

「そうか、うちへ来たのは、ついこの前のような気がするが」

国光が感慨深げに言った。藤三郎が十二歳で父親を亡くして先代の国光に預けられて以来、十七年の歳月が流れていた。その間、国光の入門がきっかけで国宗の娘桔梗と結ばれ、五郎という男子にも恵まれた。藤三郎は師の国光に感謝していた。

「今日はお前に話がある。独立のことだ。藤三郎に鍛冶場を持たせようと思う」

「独立！」

刀を打つ仕事に携わる者にとって、親方のもとから独立し、自分の鍛冶場を持つのは夢である。藤三郎は自分の鍛えた刀に沼間の頭領国光の名が刻まれているのを目にすると、いたく自尊心をくすぐられる反面、自身の名を世に出せないもどかしさを感じるようになっていた。しかし独立を許すという親方の言葉に、藤三郎は困惑の表情を見せた。

「何だ、嬉しくないのか？」

「いえ、そんな事はありません。しかし、うちの鍛冶場は、今、猫の手も借りたいほどの忙しさです」

鍛冶場では国光の息子たちがまだ十代の若さのため、藤三郎は親方に次ぐ地位にある。それだけに国光に代わって仕事の差配《さはい》を行わねばならぬことも多く、鍛冶場の内情には親方同様に通じていた。先代国光から当代の国光に代替わりした時、実力のある弟子たちは独立し、まだ修業半ばの者は二代目の鍛冶場に残った。その多くは藤三郎の兄弟子であり、それらの者をも束ねる立場に立たされた時、思わぬ困難も生じたが、藤三郎はどうにか乗り切ってきた。それだけに国光の鍛冶場に対する愛着も人一倍強い。

「そんなことを心配していたのか。忙しいからといって藤三郎を引き留めていては、お前をここで飼い殺しにしてしまう。わしの息子の太郎も又四郎も、どうにかわしの手助けができるようになった。忙しい時には藤三郎の鍛冶場に仕事をまわすことにする。そうすれば何も問題ないではないか」

「そうですか……」

「藤三郎の実力からすれば、もっと早くに独立させても良かったのだ。わしは藤三郎を自分の右腕と頼みすぎ、重宝して手放さなかったように思う。そのことを重々詫びたい。永い間、この鍛冶場を支えてくれた御礼に、独立にあたっての援助は惜しまないつもりだ」

「分かりました。親方の御好意はありがたくお受け致します」

藤三郎は手にしていた盃を床に置くと、改まって深々と頭を下げた。

「そうか、そうと決まれば、今度は藤三郎の刀工名のことだが」

藤三郎はこれまで師の代作をこなしてきた。その限りにおいて銘は不要であった。しかし独立して鍛冶場を持てば、鍛えた刀には自分の銘を切らねばならない。

「はい」

「前から色々と考えていたのだが、藤三郎の技の初めは、亡き行光殿から習得した行平流だ。今のそなたの技を持ってすれば、名工の誉れ高かった豊後行平の名を汚すようなこともあるまいから、祖父の名を継いで行平を名乗ってもよいのであろうが、豊後で鍛刀している本家筋を差し置いてそれもなるまい。やはり父の名を継いで行光を名乗るのが自然ではなかろうか。行光ならわしの一字も含まれているのでな」

「色々と御配慮頂き、ありがとうございます。私もいつか父の名を継承したいと考えておりました。亡き父は祖父行平の流罪地で生まれた子。その出自からして不遇の刀工でした。名工の子として生まれながら、鎌倉の名もない鍛冶で生涯を終えた父の名を、いつか日のあたる場所に出してやりたいというのが私の夢でした。……その想いを糧に、これまで精進してきたつもりです」

「そうか、それなら藤三郎の刀工名は行光で決まりだ。それから鍛冶場を建てる場所だが、その件はわしに任せろ。近くに適当な土地の心当たりがある」

国光は愛弟子《まなでし》を独立させるにあたって、様々な気配りを見せた。藤三郎はそのことを嬉しく思った。しかし、独立し吹子《ふいご》を据える場所については、以前から心に決めている地があった。

「……せっかくの御厚意を申し訳ないのですが、鍛冶場は由比の飯島に築きたいと思います。父や祖父の墓もありますし、老いた母が一人で暮らしていますから。吹子《ふいご》は行平の鍛冶場が在った近くに据えさせて下さい」

藤三郎の祖父行平は、飯島に鍛冶場を設けてわずか三年余りで鬼籍《きせき》に入っている。その子行光が父から鍛刀の手ほどきを受けたのもその間だけである。歳にして二十一から二十三の間。行平が幕府の招きで鎌倉に来るまで、行光は鍛冶とは何の関わりもない生業《なりわい》で暮らしを立てていた。鍛冶修業半ばで師を失った行光は、沼間で新たな師を見つけ、引き続き修業を続けたのである。行平の開いた鍛冶場は、行平の死とともに幕府に返還された。そして鎌倉の発展とともに、鍛冶場の在った辺りには家々が建ち並び、往時の佇まいはまったく消え失せていた。藤三郎は飯島の地に、いつの日か鍛冶場を再興したいと夢見ていたのである。

「そうか、そういう希望なら、沼間から少し遠くなるが、致し方あるまいな」

国光は藤三郎の想いに理解を示した。

「わしはこの鎌倉に、備前や大和、山城の鍛法に劣らぬ流儀を打ち立てたいと努力してきたが、近頃では一派を生み出すことさえ至難なことだと思い知らされている。藤三郎が独立するにあたって、わしが願うことはただ一つ。わしのこの想いを引き継いで欲しい。いつか『鎌倉物』と呼ばれるような流儀を、この地に打ち立ててもらいたい。もちろんわしもまだ三十九。自分では若いと思っているから、これからもひと踏ん張りするつもりだが」

国光が日頃、ことあるごとに口にしていることを述べた。鎌倉物――師の影響か、その言葉の響きは、藤三郎の胸にある種の昂揚《こうよう》した情感を沸き上がらせるようになっていた。

「はい、分かりました」

「火入れの時には、わしも呼んでくれよ」

「もちろんです。必ず」

藤三郎は威勢よく返事をくり返した。


その年の梅雨入り前には、藤三郎行光の鍛冶場が完成した。鍛冶の世界では弟子が独立する時、師は吹子《ふいご》など鍛冶道具一式を贈る習いであるが、国光は鍛冶場の建築費用まで一切合切《いっさいがっさい》の面倒を見てくれたのだった。

藤三郎行光の鍛冶場と鶴岡八幡宮寺は、一里にも満たない道程である。八幡宮の供僧を務める大進坊祐慶は、暇を見ては弟行光の鍛冶場に加勢に来るようになり、父祖縁故の者の子らが、鍛冶修業のため行光の家で寝起きするようになった。甚五郎《じんごろう》、修作《しゅうさく》、芳造《よしぞう》の三人で、いずれもまだ二十前の若者であった。

幕府は独立した藤三郎を直ちに御用鍛冶に取り立て、新しい鍛冶場の近くに鍛冶免の田畑を与えた。これにはもちろん、師の国光や、義父国宗の力添えがあったのは言うまでもない。

二　炭切り

水平線の彼方で銀白色に照り輝いていた入道雲がいつの間にか姿を消し、蒼穹《そうきゅう》には筋雲が見られるようになっていた。火を使う鍛冶にとって、仕事のやりやすい時節の訪れである。

その日、行光の鍛冶場に立ち寄った祐慶は、開け放たれた炭小屋の中を見て驚いた。小屋の土間に大、小二種の大きさに小割りされた栗炭が、それぞれ富士の山を見るように積まれてあった。炭は鉄とともに刀の製作には欠かせないものであり、刀工は炭の品質については鉄同様に気を遣う。鍛錬用には六分角、卸《おろ》し鉄《がね》用には四分角、焼き入れ用には二分角といった具合に、それぞれの作業目的に応じ大きさの異なる炭を使用する。炭焼きから購入した原木の形を留める炭を、鋭利な鉈《なた》で鍛錬行程に応じた大きさに小割りし、炭篩《ふる》いでふるい分けるのである。

まだ小割り作業の途中らしく、鉈は散らかった屑炭《くずずみ》の上に置かれてあった。祐慶が驚いたのは炭の切り口である。よけいな屑炭を出すことなく、正確にサイコロ型に切り揃えられていた。

（この鉈、よほど切れ味がよいと見える）

祐慶は刃に親指の腹を当て、次いで試しに炭を割ってみた。鉈の切れ味も、炭の焼かれ具合も、特段変わったところはなかった。鍛冶にとって炭切りは大切な基礎仕事である。『炭切り三年』と言われ、巧く小割りできるようになるまでは修練を要する。行光の鍛冶場で働くようになった若者三人は、炭切りはまだ未熟なはずである。

（藤三郎の仕事か……）

祐慶はそう納得した。

鍛冶場では師弟三人が鍛錬の最中であった。まだ経験の浅い二人の弟子に大槌を持たせ、二丁がけの鍛錬を行っていたが、行光は四苦八苦している様子であった。鍛錬が一段落した時、祐慶が行光に話しかけた。

「お前も炭切りまでやらねばならないから大変だな」

「何のことですか？」

行光が怪訝《けげん》そうな顔をした。

「炭小屋に炭が割ってあったが、お前の仕事であろう」

「ああ、あれですか。五郎がいませんでしたか」

「五郎？　誰もいなかったぞ」

「そうですか……それなら井戸に水でも飲みに行ったのでしょう。今日、炭を割ったのは五郎ですよ」

「何、五郎が！」

「いったい、どうしたのですか？」

「五郎にはいつから炭切りをさせているのだ」

「いつからって、ここに鍛錬所を構えてからですよ……」

「まだ四ヶ月にもならぬではないか。それなのにもうあれだけの仕事ができるのか」

五郎は十歳になっていた。今までは母の桔梗を助けて野良仕事を手伝っていたが、行光が独立してからは少しずつ鍛冶仕事にも親しむようになっていた。祐慶からは読み書きの手ほどきを受けているが、物覚えがよく、いちど習った文字は正確に、そして何よりも綺麗に書いた。五郎は利発で器用な子だった。

「自分から進んで炭切りを手伝うようになったんです。鍛冶仕事が向いているのでしょう」

行光はこともなげに言った。

「五郎さんの仕事は速く、無駄なく、正確なんです。恥ずかしい話ですが、一緒に炭切りの練習を始めたのに、我々三人はどうしても及びません」

弟子の一人が祐慶に向かって照れ臭そうに言った。その時、炭小屋の方から炭を切る音が聞こえ始めた。

「兄者、自分の目で確かめてみられては」

行光がまだ得心がいかぬ様子の祐慶に笑いながら言った。

祐慶が炭小屋にまわると、五郎が杉丸太の輪切りを腰かけにして、淡々と鉈を振るっていた。台座の上に載せられた棒炭が、甲高い響きを発してわずかな破片を飛び散らせ、見る間に小割りにされていく。決して炭が砕かれるような音を立てることはなかった。あくまで切り刻まれる音である。

「五郎、巧いもんだな」

「あっ、祐慶伯父さん」

炭を切る手を休め、ニッコリと人なつこい笑顔を見せた五郎の面差しは、どこにでもいる十歳の童のそれだった。祐慶は大人びた仕事ぶりと童顔との間に、大きな違和感を覚えていた。

第五章　文永の役

一　殺戮《さつりく》の島

「日本遠征を行っても、我が帝国に何ら益をもたらすことはないでしょう」

太宰府から大都《だいと》に戻った趙良弼《ちょうりょうひつ》は、玉座のフビライに向かってそう進言した。趙はみずから招諭使《しょうゆし》の役を願い出ただけあって、これまで派遣された使節とはその意気込みが違っていた。日本側に国書を提出し、それを黙殺されていったんは高麗に引き揚げたものの、再度日本へ出向き、太宰府で一年余りも辛抱強く返書を待った。この間、ただ無為に時を費やしたわけではなかった。趙は鴻臚館《こうろかん》滞在中、可能な限り日本についての情報収集に努めた。京都や鎌倉の政情は無論のこと、その観察眼は風俗、習慣、地理、気候などにも及んだ。日本で見聞した膨大な知識を持って、趙良弼はフビライに対していた。

「日本は金銀に恵まれた豊かな国だと聞いているが」

「私が実際に見た限りでは、富などとは無縁な、高麗辺りと何ら変わらぬ農耕国でした。山が多くて平野が少なく、農民は猫の額ほどに細分された土地を耕し、どうにか飢えを凌いでいる有様でした。もちろん羊や馬の放牧に適した草原などほとんどありません。大海を越える危険をおかしてまで、我が帝国の版図《はんと》とする価値はないものと思われます」

趙良弼はフビライに向かって力説した。自分の足で見聞を広めてきた趙の言葉には、これまでの招諭使の報告にはない重みがあった。だが六度も送った使節をすべて黙殺され、フビライの自尊心はいたく傷ついていた。すでに高麗の世子《せいし》・諶《しん》の執拗な要請を容れて、日本招諭が無駄骨に終わった場合、高麗経由で日本侵攻を行うことを心に決めていた。

「もはや力でねじ伏せるのみ」

フビライは趙良弼の進言を聞き容れることはなかった。


文永十一年（一二七四）正月、フビライは完成したばかりの大明殿《たいみんでん》で、文武百官《ぶんぶひやつかん》の朝賀《ちようが》を受けた。そして三月には、南宋攻略作戦の一環として、ついに日本遠征を勅したのである。フビライはすでに六年前から、一千隻の軍船の建造を高麗に命じてあった。その時は南宋、日本のいずれの侵攻作戦に用いるか明らかにしていなかったが、ここにきて日本遠征に用いられることが公《おおやけ》になった。

フビライが日本遠征を勅すと、高麗各地から三万五千人の工匠や人夫が動員されて突貫工事が続き、日本侵攻直前までに大小九百隻の軍船が完成した。その内訳は、大型軍船三百隻、上陸用の小型軍船三百隻、水や兵糧、軍馬などを積む補給船三百隻である。

折しもこの年、高麗王元宗《げんそう》が亡くなった。大都にあった諶は、フビライの娘クツルガイミシとともに高麗に帰国した。

「あのお姿は！　何と嘆《なげ》かわしい」

世子の帰国を待ちわびていた臣下の者たちは、久々に目にする諶の姿を見て仰天した。呆れたと言った方がよい。永い人質生活で諶はすっかり蒙古の風俗に染まり、胡服《こふく》、弁髪《べんぱつ》姿で臣下の前に姿を現したのである。諶は八月には即位して忠烈《ちゅうれつ》王を名乗ったが、忠烈の名前は元から授けられたもので、忠とは元に対して忠誠を尽くす意味である。ともあれ、これで高麗は完全な元の属国となり、日本侵攻の段取りが整ったのであった。

九月の末、高麗南端の港合浦《がっぽ》に、九百隻の軍船が集結した。細長い湾を埋め尽くした大船団の勇姿は、想像を絶する壮観さであった。蒙古人、女真人《じょしん》、漢人、高麗人などからなる総勢三万人の混成軍を率いるのは、総司令官忻都《キント》、副司令官洪茶丘《こうちゃきゅう》及び劉復亨《りゅうふくりょう》、高麗軍司令官金方慶《きんほうけい》らである。出撃前、総司令官忻都は主だった指揮官たちを集め訓辞を行った。

「我が帝国軍は予定どおり対馬、壱岐を叩いた後、博多へ直行し、直ちにここ太宰府を占領する」

忻都は机に広げられた真新しい地図の一点を棒で指し示した。その地図は、趙良弼が鴻臚館《こうろかん》滞在中に集めた情報を元に作られたものである。博多湾一帯の海岸線の地形や、道路、河川、主な建物、それに九州の要である太宰府を守るために造られた水城《みずき》までが詳細に記されていた。

水城は天智《てんじ》三年（六六四）に築かれた土塁と堀からなる古代の防御施設であるが、蒙古が日本に朝貢を求めて以来、幕府によって大がかりな改修が行われていた。趙良弼の報告書には、驚くべきことに土塁の高さや幅、堀の幅や深さまで克明に記されていた。

「太宰府は三日もあれば陥せるだろう。その後は相手の出方しだいだが、何も無理をすることはない。このたびの日本侵攻は、我が帝国軍の強大さを敵に知らしめることにある」

忻都の訓辞を聞いた誰もが、太宰府平定に三日も要するとは思っていなかった。皆、合浦に集結した味方の大船団の勇姿に驚嘆したばかりである。指揮官の誰もが、この大船団を目にすれば、日本は戦わずして降伏するであろうと思っていた。

「我が軍は一本の矢すら失うことはないかも知れませぬ」

高麗軍司令官金方慶が、居並んだ将官の心中を代弁するかのように胸を張って述べた。

十月三日、九百隻の船団に分乗した日本遠征軍は合浦を出発した。大型船の周りを戦闘用の小型船が取り囲み、少し距離を置いて補給船が付き従う陣形である。この海域を大船団が渡ったのは、かつて大和朝廷が百済《くだら》援軍のため、一千艘《そう》の舟を投じて以来である。その時の舟は、今回の蒙古軍を乗せた船より、はるかに小型であったが。

対馬は南北に細長い島で、海峡を挟んで高麗と相対している。島の南部の西岸に位置する佐須浦《さすのうら》(小茂田《こもた》)は、対馬の国府の置かれた府中《ふちゅう》(厳原《いずはら》)から、西へ三里余り隔たった寒村である。十月五日のこと。佐須浦の漁師の平助と茂作は、夕まずめの漁を狙って、佐須川の河口から沖の漁場に向かって小舟を漕ぎ出していた。北西の風が少しあったが、波の穏やかな絶好の漁日和《りょうびより》だった。

「この辺りでいいだろう」

櫓《ろ》を操っていた平助は、山立《やまだ》てで位置を確認すると舟足を止めた。そして何気なく沖の水平線に目を向けた時だった。舳先《へさき》の方角に見慣れぬ光景があった。

「おい、あれは何だ！」

平助は尋常でない声色《こわいろ》で、仕掛けの準備をしている茂作に叫んだ。ちょうど申《さる》の刻《こく》(午後四時)の夕暮れ時で、西の空は茜色《あかねいろ》に染まりつつあったが、その色彩の薄れる北西の水平線に、黒い大きな島のような塊が見えた。

「雲か！」

舳先を振り返った茂作が呟くように言った。

「いや、雲なんかじゃないぞ。よく見ろ、帆が見えるぞ。あれは船だ。それも大船団だ！」

平助の言葉に茂作も水平線に目を凝らした。

「蒙古の軍船だ！　蒙古が攻めてきたんだ」

茂作が立ち上がって叫んだ。対馬は国境の島である。蒙古王が日本に再三国書を送りつけてきたが幕府がそれを黙殺しており、蒙古がいずれ攻めてくるだろうということを、島民は肌で感じていた。

「役人に知らせねば」

二人の漁師は慌てて陸岸に引き返した。


対馬は筑前守護少弐資能《しょうにすけよし》の守護領で、守護代は五十八歳になる宗助国である。助国は府中の地頭所《じとうしょ》で異変を知らされた。

「蒙古の軍船が佐須浦に現れました。その数、四、五百隻」

佐須浦から馬を駆ってきた郎党は、先刻見たばかりの蒙古船団の様子を息を弾ませながら伝えた。

「ついに現れおったか。至急援軍を送るよう太宰府に注進《ちゅうしん》いたせ」

助国は太刀を取って立ち上がりながら近習の一人に命じた。直ちに家人《けにん》の小太郎、兵衛次郎兄弟が小舟で博多に向かった。助国の家臣は八十騎程度である。本来ならしかるべき武士を伝令に立てるところであるが、蒙古の軍容からして今は一騎たりとも割くことはできなかった。

「このような事態になることは前から分かっていたことだ。にもかかわらず鎌倉殿や太宰府は兵を派遺してはくれなかった。六百年も前の天智《てんじ》天皇の御代ですら、この地には防人《さきもり》が置かれていたというに。まったく怠慢としか思えぬ。それとも対馬を見殺しにする気か」

助国は甲冑を身にまといながら、主家や幕府に不満を洩らした。助国は滅多なことでは愚痴など口にしない剛の者である。しかし対馬の領民のことを考えれば、つい不平の一つも言いたくなった。

助国は全兵力の八十騎余りを従えると、月の落ちた星明かりの山道を、四里離れた佐須浦に向かった。佐須浦に到着したのは丑《うし》の刻《こく》（午前二時）であった。

「何という船の数だ！」

佐須浦の沖には無数の篝火《かがりび》が揺れていた。碇泊した蒙古船のものである。まるで夜空に冴え煌めく星々を海面に映しているかのように、佐須浦の海は蒙古船で埋め尽くされていた。助国は圧倒された。

それでも夜明けを待って、使者を蒙古船に派遣することにした。

永い夜がようやく白み始めた卯《う》の刻《こく》（午前六時）頃だった。

「あの帆柱を白く塗っている大船の所に行き、我が島に大挙して訪れた理由《わけ》を問い糾《ただ》して参れ」

助国は高楼《こうろう》を有するひときわ大きな船を指差しながら、使者に選んだ通事の真継《まつぐ》に命じた。真継は高麗の言葉に堪能であった。助国の配下に蒙古語のできる者はいないから、蒙古船に高麗兵が乗り合わせているのを期待するだけである。真継を乗せた小舟は、浜から蒙古船団に向かって漕ぎ出していった。使者は鎧兜《よろいかぶと》を、艪《ろ》を操る漕ぎ手は銅丸《どうまる》をまとっていた。

やがて小舟は白い帆柱の大型船に漕ぎ寄っていった。船縁《ふなべり》に並んだ蒙古兵が小舟を見おろしている。

「大船団を組んで、この島を訪れたのはいかなる理由か」

小舟の中ほどですっくと立ち上がった真継が、大船に向かって高麗語で声を張り上げた。真継の甲高い声が朝の静寂《しじま》に消えていったが、大船からは何の返事もなかった。

（この船には高麗人はおらぬのか）

真継がそう思った時だった。船縁にいたひときわ鮮やかな甲冑をまとった男が何やら声を発すると、蒙古兵の一人が弓に矢をつがえ、小舟に向かって放った。矢は小気味よい音を立てて、小舟の舳先《へさき》に突き刺さった。小舟の二人には戦慄《せんりつ》を覚える響きであった。

「引き返せ！」

蒙古軍の意志を汲み取った真継は、直ちに漕ぎ手に命じた。逃げる小舟に向かってなおも矢が放たれ、小舟には幾本もの矢が突き刺さった。

真継を乗せた小舟が、必死に砂浜をめざしている時だった。蒙古軍の大船団の中から、突如、激しく銅鑼《どら》が打ち鳴らされた。それを合図に小型船の一部が行動を起こし、反転した使者の小舟を追うように海岸線に迫ってきた。

蒙古軍が続々と上陸を始めた。佐須浦の砂浜は、赤や緑や橙など派手な色彩の綿甲《めんこう》を着た蒙古兵で、見る間に埋め尽くされていった。その数は数百。しかも続々と上陸は続いている。対する助国軍には佐須浦の島民が武器を持って馳せ参じていたが、劣勢はいかんともし難かった。

「よし、行くぞ」

攻撃の時を見計らっていた助国がついに合図を下した。砂浜に躍り出た助国の騎馬隊を見て、蒙古軍は再び銅鑼《どら》や太鼓を打ち鳴らし始めた。それまで砂浜に群れていた蒙古兵が、突然、幾重にも整然とした隊列を組んだ。助国軍の前に長槍の槍衾《やりぶすま》ができた。その背後では、なおも蒙古軍の上陸が続いている。その数は千名余りに達しようとしていた。

助国が馬を止め、敵前で名乗りをあげようとした時だった。蒙古陣営から弾けるような音がして、助国の騎馬軍の中に赤子《あかご》の頭ほどの物体が落下してきた。表面にはいくつもの突起がある奇妙な形をした鉄丸である。それには臍《へそ》の緒のような紐《ひも》が付いていて、激しく黒煙をあげていた。

「鏑矢《かぶらや》のたぐいか？」

助国軍の誰もがそう思った時だった。鉄丸が落雷にも似た耳をつんざく大音響を発して破裂し、周囲に真っ赤な火炎をほとばしらせた。跡には独特の異臭とともに、煙幕のような黒煙が立ち込めた。助国軍は一瞬の間であったが、視力と聴力を削がれていた。飛び散った破片で傷ついた者もあった。肝を潰したのは武者のみではなかった。物音に敏感な馬は狂乱し、御《ぎょ》することのできなくなった馬から落ちる者が相次いだ。助国軍は摩訶不思議《まかふしぎ》な鉄丸によって、混乱の極みに陥ったのである。これは後に『鉄炮《てつぽう》』と呼ばれる、焔硝《えんしよう》（火薬）を使った兵器であった。蒙古軍は鉄丸に焔硝を詰め、これを投石器で飛ばしてきたのである。

「うろたえるな」

助国は自軍を鼓舞しながら、先頭に立って蒙古軍に突入していった。海岸線で壮烈な戦いが始まった。蒙古兵は銅鑼や太鼓の音に合わせ、変幻自在の動きを見せた。一騎打ちの戦法しか知らない助国軍は、蒙古軍の集団戦法に翻弄《ほんろう》されるばかりだった。さらに蒙古軍の弓は日本のものと比べ小振りであるが、弓勢は強く矢尻には毒が塗ってあり、肌をかすっただけでも全身に毒がまわって戦闘能力を喪失させた。

助国の愛馬が蒙古兵の槍で刺された。砂浜に放り出された助国は、主家の少弐資能から拝領した備《び》前長船光忠《ぜんおさふねみつただ》の太刀を抜いて敵兵に斬りかかった。蒙古兵は先の尖った兜をかぶり、助国が初めて目にする茶色の戎衣《じゆうい》（戦闘服）をまとっていた。日本武者のような鉄製の甲冑ではなく、軽快に身動きできる厚手の綿甲《めんこう》である。

「蒙古《むくり》め！」

助国は満身の力を込めて、蒙古兵に光忠を振りおろした。太刀筋が狂ったのか、相手の戎衣を切り裂いたものの、手傷を負わせることはできなかった。助国は怯《ひる》んだ相手にもういちど斬りつけた。蒙古兵は耳慣れぬ悲鳴をあげたが、かすり傷を負った程度だったらしく、槍で反撃してきた。

「なぜだ！　なぜ斬れぬ？」

蒙古兵の戎衣を斬った刃味《はあじ》は、まるで刃を潰した太刀のそれであった。光忠は長船鍛冶の頭領として活躍中の、当代の備前鍛冶を代表する名工の一人である。斬れぬはずはなかった。だが、日本の甲冑を断ち割るために精鍛された優秀な太刀が、蒙古兵の綿甲には有効に作用しないのだ。

「くそっ、鎖帷子《くさりかたびら》でも着込んでいるのか」

助国は蒙古兵の槍をかわしながら叫んだ。その助国の胸の辺りを、他の蒙古兵が放った半弓《はんきゆう》の矢が、立て続けに三本も貫いた。助国は砂浜にもんどりを打って崩れ落ちた。

千名余りの蒙古軍と、加勢の島民を入れても二百名にも満たない助国軍では、兵力にあまりの差があった。多勢に無勢にもかかわらず、助国軍は全滅するまで奮戦した。助国らの壮絶な戦いぶりは蒙古軍をたじろがせ、日本兵に対する畏怖《いふ》の念すら植えつけた。

陽が島の尾根から顔を出す辰《たつ》の下刻《げこく》（午前九時）頃には、佐須浦に日本兵の姿は一人も見あたらなくなった。血みどろの戦闘が終結すると、さらにおぞましい光景がくり広げられた。蒙古軍は日本兵の死体から片耳を切り落とし、それを羊の皮袋に入れて功名の証としたのである。

助国軍の壊滅とともに、佐須浦に現世の地獄が出現した。蒙古兵は食糧や牛馬を略奪したばかりか、すべての民家に火を放ち、まるで狩りを楽しむかのように殺戮《さつりく》を行った。無抵抗の老人を含め成人男子は皆殺しにされ、捕らえられた婦女は陵辱強姦《りょうじょくごうかん》され、赤子や幼児は容赦なく殺されたが、童男童女は戦利品として連行されていった。

蒙古軍は風待《かざま》ちのため九日間も対馬に居座り、この間、島の西岸で想像を絶する暴虐を重ね、島民の被害は壊滅的であった。

対馬西岸で人の所業とは思えぬ暴虐の限りを尽くした蒙古の大船団は、十月十四日になってようやく碇を揚げた。次の侵略地壱岐へ帆走するのに最適な北西風が吹き始めたからである。対馬と壱岐の間は十二里余り。順風に恵まれた蒙古の大船団は、その日のうちに壱岐の北西岸に姿を現した。夕暮れ時の申《さる》の刻《こく》(午後四時)であった。

壱岐の守護代は平景隆《たいらかげたか》。対馬に蒙古軍襲来の報を受け、太宰府の少弐資能《しょうにすけよし》に援軍を頼むとともに、島民一丸となって防備を固めていた。とは言っても兵力は百人程度である。

蒙古軍は姿を現すや、対馬の時とは違い、夕刻にもかかわらず直ちに天ケ原や本宮《ほんぐう》の海岸に四百人ほどを上陸させた。景隆は居城の樋詰《ひづめ》城から百余騎を率いて上陸地へ向かい、赤い幟《のぼり》を掲げた蒙古軍との間で戦闘が始まった。初めは互いに矢を射合う矢いくさになった。蒙古軍の放つ矢は和弓の倍近い飛距離があり、おまけに矢尻に毒が塗られていた。矢いくさで不利に立たされた景隆軍をさらに追いつめるように、岸近くに寄ってきた蒙古船から投石機で鉄球が放たれ始めた。雷鳴のような轟音とともに砂塵が舞いあがり、閃光と黒煙が景隆軍を襲った。新兵器の登場に景隆軍は浮き足だち、次々と兵を失っていった。数時間の戦闘の後、蒙古軍は日暮れとともに海上へ退却し、景隆は生き残った三十騎余りとともに樋詰城へ撤退し立てこもった。

その夜、平景隆は娘の秋乃《あきの》と、家臣の伴宗三郎《ばんそうざぶろう》を呼んだ。秋乃は十八歳。三年前、病で亡くなった妻に似て、器量も気だてもよく、里の人々には姫御前《ひめごぜん》と慕われている。景隆には秋乃の他に二人の成人した男子がいたが、昼間の戦闘で死なせてしまっていた。景隆は死を覚悟していた。景隆は壱岐の守護代家の血筋を絶やさぬため、秋乃を本土へ逃そうと思った。

「手勢の多くを失ってしもうた。明日、蒙古がこの城を攻めれば半日と持たぬであろう。二人は今夜のうちに城を出て、太宰府に今日のことを注進いたせ。敵は大きな音を発する奇妙な兵器を用いた。あれを使われては馬が暴れて役に立たぬ。それに敵の矢の飛距離は我が方より優り、おまけに矢尻には毒が塗ってあった。蒙古軍の戎衣《じゅうい》はぶ厚い綿甲がほとんどだ。これは我が国の刀ではなかなか切りづらい代物だった。敵の刀は切れ味はそれほどでもないが頑丈そのもので、わしは斬り合いで刀を折られてしもうた。刀をもっと頑丈な造りにする必要があるかも知れぬ。そして何よりも、敵は集団で戦を挑んできた。我が国古来の戦法が通用する相手ではなかった。宗三郎、これらのことを、景隆最期の奉公として資能様に伝えよ。蒙古は壱岐を陥した後は、必ずや太宰府をめざすはず。わしが今申したことは、博多での陣立てに役立とう」

「一命を賭して太宰府に注進いたしまする」

宗三郎が涙声で応えた。

「それから秋乃、資能様にお逢いできたら、わしがこれまでの御恩に感謝していたと伝えてくれ」

「お父上……」

「宗三郎、秋乃のことは頼んだぞ」

秋乃と伴宗三郎は、その夜、煌々と冴える月明かりを避けるように、密かに樋詰城から脱出した。翌朝、蒙古軍は再び上陸してきて、樋詰城の攻略にかかった。多勢に無勢で形勢は明らかだった。夕暮れ時になって城の一の木戸が破られた。間もなくすると城の櫓が炎上し、大手門も破られた。城兵は奮戦したものの次々に討ち取られ、景隆も深手を負ってついに自刃して果てた。

壱岐の島を制圧した蒙古軍は、対馬同様の残虐な行為をくり返した。特に陰惨を極めたのは陵辱強姦された後の婦女子である。蒙古船に連行されると、手に穴を開けられて綱を通され、数珠《じゅず》繋ぎにされて素裸で船縁《ふなべり》に吊された。日本軍が攻めてきた時の矢玉《やだま》除けのためである。家畜の被害も甚大で、牛車《ぎっしゃ》を牽《ひ》く駿牛《しゅんぎゅう》として名高かった壱岐牛は、その肉質の良さから競って屠殺《とさつ》され、島から一頭もいなくなった。

樋詰城から脱出した秋乃と宗三郎であったが、運悪く蒙古兵に見つかってしまい、秋乃は毒矢で傷つき動けなくなった。

「私のことより蒙古のことを少弐様に知らせることが大事。早く行きなされ」

宗三郎に壱岐を脱出することを命じた秋乃は、毒がまわり痺れ始めた手で自刃して果てた。どうにか追っ手を逃れた宗三郎が、命からがら太宰府にたどり着いたのは、樋詰城が攻め落とされた三日後の十月十八日であった。

壱岐を陥落させると、総司令官忻都《キント》は、主だった将軍を集め作戦会議を開いた。当初の予定では、壱岐を抜いた後、博多へ侵攻する予定であった。だが博多へ向かうには風向きが悪かった。

「日本軍は想像以上に手強《てごわ》い」

漢人の副司令官劉復亨《りゅうふくりょう》が言った。

「わしもそう思う。奴らは最後の一兵になっても刃向かってくる命知らずだ。対馬、壱岐では敵の十倍近い兵力を投入したものの、我が軍の死者は殺した敵の数を上回っている」

副司令官の洪茶丘《こうちゃきゅう》が、劉復亨と同じことを述べた。蒙古軍は両島で二千人を投入して戦ったが、死者三百、負傷者五百を出していた。

「風は今、九州北西岸に吹いております。ここで風待ちをして無為に時を費やすより、この風に乗って松浦《まつら》の辺りを襲撃してみてはいかがでしょう。博多に上陸して日本軍の本隊と決戦を交える前に、防備の手薄な所を徹底的に叩いて、我が軍の力を見せつけておくのです。そうすれば、本隊の戦意も幾分なりとも萎《な》えるのではないでしょうか」

高麗軍司令官金方慶《きんほうけい》が今後の方策を具申した。金には朝鮮沿岸を荒らしまわった倭寇に対する憎しみがあった。この際よい機会だから、倭寇の本拠地である松浦半島の辺りを叩こうと思ったのである。実は対馬や壱岐で残虐の限りを尽くした蒙古軍の実態は、そのほとんどが高麗兵であった。手に穴を開け綱を通すという残忍な風習は高麗のものである。

「金方慶の意見をどう思う」

総司令官忻都が副司令官の二人を見まわした。

「それもよろしいのでは」

洪茶丘、劉復亨ともに同意した。

「それでは博多襲撃の前に松浦を攻めることにする」

蒙古軍の次なる目標が定まった。その時の風向きが、九州北西岸に住む人々に禍をもたらすことになったのである。

十月十六日、蒙古の大船団は肥前の平戸沖に姿を現し、十七日に鷹島《たかしま》に上陸した。鷹島では守護代の鷹島満《みつる》が、わずか三十騎余りで守備についていた。それに蒙古襲来の報を聞いた肥前松浦党《まつらとう》の松浦答《あつる》が、五十人の手勢を引き連れて援軍に駆けつけた。松浦党は瀬戸内海の村上党と並ぶ海上勢力である。松浦党は殿浦《とのうら》に上陸し、島の南東にある日本山に陣取って蒙古軍を迎え撃った。

蒙古軍は八百の兵を鷹島に上陸させた。鷹島満と松浦答の手勢を合わせても八十人。日本軍に十倍する圧倒的兵力である。鷹島一族は全滅するまで戦い、松浦答の援軍も壊滅的な打撃を受けた。

蒙古軍は鷹島のみならず、北松浦半島や入野《いりの》半島の沿岸一帯を襲撃し、ここでも無抵抗の島民の虐殺、略奪を欲しいままにした。博多へ向かう順風の西風が吹き始めて蒙古軍が去った時、鷹島から人の気配はまったく消えてしまっていた。

二　撤兵

対馬に蒙古襲来の報を受け、鎮西《ちんぜい》奉行の少弐資能《しょうにすけよし》と大友頼泰《おおともよりやす》は、九州の御家人たちに博多に集結するよう檄《げき》を飛ばした。そのため『いざ鎌倉』とばかりに、博多へは九州各地から続々と武士が集まってきた。その間も鎮西奉行のもとには、壱岐や平戸などから次々と新しい情報がもたらされたが、どれも悲惨な状況を伝えるものばかりであった。

「島を見殺しにはできぬ。即刻、援軍を送るべし」

当然ながら、軍議の場ではその意見が大勢を占めた。しかし七十七歳の老将少弐資能はそれを認めなかった。報告を受けた蒙古軍の大船団の規模から見て、自軍の兵力をはるかに凌駕《りょうが》する侵攻軍であり、兵力を分散するより博多湾の防備を固め、本土決戦に万全を期すのが最善と判断したからである。

「対馬や壱岐、鷹島の仇《あだ》は必ず討つ」

島民たちをやむなく見殺しにせねばならなかった資能は、非情な決断を下した後、固く心に誓っていた。

鷹島一帯を荒らしまわった蒙古軍は、十月十九日になって博多湾に姿を現した。夕方までに続々と集結し、今津《いまづ》の沖合に碇を降ろした。迎え撃つ日本軍は少弐資能の弟景資《かげすけ》が総大将となり、赤坂、箱崎、博多の三方面に分かれて布陣した。その数、総勢五千三百余り。蒙古軍三万に比べ、日本軍の兵力は圧倒的に劣勢だった。

「やはり博多にやってきおったか」

蒙古軍が鷹島方面に向かったと報告を受けた時、資能は予想が外れたかと思ったが、博多湾を埋め尽くすように現れた蒙古の大船団を前に、武者震いを禁じられずにいた。

(元使の趙良弼《ちょうりょうひつ》を自由に泳がせ、博多の情報をたんと与えてやったのが功を奏したか)

資能は奇妙な絆で結ばれた感のあった、趙の顔を想い浮かべていた。しかし資能の予測は当たったものの、肝心の兵力の準備ができていなかった。

翌朝、蒙古軍の一部は太鼓や銅鑼を打ち鳴らしながら、今津北側の長浜に上陸を開始した。それと同時に蒙古軍本隊は能古島《のこのしま》と妙見岬の間の海峡を通って侵攻し、金方慶率いる高麗軍は室見川《むろみがわ》河口に、蒙古軍別働隊五千四百人は箱崎方面に、そして蒙古軍主力の一万一千人は副司令官劉復亨《りゅうふくりょう》に率いられ博多中心部に向かって進撃を開始した。

日本の合戦のしきたりは、まず箭合《やあわせ》で始まるのが通例である。対峙する両軍の一方が鏑矢《かぶらや》を射ると、それに応える形で相手方も返箭《かえしや》を射る。これを合図に戦端が開かれるのであるが、生死を賭けた戦の前に行われるこの儀式は、見方によっては呑気とも滑稽《こっけい》とも思える習わしである。

一昨日の十八日、総大将の少弐景資は、兄の少弐資能とともに、壱岐から注進に及んだ伴宗三郎を引見している。宗三郎は二人に、壱岐の守護代平景隆《たいらかげたか》の言づてを伝えた。雷鳴にも似た爆発音を発する兵器のこと、飛距離の長い毒矢のこと、日本と異なる集団戦法を用いることなどを、宗三郎は主人の景隆に成り代わって詳細に述べ立てた。

蒙古軍と日本軍の主力が初めて対峙した時、景資は宗三郎の注進を念頭に、敵陣との間合いを敵の矢の飛距離以上に取らせた。その上で、日本古来の慣例に従って、あえて箭合《やあわせ》の儀式を行わせた。郷に入りては郷に従えの気概からである。

上陸した蒙古の大軍の前に単騎進み出たのは、資能の孫資時《すけとき》である。大叔父の総大将景資に従って、弱冠十二歳での初陣《ういじん》であった。父は資能の嫡男経資《つねすけ》であり、資時はいずれ北九州の名門少弐家の家督を継ぐ定めの子である。

二町余りの距離を置いて両軍が対峙する中、萌黄威《もえぎおどし》の大鎧《おおよろい》をまとった資時は、弓を小脇に挟んでただ一人駆け出していった。馬上で擦れ合う甲冑の音が、戦闘が始まろうとする直前の張り詰めた緊張をさらに高めた。

「あれは何だ？」

蒙古軍の本陣で、髭《ひげ》の大男が隣の側近に質《ただ》した。蒙古軍の主力を率いる劉復亨《りゅうふくりょう》である。

「さあ、この期《ご》に及んで使者でも遣わしてきたのでございましょうか？」

蒙古軍は異国の地で、日本軍と本格的な戦闘を交えようとしていた。対馬や、壱岐や、松浦での戦いは、蒙古軍にとってはほんの小競り合い程度のものだった。敵陣から単騎駆け出してきた武者の姿に、蒙古兵はこれから何事が起こるのかと、身じろぎもせず固唾《かたず》を呑んで静まり返っていた。

「あれは子供ではないのか？」

劉復亨が再び側近に質した。

「まさか……」

そう言いながら側近は目を凝らした。

「まさか！」

側近は再び呟くように言った。その時だった。両軍の睨《にら》み合う中間の辺りで馬を止めた資時は、箙《えびら》から鏑矢《かぶらや》を抜き出すと弓につがえた。そして蒙古軍に向け小鏑《こかぶら》を天高く射たのである。

潮騒の響きの中、ヒュルヒュルという独特の音を鳴り響かせて鏑矢が放物線を描き、そして砂浜にストンと落ちてきた。

——しばし奇妙な沈黙の後、蒙古陣営からどっと嘲笑が湧き起こった。

「何だ今のは？」

部下の前では笑い顔など見せたことのない劉復亨までもが、腹を抱えて笑っていた。髭の大男だけに、よけいに滑稽感《こっけいかん》が漂っている。

「攻撃を開始せよ」

歴戦の劉復亨にとって、笑いながら攻撃の下知《げち》を下したのは初めての経験であった。大役を果たした資時は、降り注ぐ矢玉の中を命からがら自陣に逃げ帰った。

「よくやった」

総大将の景資は、資時の初陣をねぎらった。

戦闘が始まった。蒙古軍は戦鼓《せんこ》を打ち鳴らし、吶喊《とっかん》の声をあげ、幡《はた》を振ってじりじりと迫ってきた。日本軍は、壱岐の守護代平景隆からの注進で、蒙古軍が集団戦法を用いることが分かっていても、昨日の今日では、古来からの戦闘法を変えることはできなかった。

一騎討ちで戦功をあげようと突撃してくる武士を、蒙古軍は集団戦法によって包囲し、鎧の隙間から鉾を刺して次々と討ち取っていく。蒙古軍の短弓は矢が短いため速射能力に優れ、矢尻に毒が塗ってあるため威力は絶大であった。さらに敵軍の戦法に戸惑っている日本軍に向け、『鉄炮』が次々と放たれた。その投擲《とうてき》距離は半町（約五十㍍）余り。眩しい閃光と轟《とどろ》く爆発音、それに立ち込める黒煙に人馬ともに驚き、日本軍の陣形は鉄炮が炸裂するたびに崩れていった。

蒙古軍は兵力に事欠かなかった。次々と新たな軍勢を上陸させた。日本軍は数の上でも苦戦を強いられ、地の利があるにもかかわらず、いずれの戦線でも後退を余儀なくされていた。蒙古軍は博多でもその暴虐ぶりを発揮した。老人や女子供など非戦闘員まで容赦なく殺戮《さつりく》し、略奪の終わった後には次々と火を放った。このため博多の西部一帯は火の海と化し、筥崎宮《はこざきぐう》にも火の手が上がっていた。

「ここはひとまず水城《みずき》まで退いて態勢を整え、太宰府を死守しながら鎌倉の援軍を待つ」

日本軍の総大将少弐景資は、夕刻には博多を捨てて四里先の水城まで撤退することを決断した。大宰府には天智《てんじ》二年（六六三）の白村江《はくそんこう》の敗戦をきっかけに、唐と新羅《しらぎ》の報復を恐れた朝廷により水濠《みずぼり》が構築されていた。それは東西十町（約千二百㍍）に及ぶ、太宰府防御を目的とした直線状の堀と土塁である。

撤退を命じた景資が、みずから殿《しんがり》を務めて退却に移った時だった。

「敵が迫ってきます。十五騎、八十人余り」

配下の者が景資に報告した。

「よし、ここで応戦だ」

景資軍は蒙古の追跡軍を待った。すると時を置かず、馬に跨《また》がった髭の大男が手勢を連れて追ってきた。先頭を駆ける大男は、白葦毛《しろあしげ》の黒味を帯びた馬に、金覆輪《きんぷくりん》の立派な鞍《くら》を載せていた。

「おそらく名のある敵将であろう」

景資はそう言うと、弓弦を大きく引き絞り、大男を狙って矢を放った。矢はみごとに男の胸を射抜いたが、髭の大男は蒙古軍副司令官劉復亨《りゅうふくりょう》であった。十二歳の童の鏑矢《かぶらや》を笑った劉復亨は、童の大叔父の征矢《そや》（戦闘用矢）を受ける羽目になったのである。蒙古軍は傷ついた副司令官を抱えて退却を始めた。


蒙古軍は博多の海岸に陣を張っていた。上陸前の計画ではその日のうちに太宰府付近まで迫り、海岸線にはしっかりした本陣を構える予定であった。だが日本軍の激しい抵抗に遭い、おまけに副司令官劉復亨は瀕死の状態に陥っていた。夕暮れとともに雨模様になり風も出ていた。夜陰に乗じての夜襲の危険があった。蒙古軍は占領した海岸線を放棄して船に退いた。

蒙古軍は総司令官座乗の大船で、軍議を交わし始めた。

「劉復亨はどうしている」

総司令官の忻都《キント》が訊いた。

「船の中では手当もままならぬほどの深手を負っています。医師の話では、高麗に戻って治療をせねば命が危ないとのこと」

副司令官の洪茶丘《こうちゃきゅう》が神妙な顔で答えた。

「劉復亨は皇帝陛下の覚えもめでたい男だ。何としてでも生きて連れ帰らねばならぬ」

忻都がフビライの顔を想い浮かべながら言った。

「幸い高麗に帰るのに最適な順風が吹き始めております。日本軍には我が軍の強大さを思い知らせてやりました。もう一度招諭使《しょうゆし》を送れば、今度こそ我が帝国に臣従することでしょう。ここらで引き返すのが得策かと思われます」

洪茶丘が進言した。

「しばらくお待ち下さい。あと一押しすれば、明日にでも太宰府は陥ちます。太宰府を占拠し、九州を平定致しましょう。劉復亨殿と負傷者は、大船を何隻か割いて先に帰国させれば良いではありませぬか。忻都閣下が仰せのように、日本が外交努力で素直に臣従すれば良いですが、それを拒否した場合、再び遠征軍を起こさねばなりません。それでは、今日までの努力が無駄になりますぞ」

高麗軍の指揮官金方慶一人が強気で、このまま一気に攻めて九州を征服すべしと主戦論を展開した。

「日本人は死を恐れることなく大軍の中に斬り込み、最後の一兵まで死に物狂いで戦う。わしは日本人ほど恐ろしい敵を見たことはない。明日になれば日本軍の兵力は続々と増強されるであろう。我々の見通しが甘かったのだ。この九州だけでもそう簡単に平定できるとは想えぬ」

忻都が総司令官らしからぬ弱気な発言をした。

「日本軍の猛攻に矢玉も少なくなっている。疲れた兵をもって日ごとに増える敵軍と戦おうとするのは、賢明な策ではない。緒戦はこちらが優勢だったとは言え、日本軍の戦意は旺盛だ。このまま戦いを続けたら、矢玉も食糧も尽きて敗北は必死だ」

洪茶丘も撤兵を主張した。蒙古軍の総司令官と副司令官は、共に高麗軍司令官の主戦論を容れなかったのである。その軍議の最中、船中が騒がしくなっていた。

「どうしたのだ？」

忻都が衛兵に訊いた。衛兵は外に出ていくや、慌てて帰ってきた。

「化け物です。陸地に化け物が現れました」

衛兵は青ざめた顔で報告した。

「何を馬鹿なことを！」

忻都が大声で衛兵を叱りつけた。しかし扉の外の騒ぎは、ますます大きくなっていた。忻都らも外に出てみた。

蒙古軍の放った火で博多中の建物がまだ燃えていた。その炎が海面に映って海が燃えているようだった。海岸に白装束の不可思議な恰好をした者が三十人ほど並び、碇泊している蒙古の軍船に向かって矢を射ていた。最初から見ていた蒙古兵によると、怪人らはまだ燃え盛っている筥崎宮《はこざきぐう》の辺りから出てきたのだという。夜の海の不気味さに慣れていない蒙古兵は、自分たちの軍船に向けて矢を射る白装束の怪人に、身の毛もよだつほどに恐怖を覚えていた。恐怖は伝染するものらしく、蒙古船の船上は、どの船も騒然となっていた。

実は白装束の怪人たちは、社殿を焼かれた筥崎宮の神官たちであった。神官らは夷敵《いてき》退散の儀式を行っていたのである。

冷たい小雨混じりの寒風が、さらに蒙古兵の恐怖をかき立てていた。それを見た忻都は嫌な胸騒ぎを覚えた。

「撤退だ。高麗へ帰るぞ。直ちに碇を揚げよ」

忻都は配下に命じた。総司令官忻都のこの妄断《もうだん》が、蒙古軍を死地に追いやることになった。夜間に玄海灘を渡海することの危険を、草原の民忻都は知らなかった。恐慌をきたしていた蒙古軍の大船団は、後先も考えず我先に碇を揚げ、まるで敗走するかのように博多湾から出ていった。


水城《みずき》まで後退した日本の武士団は、広大な土塁の上で身を潜め、まんじりともせず明日の戦闘に想いを馳せていた。甲冑の中まで濡らす冷たい雨と寒風が、歴戦の武者たちの胸に不安と功名心を交錯させていた。

やがて永い夜が白み始めると、日本軍は必死の覚悟を決めて敵の襲来を待った。ところが蒙古軍は太陽が顔を出してもやってこなかった。そのうち、放っていた物見《ものみ》から意外な報告が入った。

『博多湾を埋め尽くしていた軍船が、いつの間にか消えてしまっています』

蒙古の大軍が上陸した海岸に敵は一兵もなく、夕べまで所狭しと碇泊していた蒙古船は一隻も浮かんでいなかった。物見はまるで夢を見ているようだったと告げた。

水城から博多に駆けつけ、蒙古軍撤退の事実を自分の目で確認した武士たちは、いちように胸を撫でおろしたものの、敵が瀬戸内へ向かったのではと新たな不安を覚えた。だがその様な報告はどこからも入らなかった。蒙古の大船団は、暗闇の中に忽然と姿を消したのである。

博多湾を出て高麗へ向かっていた蒙古軍の大船団は、その途中で冬の暴風雨の洗礼を受けた。急造の船は構造的に脆弱《ぜいじゃく》で、次々と難破して日本海へと流されていった。蒙古船団は海を漂泊すること一月余り、十一月二十七日に合浦の港へたどり着いた時には、軍船二百隻、兵一万二千人余りを失っていた。敗軍同様の蒙古軍の中にあって、総司令官の忻都、副司令官の洪茶丘、高麗軍司令官の金方慶も命拾いしていた。拉致された壱岐や対馬の童男童女も二百名ほどが助かり、彼らは高麗王忠烈《ちゅうれつ》へ戦利品として献上された。

三　鉄炮

蒙古の大軍が対馬に襲来したとの一報が鎌倉に届き、鎌倉中が蜂の巣をつついたような騒ぎになっている最中だった。鎌倉にある流言《りゅうげん》が広がった。

『建長寺の住職蘭溪道隆《らんけいどうりゅう》は、実は蒙古の放った間諜《かんちょう》だそうだ』

蘭溪は日本への臨済宗《りんざいしゅう》布教の志を抱いて、南宋から渡来した最初の禅僧である。それまでの経典中心主義の宗派は難解であったが、座禅を通して悟りの境地に到ることを目的とする単純明快な禅宗の教義は、無骨な鎌倉武士の気風と反りが合い広く受け入れられていた。蘭溪は北条時頼の帰依《きえ》を受け、建長寺が創建されると招かれて開山となった高僧である。

突然、降って沸いたような不穏当な噂を、幕府もそのままにしてはおけなかった。評定所で議論が交わされた。

「この国に渡来してすでに三十年近くであろう。蘭渓殿に限ってその様なことはあるまい」

「おそらく比叡山辺りの仏教側が流した、禅宗を誹謗中傷《ひぼうちゅうしょう》するための流言であろう。蘭渓殿は朝廷の覚えもめでたいから、叡山の坊主どもに嫉《ねた》みを受けたのだ」

「万が一ということもある。蒙古の一件が片付くまでは、用心するに越したことはない」

評定衆の間で様々な意見が述べられた。

「わしが直接蘭渓殿に逢って問い質す。この件は、わしに任せてくれ」

首座でじっと耳を傾けていた時宗が、議論が出尽くしたのを見計らっておもむろに言い放った。時宗も蘭渓に帰依している身である。よからぬ噂を耳にして心を痛めていた。

時宗は評定の後、直ちに巨福呂《こぶくろ》坂口の建長寺を訪ねた。

「師に蒙古の間諜の嫌疑がかけられています」

時宗はずばりと切り出した。

「存じております。おかげで大衆は背を向け、蘭渓に味方する者は一人もいなくなりました。よからぬ噂話を、時宗様も御信じなされますか」

「私は師の潔白を信じております。しかし時節柄、師の身にどんな危害が加えられるか分かりません。鎌倉におられればこそ、あらぬ嫌疑がかけられます。蒙古との一件が片付くまで、甲斐《かい》の辺りに身を寄せてはもらえませぬか」

「甲斐でございますか。甲斐は高原の、眺めの佳《よ》き国と聞いております。拙僧も深山幽谷《しんざんゆうこく》にでも隠遁《いんとん》し、少しばかりの田地を耕して死を待つしかないと考えておりました。彼の地で臨済宗の布教を許して頂けるなら、この蘭渓、時宗様の仰せに喜んで従います」

「ありがたい。禅宗は鎌倉武士の心のよりどころ。いずれ時機を見て、建長寺にお帰りいただきます」

時宗が建長寺を訪れて間もなくすると、蘭渓は弟子の義翁紹仁《ぎおうしようにん》と龍江応宣《りゆうこうおうせん》を伴い、すでに雪の便りも聞かれる甲斐国へと旅立っていった。

博多への蒙古軍襲来の顛末《てんまつ》は、直ちに鎌倉へ伝えられた。その結末は狐につままれたようにあっけないものだった。蒙古軍が一夜にして博多湾から去ったため、日本国内にはひとまず安堵《あんど》の空気が流れていた。しかし、執権時宗の胸中は、休まることはなかった。

（蒙古軍は博多を一日で席巻《せつけん》しておきながら、翌日には一人の兵も残さず撤兵した。何とも面妖《めんよう》なことだ。おそらくこのたびの襲来は、我が軍の防備の状況を計り、同時に蒙古軍の実力を我らに知らしめる意図があったのではないだろうか。とすれば、近いうちにまた使者を送ってくることであろう。そこで国書を拒絶すれば、次は本格的な侵攻軍を派遣してくるに違いない）

時宗は西国の防衛体制を、早急に強化しなければならないと考えた。だが蒙古襲来は様々な問題を投げかけていた。打ち鳴らす戦鼓《せんこ》に合わせて変幻自在に陣形を変えて迫ってくる集団戦法、初めて体験した鉄炮の威力、飛距離・貫通力ともに優れた扱いやすい短弓など、蒙古の再襲来に備えて防備を整えるにあたり、対策を講じなければならない課題は山積していた。

戦場の詳細な報告を受けた時宗が、まっさきに注目したものがあった。それは『鉄炮』である。この正体不明の新兵器は、まるで雷神のように暴れまわり、兵の心を惑わして恐怖に陥れ、軍馬を狂乱させたのだという。

「鉄炮とはいったい何なのだ？」

時宗の問いに戦場での状況は説明できても、誰もその正体を看破して述べられる者はいなかった。

時宗はこの国を統《す》べる者として、蒙古との対決を決断した者として、その製造法を知り、できれば蒙古再来までに鉄炮を自軍の兵器に加えたかった。

「早急に捕虜や渡来僧、逃れてきた宋の商人などに訊ねて、鉄炮の正体を突き止めよ」

時宗は直ちに命じた。その結果、断片的ではあったが情報が集まってきた。それによれば、鉄炮は大陸で『震天雷《しんてんらい》』と呼ばれている兵器で、直径が四、五寸のいくつもの突起を持った鉄製や陶製の中空容器に、『焔硝《えんしよう》』と呼ばれる黒い粉を詰めたものだった。焔硝はこれに火を付けたり衝撃を与えると、轟音を出して爆発するのだという。鉄炮には点火するための火縄が付けられており、蒙古軍は鉄炮を投擲機《とうてきき》や紐《ひも》、棒などを使って日本軍に投げ込んでいたのだ。その飛距離は半町（約五十㍍）余りで、殺傷能力の範囲は半径十数尺（約四㍍）であるという。

鉄炮がどのようなものであるかは判明したが、肝心の焔硝と呼ばれる黒い粉末の正体が分からなかった。どのようにして作るのか、その製法を知る者は誰一人としていなかった。時宗は引き続き焔硝について調べるよう、鎮西奉行などに命じた。

その年も押し迫った頃、時宗は建長寺に参禅に出かけた。蘭溪道隆が甲斐へ移った後も、時宗は建長寺での参禅を欠かしたことはなかった。

座禅を終えた後、時宗は建長寺の若い僧から、耳寄りな話を聞いた。

「私が境内の落ち葉を焼いていた時のことです。たまたま青竹も一緒に焼いていたところ、竹がパンパンと破裂しました。その音を通りかかった蘭溪様が聞かれ、まるで爆竹《ばくちく》の音のようだと言われました。爆竹とは何ですかと聞くと、竹に焔硝という物を詰めた物で、火を付けると大きな音を出して爆発するのだと申されました。宋の国では、これを新年に鳴らして、悪霊を追い払う儀式に使っている地方もあるのだそうです」

「蘭渓殿がその様なことを！　蘭渓殿は、焔硝という物を竹に詰めて火を付けると大きな音を出して爆発する、確かにそう申されたのだな」

「はい」

「……蘭渓殿ほどの高僧なら、もしかしたら焔硝の製法についても、何か知っているかも知れぬ」

はたと、そのことに思いあたった時宗は、急ぎ足で建長寺を後にした。

その日、建長寺から帰った時宗は、直ちにある男を館に呼び出した。

「御用でございますか」

時宗の前に現れたのは大進坊祐慶であった。時宗は六年前、飯島崎近くの海岸で祐慶兄弟に命を救われて以来、二人には親しく接していた。特に祐慶の頑強な肉体と薙刀の腕を買っていて、大事な密命を依頼することもあった。鶴岡八幡宮寺供僧・大進坊祐慶の隠された顔である。

「甲斐まで行ってはくれぬか」

「甲斐でございますか」

「甲斐の興国院《こうこくいん》に蘭渓道隆殿を訪ねて欲しい」

「蘭渓様を！」

「その方も、このたび蒙古軍が使った鉄炮という武器については聞き及んでおろう。その正体は焔硝という黒い粉らしいことまでは分かったが、製造法が皆目不明だ。蘭渓殿ほどの高僧なら、何か存じておるかも知れぬ。蘭渓殿に逢って、焔硝なる粉について訊ねてきてはもらえぬか」

祐慶は帰化した宋僧から大陸の言葉を学び、蘭渓の知遇をも得ている。蘭渓自身は日本滞在が永く、日本語は堪能すぎるくらい流暢《りゅうちょう》であるから、別に語学のできる祐慶でなくてもよいのだが、時宗は雪深い甲斐への遣いを肉体の屈強な祐慶に頼んだのである。時宗はまた、先のことまで考えていた。焔硝製造の責任者として祐慶を用いるつもりである。その任にあたる者は、漢籍に明るく、大陸の言葉が話せる人間でなければならなかった。

「焔硝ですか、……承知致しました」

「巷《ちまた》では蘭渓殿が甲斐に配流《はいる》になったと噂されているそうだが、決してそうではない。蒙古との一件が落着するまで、要らぬ揉め事を避けるため、わしからお願いして甲斐に移ってもらったのだ。師に対し、くれぐれも粗相のないように頼む」

「心得ました」

翌日、祐慶はさっそく甲斐の国へ旅立った。山岳地帯に入ると、鎌倉と甲斐を結ぶ鎌倉街道は雪に覆われていた。祐慶は難渋しながらも山道を走破し、鎌倉を出て四日目には、一面銀世界の甲府に到着していた。

祐慶は蘭渓道隆が入山しているという興国院を探した。興国院は平安末期に、甲斐源氏の祖新羅《しんら》三郎義光が、国家鎮護の祈願所として建立した密教寺院であるという。だが甲府に興国院という名の寺は存在しなかった。祐慶が地元民に教えられるままに訪ねた寺の扁額《へんがく》には、『東光寺』の文字が記されていた。

「さすがは蘭渓様。まだ甲斐に入られて二ヶ月にもならないというのに、目を瞠《みは》るような行動力だ」

祐慶は扁額の瑞々しい墨跡を見上げながら感嘆の声を洩らした。蘭渓が入山した時、興国院は荒廃した密教寺院であったが、蘭溪はこれを臨済宗の禅宗寺院に改め、寺の名も東光寺に変更していたのである。

(時宗様が仰せられたように、蘭渓様は甲斐に配流されたのではなかった)

禅宗寺院として再建されたかつての興国院の佇まいを見て、祐慶はひとり納得するのであった。

しんしんと冷える東光寺の僧坊で、祐慶は蘭溪と向き合っていた。

「時宗様の遣いの者とは、祐慶殿であったか」

「はい、時宗様は蘭渓様にお訊ねしたい儀があって、愚僧を差し向けられました」

「どのような事でござろうか？」

「宋の国には爆竹《ばくちく》という物があるとのこと。それはどのような物でございましょうか」

「何？　時宗様がはるばる甲斐まで出向いて、拙僧に爆竹のことを訊いて参れと申されたか。それはまたどうして」

「蘭渓様も御存じかとは思いますが、蒙古は博多を侵した後、いかなる理由かは分かりませぬが、たちどころに兵を返してしまいました。とりあえず我が国は難を逃れたわけですが、一連の戦闘で蒙古は震天雷《しんてんらい》と申す摩訶不思議な兵器を用いました」

祐慶は震天雷について得られた知識を披瀝《ひれき》した。そして我が国では震天雷のことを鉄炮と呼んでいることも話した。

「これがために軍馬が使い物にならず、我が軍は苦戦を強いられたそうにございます。捕虜などの話から震天雷のおおよその実体はつかめましたが、その核心部分である焔硝なる黒い粉の正体がまるで分かりませぬ。時宗様は蘭渓様ならそれを御存じではあるまいかと、こうして愚僧を派遣したようなしだいです」

「そうであったか」

蘭渓は目を瞑《つむ》った。記憶の糸をたぐっている様子である。やがて蘭渓が目を開いた。

「わしの記憶も定かではないのだが……」

そう前置きした後、蘭渓は訥々《とつとつ》と話し出した。

「わしも震天雷なる兵器を見たことがないので断定はできぬが、時宗殿が見抜かれたように、震天雷と爆竹は基本的には同じ物であろう。違うのは用いられる焔硝の量だけだと思うが、あるいは焔硝にも種類により爆発力の強弱があるのかも知れぬ」

「黒い粉末の正体は何でござりましょう」

祐慶は勢い込んで訊ねた。

「木炭と硫黄、それに硝石《しょうせき》の混合物だ」

時宗の予想はみごとに的中した。蘭渓は耳新しい知識を淡々と口にしたのである。祐慶の心は躍った。吹雪の中を甲斐まで来たが、道中の難儀が報われたと思った。

「硝石とはいかなる物でございますか」

祐慶は蘭渓の方に思わず膝を進めた。

「鉱石として産する白い石だが、これを砕いて細かくすり潰した物だ」

「我が国にも産しますか」

「それはどうであろうか」

「焔硝の詳しい製造法を御存じないですか」

「木炭、硫黄、硝石を、細かい粉末にして混ぜた物としか分からぬ。とにかく取り扱いを誤れば爆発したり、激しく燃焼するから、危険この上ない代物だ」

「木炭と硫黄はすぐ手に入りますが、問題は硝石でございますな」

「時宗殿は焔硝を製造なされるおつもりか」

「できることなら」

「一からやるとなると大変なことだ」

「おそらくそうでありましょう。今では大陸との交易すらも絶たれておりますから」

「そうじゃな」

蘭渓も難しい顔をした。

「しかしここまで来た甲斐がありました。黒い粉の正体が分かっただけでも収穫でした。私は鎌倉に帰って、さっそくこのことを時宗様に報告致します」

祐慶は直ちに東光寺を後にした。

祐慶から報告を受けた時宗は、まっさきに硝石のことを調べさせた。すると、それが生薬《しょうやく》に用いられることが判明した。だが祐慶が危惧していたとおり、硝石は日本には産しない鉱物であった。蒙古が再び襲来するまでに鉄炮を製造しようという時宗の夢は、最初の段階であえなく潰《つい》えた。

第六章　滝ノ口

一　斬首

「博多に侵攻し、日本に我が帝国軍の強大さを思い知らせて参りました」

大都に帰還した日本遠征軍の総司令官忻都《キント》は、玉座のフビライに向かってそう報告した。だがその声は精彩を欠いていた。

「多大な兵力を失ったそうではないか」

忻都を見つめるフビライの表情は険しかった。遠征軍のうち、軍船二百余隻、兵一万数千が還らなかったことは、すでにフビライの耳に入っていた。

「日本からの帰路、激しい暴風雨に遭遇したからでございます。損害は日本軍によるものではございませぬ」

「では、我が軍は戦いには勝利したのだな」

「もちろんでございます」

「日本軍の戦いぶりはいかがであった」

「猪突猛進《ちょとつもうしん》と言うか、日本人はまるで死を恐れないかのように、たとえ単騎であっても我が軍の中に飛び込んで参ります。全滅を承知で最後の一兵まで戦う人種を見たことがありません。おかげで劉復亨《りゅうふくりょう》まで、深手を負ってしまいました」

「それでは日本平定は難しいと申すか」

「いえ、我が軍の実力をたっぷり見せつけてやりましたから、もうひとたび招諭使《しょうゆし》を送れば、今度こそ我が帝国に臣従することでしょう」

忻都は自信たっぷりに答えた。


文永十二年（一二七五）三月、忻都の報告でまだ外交交渉の余地ありと見たフビライは、またもや日本へ招諭使を送った。正使は礼部侍郎《れいぶじろう》（文部次官）の杜世忠《とせいちゅう》（漢人、三十四歳）、副使は兵部郎中《へいぶろうちゅう》（国防省局長）何文著《かぶんちょ》（漢人、三十八歳）である。

今度の使節は、文永十二年（一二七五）四月十五日に、長門国の室津《むろつ》の浦に着いた。日本の対外関係の窓口は太宰府であるが、元使はまだ戦渦の痕跡が生々しく残る博多湾を避けたのである。

室津は地頭の村井安兼《やすかね》が治めていた。安兼は直ちに鎌倉へ急報した。

「性懲りもなく、また遣いを送ってきおって！」

昨年の蒙古襲来により、多大な損害を被ったばかりである。知らせを受けた幕府の評定衆は、誰もが怒りを露わにした。

「太宰府守護所で厳しく取り調べ、その後、主だった者を鎌倉へ連行せよ」

幕府はこれまでの使節に対するのと異なる対応を見せた。そして、その時点で幕府の方針は固まっていた。

『今後、使節団は一人たりとも生きて帰さぬ』

それは蒙古軍の残忍きわまりない行為に対する復讐であったが、幕府が厳しい処置を決めたのにはもう一つ理由があった。

去年、博多に侵攻した蒙古軍は的確な用兵を行った。そのため日本軍は博多を捨て、太宰府の水城《みずき》まで後退することを余儀なくされたのであるが、異郷の見知らぬ地で蒙古軍が手際のよい進攻作戦を行えたのは、あらかじめ敵情を詳細に熟知していなければ不可能なことだった。敵情偵察の犯人――それは幾度となく派遣されてきた使節団以外には考えられなかった。

幕府は筑前守護で鎮西奉行を兼ねる少弐資能《しょうにすけよし》が、鴻臚館《こうろかん》滞在中の招諭使趙良弼《ちょうりょうひつ》の行動を制限せず、博多近辺の地勢などを自由に探らせたことを知る由もない。

「これまでは滞在中の使節団に寛容でありすぎた。そのために多くの犠牲者を出してしまった」

資能の深慮遠謀《しんりよえんぼう》を知らない幕府は、博多での被害だけを見て、これまでの対応を後悔していた。

幕府は太宰府で使節団の首を刎《は》ねるように命じても良かったのだが、蒙古襲来後も朝貢要求を拒絶する幕府の決意が何ら変わっていないことを天下に示し、御家人の志気を高めるためにも、処刑は鎌倉で行うことにしたのである。室津に元使が来航したと知り、博多で蒙古軍の実力を見せつけられた御家人の中には、この期に及んでもなお、『このたびは蒙古王と和を結ぶべし』との軟弱な意見を吐く輩《やから》もあった。使節団の処刑は、その様な御家人に対する見せしめと、蒙古再来への血祭りの意味合いもあった。

少弐資能の弟景資《かげすけ》が、蒙古使を鎌倉に送る役に選ばれた。景資は室津で使節の船を調べた後、正副の使者と通事ら五人を鎌倉に送ることにし、残りの従者や水夫は太宰府に移送させた。

正使の杜世忠は鎌倉送りとなったことで、内心喜びをかみしめていた。これまで六度も招諭使が送られたにもかかわらず、そのいずれもが果たせなかった将軍との対面が、いよいよ叶えられると考えたからである。

（この前の日本侵攻が効いたか）

杜世忠はそう思っていた。

少弐景資に連行された杜世忠らは、八月の末に鎌倉に到着した。時宗は直ちに杜世忠ら五人の使節を引見した。

「その方らの来意はいったい何か？」

時宗の側近が通事を介して杜世忠に問いかけた。

「昨年、貴国に兵を差し向けたのは、我が皇帝の本意ではありません。これまでの両国の不幸な関係を正常に戻し、修好和親を結びたいとの意向のもと、私たちは使節として派遣されたのです」

杜世忠は堂々として答えた。時宗はそれを黙って聞いていた。杜世忠は時宗の側近が次々と発する質問に、明晰《めいせき》な頭脳を誇示するかのように淀みなく答えた。元帝の博愛の偉大さは遠く西域の向こうの国々にまで知れ渡っていること、元と日本が修好を結べば両国に大きな利益をもたらすことなどを、諄々《じゅんじゅん》と理を尽くして述べた。

「蒙古王の徳の偉大さを説かれるが、貴国は我が対馬、壱岐の民を虐殺したではないか。まずそのことを詫びるのが、礼儀というものであり、人の道ではござらぬか」

終始無言であった時宗が、やにわに言葉を発した。

「それは……」

突然、時宗に反論され、杜世忠は言葉に詰まった。

「貴国に殺された我が民の無念を思うと、たとえ使者といえども許すことはできない。追って沙汰あるまでに、辞世《じせい》でも詠《よ》んでおかれよ」

時宗の毅然とした声が大広間に響いた。辞世を詠めとは、死を賜《たま》うということに他ならない。杜世忠の顔から血の気が引いていた。


杜世忠らが鎌倉に連行されてきてから、しばらく経った九月七日のことだった。藤三郎行光の息子五郎は、近所の遊び友達の金助、米吉と連れ立って、由比ヶ浜の渚辺を西に向かって一目散に駆けていた。三人の先頭を走る五郎は、十二歳になっていた。

この日、江ノ島近くにある滝ノ口《たきのくち》の刑場では、元使五人が処刑されることになっていた。時宗は連署の北条義政や評定衆らと協議をした上で、改めて元使の一行全員を斬首に処することにしたのである。その幕命は太宰府にも発せられていた。

幕府が大陸の情勢に疎《うと》いわけではなかった。時宗は南宋から逃れてきた禅僧などの意見も容れ、断固とした処置を執ることにしたのである。処刑の日取りは、すぐさま鎌倉中に知れ渡っていた。

『そなたの親父殿のものばかりか、俺のものも使われることになったそうだ』

五郎は渚辺を駆けながら、昨日、囲炉裏端で父が母に洩らした言葉を想い出していた。父は子供の手前、直接的な表現を避けていたが、『もの』とは刀のことであり、『使われる』とは元使の斬首に用いられる意味だと五郎にもすぐ理解できた。

幕府は処刑を行うにあたって、斬り手を元使の数に合わせ五人選んだ。さらに鎌倉の現役刀工が鍛えた刀の切れ味を試すため、五振りの太刀を用意させた。選ばれたのは国宗、国光、国綱、国弘、そして行光の作である。

（祖父さんや父さんの刀が、憎っくき蒙古の首をすっぱりと刎《は》ねますように）

対馬や壱岐や鷹島の島民を虐殺した蒙古軍の残虐非道《ざんぎゃくひどう》ぶりは、すでに国中に知れ渡っていた。五郎は国宗と行光の鍛えた刀が立派に役立つことを神仏に祈った。

稲村ヶ崎に着くと江ノ島が見えた。そこから滝ノ口までは一里余り。五郎らは息を切らせながらも、懸命に砂浜を駈け続けた。五郎らが刑場に到着すると、すでにその周囲には元使を一目見ようと大勢の人だかりができていた。五郎らは大人の足元の間をすり抜けるように最前列に進んだ。

「こら、ここは子供の来る所ではない」

途中、五郎は誰かに後ろ襟をつかまれたが、それを振りほどいて竹矢来《たけやらい》の方へにじり寄っていった。

海岸線に沿って天幕が張られ、すでに検死役の御家人が床几《しょうぎ》に腰をおろしていた。その左右には六人の武士がつま先立ちながら両膝をついて侍《じ》し、背後には数十名の兵が控えていた。皆、胴丸に烏帽子《えぼし》姿で、手には薙刀を握り締めている。検死役の見つめる先には、砂浜に根をおろす松の大木があった。その木陰に、五人の元使が後ろ手に縛られて座らされていた。

大海原《おおうなばら》を渡ってくる風はそよぐほどで、のったりとした波が単調な調べを奏でながら渚を洗っていた。鳶《とび》が気持ち良さそうに舞う蒼空《あおぞら》の彼方には、富士が美しい姿を見せている。慣れ親しんだ平穏な光景と、異国の服をまとった元使の姿が、五郎にはどこかしっくりこなかった。

囚われ者の中に鼻の高い異風な顔立ちの二人がいたが、中でも立派な髭を蓄えた男の鼻がきわだって高かった。

「あいつが蒙古の親玉だろうか」

金助がその男を指差しながら言った。五郎たちの住む飯島には、鎌倉唯一の港である和賀江島がある。そこには大陸から交易船が訪れていたから、付近の住民は宋人などには馴染みがあった。彼らは日本人と変わらぬ顔立ちをしていた。だから異風な人相の男を、五郎らは蒙古人だと思った。五郎たちに限らず、見物に集まった群衆は、杜世忠を蒙古人だと信じ込んでいる。蒙古の使節だから蒙古人。しかし、元使五人の中に蒙古人は一人もいない。正使、副使は漢人。通事が高麗人。他の二人はウィグル人とトルコ人である。

「きっとそうだ、あいつの鼻が一番高い」

米吉も相づちを打った。その時だった。

「杜世忠を引き立てよ。斬り手は三浦三郎。用いる刀は行光」

検死役の隣にいた武士が、元使らの方に向かって大声で叫んだ。かまびすしかった群衆の私語が小さくなった。

「おい聞いたか、すげえー！　蒙古の親玉を斬るのは、お前の親父の刀だとよ」

米吉が声を弾ませて言った。鎌倉の住人なら童でも元の正使・杜世忠の名は知っていた。五郎も子供心にそれは名誉なことだと思った。

幕府は元使処刑の決断を下すと、直ちに五腰の太刀を用意させた。いずれも当代の鎌倉を代表する刀工の作であるが、そのうちの一腰は、執権の時宗が、これを正使斬首に用いてみよと、わざわざ検死役に授けたものである。それは七年前、時宗が飯島崎の近くで兄時輔《ときすけ》の放ったと想われる刺客に襲われた時、時宗の命を守ってくれた行光の太刀だった。行光がまだ刀工名を持たない時代に鍛えた無銘刀である。

薙刀を手にして五人の元使を囲んでいた警固の武士たちが、一人の男を引き立てた。

「親玉はあの鼻の高い男じゃなかった！」

金助がぼやくように言った。引き立てられた男は、日本人と変わらぬ顔をしていた。

杜世忠は砂浜に敷かれた筵《むしろ》の上に座らされた。斬り手の三浦三郎が進み出て太刀を抜き放つと、控えていたもう一人の武士が、用意された桶の中の水を柄杓《ひしやく》で汲んで刀身にかけた。刑場からすべての私語が消えていた。奇妙な静寂の中で、寄せては返す波の音のみが響いている。

杜世忠は元を代表してフビライから差し向けられただけあって、死を前にしても恬淡《てんたん》とした態度である。そして達者な辞世の句をしたためて死に臨んでいた。杜世忠の背後で、三浦三郎が太刀を右上段に大きく振りかぶった。そして間を置かず、閃光とともに振りおろした。手拭いをはたくような音がして、首が血飛沫《ちしぶき》とともにあっけなく切断され、四尺も飛んで砂浜に転がった。行光の刀は時宗の期待に十二分に応えたのである。鮮血が辺りを醜く染めていった。

日本が世界帝国の元に対し、宣戦を布告した一瞬であった。その後も副使何文著《かぶんちよ》、通事徐賛《じよさん》（高麗人、三十二歳）、計議官撒都魯迅丁《テツトロジンチヨウ》（ウイグル人、三十二歳）、書状官国人果《コクジンカ》（トルコ人、三十二歳）と、次々と首が斬って落とされた。

五郎は目の前でくり返される殺戮《さつりく》に、声もなく見入っていた。人が斬り殺されるのを見たのは、これが初めての体験であった。代々の刀鍛冶の息子として生まれ、刀は日常目にするごくありふれた存在にすぎなかったが、この日、その本質を明瞭に認識させられた想いであった。人を威嚇《いかく》し、人を傷つけ、人を殺《あや》めるための道具。五郎は形容し難い血生臭い感情に囚われ、その足はガクガクと小刻みに震えていた。

「五郎、もう帰るぞ」

斬殺された元使の遺体が片付けられるのを、ただぼんやりと眺めていた五郎の袖を、金助が強く引いて促した。金助も米吉も、今にも吐きそうな青ざめた顔をしていた。刑場を囲む竹矢来の前で押し合いへし合いしていた群衆も、いつの間にか疎らになっていた。三人の童は帰り道を急ぎ始めたが、終始無言であった。

五郎らは極楽寺《ごくらくじ》坂路《ざかみち》を鎌倉に向かっていた。坂口にある極楽寺の近くまで来た時であった。道端にそびえる山桜の大木の根元で、一人の大人が幹に背を持たれ、足をしどけなく投げ出して座っていた。その者は薄汚れた白い布で顔をぐるぐる巻きにし、破れた着物からは垢《あか》にまみれた肌がのぞいていた。性別すら判然としない風体《ふうてい》である。

「癩者《らいしゃ》だ」

米吉が言った。五郎も金助も唾《つば》を呑んで頷いた。その時、三人に気づいた癩患者が、何かくぐもった声を出しながら手招きした。

「近づいたら、うつるぞ」

金助が怯えた声で言った。癩病《らいびょう》はそれに罹《かか》ると、肉が膿《う》んで、悪臭を放ちながら腐っていく恐ろしい病である。

「きっと水を欲しがっているのだ」

そう分かってても、五郎は水を探してきて、癩患者に施す勇気はなかった。顔に巻かれた膿《うみ》で汚れた布の中を想像するだけで、おぞましい気分になった。その布のわずかに開いた暗い隙間で、じっと光っている目が怖かった。三人は癩患者のそばを横切るのも恐ろしく、ただそこに立ちつくしていた。

その時だった。どこからともなく、一人の年配の僧が現れ、癩者の前に歩み寄ったのである。

「水が欲しいのか。腹も減っているであろう。わしの寺へ来い。食事を与えて進ぜよう」

僧は癩の病を恐れる風もなく、癩者の片腕を持って立ち上がらせたのである。それを見ていた五郎は、僧が何のためらいもなく癩者に触れたことに強い衝撃を受けた。感動と言ってもよい。辻説法《つじせっぽう》と称し、他宗を声高《こわだか》に罵《ののし》ることに終始している僧などに比べ、何と気高い行為であることか。

（これが本当の坊様だ！）

五郎は癩者に肩を貸し、ゆっくりと歩き始めた僧を、子供心に畏敬《いけい》の念で見つめていた。

「忍性《にんしょう》様だ。あれは極楽寺の忍性様だ」

金助が言った。

「忍性様……」

五郎もその名は聞いていた。母親の桔梗が最近よく口にする僧の名である。

『まるで菩薩のようなお坊様』

桔梗はそう言って、忍性という僧を褒《ほ》めていた。

「金助、何で知っているんだ」

五郎が訊ねた。

「去年、大仏谷で粥《かゆ》を食わせてもらったんだ」

昨年は例年にない飢饉《ききん》であった。そのため忍性は、大仏谷で五十日間ほどにわたって、飢えた人々に施粥《せしゆく》を行ったのである。

「そうか、それなら間違いないな」

五郎はたった今、滝ノ口で五人の元使が斬殺されたのを見てきたばかりである。五人とも元気な者たちであった。そしてその中の二人の命を奪ったのは、他ならぬ父と祖父の作った刀であった。ところが一転、目の前には、自分への感染の危険も顧みず、明日をも知れぬ癩患者を助けようとしている僧の姿があった。生と死。まだ幼い五郎にはよく分からなかったが、その日、五郎は現世の相反する二つの面をのぞいた気がしていた。

五郎はすでに刀工としての道を歩み始めていた。滝ノ口で元使が斬首された日は、五郎が幼いなりに刀工の本質を自覚した日となった。

滝ノ口の刑場で処刑された元使の首は、侵略者に対する幕府の断固とした決意を天下に示すため、由比ケ浜に幾日も晒《さら》された。太宰府に留め置かれていた残りの従者や水夫たち三十四人も、杜世忠らに続いて現地で同じように処刑された。この時、鎌倉で正使らが斬殺されたことを知った高麗人水夫二人は、処刑される直前に辛うじて宿所から脱走し逃避行に走った。

杜世忠らが滝ノ口で斬られたのは、元軍が長江《ちょうこう》沿いに南宋の首都臨安《りんあん》に向けて快進撃を続けている頃で、宋都の陥落は目前に迫っていた。

二　弓箭《きゅうせん》の道

元使斬殺から一月ほど経った十月三日のことだった。行光夫婦と五郎の三人は、山ノ内の国宗宅を訪ねる途中、鶴岡八幡宮寺に立ち寄った。八幡宮寺は源氏の祖先を祀《まつ》る神社で、武家の守り神として深く信仰されている。その名のとおり早くから神仏習合《しんぶつしゅうごう》が行われ、別当《べっとう》（寺の長）には東寺《とうじ》や園城寺《おんじょうじ》出身の高僧も多く、八幡宮寺は東国における日本仏教の中心でもあった。社殿から海まで一直線にのびる参道を若宮大路《わかみやおおじ》と呼ぶが、大路の東側に沿って執権邸や将軍御所なども置かれ、鶴岡八幡宮寺は鎌倉の象徴的存在になっていた。

行光一家が八幡宮寺の境内に入ると、本殿石段脇の隠れ大銀杏《おおいちょう》も眩いばかりに色づき、神域は秋の佇まいの中にあった。

参拝を終えた一家が源氏池《げんじいけ》の辺りまで来た時、主従と見られる三人の武士とすれ違った。一行は八幡宮寺を初めて訪れたらしく、盛んに感嘆の言葉を発しながら歩いていた。主人とおぼしき武士は三十前後、その言葉の抑揚には西国訛《なま》りがあった。

「ちょっとお訊ね致しますが……もしやあなた様方は、九州の辺りから来られたのではありませんか。言葉の調子から、そのように想えたものですから」

行光が足を止めて一行に声をかけた。西国の武士なら蒙古軍との戦いに加わったかも知れない。

「いかにも。我々は、九州は肥後の国からやってきた」

従者の一人が答えた。

「九州は蒙古に大変な目に遭わされたそうですね。あなた様方も戦に出られたのでございますか」

「もちろんだ。九州の御家人は総出で戦ったのだ。我々はわずか主従六騎で、博多に上陸した蒙古軍に先懸《さきがけ》を行ったのだぞ」

従者が得意気に胸を張った。先懸とは敵陣への一番乗りのことである。

「それはお手柄でした。さぞかし大きな御褒美を頂いたのでありましょう」

先懸の功名は、敵を怯《ひる》ませ味方の戦意を鼓舞《こぶ》するものとして、まっさきに恩賞の対象になる。ましてや相手は蒙古軍である。

「……」

行光の言葉に従者は急に黙り込み、苦虫を噛みつぶしたような顔になった。気まずい沈黙。行光はよけいなことを口にしてしまったと後悔した。

「その方は鍛冶を生業《なりわい》とする者のようだな」

突然、一行の主が口を開いた。

「よくお分かりで……」

「手が節くれ立って、あちこち火傷《やけど》の痕《あと》がある。野鍛冶か、それとも刀鍛冶か」

「はい、刀鍛冶にございます」

「そうか。わしは肥後国の御家人で竹崎季長《たけざきすえなが》と申す。鎌倉殿に願い事があって国許《くにもと》からやってきた」

「そうでございましたか。私は刀鍛冶ですので、このたびの蒙古との戦で我々の鍛えた刀に不都合はなかったかと、気に病んでおります。何か欠点でもあれば改良しなければなりません。言葉の調子から西国の方々とお見受けし、もし蒙古との戦闘に加わられたのであれば、その時の体験談をお聞かせ願えればと思い、声をかけさせてもらいました」

「そうか。それは殊勝な心がけ。ならば聞かせて進ぜよう。わしは五人の郎党を引き連れて少弐景資《しょうにかげすけ》殿の軍に加わり、蒙古の大軍の中に一番駆けを行った。しかし、多勢に無勢であっという間に蒙古兵に取り囲まれ、わしと二人の家来が負傷してしまった。馬も矢を射られて暴れまわる始末だった。わしは先懸を果たしたものの、蒙古兵を一人も討ち取ることができなかった。というのも、敵兵に何度も太刀を浴びせたのだが、相手は綿でできた戎衣《じゅうい》をまとっていたので、これをなかなか切り裂くことができなかったからだ。後で蒙古兵を斬り捨てたという者の刀を見せてもらう機会があったが、その刀はわしの刀より重ねが薄かった。敵のぶ厚い綿甲を切り裂くには、硬くて薄い刃が有効のようだ」

「硬い薄刃ですか……しかしそれでは刃こぼれしやすく、折れる危険性が増します」

「その辺の兼ね合いを考え、一工夫してよく斬れる刀を作ってくれ。それとあまり口にはしたくないのだが、わしも異国の刀を相手に戦ったのは初めてだったので、正直なところあの豪壮な刀には肝を冷やした。幅広の柳葉刀《りゅうようとう》の一撃を凌ぐたびに、こちらの太刀が折れてしまわないかと心細かったのだ。奴らと再び剣先を交える時には、もっと丈夫な太刀を佩いていきたいものだ」

「……そうですか」

「わしはこれから鎌倉殿と一戦交えに行くところだ。それで武運を願って八幡宮にお参りに来た」

「鎌倉殿と一戦？」

行光はおかしなことを言う武士だと思った。

「少弐経資《しょうにつねすけ》殿の手違いで、わしの先懸の武功は、鎌倉に報告されなかった。それでいまだに恩賞にも預かっていない。わしはそのことを鎌倉殿に直訴するために、わざわざ肥後からやってきたのだ」

幕府と御家人の間の絆は、御恩《ごおん》と奉公《ほうこう》である。手柄を立てて（奉公）、御恩（所領）に預かるのは当然のことであった。季長は必死で成した武功に対する恩賞を、遠路はるばる命がけでもぎ取りに来たのである。この時、季長は三十歳であった。

「そういう事でございますか。一戦交えるなどと、物騒なことをおっしゃるので、何かと思いました」

「鎌倉殿はなかなか相手にしてくれなかったが、やっとのことで恩沢奉行《おんたくぶぎょう》の安達泰盛様に面会の段取りがついた。今日はこれから甘縄《あまなわ》の邸に出向き、泰盛様にお逢いすることになっている」

季長は一族の反対を押し切って、肥後の国から鎌倉まで歩いてやってきた。供も中間《ちゅうげん》の弥二郎と又二郎のみで、もし願いが叶わなければ出家をして、二度と故郷には帰らぬ覚悟であった。主従は由比ヶ浜の海水で潔斎《けつさい》した後、恩賞の申請がとどこおりなく認められることを祈願しに、鶴岡八幡宮寺に出向いたのである。

「首尾よく恩賞に預かれるよう、竹崎様の武運をお祈り申し上げます」

行光はそう言って季長の一行と別れた。


十月の末のことだった。細工所《さいくどころ》に鎌倉中の主だった刀鍛冶が集められた。国宗、国綱、国光、国弘といった頭領級の刀鍛冶の他、行光などの中堅鍛冶にも呼び出しがかかっていた。その数二十数名。これほどの刀鍛冶に招集がかけられたのは初めてである。刀鍛冶たちは政所《まんどころ》の大広間で、細工所頭の現れるのを待った。

やがて細工所頭が一人の男を案内して部屋に入ってきた。行光はその男の顔を見て驚いた。執権の北条時宗だったからである。大広間に居並んだ刀鍛冶の間に緊張が走った。執権が職人風情とこのような場をもうけるのは異例なことである。

「本日は執権様より、その方らに大事な話がある。心して拝聴するよう」

時宗が着座すると、細工所頭が申し渡した。

「今日、皆に集まってもらったのは、太宰府から届けられた蒙古兵の武具や戎衣《じゅうい》を見せたいがためだ。このたびの蒙古軍との戦では、我が軍は非常な苦戦を強いられた。というのも、相手方の戦闘法や使用する武具に無知だったからに他ならない。刀について述べれば、敵軍の鎧《よろい》は革や綿で作られていて柔らかく、堅い甲冑を想定して作られた我が国の刀では断ち難かったとのこと。蒙古の鎧の実物を見て、これを断つことのできる刀を工夫して欲しい。それでは皆に見せてやってくれ」

時宗の近習が、蒙古軍が使用した鎧、兜、刀、弓、槍などの珍しい武具を、次々と広間に運んできた。刀鍛冶たちは円座《えんざ》になり、それらを手に取って実見した。日本の甲冑同様、赤、青、黒、橙など様々な色があった。厚手の綿の裏地には鉄金具が織り込まれていたり、巧みに革が使われていた。

「これを断つには刀の重ねを薄くし、刃を今までの刀以上に鋭利なものとしなければならないな。しかし重ねを薄くすれば刃こぼれしやすく、刀身も折れやすくなる。軽くなった分、打撃力も弱まるから、身幅を広くしなければならないか……」

綿甲を手にして、山ノ内の国綱が口火を切った。刀は折れず曲がらずよく斬れて、かつ持ち重りがしないのが要件である。この四つの要素を微妙に拮抗《きっこう》させて刀は作られている。だから一つの要素を変更すると、その影響は他へも大きく波及する。一方を立てれば、他方が立たなくなるのだ。

「厚手の綿を断つには切先も延ばした方がよかろう」

「刃通りをよくするため平肉《ひらにく》は削いだ方がよいのでは」

刀工たちの間から様々な意見が噴出した。

（誰しも考えることは同じだな）

行光は同業者の意見を聴いていてそう思った。鶴岡八幡宮寺で肥後の御家人から敵の綿甲のことを耳にして以来、様々な刀の形状を考えたが、思いつくのは広間で皆が述べ合っていることと同じだった。しかし言うは易いが、それらを実用刀として完成させるのは難しいことだった。

行光は蒙古の刀を初めて手にしてみた。片手で用いるその刀は、頑丈な造りであり、日本の刀と刃を交えた時、打撃力ではるかに勝っていると思った。竹崎季長が『もっと丈夫な太刀を』と言ったが、百聞は一見にしかず、柳葉刀に触れてみて、その言葉の意味がよく理解できるのだった。

「敵を知り己れを知らば、百戦危《あや》うからずだ。今後も敵の武具などに関する新しい情報が入ったら、こうして公にするつもりだ。それを参考に刀を改良して欲しい。蒙古の再襲来は避けられない情勢であるから、刀の改良はもちろんだが、増産にも励んで欲しい。この国を高麗のような蒙古の属国にしてはならぬ」

元使を処刑させて蒙古との対決姿勢を鮮明にした時宗は、ここでもその揺るぎない決意を吐露したのである。

時宗がお膝元の刀鍛冶を直々に叱咤《しった》したせいもあって、鎌倉中の鍛冶場の槌音がいちだんとかまびすしくなった。

それから間もなくのことだった。行光が所用で若宮大路を歩いていると、偶然にも竹崎季長《すえなが》主従と出逢ったのである。一行は大路を下ってきたが、遠目にも主従の顔が晴れやかだった。

「おう、いつかの刀鍛冶ではないか」

駿馬《しゅんめ》に跨《また》がった季長は、声まで弾んでいた。

「恩賞の方は首尾よくいきましたか」

「おう、うまくいったぞ。恩沢奉行《おんたくぶぎょう》の安達泰盛様に面会し、わしが先懸《さきがけ》をしたことをありのままに話すと、泰盛様はわしの言い分に理解を示してくれた。それから一月ほど待たされたものの、昨日、見参所《けんざんどころ》に招かれて、ようやく念願の恩賞にありつくことができた。肥後国の海東郷《かいとう》を恩賞地として与えられたばかりか、この馬と鞍《くら》まで拝領することができたのだ」

季長の直訴を聞いた泰盛は、はるばる遠国《おんごく》の肥後から二ヶ月もかけて恩賞申請にやってきたという、その突拍子もない行為に驚いた。泰盛は季長のことを時宗に報告した。

「蒙古がまた襲来しようという時、その様な一所懸命の武士こそ頼りになる。その者の申していることに嘘偽りがなければ、すみやかに恩賞を与えよ」

時宗は泰盛にそう命じるとともに、鎌倉まで来させた詫びにと、馬と鞍まで与えるよう申し渡したのである。

「それはよろしゅうございました」

「うん、六月に肥後の国を発ってから四ヶ月ばかし。これでようやく胸を張って故郷へ帰ることができる」

「それでは、長い道中、お気を付けて」

「おう、そうだ。この前も申したように、刀は薄刃だぞ。蒙古は近いうちに必ずまたやってくる。それまでに敵の綿甲をぶった切れる刀を作っておけ」

「はい、努力致します」

行光は笑いながら答えた。

三　従軍刀工

元王朝の中で礼部侍郎《れいぶじろう》（文部次官）という高い地位にあった杜世忠《とせいちゅう》を斬首したことにより、蒙古の再襲来は確実な情勢になった。鎌倉のみならず、全国の鍛冶場で槌音が高鳴り始めた。それは功名を立てたいと願う武士たちの熱い想いとも、どこか相通ずるものがあった。戦乱は刀の良し悪しが実証される好機である。それは即ち、刀工の技量が白日のもとに晒《さら》されるということに他ならない。刀工たちは蒙古の再襲来を前に、己の銘を汚さぬため、鍛錬にもいちだんと熱を入れていた。

由比の飯島にある行光の鍛冶場は、鎌倉近在のどの鍛冶場よりも活気に満ちていた。元使の処刑にあたって正使の首を刎《は》ねるのは、本来なら刀工の格からいっても国宗の刀が用いられるべきであったが、国宗どころか師の国光や国弘などを差し置いて行光の刀が使用された。それは名誉なことであり、そのことが行光の鍛冶場にいっそうの熱気を帯びさせていた。

行光は刀の増産に励むかたわら、時宗に命じられた、蒙古の綿甲を断つ工夫にも余念がなかった。

『敵の綿甲を切り裂くには、硬くて薄い刃が有効のようだ』

行光の頭に竹崎季長《すえなが》の言葉がこびり付いていた。行光はさっそく側肉《そばにく》、刃肉を減じ、重ねの薄い太刀を作ってみた。軽くなると打撃力が劣るので、その分、身幅を広くしたのであるが、やはり予期したとおり刀身が折れ曲がりやすい代物となった。

(今日、我々があたりまえのように鍛えている刀の姿は、幾多の戦乱の中で多くの先人が創意工夫を重ねてたどり着いた究極の姿だ。その要素の一つでもいじれば、せっかくの釣り合いが崩れてしまう)

行光は日本刀はすでに完成されたものと思っていた。直刀に始まった日本刀は、殿上人《てんじょうびと》の佩く細身で優美な姿の時代を経て、身幅が広く、重ねは厚く、大きくなった切先は詰まって猪首《いくび》となり、武士たちが戦場で命を託すに足りる頑丈な姿に変貌していた。甲冑の進歩と競い合いながら改良が重ねられた刀は、堅い物を切るには最適の刃物に進化していたのである。ところが蒙古襲来という国難に遭遇し、勝手の違う相手の武具・甲冑や、戦闘法の変化に適合させるため、多くの改良点が武士の間から指摘され始めた。ほぼ完成の域に達している日本刀に改良を加えることは、未完のものを完成させる以上に困難が予想された。

（小手先だけの工夫では、新たな太刀は生み出せないのかも知れない。師の国光様は鎌倉流の鍛法を打ち立てるのだと意気込んでおられたが、蒙古との戦がその契機なのかも知れない。師に後れをとらぬよう、我が鍛冶場でも工夫を凝らさねば）

行光はその気持ちを強くするのだった。

「近々、北条実政《さねまさ》様が異国征伐大将として九州に派遣されるそうだ。それに時宗様の弟宗頼《むねより》様も長門守護に封じられ、任地へ赴かれるとのこと」

その情報を行光の鍛冶場にもたらしたのは祐慶である。

「近々とは」

行光が真剣な顔をして兄に訊ねた。

「十一月中には出立するそうだ」

「鎌倉から軍勢を引き連れていかれるのですか」

「当然、そうなるだろう」

それを聞いて行光は黙り込んだ。何か想いを廻らしているのであろう、難しい顔付きになった。

「鍛冶は誰を連れていくのです」

軍勢を長期にわたって出陣させる際には、武器の修理と補充のために鍛冶の従軍は欠かせない。

「さあ、そこまでは知らん」

「兄者、俺も九州へ行こうと思う」

行光が唐突なことを口にした。

「九州へ！　何を言い出すんだ。明日にでも蒙古が攻めてくるかも知れないのだぞ。この前は奴らがすぐに引き揚げてくれたから助かったようなものの、今度は長期戦になるのは必定だ。九州ばかりか、西国すべてが戦渦に巻き込まれるおそれもある。何を好き好んでその様な所へ行く。命を捨てることになるぞ。戦《いくさ》は武士どもに任せておけばよい」

祐慶が珍しく声を荒げた。

「蒙古との戦があるから行くのです。この前の戦闘で、刀については様々な欠点が指摘されています。蒙古と刃《やいば》を交えた御家人らに、そのことを色々訊ねまわりましたが、聞いただけでは微妙なところが分からないのです。従軍刀工として現地に赴けば、戦で損傷した刀を修理しなければなりませんから、刀の欠点を一つ一つ自分の目で確かめることができます。それによって、刀のどこを改良すればよいのか分かるのではないでしょうか」

行光は兄の祐慶に熱く訴えた。行光は竹崎季長と八幡宮寺で逢って以来、二六時中、新しい刀の鍛法に想いをめぐらせてきた。それはかつて師の国光から、『武家政権のお膝元にふさわしい、鎌倉流とも言うべき新しい鍛刀法を打ち立てねばならない』と聞かされて以来、ずっと胸の中にくすぶっていた想いでもある。だがそれは漠然としたものであった。ところが最近になって、『蒙古相手の戦闘に使用する刀』という具体的な目標ができたことにより、新しい鍛法に寄せる熱意がよりいっそう強くなっていた。行光の鍛えた刀が元の正使の首を刎ねたことにより、行光と蒙古との関わりはすでに始まっていた。

「細工所がそれを認めるかな。今、どこの鍛冶場も刀の増産に追われているではないか」

「実政様が大将で行かれるのならば、直々に頼み込んでみます」

元使・杜世忠を斬首した行光の太刀は、もともとは実政の依頼で鍛えたものであった。行光は仕上げた太刀を実政邸に届けに行く途中、執権就任間もない時宗が浜辺で命を狙われているのに遭遇した。その折り、実政の太刀が賊の血で穢《けが》されたため、行光は新しく打ち直して納めた。現在、実政が普段《ふだん》佩《ば》きにしている太刀は、その時のものだと行光は聞いている。その様な関係で、行光は実政の知己《ちき》を得ていた。

「もう少し熟慮してからにしろ。仮に従軍の許しが出たとして、お前一人が九州に下れば済むという問題ではないのだぞ。刀は一人では鍛えられぬ。先手《さきて》として最低でも二人は必要だ。お前は連れていく弟子たちの命にも、それ相応の責任を持たねばならないのだぞ」

祐慶はあくまで反対の姿勢を崩さない。

「蒙古に負けたら、鎌倉にいようとも、どのみち災難を被ります。それなら一刻も早く、蒙古との戦《いくさ》に有利な刀を作るべきではありませぬか。俺はそのためなら、命は惜しみません。弟子たちにも九州行きを無理《むり》強《じ》いはしません。行きたい奴だけ連れていきます。何だったら俺だけ九州へ下り、向こうで先手を雇ってもよい。それに何と言っても、九州は先祖の地ではありませぬか。いつの日にか、一度は訪れてみたいと思っていました」

「……そこまで腹をくくっているのなら、……勝手にしろ」

祐慶は行光の気迫と情熱に折れざるを得なかった。

「九州下向のお供に、ぜひ私をお加え下さい」

行光は日を置かずに実政の邸を訪ね、主《あるじ》の前にひれ伏して願い出た。実政は行光より四歳年下の二十七である。

「戦場での刀鍛冶の役割といえば、損傷した刀の修理が主ではないか。刀に修理を施すのに、行光のような腕のよい鍛冶は不要じゃ。手際さえよければ凡工でも十分に事足りる。行光は鎌倉にあって、従来どおりの仕事に励め」

実政は行光の九州行きを渋った。だが行光は蒙古軍相手の刀を作るには、どうしても実戦で損傷した刀を見なければならないと力説した。

「高麗に渡る覚悟はできているのか」

突然、実政が思わぬことを口にした。

「高麗……？」

行光が怪訝《けげん》な顔をした。

「一つ言っておくことがある。行光はわしが九州へ下り、博多で蒙古の襲来に備えると思っているようだが、それは違うぞ。わしがこのたび任じられた役職は、異国征伐大将だ。その名のとおり、場合によっては明春、高麗へ渡って戦をせねばならないのだぞ。鎌倉殿はすでに高麗出兵の準備に入った。来月には山陰、山陽、南海の水夫を博多に徴集し、船を準備させる手はずになっている」

「外征まで予定されているとは存じませんでしたが、それも厭《いと》いません」

行光にとって場所は問題ではなかった。博多であろうが高麗であろうが、鎌倉から見れば似たような遠国である。行光が行きたいと願うのは、刀がその性状を現す戦場であった。

「そこまで言うなら止むを得まい。細工所にはわしから話をつけておく」

　こうして行光の九州行きが決まったのである。


　その夜はしんしんと冷えた。行光はまだ九州行きのことを桔梗に告げてはいない。行光は桔梗が夕餉の後片付けを終えるのを、囲炉裏に薪《まき》をくべながら待っていた。五郎は弟子部屋に遊びに行っていなかった。

「今夜は雪になりそうですね」

　桔梗が洗い物でかじかんだ手をすり合わせながら、土間から上がってきた。

「わしは北条実政様に従って博多に行くことになった」

　囲炉裏の火に手をかざした桔梗に、行光は九州行きのことを口にした。

「博多へ！」

　桔梗は驚きの色を隠さなかった。

「最近、あなたの様子がおかしいと思っていました。そういうことだったのですね」

「蒙古との戦闘に適した刀を打つには、どうしても戦場の様子をこの目で見てきたいのだ。実政様に無理を言って連れていってもらうことになった。弟子どもも行きたい奴は連れていく」

「いつ発たれるのですか。どれくらい向こうにおられるのですか」

「実政様は今月中にも軍勢を引き連れて鎌倉を発たれる。帰ってくるのはいつになるか分からない。それは蒙古しだいだ。蒙古が攻めてこなければ話にならないからな」

「私は備前の産ですから、距離的には博多の方を鎌倉より近くに感じて育ちました。だからそう不安はないのですが、しかし弟子たちは鎌倉生まれの者がほとんど。親兄弟や妻子の方は、博多と聞けば引き裂かれる想いでしょう」

「お前も蒙古軍が行った残虐非道の数々は聞いておろう。これが西国の遠い地での出来事で、対岸の火事の如きに考えていてはならぬ。今はこの国の全員が一致団結して、それぞれの分に応じて蒙古の撃退にあたるべき時なのだ。分かってくれ」

　蒙古軍の残虐非道を持ち出されると、桔梗に返す言葉はなかった。

（夫の言い分が正しいのだろうか……）

　桔梗の心は揺れ始めた。

「あなたが西国にある間、五郎はどうするのですか。せっかく鍛冶修業に励んでいるというのに」

「五郎は義父《ちち》に預ける。初めは祖父の国宗様より、他人の国光様に預けようと思った。一度よその飯を食わせた方がよいと考えたのだが、五郎は才能に恵まれすぎている。国光様の鍛冶場では先輩たちの嫉《そね》みを受けるおそれがある。やはり国宗様のもとで伸び伸びと育てた方がよいと思う」

「そうですね」

「明日にでも山ノ内に出向いて、五郎のことを頼んでみるつもりだ。俺の留守の間、母の面倒を頼む」

「はい」

　自然な流れで桔梗は行光の西国行きを認めてしまっていた。行光は高麗まで行くことになるかも知れないとは、さすがに最後まで口にしなかった。

翌日、行光は桔梗とともに山ノ内の国宗宅を訪ねた。

「決死の覚悟の男に何を言っても無駄であろう。五郎のことは引き受けるから、心おきなく志を遂げて参れ」

国宗は半ば呆れ顔で行光の依頼を了承した。

行光は桔梗を国宗宅に残し、そのまま沼間の国光のもとに向かった。

「そうか九州へ下るか。わしのように旧態依然とした沼間の地で、あれやこれやと頭の中で考えているより、実戦の場で見聞を広めた方が、刀剣改良の工夫のきっかけが転がっているかも知れぬな。九州行きはよい思いつきかも知れぬ。沼間からも幾人かが実政様の軍に付き従うことになっている。何かあったら面倒を見てくれ」

国光は行光の心情を理解した。最愛の弟子が自分の意志を継いで、刀剣の改良に勤《いそ》しんでいるのが嬉しかった。

「新五郎《しんごろう》、例の短刀を持ってきてくれ」

国光が近くにいた弟子に命じた。新五郎は三年前、まだ行光が国光の鍛冶場にいた頃、国光の長男国重《くにしげ》（太郎）が、鎌倉市中で知り合って沼間に連れてきた男である。歳は国重より二つ上の二十三で、生まれは越中の人間である。沼間の鍛冶場によそ者は珍しいが、それだけ刀の需要が逼迫《ひっぱく》し人手が足りない証でもある。行光とは一年余りしか一緒に働かなかったが、なかなか手先の器用な男で、鍛冶の仕事は初めてにもかかわらず、国重の指導で与えられた仕事をそつなくこなしていた。無口でどことなく陰気な感じの男だが、酒が入ると滅法明るくなった。

新五郎が鍛冶押しを済ませたばかりの、国光が鍛えた一口を持参した。

「まあ、鑑《み》てみろ」

国光に促され、行光は新五郎から裸身《はだかみ》を受け取った。やや小振りの平造《ひらづく》りの短刀で、品よく細直刃が焼かれていた。行光の目を惹いたのは地肌である。精鍛された地肌に小さな渦巻き模様が現れ、まるで蜘蛛《くも》の巣のように見える独特の肌合いとなっていた。行光が初めて目にする国光の地肌である。

「この渦巻き状の肌は……」

「硬軟の地鉄《じがね》を組み合わせて鍛え、強い焼きを入れたらこうなったのだ」

「硬軟の鉄を組み合わせるのですか……」

「昔から地鉄は硬すぎず軟らかすぎず、中庸《ちゅうよう》を得たのが切れ味がよいと言われている。ならば硬軟の地鉄を別々に鍛えて、それを組み合わせて鍛えてみたらと考えたのだ。組み合わせ方で肌模様も変わってくる」

「それで切れ味の方は」

「鋭い切れ味を見せたかと思うと、鈍くなったり、また刃こぼれしやすくなったりもする。出来不出来の差が激しいのだ。だが、わしは硬軟の地鉄を組み合わせるやり方で、何か新しい鍛刀法の糸口をつかんだような気もしている。だから焼き入れ温度の加減や、焼き刃土の調合、その塗り方などを様々に変えて、切れ味と強靭《きょうじん》さが安定するように工夫を凝らしてみるつもりだ」

「そうですか。……硬軟の地鉄を組み合わせて鍛えるやり方もあったのか。大変、参考になります」

行光は再び短刀に目を落とした。蜘蛛の巣に似た独特の肌が、行光の言うように、何か新しい鍛刀法の可能性を秘めているように思えた。

北条実政が軍勢を率いて鎮西に下ったのは、それから間もなくのことであった。騎馬隊を先頭に徒《かち》組《ぐみ》が続き、その後に兵糧や武器、武具を満載した荷駄が従った。行光も荷車に鍛冶道具を載せてこれに加わった。行光の弟子三人のうち、行光についていくことになったのは甚五郎のみで、修作、芳造の二人は五郎とともに国宗の鍛冶場で預かってもらうことになった。

甚五郎は行光が飯島に鍛冶場を開いた時、まっさきに弟子入りした者である。行光の祖父行平は豊後から上野《こうずけ》国の利根庄《とねのしよう》に流罪になった時、従者として弟子の良順《りようじゆん》を同伴していたが、甚五郎はその血筋の者である。まだ二十一歳の若者だが、すでに妻子があった。甚五郎は妻子を鎌倉に残して行光に従った。

四　息浜《おきのはま》

異国征伐大将として筑前へ下った北条実政は、博多浜に陣を構えた。博多は博多湾に瓢箪《ひようたん》形に突き出た砂洲の上に築かれた町で、陸側の博多浜と海側の息浜からなっている。博多の北半部を占める息浜は戸数も博多全体の約六割を有し、船による海上輸送の拠点となっていた。

行光は息浜の一角に鍛冶場を築くことにした。実政は戦渦に巻き込まれる可能性の少ない後方に築くように助言したのであるが、行光は蒙古軍が襲来すれば最前線となるであろう海岸近くをあえて鍛刀の地に選んだ。行光は息浜で地元の若者二人を弟子に採った。庄三朗と金五の二人である。

実政が手配してくれた空き家の敷地内に、師弟四人で鍛冶小屋を建て吹子《ふいご》を据えた。真冬の作業だけに辛かったが、鍛冶場造りは順調にはかどった。

暦が三月に入って間もなく、行光の鍛冶場が完成した。ところが、いよいよ鍛錬の槌音を響かせようとした時、それまでの苦労を水泡に帰させるような状況に見舞われた。九州と安芸《あき》の御家人に、異国征伐の準備命令が下ったのである。どこへ侵攻してくるか分からない蒙古軍を迎え撃つには、兵力の分散は避けられない。それよりは、こちらから高麗へ先制攻撃を仕掛けようというのである。日本が朝鮮半島へ兵を送るのは、六百年前、百済《くだら》の要請で二万七千の軍勢を派遣し、唐・新羅《しらぎ》の連合軍と戦って以来であった。

『近々、総勢数万規模の軍団を編成し、海を渡って高麗へ攻め入るそうだ』

息浜一帯に高麗出兵の話が広まり、行光の鍛冶場にも緊張が走った。

「我々も高麗に行くのですか」

甚五郎が行光に訊ねた。

「異国へ渡る機会など滅多にあるものではない。従軍せよと命じられたら喜んで行こうではないか」

行光は弟子たちの不安を和らげるため、努めて明るい口調で答えた。

「博多湾に石築地《いしついじ》を築くことになったそうです」

息浜で雇った庄三朗が話題を変えた。

「何だいそれは？」

「蒙古が攻めてきても簡単に上陸できぬよう、博多湾を石垣で囲ってしまうのだそうです」

幕府は異国征伐と並行して、対馬、壱岐を除く九州の九ヶ国の御家人に、博多湾の海岸線に石積みの防塁《ぼうるい》を築くことを命じた。西の今津《いまづ》から東の香椎《かしい》まで、総延長五里に及ぶ壮大なもので、築造は国ごとに区域を定め、領地一町につき長さ一尺の割合で石築地役が課されたのである。

「それはまた壮大な。庄三朗、それをどこから聞いてきたんだ」

「もう、海岸では縄張りが始まっていますよ。砂浜と松原の境に、高さは人の丈《たけ》以上で、幅は二尋《ひろ》ほどの石垣を築くのだとか。敵が来襲したら、ここに楯を並べて布陣するのだそうです」

「そうか、鍛治場だけに籠《こ》もっていると、世間に疎《うと》くなるな。しかし石塁を築いても、蒙古軍が博多湾以外に上陸してきたら、そんなものは役立たないではないか。無駄骨に終わらねばよいが」

行光の心配にもかかわらず、石塁《せきるい》は突貫工事で進められた。賦役《ふえき》を命じられた諸国は老若を問わず領民を動員し、博多湾の各所から切り出した石の石積み作業に従事させた。石塁の築けない河口には、無数の乱杭《らんぐい》が打ち込まれ、三月に着工した石塁は着々と長さを延ばしていった。

防塁築造は進んでいたが、それより先に策定された異国征伐計画は、いつの間にか沙汰止《さたや》みとなっていた。

行光の一番弟子は息子の五郎ということになるが、行光が師の国光から独立して由井の飯島に鍛冶場を築いた時、甚五郎、修作、芳造の三人をほぼ同時期に先手《さきて》として雇った。彼らはいわば二番弟子である。

行光と博多まで同行してきた甚五郎は酒好きだった。その日、甚五郎は仕事を終えると、港の方に酒を呑みに出かけた。今、博多は日本で最も賑やかな町と化していた。九州各国から動員された武士が博多湾沿岸に配置され、石積み作業に従事する人夫の数も膨大なものであった。日が落ちる頃ともなると、息浜や博多浜の随所に飲み屋が明かりを点《とも》し、春をひさぐ女どもが艶笑《えんしょう》を振りまきながら男たちの袖を引いていた。

「あんた東国の人かい」

三十過ぎの崩れたなりをした年増《とします》が、一人で手酌《てじゃく》をしていた甚五郎に声をかけてきた。胸元からのぞいた肌が妙に白く、男好きのする妖艶な女である。

「そうだが、どうして分かった」

「言葉さ。あたいも博多まで流れてきてしまったけど、もともとは鎌倉の出だい」

「何だ、姉さんも鎌倉か。俺は由比の飯島だぞ」

「あら、これは奇遇だね」

「よし、姉さん、今日は俺のおごりだ。一緒に呑もう」

「嬉しいねえ、ところであんた、名前は何て言うんだい」

「甚五郎だ」

「あたいはお万て言うんだ。よろしくね」

女は行光の妻桔梗を、無頼《ぶらい》の徒《と》を使って手込めにさせようとした沼間のお万であった。沼間を追い出された後、しばらくは鎌倉にいたが、その後、流れ流れて博多まで下ってきたのである。博多では娼婦同様の生活を送っていた。

「姉さんも鎌倉の出だと言ったが、鎌倉はどこだい」

「あたしゃ、鎌倉と言っても、山一つ向こうの沼間さ。博多には大勢の人が集まって、今じゃ一番稼げる土地だと聞いたから、はるばる下ってきたばかりさ」

「沼間だったのか。沼間といえば鍛冶集落じゃないか。姉さん、俺も鍛冶をやっているんだぞ」

「野鍛冶かい」

「野鍛冶なもんか。刀鍛冶だ。まだ修業中の身だがな」

「飯島に刀鍛冶なんかいたかい」

「俺の親方は行光様って言うんだ。鎌倉じゃ名の知れた方だぞ。何せ親方の刀は、昨年、蒙古の使者の首を刎《は》ねるのに使われたんだ。それも一番偉い奴の首だぞ。凄いだろう」

甚五郎は自慢げに話した。

「ゆきみつ……聞いたことのない名だね」

お万は沼間の鍛冶集落の出身だけに、鎌倉の刀鍛冶の名には詳しい。しかし藤三郎が行光を名乗っていることまでは知らなかった。行光が国光の鍛冶場から独立して飯島に移り住んだ頃には、お万はすでに鎌倉を離れ、京都に近い大津の辺りを流離《さすら》っていた。

「姉さん、ここへはもうじき蒙古が攻めてくるんだぞ。怖くはないのかい。こんな所にいたら、乱暴されたあげく、船に乗せられて遠くへ連れていかれるぞ。悪いことは言わないから、鎌倉へ帰りなよ」

「蒙古が来たらすぐに逃げるさ。その時までに、たんまり稼いでおかなくっちゃ。あんた、今夜、あたいを買っておくれよね。同郷のよしみで安くしておくからさ」

「……ああ」

甚五郎もその気になっていた。

五　包丁刀

行光が鎮西に立った翌年、正月が過ぎると五郎は祖父国宗のもとに預けられた。五郎も十三になっていた。五郎は母の桔梗に連れられ、手荷物一つで山ノ内の祖父の家に入った。

国宗は婿の行光から五郎を預かってくれと頼まれた時、すでに六十の齢《よわい》を越えていた。鍛刀の技はとうに円熟の域に達し、体力の衰えとともに腕は低下していく定めにあった。そんな時、孫の五郎に鍛刀の技を伝えられることになったのは、国宗にとっては何ものにも増して嬉しいことであった。行光から孫の才能については聞かされていた。

『父親の私が言うのも何ですが、五郎は刀鍛冶になるために生まれてきたような子です』

自慢話などしたことのない婿であった。それだけに国宗の五郎に対する期待は膨らんでいて、孫を預かることになったのも何かの縁、後世に名を遺す名匠に育て上げようと決意していた。

(五郎の才は果たしてどれほどのものか)

国宗はまず、孫の現在の技量を計ることにした。

「五郎、何か作って見せてくれ」

国宗は五郎を引き取ると、さっそく鍛冶場に連れていき、そう命じた。

「鉄も炭も自由に好きに使ってよい」

国宗は刀の素材となる鉄塊を保管してある小屋で五郎に言った。小屋には出雲《いずも》や石見《いわみ》などから取り寄せた、様々な鉄塊が蓄えられていた。その品質も用途に応じて等級が分かれている。一本の刀を鍛えるには、何種類かの鉄を適切に使い分けねばならない。国宗は五郎がそれらの選択にどれほどの目を持っているか、それを知りたいと思ったのである。

国光の見ている前で、五郎は鉄塊を選び始めた。五郎は心鉄《しんがね》用、皮鉄《かわがね》用として、二種類の鉄塊を選んだ。しかし、それらの鉄塊はどれも一級品ではなく、ただの並品であった。

（こやつ、鉄の良し悪しが分からぬのか！）

国宗は五郎の前評判を耳にしていただけに、等級の劣る鉄を手にした孫にいささか失望を覚えた。

（所詮はまだ子供か……）

だが二人の年長者を先手《さきて》に鍛錬が始まると、国宗はその手並みに舌を巻いた。大の男たちを小槌の音で自由自在に操り、小気味よく鉄塊を鍛え始めたのである。それに緩急自在《かんきゅうじざい》な吹子《ふいご》の操作も、とても十三歳とは思えぬ巧みさであった。

五郎は鍛え上げた硬軟二種の鉄を国宗に差し出した。国宗がそれに鑢《やすり》をかけてみると、優れた出来の心鉄、皮鉄となっていた。

（凡工が一級品の鉄塊を鍛えた以上の出来だ！）

国宗は孫の技量に感嘆した。

「なぜ一級品の鉄を使わなかったのだ？」

国宗の問いに、五郎はあっけらかんとして答えた。

「だって父の鍛冶場では、まだ二級品しか使わせてもらえませんから。普段使い慣れている鉄を鍛えたまでです」

「そうか、そうだったのか。この鍛えた鉄でどのような刀ができるか楽しみだ」

国宗の期待がいっきに膨らんだ。

国宗が五郎に刀作りを命じて六日後のことだった。五郎が鍛えた刀を見せに来た。

「お祖父さん、短刀ができたので見て下さい」

五郎は鍛冶押しを済ませたばかりの短刀を、何の気負いもなく国宗に差し出した。

「何だこれは！」

国宗は驚きの言葉を洩らした。手渡された短刀は、国宗がこれまで目にしたことのない異風な造り込みであった。刃長七寸、幅一寸三分余り。寸法に比して身幅が異常に広い。

（……まるで包丁ではないか）

それはまさに短刀というよりは包丁であった。短刀にあるまじき姿である。包丁作りは野鍛冶の仕事だ。

（婿の行光は五郎にこれまで何を仕込んでいたのだ！）

国宗の落胆は大きかった。それでも、かわいい孫の作った短刀である。国宗は一言口にしたいのを我慢して、心を落ち着け刀身に見入った。

（これは！）

国宗を二度目の驚きが襲った。平造りで寸詰まりの短刀は、わずかに反りがつき、重ねは薄かった。茎《なかご》は舟形《ふながた》となり尻は先の少し尖った剣形《けんぎょう》に仕上げてあった。国宗がまず驚いたのは鍛え肌である。よく詰んだ肌は、十三の子が鍛えたものとは想えぬほど精緻であった。彎《のた》れ風に焼かれた穏やかな刃文も、破綻なくまとめられている。包丁に似た姿にもかかわらず、茎を手にした時の持ち重り感も実によい。

国宗は改めて刀身を熟視した。すると初見の時に感じた、短刀にあるまじき野暮な包丁形の短刀、といった思いが、いつの間にか吹き飛んでしまっていた。そこには独創的な世界があった。

（こ奴め、婿の言っていたことは、親の欲目ではなかった）

国宗は孫の顔を振り向いた。

「どうしてこのような姿の短刀を作ったのだ」

「他人と同じものをこさえても面白くありませんから」

五郎は事も無げに言った。

「なるほど、そうか」

婿の行光は新しい戦闘法に適う刀を作るのだと言って、みずから風雲急を告げる西国へ出かけていった。国宗は親子よく似たものだと思った。

第七章　渡宋

一　臨安《りんあん》陥落

行光が息浜《おきのはま》に鍛冶場を築いてから、瞬く間に丸一年が過ぎていた。行光の鍛冶場では蒙古軍の襲来に備え、休む間もなく刀剣の鍛錬が続いていた。日々の仕事に追われていても、行光は新しい鍛刀の工夫に余念がなかった。

日本刀の初めは大陸からもたらされた直刀である。それが平安時代になると反りのある太刀へと姿を変えていった。華やかな王朝文化が優美な太刀姿を求めたのに加え、戦闘法が徒歩戦《かちいくさ》から騎馬戦へと変化したためである。しかしこの頃の太刀はまだ丸鍛《まるぎた》えのもので、同質の鉄を鍛えて刀身に成形しただけの、非常に折れやすい造りであった。これが平安中期ともなると、折れる欠点を克服するため、軟らかい心鉄《しんがね》を硬い皮鉄《かわがね》で包む甲伏《こうぶせ》という技法が開発され、これにより日本刀の完成を見たのである。

心鉄の発想は刀を折れなくするための画期的なものであった。そのため全国の刀匠により、多様な造り込みが工夫されていた。最も単純な甲伏に始まった造り込みは、それと似た捲《まく》り鍛え、心鉄・皮鉄・刃鉄《はがね》の三種の異質な鉄を組み合わせた本三枚《ほんさんまい》鍛え、あるいは本三枚鍛えにさらに棟鉄《むねがね》を加えた四《し》方詰《ほうづ》め鍛えなどが行われるようになっていた。

蒙古軍のぶ厚い綿甲を断つためには、いつか肥後国の御家人竹崎季長《たけざきすえなが》が力説していたように、硬くて薄刃の刀を作らねばならなかった。しかし鋭利性の向上を図れば、曲がりやすく折損しやすい刀となった。その欠点を克服するため、行光はあらゆる造り込みを試していた。心鉄、皮鉄、刃鉄、棟鉄の、硬度の異なる鉄を様々に組み合わせて鍛え、それぞれの長短を見極めようとしていたのである。行光は考えられる造り込みをすべて試してみた。だが造り込みの工夫だけでは、時代の要求する刀造りには応じられないでいた。

その日、すべての戸を閉ざした薄暗い鍛錬所の中では、火床《ほど》に盛られた炭から紅蓮の炎が立ち昇り、爆《は》ぜた火の粉が美しく舞っていた。行光は火床の中から赤めた刀身を抜き出すと、水を張った水舟《みずぶね》にいっきに沈めた。

「えいっ」

行光の発した気合いとともに、水舟からジューンという刹那《せつな》的な音があがり、張られた水が音を立てて沸騰した。行光は水中で手首をまわしながら刀身を前後に振り、付着した水泡を払った。

「窓を開けろ」

行光の指示で、三人の弟子たちが入り口の戸や窓を開け放った。西陽が射し込んできた。季節は陰暦の五月、梅雨入り前である。鍛冶場の四人の顔には、皆、大粒の汗が浮かんでいた。行光は焼き入れを終えた刀を見まわした。この刀も造り込みに新しい工夫を凝らして鍛えた一刀である。

「割れはないな。よし、今日の仕事はこれで終わりにしよう」

行光の声に弟子たちは火床の火の後始末を始めた。行光は鍛冶場の外に出ると、井戸から水を汲んで顔を洗った。鍛冶場は松林を挟んで海に面している。西へ二町（二二〇㍍）ほど離れた船着き場から、賑やかな声が聞こえてきた。高い帆柱が見えている。大船が着いたらしい。

行光は手拭いで顔を拭き終えると、何の気なしに船着き場の方へ歩いていった。岸壁に大船が接岸しようとしていた。南宋から帰ってきた日本の交易船である。日本と南宋とは正式な国交はなかったが、幕府は民間の交易を認めていて、博多から御用船を派遣することもあった。蒙古軍による南宋攻撃が激しくなっても、両国の民間人によって交易は持続していた。このため交易の拠点となった博多には、多くの宋人が住み着いている。

帆を降ろして接岸中の大船は、喫水《きつすい》が深かった。往きは砂金、真珠、硫黄、水銀、銅、螺鈿《らでん》、日本刀、蒔絵《まきえ》、材木などを積んでいき、帰りは宋銭、陶磁器、絹織物、書籍、文具、香料、薬品、絵画などを満載して帰ってくるのが常であった。

(いつものように船倉《ふなくら》を交易品で一杯にして帰ってきたということは、滅亡間近と言われている宋国はまだ健在なのだ)

行光はそう考え安堵した。

多くの日本人に混じって、博多に住んでいる宋人たちも桟橋に集まっている。船縁《ふなべり》から渡来僧とおぼしき者が桟橋を見おろしていた。蒙古が南宋の領域を侵すにつれ、交易船に便乗して日本へ逃れてくる宋僧が多くなっていた。特に武士層が禅宗を信仰し、北条得宗家がこれを庇護《ひご》したため、来日する禅僧の数が目立っていた。

船が接岸すると、お互いを同胞と直感したのか、船縁に立った僧と、博多在住の宋人たちが会話を始めた。すると、宋人たちの間から悲鳴にも似たざわめきが起こった。

「どうしたのだ、あの僧は何と言ったのだ」

行光の隣にいた日本人が、知り合いらしい宋人に訊ねた。

「臨安《りんあん》が陥ちた。宋の都が元の手に落ちた」

宋人は正気を失ったような声で答えた。

(臨安が陥落しただと！)

それを耳にした行光は驚いた。宋が風前の灯らしいということは行光も承知していたが、怖れていたことが現実となると激しい衝撃を受けた。

「いつ臨安は陥ちたのだ」

行光が係船作業を行っている日本人水夫たちに訊ねた。

「去年の一月十八日だ」

水夫の一人が応じた。

「もう一年以上も前の話か！」

行光が北条実政に従って博多に到着した頃、宋都はすでに陥ちてしまっていたのだ。

「元軍に臨安を占領されたが、一部の宋の高官らが幼少の皇子を新しい皇帝に擁立し、福建《ふっけん》地方を拠点にして抵抗を続けているらしい」

別な水夫が行光に言った。

「宋がその様な有様なら、この船も交易どころではなかったであろう。海を渡っただけで、逃げ帰ってきたのか」

行光が再び訊き返した。

「いや、この船は慶元《けいげん》の港に入ったのだが、そこも蒙古に占領されていた。対馬や壱岐での蒙古軍の残虐ぶりを聞いていたので、船や積み荷は接収されて殺されてしまうのではと覚悟したのだが、宋人との交易は従来どおりに行うことができた。我が国と蒙古は交戦中だというのに、不思議なことに日本船との交易は許されているというのだ」

水夫が首をひねりながら言った。

船が係船を終えると、荷揚げ作業が始まった。行光が家に戻るため波止場を離れようとした時だった。後ろから誰かに右肩をポンと叩かれた。振り返ると年増が一人立っていた。

「何だ？」

厚化粧の女だった。

(夜鷹《よたか》か)

行光は手で断りの仕草をして、その場を立ち去ろうとした。

「やっぱり、あんただ。藤三郎じゃないか！」

女は懐かしげに叫んだ。

「誰だ、お前は？」

「忘れたのかい、沼間のお万だよ」

「お万！」

お万といえば、沼間では誰知らぬ者はいないあばずれ女だった。妖婦と言っていい。男を惑わす独特の色気があった。若い頃、藤三郎はお万に何度も色仕掛けで迫られた。相手にしなかったため、ついには怒らせて、桔梗が狼藉《ろうぜき》を受ける羽目になったのだ。

お万もすでに三十半ばのはずだが、相変わらず妖しい色気を漂わせていた。派手な化粧や崩れた装いから、すさんだ日々を重ねてきたであろうことは一目だった。

「どうしてこんな所にいるんだ」

「どうしてって、あんたの好い人にあんなことしちまって、沼間の頭領に追い出されちまったからじゃないか。気がついたら、いつの間にかこんな西国まで流れてきてしまっていたのさ。あんたこそ、何でこんな所にいるんだい」

「北条実政様に従ってきたんだ」

「……もしかして、行光って鍛冶は藤三郎かい？」

お万は甚五郎が誇らしげに語っていた、親方の名を口にしてみた。お万も鍛冶集落の出である。沼間の国光の鍛冶場にいた藤三郎だから、師の一字を貰って行光と名乗っているのではと思ったからである。

「どうして俺の鍛冶名を知っているんだ？」

「そりゃあ、有名だもの。蒙古使節の親玉の首を刎《は》ねた刀を鍛えたんだろう」

お万は甚五郎から聞いたことを、そのまま口にした。しかし甚五郎の名は出さなかった。寝た男の名は口にしないのが夜鷹の仁義だ。

「そんなことまで知っているのか！」

「行光が藤三郎その人とは、今の今まで知らなかったけどさ。ところで、かみさん元気かい。あの時は済まないことしちまったけどさ。一緒に連れてきたんだろう」

「鎌倉に置いてきた……」

「あら、ここじゃ藤三郎は独り者かい」

お万がわざとらしく言った。

「せっかく久々に逢ったんだ、酒でも呑もうか」

「あら、嬉しいね。おごってくれるのかい。ただで呑ませて貰ったら悪いから、後でたっぷりと御礼をしなくちゃね」

「礼は要らんよ」

「相変わらず固いじゃないか。かみさんを連れてこなかったのなら、少しは羽目を外してもいいじゃないか」

「駄目だ、酒を呑むだけだ」

「ま、それでもいいよ。藤三郎と一緒に呑めるんだったら」

二人は行光がよく行く、波止場近くの飲み屋に入った。

「子供は何人いるんだい」

「一人だ。男の子が一人しか授からなかった」

「一人じゃ寂しいじゃないか。あたいがもう一人くらい産んでやろうか」

「お万姉さんも馬鹿なことばかり言っていないで、もう歳なんだから真面目にこれからの身の振り方を考えた方がいいぞ」

「それは分かっているけど、一度、身を持ち崩すと、なかなか生き方を変えるのは難しいものさ」

「何か俺にできることがあったら相談に来るといい」

「あら、優しいことを言ってくれるね」

同じ沼間集落で暮らした仲である。遠い異郷の地で再会すると、つい相手に身内のような感情を抱いてしまう。行光とお万は酒を酌み交わしながら昔話に花を咲かせた。

北条実政は宋の首都臨安が陥落したことを、直ちに早馬で鎌倉に報告した。知らせが時宗に届いたのは、この年、建治三年（一二七七）六月八日のことだった。

二　鍛刀依頼

息浜《おきのはま》の行光の鍛冶場を、一人の武士が騎馬で訪れた。遠方からやってきたのか、葦毛《あしげ》の馬の体は汗で濡れていた。武士は馬から下りて手綱《たづな》を近くの松の幹に結わえると、開け放たれた鍛冶場の入り口に立った。中では鍛錬の槌音が響いていた。

「ここに鎌倉から来た行光という鍛冶がおると聞いて訪ねて参った」

武士は近くにいた金五に声をかけた。

「はあ」

金五は奥の方に目をやった。行光は甚五郎と庄三朗を先手《さきて》に鍛錬の最中だった。武士はつかつかと鍛冶場の中に入り込んだ。武士に気づいた行光は、吹子《ふいご》を操る手を止めた。立ち込める煙越しに見る武士の顔には見覚えがあったが、行光は想い出せなかった。行光は鍛錬衣に付いた埃《ほこり》を払いながら横座《よこざ》から立ち上がった。

「何か御用でしょうか」

行光は男の前に歩み寄った。

「おおう、息浜で評判の鍛冶とはお主のことだったか。わしを覚えてはおらぬか。ほら、鎌倉の八幡宮で逢った」

男がなれなれしく行光に声をかけた。

「あなた様は！」

男は肥後国の御家人竹崎季長《すえなが》であった。文永の蒙古襲来で先懸《さきがけ》の功をあげ、鎌倉まで恩賞をもぎ取りに出向いた剛毅《ごうき》な男。

「どうだ、蒙古の綿甲を断ち切れる刀はできたか」

「あれ以来、まだ試行錯誤をくり返しております」

「硬い薄刃じゃぞ」

「はい、分かっております」

「鎌倉から来た腕のよい鍛冶がお主だったとは。これも何かのめぐり合わせであろう」

「今日は何か？」

「刀を打ってもらいに来たのだ」

「それはありがとうございます」

「宋もついに滅ぼされたと言うではないか。遠からずして蒙古はやってくるであろう。わしは今、家《け》人《にん》五人を連れて、生《いき》の松原《まつばら》に布陣しておる」

生の松原は息浜から西へ四里ほど行った所にある。

「それは御苦労様です」

「行光という鎌倉鍛冶の鍛えた刀が杜世忠《とせいちゅう》の処刑に使われたと聞き、是非、太刀を鍛えてもらいたいと思っていたところ、聞けば実政様に従ってこの地に在ると言うではないか。そのことを昨日知った。それで早速、馬を駆ってここへやってきたというしだいだ。八幡宮で逢った刀鍛冶が行光その人だったとは、何とも奇遇よな」

「いかにも」

「忙しいとは思うが、わしに太刀を一振り鍛えてはもらえぬか。博多湾に石築地《いしついじ》を築いたから、今度は蒙古軍も易々とは上陸できまい。そうなれば、こちらも船を仕立てて相手の船に斬り込む場面も多くなろう。しかし、わしが佩いているこの太刀では寸が足りぬ。敵の大船に乗り込んで戦うには、長い刀が有効なのだ。これは松浦《まつら》の水軍衆から聞いた受け売りだがな」

「寸の長い刀……」

「敵は船に乗り込ませまいと、船縁《ふなべり》から刀を振りおろしてくる。ここでのせめぎ合いに、長い方が有利なのだそうだ」

「そうでございますか。かしこまりました」

博多の石築地に布陣している武士たちは、蒙古軍との戦闘を控え、使い勝手のよい武器を求めていた。それに応えようと、志のある刀鍛冶たちは、様々な工夫を凝らしている最中であった。

「蒙古軍の来襲に間に合うよう、長くて薄刃の太刀をなるべく急いで作ってもらえぬか。今度は敵船に乗り込んで、大将首を挙げるつもりだ」

「それはそれは」

季長は太刀の寸法や拵《こしら》えについても、色々と注文をつけて帰っていった。

三　高僧招聘《しょうへい》

弘安《こうあん》元年（一二七八）七月、蘭渓道隆《らんけいどうりゅう》が六十六歳で亡くなった。蘭渓はこの年の四月に甲斐の東光寺から呼び戻され、鎌倉の建長寺住持《じゅうじ》に復帰したばかりであった。蘭渓は昨年、南宋の首都臨安《りんあん》が陥落したことを知って以来、鬱《ふさ》いだ日々を送っていた。後宇多《ごうだ》天皇から賜った諡《おくりな》は大覚禅師《だいかくぜんじ》。我が国で最初の禅師号である。

建長寺は北条氏一族のみならず、幕府にとっても重要な禅刹《ぜんさつ》である。建長寺開山の死は、その後継をめぐって、数年前の間諜《かんちょう》事件以上に、幕閣の間で様々な議論を呼び起こした。

「文永の役では多くの犠牲者が出た。敵味方にかかわらず、戦没者の菩提《ぼだい》を弔うために寺を建立したい。その開山には蘭渓師を迎えたいと考えていたが遷化《せんげ》された。大覚禅師の後継には宋から高僧を迎えたい」

その年の十二月八日、居並ぶ評定衆を前に、執権の時宗がおもむろに口火を切った。

「何を仰せになられる。宋はその都を陥されて久しい。一部の廷臣たちが幼帝を奉じて再起を図っていると聞いたが、果たしてそれもまだ存在するのやら。宋はもはや福原《ふくはら》を追い立てられた、かつての平家のようなものではありませぬか。宋へ船を出しても、そこは蒙古の支配する国ですぞ」

時宗に妹の堀内殿を嫁がせている安達泰盛がまっさきに異を唱えた。

「慶元《けいげん》に渡航した鎮西の船の報告では、蒙古は我が国と交戦状態にありながらも、日本船を受け入れて交易を続ける方針をとっているそうではないか。宋が蒙古の版図《はんと》に組み込まれた今、日本への亡命を希望する僧も多いはず。ならばこの機会に宋人の高僧を招聘したい。それに船を出せば敵情を探ることもできよう」

「それが朝令暮改《ちょうれいぼかい》のたぐいで、蒙古の方針が変わっているかも知れませぬぞ」

泰盛が食い下がる。

「わしが大陸に船を送りたいのには、もう一つ理由がある。例の鉄炮じゃ。蘭渓師が教えてくれた硝石を是非とも手に入れたい。ついでに硝石を使った焔硝《えんしょう》（火薬）の製造法もだ。急がねば次の蒙古襲来に間に合わぬ」

高僧招聘を言い出した時宗が鉄炮の所有を企てていると知り、泰盛も苦り切った顔で口をつぐんだ。

すると交易船の派遣に反対する評定衆はいなくなった。評定が定まると、時宗は蘭渓の弟子、無及徳詮《むきゅうとくせん》と傑翁宗英《けつおうそうえい》、それに鶴岡八幡宮寺の大進坊祐慶を執権邸に呼び寄せた。

「建長寺の住持をこのまま空席にしておくわけにはいかぬ。禅宗の源は宋国であるから、名僧を宋より招き禅宗発揚《はつよう》の一助としたい。宋の慶元に渡り、天童山景徳寺《てんどうざんけいとくじ》におわす環渓惟一《かんけいいいつ》師を説得し、建長寺住持として日本に連れ帰ってもらえぬか」

時宗は建長寺の二人の僧に向かって言った。環渓惟一は、かねて時宗が蘭渓から聞かされていた高僧である。二人の僧は思わず顔を見合わせた。この時期、大陸へ渡るのは命がけの大役である。

「無謀な頼みとは重々承知だが、伏して頼みたい。蒙古が日本船を受け入れている今しか機会がないのだ」

「分かりました」

二人の僧は時宗の依頼を承知した。

「祐慶にも頼みがある」

時宗が続けた。

「何でございましょう」

「無及らと同行し、硝石を手に入れてきて欲しい」

「硝石を！」

祐慶は大陸行きを命じられるなど考えてもいなかった。

「銭に糸目は付けぬ。船倉《ふなぐら》を硝石で満たしてもよいから、なるべくたくさん持ち帰ってくれ。それとこれが一番肝要なことだが、焔硝の製造法を調べてきてはもらえぬか。蒙古が再び襲来する前に、我が国も蒙古と同じ兵器で備えたい」

時宗は祐慶に淡々と命じた。しかしそれは、かなりな難題である。硝石が現地で容易に手に入る物かどうか、秘中の秘と想われる焔硝の製造法によそ者が接することが可能なのかどうか、いずれも大陸に渡ってみないことには全く状況は不明であった。

「分かりました」

時宗の命で甲斐へ蘭渓道隆を訪ねて以来、焔硝の重要性を認識していた祐慶は、執権の依頼を二つ返事で引き受けた。

「三人とも恩に着るぞ」

時宗が深々と頭を下げた。

それから数日後、無及徳詮、傑翁宗英、大進坊祐慶の三人は、翌年の三月に慶元へ向け博多を発つということに決まった。

博多湾の海岸線に石積みの防塁を築くことを命じられた九州各地の御家人らは、それぞれ神社仏閣などの境内に陣を敷いている場合が多かった。息浜《おきのはま》にある博多《はかた》光明山善導寺《こうみょうざんぜんどうじ》もその例に漏れなかった。善導寺は浄土宗第二祖として法然《ほうねん》上人の跡を継いだ聖光房弁長《しょうこうぼうべんちょう》が、この寺で百日間の説法を行ったため、以来、博多談議所《だんぎしょ》と呼び慣わされていたが、蒙古軍が襲来してからは、博多に布陣する武将らの評定所を兼ねるようになっていた。

弘安二年（一二七九）の三月下旬のことだった。その日、行光は自分の鍛冶場からほどない善導寺を訪ねた。寺の境内の一角では、この寺に僧籍を持つ西蓮《さいれん》という僧鍛冶が、談議所に集《つど》う武将たちの要望に添うべく盛んに鍛刀していた。行光は西蓮に逢いに来たのである。

行光は案内も請わず鍛冶場に顔を出した。鍛冶場では西蓮の弟子三人が鉄を鍛えていた。二丁《にちょう》がけの鍛錬の槌音に混じって、別の小さな槌音も響いている。鍛冶場の奥にあるもう一つの吹子《ふいご》の前で、西蓮が一人で小槌を振るっていた。刀の原形を打ち出す火作り作業の最中であった。

「おう、行光殿ではないか」

西蓮は行光に気づいても手を休めなかった。作業は佳境に入っているようだ。行光がのぞくと、刀身が大きく湾曲していた。

「薙刀《なぎなた》ですか」

火作りをしていたのは大薙刀であった。西蓮は僧鍛冶だけに、薙刀作りを得意としていた。歳は行光より二回りも年配である。

「最近、大薙刀の注文がやたらと多くてな」

「そうですか。私の所には薙刀は希ですよ」

行光はそれほど薙刀作りは得意ではない。

(世間は刀工の得手《えて》不得手《ふえて》をよく承知しているものだな)

行光はそう思って感心した。

「今日は何か御用でござるか」

「いえ、いつものように気晴らしに寄っただけですからお構いなく」

西蓮は行光が初めて息浜で懇意になった地鍛冶である。西蓮の父良西《りょうさい》は、九州第一の霊峰英彦山《ひこさん》で修験僧として修行し、かたわら法師鍛冶定秀《ていしゅう》の流れを汲む鍛刀術を学んだ後、山を下りて善導寺の門徒となった僧鍛冶であった。英彦山学頭賢聖坊《けんせいぼう》定秀は、行光の祖父行平の伯父である。その様な縁もあり、行光は鍛刀に行き詰まった時など、気分転換によくここを訪れていた。

「そうか」

西蓮も心得たもので、手を休めることなく作業を続けている。薙刀の大きく反った形状に合わせ、小気味よく鎬《しのぎ》を立てて刃を打ち出していく。

西蓮の鍛法は、定秀が奈良東大寺の千手院《せんじゅいん》鍛冶に学んだ大和流である。それは行光の祖父行平が行っていた鍛法でもある。沼間鍛冶も大和流の一派であるが、千手院の流れとは幾分鍛法を異にする。行光は祖父のことは何も知らない。この世に生を受けた時、祖父はすでに鬼籍に入っていた。いつものことであるが、行光はまるで祖父の槌音を聴いているような想いで、西蓮の仕事ぶりを見つめていた。他派の流儀を眺めていると、時には『はっ!』とする技に出逢うこともある。新しい技との出逢いは、自らの技量を向上させる肥やしとなった。

「つい今し方、鎌倉から四隻の大船が着いたそうだ」

西蓮が相変わらず小槌を振るいながら語りかけた。

「四隻も！」

鎌倉から大船がやってくるのは、蒙古再襲来を控えた昨今、日常茶飯のことだった。しかし四隻同時とは珍しい。

「その船は宋に渡るそうだ」

「宋に！　この時期にですか！」

「時宗様の命で、高僧を招きに行くのだそうだ。果たして宋という国が大陸に存在するかどうかも分からないこの時期に、まったく無謀としか言いようがない。飛んで火に入る夏の虫にならねばよいが」

西蓮の話を聞いた行光の脳裡を、由比ヶ浜に晒《さら》されていた元使五人の首が過ぎった。太宰府に留め置かれていた残りの従者や水夫たちも、太宰府で同じように処刑されたという。

「いつか臨安陥落を知らせてくれた船が、日本船との交易は許されていると言っていましたが……しかし、やはり大陸に渡ることは危険だ。きっとその船は、二度と故国へは帰ってこられませんぞ」

行光が激した口調で言った。

「御上《おかみ》の考えることは、我々には分からぬ。ああ、南無阿弥陀仏《なむあみだぶつ》。南無阿弥陀仏」

西蓮が経を唱えた時だった。西蓮の妻が鍛冶場をのぞいた。その背後に行光の弟子の甚五郎が従っていた。

「親方、早く家に帰ってきて下さい。祐慶様が見えられました」

甚五郎は西蓮に挨拶もせず、慌てた様子で口走った。

「兄者《あにじゃ》が来られただと！　それはまことか」

「はい、何でも明日には、宋に向けて発たれるとか申しております」

「何！」

行光と西蓮は顔を見合わせた。

「早く帰られるがよい」

「はい」

行光は西蓮の鍛冶場を飛び出した。後に甚五郎が続く。

（なぜ兄者は宋などに渡るのだ？）

行光は小走りに家に向かいながら自問した。祐慶が鶴岡八幡宮寺の若い僧らの間で、『大進坊の怪僧』と渾名《あだな》を奉られていることを行光も知っている。薙刀が巧みで、刀身彫刻を能くし、宋の言葉を操る多才な祐慶は、行光にとって誇らしい兄である反面、実に不可思議な存在でもあった。

（漢籍に明るく、大陸の言葉がいくらか話せるからに違いない。芸は身を助けるというが、なまじっか宋の言葉を学んだため、命の危険にさらされている。俺の刀が元使斬殺に使用されたため、その因果応報で兄者に仏罰が下ろうとしているのでは）

行光はそこまで自分を苛《さいな》んでいた。

「おう、元気であったか」

行光が自分の家に帰り着くと、三年ぶりに見る懐かしい祐慶の顔があった。

「兄者、いったいどうしたんです」

行光は息を切らせながら、喘ぐように訊ねた。

「前触れもなく顔を出して悪かった。宋の慶元《けいげん》まで行くことになったのだ」

「慶元……」

日本船がめざす大陸の交易港である。

「宋に渡るということは、蒙古の国に行くことに他なりません。なぜこのような最悪な時期に、大陸に出かけねばならないのです？」

「建長寺の住持《じゅうじ》を務めておられた蘭渓道隆《らんけいどうりゅう》師が、昨年の七月に突然亡くなられた。それで宋の国から、後任の高僧を招くことになったのだ」

祐慶はそれだけを明かした。焔硝《えんしょう》製造法の調査と硝石買い付けの件は、たとえ弟といえども口にはできない。日本軍を仰天させた鉄炮は、国の存亡を左右しかねない新兵器だった。そして焔硝は鉄炮そのものである。その様な重大事に関与していることは他言無用であった。祐慶は時宗の命で甲斐の東光寺に蘭渓道隆を訪ねた時も、そのことは鶴岡八幡宮寺の別当以外にはいっさい口外していない。

「宋から坊さんを招くことが、そんなに大事なことですか。今、大陸に渡ったら、蒙古に首を刎《は》ねられますぞ」

「それが天命なら止むを得まい」

祐慶は恬淡《てんたん》として言った。

「母さんが悲しむではありませんか」

行光の言葉に祐慶が顔を曇らせた。

「実は母さんが亡くなった。今日はそのことを知らせに立ち寄ったのだ」

「えっ、いつ！」

「今年の一月のことだ。朝、起きてこないので、桔梗殿が様子を見に行ったら、すでに冷たくなっていたのだそうだ。安らかな死に顔だった。七十一歳、大往生だ」

「母さんが亡くなっていたとは！」

行光に衝撃が走った。祐慶の渡宋話もどこかへ吹き飛んでしまっていた。行光は力なく縁に腰をおろした。そしてすぐに思い出したように立ち上がると、東方に向かって手を合わせた。

「俺が西国に下ったので、色々と要らぬ心痛を与えたのであろう。せめて鎌倉に帰るまで生きていて欲しかった」

手を合わせたまま、行光がしんみりとした声で言った。

「お前だけのせいじゃないさ。正月にわしの慶元行きを話すと、とても心配していたから」

「他の者たちは……」

行光が振り返って訊いた。

「ああ、皆、元気だ。五郎はずいぶん腕を上げていたぞ。もう立派な一人前の刀工だと、国宗様が褒めておられた。これは桔梗殿から預かってきた」

祐慶が縁に置いた包みを指し示した。桔梗が夫と甚五郎に縫った、鍛錬着と普段着が二着ずつ入っていた。

「どうもお手数をおかけしました」

「仕事の方はどうだ」

「今、心鉄《しんがね》と皮鉄《かわがね》の組み合わせを、様々に工夫しているところです。あまり複雑な造り込みにすると、平時ならともかく、昨今のように増産を迫られた時には難があります。なるべく工程が容易で、かつ蒙古との戦闘で優位に立てるような刀をめざしています」

「そうか、まあ頑張ってくれ」

祐慶は鍛冶場の中を見まわしながら言った。

「大陸に宋という国はまだ存在しているのでしょうか？　時宗様はこんな時期に、なぜ危険をおかしてまで高僧を招くことにこだわるのです。適当な人材は国内にもおられるでしょうに……」

行光がまた同じことを言った。祐慶の大陸行きを心底から危惧しているのだ。

「……」

「俺がとやかく言っても仕方がないですね。それでいつ発たれるのです」

「食糧と水の積み込みを終えたら、明日の昼には船出する」

「そうですか、今夜は俺の家でゆっくりできるのでしょう」

「ああ、そうさせてもらうつもりだ」

「そうと決まれば壮行の宴を張ろう。甚五郎、今日の仕事はおしまいだ。庄三朗と金五は酒と食い物を買ってこい。二度と兄者の顔を拝めぬかも知れぬから、盛大にやるぞ」

行光は三人の弟子に命じた。


翌日、息浜に係留していた四隻の渡宋船は、水と食糧の補給を済ませると、直ちに離岸していった。

行光は風待《かざま》ちで船出が一日でも延びればよいと願ったが、天はその想いを聞き届けることはなかった。

行光は三人の弟子とともに、船影が見えなくなるまで見送った。

博多湾を出た四隻の船団は、九州西岸を順調に南下していった。大陸へ渡るには、朝鮮半島沿いに進む北航路と、薩摩、琉球諸島を経た後、東シナ海を横断して長江《ちょうこう》河口付近に到る南航路があるが、高麗と敵対しているこの時期、南航路しか選択の余地はなかった。

日本船のめざす明州慶元府《めいしゅうけいげんふ》（寧波《ねいは》）は、長江河口よりさらに南にあり、宋の時代には広州《こうしゅう》、泉州《せんしゅう》と並ぶ三大貿易港の一つであった。南宋の首都臨安《りんあん》にも比較的近く、かつては日本の遣唐使が上陸した地でもある。順風に恵まれた船団は、途中、多少の時化《しけ》に遭遇したものの、半月余りの航海の後には大陸沿岸に達していた。

船団は長江の吐き出す泥で混濁《こんだく》した海域を南下していった。やがて進路の左手に舟山《しゅうざん》列島を望むようになり、次いで甬江《ようこう》の河口に達した。この大河を遡上すれば慶元の港がある。それまで東シナ海の波浪に翻弄《ほんろう》され続けてきた船団は、初めて平穏な時を迎えていた。そこはもう海ではなかった。

「あそこでも大船を建造している。この辺りは船造りが盛んなのですか」

舷側に立って対岸を見つめていた祐慶が、傍らの宋僧無及徳詮《むきゅうとくせん》に訊いた。甬江に入ると、岸辺で大船が建造されている光景が頻繁に目に付くようになった。

「あれはただの船ではないな。どうも軍船のようだ」

「軍船！」

「私もこのようにあちこちで大船が造られているのを初めて目にした」

「まさか、日本に侵攻するための船ではありますまいな！」

「……宋が存続しているかどうかも不確かな今、大船を多数建造するとなれば、その目的はただ一つしかありますまい」

無及徳詮は断定的に言った。時宗の命で派遣された日本船の乗員は、もとより決死の覚悟でここまでやってきたのであるが、日本侵攻のための軍船が多数建造されているらしい状況を目のあたりにして、いよいよ緊張の度合いを高めていた。

慶元に着いた日本船は、港を管轄する市舶司《しはくし》という役所の鼻先に碇を降ろした。三月下旬に博多津を船出してから、二十日余りが経っていた。やがて岸壁の方から小舟が姿を現し、祐慶らの乗った船に横付けすると、複数の港役人が乗り込んできた。

「宋はどうなったのだ」

役人が宋人だと分かり、無及徳詮がまずそのことを訊ねた。

「……滅びた」

役人は重い口調で言った。

「いつ！」

「二月の初めだ」

「何と！　ついこの前ではないか」

日本船団が和賀江島を発ったちょうどその頃、漢民族はついに蒙古民族に膝を屈していたのである。

「宋の遺臣たちは八歳の衛王《えいおう》を擁して海上を流浪《るろう》していたが、最後の拠点とした厓山島《がいざん》で破れ、幼帝は臣下に背負われ入水《じゅすい》して果てたそうだ」

無及は言葉もなかった。無及は日本で鎌倉幕府創建時の故事を何度か聞かされ、九十年前の壇ノ浦戦のこともよく知っていた。故国でも平家滅亡の状況に似た哀史がくり返されていたのだ。南宋滅亡により、蒙古は江南の莫大な穀倉地帯を手中に収めていた

日本船の来航目的が、交易ばかりでなく、時宗の命で高僧招聘《しょうへい》の任を帯びていると知り、港役人は

市舶司の上役へ報告した。そして、その情報は直ちに大都のフビライまでもたらされた。

「日本の大将軍が禅僧を招くため、船を寄こしてきたと申すか。……おそらく宋が滅びたことを知らなかったのであろう。ならば彼らが目的を達せられるよう、便宜を図れ。そして滅びた宋の実情をつぶさに見聞させ、我が帝国の意に逆らうことの愚を知らしめさせよ。そうすれば彼らが帰国した暁には、日本の王も我が招諭を受け入れるであろう」

フビライは日本船に、わざわざ勅許《ちょっきょ》を下して交易を許可した。その知らせが慶元に届いたのは、日本船が碇を降ろして十日余り過ぎた頃だった。市舶司の長官はみずから日本船を訪れ、フビライの詔《みことのり》をもったいぶった態度で伝えた。長官は蒙古人である。

「我が皇帝陛下は汝《なんじ》らが慶元府に上陸することを許された。そしてこの地で交易を行うことと、天山景徳寺に上り高僧招聘を計ることも認められた」

「おう！」

市舶司の長官を迎えた無及徳詮と傑翁宗英《けつおうそうえい》、それに祐慶の三人は、いちように安堵の吐息を洩らした。しかし長官の次の言葉に、三人の心は凍りつき緊張に包まれた。

「皇帝陛下は、四年前に貴国に差し向けた使節の消息がいまだに不明となっていることに、いたく心を痛めておられる。使節というのは杜世忠《とせいちゅう》以下三十九名のことだが、彼らは貴国に到着したのかどうか、その辺の事情を貴僧らに問い質して至急報告せよとのこと」

三人の僧は思わず顔を見合わせた。杜世忠らが斬殺されたことを、元側はまだ知らなかったのだ。

（あれから四年も経ったというのに！　とうに元側の耳に入っている思っていたが……）

祐慶には意外であった。祐慶らは使節団処刑の件を、元側は承知しているものと思い込んで海を渡ってきたのだ。それも四年前のことだから、ほとぼりも冷めているのではと、極めて楽観的な推測を抱いて。

「また使節を送られたのか。前に何度も使節が来られたのは承知しているが、そのたびにお引き取り願ったはずだが。使節の消息が不明とあらば、おそらくは……」

無及徳詮がそう言って、長官に首を横に振って見せた。

「大海を渡る途中で、海難に遭われたのでありましょう」

傑翁宗英も口裏を合わせた。

「さようか。では大都にはその様に報告しておく」

市舶司の長官は何の疑いもせず船を下りていった。

「危ないところであったな」

長官が小舟で去ると、三人は再び顔を見合わせた。

「では交易のことは船頭らに任せ、我々三人は天童山に参りましょうか」

無及徳詮が言った。

中国禅院五山の一つ天童山景徳寺は、慶元の町から東方へ七里ほど隔たった太白山《たいはくさん》の麓にある。臨済宗《りんざいしゅう》の開祖栄西《えいさい》、曹洞宗《そうとうしゅう》の開祖道元《どうげん》など、日本から渡った多くの留学僧たちが学び、日本禅宗の源ともいえる名刹《めいさつ》である。船を下りた三人は景徳寺に向かった。

街のいたる所に、進駐してきた元兵の姿が見受けられた。行き逢う宋人の顔はどれも暗く、街は喪に服しているかのように精彩を欠いていた。

「この国はこれからどうなってしまうのだろう」

傑翁宗英が暗澹たる想いで呟いたが、祐慶も無及徳詮も何も応えなかった。三人は言葉少なに、天童山への道をたどった。

三人が景徳寺に着いたのは夕刻であった。四方を山に囲まれた広大な寺域に、様々な大伽藍が建ち並び、それらはすべて長廊《ちょうろう》で結ばれていた。夕日に照らされた大伽藍は、静寂な中に重厚な佇まいを見せていた。

三人は環渓惟一《かんけいいいつ》師に面会を求めた。

「蘭渓師が亡くなられたか！」

無及徳詮が天童山を訪れた子細を話し出すと、環渓は驚きの表情を見せた。

「時宗様は多年の間、禅宗に意を留めておられます。蘭渓様亡き後の寺を環渓様に引き継いで頂きたいと考え、こうして我々を遣わされました。是非、日本への招請に応じて頂ければと思います」

三人は環渓に懇願した。

「宋が滅び蒙古が闊歩《かっぽ》する今、その話に飛びつきたいのはやまやまだが、御覧のとおり拙僧もすでに老境の身でござる。この歳で大海を渡ることは叶わぬであろう。よしんば日本へ行けたとしても、我が余命のいくばくもないことを考えれば、あなた方の苦労を無駄にさせるようなもの」

環渓は老いを理由に招請を固辞した。

「ならば環渓様に代われる僧を御推挙願えませぬか」

無及が粘った。

「そうだな……」

環渓はそう言って瞑目《めいもく》した。

「この天童山首座《しゅそ》を務め、わしの右腕となっている無学祖元《むがくそげん》と申す者がおる。無学は攻め込んできた元兵に首を斬られそうになったことがあるが、座禅をしたまま臆することなくこれを一喝したのだそうだ。あまりの剛胆な態度に元兵は恐れをなし、すごすごと退散せざるを得なかったとか。無学はそれほど度胸のある僧だ。それに一国の為政者《いせいしゃ》の相談相手となれるほどの優れた見識も備えている。わしに誰か推挙せよと言われれば、無学をおいて他にない」

環渓はきっぱりと言い切った。そしてすぐさま無学を呼びにやった。やがて五十前後とおぼしき痩《そう》身《しん》の僧が現れた。環渓が右腕と頼むだけに、どこか侵し難い雰囲気を漂わせた僧である。環渓は無学に事情を話した。無学は師の言葉を黙って聞いていた。

「宋が滅亡した今、フビライの鋒先は日本へ向けられている。これまで宋の支配地だった浦々で、日本遠征用の軍船が建造されているのを御存じか」

環渓の話を聞き終えると、無学が日本から来た三人の僧を見まわすように言った。

「はい、甬江《ようこう》の河口を遡る際、いたる所で軍船が建造されているのを見て参りました。先ほど上陸した時も、そのことを港役人に教えられました。何でも軍船六百隻を建造中とか。その様な軍事機密をわざわざ明かしたのは、日本侵攻の意志を見せつけ、戦わずして日本を降伏させようとの魂胆《こんたん》でありましょう」

無及徳詮が答えた。

「それならお訊ね申す。時宗という大将軍は、それを聞いたらどうなされると思う」

その問いには、日本人が答えるべきだった。

「時宗様の徹底抗戦の意志は、どんなことがあろうとも変わりませぬ。日本の武士は最後の一兵まで戦い抜くことでしょう」

祐慶が断言するように言った。

「そうですか。それを聞いて心が定まりました。招請を受けて日本に渡り、そのあげく、日本が戦わずして元の版図《はんと》となったとあっては、渡航した意味がありませんから。宋の人々は、今、蒙古の圧政に苦しんでいます。日本が蒙古軍と戦い抜く心づもりならば、それは宋人の励みにもなりましょう。私も日本に渡って、微力ながらその一助となれれば幸いです」

無学は日本への渡航を承知した。

「それでは門弟の鏡堂覚円《きょうどうかくえん》も連れていくがよい」

環渓が無学に命じた。

「我々は今ひとつ時宗様から命じられてきた事がございます」

高僧招請の話がまとまると、祐慶が改まって切り出した。

「何でござるか？」

環渓が応じた。

「環渓様や無学様は、焔硝《えんしよう》と申す黒い粉末を御存じでしょうか」

「耳にしたことはある。衝撃を与えたり火を付けたりすると、雷にも似た音を出すそうだ」

無学が言った。環渓は首を振った。

「蒙古が日本に侵攻した折り、これを用いた震天雷《しんてんらい》という武器を使用致しました。これがために人馬が驚き、日本軍は手痛い打撃を被りました。そのため、時宗様は日本でもこれを作ろうとしておりますが、焔硝の組成が硫黄、木炭、硝石である以外は製法すらも分かっておりません。おまけに日本には硝石が産しない始末です。時宗様は我々を派遣するにあたり、環渓様の招請とともに、硝石とできれば焔硝の製造法を持ち帰るよう命じられました。この件につき、何かよいお知恵を拝借できませんでしょうか」

祐慶が二人に頭を下げた。

「硝石には冷えきった人体機能を復活させたり、胃の働きを活発化する作用がある。生薬《しょうやく》として用いられているから、湯液《とうえき》（漢方）を扱っている店で手に入れられるであろうが、焔硝なる物の製造法となると難しいかも知れぬな。船の出航まではまだ間があるのであろう。心当たりに訊ねてはみるが、あまり期待なさるな」

無学が言った。

「よろしくお願い致します」

祐慶らは深々と頭を下げた。

その日、三人は景徳寺に宿泊した。翌日、宋僧の無及徳詮と傑翁宗英を残し、祐慶は単身慶元の港に帰った。久方ぶりに故国の土を踏んだ二人の僧は、船が碇を揚げるまで景徳寺に滞在する予定だった。高僧招聘は目処《めど》がついたものの、最大の懸案である硝石の購入と焔硝製造法の調査が残っていた。

船に戻った祐慶は、まず船頭とともに硝石の購入に走りまわった。

「硝石は内陸部でしか産しません。宋滅亡の余波であらゆる物資の流通が混乱をきたしていて、今のところ硝石は手に入らなくなっております。在庫はこれしかありません」

最初に訪ねた漢方商は、日本船の注文に対し、わずか一袋の硝石を納入しただけであった。祐慶と船頭はその業者に教えられるまま、他の漢方商をまわった。だが、どこにも硝石の在庫はなかった。

「元の当局が硝石を買い占めているという噂だ」

街外れにある漢方商の店を訪ねた時、そこの店主が何気なく洩らした一言が、祐慶に衝撃を与えた。

(きっと日本侵攻に備え、大量の焔硝を製造しているのかも知れない)

祐慶は焦燥を感じた。そんな時だった。

「硝石を探しまわっているそうだが、いったい何に使われるのだ」

船を訪れた港役人が祐慶に訊いた。碇泊して以来、何度も言葉を交わしている宋人の役人だが、目には困惑の色を浮かべていた。

「もちろん湯液《とうえき》の材料に致します。硝石は胃の働きを活発にする生薬《しょうやく》ですから」

祐慶は天童山で無学に教えられたことを口にした。

「ならよいが。……市舶司の長官は蒙古人だ。硝石をよからぬことに使うのではと疑っている。気をつけられよ」

「……ありがとうございます」

宋人の港役人は好意で注意してくれたのだ。祐慶は感謝した。

日本船が慶元の港に碇を降ろして一月余りが過ぎる頃になると、帰国するのに適した南風が吹くようになっていた。慌ただしく日本へ渡る準備を終えた無学祖元を伴い、天童山から無及徳詮と傑翁宗英が船に帰ってきた。

「焔硝の製造法の件はいかがでございました」

祐慶は三人の顔を見るなりまっさきに訊ねた。無学祖元が首を横に振った。

「やはり分からずじまいでしたか。こちらも硝石は一袋だけしか手に入れられませんでした。これ以上、ここに滞在しても何の成果もありますまい。直ちに船を出しましょう」

祐慶は三人に言った。

数日後、市舶司の許可が下りると、四隻の日本船は慶元の港を出て帰路についた。再び甬江《ようこう》を下り始めると、船の右舷側に山脈が見えていた。麓に天童山景徳寺のある太白山《たいはくさん》の山並みである。

無学祖元は舷側に立って景徳寺のある方角を見つめていた。祐慶が無学に語りかけた。

「日本への招きに応じて下され、まこと感謝の念に堪えません。おかげで渡宋の目的を、半ば達成することができました」

「焔硝の件は力になれなくて済まなかった。焔硝の製法は秘中の秘であろうから、一部の者たちの間で秘匿されているのであろう。八方手を尽くしてあたってみたが、木炭と硫黄、そして硝石を混ぜて作るのだということ以外、何も分からなかった。はるばる海を渡ってこられたのに、蘭渓師の知識をなぞるしか能がなく済まなかった」

「いいえ、蒙古の震天雷に対しては、武勇を奮えば何とかなります。焔硝の秘密こそ分かりませんでしたが、私は焔硝などよりもっと大切な無学様を、こうして船に乗せることができました。無学様が蒙古兵にお示しになった毅然とした態度は、時宗様に強い感銘を与えると存じます」

祐慶は蒙古軍との戦で、無学が武士たちの精神的支柱になってくれるだろうと期待していた。甬江の岸辺では相変わらず軍船造りが進んでいた。

（一刻も早く日本に立ち帰り、このことを時宗様に報告せねば）

祐慶の心ははやっていた。

船団は嵐にも遭遇せず、六月には博多に寄港した。祐慶は行光の鍛冶場に三日ほど泊まった後、再び船で鎌倉に向かった。

宋に派遣した船が博多に帰港したとの知らせは、太宰府から早馬で時宗のもとに届けられた。時宗は、環渓惟一の推挙により無学祖元という僧を連れ帰ったこと、焔硝の製造法は得られず、わずかな硝石しか手に入らなかったことも書面で知った。船が和賀江島に着くと、時宗はみずから無学を港まで出迎え、建長寺へ送り届けた。

建長寺から執権邸に立ち帰った時宗の前に、祐慶が座していた。

「焔硝の製造法は分からなかったか」

「やはり重要な軍事機密として、限られた者たちの間で伝えられている秘技のようにございます。フビライは我々に交易を許したものの、かたや江南の浦々では日本侵攻の軍船造りを進めておりました。慶元の港でも何隻もの軍船が建造されているのを、この目で見て参りました。その様な状況ですので、慶元から遠出して訊ねまわることもできませんでした。硝石は品薄状態で慶元にはほとんど見あたらず、生薬に用いると偽ってようやく一袋だけ手に入れてきました。たとえ硝石が慶元の港に十二分にあったとしても、おそらく多量に船に積み込もうとすれば怪しまれ、すべて没収されたかも知れませんん。元が硝石を買い占めているという噂も耳にしました。鉄炮を大量に製造しているのではと心配です。それと意外だったのは、フビライが杜世忠《とせいちゅう》一行の消息を訊ねてきたことです。元側はまだ彼らが処刑されたことを知りませんでした。我々は海難に遭ったのではとごまかし、その場をやり過ごしました。その様な敵情でしたので、フビライの気の変わらぬうちに船を出さねばと思い、無学様を船に乗せるとすみやかに慶元の港を出て参りました」

「そうであったか。御苦労であった。硝石はいつかは入り用な時が来るかも知れぬから、こちらで預かっておく」

「はい」

「無学殿にはまた明日にでも面会し、大陸の情勢などを細かくお教え願うつもりだ。祐慶もまた何かの折には力を貸してくれ」

「はい、微力ながら」

祐慶は大役を終えた。


翌日、時宗は建長寺に無学祖元を訪ねた。そして通事を介して大陸の様子をつぶさに訊いた。無学は最新の大陸の情勢を時宗に伝えた。無学の口から洩れる蒙古の姿は、時宗が想像していた以上に強大なものだった。

「宋が滅びた今、フビライは膨大な敗残兵の処置に困っています。宋の領有していた地をつつがなく統治するには、どうしてもこれを除かねばなりません。もはや日本が朝貢に応じる応じないにかかわらず、フビライは敗残兵を日本に差し向けてきます。その敗残兵を日本軍が壊滅させてくれても好し、日本征服に成功し屯田兵《とんでんへい》として移住させることができればそれも可なのです。フビライはいずれに転んでも損はありません。だからフビライは、必ず膨大な数の侵攻軍を編成し海を渡ってきます」

棄民《きみん》ならぬ棄兵。時宗にとって、それは想いもよらぬ事だった。蒙古帝国の思考の奇抜さに、ただただ驚かされた。時宗の心の中で、蒙古像がますます巨大になっていった。

「この国難にどのように立ち向かえばよろしいのでしょうか」

時宗は無学に訊ねた。無学はその問いに静かに瞑目《めいもく》した。

「莫煩悩《まくぼんのう》」

やがて無学は三文字の言葉を呟いた。

「莫煩悩……煩悩するなかれ」

無学が再び呟いた。

「莫煩悩」

時宗は無学の言葉をくり返した。

「あれこれ考えないことです。これまであなたの執ってこられた政策は正しいものでした。将たる者が迷いの心を抱いてはなりませぬ。人知の及ぶ限り蒙古軍に対する防衛体制を敷いた後は、煩悩することなく、泰然《たいぜん》とした態度でその時を待てばよいのです」

無学は静かな口調の中にも威厳を込めて言った。時宗は蒙古への対処を適切だったと肯定され、心強い味方を得た想いであった。

四　愚王のへつらい

時宗が慶元に送った船が日本に帰り着いた頃であった。フビライからまたもや招諭使が派遣されてきた。高麗を経て対馬にやってきたのは、周福《しゅうふく》を正使とする一行である。この使節はこれまでのものと性格が違っていた。

「私がみずから日本に赴き、元に滅ぼされた国の経験から、フビライ様への臣従を諭してみましょう。

これまでの宋との誼《よしみ》で、日本は応ずるかも知れません」

南宋の降将范文虎《はんぶんこ》の献策を、フビライが受け入れたのである。フビライには、四年前に日本に送った杜世忠《とせいちゅう》らがいまだに帰国しないため、その消息を探らせる目的もあった。

范文虎はみずから日本に赴くと言ったにもかかわらず、結局は自分の代理として周福と欒忠《らんちゅう》を遣わした。新たな元使到着の知らせは、周福の携えてきた范文虎の親書とともに、太宰府から鎌倉にもたらされた。

「宋の王ならともかく、滅びた国の旧臣の身で、我が帝《みかど》に蒙古に臣従せよと説諭するとは僭越《せんえつ》至極、笑止極まりない」

親書に目を通した時宗は不快感を露わにした。時宗は建長寺に出かけ、新しく住持《じゅうじ》となった無学に面会した。

「宋の旧臣と称する范文虎なる者が、我が国に遣いを寄こしてきました。無学殿はこの男を御存じか」

「名前だけなら聞いております。まだ他の臣下の者たちが幼帝を擁して戦っている時に、さっさと降伏し元に寝返った男でございます」

「やはりそのような者ですか。我が帝に無駄な戦を止めて、早く元に臣従した方が日本のためだと、親書を送ってきました」

「范文虎らしい行為にございます」

時宗は無学を訪ねた後、直ちに親書を朝廷へ送った。公家たちの間でさえも、時宗と同様の意見が続出した。朝廷から親書の処理を一任された時宗は決断を下した。

「使節を一人残らず太宰府で処刑せよ」

時宗は元使全員を斬ることにより、再び日本の態度を明確に示したのである。

それから間もなくの、八月のことだった。高麗南端の沿岸に見慣れぬ小舟に乗った二人の男が漂着した。真っ黒に日焼けした身体を破れた衣服でおざなりに覆い、髪や髭《ひげ》は伸び放題であった。

「日本から逃げ帰ってきた」

倭寇の一員では、と疑う漁民たちに、二人は高麗の言葉でまっさきに告げた。二人は杜世忠の一行に加わり、博多で斬首される直前に逃亡した高麗人水夫たちだった。四年もの年月をかけ、日本で奪った小舟でようやく故国の土を踏んだのである。

「杜世忠様ら主だった方々五人は、鎌倉で首を刎《は》ねられたそうです。残りの者は全員、博多で処刑されたはず」

二人は逃避行の顛末《てんまつ》を役人に語った。四年前に日本に送り出し、消息不明となっていた元の使節団。その構成員の二人が亡霊のように甦《よみがえ》り、あってはならないことを口にしたのである。高麗側は衝撃を受けた。二ヶ月前に周福らを日本に向けて船出させたばかりであった。

「周福の一行が危ない！」

高麗の当局者は色めき立った。だが、時すでに遅しで、周福らは太宰府で斬殺の憂き目に遭っていた。水夫らの高麗帰着がもう少し早ければ、周福らの日本行きは中止されたはずである。范文虎《はんぶんこ》が遣わした使節団は、数奇な運命の悪戯《いたずら》で地獄を見ることになったのである。

話は少し遡るが、六月二十五日、周福らの一行が、対馬に到着した頃だった。

「日本侵攻のため、高麗の忠烈《ちゅうれつ》に九百隻の軍船建造を命じよ」

大都の宮殿でフビライは臣下に指令した。

実は昨年の七月のこと、忠烈は南宋の命運がいよいよ尽きようとするのを見てみずから元に赴き、フビライに再び日本征討を焚き付けていた。次は蒙古の鉾先が本格的に日本へ向けられると読んでの行動である。

「百五十隻の船を造って、陛下の日本征伐をお助けしたいと思います」

忠烈はその忠臣ぶりを見せるため、フビライに媚《こび》を売ったのである。忠烈はこれまでも元に莫大な貢ぎ物を贈った上、『辮髪《べんぱつ》・胡服《こふく》令』を出して高麗の臣を蒙古の風俗に従わせたり、多数の美しい処女を奴隷として元に献上するため国内の婚姻を一時禁ずるなどして、極端な親元政策を布いていた。

昨年、フビライに謁し、百五十隻の船でお茶を濁そうとした忠烈の浅はかな行為は、九百隻の軍船建造命令となって跳ね返り、高麗の人民は多大な辛酸を舐めさせられることになったのである。

フビライは厓山《がいざん》の戦いで南宋を滅ぼした翌日には、さっそく旧南宋の支配地に軍船六百隻の建造を命じてあった。江南の地には南宋の遺した多くの軍船も健在である。新造船がすべて完成すれば、フビライは空前の海軍力を手中に収めることになる。そればかりか投降した南宋兵の数は膨大で、軍船に乗せる兵力にも事欠かなかった。

弘安三年（一二八〇）の早々、フビライは高麗からの知らせで、杜世忠らが斬首されたことを知った。フビライは激怒した。

「日本討つべし」

ここに至っては、元の高官らも誰一人として異を唱える者はなかった。

五月になると范文虎が召されて日本再征のための協議が行われ、その結果、合浦《がっぽ》から出撃した東路軍四万と、明州《めいしゅう》から出撃した江南軍十万が、壱岐で合流して日本に侵攻するという作戦が決定した。

これを聞いた高麗王忠烈は、またもやフビライに謁した。

「このたびの日本再征には、我が高麗は進んで御協力致します。どうかこの私にも、高い地位の軍職をお命じ下さいませ」

忠烈の熱望により、日本征服のための新しい軍事機構『征東行中書省《せいとうこうちゅうしょしょう》』が新設され、忠烈がその長に任じられた。

第八章　弘安の役

一　水剣《すいけん》

弘安《こうあん》三年（一二八〇）、春の彼岸の中日に、桔梗は牡丹餅《ぼたもち》を作り、山ノ内の実家を訪れた。蒙古が再び襲来するとの風評が飛び交う時節柄、国宗の鍛冶場でも吹子《ふいご》の数を増やし、弟子も桔梗が嫁ぐ頃の倍近い人数になっていた。桔梗は牡丹餅がびっしり詰まった三段重ねの重箱を両手にぶら下げ、由比の飯島から一里の道を歩いてきたのである。桔梗の里帰りは珍しいことではない。夫の行光が西国に下り、息子の五郎を父のもとに預けている今、桔梗はたびたび国宗の屋敷に顔を出していた。その日、五郎は国宗の遣いで鎌倉市中に出かけ不在であった。

「仕事の方は忙しそうですね」

炉端《ろばた》で牡丹餅を頬張り始めた国宗に、桔梗が語りかけた。

「鎌倉殿は来年辺りが危ないと見ているようだ。今のうちに作れるだけ作っておかねばな」

「いよいよ蒙古がまた攻めてくるんですね……」

西国にいる夫のことを想ったのであろう、桔梗の顔色が暗くなった。

「今度は博多湾や長門の海岸には石塁を築き、文永当時とは比較にならない兵を待機させているそうだから、前のような苦戦を強いられることもあるまい。蒙古軍の戦《いくさ》ぶりも分かっていることだし」

「そうだといいですけど。……ところで五郎は、その後、どうですか」

「あ奴は刀鍛冶になるために生まれてきたような子だ。ほとほと感心しているのだが、とにかく何事にも勘がよくて呑み込みが早い。まだ十七だというのに、もうわしには教えることも無くなった。行光殿が九州から帰ってくるまで、このままわしの手元に置くべきか、それとも沼間の国光殿に預かってもらって、粟田口《あわたぐち》の流儀などを学ばせた方がよいのか迷っている。あまり出来のよい弟子を持つと、不器用な弟子を持つより気苦労が多いわ」

「そうですか」

我が子を褒められるのは嬉しい。桔梗も五郎の行く末には期待している。

「もう一つどうですか」

桔梗が国宗に牡丹餅を勧めた。

「ああ、貰おうか」

その時、土間に五郎が姿を見せた。遣いから帰ってきたのである。手に紐でくくった狸《たぬき》の毛皮を抱えていた。鍛冶場で使う吹子の内張《うちばり》に用いる物である。

「母さん、来られていたのですか。おっ、牡丹餅だ」

牡丹餅は五郎の好物である。

「お祖父さん、手に入りました」

五郎は板間に上がると、毛皮を部屋の隅に置いた。

「そうか、あったか」

「お腹すいただろう。五郎もおあがり」

炉端に座った息子に、桔梗が器に載せた牡丹餅を差し出した。

「ありがとう。旨そうだな」

五郎は箸で牡丹餅を頬張り始めた。

「蒙古がまたやってきそうな雲行きでは、行光殿も当分は帰ってこられまい」

国宗が桔梗に言った。

「そうですね」

「もう何年経ったかな。行光殿が鎌倉を離れてから」

「四年近くになります」

「そんなになるか。蒙古との戦闘に適った刀を作るのだと、意気込んで出かけていったが」

「時々、祐慶義兄《にい》さんに便りが届きますが、まだ失敗ばかりくり返しているようです」

桔梗は読み書きができない。行光は鎌倉に向かう船に託して、八幡宮寺の祐慶宛よく文を送ってくる。文が届くと、祐慶はそれを桔梗に読んで聞かせた。

「そうか……」

牡丹餅を頬張っていた五郎が、いつの間にか箸を休め、うつむいている。

「どうしたの五郎？」

桔梗が訝《いぶか》しそうに声をかけた。

「お祖父さん、俺も博多へ行きたいのだが……」

食べかけの牡丹餅を板間に置くと、五郎は膝を正して国宗に言った。

「何！」

「俺も父さんの手助けがしたい」

「馬鹿なことを言うのではありません。九州には明日にでも蒙古が攻めてくるかも知れないのですよ。そんな所に、夫ばかりか子までやれますか」

桔梗が強い口調で反対した。

「俺も十七になりました。もう立派な大人です。父さん同様、昔からの鍛錬法をただ守り伝えるのではなく、時代が求める刀を新しく創造したいのです。身の危険を顧みず、九州に下った父さんは偉いと思います。父さんと一緒に新しい刀を創りたい。どうか西国行きをお許し下さい」

「なりませぬ。一体、いつからその様な事を考えていたのです」

「父さんが西国に下った時からです。早く一人前になって、父さんの手助けがしたいと思っていました。だからこそ、これまで修業にも身を入れてきたのです。人の命に定めがあるのなら、どこにいても同じではありませぬか」

五郎は人が変わったように一歩も退かなかった。桔梗はこんなにも強情な息子を見るのは初めてだった。二人のやりとりを黙って聴いていた国宗が、静かに口を開いた。

「かわいい子には旅をさせろと言うが……五郎がこれほどまでに行きたいと言い張るのだ。許してやったらどうだ」

「お父さん！」

桔梗は顔を紅潮させ、涙目になっていた。

「わしも五郎にはもう教えることは無くなった。国光殿に頼んで、京の鍛錬法を学ばせようかと思っていたところだ。お前がそれほどまで九州に行きたいと言うなら、時宗様にお願いして、九州に下る船に便乗できるよう頼んでやろう」

「ありがとうございます」

「時節も暖かくなったことだし、そうと決まれば早い方がよかろう」

桔梗は国宗の言葉を、承服しかねるといった顔で聴いていた。


その年の風が香る頃、五郎は時宗の計らいで、和賀江島から博多行きの船に便乗することができた。五百石積みの大型船である。船には太宰府に送る幕府の物資が山と積まれていた。岸壁には母や伯父の祐慶、それに祖父国宗やその一門の者たちが多数見送りに来ていた。

九州行きを心待ちにしていた五郎であったが、いざ出立の時が迫ると、相模の国、それも鎌倉周辺からよそへ出たことのない五郎の胸に、形容し難い不安が広がっていた。

（この人たちとは二度と逢えないかも知れない）

五郎は笑顔をつくって別れの挨拶を交わしながら、心の中では不吉なことを考えていた。特に涙を必死に堪えている母の顔は正視できないものがあった。

「船を出すぞ」

船頭の野太い声が、五郎の様々な想いを断ち切るように響いた。五郎は若者らしい機敏な動作で船に飛び乗った。

「体に気をつけるんだよ」

母の声が背中に切なく届いていた。

全長十丈（約三十㍍）余りの船の、両舷《げんそく》側に突き出た艪棚《ろだな》に、長い艪を持った十二名の漕ぎ手が座った。船頭の号令に合わせ、ぴったり息の合った艪さばきで、船体がしだいに岸壁を離れていった。やがて船は和賀江島から十分に離れたところで帆桁《ほげた》を揚げた。六反の四角い筵帆《むしろほ》が風を孕《はら》んだ。水夫と旅客、合わせて三十名余りを乗せた船は、相模湾を気持ちよく快走し始めた。

海に白波はなかったが、外洋に面しているため、周期の長いうねりが船をゆっくり揺さぶっていた。まだ見送りの人影は見えていたが、もう誰彼《だれかれ》の判別はできなかった。五郎の目に、初めて海から望む富士の峰が清々しく映っていた。

五郎が爽快だったのは最初だけであった。しばらくすると気分が悪くなった。出航前、船で慶元まで行った経験のある祐慶に船酔いのことを聞かされていたが、これほどまで不快なものだとは思わなかった。五郎は陸路で九州へ行くべきだったと後悔しながら、帆柱の後ろにある屋形《やかた》の中で、死んだように横になり吐き気に耐えていた。しかし船が伊豆半島沖にさしかかった頃、不快なものがついに喉から溢れ出た。五郎は慌てて船縁《ふなべり》に身を乗り出し、胃の中の物を吐き出し始めた。出航前、母が食べさせてくれた心づくしの馳走が、釣りの撒き餌のように流れ去っていった。五郎は母に悪い気がしていた。その時だった。

「大丈夫かい。船に乗るのは初めてなのか」

そう言って、五郎の背中をさすってくれる者があった。五郎と同じ年頃の若い女である。

「あんたは……」

女の顔に見覚えがあった。乗客ではない。今日、和賀江島に来た時、船ではまだ荷物の積み込みが続いており、女もその作業を手伝っていた。男たちに混じって紅一点である。長い黒髪を後ろで束ねて垂らし、肌は小麦色に焼け、仲間と言葉を交わす時にこぼれる白い歯が印象的だった。面長の端整な顔立ち。すらりとした体型。細くくびれた腰には、女だてらに短刀を差していた。積み込みの終わった後、女の姿は見えなくなっていたから、五郎は下船したものとばかり思っていた。

「ありがとう。話には聞いていたが、船酔いがこんなに辛いものとは思わなかった」

五郎は口を利くのもしんどかった。

「初めて船に乗ったら、たいてい船酔いするものさ。なあに、二、三日は食い物も喉を通らないかも知れないが、それが過ぎれば何ともなくなるさ」

「そうか。博多まで陸路にすれば良かったと後悔していたところだ。二、三日の辛抱なんだな」

「ああ、胃の腑《ふ》の中に吐く物が無くなったら、苦いものが出てくる。その時は水を腹一杯飲めばいい。水を吐く方が苦いものを吐くより楽だぞ。水が欲しくなったら持ってきてやるからな」

女は背中を撫でる手を休めることなく言った。女の言葉づかいは男っぽかったが、五郎に女の手の感触は心地よかった。

その後、船は沿岸伝いに航海を続けた。陸岸の視認できる日中に帆走し、陽が落ちると浦に入り、碇泊して夜の明けるのを待った。時化や風のない日は浦々で泊まりを重ねた。沖で風が途絶えたり風向きが思わしくない時には、四角帆を降ろして帆柱を倒し、十二人の漕ぎ手で櫓走《ろそう》することもあった。その様な日々を重ねながら、船は少しずつ西へ進んでいった。

船が瀬戸内に入ったある夜半のことだった。船はとある浦に碇を降ろしていた。海は凪ぎ風はそよぐほどで、煌々《こうこう》と冴える月明かりに満天の星々も輝きを失っていた。船の乗客や水夫たちは、軽い寝息を立てていた。五郎はボラが飛び跳ねた音で目が覚めた。屋形の天井に海面で反射して紛れ込んだ月の光が揺れていた。左右に規則正しく振れるその光を見つめていると、五郎は目が冴えて寝付かれなくなっていた。五郎は船尾にある屋形から出て、何の気なしに船縁を舳先《へさき》の方に歩いた。船の前部には積み荷がうず高く積まれている。帆の降ろされた一本の帆柱が、波の動きに合わせて星々の間を彷徨《さまよ》っていた。舳先まで来た時、五郎の目に人影が映った。

航海中、船首には碇が二つ並べて置かれているが、碇泊中なので一個の碇は海中に投じられ、予備碇だけが残っていた。碇は鍵《かぎ》状の木に偏平な石を取り付けた木碇《きいかり》で、その傍らには碇縄《いかりなわ》がきちんと円筒状にまとめられて置かれてあった。その縄の塊にもたれるようにして、星空を仰いでいる人影があった。出航時、五郎の背中を撫でてくれた女である。女の手に妖しく光るものが握られていた。蒼白い月光を返していたのは、抜き身の短刀だった。女がいつもその腰に差している短刀。

五郎は声をかけるのをためらった。その時、女が気配を感じて五郎の方を振り返った。女の目には涙が光っていた。男まさりの気丈夫な女だと思っていた五郎は、その涙を見て動揺した。女は慌てて手の甲で涙を拭った。

「何かあったのかい？」

船酔いの最中に女に介抱された時から、五郎は女のことが気になっていた。だがあれ以来、挨拶は交わしても親しく口を利くことはなかった。互いに年頃のせいもあって、照れ臭かったのだ。

「月が綺麗だから、ちょっと感傷に浸っていただけさ」

女は間が悪そうに言った。

「そう……」

二人の間にしばらく沈黙が続いた。船体に打ち寄せる波だけがざわめいている。

「あんたは博多に行くらしいけど何しに行くのさ。もうすぐ蒙古の奴らが、この前みたいに攻めてくるかも知れないというのに」

　女が沈黙を破るように口を開いた。

「俺は刀鍛冶だ。親父は北条実政様の従軍鍛冶として博多にいる。西国の雲行きが怪しいので、親父の手伝いに行くのだ」

「そうだったのか」

「あんたの国はどこだい」

「肥前の松浦《まつら》さ。でも国に帰っても親兄弟はもう誰もいない。高麗の奴らに皆殺しにされてしまった」

　女は思いがけないことを口にした。五郎は蒙古襲来の禍《わざわい》を初めて身近で実感した。

「それは気の毒に……」

　五郎はそんな陳腐《ちんぷ》な慰めの言葉しか言えない自分が情けなかった。

「肥前の松浦と言えば……」

「西海の海族《かいぞく》の本拠地よ」

　松浦の海族衆すなわち松浦党は、高麗や大陸の沿岸部で、『倭寇《わこう》』と呼ばれて恐れられている。松浦党の勇名は鎌倉の庶民にまで届いていた。女も蒙古の襲撃を受けたが、辛くも命拾いしたらしい。

「松浦党は蒙古や高麗の連中を絶対に許さない。あたいたちがこうしている間にも、この前の報復のため、今まで以上に大規模な船団を組んで、高麗や大陸の沿岸を荒らしまわっているはずよ。年寄りや女は連れていってもらえないから、残った者はこうして船を動かし、生業《なりわい》を立てながら鎌倉殿に協力しているのさ」

この時期、松浦党や瀬戸内の海族衆は、幕府の命を受けて、蒙古軍再来に関する情報収集活動を行っていた。遠く海外に乗り出し、敵の船や浦々を頻繁に襲撃した。幕府は松浦党などの活躍のおかげで、高麗の沿岸で膨大な数の軍船が突貫工事で造られていることも承知していた。

博多に向かう船の水夫が高齢なわけと、女が船に乗り組んでいる事情がようやく五郎に理解できた。

「船の人はあんたのことをなぎと呼んでいるけど……」

「あたいの名前か。……神社の境内などに御神木として植えられている梛《なぎ》の木を知っているだろう」

「ああ、鎌倉の八幡宮の境内にも生えている」

梛は穢《けが》れや罪を祓《はら》い清める禊《みそ》ぎの樹である。鶴岡八幡宮寺本殿前の、石段の脇にも植えられていた。

「梛は海の凪に音が通じるだろう。だから航海の安全を祈願する神木とされているんだ。あたいの父が名付けてくれたんだ」

「そうか、梛のことだったのか。海の民にふさわしい名だな。ところで梛さん、その短刀は？」

女は短刀をまだ抜き身のまま手にしていた。

「何だい、急にさん付けで呼んだりして。照れ臭いじゃないか」

「男まさりの女だと思っていたからあんたと呼んでいたが、涙を流している姿を見たらやはり女なんだな。これからは梛さんと呼ぶことにするよ」

「年上のくせに、さんはよけいだ。梛でいい」

「前から気になっていたんだが、歳はいくつだい」

「十四さ」

「十四！　同い歳くらいかと思っていたぞ。三つも年下か」

「そんなに老けて見えたのか」

「いや、しっかりしているからさ」

「同じことだ」

「ところでその短刀……」

「ああ、これは蒙古と戦って斬り死にした父のものだ。父の郎党が形見にと持ち帰ってくれたのだ」

「そうだったのか。よかったら見せてくれないか」

梛は黙って抜き身を鞘《さや》に収めると、五郎に差し出した。

「拝見するよ」

五郎は受け取った鞘を月明かりにかざした。それには紋があしらわれていた。

「三星紋《みつぼしもん》か」

「松浦党の紋所さ。鞘の小尻《こじり》を見てみな。小さな穴が開けられているだろう。これは水剣《すいけん》だ。水中で格闘する時のために、水抜きの小穴を開けてあるんだ。この鞘を口に含んで小尻を水上に出せば、永いこと水中に潜んでいられる」

「これが水剣という奴か。話には聞いていたが初めて見たよ」

五郎は鞘から短刀を抜き放ち、蒼白い月光にかざした。夜目《よめ》にも立派な短刀であることが知れた。

「なかなかの出来だな。誰の作か分かるかい」

「行平の銘がある。豊後の高名な刀鍛冶だ」

梛が誇らしげに言った。

「行平！」

五郎はびっくりした。椰の口から洩れ出た刀工の名は、五郎が常々父から偉大な刀工として聞かされている曾祖父《そうそふ》の名ではないか。

「どうしたんだ？」

驚いた様子の五郎の顔を、椰が不思議そうにのぞき込んだ。

「豊後の行平は俺の曾爺《ひいじい》さんにあたる人なんだ」

「えっ！　それは本当か」

椰も目を大きくして驚いた。

「もしも博多から鎌倉に帰れる日が来たら、豊後の地を訪ねてみたいと思っているんだ。行平の故郷は豊後の国東《くにさき》という所らしい。……曾爺さんの短刀を初めて目にすることができた。ありがとう。明日、もういちど陽の光の下で見せてくれないか」

五郎は短刀を椰に返した。

「きっと豊後行きは叶うさ」

椰が笑みを浮かべて言った。よく見ると気品のある顔立ちの女である。短刀の銘といい、鞘の拵えの立派さといい、椰は松浦党でも名のある武士の娘だったに違いない。

それから数日後、五郎の乗った船は瀬戸内の西端に達していた。長門探題のある長府《ちょうふ》に寄港して積み荷の一部を荷揚げし、そこで一泊した後、壇ノ浦を抜けて博多に向かった。季節はすでに真夏になっていた。暑い陽射しの中、船は左手に九州の山並みを見ながら、陸岸沿いに航海を続け、やがて響灘《ひびきなだ》から玄界灘《げんかいなだ》に入った。

「やっと故郷の海に帰ってきた」

椰が海を見つめながら感慨深げに洩らした。

「この方角に、蒙古に皆殺しにされた壱岐島《いきのしま》があるんだ」

椰が真西を指差して五郎に教えた。

対馬や壱岐の島民が高麗や蒙古の兵に大虐殺されたことは、五郎も噂に聞いていた。島影こそまだ見えなかったが、殺戮《さつりく》の舞台となった壱岐島の方角を指し示された時、五郎の全身に悪寒《おかん》が走り、その後、絶えず水平線が気になりだした。蒼穹《そうきゅう》と海原《うなばら》の境目に、いつ蒙古軍の大船団が姿を現しても不思議はなかった。五郎は緊張の海に乗り入れたのを肌で感じていた。

「日暮れまでには博多に着けそうだな」

順風に恵まれ、風を孕《はら》んだ帆を見上げながら椰が言った。

「そうか」

「親父殿はあんたが来るのを知らないのだったな。五年近くも逢っていないのならびっくりするだろう。せいぜい親孝行をするんだな」

「顔を覚えていてくれるか、それが心配だ」

五郎が笑いながら言った。

「椰の生まれ在所《ざいしょ》はここから遠いのか」

「風に恵まれれば、ここからだったら一日で行ける」

「帰るのか」

「帰っても家は焼けたままだし、迎えてくれる親兄弟もいない。博多でまた新しい荷を積んだら、鎌倉へとんぼ返りさ」

五郎は梛に不用意な言葉をかけたことを悔やんだ。

船が志賀島《しかのしま》と能古島《のこのしま》の間を通って博多湾に入ったのは、まだ陽の高い時分であった。湾内の海岸線に沿って、延々と石積みの防塁《ぼうるい》が築かれていた。航海中、五郎がこのような長大な石塁を目にしたのはここだけだった。陸岸が近づくと、防塁の要所には、参陣している諸将の旗紋が描かれた幟《のぼり》が立てられ、監視の兵が置かれているのが見えた。

「あれが太宰府防衛のために造られた石築地《いしついじ》だ」

梛が石塁を指差しながら言った。

「凄いな、まるで博多湾全体が砦のようだ」

「九州各地から大勢の兵が博多に招集されている。いつやってくるか分からない蒙古軍のために、兵を遊ばせておくわけにはいかないから、今でも石築地は延び続けている。蒙古の奴らは、この前は博多に上陸したが、また同じ場所にやってくるとは限らないのに……。あたいはこうして博多湾に入るといつも思うのだが、あのような石築地が築かれ兵が配置されていたら、蒙古軍は船を反転させて防備の手薄な別の場所に上陸するような気がする。石築地は太宰府の防衛には有効かも知れないが、蒙古軍の上陸地点を拡散させてしまうかも知れない。そうなれば無用の長物に終わってしまう」

梛が難しいことを語った。五郎もなるほどと思う。

「しかし太宰府は西国の要。蒙古は是が非でもここを陥したいだろう。兵や食糧の補充にも便利そうだから、やはり高麗から最も近い太宰府を狙ってくるのではないのかな」

五郎も負けずにいっぱしの口を利いた。

船はやがて息浜《おきのはま》の沖に到着した。大小多くの船が帆を休めていて、海の上からも陸の賑わいが見てとれた。息浜は文永の役以後、軍需物資の荷揚げ拠点としてますます発展を遂げていた。

陽は傾いていた。船の中が慌ただしくなった。梛も綱を持って駆けまわっている。筵帆《むしろほ》が降ろされ、艪棚《ろだな》から十二本の艪が突き出された。帆走から艪走に切り替えられた船は、ゆっくりと陸岸に近づいていき、やがて岸壁に係留された。

「世話になったな」

「あんたも元気でな」

一月余りの航海であった。別れの時は湿っぽくなり、短い淡泊な別れの会話となった。五郎は後ろ髪を引かれる想いで船を下りた。

「またどこかで逢おうな」

下船した五郎に向かって、船の上から梛が手を振った。

息浜《おきのはま》は博多湾に突き出た、東西に細長い三十町歩ほどの土地である。行光の鍛冶場を兼ねた住まいは、船着き場からほどない息浜の東端にあった。街の賑わいから外れた、海辺の松林の近くである。

五郎は行き逢った住人に教えられ、通りに面した鍛冶場の前に立った。鍛冶場はひっそりと静まり返っていた。もう夕刻なので、その日の仕事を終えたのであろう。五郎は鍛冶場の中をのぞいてみた。

二十過ぎの男二人が後片付けをしていた。

「ここは鎌倉から来た行光の家でしょうか」

五郎は男たちに訊いた。

「そうだが……」

男の一人が応えた。

「私は行光の息子の五郎と言います」

「息子！」

男が驚いた様子で声をあげた。

「どうした、庄三朗？」

奥から声がして、鍛錬衣を着た男が姿を現した。懐かしい父の顔がそこにあった。しかし行光は、目の前の我が子に気づかなかった。行光が鎌倉を離れた時、五郎はまだ十二であった。それから五年といえば、子供はその間に目まぐるしく成長し変貌を遂げる。行光は五郎を他人行儀な目で見つめた。

「五郎です」

五郎が名を告げても、行光はまだ、どこの誰ぞといった顔をしていた。鎌倉の息子が目の前にいるはずがなかった。鎌倉と博多はそれほどまでに遠い。

「息子さんではないのですか？」

金五が怪訝《けげん》そうな顔をして行光に言った。

「五郎か！　どうしてここにいる。鎌倉で何かあったのか！」

行光がようやく我が子に気づき、大声をあげた。行光は成長した五郎に、幼い日の面影を探すようにまじまじと見つめた。

「大きくなったな！」

行光はようやく納得したような表情を浮かべた。

「鎌倉は変わりありません」

「なら、何で博多まで来たんだ。蒙古がいつ攻めてきてもおかしくない状況なんだぞ」

「父さんの刀作りはどうなったのです。新しい刀はできたのですか」

「まだだ」

「それなら俺にも手伝わせて下さい。そのために来たのです」

「手伝いに来ただと！　……祖父さんは承知したのか」

「はい、時宗様にお願いして、博多行きの船を世話してくれました」

「そうか……しかし大きくなったな。道ですれ違っても分からなかったぞ。船には酔わなかったか。皆元気か」

「ええ、元気です」

五郎は父と言葉を交わすごとに、五年間の空白が満たされていくのを感じていた。

「今、甚五郎が夕餉の支度をしている。まあ上がれ、疲れたであろう」


居間では囲炉裏に火が焚かれ、その傍らで自在鉤《じざいかぎ》に吊された鍋を煮ている男がいた。甚五郎である。

五郎はすぐにそうと分かったが、甚五郎も五郎が名を告げるまで他人行儀な顔をしていた。

その夜は五人で夜が更けるまで語り明かした。床についたのは夜半過ぎであった。五郎は久しぶりに陸で寝たため、まるで死んだように熟睡した。

翌日、五郎は鍛冶場から響く槌音で目が覚めた。すでに陽は高くなっていて、囲炉裏端には朝餉が用意されていた。五郎が食事を済ませて鍛冶場に顔を出すと、行光が二人の弟子を相手に鍛錬の最中であった。五郎が姿を現したのを見て、行光が鍛錬を止めた。

「起こそうかと思ったが、あんまり熟睡しているものだから、そのまま寝かせておいた」

五郎の西国での新しい生活が始まった。

それから数日後、行光が五郎に言った。

「今日は注文を受けていた刀を届けに行く。お前もついてこい」

「どこまで行くのですか」

「生《いき》の松原《まつばら》と言っても分からぬであろうが、ここから西へ行った所にある肥後国の御家人の屋敷だ」

「そうですか」

五郎は袋に入った太刀を一振り持たされた。三尺近い長大な刀である。博多湾はいくつもの入り江に恵まれ、天然の良港も多い。その海岸線には、白砂と松原の境を縫うように、延々と石積みの防塁が築かれていた。二人は石築地《いしついじ》沿いの道を西へと歩いた。

「竹崎様という御家人を覚えてはいまいな。その刀は竹崎様の注文なのだが」

蝉の声を浴びながら、行光が五郎に訊いた。

「竹崎様？」

「わしらが親子三人で八幡宮に立ち寄った時、蒙古との戦で先懸《さきがけ》の功を挙げたという武士の一行と面識になった。五年も前のことだ」

「あの方ですか。その人なら覚えていますよ。鎌倉殿と一戦交えるのだと、面白いことを申しておりましたから。確か主従三人だったと記憶しています」

「そうだ、よく覚えていたな」

「刀の話もしました。蒙古のぶ厚い綿甲を断ち切るには、薄刃の太刀を作るように言われました。あの言葉は今でも耳にこびり付いています。そうですか、これはあの方の注文だったのですか」

息浜からは遠くに見えていた能古島《のこのしま》が、いつの間にか近くに見えるようになっていた。生の松原の防塁は肥後国の御家人たちが築いたものである。幟《のぼり》の翻《ひるがえ》る石塁の上で、警固にあたっている雑兵たちがいた。行光は兵の一人に訊ねた。

「竹崎季長《すえなが》様のお屋敷はどちらでございましょうか」

季長がはるばる鎌倉まで出向いて、恩沢奉行《おんたくぶぎょう》に恩賞を与えよと直訴した話は有名になっていた。中には『浅ましい奴よ』とあからさまに侮蔑《ぶべつ》の態度を示す者もあったが、おおかたの者は、『武士が命を賭して戦うのは所領安堵とその加増を願ってのこと、武勲相応の恩賞を求めるのは当然であり何ら恥ずべき行為ではない』と、季長に一目も二目も置いていた。よそ者にまで名を知られている有名人だけに、その屋敷はすぐに分かった。

「おう、打ち上がったか。蒙古襲来に間に合ったな」

季長は真新しい拵えから抜き放った太刀を、庭で何度も振ってみた。

「なかなか調子がよいではないか。長さの割には持ち重りがせぬぞ」

季長は刀身に目をやった。反りが深く寸の長い、身幅を広くとった豪壮な姿である。

「竹崎様に何度も念を押された薄刃です。重ねを薄くして平肉《ひらにく》を削ぐと曲がりやすくなるため、焼き入れの温度を高くして刀身と刃を硬く仕上げてみました。柔らかい綿甲を切るには問題ないと思いますが、硬いものを切れば刃が欠けるおそれがあります。その辺は御了承下さいませ」

「そうか、綿甲を切るためなら、それも止むを得まい」

「これからも薄刃の刀を完成させるべく工夫を続けますので、季長様には御助言をよろしくお願い致します」

「あい分かった。蒙古の再来が迫っている。武者震いがするわ」

季長はまるで蒙古の襲来を待ちかねているような口振りで言った。

この頃、高麗沿岸で報復をくり返している松浦党から、蒙古軍の出撃が間近いとの情報が太宰府にもたらされていた。

二　夜襲

史上空前の巨大帝国を築いたフビライであったが、その征服欲はとどまることを知らなかった。永年の悲願であった南宋攻略を果たしたフビライは、躊躇《ちゅうちょ》することなく侵略の鉾先を日本に向けたのである。招諭使《しょうゆし》を何度送っても相手にされず、遠征軍による恫喝《どうかつ》も効き目はなく、あろうことか使節として差し向けた杜世忠《とせいちゅう》らを斬殺されていた。東方の島国はフビライの自尊心をいたく傷つけ、目の上のたんこぶ的存在になっていた。

弘安《こうあん》四年（一二八一）正月、フビライは旧南宋と高麗で建造中であった軍船が完成すると、それまで練った日本侵攻計画に従い遠征軍を編成した。前回の日本侵攻に際しては三万の兵しか動員できなかったが、今回は南宋の敗残兵を徴兵できるため兵力には事欠かなかった。投降兵を使ってさらなる侵略を行うのは、初代皇帝チンギス汗《ハン》以来、蒙古の常套手段である。蒙古はこの方法で次々と版図《はんと》を拡げてきた。

フビライは高麗経由で日本侵攻を狙う東路《とうろ》軍と、旧南宋の慶元《けいげん》から東支那海を北上して日本に向かう江南《こうなん》軍の、二つの侵略軍を編成させた。主力の江南軍は司令官阿剌罕《アラカン》と副司令范文虎《はんぶんこ》が率い、軍船三千五百隻、兵十万の大兵力である。また東路軍は前回と同様、司令官忻都《キント》、副司令洪茶丘《こうちやきゆう》、高麗軍司令官金方慶《きんほうけい》が率い、軍船九百隻、兵四万二千（蒙古・漢人一万五千、高麗人二万七千）の規模であった。両軍を合わせれば兵数は十四万二千人。前回の五倍近い大軍である。二つの日本遠征軍を束ねる総司令官は阿剌罕で、両軍は六月の半ばに壱岐島で合流する計画であった。

弘安四年（一二八一）五月三日、史上空前の規模の渡洋侵攻が開始された。朝鮮の合浦《がつぽ》を出航した東路軍は、天候悪化のため巨済島《きよさいとう》で半月ほど風浪を避けた後、文永の役と同じ侵入経路をたどり、五月二十一日対馬、五月二十六日には壱岐の風本《かざもと》に上陸した。壱岐では鎮西奉行少弐経資《しようにつねすけ》の子資時《すけとき》が守護代を務めていて、瀬戸浦の船匿城《ふなかくし》に立てこもっていた。資時は蒙古軍が博多に上陸した時、鏑矢《かぶらや》を射て箭合《やあわせ》の儀式を行った男児である。その時十二歳であった少年は、十九歳のたくましい青年武将に成長していた。

資時はおびただしい蒙古軍を相手に孤軍奮闘したものの、劣勢は如何ともしがたく、壮絶な最期を遂げた。上陸した高麗兵は、島民に対し前回以上の残虐な行為をくり返した。

東路軍は壱岐で江南軍の到着を待った。しかし江南軍からは何の連絡もなく、その消息はようとして知れなかった。暦が六月に変わると、東路軍の首脳は苛立ちを深めていた。

「軍議を開く。主だった者を集めよ」

ある日、東路軍の指揮船から南西の水平線を見つめていた司令官忻都《キント》は、何か決断した様子で側近に命じた。司令官室に副司令官洪茶丘、高麗軍司令官金方慶らが顔をそろえた。

「このままでは大風《おおかぜ》の季節になってしまう」

忻都は部下の顔を見まわしながら言った。そこに居並んだ東路軍の高官らは、半数以上の者が七年前の日本侵攻に参加している。前回は日本軍に圧勝したにもかかわらず、帰路において暴風雨に遭遇し壊滅的な打撃を受けた。その時の悪夢が、東路軍の指揮官らの頭を過ぎっていた。

「この前の二の舞はごめんだ。いかなる事があっても大風が来る前に博多に上陸を敢行し、九州制圧のための拠点を築かねば」

副司令官の洪茶丘が忻都の言葉を引き継いだ。彼も前に地獄を見た一人である。

「疫病《えきびょう》はどうなった」

忻都が高麗軍司令官に訊ねた。東路軍が合浦に集結して間もない頃から、一部の船で疫病が流行《はや》っていたが、壱岐に碇泊している間にそれが多くの船に伝染していた。

「いっこうに収まる気配がありません。夏の暑さで間もなく野菜も腐り始めることでしょう。そうなれば疫病はますます蔓延《まんえん》すると思われます」

金方慶は台風より疫病に危機感を募らせていた。金方慶は続けた。

「江南軍十万の兵と申せば聞こえはいいが、所詮は宋の敗残兵をかき集めた烏合《うごう》の衆《しゅう》でござろう。とても士気が高いとは思えぬ。いつ現れるか分からぬ江南軍を待って無為に時を費やすより、我々単独で博多侵攻を行ってはいかがであろうか」

金方慶は前回の日本遠征の時も、『あと一押しすれば、明日にでも太宰府は陥ちる。このまま一気に攻めて九州を征服すべし』、と主戦論を展開した男である。

高麗軍を統《す》べる金方慶が常に強気を通すのには理由がある。それは高麗王忠烈《ちゅうれつ》の意を汲んでのことである。虎の威を借る狐を地で行くように、蒙古帝国におもねながら王権の維持に腐心している忠烈にとり、日本遠征で高麗軍が目覚ましい働きを示せば、フビライの覚えが良くなるからだ。忠烈の顔を立てるため、金方慶は無理を重ねていた。

「それはまずいぞ。前回も日本人の猪突猛進《ちょとつもうしん》ぶりには手こずらされたではないか。全滅覚悟で挑んでくる敵を甘くみたら、とんでもない目に遭うぞ」

洪茶丘はそう反論しながらも、七年前の汚名をそそぎたいという思いもあった。それは司令官の忻都とて同じである。江南軍抜きで太宰府一帯を占拠できれば、それに越したことはない。

「東路軍のみで博多侵攻を決行するとすれば、何かよい方策はあるか」

忻都は将軍連中を見まわして言った。直ちに一人の将軍が手をあげた。

「陽動《ようどう》作戦を行ってはどうでしょう」

「陽動作戦だと」

「我が軍の一部を長門の室津《むろつ》に差し向け、我々が今回は長門上陸を計画しているように見せるのです。長門を攻める姿勢を見せれば、日本軍は博多に配置した兵を長門に割かねばならなくなり、博多の守りがいくぶんでも手薄になるはず。敵を攪乱してやるのです」

「長門にはどれぐらいの兵を向かわせるのだ」

「軍船三百隻、兵七千人ほどでよろしいかと」

「それは名案だ。忻都閣下、私はこの案に賛成致します」

金方慶が我が意を得たりとまっさきに賛成した。忻都は決断を迫られた。台風と疫病の恐怖、そして何よりも武人としての功名心が忻都の決断を促した。

「分かった。江南軍と連絡のつかなくなった今、東路軍のみで太宰府侵攻を決行する」

司令官忻都は、金方慶の進言を容れたのである。


六月六日、息浜《おきのはま》の守りを固めていた武士の間から大きなざわめきが起こった。志賀島《しかのしま》と能古島《のこのしま》の間におびただしい船影が現れたからである。志賀島は『海の中道』と呼ばれる砂嘴《さし》で、九州本土の西戸崎《さいとざき》と繋がっている。十町（約一キロ）余りの細長い砂浜は、満潮時には海の中に沈んだ。一方の能古島は志賀島と同じほどの大きさの島で、博多湾の中央に位置する要衝の島である。蒙古の大船団が博多湾に迫っていることは、北九州沿岸の各地に設けられた狼煙台《のろしだい》から次々と知らされていた。石築地に張り付いた武士たちは、蒙古軍の到着を今か今かと待ち構えていたのである。


蒙古軍を迎え撃つ日本軍は、北条実政率いる鎮西軍四万人。博多湾の西から、大隅・日向隊（今津）、豊前隊（今宿《いまじゆく》）、肥後隊（生《いき》の松原）、肥前隊（姪浜《めいのはま》）、筑前・筑後隊（博多）、薩摩隊（箱崎）、豊後・関東隊（香椎《かしい》）という布陣である。それぞれの軍勢は、自分たちが分担して造った石塁に陣を敷いていた。この他にも長門、周防《すおう》、安芸《あき》、備後などの御家人が二万五千の兵で長門地方を固め、さらに宇都宮貞綱《うつのみやさだつな》指揮下の日本軍主力六万が、京都から西国方面を守っていた。敵が九州以外に上陸した場合のことを考え、中国地方、瀬戸内海地方の守備にも万全を期していたのである。

「いよいよ来たか」

蒙古の軍船を遂に目にした行光は、万感の想いを込めて呟いた。北条実政に従って鎌倉を発ってから、すでに五年半もの歳月が流れていた。いにしえの昔、東国から徴発《ちようはつ》されて北九州の守りにあたった防人《さきもり》でさえ、三年の任期を終えると故郷に帰されたといわれる。みずから望んだとは言え、行光は防人の実に倍近い期間、この博多の地で蒙古の再来に備えていたのである。それも蒙古軍との戦闘をじかに見て、刀の改良に活かしたい一心から。

（待ちに待った日がようやくやってきた）

行光の傍らで五郎も気持ちを昂《たか》ぶらせていた。

「お前たちは避難しろ」

行光が弟子三人に言った。息浜や博多の民のほとんどは、戦禍を恐れ後方に避難を始めていた。それまで賑わいを見せていた町は、対馬に敵が現れたとの報を受けてから民の姿は少なくなり、大路を行き交うのは武者姿の者たちがほとんどだった。行光の鍛冶場は海辺近くにあって、文永の役のような戦いが行われれば、まっさきに戦闘の最前線となる場所である。行光は北条実政に後方に鍛冶場を移すように勧められたが、それでは自分の志が果たせないと応じなかった。日本軍の陣地近くに鍛冶場を置いてこそ、迅速に刀剣類の修理に応じることができるのだ。

「我々も残ります。もしも蒙古が上陸してきたら、微力でも立ち向かうつもりです。何としてでも蒙古の侵入を阻まなくては、家族が対馬や壱岐の人々のような目に遭わされてしまいます」

博多に妻子のいる庄三朗が言った。

「そうか、好きにしろ」

行光は再び沖に目を向けた。軍船の影はますます数を増し、志賀島と能古島の間を隙間無く埋め尽くしたため、まるで両島が一つの島のように見えた。そのうち大船団の中から数隻の船が抜け出し、縦列になって博多湾沿岸を左回りに航走し始めた。

「軍使がやってきたぞ」

石築地の上に布陣している武士たちは誰しもそう思った。しかしそれは偵察船の一団だった。招諭使を二度も斬殺されている蒙古が、軍使といえども差し向けるはずはなかった。東路軍はその日、博多湾沿岸の防備の状況を偵察してまわっただけであった。

「海岸線には延々と石塁が築かれ、河口という河口には乱杭《らんぐい》が打ち込まれています。石塁の上では日本兵がひしめくように応戦の準備を整えていました」

報告を受けた東路軍司令官の忻都は、前回とまるで勝手が違う博多の様子に驚嘆した。

「これでは博多に上陸し、いっきに太宰府をめざすのは無理だ」

「今日のところは左右に見えている島を占拠するだけに留めましょう」

将軍たちはいずれも、初日の博多侵攻を中止するよう忻都に具申した。そんな中にあって、東路軍単独での博多侵攻に踏み切らせた高麗軍司令官金方慶だけが、憮然とした表情で言葉を発することもなかった。

夜のとばりが降りようとしていた。石築地に陣取る日本軍の目に、蒙古の大船団が志賀島から能古島の沖に次々と碇を降ろすのが見えた。博多湾は水深が浅く、碇泊するにはもってこいの場所だ。大型の軍船が碇を打つ中、小型船が二つの島に群がるように接岸し、次々と兵を上陸させていた。

その日の夜半のことだった。室見川《むろみがわ》河口に位置する姪浜《めいのはま》の一角から、月の落ちた夜陰に紛れ二艘《そう》の小舟が海に押し出された。姪浜の石築地は肥前隊の持ち場である。舟には肥前唐津《からつ》の草野次郎経永《つねなが》以下、郎党十余名が分乗していた。鎌倉武士の生き様は『一所懸命《いっしょけんめい》』である。戦功を挙げ領地の安堵と加増を計ることこそが先祖に対する面目であり、子孫に対する責任であった。蒙古の軍船が碇泊している能古島は、姪浜から半里ばかりしか離れていない。草野一党は、蒙古船に密かに夜襲をかけようとしていたのである。

舟が海に浮かぶ前、経永としばらく悶着を起こした者があった。

「私も連れていって下さい」

「駄目だと言ったら駄目だ」

「お願いします。何としても親の恨みを晴らしたいのです。どうか私の気持ちを汲んで下さい」

「くどいぞ。女まで同行したとなれば、この経永の一生の恥だ。末代まで笑い者にされる」

「御心配なされますな。私は生きては帰らぬ覚悟です。敵の大船に乗り込むことができたら、討ち死にするまで薙刀を振るい続けるつもりです。私が帰らねば、女が加わったことなど分からぬではありませぬか」

女は薙刀を握りしめて執拗に食い下がった。

「……そこまで言うなら好きにしろ。だが舟に乗ったら勝手は許さぬぞ。わしの命令を忠実に守ると誓うか。それなら乗せていってやる」

「もちろんです」

まだうら若い女は、そう返事をするなり小舟を押しにかかった。海に浮かんだ二艘の小舟は、艣《ろ》の音を押し殺して、能古島の周囲を埋め尽くす蒙古の大船団に向かった。

「お前に役目を与える。できるか」

能古島が間近に迫った頃、経永が女に話しかけた。

「何なりと」

「我々全員が敵船に乗り込んだら、お前は舟を敵船に舫《もや》うのだ。その上でこの藁束《わらたば》を持って敵船に乗り込み、火をかけてまわれ。火をかけ終えたら直ちに舟に戻り、我々が引き揚げてくるまで舟を守れ。よいか、これは大事な役目だぞ。舟を流してしまったら、我々は二度と陸地に帰れなくなる。せっかく先駆《さきが》けの手柄を立てても、生きて帰らねば恩賞にはありつけぬぞ。分かったか。これは種火《たねび》だ」

経永はそう言って、土器《かわらけ》に入れた種火を渡した。

「承知しました」

女は種火を受け取ると、それを大事そうに腕の中に抱え込んだ。そして、何としても敵の大船を焼き沈めてやると心に誓った。

二艘の小舟は、沖合の無数の篝火《かがりび》に向かって近づいていった。蒙古軍はまさか日本軍が大船団に夜襲をかけるなど思いもよらず、明日の侵攻に備え寝静まっていた。経永らは一隻の大船に狙いを定め、静かに漕ぎ寄った。蒙古船は船首と船尾が競《せ》りあがり、船体中央部の舷が最も低くなった構造をしていた。二艘の舟は大船の左右両舷に別れると、それぞれ長い柄《え》の付いた大熊手を船縁《ふなべり》に掛けた。経永らは重い甲冑を物ともせず、慣れた早業で舷側をよじ登り、次々と蒙古船に乱入していった。敵はまだ気づいていない。

女は仲間がすべて蒙古船に侵入を終えると、すぐさま猿のような身軽さで小舟を大船の船縁に舫《もや》った。そして藁束を背負って敵船に乗り移ると、種火で藁束に火を付けた。大船の中では乱闘が始まっていた。女は自分の髪が焦げるのも気にせず、燃える藁束を抱えて船内に侵入していった。寝込みを襲われた蒙古兵は、武器を手にする間もなく船内を逃げ惑っている。女は蒙古兵の血糊で足元をすくわれながらも、燃えやすい物を見つけては火を付けてまわった。船内の随所で炎が立ち昇り始めた。日本軍の奇襲に気づいた他の船からわめき声が起こり、銅鑼《どら》が激しく打ち鳴らされ始めた。

女は藁束をすべて使い終えると、経永に命じられたとおり小舟に戻った。そして大熊手を手にすると船縁を睨《にら》むように見据え、蒙古兵が姿を現したら引っ掛けて海に引きずり込んでやろうと身構えていた。

経永らの奇襲は短時間で成功した。船には七十名ほどの蒙古兵が乗り組んでいた。寝込みを襲われたため戦わずして海に飛び込み、隣の僚船へ逃れた者が多かった。船のふれ回りによる接触を考え、距離を置いて碇泊している他の蒙古船は、援兵を送ろうにも、もたついていた。火をかけられた大船は炎を高くあげ、もはや消火不能となっていた。

経永が退却を命じた。大船の船縁から、討ち取った蒙古兵の生首が、まるで野菜でも積み込むかのように次々と小舟に投げ込まれた。最初、それを呆然と見つめていた女は、じきに気を失い、へたり込むように倒れた。

「やはり女だな」

舫綱《もやいづな》を解き放ち、最後に小舟に乗り移った経永が笑いながら言った。もう一人の武士が、女の頬を叩いて起こそうとした。

「そのままにしておけ。正気に戻ったら又失神するだけだぞ」

小舟には十数人もの敵兵の首が積み上げられていた。武者たちさえ吐く寸前だった。小舟は蒙古の軍船から離れた。

経永らの襲った大船が、火勢を強めながら赤々と燃えていた。船材が折れたり弾けたりする音が、暗い海に不気味に響いた。蒙古の大船団は連鎖反応を起こしたように、船縁に篝火《かがりび》を増やし始めた。その光景は、まるで火の粉が次々と飛び火していくように見えた。

息浜の石築地で寝ずの番をしていた武士たちの間から歓声があがった。家の寝床で眠れぬ夜を過ごしていた五郎は、飛び起きて海岸に駆けつけた。石築地の上では、武士たちが総立ちになって能古島の方を見ていた。海が異様に明るかった。

「何かあったのですか？」

五郎は近くの武者に訊ねた。

「敵の大船に舟で乗り込んで、蒙古兵の首を取ってきた豪の者たちがいたらしい。敵兵二十数名を倒して船に火をかけ、討ち取った首を舟に積んで悠々と戻ってきたということだ。それで奴ら、いっせいに篝火《かがりび》を焚き出したのだ。我々もこうしてはおられぬ」

草野経永らの武勲は、夜半にもかかわらず、石築地から石築地へと、たちまち博多湾沿岸の武者たちに伝わっていた。それを聞いた息浜の武者たちも、経永に後れをとるなと浮き足だっていた。

「早く舟を用意させろ」

「大熊手だ、敵船に乗り移るには大熊手がいるぞ」

まるで蜂の巣をつついたような騒ぎである。最初の夜襲の成功に刺激されて、功名心にはやる武士たちは、我も我もと舟を仕立てて海上へくり出していった。その夜、博多湾は明け方まで鎮まることはなかった。

翌朝、五郎は行光から昨夜の戦いの顛末《てんまつ》を聞かされた。

「夕べは肥前唐津の草野経永様とおっしゃる方が、郎党十数名を二艘の小舟に分乗させて、蒙古軍の大船に夜襲をかけたらしい。敵の不意を突いた奇襲が成功したため、他の武士たちもそれに倣《なら》ってあの騒ぎだ」

「それで戦果の方は」

息浜の石築地を守っていた御家人も大挙して舟を漕ぎ出していったが、皆、惨憺《さんたん》たる有様で帰ってきたのを五郎は見ていた。

「敵が応戦準備を整えぬうちに夜襲をかけた者は成功したらしいが、蒙古軍が篝火を焚いて互いの船を鎖で繋いでからは、こちらの被害は甚大だったようだ。特に敵の石弓《いしゆみ》の威力は絶大で、こちらの小舟などは打ち砕かれて水没したそうだ。夜襲に参加した武士の大半が、散々な目に遭って逃げ帰ってきたらしい。それで、勝手に夜襲を行う事はまかり成らぬと、抜け駆けを禁止する命令が、指揮所から全軍に発せられたとか」

「石弓とはいかなる物ですか」

五郎は耳新しい武器に興味を覚えた。

「蹴鞠《けまり》ほどの石弾《いしだま》を、梃子《てこ》を使って飛ばしてくるのだそうだ」

蒙古軍はこの投石機を回回砲《かいかいほう》と呼び、砲手五十人を遠征軍に参加させていた。

「焔硝《えんしょう》を使った鉄炮といい、蒙古軍には色々な武器があるな」

五郎は感心したように言った。

草野一族の夜襲をきっかけに起こった博多湾の大騒動は、指揮所の厳しい達しにより正午過ぎにはようやく収まっていた。行光の鍛冶場には戦闘で損傷した刀や薙刀が、さっそく修理に持ち込まれ始めた。ちょうどその頃であった。

「あれは何だ？」

赤糸威《おどし》の大鎧《おおよろい》で身を固め、生の松原の一角で石塁の守備についていた竹崎季長《すえなが》が、突然、海を指差して叫んだ。一本帆柱の二艘の小船が、立錐《りっすい》の余地もないほどに鎧武者を満載し、沖の蒙古船団に向かって漕ぎ出していた。

「指揮所から軍使が派遣されたのではありますまいか」

傍らの郎党の一人が応えた。

「軍使だと。今さら蒙古の奴らと何を話し合うというのだ」

「……」

「あの船の幟旗《のぼりばた》を見て下さい。三島大明神《みしまだいみょうじん》の旗ではありませぬか」

遠目の利くもう一人の郎党が言った。

「三島大明神だと？　北条実政様が使者を送られたのなら、三鱗紋《みつりんもん》の幟旗を掲げられるはずだが？」

季長は二艘の小船を凝視した。片舷三本ずつの艪《ろ》が、一糸乱れぬ呼吸で海を蹴っている。美しいまでの練度である。にわか仕立ての漕ぎ手たちではない。

(三島大明神の幟旗といえば伊予《いよ》水軍の連中か……)

そのことに想いあたった季長に衝撃が走った。昨夜、草野経永の殊勲を耳にした時と同じものだ。

「抜け駆けだ！　あれは軍使などではない。伊予水軍の抜け駆けだ」

季長は周りの郎党が驚くほどの大声で叫んだ。季長に舟はない。そのため昨夜の騒動には参加できず、ただ指を咥《くわ》え、地団駄《じだんだ》を踏むだけだった。先駆けにこだわる季長にとって、それは悪夢であった。その悪夢が目の前でくり返されようとしていた。

季長が看破《かんば》したように、二艘の小船の主は、伊予国の御家人河野六郎通有《みちあり》と伯父の通時《みちとき》であった。伊予水軍と言った方が通りはよい。通有も草野一党の功名を聞き、季長同様に悔しい想いに駆られた一人であった。

指揮所から発せられた抜け駆け禁止令が御家人全員に行き渡り、ようやく戦闘の止んだばかりの博多湾は、張り詰めた静寂に包まれていた。蒙古軍がいつ行動を起こしても不思議ではなかった。そんな微妙な間合いの中に、伊予水軍の船は三島大明神の幟旗《のぼりばた》を翻《ひるがえ》らせたのである。二艘の小船は日蒙《にちもう》両軍の注目を集めながら、滑るように海を進んだ。

「よいか、わしが討ち入るまで武器には一切手をかけるでない」

通有《みちあり》は配下の者たちにそう厳命してあった。通有には永い水軍生活で培《つちか》った彼なりの勝算があった。軍律を無視してまで出撃した以上、華々しい功名をあげることができねば、家名に汚点を残すだけである。

昨夜から続いた戦闘が一段落した後だった。蒙古軍は反撃が功を奏し、日本軍が兵を退いたものと思っていた。そこへ白昼堂々と二艘の小船が漕ぎ寄せてくるのを見て、集団戦法を習性とする蒙古軍は、誰しも軍使が来たものと信じて疑わなかった。蒙古軍に先駆けの思想などはない。指揮官たちでさえ、それが降伏を告げに来た使者だと思い込んでいた。

やがて二艘の小船は、一隻の大船に左右に分かれて横着けした。大船の蒙古兵は弓を向けるどころか、日本船の横付けを手伝おうとさえした。

「帆柱を倒せ」

通有の号令で帆柱が蒙古船の舷側に立てかけられた。通有は大薙刀を手に、帆柱を梯子《はしご》代わりにして手慣れた早業で大船に討ち入った。その後に配下の者たちが続々と従った。これは敵船を襲撃する時の、伊予水軍の常套手段である。帆柱の桁や帆は最初から取り外してあった。大船の反対側の舷でも、河野通時の指揮で同様のことが行われていた。

呆気《あっけ》にとられている蒙古兵の首を、通有の大薙刀が刎ねた。兜をかぶったままのその首は、血飛沫を上げ異様な音を立てて甲板に転がった。通有らは不意を突かれて狼狽《うろた》える蒙古兵を散々になぎ倒した。やがて通有の配下の放った火により、大船は炎上を始めていた。他の蒙古船から援軍が駆けつけようとしていた。船将《せんしょう》を生け捕りにした通有は、すぐさま撤収を命じた。

「通時《みちとき》様が亡くなられました」

自分の船に乗り移った通有に、配下の者が沈痛な面持ちで告げた。

「何、伯父上が！」

「他に四人が斬り死に致しました」

死者の亡骸を持ち帰る余裕などなかった。

「そうか」

通有らは燃え盛る蒙古船に向かって手を合わせるしかなかった。その通有も敵の刀で深手を負っていた。

竹崎季長《すえなが》は伊予水軍の大活躍を、石築地の上から固唾を呑んで見守っていた。その一部始終は石築地から石築地へ瞬く間に伝えられ、たとえ視認することは叶わなくても、博多湾に展開する日本の全軍が知るところとなっていた。蒙古船が炎上を始めた時、石塁の上の武者たちから歓声があがった。そして二艘の小船が蒙古船を離れだした時、二度目の大歓声が博多湾に轟《とどろ》いた。

昨夜の草野一党の殊勲に続く伊予水軍の活躍は、いやがうえにも武士たちの功名心を煽り、その後の日本軍の士気に計り知れない影響を与えた。

「何ということだ！」

東路軍の指揮船から二艘の日本船の動向をうかがっていた司令官忻都《キント》は、味方船から立ち昇り始めた黒煙を見て呆れ顔で呟いた。忻都も太宰府が降伏の使者を差し向けてきたものとばかり思っていた。夜間ならともかく白昼堂々と、それもわずか二艘の小船に、配下の巨大部隊が襲撃されるなど、想像だにできぬことであった。忻都は夢ではないかと思ったほどである。

「博多の守りがこれほど固いとは。正面突破で太宰府を陥せると思っていたが、これでは難しいようですな」

一日あれば太宰府を占拠できると踏んでいた高麗軍司令官金方慶《きんほうけい》も、これまでの自分の楽観論を恥じるように言った。蒙古軍は相次いでくり返される命知らずの日本軍の攻撃にすっかり手こずり、太宰府から最短の地に兵を上陸させるという方針を撤回せざるを得なかった。

「かくなる上は志賀島に拠点を築き、干潮時に砂洲を渡って、香椎《かしい》、箱崎、博多と、陸路で軍を進めるしか手はあるまい」

副司令の洪茶丘《こうちゃきゅう》が言った。それに司令官の忻都も大きく頷いた。

「すぐさま志賀島に兵馬を上陸させよ。明朝を待って太宰府へ向け兵を発す」

忻都が周りの将官らに命じた。

蒙古軍が志賀島に大々的に上陸を始めたことは、物見の衆から直ちに博多の指揮所に伝えられた。

「敵は海の中道を渡って、陸路太宰府に攻め入るつもりだな」

日本軍を束ねる北条実政は、すぐに蒙古軍の意図を読み取った。

「大友、島津、少弐の軍勢を志賀島に差し向けよ。敵の計略かも知れぬから、物見の衆には引き続き蒙古軍の動静に注意を払わせよ」

実政の命を受け、香椎に陣を敷いていた大友頼泰の軍勢を先頭に、箱崎の薩摩勢や博多の少弐勢が、その日のうちに海陸二手に分かれて志賀島に向かった。

志賀島と九州本土とは、『海の中道』と呼ばれる広大な砂洲で繋がっている。白砂の美しいこの地で、八日から両軍の主力が激突した。戦闘は陸と海で十三日までくり広げられ、砂浜は醜く踏みにじられ多くの血を吸った。日本軍は文永の役の経験で、蒙古軍の戦法を承知していた。戦闘に臨んで前回のように慌てふためくこともなかった。東路軍副司令洪茶丘をもう一歩で討ち取ろうとするほど、戦況は日本軍有利のうちに推移していた。そんな中、東路軍司令官忻都のもとに、陽動作戦で長門に侵攻した蒙古軍別動隊の顛末《てんまつ》が報告された。それは、上陸させた兵が全滅したという、予想だにしないものだった。

「全滅！」

忻都は長門に軍船三百隻、兵七千人を差し向けていた。軍船は逃げ延びたが、上陸させた兵のすべてを失ったのだ。宙を見据えた忻都の目は、視線が定まらず泳いでいた。

志賀島と長門の二方面で敗北を期し、蒙古軍の士気は著しく低下した。しかし忻都の不運はそれだけでは終わらなかった。

「我が軍船に疫病が蔓延《まんえん》し始めました」

蒙古軍が高麗の合浦を発してから一ヶ月半。真夏の暑さは野菜を腐らせ、飲み水さえままならなくなっていた。疫病が日本軍以上の大敵として忻都の前に立ち塞がった。

「江南軍を待たずに攻撃するからこんなことになる」

兵たちに不満が募っていった。

「ここに留まっていては、日本軍の夜襲で眠ることさえできません。事ここに到っては、いったん壱岐まで退き、江南軍の到着を待つしかありません」

副司令の洪茶丘が忻都に進言した。

「……」

忻都はただ黙って頷くだけだった。

東路軍は志賀島からの侵攻作戦を諦め、博多湾から壱岐へと撤退を始めた。敗走する東路軍を、日本勢は船を出して追撃した。薩摩、肥前、筑前、肥後の御家人たちが、玄界灘を渡って海上で攻撃を加えたのである。

東路軍が辛うじて壱岐に到着したのは六月十八日であった。北条実政は壱岐に撤退した蒙古軍に、少弐経資《しょうにつねすけ》を大将として追討軍を差し向けた。経資は少弐一族はじめ、松浦党や薩摩の島津勢などを束ね、六月二十九日から七月二日にかけて、碇泊中の蒙古船に果敢な攻撃を行った。日本の兵船は二十人乗り一本帆柱程度の小船を中心に、さらに小さな十人乗りの天登舟《てんとうふね》など五十余艘で、互いに連携して蒙古船団に攻め込んだ。蒙古軍は大船から日本の兵船めがけて石弾を放って応戦したが、日本軍は少しも怯《ひる》むことはなかった。この急襲により東路軍はさらに混乱に陥っていた。

三　元の刺客《しかく》

東路軍の指揮船は重苦しい雰囲気に包まれていた。司令官室には司令官忻都《キント》、副司令官洪茶丘《こうちやきゆう》、高麗軍司令官金方慶《きんほうけい》の三人が顔をそろえていた。東路軍はすでに敗残部隊の有様であった。日本軍の戦《いくさ》ぶりは七年前と格段に違っていた。前回は日本軍が勝手の違う戦闘法に混乱している隙にいっきに押しまくれたが、今回は戦法を研究されていて日本軍に刃が立たなかった。鏑矢《かぶらや》を天高く射たり名乗りをあげたりの滑稽《こつけい》な場面にも、ついぞ遭遇することはなかった。何よりも日本兵は士気がすこぶる高く勇敢であった。壱岐にまで撤退したものの、ここでも碇泊すらできないほど日本軍の夜襲に悩まされていた。帰国すれば江南軍を待たず単独で侵攻した責任を問われるのは避けられなかった。三人の東路軍首脳の脳裡には、フビライがその赤ら顔をさらに紅潮させる光景が浮かんでいた。

「なぜ江南軍はやってこないのだ」

忻都が苛立ちの色を見せながら怒鳴った。

「もしや大風に遭遇したのではあるまいか」

洪茶丘が言った。三人の首脳は前回の日本侵攻で、荒天に遭遇し手痛い目に遭っている。その記憶はいまだに生々しい。

「大風か、可能性はあるな」

忻都は十万の江南軍が海の藻屑《もくず》となった有様を想像した。

（それならそれで……）

忻都はフビライの深慮遠謀《しんりょえんぼう》を知っている。それは出征前、江南軍司令官阿剌罕《アラカン》と忻都の二人に、フビライがそっと耳打ちしたものだ。

『宋を滅ぼしたものの、宋が抱えていた膨大な兵の処遇に困っている。これをそのままにしておいたのでは、後々に禍根を残すことになる。そうならぬようにするため、敗残兵を日本征服に用い不要の兵を消耗させるのだ。それで新たな領土を得ることができれば一石二鳥ではないか。日本征服は朕《ちん》の願望である。朕は宋兵の始末を日本に任せることにしたのだ。しかしその戦いは完勝であってはならない。多くの犠牲を払い、辛勝するのが一番である。生き残った宋兵は屯田兵として日本に駐留させれば、本土で反乱分子となる禍を絶つことができる。高麗軍とて同じこと。前回の侵攻で日本軍の勇敢さが分かった。きっと期待に応えてくれるだろう。それに暴風雨だ。もし大風に阻まれて、江南軍が日本上陸前に壊滅したとしても、それはそれで朕には嬉しいことなのだ。旧宋に人的資源は無尽蔵だ。その時は第二、第三の遠征軍を送ればよい』

忻都は何食わぬ顔をして高麗軍司令官の顔を見た。フビライの言葉は、金方慶の前では絶対に口にできぬことだった。

「閣下、一つ提案があるのですが」

洪茶丘が忻都に言った。

「何だ」

「このたびの日本侵攻に失敗すれば、我々は皇帝から無能の烙印を押され、左遷《させん》の憂き目に遭うことは必定。今回の遠征は何としても成果を挙げたいところですが、すでに軍の大半を失っています。それに大風の季節になれば、江南軍が無事到着するという保証もありません。前回の我々のように、壊滅的な打撃を被るおそれが大であります。そこで閣下に相談なのですが、日本に刺客《しかく》を送ってはいかがでしょうか」

洪茶丘が思いがけないことを口にした。

「刺客だと！」

「我が帝国と徹底抗戦を主張しているという、日本の大将軍を暗殺してやるのです。北条時宗が亡くなれば日本国は動揺し、我々の軍門にすみやかに降《くだ》るかも知れません」

奇想天外な具申である。しかし一考に値すると忻都は思った。日本に派遣した招諭使が口をそろえて言うのは、時宗の意固地なまでの抗戦意識だった。洪茶丘はそのことを聞いていた。

「それは面白い考えだが、誰がその役を果たすのだ」

「通事の趙龍《ちょうりゅう》です」

「あの趙に！」

趙龍とは壱岐から高麗に帰った権作のことで、父の趙彝《ちょうい》に命じられ東路軍の通事となっている。日本を脱出した時にはまだ十八だった趙も、もう二十九歳になっていた。

「趙の少林拳の腕は達人の域に迫っています。日本で生まれ育った趙は、刺客に適役かと」

「……」

洪茶丘の言葉に忻都は腕組みした。

「江南軍の到着で、今後、戦局がどう展開するか分かりませんが、趙を今のうちに上陸させ、鎌倉へ向かわせるのです。趙は日本人に恨みを持っておりますから、潤沢な資金を与え、時宗暗殺成功後の報償を約束してやれば、大将軍暗殺も夢ではありますまい」

洪茶丘はそう力説した。

「それは名案だ。時宗暗殺が成功すれば、皇帝へのよき土産となりましょう」

金方慶は双手をあげて賛同した。東路軍単独での博多侵攻を献策したのは金方慶であり、東路軍敗北の最大の責任は金方慶にあった。時宗暗殺が成功すれば、その失態も帳消しになるかも知れない。

「よし趙を呼べ」

通事の趙は指揮船に乗り組んでいた。趙はすぐに司令官室に現れた。戎衣《じゅうい》（戦闘服）の上からも、その筋骨隆々とした肉体が想像できるほど、がっしりとした体躯である。

「そちに命じたいことがある。日本の大将軍北条時宗の首を取ってきてはもらえぬか」

忻都が前置き抜きで趙に言った。趙はそれを聞いても驚かなかった。無表情のまま洪茶丘の方を見た。洪茶丘が頷いた。すでに二人の間で話し合われていたことである。

「御命令とあらば」

趙は流暢な蒙古語で返事をした。

「そもそも、その方の父親が日本の属国化をフビライ様に進言したから、このような事態になったのだ。今度の戦が失敗すれば、お主の父親の立場は酷く悪いものとなろう」

忻都が趙に愚痴をこぼした。

「……」

「趙が単独で実行するのだぞ。自信はあるか」

「鎌倉へ行ってみなければ分かりません」

「お前はこの壱岐で生まれ育ったのだそうだな。この島には人知れぬ想いがあろう。時宗暗殺成功の暁には、この壱岐ばかりか対馬までお前の領地となるようフビライ様にお願いするつもりだ。ただしそれは時宗が降伏する前に、奴の命を奪えた場合だ。資金は潤沢に与える。時宗にも反対勢力はあろう。それらを抱き込んでやらせるのも良かろう」

「分かりました」

趙は蒙古式のお辞儀で応えた。

「趙、ついて参れ」

洪茶丘は趙を司令官室から自分の船室に連れていった。

「これは軍資金だ」

洪茶丘が、幾袋もの砂金を趙の前に置いた。

「こんな物は敵に奪われてしまう可能性が大だ。その様な時のために、砂金に優るものを予備の軍資金として与えようと思う」

洪茶丘は意味深なことを口にした。

「震天雷《しんてんらい》隊長の白狼《はくろう》を知っているな」

「はい」

「あの者を訪ねよ。そして震天雷の製造法を学べ」

「えっ、よろしいのですか！」

震天雷の製造法は、軍事機密として秘中の秘とされている。趙はその製造法を学べと命じる洪茶丘の真意を計りかねた。

「日本には震天雷など存在しないだろうから、この砂金袋が空になったり奪われた場合に、震天雷の知識があればそれを利用して資金調達もできよう。この砂金など比べものにならぬほどの膨大な金蔓《かねづる》となり、大将軍殺害のための最も有力な手段ともなろう。白狼は東路軍きっての震天雷通だ。すみやかにその知識を吸収し、それが済んだら直ちに日本へ上陸せよ」

「分かりました」

白狼は七隻の震天雷部隊を率いていた。趙は白狼の船に乗り移り、さっそく震天雷の製造法を学び始めた。その根幹は焔硝《えんしょう》作りである。科挙《かきょ》に受かるほどの男を父に持つ趙は、白狼の震天雷に関する知識を数日で吸収してしまっていた。

趙は白狼から震天雷の製造法を学び終えると、直ちに行動を起こした。小舟で壱岐に上陸すると、空き家となった民家で衣服を調達した。その場で戎衣《じゅうい》を脱ぎ捨てて日本服に着替えたが、和服をまとったのは対馬で高麗船に逃げ込んだ日以来であった。そして髪型も日本風に変えた。

一隻の小型の軍船が趙の上陸を助けることになった。趙は潤沢な軍資金と、震天雷一個を持たされて船に乗り込んだ。軍船は趙を乗せると船団から離れ、夜陰に乗じて九州北岸をめざした。

趙龍《ちょうりゅう》が刺客として放たれた直後のことだった。壱岐に碇泊する東路軍に、江南軍到着の報がもたらされた。

「閣下、お喜び下さい。江南軍の先発隊が肥前の平戸に到着しているそうにございます」

早朝、まだ就寝中の忻都を叩き起こした洪茶丘が、満面に喜色をたたえて報告した。

「……なぜ遅れたのだ」

忻都はまずそのことを訊き返した。当初の計画どおり両軍が合流しておれば、みじめな敗残部隊にも似た状況に陥ることはなかったのだ。

「総司令官の阿刺罕《アラカン》閣下が、急病で倒れられたのだそうです。それで後任の選任に手間取っていたとのこと。それに十万人もの将兵を三千五百隻を超える大船団で出陣させるのは、いまだかってなかったことなので、この面でももたついたようでございます。江南軍が慶元と定海《ていかい》を出発できたのは、六月十八日だったそうです」

「六月十八日といえば、我々がこの壱岐島に撤退してきた日ではないか！　あの頃、まだ本土でぐずぐずしていたのか。呆れた役立たずどもが」

忻都は机を拳で叩いた。忻都の顔には、やり場のない怒りが満ちていた。

「それで阿刺罕閣下の後任は誰ぞ」

「阿塔海《アタハイ》閣下だそうです」

「阿塔海殿か」

忻都は面識のある阿塔海の顔を想い浮かべた。

「それで阿塔海閣下から、東路軍は平戸で江南軍と合流せよとの命令が下りました」

「そうか、ならば我が軍はこれより平戸に向かう。高麗軍の金方慶にもそのように伝えよ」

「分かりました」

江南軍の船影を一日千秋の想いで待っていた東路軍の将兵は、友軍到着の報に沸き立った。敗走を重ねていた東路軍は、捲土重来《けんどちょうらい》を期して、江南軍の待つ平戸に向かって南下を始めた。

江南軍の主力軍船は頑丈な造りのジャンクで、向かい風でも帆走が可能なように二本の帆柱を備えている。このような大型渡海船を中心に、中・小の船で大船団が編成されていた。その数三千五百隻、兵力十万の大部隊である。江南軍は平戸島に到着するや、さっそく六百隻の軍船をくり出し、たちまち島を占拠していた。

「蒙古はやはり太宰府を狙っている。鎌倉に至急援軍を仰げ」

平戸に江南軍が押し寄せたとの報告を受けた北条実政は、鎌倉に早馬を発たせた。蒙古軍が山陰や瀬戸内に上陸した時に備え、日本軍の主力は中国地方に配置されていた。実政はその主力を九州に移すよう、鎌倉の時宗に要請したのである。時宗はそれに応え、宇都宮貞綱に中国勢を率いさせ、太宰府救援に向かわせた。

一方、壱岐を発った東路軍は、七月上旬に平戸島で江南軍と落ち合った。念願の合流をようやく果たしたのである。日本軍に緊張が走った。両軍が合流すれば、新たな行動を起こすだろうと踏んだのである。しかし蒙古軍はそこから動く気配を見せなかった。

「奴らはなぜ行動を起こさぬ」

物見の報告に実政は苛立ちを見せ始めていた。

「江南軍の主力は平戸の海域に集結を終えたようですが、まだ続々と後続の船が東シナ海を北上中とのこと。すべての船が到着するのを待っているものと想われます」

鎮西奉行の大友頼泰が答えた。

「いったいどれほどの兵を投入してくるつもりだ！」

「宋を滅ぼした今、兵力に事欠くことはないでありましょう。船さえあれば、いくらでも送り込んで参りましょう」

薩摩の守護を務める島津久経《ひさつね》が言った。

「底知れぬ兵力か……」

実政は蒙古に対し、得体の知れぬ不気味さを感じていた。

その後、蒙古軍は十日余りも平戸に居座り続けた。動きがあったのは七月二十七日のことである。

「蒙古の軍船が帆を揚げ始めました。先発の船の動きから、どうやら鷹島《たかしま》辺りへ移動する模様です」

「ようやく動いたか！　蒙古奴、数に物を言わせて、博多湾から正面突破で太宰府を狙う気であろう」

実政は武者震いを覚えた。鷹島は平戸から東へ五里余り、肥前松浦郡の伊万里湾の入り口にある。そこから東の博多までは二十里の距離である。

「鷹島付近を根城にする松浦党らが、夜襲の許可を求めておりますが」

「それは殊勝な。たとえ許可せぬと申しても、勝手に行動する腹積もりであろうに」

東路軍・江南軍の四千数百隻の軍船は次々と鷹島に移動し、島の西方海域に碇を降ろした。そして互いの船を係留し合い、方形陣を敷いていた。東路軍の博多湾での苦い経験から、日本軍の夜襲に備えたのである。この時すでに、明後日の二十九日、博多へ向け出撃することが全船に通達されていた。

鷹島一帯は松浦党の根拠地の一つである。自分たちの庭先で傍若無人《ぼうじゃくぶじん》に振る舞われては、倭寇で海外に名を馳せた松浦党がこれを黙って見過ごすはずはなかった。七月二十七日は月のない闇夜であった。真夜中の干潮時には座礁の危険があるので、碇泊海域に疎い蒙古船は動きがとれなくなる。

この夜、松浦党を中心とする日本勢は、真夜中の干潮時を狙って、蒙古の大船団に対して乾坤一擲《けんこんいってき》の夜襲をかけた。日本勢の鬼神の如き攻撃に、蒙古軍は大混乱に陥った。この夜襲による蒙古軍の損害は甚大なもので、二十九日の博多へ向けての出撃が不可能になったほどであった。

黒い雨雲が凄まじい速さで流れていた。三十日から強くなった風は、翌、閏《うるう》七月一日には、人が立っていられないほどの暴風雨と化していた。いつもは穏やかな伊万里湾も、牙のような大きな白波を立て、波飛沫《なみしぶき》が濃い霧のように視界を遮っていた。少々の風では微動だにしない大木も大きくしなり、木の葉を無惨に吹きちぎられていた。台風が九州西部を縦断したのである。

伊万里湾に集結した蒙古の大船団は、自然の猛威に為す術もなく翻弄《ほんろう》されていた。陸へ逃れるわけにもいかず、ただひたすら台風の通り過ぎるのを待っていた。暴風雨が強まるにつれ、転覆する船、舫綱《もやいづな》が切れ僚船に激突し破損する船、岸まで流され座礁する船が続出していた。海に投げ出され助けを求める者がいても。皆、自分の身体を支えているのが精一杯で、見殺しにするしかなかった。この日、伊万里湾は、想像を絶する、阿鼻叫喚《あびきようかん》の地と化していた。

閏七月一日の未明からほぼ一昼夜も吹き荒れた台風によって、四千数百隻の軍船の大半が沈没し、蒙古軍は壊滅的な打撃を受けていた。嵐の去った翌二日、伊万里湾は船の残骸と無数の死体で埋め尽くされていた。蒙古船はどれも破損し、磯に打ち上げられたり沖を漂っていた。異常発生した大クラゲのように累々《るいるい》と浮かぶ屍は、その余りの数の多さから人の感性を麻痺させ、それを単なる浮遊物としか認識させないほどであった。

台風が去ると、蒙古軍の諸将は損傷の少ない船を選び、先を争うように本国へ引き揚げていった。鷹島などには船に乗り切れなかった多数の兵が置き去りにされた。その兵たちは木を切って破船を修理し、故国に帰ろうとしていた。しかしこれを日本軍が見逃すはずはなかった。少弐景資が総大将となり、鷹島周辺で大がかりな掃討戦が展開された。復讐の念に燃える松浦党を中心に、九州の御家人が蒙古の敗残兵に襲いかかった。逃げ場のない蒙古兵は死に物狂いで応戦したが、日本軍に容赦なく掃討されていった。

残党狩りは閏七月七日まで続いた。この結果、数千人の蒙古兵が捕虜になったが、高麗人や蒙古人は即刻首を刎ねられた。宋人は永い日宋貿易の誼《よしみ》で命を助けられたものの、九州各地の御家人に奴隷として払い下げられることになった。

日本から這々《ほうほう》の体《てい》で逃げ帰った蒙古軍の生還者は、東路軍、江南軍ともに約二万人ほどであった。フビライは日本遠征に失敗したが、この戦いで十万もの棄兵に成功したのである。結果的に見て、蒙古軍の敗因の第一は台風に遭遇したためであったが、たとえ神風が吹かなかったとしても、日本遠征の隠された目的に宋の敗残兵の処理がある以上、戦意で優る日本武士団の前には同じ運命しかなかったはずである。

蒙古軍が台風で壊滅し、敗残兵の残党狩りが終わる頃になると、息浜や博多にはいつの間にか避難していた人々が戻り、以前にも増して賑やかな町になっていた。行光の鍛冶場も、次々と持ち込まれる損傷した刀の修理で、今までになく多忙を極めていた。新身《あらみ》の製作がままならないほどで、行光は五郎が来たため吹子《ふいご》も増やして対処していたが、それでも仕事はたまる一方であった。

そんなある日、馬に跨《また》がった竹崎季長《すえなが》が、従者を一人従えて行光の鍛冶場にやってきた。行光は蒙古襲来前、季長に特別誂《あつら》えの太刀を届けている。二人が顔を合わせるのは、それ以来であった。

「これはこれは竹崎様、御無事でございましたか」

下馬した季長を行光は丁重に迎えた。

「そなたに鍛えてもらった大太刀のおかげだ。存分に振るわせてもらったぞ」

「そう言って頂ければ刀工冥利《みょうり》に尽きます」

「今度の戦は、文永の時と違って海の上の戦が主であった。舟がなかなか調達できず、他人の兵船に便乗させてもらって出撃する始末だった。それでも志賀島や壱岐の船軍《ふないくさ》では敵の軍船に斬り込み、鎌倉殿のために敵の生首を刈り取って参った」

「それは命懸けでございました。郎党の方々も皆さん御無事で」

「二人が深手を負ってしまったが、命に別状はない」

「そうでございましたか……」

行光は季長の腰の物に目をやった。人の命が無事なら、次に気がかりなのは、みずからが鍛えた刀だ。折れたり曲がったりしなかったかと、まるで我が子を案ずるような気持ちになる。

（拵えが短い！　俺が納めた拵えとは違う。あの太刀を佩いていないということは、何か不都合が生じたのか！）

行光は動揺した。

「今日は刀の修理を頼みに参った」

行光の視線に気づいた季長が、問われる前に言った。行光は従者の方を見た。小脇に布でくるんだ長い包みを抱えている。刀の束である。

（俺の鍛えたあの刀も、この包みの中に入っているのか。どこぞに問題があったか……）

刀身の折れや曲がり、刃こぼれ、目釘《めくぎ》の折れ、……刀は戦場で使用されると、様々な弱点を露呈する。刀身に関わる欠陥については、これを皆無にすることが刀工の責任である。行光が九州に下ったのも、戦闘によって生じた刀の欠陥をみずからの目で確かめ、新しい鍛刀の工夫に活かすためである。とは言うものの、いざ自分の鍛えた刀の欠点と向き合う場面になると、行光は胸が高鳴るような緊張を覚えた。

行光は季長主従を鍛冶場の中に招き入れると、従者が持参した風呂敷を板間でほどいた。四腰の太刀が姿を現した。太刀に混ざって腰刀が二振り。五郎も行光の背後からそれをのぞき込んだ。

行光はその中で一番長い太刀を手に取った。柄《つか》に手をかけると鍔元《つばもと》がぐらつき目釘が折れていた。鞘から刀身を引き抜こうとすると、刀身が鞘《さや》の内側を擦りながら出てきた。曲がった刀身を強引に修正し、むりやり鞘に収めたのであろう。物打ちの辺りには数ヶ所の刃こぼれもあった。折れた目釘を抜いて柄を外すと、鼻をつくような悪臭がした。茎《なかご》が褐色に錆たようになっていた。刀身を伝わった敵兵の血が、鎺《はばき》の隙間から柄の中に入り込み、茎と柄の隙間に溜まり腐っていたのだ。刀身の血糊だけを洗い流し、そのまま放置されていたのであろう。その血刀は行光が鍛えた太刀であった。

「やはり曲がりましたか」

重ねを薄くした時から、それは予期できたことだった。焼き入れの温度を高くして刀身の硬さを強めたつもりだったが、激しい戦闘ではそれも通用しなかったのだ。

「まだまだ工夫が足りず、御迷惑をおかけ致しました」

行光は季長に深々と頭を下げた。それに対し、季長は何も苦情めいたことは口にしなかった。

行光は他の刀も一振りずつ丹念に検《あらた》めた。戦場で応急処置を施したらしく、折れた目釘の代わりに生木を削って打ち込んであるものもある。刀の鎬《しのぎ》や棟にできた疵も多かった。敵の柳葉刀《りゅうようとう》の打撃を受け止めた時の誉《ほまれ》れ疵《きず》である。いずれにしろ戦闘の激しさを物語っていた。

「刀の寸法はいかがでしたか」

行光は再び自分が鍛えた太刀を手に取って訊ねた。

「おう、ちょうど頃合いであった。これより長くすれば、色々な障害物のある船の上では使いづらくなるだろう」

「そうでございますか。これらは預からせてもらって、なるべく早く修理致します」

「そう急がなくともよい。蒙古は尻尾《しっぽ》を巻いて逃げ帰ったのだ。また攻めてくるとしても、船を造らなければならぬから、遠い先であろう。当分、手柄を立てて恩賞にありつける機会もなさそうだ」

そう言った後、季長が突然神妙《しんみょう》な顔をした。

「わしは命知らずでは誰にも引けを取らぬと思っていたが、あの女には負けた」

「何のことです」

「蒙古に蹂躙《じゅうりん》された島々で、切羽《せっぱ》詰まって抵抗した女は数多くいたであろうが、敵船に乗り込んで夜襲をかけた女はあの者一人しかいまい。わしもすっかり兜を脱いだ。あの女の前では武勲を語るのも恥ずかしい」

「そんな女がいたんですか！」

「伊予水軍の河野通有《みちあり》殿を見舞うため、箱崎の館を訪れた時のことだ。その時、通有殿の口から、先《さき》懸《がけ》をした草野経永《つねなが》殿の舟には若い女が乗っていた、という噂を耳にしたんだ。何でもその女が蒙古船に火をかけて船を沈めたらしいのだ。その時は、まさか冗談だろうと思っていた。ところが鷹島の掃討作戦の折り、わしは、その女と想われる者に逢ったのじゃ。女は松浦党の天登舟《てんとうぶね》に漕ぎ手として加わっていた。顔を汚し男のなりをしていたがあれは女だ。腰に短刀を差して舳先《へさき》に立った凛々《りり》しい姿は、まさに軍神《いくさがみ》にも見えた」

（腰に短刀を差した女！）

それを聞いた五郎は、鎌倉から博多へ来る船で出逢った梛《なぎ》のことが頭を過ぎった。

（もしや、梛では。松浦一族だと言っていた。親兄弟を蒙古軍になぶり殺しにされたと）

「その女はいくつぐらいの年格好でした。もっと詳しく教えて下さい」

五郎が出し抜けに訊ねた。

「おい、どうしたのだ。五郎」

行光が驚いた顔をした。

「俺が博多へ来る時に乗った松浦党の船に、水夫として働いていた女がいたんです。まだ十四の娘でしたが、高麗兵に家族や親戚を皆殺しにされたと恨んでいました。腰には父の形見だと言って短刀を差していましたが、何とそれは豊後行平の鍛えたものでした」

「祖父さんの短刀を！」

「竹崎様が見かけられた女は、その娘かも知れません」

五郎は断定を避けたが、心の中では間違いなく梛だと確信していた。

「ねえ、兄さん、今夜どうだい」

お万が声をかけたのは、三十前後の行商人姿の男である。背中に葛籠《つづら》を背負い、菅笠《すげがさ》をかぶっていた。蒙古の残党狩りが終了し、お万が春をひさげるほど、息浜にも平穏な日常が戻ったのである。男はまだ今夜のねぐらが決まっていないらしく、人の行き交う大通りで立ち止まり、周囲に建ち並ぶ宿の品定めをしている様子であった。

「あんた、この辺りの人じゃないな。言葉に訛りがある」

「あたいは東国の人間さ」

「東国なのか……東国はどの辺りだい」

「鎌倉さ。博多は景気が良いと聞いたので、こんなとこまで流れてきたのさ」

「鎌倉……」

鎌倉と聞いて菅笠《すげがさ》に隠れた男の目が光った。男は趙龍《ちょうりゅう》だった。洪茶丘《こうちゃきゅう》の献策で東路軍司令官忻都《キント》に時宗暗殺を命じられた趙は、小型の軍船で壱岐対岸にある東松浦半島をめざしたが、その一帯は松浦党の根拠地だけに、人目につかず上陸することは叶わなかった。それからは新たな上陸地を求め、日中は沖に出て船影を潜め、夜間になったら陸岸に接近するという行動をくり返したが、どこも警戒が厳重で船はついには長門まで達していた。軍船は小型なためそれほど水も食糧も積んでおらず、そこから反転せざるを得なかった。そうこうしているうちに日を費やしてしまい、七月も下旬になっていた。趙は軍船の船将と語らい、本土上陸を諦めて、監視兵のいない島に上陸することにした。

博多湾入り口に玄海島という島がある。この島と糸島半島の中間に無人の大机・小机という二つの小島があるが、趙は軍船から降ろした小舟で大机島に上陸したのである。玄界島や糸島半島の監視所からは指呼《しこ》の距離であり、夜陰に紛れて薄氷を踏む想いでの上陸であった。そして次の日の夜間、監視兵の目をどうにか逃れ、ようやく糸島半島の北端に漕ぎ渡ったのである。そこから博多までは八里ほどの距離であった。

趙は博多に向かう途中、猛烈な台風に遭遇した。台風が過ぎ去る間、趙は山中に見つけた洞穴《ほらあな》の中で暴風雨を凌いだ。風雨が激しくなると、まるで落雷にでも遭ったような音を立てて近くの大木が折れた。洞穴の中に逃げ込むまではまだ清らかだった近くの沢は、雨水を集めて濁流となって流れ下っていた。孤独な永い時の中で、趙は様々なことを考えた。

（この大風《おおかぜ》では元軍の船が危ない。おそらく今頃、船の中は見るも無惨な状況であろう）

趙は前回の日本侵攻で、蒙古軍が帰途の洋上で暴風雨に遭遇し、軍船の大半を失ったことを聞いていた。趙の脳裡に、副司令官洪茶丘《こうちやきゆう》や震天雷《しんてんらい》隊長の白狼《はくろう》など、軍船の中で知り合った者たちの顔が次々と過ぎった。

（あの者たちはどうなるのだろう。副司令官に危険な役回りを命じられたが、結果的に俺は幸運なくじを引いたのかも知れない）

趙は洞穴の闇の中でほくそ笑んだ。

（こうなったら江南軍が到着し、日本が降伏する前に仕事を片付けねば）

趙は九州本土に上陸後は、人目を避けて行動していた。沿岸部や見晴らしのよい高台には至る所に武者が配置され、蒙古軍を一兵たりとも上陸させまいと監視の目が厳しかった。趙が上陸できたのは、奇跡に近いくらいであった。趙が背負った葛籠《つづら》の中には、多量の砂金袋と震天雷一個が隠されていたから、監視兵との無用な接触は避けた方が無難であった。山中を行動してきた趙は、江南軍が平戸に到着したことさえまだ知らなかった。趙は江南軍さえ来れば、九州どころか日本でさえ、たやすく占拠できるものと想っていた。

（一刻も早く鎌倉へ向かわねば。江南軍が到着すれば俺の出番は無くなってしまう）

趙はその一念に駆られていた。

嵐が去って人里に出た趙は、行き交う人々の表情が異常に明るいのに気づいた。やがて道端で立ち話をしていた農民たちの会話から、蒙古軍が壊滅的な打撃を受け敗走したことを知った。趙は初めそれは東路軍のことだと思い込んでいた。しかし茶店に立ち寄った時、店の親爺の話から、どうやら江南・東路両軍のことらしいと分かった。

（江南軍も到着していたのか！）

趙は驚いた。蒙古軍がすべて敗走したと知り、趙は最後の一兵になった心細さを肌で感じた。しかしすぐに気を取り直した。

（江南軍まで壊滅したのなら、なおのこと好都合だ。これで急《せ》く必要もなく、じっくり時宗を暗殺する機会をうかがうことができる。必ず大望《たいもう》を果たし、壱岐や対馬を俺のものにしてやる）

そう心に誓った趙は、鎌倉に向かう船便を求めて、息浜に足を踏み入れていた。

「よし、買ってやる」

趙は自分の生まれ育った壱岐のことしか知らない。九州本土さえ初めてだった。鎌倉については全くの無知と言ってよい。趙はささいな事でも良いから、とにかく鎌倉についての情報を得たかった。

突然、目の前に現れた女は、暗闇に射した一筋の光明のようなものだった。よく見ると男好きのする妖艶な顔立ちである。

「嬉しいね。ところで兄さん、仕事は何やっているんだい」

「薬売りさ」

趙は背中の葛籠《つづら》を揺らして見せた。博多に着いた時、薬売りの権作を名乗ることにし、それらしく見せるため多量の薬を買い込んであった。

「それじゃ、今度の戦で大もうけしただろう」

「ああ、稼がせてもらった」

「じゃ、酒でも奢《おご》っておくれよ」

「お安い御用だ」

お万は趙を馴染みの飲み屋に連れていった。

「姉さん、ずっと博多にいるのか。鎌倉に帰る気はないのか」

「帰りたいけど、今、鎌倉より博多は景気がいいからね」

「しかし、今度の戦で蒙古軍は全滅したそうじゃないか。もう、当分の間、攻めてくることはないだろうよ。そうなれば、今まで博多にひしめいていた武士たちは潮が干くように国へ帰ってしまい、姉さんの仕事も無くなるぞ。悪いことは言わないから、早いとこ博多に見切りをつけて鎌倉に帰った方がいい」

「帰るったって、船賃もないし、歩いてじゃ女一人だと物騒じゃないか」

「実は俺は鎌倉に行くところなんだ。誰か話し相手が欲しいと思っていたんだ。俺が船賃を出してやるから、一緒に行かないか」

「嬉しいこと言ってくれるね！　でもどうしてあたいみたいな夜鷹に声をかけるのさ？　おお、危ない危ない、何か魂胆でもあるな。きっとどこぞへ売り飛ばす気だろう」

「そんなんじゃない。東国へ行くのは初めてだから、案内役になってもらいたいだけさ」

「それだけかい」

「それだけじゃないさ」

趙龍はお万の胸の脹らみを、指先でつついてみせた。

四　捕虜

閏《うるう》七月十三日、蒙古軍壊滅の報が鎌倉にもたらされた。執権北条時宗は、この知らせを万感の想いで耳にした。志賀島から東路軍を退けたとの報告を受け安堵したのもつかの間、三千隻を超える新手の大船団が平戸に襲来したと聞き、そのあまりにも大規模な軍容にさしもの時宗も心胆を冷やし、国の行く末に不吉なものを感じていた最中だったからである。

（属国となっても朝貢貿易で利すれば良しとする輩《やから》を抑え、仁なき交わりを拒絶した決断は正しかったのだ。これで高麗や宋のように国を滅ぼされずに済んだ）

時宗は、西国で一所懸命の奮闘をしたであろう御家人たちに感謝していた。

それからも、博多の北条実政から毎日のように報告が届いた。その中に宋人捕虜の数が数千にものぼるとの知らせがあった。

（数千人も宋兵がいれば、あるいは焔硝《えんしょう》の製法を知る者がいるのでは）

時宗は実政の書状に目を通しながら、まっさきにその事を考えた。建長寺住持に迎えた無学祖元によれば、フビライは降伏させた旧宋の膨大な敗残兵の処置に困っているのだという。二度の蒙古襲来を退けたものの、棄兵のため、いつまた三度目の日本侵攻が計画されるか分からなかった。

（備えあれば憂い無しだ。今後とも蒙古に対する防衛をなおざりにすることはできない。そのために

も焔硝を手中に収めたい)

時宗は実政の書状を読み終えると、直ちに鶴岡八幡宮寺に遣いをやり、大進坊祐慶を呼び出した。

「すでに存じておろうが、西国に襲来した蒙古軍は、御家人らの目覚ましい奮戦と天佑により、ことごとく撃退された。捕らえた蒙古人や高麗人は処刑し、宋人はこれまでの誼《よしみ》で捕虜として生かしてある。今日、こちらに届いた報告では確かな数はまだ分からぬが、捕虜の宋兵は数千人にものぼるとのこと。その捕虜から訊きだした情報では、高麗経由の先発隊は四万二千、慶元から東シナ海を渡ってきた江南軍は十万の兵力で、合わせて十四万もの大軍だったそうだ。捕虜の数も膨大になろうというもの。それで祐慶に相談だが、また博多へ行ってはもらえぬか」

「博多へ……」

「数千もの捕虜がいれば、焔硝の製造法に明るい者がいるかも知れぬ。それに漂着した軍船からは、鉄炮も回収できるかも知れぬ。祐慶は宋の言葉を解するから、博多に行って捕虜を問い糾し、焔硝の製法を知る者がいないか調べてきて欲しいのだ。祐慶が慶元から持ち帰った硝石は、まだわしの邸に眠ったままだ。あれをあのままにしておいては、宝の持ち腐れであろう」

「分かりました」

「もし焔硝や鉄炮に関して知識のある者がいて、こちらに協力してくれれば、その者には帰化を認めしかるべき地位を与える。太宰府には祐慶に協力するよう伝達しておくから、すみやかに博多へ立ってはもらえぬか」

「かしこまりました」

祐慶は焔硝の製造法を求めて宋に渡ったが、何も得られずじまいで帰国しなければならなかった。

そのことは今でも痛恨事として、心のどこかに引っ掛かっていた。

（これで積年のわだかまりが解けるかも知れぬ）

祐慶は時宗の命を好ましく思った。博多には弟の行光や甥の五郎がいる。二人に逢えるのも楽しみだった。


祐慶は幕府の手配した船で、直ちに和賀江島から博多に向かった。まだ残暑の厳しい季節であったから、海の上は爽快であった。

息浜に着いた祐慶は、太宰府の役人の案内で、光明山善導寺《ぜんどうじ》、即ち博多談議所《だんぎしょ》に向かった。役人は人のよい男であった。寺への道すがら、祐慶は役人とまるで旧知の間柄のように言葉を交わした。

「鎌倉からの指示で、すでに宋人捕虜の中から、焔硝の製造法を知っていると申す者や、鉄炮を使用した経験のある者などが選り分けられ、善導寺に連れてこられております」

「手際のよいことでござるな。数千人もの捕虜の中から、それらの者を選び出すのは大変でござったろう」

「勝ち戦の後始末など、負けた時のことを想えば、何の事はございません」

「他の宋人捕虜はどうなりました」

「御家人たちに奴隷として分け与えられ、日本の各地へ連れていかれました」

「奴隷でござるか……」

「江南軍の兵は、そのほとんどが宋の敗残兵だったようです。むりやり日本遠征に駆り立てられたのでしょう。蒙古はこの国を平定できれば、屯田兵《とんでんへい》として土着させるつもりだったようです。浜辺に漂着した軍船の船倉《ふなぐら》からは、鋤《すき》や鍬《くわ》などの農耕具の他に、多量の種籾《たねもみ》なども発見されました。考えてみれば、哀れな者たちです」

役人はしんみりと語った。

「そうでしたか……ところで敵の軍船から、鉄炮の現物は発見されませんでしたか」

「鉄炮ですか。今のところ、その様な報告は届いておりません」

「そうですか」

息浜の岸壁から博多談議所まではわずかな距離であった。

「船の長旅でお疲れになったでしょう。捕虜の取り調べは明日からということで、今日はゆっくりおくつろぎ下さい」

役人は祐慶を寺の宿泊所の方に連れていこうとした。

「宋人の取り調べは、今から直ちに行いたいのですが」

祐慶は時宗の焔硝に寄せる想いをよく承知していた。時宗が言ったように、蒙古が三たび襲来する可能性は非常に高かった。ならば一時も無駄にはできない。捕虜たちが善導寺に集められているのであればなおさらである。

「分かりました。では上役に話して訊問の準備を致しますので、しばらくお待ちを」

役人はそそくさと姿を消した。

しばらくすると、善導寺の境内にどこからともなく捕虜が連れてこられた。焔硝や鉄炮に関する知識があると申告した捕虜の数は、七十名近くの多きにのぼっていた。評定所として使われている伽藍《がらん》で、祐慶が捕虜たちと一人ずつ面接することになった。

（これだけ大勢の捕虜がいれば、時宗様の永年の懸案を、いっきに解決することができるかも知れない。訊問の結果が楽しみだ）

　大陸に渡っても判明しなかった焔硝の製造法である。祐慶は期待を膨らませていた。しかし祐慶の当てはすぐさま外れた。最初に連れてこられた捕虜は、どこかおどおどした態度だった。

「焔硝の製造法を知っているのか」

　祐慶は久々に大陸の言葉を口にした。捕虜は祐慶の質問に、自信なさげに軽く頷いた。

「では聞かせてくれ」

「木炭と硫黄と硝石を粉にして、それを羽毛で混ぜて作ります」

「それぞれの調合の割合は」

「割合？」

「木炭と硫黄と硝石を、どれぐらいの分量で混ぜるのだ」

「……」

「分からないのか」

「はい」

　祐慶はしょっぱなから肩を落とした。

「では震天雷《しんてんらい》についてはどうだ」

　捕虜は首を横に振った。話にもならない。

「よし、もういい。次の者を入れてくれ」

　祐慶と何人もの捕虜の間で、同じような会話がくり返された。焔硝は木炭と硫黄と硝石を混ぜて作る物だと答えられても、その調合比や具体的製法となると全く不案内であった。震天雷《しんてんらい》について知っていると申告した者は、ただ火を付けて敵に投げた経験があるのみで、焔硝の素材が何であるかすら無知であった。

『焔硝の製造法に通じていれば、捕虜の身から解放し、しかるべき地位を与える』

北条実政の出した触れに、異国の地で一縷《いちる》の望みを抱いた者たちだった。あるいは通訳時の齟齬《そご》があったのかも知れない。

祐慶は虚脱感にも似た疲労を覚えていた。焔硝の製造法を求めて慶元まで渡り、何ら得ることなく帰国した時の無念さが甦っていた。

捕虜たちに対する祐慶の取り調べは迅速に進んだ。祐慶の訊問があと数名の捕虜で終了しようとする頃だった。祐慶の前に引き出されたその捕虜は、それまで取り調べた捕虜とは眼光が違っていた。祐慶がこれまで接した渡来僧たちと共通するような、知的な風貌を持ち合わせた男だった。男の落ち着き払った態度は、祐慶に『これは！』と想わせるものがあった。

「焔硝を作る時の成分比を知っているか」

祐慶が訊ねた。

「材料をそれぞれ粉末にして、硝石七割五分、硫黄一割、木炭一割五分を混ぜ合わせれば、最も威力のある焔硝ができる」

祐慶は驚いた。これほど明確に成分比を答えた者はいなかった。

(捕虜の身から脱するため、適当にでたらめを述べているのではないのか)

祐慶は男を疑い、じっと相手の目を見つめた。男の目は澄んでいた。とても嘘を言っているとは思えなかった。歳の頃は三十前後の壮年。

「硝石とはどのような物だ」

「白色がかった鉱物だ」

「どこで採れる」

「我が国では内陸部の乾燥地帯だ。地表に露出して産すると聞いたことがある」

「どこで焔硝作りを覚えたのだ」

「爆竹を作る工房で働いていたことがある」

男の返事には少しのよどみもなかった。

(こいつは本物だ！)

祐慶は確信した。

「材料があれば作れるか」

祐慶の問いに、男は無言で深く頷いた。


捕虜たちとの面談を終え、宿坊で一休みした祐慶は、弟の行光を訪ねることにした。善導寺を出ると、辺りはすでに黄昏《たそがれ》はじめていた。

「また大陸に渡られるのか！」

ひょっこり顔を出した兄の顔を見て、行光はたいして驚きもせず訊ねた。祐慶の突飛な行動はいつもの事だった。

「まさか。この時期に海を渡れば、今度こそ命のないのは目に見えている。談議所にちょっとした用向きがあって訪れただけだ。明後日にはまた鎌倉に帰る」

祐慶は弟の行光にも焔硝のことは秘した。

「ずいぶん慌ただしいですね」

「それよりお前はどうするのだ。蒙古も当分は攻めてこないだろう。そろそろ鎌倉に帰ったらどうだ。いつまで桔梗殿を独りにしておくつもりだ」

「戦の後始末で今はまだ無理ですが、年が明けたらここを引き揚げるつもりでいます。桔梗にはそのように伝えておいて下さい」

「そうか、桔梗殿も喜ぶだろう。ところで五郎は、博多まで来て何か得るものはあったか。沼間の国光殿のもとで修業した方が良かったのではないのか」

祐慶が五郎に訊ねた。

「いえ、博多へ来られたおかげで、色々と学ぶことができました。血糊が乾いたばかりの刀を修理するなど、鎌倉にいてはそう経験できるものではありません。戦闘で刀のどの部分にどれほどの疵ができるものか、よく分かりました。これからの刀作りに活かせると思います」

「そうか、五郎もいっぱしのことを言うようになったな。まあ、せいぜい頑張れ」

「はい」

五郎は力強く答えた。

祐慶は宋人捕虜一人を鎌倉まで連れていくことになった。太宰府は捕虜の警固に兵六人を付けた。宋人の名は薛祥熙《せつしょうき》、三十二歳だった。八人は息浜から海路鎌倉へ向かった。

船が和賀江島に到着した時、鎌倉はすっかり秋の佇まいの中にあった。祐慶と薛の二人は、直ちに時宗の邸に召された。時宗は太宰府からの早馬で、薛のことはすでに報告を受けていた。

「そなたが焔硝を作ることができれば、我が家人《けにん》として遇するつもりだ」

時宗は対面した薛に約束した。

山ノ内の得宗家別邸からほど近い谷《やつ》に、急遽《きゅうきょ》、焔硝製造小屋が建てられた。周囲に人家のない場所である。薛は別邸内に寝起きして、警固の兵数名に守られて製造小屋に通うことになった。祐慶が慶元から持ち帰り、小町の時宗邸に厳重に保管されてあった硝石も、まっさきに焔硝製造小屋に運び込まれた。薛が焔硝作りのために揃えてくれと要求した道具類は、案に相違して極めて日常的な物ばかりであった。

薛が焔硝作りに取りかかると、時宗は大陸の言葉に堪能な若者二人を、薛の助手として差し向けた。焔硝作りを手伝わせるとともに、その製造過程を学ばせ、克明《こくめい》に記録させるためである。

薛が作業を始めて半月後には、焔硝が完成したとの報告が時宗に入った。

「もうできたのか！」

時宗も驚く早さである。

「焔硝の威力を試したいと申しております」

「よし、これから直ちに出向く。八幡宮の祐慶にも知らせよ」

時宗は近習に命じると、騎馬で焔硝製造小屋に駆けつけた。

「これが焔硝でございます」

通事が薛の言葉を時宗に伝えた。薛は器に盛った黒い粉を見せた。

「そしてこれは焔硝を竹筒に詰めたものでございます」

一尺ほどの竹筒には、一尋ほどの細い縄が付けてあった。

「その臍《へそ》の緒のような物は何だ」

「火縄と言って焔硝を縄に染み込ませた物です。この先端に火を付けますと、縄が激しく燃えて炎が竹筒まで達し、焔硝が爆発致します」

薛は時宗にていねいに説明した。

「完成しましたか」

そこへ知らせを受けた祐慶が駆けつけてきた。

「それでは焔硝の威力を見せてくれ」

時宗が薛に命じた。

荒れ地の草がきれいに払われてあった。その真ん中に一尋ほどの杭が打たれ、その上に二尺四方ほどの厚板が打ち付けられている。薛はその上に竹筒を横にして置いた。そして垂れ下がった火縄に蝋《ろう》燭《そく》で火をつけると、時宗たちの方に駆け戻ってきた。

火縄はシュシュシュと音を立てて激しく燃焼し、その炎は黒煙を発しながら燃え移っていった。そして竹筒に炎がたどり着いたと見えた時、閃光が走り大音響が轟《とどろ》いた。杭が見えなくなるほど、辺りは凄まじい黒煙に包まれた。

「鉄炮だ！　これぞまさしく鉄炮だ」

博多で鉄炮を体験した警固の兵の一人が思わず叫んだ。

「でかしたぞ」

時宗は薛の肩を叩いて喜んだ。

「この焔硝を使って鉄炮が作れるか」

時宗は薛に訊いた。

「これぐらいの大きさの鉄球が必要になります。それさえ作って頂ければ、後は焔硝を詰めるだけでございます」

薛は両手で五寸ほどの径の球をかたどって見せた。そして続けた。

「容器の中に焔硝と一緒に鉄片を混ぜて入れれば殺傷力が増します」

「なるほど。鉄炮にはその様な工夫もなされていたのか。祐慶、鉄球が作れるか」

時宗は刀も手がける祐慶に訊いた。

「鉄を鋳れば済むことです」

「よし、器の方は何とかしよう。薛、硝石は今のところ、ここにある分しかないが、とりあえず作れるだけ作ってくれ」

「分かりました」

「これで次に蒙古が襲来するまでには、我が方も鉄炮を持てる目処《めど》がついたぞ。問題は硝石をどこから調達するかだ」

「安南《あんなん》（ベトナム）辺りに船を送るしか、手立てはないかも知れません」

祐慶が言った。

焔硝の爆破に成功して半月後のことだった。その日、時宗は得宗家別邸にあった。昼下がりの頃、近くに雷でも落ちたような大音響が轟いた。それも一度だけではなく、間を置かず何度もくり返された。音は焔硝製造小屋のある方角から聞こえてきた。邸内は騒然となった。

「何事だ！　焔硝小屋で何かあったな。馬を引け、すぐ出かける」

時宗は焔硝小屋に向かって馬を走らせた。家人《けにん》はその後を追った。向かい風に乗って焔硝の匂いが漂ってきた。

まっさきに焔硝小屋に駆けつけた時宗は呆然《ぼうぜん》となった。焔硝小屋は原形をとどめず崩壊し、激しく炎をあげて燃え盛っていた。焔硝小屋を警固していた雑兵たちは手の施しようがないため、ただ遠巻きにしておろおろと黒煙を見つめていた。

「何があった」

時宗は雑兵に詰問した。

「分かりません。突然、大音響とともに小屋が吹き飛び、この有様です。中には薛殿と、助手二人の方が仕事中でしたが……」

惨状を見れば、生存の可能性はなかった。

「焔硝とは、かくも物騒な物なのか。惜しい者たちを亡くしてしまった」

時宗はそう言いながら、黒煙に向かって合掌した。

時宗はせっかく手に入れた焔硝に関するすべてを、一瞬にして失ったのである。唯一の職人を爆死させ、助手らが克明に記した製造記録も、大陸から取り寄せた硝石とともに炎と化していた。

第九章　故地

一　天女

蒙古軍が壊滅した後、息浜《おきのはま》にある行光の鍛冶場は多忙を極め、次々と持ち込まれる刀剣の修理や新《あら》身《み》の注文に精一杯応えていた。行光はその慌ただしい仕事の合間を縫って、戦闘に参加した武士たちから、刀剣の改良に役立つような情報を集めることに余念がなかった。そんな父に代わって、五郎は立派に鍛冶場を仕切っていた。

だが、鍛冶場の忙しさも、蒙古襲来の翌春には一段落していた。文永の戦役から弘安の戦役までは七年の間があった。蒙古軍が三たび襲来するとしても、数年先と想われた。このため博多に集結していた御家人たちも、まるで鶴の北帰行《ほっきこう》が始まったように、次々と領国に去りつつあった。

行光が博多に来て六年半が過ぎようとしていた。行光は北条実政の許しを得て鎌倉に帰ることになった。息浜での体験を活かして、鎌倉で本腰を入れて刀剣の改良に取り組むつもりであった。

そんなある日、行光の鍛冶場を紀定春《きのさだはる》という刀工が訪ねてきた。紀氏姓を名乗るこの男は、鎮西奉行大友頼泰《おおともよりやす》のお抱え鍛冶で、豊後は国東《くにさき》半島の北端に位置する鬼籠《きこ》の住人である。

「行光殿、私は一足先に国へ帰りますぞ。一族ともどもお待ちしておりますので、どうか鬼籠にお立ち寄り下され」

行光と同年配に見えるこの男は、一族ともどもなどと大袈裟に、なおかつ親しみを込めた口調で別れの挨拶を述べた。実はこの定春、豊後行平の曾孫《ひまご》にあたり、行光とは親戚の間柄である。

幕府に招かれて鎌倉に移った行平は、間もなく由比の飯島で鬼籍に入ったが、豊後の跡目は子の定慶《じょうけい》、孫の定順《じょうじゅん》、そして曾孫の定春《さだはる》と引き継がれていた。行光の父親と定慶とは異母兄弟であるから、行光にとって定春は従兄の子ということになる。

豊後隊を率いる大友頼泰は、関東隊とともに博多北東の香椎宮《かしいぐう》付近を固めていたが、定春もその戦陣にあった。行光は博多談議所の僧鍛冶西蓮《さいれん》から、祖父行平の末裔《まつえい》が従軍刀工として参陣していることを知らされた。文永の戦役以来、談議所は博多に布陣する武将らの評定所を兼ねていたので、西蓮は談議所に集《つど》う武将たちから鍛刀依頼を受けているうちに、行光と血の繋がった定春のことを耳にしたのである。

行光は亡き父から、豊後に父の異母兄の定慶がいることを聞いていた。西蓮によれば定春はその孫だという。行光はさっそく五郎を連れて豊後隊を訪ね、定春と親戚の名乗りをあげた。以来、行光と定春は、互いの鍛冶場を行き来して親交を深めていた。

「必ずお訪ね致します。生前、私の父は何度も国東に行ってみたいと申しておりました。私も祖父の故郷を一目見てみたいです。私が博多まで下ってきたのも、心のどこかに国東のことがあったからに違いありません、このような機会は生涯に二度とありますまいから、必ずお訪ね致します」

定春は本家筋にあたるため、行光は丁寧な言葉づかいで応じた。

「五郎殿もお待ちしておりますぞ」

行光の傍らに立っていた五郎に定春が声をかけた。五郎は定春の声色《こわいろ》や眼差しに、なぜか熱いものを感じた。それは親戚に対する愛想とは違う、何か異質なものであった。

「はい……」

五郎も笑顔で応えた。

「それでは弟子どもを待たせていますので、これで失礼致します」

そう言って定春は去っていった。


それから半月ほど後の、季候が過ごしやすくなった頃、行光らは息浜を引き揚げることになった。蒙古襲来という空前絶後の国難をはねのけた後、初めて咲いた桜を万感の想いで愛でた直後のことであった。行光は鎌倉への帰路、祖父行平の故郷である豊後の国東と、妻桔梗の生まれ育った備前に立ち寄ることを決めていた。

息浜の船着き場には、鎌倉に帰る行光、五郎、それに甚五郎の三人を見送るため、弟子の庄三朗と金五、それに談議所の西蓮《さいれん》らが顔をそろえた。行光が北条実政に従い西国に下って六年半。博多で弟子にした庄三朗と金五も、今では立派に刀を打てるまでになっていた。行光が息浜に築いた鍛冶場は、二人の弟子が引き継ぐことになった。

「西蓮殿、庄三朗と金五のことは、よろしくお願い致します。まだ未熟な者たちですので、何かありましたら相談に乗ってやって下さい」

行光は西蓮に深々と頭を下げた。

筵帆《むしろほ》に風を孕《はら》んだ船が博多湾を快走し始めると、舳先《へさき》が波を切る音、風の匂い、船体の揺れが、五郎に初めて船に乗って鎌倉を発った時のことを想い起こさせた。

（博多湾から玄界灘へ出れば、またあの辛い船酔いに襲われることだろう）

五郎の脳裡に、伊豆半島沖での苦い記憶が呼び覚まされていた。それと同時に、五郎の背中をさすってくれた松浦党《まつらとう》の娘の、あの温かい手の温もりが昨日のことのように甦っていた。

（あの女は今頃どうしているだろうか。竹崎季長《すえなが》様が鷹島の船軍《ふないくさ》で見たという女は、まず椥《なぎ》に間違いないだろう。親兄弟を蒙古に殺され、女だてらに復讐の鬼となった椥はかわいそうな女だ。……もう一度あの女に逢いたい）

五郎はかつて椥と一緒に航海した海を、今度は椥への哀れみと思慕がないまぜになった、切ない想いを抱きながら辿《たど》ろうとしていた。

志賀島《しかのしま》をかわして玄界灘に抜けても、晩春の海はひねもす穏やかだった。五郎は船酔いで気分が悪くなったものの、初めての航海の時のように吐くことはなかった。

船は関門海峡から周防灘《すおうなだ》へ抜け、長門の国の長府《ちょうふ》に寄港した。行光の一行はそこで一泊した後、小船に乗り換えて国東半島の北端竹田津《たけだつ》に向かった。小船は豊後沿岸の浦々に寄りながら、順調に南下していった。

国東半島が間近に迫ってきた時だった。行光が半島の中央にそびえる両子山《ふたごさん》を見つめながら、五郎に呟くように言った。

「国東は仏の里だそうだ。六郷満山《ろくごうまんざん》と呼ばれるほど、奈良や京都に次いで寺が多いとか。天女もいるそうだぞ」

「天女？」

行光はそれ以上何も語らなかった。

（天女……何のことだろう？）

冗談など滅多に口にしない生真面目な行光である。それだけに五郎は父の言葉が気になった。

行光ら三人が竹田津に着いたのは夕暮れ時であった。定春とその父定順《じょうじゅん》の鍛冶場は、竹田津から鬼《き》籠《こ》川沿いに半里余り遡った所にあると聞いていた。一行は海辺の近くにある寺に、一泊させてもらうことになった。

「定春殿の客人でござるか」

国東の紀氏一族は、かつては代々この地の郡司《ぐんじ》などを務めていた豪族であった。寺の住持《じゅうじ》は定春と面識があり、夜分にもかかわらず小僧を鬼籠の集落まで遣いに出してくれた。

翌朝、三人が朝餉を済ませて待っていると、定春の迎えの者がやってきた。十代後半とおぼしき、うら若い女であった。

「お美しいのう。まさに天女だ！」

寺の庭先に現れた女を見るなり、行光は独り言のように呟いた。確かに女は美しかった。細面の色白の貌《かお》は人形のように目鼻立ちがはっきりとし、後ろで束ねた腰まで届く翠髪《くろかみ》は眩しいほど艶めいて見えた。

「まあ……」

女は一応恥じらいの仕草を見せたが、その様な褒め言葉は厭《あ》きるほど耳にしているのであろう、右から左に聞き流したという感じであった。

（天女？）

五郎は父親の発した天女という言葉に引っ掛かりを覚えた。行光は船の中でも天女という言葉を口にした。

（父はこの女のことを知っていたのか？）

五郎は何か釈然としないものを感じていた。

国東半島では、両子山《ふたごさん》を中心に放射状に形成された谷筋に沿って、段々に人家が立ち並んでいる。女は先に立って、行光らを鬼籠《きこ》の集落に案内した。女は名を小町《こまち》と言い、定春の娘であった。道中の行光と女の会話から、行光はあらかじめ女の名も知っていた様子である。

鬼籠の行平の子孫たちは、刀鍛冶で名をあげている行光を歓待してくれた。彼らも行光の鍛えた太刀が元の正使杜世忠《とせいちゅう》斬首に使用されたことを知っており、それを非常な誇りに思っていた。行光らは定春の家で盛大なもてなしを受けた。

「鬼籠の住人の大半は紀氏姓です。先祖をたどれば歌人の紀貫之《きのつらゆき》などと同族。いつの頃からかこの地に下り、代々国東、速見《はやみ》二郡の郡司を務めていたのですが、保元《ほうげん》の乱の折り、平清盛に敗れて没落の憂き目に遭いました」

定春の父定順が言った。

「しかし、そのおかげで我が一族は刀と出逢い、定秀《ていしゅう》、行平と、刀剣史に名を刻んだ名工を世に送り出すことができた。そして現在、鎌倉に行光殿ありだ。元使の首を刎ねたのが行光殿の刀と聞いた時、鬼籠の住人は涙を流して喜びましたぞ」

定春が熱い口調で語った。そのことは香椎宮《かしいぐう》付近に陣を敷いていた豊後隊を初めて訪ねた時も、定春の口からまっさきに聞かされていた。

「おそれ入ります。ところで、清盛に破れて一族が刀と出逢ったとは、いかなる意味合いでございますか」

「親父殿、説明してやって下さいませ」

ほろ酔い気分の定春が定順に言った。

「それはですな……」

やはり酒でいくぶん顔を赤らめた定順は、先祖の講釈は我が領分とばかりに、盃を置いて勢い込んで話し出した。

「そもそも国東の紀氏一族で、刀鍛冶の道に進んだのは定秀様が初めてだった。この地の豪族だった定秀がなぜ鍛冶などになったかというと、定秀は豊後に流されていた鎮西八郎為朝《ちんぜいはちろうためとも》（源為朝）に従って上洛し、保元の乱に巻き込まれた。この乱は崇徳《すとく》上皇と後白河天皇の対立から起こったものだが、為朝は崇徳上皇側に与《くみ》し破れた。そのため天皇方の清盛に追われた定秀は奈良の東大寺に逃れて出家し、念仏修行に没頭するかたわら、東大寺の千手院《せんじゆいん》お抱えの刀鍛冶について鍛刀法を学んだということだ。その後、念仏の奥義を極めた定秀は豊前の英彦山《ひこさん》に迎えられ、賢聖坊定秀《けんせいぼうていしゆう》と称して、晩年には英彦山三千坊の学頭を務めるほどに大成したそうだ。学頭といえば座主《ざす》に次ぐ高い地位だ。定秀は英彦山に移ってからも、手慰みに刀を鍛えていたので、行平は伯父の定秀の僧坊で鍛刀法を学ぶことができたのだ」

定順はなめらかに語り終えると、そこで酒を一杯あおった。

「そうでございましたか。私も定秀殿が鍛刀を学んだ経緯は存じませんでした。大変興味深い話をありがとうございました」

行光は酒壺を手に定順の盃に酒を注いだ。その時、小町が酒の肴《さかな》を運んできた。

「行光殿、わしの孫娘は美しいであろう。小野小町《おののこまち》の美貌にあやかろうと小町と名付けたら、ほらこのように美しく成長してくれた」

定順は臆面もなく孫娘の容貌を褒めた。

「お祖父さんたら、恥ずかしいではございませぬか」

「何、ほんとのことを言うたまでじゃ。それに小野小町と我が紀氏一族とは因縁《いんねん》浅からぬ間柄。行光殿は古今和歌集《こきんわかしゅう》というのを御存じか」

「古今和歌集でございますか。耳にしたことは……」

古今和歌集とは醍醐《だいご》天皇の勅命によって編《あ》まれ、平安時代の延喜《えんぎ》五年（九〇五）に成立した初めての勅撰《ちょくせん》和歌集である。行光はどうにか読み書きはできるが、鍛刀一筋に生きてきた行光にとり、和歌などというものは無縁の代物である。

「この古今和歌集を編んだのが誰あろう、我が紀氏一族の紀貫之でござる。貫之は小野小町の歌十八首を撰《えら》び、この歌集に収めた。どうじゃ行光殿、絶世の美女と、我が紀氏一族の間には因縁浅からぬものがござろう」

「その様な経緯は存じませんでした。それは何とも誇らしいことでございます」

行光はずいぶん酔ったらしい定順に調子を合わせた。小町が行光に一礼して宴席を離れた。定春と行光の視線が絡み合った。

『どうですか、私の娘は』

定春の目はそう言っていた。

それは昨年の、蒙古軍が敗走し、博多が戦勝気分に沸いていた時のことだった。行光と定春は談議所の法師鍛冶西蓮《さいれん》の引き合わせで、互いの鍛冶場を行き来するようになっていたが、香椎宮《かしいぐう》近くの定春の鍛冶場を一人で訪ねた行光に、定春が真面目な顔をして訊いた事があった。

「五郎殿にはもう決まった相手はおありか……」

「決まった相手？」

「嫁御《よめご》のことでござるよ」

「五郎は十八、嫁をもらうにはまだ早いでしょう」

「こういう話は縁でござる。早いも遅いもござらぬ」

「どこかに縁がありますかな」

「おおありですぞ。五郎殿にぴったりの天女がおりますぞ」

「ほう、天女でござるか。私の方が気を惹《ひ》かれますな」

「実は私の娘なのだが……」

「娘！」

定春はどこか剽軽《ひょうきん》な性格である。冗談をよく口にして行光を苦笑させた。しかし自分の娘を天女とのたもうた定春に、行光もさすがに唖然《あぜん》とした面持ちになった。

（定春殿はよほどの親馬鹿か、それとも娘が希なる器量好し）

行光はそう想った。

「いや、天女とはちと言い過ぎたかな。蒙古軍が去った安堵感と遠縁の気安さで、小町を褒めすぎたようじゃ」

定春はそう言って頭をかいて見せた。

「娘さんの名は小町とおっしゃるのか。名からして器量好しという感じだが」

「歳は十七でござる。娘は今、府中（大分）の大友館で、行儀見習いを兼ねて女中奉公をやっております。五郎殿を見ておったら、私が惚れてしまったようだ。娘にそれとなく逢って下さらぬか」

「それは構いませぬが。……しかし我々親子はじきに鎌倉に帰らねばなりませぬぞ。かわいい娘を遠い東国に嫁がせる覚悟はおありか」

「相手が立派な男なら、その様なことは何でもござらぬ」

行光と定春が縁談話を交わしてから、すでに半年ほどが経っていた。定春は親馬鹿ではなかった。小町の容姿はまさに天女の趣だった。

（定春殿の娘を嫁にどうかと勧められたら、首を横に振る男など一人もいまい。我が息子にしてもしかり）

行光は隣で猪肉を頬張っている五郎を見ながらそう思った。

翌日、行光らは定春の鍛冶場を見せてもらった。鍛冶場の脇には行平が勧請《かんじょう》した金山神《かなやまじん》の石祠《いしほこら》があり、吹子《ふいご》や鍛冶道具などは行平が使用していた物をまだ使っているとのことだった。

鍛冶場では定春の弟子たちが鍛錬を始めていた。鍛えていたのは一風変わった薙刀《なぎなた》であった。豊後鍛冶たちが蒙古軍と戦うため考案した新しい武器で、茎《なかご》がなくて鉈《なた》のような柄《え》のすげ方をするものである。

「これは敵の大船に乗り込んで戦うのに、たいそう威力を発揮しましてな。大友家はこれを鉈薙刀《なたなぎなた》と呼んで、盛んに生産を奨励しております。見てくれは悪いが、実戦向きにできておりますぞ」

定春は胸を張った。

五郎は鍛冶場の隅に置いてあった完成した鉈薙刀を手にしてみた。刀剣類につきものの茎がなく、その代わり鉈や鍬《くわ》のように棟《むね》に長柄《ながえ》を差し込む穴が設けられていた。鉈薙刀の姿はまさに野鍛冶が鍛えた大鉈である。五郎は蒙古軍相手に考案されて実戦で成果をあげ、さらに量産に入った武器を初めて目にした。

(蒙古の侵略からこの国を守ろうと、いずこの鍛冶たちも懸命に工夫を凝らしているのだ。俺も頑張らねば)

素朴な鉈薙刀を手に、五郎は決意を新たにするのだった。


行光ら三人は鬼籠《きこ》に二泊した後、今度は備前に向かうことになった。竹田津までは定春と娘の小町が見送りに来た。

「今年の秋、娘は大友頼康様に随行して、相州の大友郷に行くことになっています」

竹田津で船を待つ間、定春が話し出した。

「大友郷へ」

相模国の大友郷（小田原）は、大友家本領の地である。蒙古襲来に備えて発令された幕府の下向命令により、文永八年（一二七一）、大友頼康は大友郷から守護職を賜っている豊後国の府中（大分）へ移っていた。

「頼康様はとりあえず蒙古の脅威が去ったので、今の中に故郷に帰ってみたくなったのでしょう。相模の国には一年ほど滞在の予定とか。その間、大友と鎌倉の屋敷に交互に住まわれるそうです。娘も鎌倉に滞在する機会も多いと思いますので、五郎殿、その時は鎌倉市中を案内して下され」

定春の言葉に、父親に寄り添っていた小町が、五郎を見つめながら頭を下げた。

「私でよければ……」

五郎が少しうろたえた口調で応えた。

竹田津の桟橋から舫綱《もやいづな》を放った船は、国東半島沖合の姫島《ひめしま》に寄った後、少々白波の立つ瀬戸内を一路東へ進み始めた。五郎がしだいに遠ざかっていく国東半島を眺めていると、行光が近くへ来て腰をおろした。

「五郎、小町殿は美しいおなごじゃったの」

「……」

「定春殿が五郎の嫁にどうかと言われるのじゃ。定春殿は博多で逢った時から、五郎のことを気に入っていたそうだ。ずいぶんと乗り気な様子であった」

五郎にとって唐突な話であった。

「あのような美しいおなごは、鎌倉辺りにもそうざらにいるものではない」

五郎もそう思った。おそらく小町を見て、心のなびかぬ男などいないであろう。五郎も小町と目が合うと、妖しく胸がときめいた。

「しかし、鎌倉と豊後では離れすぎてはおりませぬか」

「向こうがそれでも構わぬと言うのだから、良いではないか。わしとて縁あって備前から嫁をもらった。鎌倉から見れば、備前も豊後も遠国に変わりはない」

「……」

「小町殿は秋には大友郷に来られると言っていた。その時に逢ってみてから決めればよい。しかし……まだ子供だと思っていたが、五郎も縁談が舞い込む歳になったのだな」

そう言って、行光はしげしげと我が子の顔を見つめた。

二　重花丁子《じゅうかちょうじ》

行光一行の乗った船は、途中、風待ちをくり返し、備前の牛窓《うしまど》の津に寄港したのは、竹田津を船出してから五日後のことだった。牛窓はその昔、遣唐使が船出した由緒ある港である。

備前は古来から刀剣の産地として名高かった。それは踏鞴《たたら》吹きに適した良質の砂鉄が豊富で、その操業に不可欠な松炭が容易に得られたことによる。また瀬戸内の交通の要衝に位置しているため全国から刀剣商が集まりやすく、さらに都から離れた地にあるため、政治権力の栄枯盛衰にあまり影響されなかったからである。

吉井川河口から四里ほど遡った川の両岸に、片山、福岡、長船《おさふね》、畠田《はたけだ》、大宮、吉井、吉岡、弓削《ゆげ》など多くの鍛冶集落が点在し、福岡では一文字一派の助真《すけざね》一門、長船では光忠《みつただ》・長光《ながみつ》一門、畠田では守家《もりいえ》一門が活躍していた。

五郎の祖父国宗の伝系は、福岡一文字から分かれた直宗《なおむね》派である。福岡一文字直宗の子国真《くにざね》（国宗の父）が、福岡の地から北東へ四里ほど離れた新田庄和気《にゅうたのしょうわけ》に移住して鍛刀したのに始まる。

国宗は四十七歳の時、北条時頼の命で和気から鎌倉に移住したが、その際、備前には長男の宗太郎と三男の宗三郎を残した。その時、長男はすでに二十七歳で鍛冶の技量も優れていたので、国宗は長男に二代国宗を名乗ることを許し後事を託したのである。二代国宗は父が鎌倉に移った後、その居を和気から備前鍛冶の本拠地長船に移していた。その弟宗三郎は刀工名を国吉《くによし》と名乗り、まだ和気に残って鍛刀している。

行光らはまず宗太郎が居を構える長船を訪ねた。牛窓から長船までは四里の距離である。長船は備前鍛冶発祥の地であり、古代には友成《ともなり》、高平《たかひら》、包平《かねひら》、正恒《まさつね》などの名匠を輩出し、やがて南隣の福岡に御番鍛冶《ごばんかじ》筆頭の則宗《のりむね》によって一文字一派を誕生させた。長船鍛冶は連綿と繁栄を続けてきたが、鎌倉初期にはその名声を一文字派にとって代わられたことがあった。しかし吉井川の氾濫などにより一文字派が衰退すると再び脚光を浴び、備前長船といえば名刀の代名詞とまでなっていた。

長船の集落は賑わっていた。数がいくつあるとも知れぬ鍛冶場からは威勢のいい槌音が響き、研ぎ、鞘《さや》、鐔《つば》、柄巻《つかまき》といった様々な刀剣関連の仕事場も軒を連ねていた。鉄や炭を運ぶ荷駄が頻繁に行き交い、商人らしき者たちの姿も多く見受けられた。旅籠《はたご》なども建ち並び、沼間の刀工集落に比べると、その賑わいには雲泥の差があった。

二代国宗の宗太郎は五十歳になっていた。五郎にすれば母桔梗の長兄、伯父である。初代の三郎国宗が鎌倉に移住した後、船で二度ほど鎌倉を訪れており、義弟の行光はもちろん面識があったが、五郎の記憶にはなかった。行光よりちょうど一回り年長の二代国宗は、三人の来訪を心から歓迎している様子であった。

「鎌倉の父から行光殿が博多に下られたと便りを貰った時は、びっくり致しましたぞ。しかも新しい鍛刀法を編み出すために、みずから望んで行かれたとか。仕事熱心なのには、ただただ感服しておりますぞ」

「血生臭い戦場《いくさば》に身を置けば、何か見えてくるものがあるのではと、勇んで出かけたしだいです」

「それで何か見えましたかな」

「少なくとも蒙古相手の戦では、刀はかくあらねばならぬということだけは。鎌倉でただ伝統にしがみついていては、とうてい気付かぬことでした。しかし、かくあるべきと分かっても、その様な刀を作るのは至難なことでございます」

「長船の鍛冶場にも蒙古との戦に参加した武士たちから、様々な要求が寄せられている。おそらくどこの鍛冶場も同じ状況であろう。心ある刀鍛冶はそれらの武士の要求に応ずべく、作刀法に改良を加えているはず。これまでは一子相伝があたりまえだった鍛冶の世界だが、これからの刀工は己だけの殻に閉じこもらず、新しい技はこの国を守るために共有すべき時代になったと思う。蒙古との戦が契機となって、おそらく近い将来、刀は大きな変貌を遂げるであろう。そうでなければ、この国は蒙古の属国になってしまい、武器を取り上げられ、あげくの果てに鍛冶の技術は廃《すた》れることになる。そうなれば一子相伝の秘技も意味をなさなくなる」

「まったくそのとおりです。蒙古との戦に適った刀が作れたら、私もまっさきにその作刀法を世間に広めたいと思います。備前から鎌倉に移られた義父《ちち》は、その先駆けとなられた方です」

「互いに新しい刀を競おうではありませぬか」

「もちろんです。ところで早速ですが、義兄《にい》さんは裸焼《はだかや》きをやられたことはございますか」

「裸焼きですか。試してみたことはあるが、なかなかに難しいですぞ。私には焼刃土《やきばづち》を使う方が性に合っている」

火造《ひづく》りを終えて一定の姿に整えられた刀身は、焼きを入れられて初めて物を切れるだけの硬度を得る。通常、焼き入れは刀身に焼刃土を塗り、これを赤めて水中で急冷する方法で行う。焼刃土は基本的には粘土、砥石《といし》の粉末、木炭の粉末に、水を加えて練った物である。ところが焼刃土を用いずに焼き入れを行う方法がある。ただ刀身を赤く熱して水中に入れるだけの原始的なもので、裸焼きと呼ばれている。

「蒙古軍と我が軍の主力が、博多湾北端の砂洲で激突していた頃のことです。私の鍛冶場には次々と修理の刀が持ち込まれてきました。その中に、炎に晒《さら》されて焼きの戻った刀があり、すぐに再刃《さいは》してくれとの依頼を受けましたが、とても焼刃土を塗って焼きを入れている暇などありません。それで応急処置として裸焼きを試みざるを得ませんでした。その際のことです。裸焼きした刀のごく一部分でしたが、みごとな重花丁子《じゅうかちょうじ》が現れているではありませんか。その刀は備前の福岡一文字の刀で、元々はごく普通の丁子刃が焼かれていたものです。私はびっくりしてしまいました。福岡一文字に連なる義父《ちち》から、最も難しい刃文と聞かされていた重花丁子が、裸焼きという焼刃土も使わない単純な方法で出現したことに我が目を疑いました。鎌倉への帰途、この備前に立ち寄ったのは、もちろん親戚の皆様に挨拶し、義母《はは》の墓参りをするのが一番の目的ですが、もう一つは国宗殿にお逢いし、重花丁子について教えを請いたいと思ったからにございます」

行光は滔々《とうとう》と語った。重花丁子とは、爛漫《らんまん》と咲き誇る八重桜を想わす丁子乱れで、日本刀の刃文の中で最も華麗なものである。特に福岡一文字に多く見られるが、この刃文を焼けるのはごく一部の名工のみである。

「重花丁子ですか。私の父も大丁子《おおちょうじ》乱れは焼けたが、重花丁子は焼けなかったはず。私などはせいぜい小丁子《こちょうじ》乱れを焼く程度です」

大丁子も大模様の華やかな丁子であるが、重花丁子に比べればいくぶん見劣りがする。

「実は私の祖父の行平は、刀が手元で折れることを防ぐため、必ず自分自身で素焼《すや》きを行っていたそうです。これは亡き父から聞いたことですが」

素焼きとは、刀身に焼刃土をつけて焼く前に、何もつけないで焼きを入れることである。刀身に硬度を得るための裸焼きと違い、火加減を低くして行う点が異なっている。

「刀の改良を志してから祖父のこのやり方に示唆《しさ》を受け、素焼きにも何度か挑戦してみましたが、思わしい結果は得られませんでした。素焼きに手を染めているうちに裸焼きにも興味を持ち、幾度となく試したりもしました。しかし私の鍛えた鉄では丁子の片鱗すらも現れなかったのに、一文字の刀工が鍛えた鉄では重花丁子が現れたのです。しかし、これを焼鈍《やきなま》して再び裸焼きを試みると、現れたのは白け立った丁子とも思えぬ刃文です。何度やっても二度と重花丁子は現れることはありませんでした。他の一文字の刀で試しても同じです。たとえ感度のよい鉄を用いても、焼き入れ時の偶然が重ならねば重花丁子は焼けないのだと納得しました。鉄の不思議さを体験させられた思いです。一文字の刀工は、重花丁子を焼刃土を置いて焼いたのでしょうか。それとも裸焼きで焼いたのでしょうか。私はこの点だけでも知りたいと思い、備前にやって参りました。重花丁子を焼く理屈が分かれば、刀の改良に役立つような気がしてなりません」

行光が話し終えても、二代国宗は腕を組んだまま宙を見据えていた。

「重花丁子は……」

そう言った後も、なおも視線は動かさなかった。そして続けた。

「現在、この備前で重花丁子を焼けるのは一人しかおりません」

「それは誰でございます！」

行光は勢い込んで訊ねた。

「福岡の吉房《よしふさ》殿です」

「吉房殿、まだ御存命なのですか！」

吉房は福岡一文字の始祖則宗《のりむね》の弟子だった助房《すけふさ》の子である。助房一門は福岡一文字の中で最も豪壮華美な作柄を誇るが、その中でも吉房は抜きん出た存在である。

「逢って話を聞くことは叶いませぬか」

国宗は首を横に振った。

「これはまた非常識なことを口にしてしまいました」

行光や国宗が蒙古軍と戦うためには、優れた鍛刀の技は皆で共有すべき時代と理想を述べてみたところで、一子相伝の秘技を、よそ者にそう易々と披瀝《ひれき》するほど鍛冶の世界は甘くない。

「いや、そうではない。吉房殿は病で言葉を失ったのです」

「口が利けないのですか……」

それを潮に重花丁子の話は終わりになった。


その日の夕餉前のことだった。日中に行光らを長船鍛冶の頭領光忠《みつただ》宅に案内してから姿を見せなかった二代国宗が、外から汗を拭き拭き帰ってきた。

「行光殿、今から吉房殿が逢って下さるそうだ」

国宗は長船から半里ほど離れた隣村の福岡まで行っていたのだ。

「まことでございますか！」

行光と五郎、それに甚五郎の三人は、国宗の案内で直ちに福岡へ向かった。

「吉房殿はよく承知して下さいましたな」

「なあに、我が一派はもともとは福岡一文字の流れを汲むもの。吉房殿とも縁戚でござるよ。桔梗のことも覚えておいでだった。桔梗の夫が重花丁子のことを知りたがっていると話したら、身振り手振りで連れてこいと意思表示をされた」

「間もなく日が暮れますが、こんな時分に宜しいのですか」

「吉房殿は夜でも構わぬとのこと。それで行光殿を呼びに駆け戻ったのじゃ」

「御足労をおかけします」

「何の、蒙古の奴らに、この国を好き勝手にさせぬためじゃ」

「はい」

行光一行と国宗の四人は、吉井川の支流沿いに福岡へと急いだ。吉房の鍛冶場に着いた時には、もう日はとっぷりと暮れていた。

四人は鍛冶場に案内された。一日の仕事を終えた鍛冶場は、ひっそりと静まり返っていた。鍛冶場の片隅で、火床《ほど》に熾《おこ》された炭火がぼんやりと光を放っている。淡い光の中に、まるで灯明に浮き上がった仏像のように、一人の人影が座していた。

「国宗様が見えられました」

四人を案内した若い弟子が人影に向かって告げた。吹子《ふいご》脇の横座に座っていた吉房とおぼしき男が、突然、吹子を操り始めた。まずは挨拶をと思っていた行光は、出鼻をくじかれた恰好になった。行光と国宗の視線が合った。

『挨拶は後でよい』

国宗の目はそう言っていた。行光は黙って頷いた。

火床に盛られた炭火が爆《は》ぜながら炎をあげた。松炭の炎に照らされ、闇の中に吉房の顔が鮮明に浮かんだ。額に刻まれた皺の様子から、八十は超えているかと想える老人である。

火床の傍らには木製の水舟《みずぶね》が置かれていた。八分目ほどに水を張られた水舟の上には、火造《ひづく》りを終えた刀身が斜めに渡されてあった。吉房が先ほどの弟子に刀身を指差し、何やら指示を与えた。弟子は刀身を取り上げると、それを行光に差し出した。

「御覧になって下さい」

行光は一礼してそれを受け取った。火造りを終え、せん鋤《すき》で整えられた刀身であった。身幅が広く、重ねは厚く、切先のやや延びた堂々たる太刀姿である。

(吉房殿は焼刃土が塗られていない刀身に焼きを入れるのだ。それも重花丁子の刃文を。やはり重花丁子の焼き入れ法は、裸焼きだったのか)

本来の焼き入れなら、火造りした刀身に、焼刃土《やきばづち》を塗った上で行う。焼刃土を用いることにより、意図した刃文が焼けるのである。しかし行光が見せられた刀身には、何も塗られていなかった。刀身は五郎へとまわされ、甚五郎を経て再び弟子の手に返された。その間にも吉房は吹子を操り続け、火床の炭はますます赤々と燃え盛っていた。

弟子が焼きを入れる刀身の茎《なかご》に焼柄《やきづか》という長い柄《え》を取り付け、それを吉房に手渡した。吉房は焼柄を持って、刀身を温度の上がった炭の中にくぐらせた。そして火床の中で刀身を抜き差ししながら、刀身全体をまんべんなく赤めていった。小刻みに操られる吹子の弁が、カタカタと小気味よい音を立てている。やがて赤められた刀身の色から頃合いを見計らった吉房は、刀身を火床から抜き出すといっきに水舟の中に突き刺した。

水舟の周りに立ち込めていた水蒸気が薄れた時、暗い水中に沈められた刀身を見つめながら行光は思った。

（我々の行っている焼き入れと何ら変わらないではないか！）

吉房の弟子が水舟から刀身を取り出し、それを鍛冶場の片隅にある研ぎ場に持っていった。そして砥石を当て始めた。刀身の一部を研いで、焼き入れの具合を見るためである。

まず、粗い目の砥石が当てられ、その後、砥石の目を次々と細かくしながら研いでいった。灯明の揺らぐ鍛冶場に、単調な研ぎの音が響き続けた。行光らは固唾を呑んで刀身が研ぎ上がるのを待った。

やがて弟子は水桶の水で刀身を洗い清めると、それを研ぎ場の縁に腰かけていた吉房に手渡した。弟子が手にした灯明の明かりを頼りに、吉房の鋭い眼光が研がれた部分に注がれた。吉房は得心したように頷くと、刀身を行光に差し出した。

行光は受け取った刀身を、灯明の下でかざした。佩き表の物打ちの辺りが五寸（約十五センチ）ほど窓開けされ、鉄色《かないろ》に輝いていた。

「何と！」

行光はそう言って絶句した。薄暗い灯明にもかかわらず、そこには焼きがくっきりと浮かび上がっていた。鎬《しのぎ》の線を突き抜けてしまいそうな、躍動感溢れる品のよい重花丁子が躍っていた。

（まるで神技だ！）

行光の頭の中に、吉房に訊ねたいことが次々と浮かんできた。行光は吉房の方を振り返った。だが、そこに老人の姿はなかった。

「吉房殿は！」

行光は弟子に訊ねた。

「行光殿……」

国宗が行光の肩を叩き、首を横に振って見せた。

『何も訊くことはならぬ』

国宗の表情からはそう受け取れた。

「……」

いくら福岡一文字に連なる縁故の者とは言え、初対面の見ず知らずのよそ者に重花丁子の焼き入れを実演して見せるなど、それだけでも希有《けう》なことであった。行光は質問を諦めざるを得なかった。

四人は吉房の鍛冶場を辞し、松明《たいまつ》の明かりを頼りに長船への帰路についた。

「義兄《にい》さん、私にはまだ解せませぬ。今、見せてもらった焼き入れは、我々がやっている焼き入れと何ら変わらないではありませぬか。なのになぜ、ああいともたやすく難易な重花丁子を焼けるのです」

行光は松明を手に先を歩く国宗に声をかけた。

「おそらく鉄が違うのであろう。感度のよい鉄というか、重花丁子の入りやすい性質の鉄に鍛えてあるのではないか。私も吉房殿の重花丁子は裸焼きで行っているらしいとの噂を聞いて、何度か試してみたことがある。しかしそれらしき刃文が入るものの、吉房殿のそれとは似て非なる物。それも偶然の産物というか、希にしか再現できなかった。意図した刃文を確実に得るには、やはり土を置くのが最良の道と、裸焼きは諦めたしだいだ」

「感度のよい鉄……」

「それと刀身を水に入れる時の角度だ。角度を変えることで刃文の模様に変化が付く。私が裸焼きを行って得たものといえばそれぐらいだ。さっき吉房殿は何気なく焼き入れを行って見せたが、あの一瞬の所作《しょさ》の中にも、これまで培った多くの秘技が込められていたのではないだろうか」

「きっとそうでしょう」

「しかし、やはり鉄が一番ではないのかな。鎬《しのぎ》まで焼きが入るような感度のよい鉄を鍛えるのが第一かと。難しいことだとは思うが」

五郎は父と国宗の会話を注意深く聴いていた。焼刃土を用いなくても焼き入れが可能であることは承知していた。しかしそれは戦場などでの応急処置的なもので、焼き入れはあくまで焼刃土を用いて行うものと認識していた。それなのに刃文の中で最も華麗な重花丁子が、裸焼きで労せずに得られたことに、五郎は行光以上に衝撃を受けていた。


翌日、長船の二代国宗宅を辞した行光ら三人は、初代国宗の出身地である新田庄和気《にゅうたのしょうわけ》に向かった。和気は吉井川を四里ほど遡った所にあり、備前三郎国宗の三男宗三郎国吉の鍛冶場があった。和気に着いた三人は、四十五歳になったという国吉の案内で、さっそく先祖の墓に詣でた。そこには初代国宗の父国真《くにざね》なども眠っていた。

「これが私の母の墓です」

国吉がそう言って指し示したのが、備前三郎国宗の妻ムメの墓だった。行光には妻桔梗の母、五郎には祖母にあたる人である。行光と五郎は香を手向け、深々と頭を下げた。

「五郎殿の墓はどちらですか」

義母の墓前にぬかずいた後、行光が国吉に訊ねた。

「五郎ですか。母の墓の横にあるのがそれです」

国吉は小さな墓石を指し示した。

「五郎、これが母さんの弟、五郎叔父さんの墓だそうだ。ムメ婆さんは五郎叔父さんを産んですぐに亡くなったので、まだ十歳だった母さんが、いつも弟の世話をしていたのだそうだ。しかし五郎叔父さんは二歳の時に流行病《はやりやまい》で亡くなった。お前が生まれた時、母さんはまるで五郎の生まれ変わりのようだと言って喜んでいた。それでお前に五郎と名付けたのだ」

そのことは五郎も母の桔梗から聞いて知っていた。

「やはりそうだったのですか。甥の名が五郎だと聞いた時、弟の名を付けたのだとすぐ分かりました。桔梗はとても弟をかわいがっていましたから。五郎が亡くなった時は、気が触れるのではないかと心配するぐらい悲しんでいましたよ。でも長男に五郎とは……桔梗も少し強引だったのではないですか」

「刀工にとって茎《なかご》に切る銘こそが真の名、俗名は五郎でもよいではないかと押し切られました」

「桔梗らしいな。……五郎殿、親父殿に立派な刀工名を付けてもらうのですぞ」

国吉が五郎に向かって笑いながら言った。

「まだ先のことです」

五郎が謙遜した。

「近頃の和気《わけ》は活気がありません。この地で鍛刀するには、何かと不自由になりました。私も兄に倣って、近々長船に移ろうと思っています」

国吉が言った。

「義父《ちち》はいずれ和気に帰るのだと申しておりましたが……」

「そうですか。和気の鍛冶場だけは、父がいつ帰ってきてもいいようにして置かねばなりませんな」

国吉がどこか寂しげに言った。

それから三日後、行光親子と弟子の甚五郎は、牛窓から船に乗り鎌倉へと向かった。途中の浦々で何度か風待ちをくり返し、鎌倉が遠望できる相模灘に入ったのは初夏の頃であった。船が江ノ島の沖合を過ぎ、稲村ヶ崎をかわすと、新緑の中に朱色の御社殿が浮かんで見えた。懐かしい鶴岡八幡宮寺の気高い姿。行光と甚五郎にとり、六年半ぶりに見る社《やしろ》である。三人はようやく鎌倉に帰ってきたのだという感慨で胸が押し潰されそうになり、言葉もなく市中を見つめていた。

鎌倉は何も変わってはいなかった。桔梗が三人を満面の笑顔で迎えてくれた。だが祐慶が息浜《おきのはま》で知らせてくれたように、由比の飯島には行光の母千代の姿はなかった。

三　肌物

博多から帰った行光は、五郎を伴って沼間の国光を訪ねた。行光とその師の国光が顔を合わすのは、行光が北条実政に従って西国へ下る時、沼間にその挨拶に出向いた時以来であるから、実に六年半ぶりのことだった。

「九州は大変であったな。難儀をしたであろう。御苦労であった」

国光は行光親子をねぎらった。

「二人とも望んで出かけたことですから……ただ、博多湾を埋め尽くした蒙古の大船団を目にした時は、さすがに震えが止まりませんでした。しかし我が軍の奮戦により敵を追い払い、さらに暴風という天佑《てんゆう》もあって、蒙古軍を叩きのめすことができました。これに懲りて、当分の間は、蒙古も攻めてはこられますまい」

「そうか、まことに良かった。それというのも、執権様が終始毅然とした態度を貫かれたからに他ならぬ。おう、そうそう、仰天したのは祐慶のことだ。時宗様の命で慶元まで出向いたというではないか。人の噂で知ったことだが、まさに青天の霹靂《へきれき》であった」

「兄者が禅宗の高僧を招きに大陸に渡るのだと、息浜《おきのはま》の鍛冶場を訪ねてきた時には、私もびっくり致しました」

「武術、通事、刀身彫り、……才能に恵まれた祐慶がうらやましいの」

「確かに。私などは刀を鍛えるしか能がありませんから」

「刀といえば、わざわざ博多まで出かけたが、何か見返りはあったか」

「はい、色々と学んで参りました」

「そうか、たとえば……」

「文永の蒙古襲来の際は陸上戦が主だったため、敵のぶ厚い綿甲《めんこう》を斬るため硬い薄刃の刀が求められました。今回の戦では小舟で敵の大船に船軍《ふないくさ》を仕掛ける海上戦が多くなり、船に乗り移らせまいと船縁《ふなべり》から柳葉刀《りゅうようとう》を振りおろす敵兵に対しては、少しでも長寸の刀でなければ功を奏さなくなりました。蒙古軍相手の戦闘には、硬い薄刃に加え、身丈の長い刀が求められています」

「刀が長くなれば重くなる」

「騎馬の蒙古兵は馬の扱いが巧く、目を瞠《みは》るほど動きが俊敏だったそうです。これと戦うにはなるだけ扱いやすい刀でなければなりません。刀身は長くなっても、なるだけ軽く作ることが肝要かと」

「刀身が長くなっても軽い刀、刃は薄く鋭利であっても折れず曲がらずか。なかなか難しい注文だな」

「さらに切先ですが、これまでの猪首《いくび》切先では、ぶ厚い綿甲を切り裂くには不利です。これも長くする必要があります」

猪首《いくび》切先は戦闘で切先が折れることを防止するため考えられた形状である。日本の硬い甲冑を断ち割るために改良が重ねられてきた刀の姿を、蒙古軍の柔らかい綿甲や戦闘方法の変化により、刃長や切先の形状など、その根本から改良する必要に迫られていた。

「そうか、なるほどな」

「ところで、皆も変わりありませんか」

「ああ、鍛冶場を見ていくか」

「はい」

国光は行光親子を連れて鍛冶場に入った。そこには懐かしい顔があった。国光の長男国重がいた。新五郎がいた。互いに六年余りの空白を埋め合うように、時の経つのも忘れて談笑が続いた。

「則重《のりしげ》、この前鍛えた太刀を見せてやれ」

国光が新五郎に命じた。新五郎は国重の一字を授かり、刀工名を『則重』と名乗っていた。越中産のこの男は、国光の鍛冶場に来てすでに十年ばかりになるが、現在では国重とともに国光の鍛冶場になくてはならない刀工に成長していた。則重は奥から持参した白鞘入りの太刀を行光に手渡した。行光は鞘口《さやぐち》を切り、刀身を抜き放った。

「この肌模様は何ですか！」

行光は刀身を見るなり感嘆の声を洩らした。九州に下る前にも、行光は国光の鍛えた刀を見せてもらったが、その時の刀の地肌は蜘蛛《くも》の巣にも似た渦巻き模様の肌をしていた。国光はその独特の肌合いをもう少し工夫してみると言っていたが、今、行光が手にしている刀のそれは、まるで松の皮肌でも見るような特異な肌となっていた。

「則重に硬軟の鋼を様々に処理させているうちに、偶然、このような肌物ができた。この地鉄は硬軟の鋼を練り合わせたものだ。異質の鋼を練り合わせると、折れに強い刃ができるようだ」

「練り合わせるとは、どういうことですか！　さしつかえなければ、どのような鍛え方をすればこのような肌合いになるのか、教えて頂けませんか」

行光が国光に熱い眼差しで迫った。

「則重、教えてやれ」

「はい。まず硬い鋼を八回ほど折り返したものに、軟らかい鉄を加えて二回ほど鍛え、それを卸し鋼に三分の一ほど加えて四、五回鍛えます。これを板目肌が出るように皮鉄に使い、高温で強い焼きを入れると、このような肌物になります」

行光はこれまで、造り込みの際の硬軟の鉄の組み合わせを様々に工夫してきた。本三枚《ほんさんまい》鍛えや四方《しほう》詰《づ》め鍛えなどである。

「練り合わせですか。私はその様な方法には思いあたりませんでした。目から鱗が落ちた心持ちです」

行光の傍らでじっと話を聞いていた五郎も、父と同じ想いであった。

「目から鱗といえば、備前で面白いものを目にしてきました」

行光は福岡一文字吉房の鍛冶場で見た、裸焼きによる重花丁子《じゅうかちょうじ》の焼き入れを話した。

「噂には聞いていたが、あの華やかな刃文は裸焼きによるものか！」

国光ほどの男も驚いた様子である。

「しかし、吉房殿はその様な秘中の秘をよく見せてくれたな」

「焼き入れの場面だけを見せても、他人に絶対に真似されないという自信があったからでしょう。おそらく鉄に秘密があるのだと思います。とてつもなく焼き入れ感度のよい鉄を使用しているのではないでしょうか」

「感度のよい鉄か」

「でなければ、あのような鎬《しのぎ》にまで達する華やかな刃文は入りません。感度のよい鉄を鍛える工夫もせねばと考えています」

「そうか」

「親方、こう言っては何ですが、蒙古襲来は鎌倉物を生み出す千載一遇《せんざいいちぐう》の好機かと。我々鎌倉鍛冶の手で蒙古軍との戦闘に有利な刀剣を生み出し、早急に鎌倉の鍛法を打ち立てようではありませんか」

行光はまるで若き日の国光の口癖を真似るように言った。

「みずから志願して西国に下っただけあって、行光の心は赤められた鉄のように熱いの」

国光が苦笑いした。

「すみません。つい、饒舌《じょうぜつ》になってしまいました」

「その気概と矜持《きょうじ》がなければ、武家の本拠地に吹子《ふいご》を据える鍛冶は務まらぬ。蒙古軍と戦った御家人が領国に帰り始めた今、彼らの戦場での体験をもとに、各地の刀工たちも創意工夫を重ね、刀の改良に努めていることだろう。我々鎌倉の鍛冶は、率先してその先頭に立たねばならぬ。時代の要求する新しい刀を創り出すため、これから先、お互い協力していこうではないか」

「望むところです」

五郎は二人の会話を熱い想いで聴いていた。

飯島の行光の鍛冶場が再開されたのは、それから数日後のことであった。行光親子と甚五郎、それに山ノ内の国宗の鍛冶場に預けられていた修作、芳造の五人によって、六年半ぶりに槌音が響き始めたのである。

第十章　邂逅《かいこう》

一　小町

鶴岡八幡宮寺の辺りから朝比奈《あさひな》の切り通しを経て、内海《うちうみ》（東京湾）の良港六浦津《むつうらつ》へと抜ける道を六浦路《むつうらじ》という。鎌倉市中を縦断する滑川《なめかわ》の上流部に沿って通じていて、道筋にはいくつかの神社仏閣や、有力御家人の邸《やしき》なども点在している。

六浦路を鎌倉市中から一里ほど遡《さかのぼ》った辺りに深い谷《やつ》があるが、そこに昨年の暮れ頃から空き家を借りて二人の男女が住み着いていた。時宗暗殺を命じられた趙龍《ちようりゆう》とお万である。二人は博多で出逢って以来、夫婦同然の生活を営んでいた。趙にとりお万は鎌倉への先導役であったが、今では潜伏するための隠れ蓑となっていた。

蒙古軍が台風で壊滅的な打撃を被って敗走したため、東国武士団の帰国があいつぎ、二人はなかなか船に乗れず鎌倉到着は遅れに遅れた。お万は趙の正体を知る由もなく、すっかり薬売りの権作と信じて疑わなかった。お万は趙と知り合ってから、春をひさぐのを止めていた。

行光らが博多から鎌倉に帰ってきた年の、初秋の頃のことである。早朝、まだ薄暗いうちに、趙が家から出てきた。裸足である。お万はまだ酒の匂いをさせて寝ていた。趙は近くを流れる滑川の支流沿いに駆け始めた。やがて木立の中を縫う流れが細くなるとともに、岩が多くなった。そこはあまり人の訪れることのない場所である。

趙はふた抱えほどある巨木の前にやってきた。その場所ではひときわ目立つ存在の樫《かし》の木で、平坦な周囲には大小の樹木が疎らに生えていた。趙は立ち止まると、大きく深呼吸をした。そして辺りに谺《こだま》する裂帛《れつぱく》の気合いを発しながら、拳法の鍛練を始めた。鋭く突き出される男の拳が木の幹を打ち、高く跳躍《ちようやく》すると足刀《そくとう》が枝をへし折っていた。流れの岩場に場所を移すと、趙はまるで蝶のように岩から岩へと飛び跳ねるのだった。

趙は毎朝この場所を訪れては、拳法の鍛練を続けていた。時宗暗殺という本懐《ほんかい》を遂げる日まで、大都《だいと》で身に付けた拳法の技を鈍らせてはならなかった。趙はひとしきり汗を流すと、流れでその鋼のようなみごとな体を清めた。

趙はいつもならそのまま家へ引き返すのだが、その日は違う行動をとった。身づくろいを終えた趙は、辺りを見まわし耳を澄ました。人の気配の無いのを確認した趙は、近くの藪に隠してあった鍬《くわ》を取り出すと、樫の大木の根元を掘り始めたのである。

その時だった。趙のいる場所から風下の、それほど離れていない丘の上から、趙の存在に気づいた二人の男がいた。腰には太刀を佩いているが武士ではなく、鎌倉の山中を根城にしている野伏《のぶ》せりであった。

「おい、音を立てるな」

先を歩いていた男が言った。

「あれを見ろ。あいつ何をしているんだ」

「何か掘っているぞ」

「山芋か」

「まだ時期じゃないぞ」

「それじゃ何をやっているんだ」

二人は藪の中に潜み、一町（約百メートル）余り先で土を掘っている趙をうかがった。男たちは、昨日仕掛けた猪罠《いのししわな》を見まわりに来たのである。一つ目の罠に猪の訪れた痕跡はなかったので、別の罠に向かって移動している最中であった。

「おい、見ろ、壺だ。壺を掘り出したぞ。これは面白くなってきた」

「よし、気づかれぬように側まで行ってみるぞ」

「猪肉よりいい物にありつけるかも知れんな」

二人は物音を立てず、趙の方に近寄っていった。

趙は野伏せり二人が近づいているのも知らず、壺を掘り出すと油紙で包んだ口を開け、中から何やら取り出した。拳大の巾着袋《きんちゃくぶくろ》である。重そうであった。趙はそれを懐にしまった。趙はまた壺に手を入れた。そして同じ物をもう一つ取り出したが、それは見ただけでまた壺の中に戻した。壺の中には巾着袋に包まれた品が、まだいくつか入っているらしい。趙は壺の口をしっかり元どおりに塞ぐと、再び土中深くに埋め戻した。そして枯れ葉を撒き散らし、穴を掘った痕跡を隠した。

趙は鍬《くわ》を元の藪に隠すと、何事もなかったかのように沢を下り始めた。趙の前に屈強そうな二人の野伏せりが立ち塞がった。趙は驚いた様子で後ろへ飛び退いた。

「おい、懐の中に入れた物を出しな」

「何のことだ！」

「とぼけるな、お前が木の根元を掘り始めた時からずっと見ていたんだ」

「そうか、それじゃ仕方がないな」

「分かったら、さっさと出せ」

「お前たちもつまらぬものを見たものだ。見なければ長生きできたものを」

「何だと！」

「死んでもらおうか」

「ほざくな」

野伏せり二人が同時に太刀を抜き放ち、一人が趙に袈裟懸《けさが》けに斬りかかった。趙はまるで猿のような身のこなしで太刀先を交わすと、その男の胸に横蹴りを入れた。一瞬の早業だった。あばら骨が折れる無気味な音が響いた。男は太刀を落として仰向けにひっくり返った。口から血を吹き出している。

趙はそれでも攻撃を止めなかった。高く跳躍したかと思うと、苦痛に顔を歪めている男の喉《のど》を右足の踵《かかと》で襲った。喉の骨が砕かれる音がした。

「うわっ！」

それを見たもう一人の野伏せりは、相手の手強さに恐れをなし、背を向けて一目散に逃げ出した。

趙はその後を追った。追いつきざま跳躍し、男の後頭部に蹴りを入れた。男は前につんのめり、腹這いになって倒れた。趙は野伏せりの落とした太刀を拾い上げた。

「助けてくれ」

男は地面を後ずさりしながら趙に懇願した。趙は冷酷な表情を浮かべながら、手にした太刀で野伏せりの心臓を一刺しにしていた。獣《けもの》の声にも似た男の断末魔が谷に谺《こだま》した。

趙が壺の中から取り出したのは砂金であった。東路軍副司令官洪茶丘《こうちゃきゅう》から与えられた、時宗暗殺のための軍資金である。趙はそれを鎌倉内外の数ヶ所に分散して隠していた。そして必要な時に掘り出して使った。趙は野伏せり二人を殺したにもかかわらず、何事もなかったような平然とした足取りで家路についた。

趙が家に入ると、お万は囲炉裏の傍らで、胸まではだけさせたしどけない恰好でまだ寝ていた。趙は夕べの残り物で朝餉をとり始めた。椀に盛った冷や飯に、囲炉裏の自在鉤《じざいかぎ》に吊された鍋から、冷めた汁をすくってかけた。漬物をおかずに、汁飯を慌ただしく喉に流し込んだ。

「権作、今日も出かけるのかい」

趙が漬物を噛む音で目が覚めたのか、寝返りを打ったお万がまだ眠そうな眼差しを趙に向けてきた。趙はお万の前では、壱岐の養父が名付けた日本名を名乗っている。

「ああ」

女のけだるい声に、趙は短く応えた。

壱岐生まれの趙にとり、鎌倉のことに詳しいお万は、この地に潜んで大望を遂げるためには必要不可欠な女だ。お万も趙と暮らしている限り、今のところ食いはぐれはない。二人は持ちつ持たれつの関係にある。お万は趙が薬売りの商人だと信じ込んでいる。趙は雨でも降らない限り鎌倉市中に出かけていき、帰りには必ず食糧を持ち帰った。穀物、野菜、魚介類、鶏肉、……それに酒。だが趙はお万に、今日は何を食べたいか、何を買ってきて欲しいか、などと一度も訊いたことはなかった。趙は同じ屋根の下で暮らしているのに、お万の存在など無視しているかのように、淡々と自分の生活周期を守っている。

夜半、お万が目を覚ますと、趙の姿がないこともたびたびだった。厠《かわや》に行ったのだろうと思っていると、朝になっても戻ってこなかった。趙は口数の少ない男で自分の身の上すら語ったことはなく、行商に出かけられない雨の日など終日難しい顔をして滅多に口をきかなかった。夜になれば気が向いた時だけお万の上にかぶさってきて、相手にはお構いなく自分だけ果てた。

お万はそんな生活でも満足していた。空腹さえ満たされれば、文句はなかった。今まで数々の男と暮らしたが、趙は面白味に欠けるものの、養ってくれることに関しては一番まともな男だった。お万は趙と暮らし始めると、趙が朝早く家を抜け出ることに気づいた。

「いったい朝っぱらからどこへ行くのさ」

お万は不審に思って訊ねた。

「その辺を駆けて足腰を鍛えているのさ」

だがお万は趙の言葉に納得がいかなかった。ある日、お万は趙の後を密かにつけた。だが男の健脚についていくことはできなかった。

趙は粗末な朝餉を終えると、土間に置いてある葛籠《つづら》を背負って家を出ていった。お万はその後ろ姿を横になったまま黙って見送った。

お万はその葛籠の中を、何度かのぞいたことがある。中には多量の薬包や膏薬《こうやく》の他に、薬売りにはそぐわない物が入っていた。画板と紙、それに絵筆である。趙は外出すると、絵を描いて帰ることがあった。神社仏閣などの風景を写した水墨画である。絵のことなどお万には分からないが、それは素人目にも巧かった。お万が、あたいを描いてよ、と頼むと、一糸まとわぬ露わな姿にさせて、たちまち肉感的な裸像を描いた。趙の水墨画は、大都の古刹《こさつ》で少林拳を学んでいた頃、独学で身につけたものだった。

「絵は薬が売れない時の暇つぶしだ」

趙はお万にそう言っていた。

家を出た趙は六浦路を鎌倉市中へと向かった。鎌倉へ来て以来、趙は時宗の命を狙い続けていた。時宗の邸に忍び込んだこともある。その時、行動に移せば必ず暗殺に成功する自信があった。だが、それは自分の命と引き替えだった。時宗を殺し、壱岐と対馬の領主になるのが趙の夢だ。高麗の子と蔑《さげす》まれながら育った壱岐の島。そこで植えつけられた屈折した想いは、何としてでも壱岐の主になりたいという渇望《かつぼう》になっていた。そのためには生きて高麗に帰らねばならなかった。蒙古に対し自分の命を捧げる義理はなかった。時宗暗殺はあくまで自身のために決行すべきことだった。元軍が台風で壊滅したのは、趙にとり喜ばしいことだった。フビライが三度目の侵攻軍を日本に送ってくるとしても、それは何年も先のことだろう。時は潤沢にあった。趙は完璧な好機が訪れるまで、ひたすら忍んで、じっくり暗殺の機会をうかがうつもりだった。

（今日も新しい寺へ行ってみるか……）

趙は鶴岡八幡宮寺まで来ると、境内を迂回するように巨福呂坂《こぶくろざか》の方に向かった。建長寺から山ノ内路を半里ほど行った所に、禅宗の一派臨済宗《りんざいしゅう》の大伽藍が建立されていたが、最近、その落慶《らっけい》がなったばかりであった。この寺は執権北条時宗が、旧南宋から迎えた無学祖元《むがくそげん》を開山《かいざん》として、文永の役の敵味方戦没者を弔うために建立に着手したが、落慶前に弘安の役が起きたため、創建の年には新たに弘安の役の戦死者も加えられていた。後世、鎌倉五山の第二位となるこの寺の名は、円覚興聖禅寺《えんがくこうしょうぜんじ》。円覚寺と通称されるこの寺の住持は、建長寺の無学祖元が兼務していた。

山ノ内に蒙古襲来時の戦没者を供養する円覚寺が建立されたと聞いた時、その戦に関わった趙は、『敵味方を共に供養』という宗旨《しゅうし》に何となく惹かれて寺を訪れたのであったが、その折り、時宗がわずかの供を連れて寺に座禅に来ることを知った。時宗は方丈《ほうじょう》の先、境内の奥まった所に庵を結び、そこで禅の修行を行っていたのである。

時宗の行動の一端を知った趙は、円覚寺の境内で絵を描く振りをして、時宗暗殺の機会をうかがうようになった。しかし、時宗はなかなか隙を見せることはなかった。

その日、鶴岡八幡宮寺の供僧《ぐそう》大進坊祐慶は、趙より半時ほど後に、所用で円覚寺を訪れた。円覚寺は奥深い谷《やつ》に沿って、白鷺池《びゃくろち》、総門、三門、仏殿、法堂《はっとう》、方丈が、一直線に並んで建てられている。祐慶が境内を歩いていると、三門の辺りで絵筆を揮《ふる》っている男がいた。祐慶は男の顔に見覚えがあった。いつか鶴岡八幡宮寺の、本宮へ続く石段の下で見かけた男である。男はその時も、公暁《くぎょう》が三代将軍実朝を暗殺するため隠れていたという、公孫樹《いちょう》の大木を描いていた。

自身で刀身彫刻を手がけ、その下絵を描くためしばしば絵筆も握る祐慶は、水墨画を描いている趙に興味を抱いた。趙は通路の縁石《えんせき》に腰をおろし、葛籠《つづら》の上に画板を置いて絵筆を動かしていた。祐慶は趙の前に歩み寄り、描きかけの絵をのぞき込んだ。

「なかなか達者な絵でござるな」

趙は仏殿を描いていた。

「……いえ、ほんの真似事です」

趙はできることなら、他人を無視したかった。しかし変に人を避けると怪しまれるおそれもある。

適当にやり過ごすしかなかった。

「いや、なかなかのものだ。拙僧は経を読むより彫り物が好きでな、下絵を描かねばならぬので少しは絵心が分かるつもりだが、この絵は巧い」

「そう言われると恥ずかしい」

趙の話す言葉の抑揚には西国訛《なま》りがあった。

「あなたはどこから来られたのですか」

訛りに気づいた祐慶が訊ねた。

「……九州の方です」

趙はおおざっぱに答えた。その時、一瞬であったが、趙は不快そうな表情を浮かべた。それを見た祐慶は、あまり詮索してはならないのだと思った。

「さっき彫り物が好きと言われましたが、仏像でも彫られるのですか」

趙が話題を変えた。

「いや、刀身彫刻です。刀に梵字や神仏の尊像などを彫ります。僧侶の務めの片手間でござるが」

「ほう、それは難しいでしょう。木のような柔らかい物に彫るのと違って」

「それはあるかも知れないが……詰まるところは鑿《のみ》と鏨《たがね》の違いかと」

「その様なものですか」

「前にもそなたが絵筆を執っているのを見かけましたぞ。鶴岡八幡宮の境内で大公孫樹《おおいちょう》を描いておられた。名乗るのが遅れたが、拙僧は八幡宮の供僧を務める祐慶と申すもの」

「八幡宮におられるのですか……そうですか」

趙は少し喋りすぎたと思い、休めていた筆を動かし始めた。

「あっ、これは絵筆の腰を折ってしまいましたな。では拙僧はこれで」

そう言って祐慶はそそくさとその場を離れた。

祐慶が去って間もなく、三人の僧が趙の傍らを急ぎ足で下りていった。一人は円覚寺では無学祖元に次ぐ地位にある副住持である。しばらくすると、僧らは十名ほどの一行の先頭に立って引き返してきた。僧の後には高貴ななりをした老武士と、その奥方と思われる女、そして郎党や侍女らが従っていた。それを見た趙は、絵筆を置いて地面に平伏した。

副住持らが寺の総門まで出迎えた武士は、前の豊後国守護職《しゅごしき》大友頼康であった。弘安の役の後、大友家の家督を嫡男の親時《ちかとき》に譲って、今は隠棲《いんせい》の身である。大友家の本領は相模国足柄《あしがら》郡大伴郷であり、豊後に移住した後も大友郷とは頻繁に行き来があった。蒙古の一件が一段落したため、頼康は墓参と幕府への挨拶のため鎌倉へ上ってきたのである。

鎮西奉行東方として九州の軍政の一翼を担っていた大友家は、二度の元寇、特に弘安の役では志賀島の戦いで多くの家臣を失っていた。鎌倉に到着した頼康は、元寇時の敵味方戦没者の菩提を弔う円覚寺の落慶がなったと聞き、まっさきに参拝に訪れたのである。

一行は趙のひれ伏す直ぐ前を、そろそろと過ぎていった。趙の目に三人の侍女の姿が映った。

(何と美しい女だ!)

趙の視線は一人の女に釘づけになった。豊後鍛冶紀定春《きのさだはる》の娘小町であった。

その翌日、祐慶は由比の飯島にある行光の鍛冶場を訪れていた。いつものなりと違い、僧衣が真新しかった。まだ日は昇ったばかりである。

「こんなに早くからどうしました。勤行《ごんぎょう》の刻限ではありませんか？」

「そんなことより……まだ炭埃《すみぼこり》にまみれてはおらぬようじゃな」

祐慶は行光の頭から足先まで、舐めるように視線でなぞった。

「大友様が、お前に逢いたいと仰せだ」

「大友様？」

「豊後国守の大友様だ。家督を譲られて隠居されているから元国守様だな」

「鎮西奉行の大友様ですか！」

六年余り西国にあった行光にとり、大友頼康は鎮西奉行と呼んだ方が通りはよかった。

「昨日、円覚寺に用があって出かけたのだが、そこで参詣に来られた頼康様に引き合わされたのだ」

参詣を終えて住持の無学祖元と歓談していた頼康に、寺の副住持が、たまたま円覚寺を訪れていた祐慶を、豊後縁《ゆかり》の者として紹介したのだ。豊後の国守の座にあった頼康は、当然のことではあるが、領国の刀鍛冶紀行平《きのゆきひら》のことは熟知していた。そしてその孫にあたる行光の鍛えた刀が、元の正使杜世忠《とせいちゅう》の首を刎ねたことも。頼康と祐慶はこれまで面識は無かったが、頼康は祐慶の名を知っていた。祐慶が時宗の命で焔硝の調査に博多を訪れた時、頼康は鎮西奉行として様々に便宜を図っている。その時、近習から何度も聞いた祐慶の名を、記憶に留めていたのである。

「弟行光とともに、明日にでもわしの邸《やしき》を訪ねて参れ。二人と酒でも呑みながら、ゆるりと刀剣談義がしたい」

頼康とは立ち話しかできなかったが、別れ際に、頼康は祐慶を邸に招いたのである。

「そうですか……鎮西奉行が鎌倉に来られましたか」

行光は目を輝かせた。

『今年の秋、娘は大友頼康様に随行して、相州の大友郷に行くことになっています』

国東《くにさき》の竹田津を発つ時、紀定春は行光にそう告げた。以来、行光は秋の訪れを首を長くして待っていたのだ。定春に娘の小町を五郎の嫁にと持ちかけられたが、行光には何ら異存はなかった。行光はまるで自分の縁談相手でも待つかのように、小町が鎌倉に上ってくる日を楽しみにしていた。

行光は若い頃、沼間一番の美男子として村の女どもに騒がれた。人は自分にないものを相手に求めるものである。そのせいか、行光は女の貌の美醜にはそれほど関心はなかった。その行光が小町を見て心底美しいと思った。それほど定春の娘は器量好しであった。

(頼康様が鎌倉に来ておられるということは、定春殿の娘もすでに鎌倉入りしたはず……)

行光の胸は躍った。祐慶はそんな弟の心を知る由もない。行光は祐慶に定春の鍛冶場を訪ねたことは話したが、五郎の縁談のことはまだ伝えていなかった。

「せっかくのお招きだ。早く支度をして参れ」

「分かりました。おい五郎」

行光は五郎を呼んだ。

「豊後の大友頼康様が鎌倉に入られているそうだ。わしはこれから、兄者と大友様の邸に行ってくる。鍛冶場のことは頼むぞ」

「はい」

五郎は無表情で応えると、何も言わず、そのまま踵《きびす》を返した。

（喜ぶのかと思ったが……こいつめ、小町殿のことを何と考えているんだ？）

行光は息子の心中を読み取ることができなかった。

一時《いっとき》（二時間）ほど後、祐慶と行光は、今小路《いまこうじ》の外れ、亀ケ谷坂《かめがやつざか》の登り口近くにある大友邸で、頼康と対面していた。

「定春から聞いて、そちが息浜《おきのはま》に鍛冶場を構えていることは存じていた。一度逢ってみたいと思っていたが、日々の雑事に追われて叶わなかった」

「滅相もございません。私ごときに」

行光が恐縮した。

「豊後鍛冶といえばまず定秀《ていしゅう》、そして行平。わしは十年前に領国警固を命ぜられ豊後に下ったが、着任早々に両工の刀を探させた。行平の作はすぐに良いものが手に入ったが、定秀の刀は容易には求められなかった。英彦山《ひこさん》三千坊の学頭を務めたほどの法師鍛冶。刀を打つ暇もそうは無かったはず。遺作も少なかろうというものだ。ようやく手に入れたのがこの太刀だ」

頼康はそう言って、傍らの太刀の鞘を握りしめた。

「我らが先祖の鍛えた刀を身近に置いて頂き、感謝の念に堪えません」

祐慶が礼を述べた。その時だった。廊下をしずしずと歩む音がして、三人の侍女が酒肴《しゅこう》を膳に載せて運んできた。一番年増な侍女が頼康の前に、二人の若い侍女が祐慶と行光の前に膳を置き始めた。

「まあ、今日はゆるりと話そうではないか」

頼康が太刀から手を離した。頼康は少弐《しょうに》氏とともに、鎮西奉行の一人として、蒙古軍との戦を指揮した武将である。行光はその腰に納まっている定秀の太刀を鑑《み》たいと思った。刀を拝見させて欲しいと頼もうとしたところを、馳走の並べられた膳が遮った。

「どうぞ」

侍女が行光に酒を勧めた。侍女の顔を見た行光は驚いた。

「小町殿ではないか！」

行光がその場にそぐわない大きな声を出した。

「まあ、行光様！」

小町が驚きの表情を見せた。来客が行光とは知らされていなかったのだ。

「何だ、小町は行光と面識があったのか。美女をこの二人に紹介するのも、今日の趣向であったのだが……」

「申し訳ありません」

小町が頼康に頭を下げた。

「何も謝ることはない」

「博多からの帰途、先祖の墓参を兼ねて、定春殿の鍛冶場を訪ねて参りました。その時、小町殿には世話になりました」

行光が説明した。

「そうであったか。鬼籠《きこ》に寄ってきたのか」

「兄者、定春殿の娘、小町殿だ」

行光が改めて小町を祐慶に紹介した。

「おう、そうか。しかし、縁者にこのような美しい娘子がおったとはな」

祐慶も目を細めて小町を見つめた。

「頼康様が鎌倉にお越しになられたと聞き、小町殿も同行されているだろうと思っておりました。暇が頂けたら、いつでも我が家を訪ねてこられるとよい」

行光が小町に声をかけた。

「はい」

小町は祐慶にも酌を終えると、後の二人の侍女とともに下がっていった。

「ところで祐慶」

頼康が口調を改めた。

「何でござりましょう」

「焔硝《えんしょう》のことは、まことに残念であったな。つい先日、時宗様から伺ったが、製造に成功したのだと言うではないか」

「はい、それだけに悔やまれてなりません。事故で亡くなった三人の者たちは、大変気の毒なことでした」

「わしも鉄炮には散々な目に遭わされた」

文永の役の際、豊後隊は蒙古軍の鉄炮に驚き、筥崎《はこざき》八幡宮を放棄して敗走。そのため八幡宮は敵に焼かれるという失態をしでかした。後日、幕府から戦意のなさを叱責されるほどの醜態ぶりであった。このため弘安の役には豊後隊は背水の陣で臨み、志賀島の戦いでも鉄炮に悩まされたが、これに怯《ひる》むことなく奮戦し、蒙古軍を敗走させて雪辱《せつじょく》を果たしていた。

行光は祐慶が鉄炮に関わっていたことなど露ほども知らない。

（兄者はまた難しいことに首を突っ込んでいたのか！）

行光は頼康と祐慶の会話を、ただ黙って聴いているしかなかった。

行光は酒席の後、頼康から『定秀』を拝見させてもらった。奈良東大寺の千手院で大和の鍛法を学んだだけに、一見してそれと分かる反りの深い上品な太刀姿をしていて、鎺元《はばきもと》の上には古雅な倶利伽《くりか》羅《ら》が彫られていた。

「わしが隠居した記念に、太刀を一振り鍛えてはもらえまいか」

定秀を鞘にしまった行光に、頼康が鍛刀を頼んだ。

「光栄に存じます」

頼康は祐慶を見て言った。

「もちろん、その刀身には祐慶の彫りも頼む。図柄は任せるゆえ」

「ありがたき幸せ」

祐慶、行光の兄弟は、頼康に向かって深々と頭を下げた。

大友邸を辞した行光と祐慶は、丘一つ隔てた鶴岡八幡宮寺に向かった。三ノ鳥居の前まで来た時、行光が兄に打ち明けた。

「兄者、実は豊後の定春殿から、先ほどの娘子を五郎の嫁にどうかと勧められているのだが……」

「ほう、五郎にも縁談が来るようになったか。あの娘、なかなか美形ではないか。美しすぎて鍛冶屋の嫁にはもったいないの。……その話、五郎も知っておるのか」

「ええ」

「お前に似て鍛刀一筋の堅物《かたぶつ》も、定春殿の娘には一も二もないであろう」

「五郎の気持ちはまだ訊いてはいないのですが」

「とにかくめでたい話だ。身内の縁談話といえば、お前が桔梗殿を娶《めと》った時以来だな。そうだ、あの時もこの場所だった。桔梗殿がならず者たちに危害を加えられ、兄の宗次郎殿に詰問されたのは」

「そうでした」

「あれから……二十年か。早いものだ」

祐慶は鳥居を見上げながら、しんみりとした口調で言った。

「それじゃ、また何かありましたら相談致します」

行光はそう言い残して兄と別れた。


それから三日後のことだった。行光の鍛冶場を小町が訪ねてきた。

「よく来られましたね。お待ちしていましたよ」

一番喜んだのは桔梗であった。夫から小町のことは聞いていた。美しい娘だという。だが、やはり自分の目で確かめるまでは落ち着かなかった。小町は女の目で見ても魅力的であった。豊後の大友家の邸に奉公に上がり、礼儀作法も身に付け、言葉づかいも麗しかった。

（この娘なら申し分ない）

桔梗はすでに姑《しゅうとめ》の心境であった。

「鍛冶屋の娘さんに鍛冶場を見せても面白くはあるまい。五郎、どこか鎌倉市中を案内して差し上げなさい」

しばらく雑談の後、行光が五郎に言った。

「もうどこか行かれましたか」

桔梗が訊ねた。

「頼康様のお供で鶴岡八幡宮寺と円覚寺に参りました」

「そう」

「鎌倉にはたいそう大きな仏様がおわすと聞きました。できれば大仏様に参詣できればと思います」

「大仏……」

行光は桔梗と顔を見合わせた。大仏殿は行光と桔梗が初めて出逢い、そして待ち合わせをした場所である。五郎はそのことは知らない。

「さすがは六郷満山《ろくごうまんざん》と謳《うた》われる仏の里から来られた小町殿。信心深いことでございますな」

行光が笑みを浮かべて言った。豊後の国東半島には六つの郷があるが、いずれの郷の山間にも多くの寺院が建てられている。その数は奈良、京都に次ぐ多さで、国東半島の寺院群を総称して六郷満山と呼ぶ。行光は自分たち夫婦の想い出の地を、偶然にも小町が選んでくれたのが嬉しかった。

「信心深いなどと、その様なことはございませぬが」

「それじゃ大仏寺へ出かけましょうか」

五郎が立ち上がった。

家を出た二人は、由比ヶ浜の松並木沿いに大仏寺へ向かった。小町は鍛冶一筋の五郎と違い、大友邸に上がっていることもあって話題豊富な娘だった。五郎の耳に小町の声が心地よく響いた。

「小町殿ほどの器量好しで、紀氏姓を名乗る国東の名門ならば、これまでにも様々な良縁が持ち込まれたことでしょう。頼康様の御屋敷に居れば、多くの御家人の目にもとまったはず。それなのになぜ、刀鍛冶などとの縁談を受けられました」

「それは買いかぶりというものです。私も代々続いた鍛冶屋の娘ですよ。鍛冶屋に嫁ぐのが自然ではないですか。その様なことより、私は五郎様のことがもっと知りたい。あなた様こそ好きなおなごはおりませんのか」

「そんな者はいません……」

はっきり否定したつもりの五郎であったが、その語尾は弱々しかった。

「本当でございますか」

小町が五郎の顔をのぞき込むようにして言った。男心を蕩《とろ》けさせてしまいそうな、つぶらな澄んだ瞳だった。しかし、五郎の心は平静だった。

(こんな美しい女を前に、なぜ気分が萎えているのだ)

その時、五郎の脳裡に松浦《まつら》党の椰《なぎ》の顔が過ぎった。

(きっと椰のせいだ。もし椰に逢っていなければ、俺は即座にこの女にのめり込んだことだろう。……椰はかわいそうな女だった。蒙古さえやってこなければ、おぞましい復讐心とは無縁な一生を送れたはずなのに。椰に逢いたい。逢ってとことん語り合いたい)

しかし五郎が再び椰と逢える確証など露ほどもなかった。弘安の役の船軍《ふないくさ》に参加していたようだから、掃討戦などで命を失ったかも知れなかった。たとえ逢えたとしても、人の妻となっている可能性も高い。五郎の椰への想いは、見果てぬ夢のようなものだった。

目の前に美しい女がいた。五郎は二度とこのような女にはめぐり逢えないだろうと思った。五郎の胸の中で幻と現実が交錯していた。

いつしか二人は大仏寺に到着していた。朱塗りの大仏殿の中に入ると、黄金の阿弥陀如来坐像《あみだにょらいざぞう》が二人を迎えた。

「まあ、大きな大仏様！　何とも神々《こうごう》しい」

小町が感嘆の声をあげた。仏前に歩み寄った小町は手を合わせ瞑目《めいもく》した。仏の里と言われる国東半島で育ったせいか、祈りを捧げる所作にはよどみがなかった。

五郎は荘厳な大仏を見上げた。五郎は黄金の煌めきに心を奪われたことはない。五郎が惹かれるのは、鏡のように研ぎ澄まされて冴え渡る鉄色《かないろ》だ。黄金仏の前で五郎は思った。

（小町殿には黄金の煌めきにも似た妖しさがある。華と言ってもいい。小町殿が黄金色《こがねいろ》なら、椰にはさしずめ鉄色の凜《りん》とした美しさがあった）

「どうなさいました」

礼拝《らいはい》を終えた小町が、いつまでも大仏を見上げている五郎に言った。

「小町殿は黄金色は好きですか」

五郎は無意識に訊いていた。

「私は大好きです。私も黄金《おうごん》のようにいつまでも輝いていたい」

小町が臆面《おくめん》もなく答えた。

「私はあまり黄金色は好みません」

五郎はきっぱりと言ってのけた。その意味するところが分からない小町は、きょとんとした顔をしていた。

二　椰《なぎ》

鎌倉の由比ヶ浜は遠浅であり、大洋の風浪に直接曝《さら》されていて、大船の接岸は困難であった。そのため、貞永《じょうえい》元年（一二三二）、勧進聖《かんじんひじり》・往阿弥陀仏《おうあみだぶつ》の献策により、由比ヶ浜東端に港が築かれることになった。相模川や酒匂《さかわ》川などから船で石を運び、飯島崎付近から曲尺《かねじゃく》型に堤《つつみ》を築いたのである。この石堤は陸続きになっているのに、和賀江島《わがえじま》と呼ばれていた。港が完成すると近辺には商人が集まり、鎌倉で最も賑わいを見せ始めた。

石堤が構築されて五十年が過ぎ、和賀江島の周りは多くの魚のすみかとなっていた。行光の鍛冶場からは指呼《しこ》の距離である。五郎は幼少の頃よりここを遊び場にしていて、よく潜って魚を捕った。

その日の早朝、五郎は釣り竿と魚籠《びく》を持って和賀江島に向かった。仕事前に魚を釣るためであるが、最近、五郎は暇さえあれば和賀江島で釣りにはまっていた。まだ陽は昇っておらず、夏の薄明時《はくめいどき》の海辺は清々《すがすが》しかった。港内には幾多の小舟が舫《もや》われていて、極楽寺坂の向こうには富士の峰も望めた。由比ヶ浜の沖合には、各地からやってきた大小の船が帆を休めている。かつては派手な色彩の宋船も訪れて賑わったものだったが、南宋の滅びた今ではその様な光景も見られなくなっていた。

五郎は堤の際で釣りを始めた。フナムシを餌に釣り糸を垂れたが、頭の中では刀の鍛えのことが片時も離れなかった。いかに硬軟の鉄を練り合わせれば、刀の折損と曲がりを防ぎ、切れ味の鋭い刀を作れるか。五郎はそのことを二六時中考え続けていた。それにもう一つ、五郎の頭の一角を占めているものがあった。それは澄んだ鉄色《かないろ》の煌めきだった。昨年の秋、小町と大仏寺を訪れて以来、その煌めきはますます輝きを増していた。小町が五郎の前に現れたことにより、五郎は椰への想いの深さを知らされたのである。五郎が以前にも増して和賀江島を訪れるようになったのも、そこが初めて椰と逢った場所だからである。五郎の胸の中には、再び椰と逢うことがあるとすれば、和賀江島をおいて他にはないという想いがあった。五郎は大仏寺以来、小町とは逢っていない。二人の縁談話は、うやむやになったままである。小町はまだ大友邸に滞在しているはずだった。

釣り糸を垂れて間もなくだった。大勢の掛け声と艪《ろ》を漕ぐ水音が聞こえてきた。五郎が振り返ると、帆を降ろした大型の五百石船が港内に入ってくるのが見えた。大船の両舷の張出部には六人ずつの漕ぎ手が座り、十二本の艪がみごとに統制のとれた動きで海面を掻いていた。喫水が深かった。夜が明けたので、碇《いかり》を打って沖待ちしていた船が、揚げ荷のために接岸を始めたのだ。地方から年貢米や物資を運んできたのであろう。いつもの港の活気が始まっていた。その時、五郎が手にした竿がしなった。いつの間にかウキが沈んでいた。

陽が姿を見せる頃には、魚籠の中で型のよい数匹の黒鯛《くろだい》が躍っていた。五郎は竿を納め、石堤の上を引き返し始めた。先ほど入ってきた船は、船首を東に向けて陸岸に横付けし、積み荷を降ろす準備に入っていた。

五郎が石堤を歩き終えようとした時だった。

「五郎！」

突然、船の方から女の声が響いた。

（……？）

五郎は訝《いぶか》しそうな顔をして船の方を見やった。船の舳先《へさき》に女が立っていた。

「やっぱり、五郎だ！」

女が叫んだ。

「椰！」

五郎に声をかけてきたのは松浦党の椰であった。腰に短刀を帯びた懐かしい女の姿を目にした時、五郎の脳裡を激しい衝動が突き抜けていた。

「生きていたのか！」

五郎は思わず釣り竿を振って大声で応えた。肥後国の御家人竹崎季長《すえなが》から、蒙古船に夜襲をかけた草野経永《つねなが》の舟に若い女が乗っていたことを聞かされて以来、五郎は椰の安否を気づかっていた。

「今、下りていくから」

椰はそう言うなり、飛ぶように舷側へ駆けていった。

（椰は無事でいてくれた……）

五郎は得も言われぬ安堵感に包まれていた。

「背が高くなったな」

駆け寄ってきた椰に、開口一番五郎はそう口にした。ほぼ三年ぶりの再会であった。初対面の時より背丈がずいぶんと伸び、胸の膨らみが眩しいほどであった。細くくびれた腰には相変わらず水剣が差されていた。背が高くなったな、と口にした後、五郎は、綺麗になったな、と言ってやれば良かったと後悔した。だが、間近で見る椰の顔は真っ黒に日焼けし、澄んだ目と白い歯だけが光っていた。お世辞にも綺麗とは言いかねた。

「すっかり女らしくなったな」

五郎は今度はそう言って梛を褒めた。梛は五郎より三歳年下だから、十七になったはずである。

「何を言っているんだ。お転婆娘と思っているくせに」

梛は少しはだけていた胸元を合わせながら言った。

「お転婆なんてもんじゃないだろう。蒙古の軍船に火をかけて、海に沈めたと聞いたぞ」

五郎はかまをかけてみた。

「何のことだ！」

梛は、なぜその事を知っているんだ、と言わんばかりに、驚いた表情を見せた。五郎が想像していたとおり、竹崎季長《すえなが》が話していた女はやはり梛だったのだ。

「隠すな。草野経永《つねなが》様の一党とともに蒙古船に夜襲をかけたり、鷹島の船軍《ふないくさ》に漕ぎ手として加わっていた男まさりの女の話は、西国では知らない者などいなかったぞ」

「それは人違いだろう。あたいは草野などという武士は知らぬ」

梛はあくまでしらを切りとおした。それを認めれば、草野次郎経永は夜襲に女を伴ったと、笑い者になると思っているからだ。

「まあ、いい。ところでいつまで鎌倉にいるんだ」

「四日ほどだ。天気しだいだけど」

「そうか。俺の家は近くだから遊びに来いよ。そうだ、蒙古との戦で亡くなった戦没者を慰霊するために、鎌倉に円覚寺《えんがくじ》という寺が新しく建てられたのだ。良かったら参拝するといい。梛の御両親も祀《まつ》られているわけだから」

「だったら明日案内してくれないか。荷揚げは今日で終わるし、帰りの荷が届くまで暇になるから」

「分かった」

船の荷揚げが始まったので、五郎と椰はそこで別れた。明日、一緒に円覚寺へ出かける約束をして。

その日の夕餉には、五郎が朝方釣ってきた魚が並んでいた。

「明日は半日でも仕事を休ませて欲しい」

五郎は食事の後、父の行光に頼んだ。

「お前が自分から休みをくれとは珍しいな」

「博多に行く時乗った船が、今朝、和賀江島に入ったんです。航海中に世話になった女がまだ乗っていたので、円覚寺に案内することにしたんです」

女と聞いて行光は箸を置いた。小町との縁談話をうやむやにしてしまった息子に、行光は何かあると思っていた。

「女というのは竹崎様が話していた松浦党の娘だな。草野様の夜襲や鷹島の掃討戦に加わっていたという」

「そうです。椰さんといいます。蒙古が最初に襲来した時、親兄弟を高麗兵になぶり殺しにされたそうです。だから蒙古相手の戦没者を慰霊するために建てられた円覚寺に、ぜひとも案内したいのです」

「そうか……。そのような訳なら半日といわず、明日は鍛冶場に出なくてもいい。その、なぎさんとかいう娘、円覚寺の帰りにでも家へお連れしろ。わしも逢ってみたい。特に行平の短刀に」

「分かりました」

行光には五郎に訊き質したい事がいくつもあった。しかし、あえてそれを口にせず暇を与えた。行光の傍らでは、突然、女のことを言い出した息子に、桔梗が憂えげな表情を見せていた。

翌日、五郎は船まで椰を迎えに行き、連れ立って若宮大路を鶴岡八幡宮寺に向かった。二人は八幡宮に参拝した後、巨福呂坂を登った。建長寺を過ぎた辺りで、鎌倉市中に行くところだと言う、国宗の次男宗次郎と出逢った。

「五郎ではないか?」

五郎の伯父は、女連れの甥を見て、訝《いぶか》しげな表情を見せた。女が腰に短刀を差しているので、よけい気になったのである。

「祖父さんの家へ行くのか」

「いいえ、こちらの人を円覚寺に案内するところです」

「円覚寺へ……今日は執権の時宗様がお見えになっているようだぞ」

「そうですか。別に参拝は構わないのでしょう」

「もちろんそうだろう」

「それじゃ、行ってきます」

五郎の伯父が言ったように、円覚寺の総門前にある白鷺池《びゃくろち》の前には、十人ほどの武士がたむろしていた。時宗の愛馬なのであろう、青鹿毛《あおかげ》の駿馬が木立に繋がれている。

「時宗様はお参りに来られたのか」

椰が五郎に訊いた。

「お参りもされるだろうが、参禅に来られているのだろう。俺もよく分からないが、そういう噂だ」

二人は総門をくぐったが、時宗の帰りを待っている武士たちに咎《とが》められることもなかった。三門を抜けて本尊を安置する仏殿の前に来た時だった。一人の男が石に腰掛け、葛籠《つづら》の上に紙を広げて絵筆を握っていた。

「墨絵ですか」

五郎が男に歩み寄って会釈した。男も軽く頭を下げた。

「あなたですね。伯父から聞きました。八幡宮や円覚寺の境内で、達者な水墨画を描いている人がいると」

「おじ？」

「私の伯父は八幡宮の供僧《ぐそう》をしています」

「ああ、この前ここで逢った坊さんか。刀身彫刻を手がけていると言っていた」

「そうです」

「今日は何を描いているのですか……ああ、仏殿だ」

五郎と男の会話を聴いていた梛の顔色が変わっていた。男の口から洩れ出た言葉には、故郷の訛《なま》りがあった。

「あなたは九州の方ですね！　それも壱岐の辺りの」

梛は船で北九州付近の浦はたいがい訪れている。言葉を少し聞けば、どこの訛りかだいたい分かる。壱岐と梛の育った松浦は同じ生活圏で、梛も壱岐にはたびたび訪れていた。

「……」

壱岐の権作こと趙龍《ちょうりゅう》は、ずばり生国《しょうごく》を指摘され、次の言葉を探しているのか黙りこくった。その時だった。五郎の目に怪しい人影が映った。円覚寺には仏殿の左右を通る二つの参道があるが、仏殿に向かって右側の木陰から飛び出した二人の男が、参道を横切り仏殿の背後に消えていくのが見えた。手には抜き身を握りしめていた。

「何だ、あの男たちは！」

五郎が椰を振り返ったその直後だった。

「時宗、覚悟。父時輔《ときすけ》の恨みを晴らしてやる。きぇいー」

仏殿の裏から激しい掛け声が聞こえた。尋常ならざる言葉だった。

（時宗様が襲われた！）

五郎は声のした方に脱兎《だつと》の如く駆け出していた。椰もそれに続いた。

仏殿の左脇の参道で、時宗と近習《きんじゅ》二人、それに先ほどの曲者《くせもの》が乱闘をくり広げていた。五郎たちは気づかなかったが、趙龍と話しているうちに、座禅を終えた時宗主従がそこまでやってきていたのだ。時宗を襲った二人のうち、三十がらみの年配の男は、時宗の近習二人によって斬られた。残りの一人はまだ十代半ば過ぎと見える若者である。時宗にがむしゃらに斬りかかるが、時宗の剣の腕が優っていて軽くいなされている。そうこうしているうちに、年配の曲者を始末した近習二人によって若者は取り押さえられた。

「おい、さっき何と申した」

両腕を後ろ手につかまれ、地面に座らせられた若者に、時宗が腰をかがめて問い糾した。

「くそ、殺せ！」

若者はやけくそになって叫んだ。

「お前はもしかして時影《ときかげ》か！」

「そうだ」

若者は十年ほど前、時宗によって京都の六波羅で誅殺《ちゆうさつ》された、時宗の異母兄の遺児であった。事件の後、時輔の次男時影の行方はようとして知れなかった。

「生きておったのか！」

時宗は鎌倉に一時帰国した時輔の妻子に対面したことがあるが、その時、時影はまだ六歳であった。時宗が兄を誅殺《ちゆうさつ》する直前のことである。

「あの者は誰だ」

時宗が斬り捨てられた男の方を顎で指し示した。

「……」

もう一人の男は、時影を六波羅から落ち延びさせ、これまで育ててくれた大場恒茂《おおばつねしげ》であった。大場の縁者に禍《わざわい》が及ぶのをおそれて、時影は時宗の問いには答えなかった。

「早く、殺せ。あの世からお前を呪い続けてやる」

時影が再び大声で叫んだ時だった。時宗の近くに奇妙な物体が落ちて植え込みの中に転がっていき、その後、大きな爆発音が起こって眩しい閃光が走った。黒煙が辺りを一瞬にして暗く包んだ。

「鉄炮だ！」

椰は思わず口走った。蒙古襲来時に幾度となく経験した轟音である。おぞましいその音を九州から遠く隔たった鎌倉の地で耳にすると、椰は初めて鉄炮に出遭った時以上に戦慄《せんりつ》を覚え身を竦《すく》めた。

雷鳴のような音がまだ辺りの深い谷《やつ》に谺《こだま》している最中に、五郎や椰の背後から一人の男が躍り出て、立ち込める黒煙の中に飛び込んでいった。それは絵を描いていた趙龍だった。趙の手には短刀が握られていた。趙は時宗にまっしぐらに襲いかかった。

突然現れた新手の曲者の襲撃を、近習の一人が身を挺して防いだ。近習は右肩の辺りを刺され、直垂《ひたたれ》が見る間に鮮血で染まった。もう一人の近習は鉄炮で目をやられたのか、左手を目にあて、右手は宙に泳がせている。

趙が再び時宗に斬りつけたが、今度は時宗が太刀で凌いだ。時輔の次男が近習の落とした太刀を拾って趙に加勢する。それを見た梛が腰の短刀を抜き、趙に向けて放った。短刀は宙で一回転して、みごとに趙の背中を貫いていた。趙が後ろを振り返って、梛を恨めしげに睨みつけた。

時輔の次男が趙に駆け寄り、刺さった短刀を抜いて投げ捨てた。騒ぎを聞きつけた時宗の護衛の者たちが、総門の方から駆けてくる気配がしていた。

「おい、逃げるぞ」

形勢不利を悟った時影が、背中に傷を負った趙の袖を引いた。二人は円覚寺の西側の木立に向かって逃走していった。

「お怪我はありませぬか」

目くらましを食った近習が、まだあまり見えぬ目で時宗に呼びかけた。

「爆発の時、頭に何か当たったようだ。一瞬、気を失いかけるほどだった」

時宗はそう言いながら側頭部に右手を押し当てた。生暖かいヌルリとした感触がしたので掌《てのひら》を見ると、べっとりと血が付いていた。そこへ白鷺池《びゃくろち》の前で主人の帰りを待っていた警固の武士たちが、泡を食って駆けつけてきた。辺りにはまだ焔硝《えんしょう》独特の臭気が漂っている。

「これは何事ですか！」

斬り殺された大場恒茂の亡骸を見て、武士たちは騒然となった。

「兵庫《ひょうご》が刺された、これで手当してやれ」

時宗は自分の直垂《ひたたれ》の両袖を腰刀《こしがたな》で切り取ると、それを武士の一人に与えた。

「賊の二人は向こうへ逃げた。一人は傷を負っている」

兵庫と呼ばれた近習が、右肩の痛みに耐えながら西の方角を指差した。

「よし、後を追うぞ」

武士たちは一斉に駆けだしていった。

「そこの女、おかげで助かった。礼を言うぞ」

追っ手が木立の中に消えると、時宗は椰の方を振り返り声をかけた。

「いえ……」

「時宗様、御無事で何よりです」

五郎が遠慮がちに言った。

「何だ、行光のところの五郎ではないか！」

五郎は父とともに何度か時宗に逢っていて面識がある。

「はい」

「今日はおなごと一緒か」

時宗が五郎を冷やかした。それだけ心の平静を取り戻していた。

「この者は肥前の松浦党の女です。一昨日、船が和賀江島に着いたので、新しい寺を見せてやろうと案内して参りました」

「おお、そうか。この円覚寺は先の戦で亡くなった戦没者を、敵味方なく弔うために建てたもの。じっくり拝んでいくがよい」

「敵味方なくでございますか！」

突然、梛が時宗に向かって大きな声を出した。

「そうじゃ」

「なぜ、蒙古や高麗の畜生どもを祀らねばなりませぬのか。それでは奴らに殺された者たちは浮かばれませせぬ」

「梛、よさぬか」

五郎は今にも時宗に飛びかかりそうな剣幕の梛を、慌てて袖を引いて制止した。梛はその手を振り払った。

「時宗様、この者の失礼をお許し下さい。この者は親兄弟や縁者をことごとく高麗兵に殺されましたので、このようなことを申すのです」

「……そうであったか。松浦党の奮戦ぶりは報告を受けている」

「この者も船軍《ふないくさ》に参加して、敵船を焼き沈めております」

「五郎、よけいなことを言うな」

梛が五郎の言葉を遮った。草野《くさの》経永《つねなが》の夜襲に与《くみ》したことは、経永の名誉のためにも秘しておかねばならない。

「おなごの身で船軍に加わったのか！」

「高麗の奴らの非道ぶりは半端じゃなかった。男はすべて斬り殺された。女は強姦されたあげく、手に穴を開けられて縄を通され、楯代わりに船縁《ふなべり》に並べて吊された。そんな鬼畜生らと一緒に祀られては、死んだ者たちは絶対に浮かばれぬ。時宗様は最前線のむごたらしさを御存じないから、敵味方なく弔うなどと能天気《のうてんき》なことを言われるのだ」

梛は身分をわきまえない激しい口調で、侵略者たちとの合祀《ごうし》を批判した。時宗は梛の言葉に耳を傾けていたが、やがて静かに口を開いた。

「蒙古の軍勢の多くは、むりやり戦に参加させられた高麗や宋の人間だった。お前にも早く安らぎの心境になれる日が訪れると良いがの」

梛は時宗の言葉を拒絶するかのように、ぷいと横を向いてしまっていた。

「ところでさっきの爆発は何でございましょう。一年前に作った焔硝《えんしょう》に似ておりましたが……まさか」

趙龍に刺された近習が、傷口に袖布《そでぬの》を巻かれながら時宗に訊いた。

「あれは鉄炮だ。至近距離で爆発したというのに、死人が出なかったのは奇跡だ」

梛が言った。

「やはりそうか。今の奴が蒙古軍が使ったという鉄炮か！」

鉄炮製造の夢を、あと一歩のところで断たれた過去のある時宗にとって、それは鉄炮との思いがけない遭遇だった。

「この鎌倉に鉄炮が持ち込まれていたとは、何とも恐ろしいことだ」

「鉄炮を使ったということは、時影様が蒙古と通じているということか！」

「時宗様、当分の間、外出はお控え下さいませ」

近習や供の武士たちの言葉が乱れ飛んだ。

「なぎとやら、今日はおかげで命拾いした」

時宗は参道脇に落ちていた梛の短刀を拾い上げると、刃に付いた血糊を両袖を失った直垂《ひたたれ》の胸の辺りで清め、ていねいな所作で梛に返した。そして梛に向かって一礼すると、怪我をした近習らとともにその場を立ち去っていった。残った武士の一人が、大場恒茂の死骸を運ぶため、戸板を借りに僧坊へ走った。

「松浦党は蒙古への恨みは必ず晴らす。持てる水軍の総力をあげて、高麗や蒙古に徹底的に復讐することだろう」

梛は五郎を見つめながらきっぱりと言った。五郎は仏殿で円覚寺の本尊を拝んだが、時宗に敵まで祀られていると聞かされた梛は、かたくなに意地を張り通し、仏殿に上がることはなかった。五郎はそんな梛を不憫に思うのだった。

時影《ときかげ》と趙龍《ちょうりゅう》は円覚寺から懸命に逃げた。執権を襲撃するという大罪を犯したのだ。幕府が黙って見過ごすはずがなかった。厳重な探索の網が、幾重にも敷かれるのが目に見えていた。趙の背中の傷は深かった。逃避行の途中、時影はどこから調達してきたのか、膏薬《こうやく》と布で趙の傷の手当をした。二人は初対面であった。

「お主はいったい何者なのだ。どうして俺を助けた」

時影が趙の上半身に布を巻きながら訊ねた。

「お前こそ何者だ。ときすけの恨みを晴らしてやる、とか叫んでいたが……。お前が邪魔をしなければ、俺は確実に時宗を仕留めていたものを」

「何と！　お主も時宗を狙っていたと申すか」

「そうだ」

「なぜ？　どういう理由で」

「まず、お前から話せ」

「分かった。時輔は我が父で、時宗とは腹違いの兄だ」

「何！　お前も北条一族か。それも執権の甥だと！」

「そうだ。俺の親父は六波羅探題南方をしていた時、時宗に誅殺されたのだ」

趙は鎌倉を遠く離れた壱岐で育った。執権職にある時宗の名は知っていても、異母兄の名前までは知らない。

「それで復讐のために時宗を狙ったのか」

「そうだ、お主はどうしてだ」

趙は自分の正体を、時影にどこまで打ち明けてよいものか迷った。

(俺が時宗暗殺のために東路軍から送り込まれた刺客だということは、大願成就の日まで伏せておくべきだ。たとえ相手が反時宗勢力であっても)

「どうした、申さぬか」

時影が迫った。

「俺は……俺は蒙古軍に二度も蹂躙《じゅうりん》された壱岐の生まれだ。俺は親兄弟のみならず、親戚のすべてを殺された。壱岐の地頭は太宰府に援軍を要請したが、時宗はこれを無視した。最初の蒙古襲来の時はともかく、二度目の時は壱岐の住民を見殺しにしたのだ。俺は時宗が許せない。だからこうして鎌倉までやってきて、密かに暗殺の機会をうかがっていたのだ。時宗が円覚寺でよく座禅を組んでいると聞き、絵を描く振りをして何ヶ月も待った。今日は天佑ともいうべき好機だったものを、お前のおかげで台無しにされた」

趙は咄嗟《とっさ》に嘘を交えて語った。趙の話を聞き終えても、時影はまだ半信半疑といった顔をしていた。

「お主は妙な物を使ったな。あの雷のような音を出して破裂した物は、いったい何だ」

「あれは震天雷《しんてんらい》という蒙古軍の武器だ」

「震天雷？」

「武士たちは鉄炮と呼んでいる」

「あれが噂に聞く鉄炮か！　そうだったのか。しかし、どうしてあのような物を持っているんだ？」

「二度目の蒙古襲来の時、暴風で難破して岸に打ち上げられた蒙古船から分捕ったのだ」

「まだ持っているのか」

「あれだけだった。だが作り方は知っている」

「どうしてお主が！」

「俺は高麗と蒙古の言葉が話せるのだ。壱岐では通事《つうじ》の仕事をしていた。だから製造法を蒙古兵から訊きだしたのだ」

趙は嘘を連発した。時影はどうにか得心した顔になった。

「ところで、これからどうするのだ。この辺りは得宗家の領地だそうじゃないか。一刻も早くここから離れねば、追っ手に捕まるぞ」

さすがの趙も、自分の傷のことを考えると、心細い心境に陥っていた。

「そうだな。お主、壱岐の生まれなら東国には不案内であろう。俺は何度でも時宗の首を狙うつもりだ。お主もそうなら、どうだ手を組まぬか」

趙にとって渡りに船の申し入れであった。

「それもよかろう」

趙は快諾した。

「よし、決まりだ。身を潜めるにはとっておきの場所があるから、俺に任せておけ。とにかく円覚寺から少しでも離れよう」

二人は再び人目につかぬように歩き始めた。


時輔《ときすけ》の次男による時宗襲撃事件は表沙汰にされることはなかった。実の甥に命を狙われたのだ。得宗家の恥だった。二度の蒙古襲来により、北条政権の屋台骨は揺らいでいた。にもかかわらず蒙古の三征に対する防備の手を緩めるわけにもいかなかった。すでに長期間にわたる臨戦態勢維持のため、幕府の財政は疲弊し、社会の矛盾は激化しつつあった。無用な混乱の元は秘さねばならなかった。しかし時輔の遺児の存在を許すことはできない。反得宗派に御輿《みこし》として担ぎ出される危険があった。時宗は円覚寺から逃げた二人を、密かに探索させることにした。

時宗が円覚寺で襲撃されて四日後、梛の船は博多へ向け出航することになった。その前日、五郎は和賀江島の岸壁に係留されている五百石船を訪ねた。

「時宗様から梛に渡してくれと、さっきこのような物が届けられた」

五郎が梛に差し出したのは、若い娘が好みそうな色鮮やかな反物と、砂金の入った袋であった。ついい先刻、時宗の遣いの者が行光の鍛冶場を訪れ、梛に渡してくれと置いていったのである。円覚寺で梛に助けられた時宗の、心づくしの御礼の品であった。

「派手な柄だな。あたいには似合わないよ」

梛が反物の一つを手にして言った。

「そんなことはないだろう。年頃の娘にぴったりの柄だ」

「気に入ったのなら五郎にやるよ。好きな娘に着せてやるといい」

「俺にはそんな女はいない」

「それなら好い女が現れるまで大事にしまっておくんだな」

梛は反物を押し返した。

「時宗様から梛に渡してくれと預かった品だ。そういう訳にはいかない」

五郎は再び反物と砂金を梛の前に突き出した。

「面倒くさい奴だな。塩っ気だらけの船の中には、こんな値の張る反物を置く場所などないぞ。砂金だけは腐らないからもらっておくが、反物は適当に処分してくれ」

梛は砂金袋をつかむと、その重さを確かめるようにポイと上に放り投げた。

「ずいぶんはずんでくれたな。蒙古兵まで弔う余裕があるんだから当然か」

梛は皮肉をたっぷり込めて言った。

「今度はいつ鎌倉に来るんだ」

「そんなの分かるもんか。積み荷しだいさ」

「そうだな」

「五郎が刀を作るところを見てみたかったが……それはまたの機会だな」

五郎は梛を家に案内するつもりだったが、時宗が襲われた後のごたごたでそれも叶わないでいた。

「それじゃこの反物は俺が預かっておく」

五郎にはその反物が、梛との間を繋ぐ唯一の縁《よすが》のような気がした。五郎は梛と再会して以来、二六時中、梛のことを考え続けていた。胸を焦がす悩ましく切ない想いは、生まれて初めて経験するものであった。

（これが懸想《けそう》というものか！）

船出の時が近づくにつれ、五郎の胸は張り裂けんばかりになっていた。

翌朝、梛の乗った大船は、和賀江島から離岸していった。

「また荷があったら鎌倉に来るからな」

梛は船の上から、見送りに来た五郎に大声で叫んだ。五郎はしだいに遠ざかっていく船を見つめながら、言いようのない別離の憂いに浸っていた。

三　大望喪失

時宗暗殺に失敗し、円覚寺から逃亡した北条時影《ときかげ》と趙龍《ちようりゆう》の二人は、三日後の深夜には、円覚寺から北西に一里半ほど離れた田谷《たや》の地にたどり着いていた。わずかな道程を三日も要したのは、北条氏得宗領の山ノ内荘に、厳重な探索の網が敷かれたからである。この間に趙の背中の傷は膿《う》み、趙は激痛と高熱にひたすら耐えて逃避行を続けていたのである。

「着いたぞ」

趙に肩を貸しながら歩いていた時影が、声に安堵感を滲ませて歩みを止めた。樹木の生い茂る小高い丘の裾野で、辺りには人家も見えぬ寂しい場所である。

「俺をからかっているのか！　どこが人目につかぬ絶好の隠れ家だ」

闇の中に趙の怒気を含んだ声が響いた。二人は丸二日、何も口にしていない。空腹が趙を気短にさせていた。

「まあ、そう言うな」

時影は妙に余裕のある態度である。それが趙をよけいに苛立たせた。

「ここから中に入るぞ」

時影が茅《かや》をかき分けると、そこに小さな洞穴《ほらあな》が口を開けていた。

「隠れ家というのは洞穴だったのか！　もっとましな所かと思っていたぞ」

「贅沢を言うな。廃屋などに隠れていたらすぐ見つかるぞ。ちょっと待っていろ。今、明かりを点すからな」

時影は中腰の姿勢で穴の中に消えていった。中で石を打つ音がして、やがて奥がぼんやりと明るくなった。

「中に入ってこられるか」

「ああ」

趙が背をかがめると、背中の傷に激痛が走った。我慢して中腰で明かりに向かって歩み続けると、突然、天井が高くなった。人が楽に立てる高さである。

「それじゃ行こうか」

時影は先に立って歩き始めた。

「おい、まだ奥があるのか！」

洞穴はすぐ行き止まりだと思っていた趙は、慌てて時影に従った。洞内はひんやりとして湿気が高く、複雑な迷路のようになっていた。時影は何のためらいもなく進んでいく。趙はすぐに方向感覚を失っていた。洞内はいたる所で水滴がしたたり、壁際の窪みを音もなく水が流れていた。それにもかかわらず、薄気味悪いほど静寂だった。

趙はこのような長大な洞窟に入ったのは初めての経験だった。言葉も無く、ただ黙々と時影の後に従っていた。やがて目が慣れた時だった。時影の持つ灯明に照らされ、洞窟の天井や側壁に、時折、奇妙なものがぼんやりと浮かび上がるのに気づいた。

「おい、頭の上にあるのは何だ！」

趙の問いかけに時影は足を止め、灯明を頭上にかざした。それは洞壁に浮き彫りにされた、みごとな仏像彫刻であった。側壁にも別の仏像が彫られている。

「おい、ここはいったい何なんだ？」

「そうだな、さしずめ地底の大伽藍《だいがらん》といったところだ」

「大伽藍！」

「その昔、鶴岡八幡宮寺の僧たちが、真言密教の修行窟《しゅぎょうくつ》として、鑿《のみ》一本で掘った人工の洞窟だ。この辺りでは田谷《たや》の洞窟と呼ばれている。三十年ほど前の大地震で被害を被ってから、このように放置されたままになっているのだそうだ」

そう言って時影は再び歩き出した。趙が注意していると、その後も次々と仏像彫刻が薄明かりの中に浮かび上がっては消えていった。洞壁におびただしい数の彫刻があるのが知れた。

やがて時影は円形に掘られた広い空間で足を止めた。

「ここがこの洞窟内では一番湿気の少ない場所だ。俺たちは時宗を暗殺したらここへ逃げ込み、ほとぼりが冷めるまで潜むつもりだった。見ろ、生活に必要な物はたいがいそろえてあるぞ。保存の利く食糧はもちろん、武器もある。この洞窟内は一年中気温が変わらないから、冬場は外の屋内より快適に過ごせるぞ」

時影は自信たっぷりに言った。梵字らしきものが彫られた壁際に、いくつもの木箱が置かれ、寝ゴザがかけられてあった。

「時宗襲撃はお粗末だったが、お前たちなりに用意周到に計画したのだな」

「それを言うな。次は必ず時宗の首を挙げてやる。それには早くその傷を治せ。すべてはそれからだ」

時影の言葉に趙は頷いた。そして改めて円形の空間を見まわしてみた。天井や壁面に、曼荼羅《まんだら》や十八羅漢《じゅうはちらかん》の像がぐるりと浮き彫りにされていた。

円覚寺の境内で負った時宗の頭の傷は、身近で爆発した鉄炮の破片によるものだった。その傷は七日ほどで癒えたが、それから一月ほどした頃から、時宗は何となくふらふらし、頭痛がするようになっていた。

時宗は二度にわたる蒙古襲来を、御家人たちの武勇と天佑により退けたものの、蒙古はまた攻めてくると考えていた。そのため九州の御家人に引き続き異国警固番役を命じ、交代で海岸線の防備にあたらせていた。それとともに、弘安の役で有効性が認められた防塁を、さらに要所要所に造り続けさせていた。執権職にある限り、時宗は気の休まることはなかった。

（色々と心労を重ねたから、そのせいだ）

そう考えた時宗は、なるべく静養を心がけるようにしていたが、時の最高権力者の地位は、時宗に安寧《あんねい》な生活を与えることはなかった。

翌年の弘安七年（一二八四）になると、時宗は時おり激しい頭痛と嘔吐《おうと》をくり返すようになっていた。円覚寺で頭部に外傷を受けた際に、時宗の脳内には血腫《けっしゅ》ができ、脳を圧迫していたのである。

「時宗様が病の床に就かれたそうだ」

その情報をいち早く行光の鍛冶場にもたらしたのは、やはり祐慶であった。それは三月の末のことである。

「時宗様が御病気に！」

五郎は祐慶の言葉に衝撃を受けた。時宗は史上類のない国難に対し、ともすれば分裂しかねない国論を一つに束ね、断固たる決意で蒙古と対峙《たいじ》してきた優れた指導者である。蒙古軍の三来が想定される今、時宗を失うことは国家存亡の危機に想えた。

「時宗様にもしものことがあった場合、執権職を継がれる嫡男の貞時《さだとき》様は、まだ十代半ばの若年であろう」

行光も不安気である。

「時宗様のお父上の時頼様も、生死の境をさまよう大病をされて後、また元気になられた前例もある。我々一家はどういうわけか、時宗様とは何かと御縁があった。病気平癒《へいゆ》を皆で祈ろうではないか」

祐慶が湿っぽくなった空気を追い払うように言った。

それから数日経った四月四日、時宗が三十四歳の若さで没した。弘安の役からわずか三年後のことだった。

（時宗様はまるで蒙古軍に立ち向かうために生まれてこられたような生涯を送られた。それを成し遂げられて逝《い》かれたのだ、短い人生でも時宗様に悔いなどあるまい。この俺にも天命があるとすれば、父とともに蒙古軍との戦闘に有利な太刀を完成させることだろう。時宗様、あの世からこの五郎を見守っていて下さい）

五郎は時宗の顔を想い浮かべながら、手を合わせ瞑目《めいもく》した。

時宗の亡骸は、みずからが開いた円覚寺に葬られた。時宗の死により幕府が混迷の色を深める中、執権職を継いだのは嫡男の貞時（十四歳）であった。

趙龍《ちょうりゅう》と北条時影は、時宗襲撃から半年以上経った今も、田谷《たや》の洞窟に潜み続けていた。時影は義経を討ち取った頼朝の故事を振り返るまでもなく、時宗が全国に自分に対する追討令を出したものとばかり思っていた。しかし時宗はこの事件を公にすることはなかった。時影らに襲われた直後は円覚寺のある山ノ内荘一帯を徹底的に捜索させたものの、その後は身内の恥を晒すことを避け捜索を中止させていた。

洞窟に逃げ込んだ二人は、最初の数ヶ月は極度の緊張感に包まれた日々を過ごしていた。しかし今では、日中堂々と、近くの里に顔を出すこともある。それどころか、時影は鎌倉市中にまで出かけ、幕府の動きを探ってきたことすらあった。執権職の命を狙うという大罪を犯したにもかかわらず、二人に追討の手が差し向けられている様子はなかった。

その日、時影は食糧を求めて洞窟を出たが、半時（一時間）も経たぬうちに慌ただしく潜伏先に帰ってきた。

「おい、里で大変なことを耳にしたぞ」

「どうした！」

趙が緊張した声で聞き返した。趙の背中の傷はとうに癒えていた。

「時宗が死んだぞ。あの時宗が」

「何！　それは本当か」

「ああ、四月四日に病気で亡くなったそうだ」

「七日前ではないか！」

「執権職は直ちに息子の貞時が継いだそうだ。まだ十四の子供だというのに。本来なら俺が継ぐべき地位だ」

時宗の死に接し、時影と趙ではその受け止め方はまるで違っていた。

「親の仇《かたき》、憎っくき時宗が亡くなった。祝杯をあげるぞ」

時影にとっては、たとえ時宗の死が病気であり、みずからが手を下したものでなかったとしても、それは感極まる慶事であった。それに比べ、時宗暗殺に自身の将来をかけていた趙は、絶望の淵に立たされた想いであった。

（時宗が死んでしまっては、壱岐と対馬の領主になるという俺の夢はどうなるのだ。これではおめおめと高麗にも帰れず、この国で一生日陰者の身で野垂れ死にか）

時宗の病死の遠因が、自分の放った鉄炮のせいだと知る由もない趙は、すっかり意気消沈していた。

「幼い貞時が執権では、新政権はすぐに乱れよう。ひょっとしたら、この俺が歴史の表舞台に出る日が訪れるかも知れないぞ。反得宗勢力を糾合《きゅうごう》し、俺がその頭になってやる」

落胆している趙の前で、時影はほくそ笑んでいた。

「時宗が死んだ以上、鎌倉殿も俺たちどころではあるまい。俺は鎌倉に帰るぞ。これからは気楽に生きていく」

趙は時影にそう宣言した。

「じゃあ、ここで別れるか」

「そうしよう」

二人は十ヶ月余り続いた逃避行を終わりにしたのである。

第十一章　華燭《かしよく》

一　海難

北条時宗逝去の衝撃が冷めやらない、四月半ばのことであった。

「昨日、伊豆沖で鎌倉に向かっていた船が遭難したそうだ。水夫はすべて溺死したらしい」

昼休み時、行光の鍛冶場で弟子たちが噂話をしていた。和賀江島に近い飯島では、海難にまつわる話は日常茶飯事である。五郎は弟子たちの会話を聴きながら、梛《なぎ》のことを想っていた。梛とは去年の夏に再会して以来、ずっと逢っていない。

（また荷があったら鎌倉に来ると言っていたが……）

この一年余り、梛の船に似た大船が入ると、五郎は船着き場に足を運んだ。だが、梛の乗り組む松浦党の船が、再び鎌倉に姿を現すことはなかった。

遭難船の噂を聞いた翌々日のことだった。正午をだいぶ過ぎた頃、祐慶が手に竹籠《たけかご》をぶら下げて鍛冶場に顔を出した。

「しばらく顔を見せませんでしたが」

行光が兄に言った。

「八幡宮の所用で、走湯大権現《はしりゆだいごんげん》に行っておったのだ。昨日帰ってきた。これは土産だ」

祐慶が差し出した竹籠には干物が入っていた。

「金目鯛《きんめだい》の天日干《てんびぼ》しではありませんか。伊豆の名産をありがとうございます」

行光は祐慶に礼を述べた。走湯大権現は、熱海の伊豆山に鎮座する関八州総鎮守の社《やしろ》である。神仏習合《しんぶつしゅうごう》の神社であるが、仏教色、特に修験道の色合いが濃い。例祭日が四月十五日だったので、それに関係して祐慶は派遣されていた。

「ところで、伊豆ではまた船が遭難したそうではありませんか」

「おお、そのことよ。帰ってくる時、酒匂宿《さかわのしゅく》で聞いた。船は転覆して沖に流されたそうだ。助かったのは女一人だったらしい」

「全員溺死《できし》したのではなかったのですか」

(女！)

二人の会話を聴きながら刀を研いでいた五郎は、手の動きを止めた。

(もしや椰では……しかし船に女が乗っていたからといって、椰とは限らぬ。乗り合わせた客かも知れぬ)

「船が転覆したのは真っ昼間だったので、遭難の模様は陸から多くの人が見ていたらしい。その女は時化《しけ》の海を浜まで泳ぎ切ったそうだが、なぜか短刀をしっかり握りしめていたらしい」

短刀と聴いて、五郎の背筋に衝撃が走った。時化の海を泳ぐなど、常人の女がなせる技ではない。五郎は研いでいた刀を放り出し、祐慶に向かって叫んだ。

「椰です、その女は椰に間違いない」

「……お前、その女を知っているのか！」

突然、取り乱した様子で話に割って入った甥に、祐慶は驚いた顔をした。

「その難破した船は、俺が博多へ行く時に乗った船に間違いないと思います。女は肥前の松浦党の娘です」

「なぜ、そう断言できる」

「短刀です。椰の家族は蒙古軍に皆殺しに遭っています。椰は高麗兵と戦って命を落とした父の形見の短刀を、いつも大切に腰に差していました。命の次に大事な短刀だからこそ、時化の海に放り出されても手放さなかったのでしょう。その短刀は豊後行平の鍛えたものですよ」

「ではその女か！　円覚寺で時宗様をお救い申し上げた女というのは」

「ええ、そうです」

「そうと分かっていたら、女を見舞ってくるのだった」

「女は今、どうしているのですか」

「泳ぎ着いた漁村の尼寺で療養していると聞いたが」

「その詳しい地名は分かりませぬか」

「湯河原《ゆがわら》の近くに真鶴《まなづる》という岬があるが、その付け根の岩浦《いわうら》という漁村だ」

「父さん、今から伊豆へ行ってきてもよろしいですか。一緒に乗っていた船乗り仲間をすべて失い、椰は落ち込んでいるはずです。蒙古軍に肉親や縁者を皆殺しにされた椰は、これで天涯孤独の身になったのかも知れません」

「そうだな、しかし今から発ったら茅ケ崎《ちがさき》辺りで陽が落ちてしまうぞ。出かけるのは明朝にしたらどうだ」

「いえ、すぐに出かけます。月夜ですから何とかなるでしょう」

五郎は一刻も早く梛のもとに駆けつけたいと思った。翌朝まで時を無駄にしたくなかった。鎌倉から小田原までは十四里余り。湯河原は、そこからさらに遠方の地である。

「そうか……お前の好きにしろ」

「ありがとうございます」

五郎は簡単な旅支度を終えると、すぐさま伊豆に向かった。まだ波の高い相模湾に、伊豆の山並みがくっきりと浮かんで見えていた。父の言葉どおり茅ヶ崎で日が暮れてしまったが、一時《いっとき》（二時間）ほど松明《たいまつ》の明かりを頼りに歩いていると月が昇ってきた。月の光に白々と浮かび上がった道筋を、五郎は額に玉の汗を滴《したた》らせながら伊豆へ急いだ。

海女《あま》の家が点在するだけの寂しい小田原を過ぎ、岩浦の漁師村に着いたのはまだ夜明けには間のある刻限であった。五郎は梛が厄介になっている尼寺の所在を知らない。朝にならねば訊ねまわることもできないので、五郎は海辺の近くに小さな社《やしろ》を見つけ、そのひさしの下で朝を待つことにした。いくら若いとは言え、十六里ほどの夜道をほとんど休みもせずに歩き続けてきた五郎の体は、疲労困憊《ひろうこんぱい》の極みにあった。賽銭箱《さいせんばこ》の傍らで横になった五郎を激しい睡魔《すいま》が襲った。五郎は死んだように深い眠りに陥った。そして夢を見た。

「大丈夫かい」

女はそう言いながら五郎の背中をさすった。見知らぬ女だった。五郎は女の掌《てのひら》の感触に不快感を覚え、むかむかと吐き気が込み上げてきた。

「大丈夫かい」

女はまた背中をさすった。五郎は我慢ができず、胃の中の物をしこたま吐き出していた。五郎はさすられるたびに激しく吐き続けた。

「もう止めてくれ！」

五郎は必死に女に懇願した。だが女は聞き容れなかった。嘔吐物に朱墨《しゅずみ》のような液体が大量に混じりだした。

「血だ！」

そう思った時、五郎は夢から覚めていた。

（夢か……嫌な夢を見たものだ）

近くで潮騒の音がして、そよいでくる風に磯の香りが混じっていた。

（そうだ、俺は伊豆に来ていたのだ！）

五郎が起き上がると、すでに陽が顔を出そうとしていた。五郎は近くの漁師の家を訪ね、海難で命拾いした女の世話をしている尼寺のことを訊いた。尼寺の所在はすぐに判明した。漁師の家から五町（約五百《メートル》）と離れていない高台に在った。

五郎は門戸《もんこ》に『浄香院《じょうこういん》』の扁額《へんがく》が掲げられた寺の前に立った。大小の木々に囲まれ、新緑の葉陰に埋もれて、つい見落としてしまいそうな小さな寺である。境内には様々な色をした牡丹《ぼたん》の花が咲き乱れ、いかにも尼寺といった風情を醸《かも》し出していた。

「こちらに海で遭難した女の人が厄介になっていると聞き、もしや私の知人ではないかと、鎌倉から訪ねて参りました」

五郎に応対したのは、四十半ばとおぼしき、墨染《すみぞめ》の法衣《ほうえ》に白頭巾姿の尼僧であった。

「それはまた御苦労な。そなたの知人の名は」

「椰と申します」

尼僧の顔から笑みがこぼれた。

「あなたの知り合いに間違いございませんね」

「やはりそうでしたか！」

もしも人違いだったら、それはそれで好かったのだが、遠い夜道を難儀して来た手前、五郎は複雑な安堵感を覚えた。

「それで容態の方は」

「一昨日の朝までは生死の境をさまよっている状態でしたが、昨日辺りから重湯《おもゆ》も口にできるまでに回復しました。今朝はずいぶんと顔色も良くなっていましたよ」

「逢わせてもらえますか」

「ええ、もちろんです。どうぞ、お上がり下さい。知り合いが訪ねてこられたのです。椰殿も喜ばれることでしょう」

「では、失礼致します」

尼僧は五郎を奥座敷の方に導いた。

「入ってもよろしいかな」

「はい」

尼僧が障子越しに呼びかけると、部屋の中でか細い声がした。尼僧が障子を滑らせた。

「鎌倉からあなたの知人が訪ねて参りましたよ」

寝ていた女が半身をもたげた。

「五郎！」

女が驚いた表情をした。

「では、ごゆるりと」

尼僧は気を利かせて去っていった。

「どうして、ここへ？」

女の声はまだ弱々しかった。女の髪の一部が、右肩越しに胸の辺りまで垂れていた。五郎の目に、白い寝間着に乱れた翠髪《くろかみ》が妖しく映った。

（人違いだ！）

五郎は女の姿を見た刹那、弾《はじ》かれたようにそう思った。五郎の知っている椰は、潮焼けした小麦色の顔に目を輝かせ、後ろで束ねた翠髪を生き物のように揺らして、船の中を活発に動きまわる男まさりの女であった。今、目の前にいるのは、病み上がりの蒼白い肌をしたひ弱げな女である。相手に自分の名を呼ばれなければ、椰だとは信じられなかったかも知れない。海難のせいで、それほどまでに、椰の人相は変わっていた。

「椰なのか？」

思わずその言葉が五郎の口をついて出た。

「……何を言っているんだ？」

女が怪訝《けげん》そうな顔をした。荒っぽい言葉づかいは、五郎の知っている椰のそれだった。

（やっぱり梛だ！）

五郎はようやく得心がいった。

「どうして、あたいがここにいると分かったのだ」

「船が難破して綺麗な女が一人だけ助かったと聞けば、梛しかおるまい。だから飛んできたのだ」

「嘘だ」

「本当だ」

「嘘をつくな」

「ははは、……実は短刀だ。難破船から自力で陸に泳ぎ着いた女が、短刀を握りしめていたと聞いたのだ。それで梛だと分かった」

「そうだったのか」

「見たところ元気そうだけど、どこも怪我はなかったのか」

「ああ」

「どうして遭難したんだ」

「下田をかわした所で、大波に遭って荷崩れが起きたのだ。応急処置がうまくいったので、そのまま航行を続けたのだが、初島を過ぎた辺りでまた大波を食らって再び荷が崩れ、真鶴岬の沖で転覆してしまった。最初の荷崩れの後、伊東にでも避難すれば良かったのだが、鎌倉到着の予定日をだいぶ過ぎていたので無理をしてしまったのだ」

「それにしても、梛は本当に運の強い女だな。他の男たちは皆亡くなったというのに。きっと死に神も梛を避けているのだな」

「仲間と一緒にあの世に旅立った方が良かったのかも知れない」

「そんなことは考えるな。生き残った者は、亡くなった者たちの分まで精一杯生きねば」

「そうだな、……ああ、五郎の御先祖様はあそこだ」

椰が部屋の隅を指差した。そこには小さな文机が置いてあり、その上にはすべての外装を外された短刀が、柄《つか》や鎺《はばき》や鞘《さや》などとともに並べられてあった。塩水に浸かった拵《こしら》えを乾かしているのだ。

五郎は文机ににじり寄り、刀身を手にしてみた。錆を防ぐため誰かがすでに油を引いてくれてあり、茎《なかご》には『豊後国行平』と切られていた。

「息浜《おきのはま》から鎌倉に帰る途中、親父と国東《くにさき》半島に寄って、御先祖様の鍛冶場を見てきたんだ。この短刀を鍛えたかも知れない鍛冶場をね。……行平が海に沈まずに良かった」

「あたいにとっては父の形見の品だからな。荒波の中で何度も手放しそうになったが、短刀を海に沈めたら自分の命も尽きるような気がして、必死で握りしめていたんだ」

「そうだったのか。曾爺《ひい》さんを助けてくれてありがとう」

その言葉に椰が初めて笑顔を見せた。

「これからどうするのだ」

「船が沈んでしまったからな……他に女を雇ってくれる船もあるまいし……まあ、気長に次の船を探すか」

「まだ懲りずに船に乗るつもりか！　……とりあえず鎌倉に来いよ。ゆっくり身の振り方を考えればいい」

「それならいっそ、五郎に養ってもらおうか」

椰が冗談めかして言った。

「俺の嫁になってくれるのなら大歓迎だ」

五郎は戯事《ざれごと》には戯言で返したつもりであった。だがその声音《こわね》の中に何か感じるものがあったのか、椰は言葉に詰まった。

「……」

二人の間に何となく間の悪い空気が流れた。

「その……、打ち上げられた遺体はなかったのか」

五郎が話題を変えた。

「夕べ蓮寿尼《れんじゅに》様に訊いたら、五人の水死体が見つかったと言われた。丸三日も荒波にもまれて、人相も分からないくらいだったらしい。あたいがこんなでなければ、せめて名前だけでも確認してやりたかったのだが……」

「あの尼さんは、れんじゅ尼様とおっしゃるのか」

「そうだ。とても親切な人だ。昨日、五人の亡骸《なきがら》をねんごろに弔い、墓所に埋葬してくれたらしい」

「旅客は乗っていなかったのか」

「今回は積み荷だけだった。乗り組み以外に犠牲者を出さなかったのが、不幸中の幸いだ」

「そうか……」

湿っぽい話が続く。

「五郎はいつ帰るんだ」

「まだ来たばかりなのに、帰る話をするなよ。今日はお寺にお願いして泊めてもらうつもりだ。それから先のことは明日決める」

椰の貌に笑みが過ぎった。

椰は十八になっていた。荒海に翻弄《ほんろう》され死の淵《ふち》にまで引きずり込まれたにもかかわらず、若い肉体は回復も早かった。椰は五郎の顔を見たせいもあって、翌日には床から出られるまでになっていた。

海難から五日が経っていた。難破船には三十人ほどが乗っていたが、浜辺に打ち上げられたり海上を漂っていたりして発見された遺体は、結局のところ寺に埋葬された五体だけであった。残りの亡骸《なきがら》は潮に乗って沖へと流されたらしく、その後、新たに発見されていなかった。

朝餉の後、椰が海岸に出てみたいと言い出した。二人は連れ立って海辺へ出かけた。

「おう、元気になったか。よかったな」

途中、すれ違った漁師が椰に声をかけた。

「はい、その節はお世話になりました」

椰は笑顔で応じた。

砂浜で網の修理をしていた老人も、椰が歩いてくるのを見てニコリと嬉しそうに笑った。その老漁師に椰が訊ねた。

「あたいはどこに泳ぎ着いたのですか」

「ほら、あそこに大きな岩が見えるだろう。あの岩の前の辺りだ。あんたが岸の近くまで泳いできたのを見て、何人もの若い衆が海に飛び込んでいって引き揚げたのだ」

「そうですか。ありがとうございました」

椰は多くの人に命を助けられたのを知った。

五郎と椰はその岩の前に立った。右手に南東方向に半里ほど突き出した、細長い真鶴岬があった。相模湾は海難当日とは打って変わって穏やかな表情をしていた。椰は紺碧の大海原に向かって、永いこと合掌を続けた。

祈りを終えた椰は、海に背を向けて辺りを見まわした。

「この景色を見ながら必死で泳いだんだ。この景色が浄土《じょうど》に見えた。あそこにたどり着けば助かるんだって、そう自分に言い聞かせて……」

「そうだったのか」

「五郎、あたいのことを心配して、こんな所まで来てくれてありがとう。あたいはこのとおり元気になったから、もう鎌倉に帰っていいよ。仕事も忙しいのだろう」

五郎もいつまでも岩浦にいる訳にはいかなかった。

「椰はどうするんだ。一緒に鎌倉に行かないか。体さえ大丈夫なら」

「まだ仲間の遺体が見つかるかも知れないから、もう少しここで待ちたい」

無理からぬことであった。

「そうか。ところで船が遭難したことを故郷には知らせなくてもよいのか」

「それは鎌倉殿がやってくれるそうだ。太宰府の荷を積んでいたから」

「……椰は故郷には帰らなくてもいいのか」

「帰っても近親の家族は一人もいないし、今度の海難で親しい仲間もすべて失った。天涯孤独って、このことだな……」

「それじゃ、今後のことはとりあえず俺に任せてくれないか。俺はいったん鎌倉に帰り、椰の身の振り方を相談してくる。すぐ戻るから待っていてくれ。それでよいな」

「……」

椰が軽く頷いた。

五郎は浄香院の蓮寿尼に椰のことを頼み、急いで鎌倉に帰った。

「かわいそうな娘さんだこと」

五郎から海難の顚末《てんまつ》を聞き、母の桔梗が憐憫《れんびん》の表情を浮かべた。

「あの娘《こ》の身の振り方が決まるまで、家に置いてくれませんか」

五郎は両親に頼んだ。

「そうしろ。行平の短刀を所持しているというのも、何かの縁であろう」

行光に異存はなかった。

「うちも人が増えたから、食事の準備だけでも大変です。女手は足りないくらいだから、その娘さんにしばらく手伝って貰えればありがたいわ。是非そうしなさい」

蒙古との戦闘で損失した武器の補充と、次なる来襲に備えて武器の備蓄が始まっていた。行光の鍛冶場も大忙しで、弟子の数も十人を超えていた。桔梗はそれにかこつけて、椰を自宅に招くことに賛成したのである。息子の五郎もすでに二十一歳、とうに嫁を娶っていてもよい歳であった。器量好しの小町との縁談を、なぜかうやむやにしてしまった息子である。母親の直感で何かあるとは思っていた。五郎が椰という娘に懸想《けそう》しているのは明らかだった。それならどういう娘か、見定めてやろうと考えたのである。五郎は再び伊豆半島の岩浦へとって返した。

五郎は梛が寝起きしている部屋の縁先に腰をおろしていた。障子の開け放たれた部屋の敷居際に、梛が膝をそろえて座っていた。浄香院の境内にはいたる所に牡丹《ぼたん》が咲き乱れていたが、五郎の目の前にも一群の牡丹が咲き誇っていた。

梛はすっかり元どおりの体調に戻り、頬の色艶もよくなり、病み上がりの印象はどこにもなかった。五郎は梛を美しいと思った。色白は百難隠すというが、潮焼けしていた肌が本来の肌色を取り戻しただけで、梛の印象がまったく違ったものになっていた。十八といえば、女がその生涯で最も美しく輝く歳である。五郎は梛に惚れ直した想いであった。

「仲間の遺体は、その後、見つかったのか」

梛は首を横に振った。

「そうか……。ああ、これは俺の母から預かってきた物だ。船が沈んでしまっては着る物にも不自由だろうと……母が若い頃着ていた古着だが」

五郎は風呂敷に包んだ着物を梛の方に押しやった。

「ありがとう。あなたの母は優しい人なのですね」

「……おい、どうしたんだ?」

「何がですか」

「その言葉づかいさ。さっきから気になっているんだ。これまでは男まさりな口を利いていたくせに」

「こんな話し方では嫌ですか」

「そんなことはないが……」

「私だって、もともとは女らしい話し方だったのですよ」

椰は松浦党では名門の家に生まれ、それなりの躾《しつけ》を受けて育っている。言葉を意識して変えたのは、蒙古の禍《わざわい》を被った後、船に乗り込んで水夫たちの中の紅一点となってからである。椰は蓮寿尼に言葉づかいを諭《さと》された。椰にとって、それを変えるのは造作もないことだった。蓮寿尼が諭したのは言葉づかいだけではなかった。蒙古軍に両親や兄弟を殺され、その憎しみで凝り固まった心まで直されたのである。

「私は今度の海難を機に、生き方を変えようと思っています。せっかく迎えに来てくれたのに申し訳ないですが、しばらくこの尼寺に厄介になることに決めました」

「寺に厄介になるって……尼になるのか！」

五郎の胸に衝撃が走った。想像だにしなかったことだ。だがよく考えてみれば、身内や仲間をすべて失った椰が、その様な結論を出しても何の不思議もない。むしろそれが自然な成り行きかも知れなかった。

「まだそこまでは……」

しかしその言葉とは裏腹に、椰の考えは五郎の望まぬ方に向かっているように想えた。

「鎌倉では椰が来るのを皆が心待ちにしているんだ……」

一番それを望んでいるのは五郎だった。それなのに、皆が、と口にした自分が無性に情けなかった。

「ごめんなさい。仲間の霊が眠っているこの岩浦を、今、離れる気にはなれないのです」

それは無理からぬことだった。

「分かった。しばらくしたら、また様子を見に来るよ」

椰の決意は固いものに思えた。五郎は、今日のところは、椰を鎌倉に連れて帰るのを諦めざるを得なかった。

二　悪夢

若宮大路を大勢の人々が行き交っている。五郎も人ごみの中の一人だった。八幡宮の方から二人連れの尼僧が歩いてきた。見覚えのある顔。浄香院の蓮寿尼《れんじゅに》だ。蓮寿尼が冷ややかな笑みを浮かべ、五郎に会釈して通り過ぎた。もう一人の尼の顔を見て五郎は驚いた。白い尼僧頭巾《にそうずきん》をかぶっていたので直ぐには分からなかったが、海難で九死に一生を得た椰ではないか。

（椰！）

五郎は呼びかけようとするが声が出ない。尼僧たちはそのまま遠ざかっていく。五郎は二人を追いかけ、椰の肩に手をかけた。その拍子に白い頭巾が取れ、剃り上げられた頭が姿を現した。椰が振り返り、先ほど蓮寿尼が見せたと同じ笑みを浮かべた。雪女のような微笑だった。

「うわっ！」

五郎は自分の大声で目が覚めた。汗が噴き出て、喉がからからに渇いていた。

「夢か……」

岩浦から帰った五郎を、連夜のように悪夢が苦しめていた。いつも同じような夢だった。椰が船に乗って西国へ去ってしまったり、海辺に椰の屍が漂っていたり、椰が船上で蒙古兵に犯されていたり、椰にまつわる夢ばかりだった。五郎は鍛冶仕事にも身が入らなくなっていた。

「何をぼやぼやしているんだ」

五郎は仕事場でたびたび行光の叱責を受けるようになった。天与の才に恵まれた五郎は、童の頃から鍛冶の申し子のように言われ、鍛冶のことに関しては褒められこそすれ、叱られることなど滅多になかった。

「五郎の頭には伊豆の女のことしかないみたいだな。今日も焼き入れの火加減を間違えて、刃切れを生じさせてしまった」

夜、床についた行光が隣の桔梗に語りかけた。

「椰さんて娘を、伊豆から連れ帰れなかったからでしょう」

五郎の様子がおかしくなった原因が、椰にあることは明白だった。

「女のことで仕事に支障をきたすとは情けない」

行光が吐き捨てるように言った。

「人を好きになったら、皆、そうなるものですよ。もっとも沼間一番の美男子と言われたあなたは、あまたの女に言い寄られる羨《うらや》ましい御身分だったようですから、そんな経験はないでしょうけど。私があなたに懸想《けそう》していた時も、きっと今の五郎のような状態だったのでしょうね。ただただ、あなたのことばかりを考えていましたから」

「……」

行光に返す言葉はなかった。

「椰さんて娘さん、出家などされなければ良いのですが」

桔梗も五郎と同じ心配をしていた。

「船が遭難したのは確か先月の十五日だったな」

「ええ、五郎が慌てて飛び出していったのが十八日でしたから、その三日前の十五日に間違いありません」

「そうですね」

「もうすぐ亡くなった者たちの月命日ではないか」

「五郎に休みを三日やるから、伊豆に行かせろ。きっぱりと話をつけてくるように、お前から言っておけ。俺はこのような話は苦手だ」

「はい、五郎も喜びますよ」

翌朝、桔梗はそのことをさっそく五郎に伝えた。

「父さんがそう言ってくれたんですか。……実はこちらからお願いしようと思っていたんですが、前に何日も休みを貰ったから、他の弟子たちの手前、言い出しかねていたところです。ありがとうございます」

「お前が女のことで仕事に身を入れないからだよ。お前に休みを与えたのは、きっぱりと話をつけてきなさいということだよ。だから、その結果が裏目に出ても、いつまでも未練がましくするんじゃないよ。分かったわね」

「はい」

五郎は深く頷いた。

椰の船が難破したのは先月の十五日だった。初めての月命日の前日、五郎は寅《とら》の刻《こく》（午前四時）には飯島を発った。岩浦に着いたのは陽が落ちてだいぶ経ってからである。岩浦に旅籠《はたご》などはない。五郎は夜分に尼寺を訪ねるのは失礼だろうと考え、この前ひさしを借りた神社にまた世話になり、翌日、浄香院を訪ねることにした。

（梛はまだ寺にいるだろうか。ひょっとしたら寺にはもういないかも知れない。いたとしても尼になっていたらどうしよう）

五郎は潮騒の音を聴きながら眠れぬ夜を過ごした。

翌朝、五郎は時を見計らって浄香院へ向かった。寺が近づくと五郎の胸は高鳴っていた。五郎は尼寺の門前で大きく深呼吸をした。そして祈った。

（梛がまだこの寺にいますように）

五郎は浄香院の門をくぐった。五郎は境内に足を踏み入れた途端、何か違和感を抱いた。前に来た時と寺の中の様子が変わっていた。

（そうか、牡丹《ぼたん》の花か！）

境内を埋め尽くすように咲き誇っていた牡丹が、花の時期を終えていた。寺には寂寥感《せきりょうかん》が漂っている。五郎は不吉な予感に襲われた。

（梛はもうこの寺にはいないのではないか！）

梛が牡丹の花とともに、この寺から消え去っているように想えた。その時だった。庭を箒《ほうき》で掃く音が聞こえた。

箒を握っていたのは梛だった。この前、五郎が持参した母の着物を身に付けて、香の漂う境内を清めていた。二人の視線が同時に絡《から》まった。

「五郎さん！」

そう短く叫んだ梛の翠髪《くろかみ》は、長いまま背中で束ねられていた。五郎は緊張の糸が緩むのを覚えた。

「元気そうじゃないか。今日は亡くなった仲間たちの月命日だろう。線香でも手向《たむ》けたいと思ってやってきた」

五郎の声が弾んでいた。

「覚えていてくれたのですね。ありがとう」

「髪を落としていなかったので安心した」

五郎は率直に言った。

「尼になるか悩んだのです。でも蓮寿尼様に止められました」

「……そうだったのか。あれから仲間の遺体は見つからなかったのか」

「ええ」

二人は五人の仲間が眠る墓所に向かった。土饅頭《どまんじゆう》が五つ。それぞれに線香と花が手向けられてあった。五郎はひざまずいて香を捧げた。その後、五郎は本堂で蓮寿尼に挨拶した。しばらく世間話をした後、蓮寿尼が梛に言った。

「この一月の間、そなたは亡き者たちへの供養によく務められた。心に一つの区切りが付いたであろう。ここでいつまでも下働きなどしていてはなりませぬ。そなたはまだ十八ではありませぬか。尼寺などにこもる歳ではありませぬぞ。五郎殿と鎌倉へ参り、新しい生き方を見つけなされ。岩浦は鎌倉からそう遠くないから、墓参りしたくなったらいつでも訪ねてこられる」

五郎は梛がどのような返事をするのか、祈るような気持ちで待った。

「……」

椰は何も言わず素直に頭を下げた。この一月の間にずいぶんと心の整理がついたらしい。それを見て五郎はほっとした。

「五郎殿、椰殿はそなたが迎えに来るのを待っていたのだろうと思います。迎えに来なかったら、ここで尼になると言い出していたでありましょう」

「よいではないか、私の目は節穴ではないぞ。五郎殿、椰殿をお頼み申しましたぞ」

「蓮寿尼様……」

「はい」

二人は仲間の墓に最後の別れをした後、世話になった漁師たちに礼を述べて、昼には浄香院を後にした。母の若い頃の着物に身を包んだ椰は、船の中で飛び跳ねていた姿が瞼に焼き付いている五郎には、何度見ても新鮮で好ましかった。椰がいつも腰に差していた短刀は、手に提げた小さな行李《こうり》の中にしまわれていた。

二人は途中、茅ヶ崎の旅籠《はたご》に草鞋《わらじ》を脱いだ。

「浜辺に出てみないか」

夕餉の後、五郎が椰を散歩に誘った。潮騒の音が優しく響く、風のない夜であった。二人は浜昼顔の群生する浜辺に腰をおろし、海を見つめた。昇ったばかりの満月が、海を金色に照らしている。

「短刀を見せてくれないか」

大事な父の形見である。椰は旅籠を出る時、短刀だけは盗難の用心のために、懐に入れて持ってきていた。

「こんな暗い所で」

「梛もこんな月夜に、船の中でこっそり短刀を眺めていたではないか」

「そんなこともあったわね」

梛が短刀を出して五郎に手渡した。五郎が短刀を抜き放った。月明かりに照らされ刀身が妖しく煌めいた。

「俺は梛にこの短刀を見せてもらった頃から、梛のことが好きになっていた。俺はこの短刀の前で誓うよ。梛を一生大事にすると。梛、俺の嫁になってくれないか」

五郎の突然の求婚だった。二人の間に沈黙が流れた。その間、流れ星がいくつか燃え尽きていった。

梛は一向に返事をしなかった。

「俺のことを嫌いか」

五郎がそう言って梛の貌を見つめた。梛の頬を光るものが伝った。

「私も五郎さんのことが好きです」

「じゃ、俺の嫁さんになってくれるんだな」

「はい」

五郎は抜き身の短刀を手にしたまま、梛を抱きしめた。

「短刀」

「えっ」

「危ないわよ」

五郎はようやく短刀を手に持っていたことに気づいた。

「この短刀が俺たちを結びつけてくれたのかも知れないな」

豊後行平の短刀は、二人を祝福するかのように、青白い輝きを放っていた。


五郎と梛は、翌日の昼頃には飯島に着いた。

「この人が梛さんだ」

「梛です。五郎さんには今回、色々とお世話になりました。五郎さんのお母さんには着物まで頂き、大変助かりました。ありがとうございました」

梛は五郎の両親に向かって深々と頭を下げた。

「遠路大変だったでしょう。今、食事の支度をしますからね」

五郎が連れてきた梛を、行光夫婦は温かく迎えた。

「具足海老《ぐそくえび》（伊勢海老）の鍋物とは豪勢ですね」

「ちょうどいい具合に手に入ったから」

四人は囲炉裏の鍋を囲んだ。食事の後、五郎は改まって両親に切り出した。

「この前はこの人の身の振り方が決まるまで家に置いてくれとお願いしましたが、実は梛を嫁にするつもりです。梛と夫婦になることを許して下さい」

五郎の言葉に両親は顔を見合わせた。二人の顔に笑みが宿っている。

「分かっていましたよ。若い女の人を家にしばらく置いてくれなんて、何とまだるっこいことを言う息子なんだろうと、呆れていたんですよ。ねえ、父さん」

「ああ」

行光も頷いた。

「船に乗っていたというので、どんな男まさりな娘さんを連れてくるのかと思っていたら、綺麗な優しそうな娘さんなので、我が子ながら上出来と感心していたところですよ」

桔梗が梛に向かって言った。梛は顔を伏せたままである。

「そういうことなら、早く祝言を挙げた方がよいな」

「明日は山ノ内のお祖父さんの家にもお連れして、梛さんを紹介してきなさい」

「そうします」

五郎と梛との結婚は暖かく受け入れられた。

翌日、五郎と梛は山ノ内の国宗宅に向かった。途中、鶴岡八幡宮寺に参拝し、伯父の祐慶に梛を引き合わせた。

「そうか、それはおめでたい。梛殿とやら、今度わしが飯島に立ち寄った時は、行平の短刀を見せて下され。是非とも先祖の作った短刀を拝見したいのだ」

「ええ、喜んで」

祐慶と別れた二人は、巨福呂《こぶくろ》坂を登った。建長寺を過ぎ、山ノ内路をそれて国宗宅に向かおうとした五郎を、梛が引き留めた。

「先に円覚寺に行ってみませんか」

「円覚寺……あそこは蒙古兵まで祀ってあるから、行きたくなかったのでは？」

「私の両親らが祀られているのも事実ですから。両親に五郎さんとの結婚を報告できるのは、鎌倉では円覚寺しかありません」

「それもそうだな。椰が参拝してくれたら、亡き時宗様もきっと喜ばれるぞ」

二人は円覚寺に足を延ばした。円覚寺が創建されてまだ二年。仏殿を始めとする禅宗様式の大伽藍にはまだ木の香が漂い、支柱に括《くく》られた境内の植え込みは根付いたばかりで、まだ荘厳な雰囲気にはほど遠い寺の佇まいである。二人は白鷺池《びゃくろち》から総門、三門、仏殿へと歩いていき、去年、壱岐訛《なま》りの男と出逢った場所までやってきた。

「この辺りだったな」

「ええ」

男は石に腰をおろし、葛籠《つづら》の上に置いた紙に仏殿を描いていた。二人にとって忌まわしい記憶の場所である。そこに立つと、斬り結ぶ乱闘の場面や鉄炮の轟音が、昨日のことのようにまざまざと甦ってくるのだった。

「時宗様を襲ったあの二人は捕らえられたのですか」

「いや、不思議なことに、あの件は噂にものぼらなかった」

「そうですか」

「あれはどうも時宗様の身内が引き起こした騒動だったように想える。よく聞き取れなかったが、父ときすけの恨みを晴らしてやる、とか喚《わめ》いていたようだった。ときすけは確か時宗様の兄君の名だったはず。何か複雑な事情があったのではないだろうか。だから表沙汰にならなかったのでは」

「身内同士で争うなど馬鹿げています」

「そうだな」

二人は仏殿に昇った。椰は本尊の前で永いこと手を合わせ、頭《こうべ》を垂れていた。

「妙香池《みょうこうち》まで行ってみようか」

「みょうこうち？」

「境内の奥に池があるんだ。その隣に時宗様の廟所が建立《こんりゅう》中だ」

「それで金槌の音が響いているのね」

仏殿の先は、法堂《ほっとう》、方丈と続いているが、方丈の先、境内の奥まった所に、時宗を祀る開基廟《かいきびょう》が建築中だった。二人が妙香池の縁から見上げると、宝形《ほうぎょう》造りの堂宇《どうう》が半ば形を見せつつあった。二人は未完の廟所に向かって手を合わせた。


それからしばらくして、飯島の行光の家で二人の祝言が執り行われた。その時、椰の晴れ姿を飾ったのは、いつか時宗が椰に与えた反物であった。椰の母は蒙古軍に殺され、この世になかった。その母に代わって、五郎の母が仕立てた着物だった。五郎二十一、椰十八。二人は誰が見ても似合いの夫婦だった。

三　子宝

「子ができたんだよ！」

月のものが止まり、乳房が張りだしたことを嫁に告げられた時、桔梗は優しい目をして椰に答えた。

「やはりそうですか」

椰は目を輝かせて喜んだ。近親の血族をすべて蒙古軍に殺された椰は、子供の誕生を誰よりも望んでいた。妊娠を知った時、梛の胸に一つだけ気がかりなことが生じた。

（もう二ヶ月もすれば、あの日がやってくる。皆の墓参りだけは止めるわけにはいかない。身重の体で伊豆まで行けるだろうか）

梛はめぐってくる海難の日を前に、それだけが気がかりだった。

梛はつわりも少なく、腹の子は順調に育っていた。四月に入って間もなくのことだった。

「あなた、伊豆に行きたいのですが」

梛が五郎に言った。五郎もそのことは気にしていた。梛は妊娠が安定した時期に入っていた。だが鎌倉から伊豆の岩浦までは十六里、妊婦の身には遠い距離だ。

「梛の腹には子がいるんだぞ。伊豆には俺が代わりに行ってくる。それでいいだろう」

「体の方は大丈夫ですから、どうしても行かせて欲しいのです。せめて一回忌の時ぐらい墓参りをしなければ、死んだ仲間に逢わす顔がありません」

「そこまで言うなら……そうだ、熱海辺りへ行く船があるかも知れない。船をあたってみようか」

「船は止した方がいいですよ。私はその方が楽だけど、きっとお母さんが要らぬ心配をします。歩いていきましょう」

「分かった。それなら無理をせずに、途中で一泊することにしよう」

二人は四月十三日に鎌倉を発ち、伊豆へと向かった。途中、酒匂宿《さかわのしゅく》で一泊し、岩浦に着いたのは昼過ぎであった。二人はまっさきに浄香院を訪ねた。

「まあ、きれい！」

寺の門をくぐると、梛が感嘆の声をあげた。季節はめぐり、またあの日と同様に、境内には色とりどりの牡丹の花が咲き誇っていた。

「おや、梛殿ではありませんか！」

蓮寿尼の顔から、牡丹のような笑みがこぼれた。

「蓮寿尼様、お久しぶりです。その節は厄介になりました」

「きっと命日には、二人で来られるだろうと思っておりましたぞ」

「もう二人ではございませぬ」

梛はそう言って、まだ目立たない腹をさすって見せた。

「子が授かったのですね。それはおめでとう」

「ありがとうございます」

「まあ、お上がり下さいな」

「その前に仲間たちに挨拶して参ります」

「そうじゃの」

二人は浄香院の裏手にまわり、五つの土饅頭の前に立った。卒塔婆《そとば》の文字は早くも薄れていた。梛はそれぞれの土饅頭の前に一つずつ盃を置くと、持参した酒をなみなみと注いでいった。

「みんな酒が好きだったから」

二人は墓の前で手を合わせた。

「蓮寿尼様、ちょっと海へ行って参ります」

本堂での懐古話が一段落すると梛が言った。

「おう、そうであったな。海では多くの仲間が梛殿を待っておろう」

蓮寿尼は庭に下りると、鋏《はさみ》で何本もの牡丹を切り取った。

「これを持っていきなされ」

「ありがとうございます。こんな綺麗な花を、皆も喜びます」

二人は浄香院を出て海辺に向かった。その日の海は、忌まわしい一年前のあの日と異なり、静謐《せいひつ》なまでに凪いでいた。水平線がはるか彼方に見えた。椰にとって岩浦の沖は、仲間たちの眠る鎮魂の海だった。

「あなた、海へ出てみたい」

紺碧の凪いだ海に誘われたのか、椰が子供のように言った。

「海へ！」

「少しでも皆の眠っている場所に近づきたいのです」

「分かった」

五郎は周囲の漁師村を見まわした。松の木陰で網を繕っている漁師の姿が見えた。

「あの漁師さんに頼んで見る」

五郎は椰を残して漁師のもとに出向いた。

「お仕事中、すみません。あそこにいる私の家内は、昨年、この浜の沖合で難破し、一人だけ助かった者ですが」

「ああ、あの時の女かね」

「その節は皆さんに大変お世話になりました」

「なあに、お互い様だ」

「実はお願いがあるのですが……。私たち二人を、船が難破した辺りまで乗せていってはもらえませんか。遭難者の弔いに来たものですから」

「ああ、そうかね。いいよ」

漁師は二つ返事で快く引き受けてくれた。

砂浜に引き揚げてあった伝馬《てんま》に梛を乗せ、五郎と漁師は舟を海に押し出した。漁師が慣れた手つきで艪《ろ》を漕ぐと、舟はしだいに海辺を離れていった。沖へ出ると、時折、うねりが小舟を揺らした。

「この辺りではなかったかな」

漁師が一年前の記憶をたどるように言った。

「そうでしたか」

下田沖で積み荷が荷崩れしたので、梛らは荷を縛る仕事で忙しく、船がどこをどう航行していたかは覚えていなかった。梛は牡丹の束を海に投げ入れ、壺の酒を最後の一滴まで海に注いだ。二人は永い間、手を合わせていた。


その年の十月、梛は出産の日を迎えた。それまで順調な経過をたどってきた梛であったが、母子ともに死の淵をさまようような難産に見舞われた。五郎は最悪の事態を覚悟したほどであったが、梛はどうにか女児を産み落とした。五郎は初めての我が子に、陰暦十月の異名小春月《こはるづき》から、『小春』と名付けた。

第十二章　焔硝《えんしょう》

一　合力《ごうりき》

北条時影《ときかげ》と別れた趙龍《ちようりゆう》は、再び六浦《むつうら》路近くのお万のもとに舞い戻っていた。田谷《たや》の地底伽藍に潜んでいた十ヶ月の間にも、背中の傷が癒《い》えた後、何度か密かに帰っていた。

趙が東路軍副司令官洪茶丘《こうちやきゆう》から与えられた軍資金は、まだ潤沢に残っていた。時宗を暗殺し、壱岐、対馬の領主になるという大望を失った趙にとり、それはもはや軍資金などではなく、自身のために自由に使える米塩《べいえん》の資《し》であった。軍資金が食扶持《くいぶち》に性格を変えた時、趙は心ならずもこの国に骨を埋める覚悟をしていた。

趙は以前のように鎌倉市中に出かけることも無くなり、酒浸りの生活を送るようになった。だが毎朝の拳法の修行だけは欠かさなかった。根っからの武術好きなのである。それに、一汗かいた後に呑む酒の味は格別だった。

五郎夫婦に小春が誕生した翌月、十一月十七日のことだった。お万は趙に命じられ、鎌倉市中に酒を買いに出かけた。市の立ち並ぶ大路を歩いていると、突如、蹄《ひづめ》の音が押し寄せてきて、騎馬武者数十騎が慌ただしく駆け抜けていった。その後には多くの雑兵が小走りに従っている。ちょうど正午頃であった。

市に集まっていた人々は、後塵の舞う道に飛び出し不安気にその後を見守った。間もなくすると市中の随所から鬨《とき》の声があがり、乱闘が演じられている様子だった。市で品物を商っている者たちは、慌てて店じまいを始めた。

「何事だ！」

『平頼綱様と安達泰盛様の間で戦が始まったそうだ』

そのような噂が、水面に生じた波紋のように大路を拡がっていった。かねて対立していた北条得宗家の御内人《みうちにん》（直属家臣）平頼綱と、頼朝以来の有力御家人である安達泰盛の間で、その存亡を賭けた死闘が始まったのである。

昨年、時宗の嫡男貞時が弱冠十四歳で九代執権となったが、安達泰盛の娘は貞時の母であり、平頼綱の妻は貞時の乳母の関係にあった。得宗家独裁政治を狙う頼綱にとって、得宗家の外戚《がいせき》で、恩沢奉行《おんたくぶぎょう》として幕府内に隠然とした影響力を持つ泰盛の存在は目障りであった。

『泰盛が嫡男の宗景《むねかげ》に源氏姓を名乗らせ、将軍に押し立てようと陰謀を企てています』

頼綱がまだ執権とは名ばかりの十五歳の貞時に讒言《ざんげん》したため、それを真に受けた貞時は泰盛討伐の軍を起こしたのである。

お万は近くの鶴岡八幡宮寺の境内に逃げ込んだ。境内では多くの人々が、固唾《かたず》を呑んで武力闘争の成り行きを見守っていた。

「おい、見ろ！　将軍御所からも火が上がったぞ」

誰かが叫んだ。お万が御所の方角を見ると、黒煙が昇り龍のように上がっていた。

乱闘が収まったのは、申《さる》の刻《こく》（午後四時）を過ぎていた。この日の戦闘で秦盛と宗景は殺され、幕府草創期からの有力御家人安達一族の多くが殺害された。

お万は八幡宮の境内を出て、六浦《むつうら》路を一目散に逃げ帰った。趙は相変わらず酒を呑んでいた。

「武家がまた内輪揉めを始めたよ」

お万は息を切らしながら、今日、市中で起きたことを趙に告げた。

「酒はどうした。買ってこなかったのか」

もはや趙にとり、幕府の揉め事など、どうでもよかった。

「それどころじゃなかったよ。命からがら逃げ帰ってきたんだからね」

「騒動は大きくなりそうなのか」

「人の話じゃ、天下を二分する大乱になるかも知れないってさ」

「……フビライ奴、このような時に兵を送ってくればよいものを。今なら労せずこの国を従えることができるだろうに」

趙は酒を呑みながら愚痴をこぼした。

「権作、ふびらいって誰さ？」

お万の問いに趙は何も答えず、ただニヤリと笑っただけであった。

翌春の、山野に咲き誇っていた山桜が散り始めた頃であった。酒浸りの生活を送っている趙のもとを、太刀を佩いた修験者風情の男が訪ねてきた。北条時影《ときかげ》であった。お万は近くの小川に洗濯に出かけていた。

「この日中《ひなか》から酒を食らっているのか。その様な場合ではないぞ」

「何しに来たんだ」

「どうだ、いつか俺の言ったとおりの事態になったであろう。年少の貞時では政権は持たぬ。俺の予想どおり騒乱が起きたではないか。安達一族粛清の影響は全国に及んでいる。今度の騒ぎで反得宗勢力がいっきに増えたはずだ。うまく立ちまわれば、この俺に天下が転がり込んでくるかも知れぬ」

時影は饒舌《じょうぜつ》だった。

「酒など呑んでいる暇があったら、俺に強力してくれぬか。決して悪いようにはせぬ。俺が天下を獲ったら、有力御家人として遇するぞ」

時影は盃をあおり続ける趙に向かって大言壮語《たいげんそうご》した。

「協力してくれと言われても、俺はこの体たらく。俺に何ができようか」

「お前には鉄炮があるではないか」

「震天雷《しんてんらい》か……」

趙の胸に東路軍副司令官洪茶丘《こうちゃきゅう》に命じられ、震天雷隊長の白狼《はくろう》に震天雷製造法を学んだ日のことが過ぎった。あの日から四年半もの歳月が流れていた。

(俺にはこの国にはまだ存在しない強力な武器があったのだ。副司令官殿が第二の軍資金と言われた震天雷が)

時宗暗殺のための刺客を命じられた時、趙は白狼から必死で震天雷の製造法を学んだ。そして九州に上陸してから時宗の死を知らされるまでの三年余りの間、趙は暇さえあればまるで経文でも唱えるかのようにその知識を反芻《はんすう》し、第二の軍資金を失わないように努めてきた。壱岐、対馬の領主になるという夢を失ってからは、そのような事もなくなっていたが、震天雷の製造法は父親譲りの明晰《めいせき》な頭脳に深く刻み込まれていた。

「お主は鉄炮の製造法を蒙古兵から訊きだしたと申していたな。それが本当なら、鉄炮を大量に作ってくれ。それを用いて今の政権を転覆させようではないか。このような所で無為な日々を重ねていては、後々悔いが残るだけだぞ。俺に協力してくれ」

趙は黙って時影の熱弁を聴いていた。

(この小生意気《こなまいき》な若造を、天下人に押し上げてみるのも面白いかも知れぬな)

趙は時影の話に興味を持った。

「お前が天下を獲った暁には、俺に壱岐、対馬をくれるか」

趙は冗談のつもりで訊いた。

「壱岐、対馬だけでよいのか。欲がないの。せめて九州をくれ、ぐらい言ったらどうだ」

「それではお言葉に甘えて……俺に九州をくれぬか」

「承知した」

「しかし俺も蒙古兵から聞きかじっただけだから、そう簡単には作れぬぞ。色々と試行錯誤せねばならぬだろうから、一年ほどはかかると思え。それでよいか」

「もちろんだ」

時影は趙の盃をつかみ取ると、勝手に酒を注いでグイと一呑みした。

「また来るからな」

時影はそう言い残すと、いずこへか去っていった。

二　秘法

北条時影がお万の家を訪れてから、それまで酒浸りだった趙龍がたびたび外出するようになった。初めの数ヶ月は早朝に家を出て夕方にはきちんと帰ってきていたが、そのうち余所に女でもこさえたかのように幾日も戻らなくなった。

「泥棒行脚《あんぎゃ》でもやっているんじゃないだろうね」

その日、朝から出かけようとした趙に、お万はこれまで腹に秘めていたことを口にした。一緒に暮らし始めてから四年以上になるが、これまで趙が女がらみの問題を起こしたことは一度もなかった。となれば、考えられるのはそれ位しかない。

「ふざけたことを言うんじゃない」

「だっておかしいじゃないか。以前は真面目に薬の行商に出かけていたのに、二年ほど前からは一日中呑んだくれて、何にも働かなくなってさ。なのに腹をすかさない程度には銭をくれる。いったい何をして稼いでくるのか、同じ屋根の下に住んでいれば知りたくもなるじゃないか。前に十ヶ月近くも家に帰らなかった時は、てっきりどこかで行き倒れになったものと思って、葬式の真似事でもしようかと考えたくらいなんだよ」

「……」

趙は押し黙ってしまった。口論になれば寡黙《かもく》な趙には分が悪い。

「まあ、あんたが何していようと、食扶持《くいぶち》だけは不自由しないから文句はないけどね」

趙はお万の捨《す》て台詞《ぜりふ》を背に家を出た。

（泥棒行脚か。確かに俺のやっていたのは泥棒まがいの行動だった）

趙は鎌倉市中に向かって歩きながらニヤリと笑った。

趙はこの数ヶ月間、鎌倉市中や七ッ口を越えた藤沢や大船といった辺りを歩きまわった。鎌倉近辺には住人が疫痢《えきり》で亡くなったり、自然災害で壊れたりして、そのまま打ち棄《す》てられた廃屋も多い。趙はそれらの中から、かつて御家人などが住んでいた邸や廃寺など、しっかりした造りの、それも五十年以上経ったような古い建物を探し歩いていたのである。廃屋が多いと言っても、趙が探し求める条件に適った建物はそうはなかった。たとえあったとしても、その多くは趙を失望させた。

趙はこれといった廃屋を見つけると、周りに人目のないのを確認して侵入した。屋内ではない。床下に潜り込んだのである。それも厠《かわや》があった不浄の場所である。時には馬小屋跡などにも足を踏み入れた。そしてその周囲の表土を丹念に調べた。人や家畜の糞尿が染み込んだ汚い土である。その土に壊れた屋根から雨漏りしていそうだったり、大雨時に水に浸かったと想われると、趙はすぐさま床下を出た。

趙が探し求めていたのは、永い年月の間に人畜の糞尿が染み込み、その後、水の侵入した形跡のない土であった。趙はこれまでに、意に適った廃屋を十数軒ほど見つけてあった。

その日、趙はこれまでと違った行動をとった。鎌倉市中に出た趙は、廃屋探しには行かず、荷車職人の家に立ち寄った。趙が作業小屋をのぞくと、親子が荷車を作っていた。その奥にはでき上がった荷車が一台置いてある。

「あの荷車を譲ってくれないか」

趙は親爺に言った。

「あれは駄目だよ。頼まれ物なんだ。今日辺り注文主が取りに来ることになっている」

「それなら金を倍だそう。それでどうだ」

親子は顔を見合わせた。

「そんなにはずんでくれるのなら仕方がないな。持っていけ」

「ありがたい」

趙は代金を払い、荷車を受け取った。

「どうだ、輪の回転も滑らかだろう。どこか不都合があったら持ってきな。すぐ直してやるからな」

「その時は頼む」

荷車を手に入れた趙は、大路に立ち並ぶ店々で、次々と品物を買い求めた。大小の桶《おけ》や鉄鍋、俵《たわら》、笊笥《そうけ》、掬鍬《すくいぐわ》、柄杓《ひしゃく》、木綿布《もめんぬの》、紙、鑿《のみ》、木槌《きづち》などである。趙はそれらを荷車に積んで家に帰った。

「こんな物をいっぱい買ってきて、商売でも始めようというのかい！　この荷車、新品じゃないか。荷車まで買ったのかい」

お万は目を丸くして驚いた。趙は何も答えず、それらを家の軒先に降ろした。

翌日、趙は荷車に俵、掬鍬《すくいぐわ》、笊笥《そうけ》などを載せて再び出かけていった。向かったのは、あらかじめ下見しておいた廃屋である。

趙は朽ちかけた屋敷の床下に潜り込むと、厠《かわや》周りの表土を笊笥《そうけ》に集め俵に詰め込んだ。趙は俵が土でいっぱいになると、それを担いで荷車に積み込み、次の廃屋へと向かった。大きな廃屋ともなると厠は複数あるが、普通、一軒の廃屋から得られる土はせいぜい一俵であった。

「この汚らしい土は何さ。いったい何をしようってんだい！」

趙が荷車に土俵を満載して家に帰ると、小屋の中に降ろされた俵の中身を見てお万が喚《わめ》いた。

「腹が減った。飯にしろ」

趙はお万には取り合わずそう命じた。

趙の奇妙な行動は半月ばかり続いた。藤沢辺りへ出かけた時は、家を数日留守にすることもあった。

やがてお万の家の小屋には、趙が各地の廃屋から集めてきた土俵がうずたかく積まれた。


「今日は土を採りに行かないのかい」

雨でもないのに、その日、趙は朝酒を食らっていた。

「土はもういい。今日は薪《まき》が来る」

「まきって何さ？」

「竈《かまど》で焚く薪だ」

「薪が来るって、買ったのかい！」

「ああ」

「薪くらい裏山で拾ってくればいいじゃないか。薪を買うなんてもったいない」

その時、家の前で荷車の音がした。

「来たみたいだな」

趙が外に出ると、家の前に牛に牽《ひ》かせた荷車が二台止まり、二人の男が立っていた。それぞれの荷車には山のように薪が積まれている。

「権作さんの家はこちらで」

「ああ、そうだ。その辺に降ろしてくれ」

「へえ」

男たちは薪を降ろし始めた。家から出てきたお万は、呆れ顔でそれを見つめている。

やがて薪を降ろし終えた二人は、牛を操り帰っていった。

「そいじゃ、また運びに行ってきます」

「まだ持ってくるのかい。土といいこの薪といい、いったい何を考えているんだよ」

お万は膨れっ面をして家の中に消えた。

趙が持ってこさせた薪は、荷車六台分にものぼった。趙は頼んだ薪がすべて届くと、庭先に大桶《おおおけ》を三つ並べて置いた。そして、それぞれの桶に採ってきた土を半分ほど入れ、その中に水を満々と注ぎ、棒を使ってかき混ぜ始めた。その日は時間を置いて、攪拌《かくはん》作業を何度かくり返した。

翌々日、趙は早朝から起き出した。一昨日、大桶の中に仕込んだ物をのぞくと、土から溶け出した物質で上澄み液は薄赤い色をしていた。趙は上澄み液を中桶《なかおけ》に汲み出した。三つの大桶から、一石《いっこく》余りの上澄み液が採れた。

趙は家の大竈《おおかまど》に鉄鍋を据えると、その中に採取した液を入れ火を熾《おこ》した。そして液を煮詰めながら、木灰《もくはい》を満たした桶を用意した。桶の下部には水抜きの穴が開けられ、木栓が打ち込まれていた。

一石あった上澄み液は、夕方には三分の一にまで煮詰まっていた。趙はこの液を柄杓《ひしゃく》で灰桶《はいおけ》に注いだ。そして木栓を抜くと、灰で濾過された上澄み液は水抜き穴から醤油のような色になって滴《したた》ってきた。趙は得られた溶液をさらに煮詰め始めた。外はすっかり暗くなっていた。それと気づかぬくらい、お万の家の土間だけは、いつまでも赤々と薪が燃やされ続けていた。

溶液が半分の量にまで煮詰められたのを見て、趙は竈《かまど》の火を落とした。そして鍋の上に笊笥《そうけ》を置き、これに木綿を敷いて濃縮液を流し込んだ。布で漉《さら》して不純物をおおざっぱに除去したのである。

「終わったのかい」

囲炉裏の前に座り込み、一人で手酌《てじゃく》を始めた趙に、お万が話しかけた。詳しいことを訊いたところで、何も話してくれないのは分かっているから、それ以上は質問しない。趙は疲れたのか、酒を呑み終えると、そのまま横になって軽い寝息を立て始めた。

「何だ塩を作っていたのかい。色の悪い塩だね」

翌朝、趙はお万の声で目が覚めた。体を起こすと、土間でお万が鍋の中の物を舐めていた。趙は土間に降りると、無言でお万の手を叩いた。

「痛い！　そんなに強く叩かなくてもいいじゃないか」

お万は口を尖らせた。趙が鍋の中をのぞくと、鍋の内側には飴色《あめいろ》をした結晶がこびり付いていた。趙は水を汲んできて、その鍋に水を入れ結晶をかき混ぜた。結晶は溶解して赤い濁り水になった。趙は外から薪を持ってくると、竈《かまど》の中の遺り火で再び火を熾した。

「朝餉を先に食べたらどうだい」

お万の声も無視して、趙は赤水の入った鍋を煮はじめた。やがて鍋が沸騰すると、趙はこれを再び木綿で濾過し、桶の中に移した。

それから三日の間、趙は酒を呑んで過ごした。四日目の朝、桶の中をのぞくと、桶の周りには五寸釘ほどの結晶が付いていた。趙はそれからも、できた結晶を水に加えて溶かし、煮立ったところで濾過する作業を何度もくり返した。不純物が混じっているうちはやや褐色を帯びていた結晶は、しだいに白さを増していった。

「これぐらい白くなれば良いだろう。いよいよ最後の漉《こ》しを行うか」

桶の中の結晶を注意深く観察していた趙は、独り言を呟いた。

趙が最後と言った濾過は、木綿七枚と紙一枚を使って、ていねいに行われた。それから七日ほどすると、桶の周りや底には六〜七寸ほどの、つららのように透きとおった、無色無臭の六角柱状の結晶ができていた。

趙はそれをさらに七日ほど置いて採取し、二十日間ほど天日で乾燥させた。でき上がった白い粉末は、焔硝の原料となる硝石であった。趙は蒙古船の中で、震天雷隊長の白狼《はくろう》に教わった方法で、ついに硝石を作り上げたのである。

「これで硝石製造の目処《めど》がついた」

趙の顔はいつになく晴れやかだった。日本に硝石が産しない場合に備えて、白狼は趙にその製造法を伝授してくれたが、それは限られた時間の中で、実演ではなく口述と筆記によるものだった。それだけに、頭に叩き込んだ手順通りの作業の末に、船内で見せられたのと同じ白い粉末が得られると、趙は感極まる想いであった。

「おい、今日は馳走を準備しろ。これから大いに呑むぞ」

趙は水汲みから帰ってきたお万に、ずっしりとした巾着袋を投げ与えて言った。

趙は翌日から硝石の量産に取りかかった。竈《かまど》も新たに増やしたため、お万の家から立ち昇る煙が絶えることはなかった。趙の硝石作りはその年の秋口まで続いた。製造された硝石は、特別にあつらえた木箱に入れて秘匿《ひとく》された。

硝石作りを終えた趙は、ある日、荷車を引いて市中に出かけていった。そして上質の木炭数俵と、黄色い塊、すり鉢、大小数十個の酒壺などを購入して帰ってきた。それを見ても、お万は何も言わなかった。

翌日、趙は土間にゴザを敷いて何やら作業を始めた。すり鉢が三つ並べられ、まず自家製の硝石をすり鉢に入れ、樫の棒ですり潰し始めた。次いで別のすり鉢で、黄色い塊が同じようにすり潰された。黄色い塊は硫黄である。そして三つ目のすり鉢では、小割にされた木炭がすり潰された。柔らかくて灰分の少ない炭である。

趙は白、黒、黄色の物質を粉末にし終えると、もう一つすり鉢を取り出し、その中に今すり潰した黒い粉末を椀《わん》で三杯正確に入れた。次いで黄色い粉末が二杯加えられ、ていねいに混合された。

趙は立ち上がると、内側に皮を張った容器を持ってきて、それに混合した粉末を移し、さらに白い粉末を椀で十五杯入れた。これに水を加えてよく混ぜ合わせると黒色の塊ができた。趙はその塊を木綿布で幾重にも包み、平たい石の上にこれを置き、さらに平たい石をのせ、その上に重しの石をのせた。木綿布からは、水分が滲み始めた。

秋晴れの乾燥した日が続いていた。数日の後には、木綿布で包まれた塊は板状になって乾燥していた。趙はこの塊を小割りにし、すり鉢でゆっくり粉末状にしていった。この粉末を完全に乾燥させると、焔硝のでき上がりであった。北条時宗が欲してやまなかった焔硝を、趙龍は独力で完成させたのである。

「銭をやるから市中に遊びにでも行ってこい」

焔硝を作り上げてから数日後、趙はそう言ってお万を家から追い出した。

「何だい、急に」

お万は不機嫌な顔をして見せたが、銭を与えられて遊びに行けと言われたのだ。嬉しくないはずがなかった。お万はいそいそと出かけていった。趙はお万を外出させると、土間にゴザを敷いて作業を始めた。危険この上ない作業だった。趙の額からは玉の汗が噴き出ていた。

趙は震天雷隊長に教わったとおり、慎重に作業を進めた。酒壺の中に焔硝を鉄片と混ぜて入れ、その中へ縄に焔硝を染み込ませて作った火縄を差し込み、最後に火縄だけ出して壺の口を密封した。蒙古軍が『震天雷』と呼び、日本軍が『鉄炮』と呼ぶ焔硝玉の完成である。

「ついにやった」

趙の口から喜びとも安堵ともつかぬ声が洩れた。

三　円覚寺焼亡

弘安十年（一二八七）十二月の下旬、趙龍《ちょうりゅう》の家を再び北条時影《ときかげ》が訪れていた。外は木枯らしが吹きすさぶ寒い日であった。

「なかなか乱が起きぬ」

時影は囲炉裏《いろり》で焼いたスルメを肴に、盛んに酒をあおりながら、同じ愚痴を何度もくり返した。二年前に得宗家御内人《みうちにん》平頼綱の讒言《ざんげん》によって引き起こされた騒動で、いっきに争乱の世が来ると見た時影の予想は当たらなかった。安達一族を排除した平頼綱は得宗専制を強め、完全に反対勢力を封じ込めてしまっていた。

「ならば乱世を創り出せばよいではないか」

趙が澄まし顔で言った。

「創り出す！」

「世情不安を煽るのだ」

「どうやって」

「手はじめに俺たちと因縁《いんねん》浅からぬ円覚寺でも燃やしてみてはどうだ」

趙の言葉に、一緒に酒を呑んでいたお万が、思わず盃を板間に落とした。

「寺を燃やすって、そんな罰当たりな。権作、いったいあんたは何者なんだい。背中にこさえた刀傷を見た時から、あんたは只者じゃないと思っているんだ」

「女は黙っていろ」

趙がいつになく怖い顔でお万を睨みつけた。

「放火するのか！」

時影も驚いた顔をしている。趙が黙って立ち上がり、奥から酒壺をぶら下げてきた。趙が苦心して完成させた焔硝玉である。時影は趙が酒を持ってきたものとばかり思った。ところが酒壺の口には、巻かれた縄紐《なわひも》が添えられていた。

「何だそれは？」

「あり合わせの器で作ったが鉄炮だ」

「何！　できたのか。なぜそれを早く言わぬ。今日はそのことで訪ねてきたのだぞ。おぬしが鉄炮のことをおくびにも出さぬから、鉄炮を造ろうなど、どだい無理なことだったのだと、こちらからは訊かずにいたのだぞ」

鉄炮と聞いて一番驚いたのはお万であった。お万は博多にいたので、鉄炮の炸裂音を聞いているし、それで失明した負傷者も目にしている。

(権作が作っていたのは鉄炮だったのか！)

お万は発する言葉もなかった。

「去年の秋には完成させた」

「一年も前にでき上がっていたのか。そうと分かっていたら、早く顔を出すんだった。俺は反得宗勢力に決起を促すため、各地をめぐり歩いていたんだ。鉄炮が完成しているのなら、この上もない説得材料になったものを。……それで試してみたのか」

「まだだ。火を付けてみなければ、どれほどの威力があるか分からぬ」

「いくつ作ったんだ」

「これだけだ」

「一個だけ！」

「このような物騒な物をいくつも抱いて寝られるものか。数作るのはこれを爆発させて威力を見てからだ。原料だけは多量に準備した。必要とあらば、いつでも、望みの数だけ作ってやる」

「それは心強い。わしにもちょっと見せてくれ」

時影が手を差し伸べた。

「火の近くは危険だ。触るならこっちに来て触れ」

時影は立ち上がると、囲炉裏から離れたところで酒壺を受け取った。

「落とすなよ。衝撃を与えたら吹っ飛ぶぞ」

「脅かすなよ」

時影は焔硝の入った酒壺にしげしげと見入った。

「この縄紐は何なんだ？」

「火縄というものだ。その縄には焔硝というものが染み込ませてある。縄の端に火を付けると激しく燃えて、その火が壺の口に達すると、中に詰め込まれた焔硝にいっきに火がまわり、ドカンと爆発するという寸法だ」

「なるほど」

「一応そうなるつもりだが、実際に試してみなければ、理屈どおりに事が運ぶか分からぬ」

鉄炮を完成させた趙は、製作者の常で、早くそれを試してみたかった。しかし物が物だけに、それができないでいた。趙は時影の来訪を首を長くして待ち望んでいたのである。

「これを円覚寺の放火に使おうというのだな」

「やるなら風の強い日がいい。この風が続くようなら、明日の夜にでも決行するか」

趙は家を揺らす風の音に耳を傾けながら、時影の心を煽った。

「面白い、やろう」

酒の勢いもあって、相談はすぐにまとまった。

「ところで円覚寺にはいくつもの大伽藍があるがどこを狙うのだ。本尊を安置した仏殿か、それとも住持《じゅうじ》の住む方丈を狙って、坊主どもを焼き殺してやるか」

時影が赤い顔をして言った。

「今回は焔硝玉の威力を見るのが目的だから、やはり慎重を期して、人気のない仏殿を狙おう。何と言っても、仏殿は本尊の安置された、円覚寺の象徴的な伽藍だからな」

「仏殿か、それもよかろう。我々には因縁《いんねん》浅からぬ場所だ」

「時宗を襲撃してから四年も経っている。明日、円覚寺に出向いて、念のために現場の下見をしておこう。それで問題がなければ、夜半に決行だ」

「分かった。今夜はもう眠れそうにないな。よし呑もう。前祝いの酒だ」

「いいか、今、ここで耳にしたことは、決して他言するなよ。そのうち、お前にもいい想いをさせてやるからな」

趙がお万に口止めを命じた。お万は趙の口から次々と洩れる恐ろしい言葉に、すっかり酔いが醒めてしまっていた。その夜の趙は、お万にとって全くの別人であった。お万は青ざめた顔で、ただ黙って頷くしかなかった。


十二月二十四日の丑《うし》の刻《こく》（午前二時）、趙龍と北条時影の二人は夜陰に紛れて円覚寺に忍び込んだ。二人は昼間に下見をし、計画を立てたとおりに行動した。時影は鉄炮を袋に入れて背負っていた。冬の烈風が円覚寺の大伽藍を吹き渡り、虎落笛《もがりぶえ》が二人の侵入者の気配を掻き消していた。僧坊に灯りは一つもなく、円覚寺は完全に寝静まっていた。

「よし、行くぞ」

趙と時影は仏殿へ向かった。閉じられていた仏殿正面の閂《かんぬき》をこじ開け、堂内に忍び込んだ。時影が本尊の釈迦如来の前に鉄炮を置き、火縄を床に這わせた。趙が持参した種火でそれにすかさず点火した。火縄がシュシュシュシュという音を立てて激しく燃焼を始めると、金色の本尊が闇の中に妖しく浮かび上がり、焔硝の燃える匂いが鼻をついた。点火された火は、まるで生き物のように床を這い始めた。二人は仏殿の扉を閉めると、境内を横切り、円覚寺北方の山中へと逃走した。

二人は仏殿が見通せる木立の影に身を潜め、その時を待った。時が経つのが、この上もなく永く感じられた。

「遅いじゃないか。火が消えたか、失敗したのではないのか」

時影がそう言った時だった。仏殿から真っ赤な閃光が洩れ出たかと思うと、雷が落ちたような大音響が境内に響き渡った。しばらくすると仏殿からメラメラと炎が立ち始めた。

「やったな、成功だ」

時影が趙の肩を叩いた。強い北西風に煽られ、火勢は激しさを増していった。

「火事だ、仏殿が火事だ！」

僧たちが建物から飛び出してきて、慌てふためいた声で叫び始めた。炎に照らされて、その右往左往する様が、時影らの潜む高台からは明瞭に視認できた。

「酒を持ってくればよかったな。実によい眺めだ。この光景を肴に酒を酌み交わせば、どんなにか旨かったことであろう」

寡黙な趙が饒舌《じょうぜつ》になっていた。炎上する仏殿は、それほどまでに趙の気持ちを昂ぶらせていた。時宗暗殺という大望を失って以来、積もり積もっていた鬱憤《うっぷん》を、趙はいっきに晴らせたような痛快な気分を味わっていた。

鶴岡八幡宮寺に円覚寺が炎上中との知らせが入ったのは、仏殿が爆破されて半時も経たぬうちだった。御谷《おやつ》一帯にある鶴岡二十五坊の供僧たちにも、直ちに一報がもたらされた。

「円覚寺が燃えているだと!」

熟睡中に叩き起こされた祐慶は、直ちに墨衣《すみごろも》に着替えると、松明《たいまつ》を手にして住坊を飛び出していった。巨福呂《こぶくろ》坂口を越えると、前方が異様に明るくなった。祐慶はその不気味な明かりに向かって駆け続けた。

円覚寺の境内はまさに火炎地獄と化していた。仏殿から出た火は強い風に煽られて次々と周囲の建物に飛び火し、三門、方丈、書院など主要な伽藍がことごとく炎に包まれていた。寺には二百名ほどの僧がいるが、その数を持ってしても消火活動は焼け石に水で、ほとんど打つ手のない有様であった。

祐慶は妙香池《みょうこうち》の近くで、二人の高僧が呆然と佇んでいる姿を認めた。円覚寺第二世住持大休正念《だいきゅうしょうねん》と、無学祖元の侍僧《じそう》として来日した鏡堂覚円《きょうどうかくえん》であった。

「正念様、大変なことになりましたな」

「おう、祐慶ではないか。よく来てくれた」

正念の言葉に力はなかった。

「祐慶殿、今、あなたを呼びにやろうと思っていたところです」

覚円がまだおぼつかない日本語で語りかけてきた。祐慶と覚円とは、南宋の慶元から鎌倉まで、船旅を一緒にした仲である。

「何か……」

「これはただの火事ではありません。何者かが鉄炮を使って意図的に放火したものです」

「それはまことですか！」

「雷が落ちたような大音響でした。私は厠《かわや》へ行こうと起きた時だったので、寝ぼけて聞いたのではありません。すぐに外へ出たのですが、その時はすでに仏殿から炎が上がっていて、鼻をつく独特の匂いがしました。仏殿が鉄炮で爆破されたのは間違いありません」

祐慶は時宗の作らせた焔硝小屋で、薛祥熙《せつしょうき》ら三人が爆死した事故のことを想った。祐慶が駆けつけた時には、焔硝小屋はほとんど燃え尽きた後だった。

「前にも仏殿の脇で時宗様が鉄炮で狙われた。おそらく今回も同じ犯人の仕業であろう」

大休正念が燃え続ける方丈を見つめながら呟いた。

(あの男だ！)

祐慶はいつか三門の辺りで言葉を交わした男の顔を想い浮かべていた。時宗が鉄炮で襲われた時、現場に居合わせた甥の五郎が、絵筆を執っていた男が鉄炮を使ったと証言した。以来、男の顔は、祐慶の脳裡に深く刻み込まれていた。

(この鎌倉に鉄炮を持っている者がいる)

祐慶には、それは何にもまして、不気味なことだった。

(椰によれば、あの男は壱岐島の訛《なま》りだったという。大陸との接点にある島だ。もしも、持っているだけではなく、鉄炮の製造法を知っているとしたら……)

それは空恐ろしいことだった。

(鉄炮があれば国家転覆も可能だ。現に一味は執権職の命を狙っている。それに五郎の話では、どうも時輔《ときすけ》殿の子も一枚嚙《か》んでいるらしい。しかしこの国は硝石を産しないではないか。仮に鉄炮の製造法を知っていたとしても、硝石がなければ焔硝は作れない。杞憂か)

祐慶は燃え盛る炎を見つめながら、その様なことを考えていた。


円覚寺は三日三晩燃え続けた。ようやく鎮火した時、祐慶は市中で硫黄を扱っている商人を片っ端から訪ね歩いた。

「最近、硫黄を大量に買い込んだ者はいなかったか」

祐慶は円覚寺を爆破炎上させた鉄炮が、あの男によって作られた物ではないのか、という疑念を拭い去れなかったからである。

その結果、ある商人から、一年ほど前に良質の硫黄を多量に購入した者がいた、との話が聞けた。祐慶が水墨画を描いていた男の人相を伝えると、確かにそのような風貌の男で西国訛りが強かった、という返事が返ってきた。祐慶の心配は現実となったのである。しかし祐慶にできることはそこまでだった。それ以上のことは調べようもなく、祐慶の探索は行き詰まっていた。

第十三章　正宗《まさむね》

一　荒試《あらだめ》し

行光は幕府の御用鍛冶であるから、まず細工所《さいくどころ》から命じられた仕事をこなさなければならない。その他に御家人など個人からの注文もある。それらの仕事を済ませた合間に、行光父子は新しい鍛法の研究に余念がなかった。

蒙古の綿甲《めんこう》を断つためには、薄刃にしなければならなかった。薄刃にすれば刀は曲がりやすくなる。それを防ぐには刀の表面の硬化を計らなければならないが、しかし鉄は硬くなれば折れやすくなる。折れに対処するには、硬軟の鉄を練り合わせ、その鍛接面を融着させねばならないが、それには高温での熱処理が必要である。行光親子に突きつけられた課題は、高温処理に適した地鉄《じがね》を鍛え、それを用いた鍛法の確立であった。

季節は八月になり、火を使う鍛冶仕事には好ましい季節となっていた。

「皮鉄《かわがね》を鍛えるから、この前、下鍛えした鉄を持ってこい」

行光が五郎に命じた。その日は本来の仕事が早めに片付いた。いや、片付けたと言うべきか。このような日、行光は決まって新しい鍛法を試みる。試作刀を鍛えるのである。鍛冶場には行光親子と甚五郎が残っていた。

五郎は棚から木箱を取り出した。箱の中には二種類の性状の異なる鉄が、厚さ五分、幅一寸五分、長さ四寸の短冊形に切り揃えられて納められていた。それぞれ鍛錬回数が異なる鋼である。鉄は鍛える回数が違えば、著しくその性質を変える。特に硬度が変化するのである。皮鉄は刀の側面になる鋼である。

行光は五郎の持ってきた材質の異なる鉄片を、梃子棒《てこぼう》の平たい台の上に交互に五枚ほど積み重ねた。これを和紙で包んで水で濡らし、藁灰《わらばい》をたっぷりまぶして粘土水をかけた。そして火床《ほど》の中に置いて炭で覆った。行光は吹子《ふいご》の取っ手をゆっくり押し引きしながら、じっくりと鉄を沸かせていった。鉄が沸くとは、鉄の表面だけではなく内部まで熱が浸透し、鉄全体が鍛錬可能な均一の温度状態になることである。行光は風で炭火を操りながら、炎の色に目を凝らし、その中に耳を澄ましていた。

やがて炎の色が白みを帯び、短い火花が混じりだした。炎の中から微かな音も聞こえてくる。鉄が沸いたのである。行光が頃合いを見て鋼を金敷の上に取り出すと、五郎が積み上げた鋼を大槌で軽く叩いて仮付けした。これを再び藁灰にまぶし、粘土水をかけて火床に戻す。

二度目の沸かしは、積んだ鋼がくっつき合っているため、沸きむらがないよう上下を変えながら高温で行った。これを沸かせて、四方から大槌で叩き締める。

「十文字に鍛えるぞ」

行光は鋼を三たび火床に戻しながら言った。行光はこれまでの経験から、高い温度で焼いても欠点を出さずに対応できる地鉄は、下鍛え、上げ鍛えともに、十文字に鍛えた鉄が優れていることに気づいていた。

「分かりました」

五郎と甚五郎が大槌を手に二丁《にちょう》がけの体勢に入った。沸いた鋼が取り出され、折り返し鍛錬が始まった。鋼を打ち延ばし、次いで真ん中に横鏨《よこたがね》を入れ、小槌で叩いて二枚折りにする。これを赤めて叩き延ばし、今度は縦に鏨を入れて折り返す。この作業をくり返して鍛えるのである。この十文字鍛えにより、高温での焼き入れに適した地鉄が得られるようになっていた。

行光は国光の鍛治場で肌物の刀身を見せられ、硬軟の鉄の練り合わせという技法を学んで以来、練り合わせる鉄の割合や硬軟の硬度差を様々に変えるなどの工夫を凝らし、今ではある程度納得のいく鋼作りに成功していた。

三人が皮鉄になる鋼を鍛え終えた時、外はすっかり漆黒《しっこく》の闇に包まれていた。

「よし、続きはまた明日だ」

鍛えた皮鉄を二等分して梃子棒から切り離すと、行光が先手《さきて》の二人をねぎらうように言った。

行光は次の日も、一仕事終えた後、試作刀の鍛錬に臨んだ。あらかじめ鍛えてあった刃鉄《はがね》と心鉄《しんがね》、それに昨夕鍛えた皮鉄《かわがね》を使って造り込みの作業にかかった。

日本刀は基本的には心鉄を皮鉄で包んで作る。軟らかい心鉄を硬い皮鉄で包むという『造り込み』の工夫が、折れず、曲がらず、よく切れる日本刀を誕生させたが、これにはいくつかの方法がある。行光は博多に下って以来、高温での焼き入れに適した造り込みを工夫してきたが、それには本三枚《ほんさんまい》が最も適していると確信を持っていた。

本三枚は、刃鉄の上に心鉄をのせて側面に皮鉄を添える造り込みで、高温で焼き入れしてもそれほど刃切れが出ず、刃の硬さも適当に仕上がるため、強靭《きょうじん》さの点でも優れていた。しかし硬度の違う三種類の鉄を組み合わせてあるから、鍛接面が複雑になり、温度が高ければ高いほど疵などの欠点が出やすく、技術的に難しい面があった。

行光は梃子棒に付いたままの心鉄を中心にして、それぞれの鉄をていねいに沸かしながら、刃鉄、皮鉄の順で本三枚に鍛接していった。

それぞれの鋼を鍛接し終えると、今度は素延べの工程である。本三枚に組み合わせた鋼を沸かしながら、少しずつ平たい棒状に打ち延ばしていく。先手は五郎一人である。甚五郎、修作、芳造の三人は、作業を傍らで見守っていた。

ある程度の長さに打ち延ばされた鋼は、梃子棒から切り離された後、今度は箸《はし》で挟んで作業が続けられる。五郎は大槌《おおづち》を休め、鍛冶場には行光の小槌の音のみが響いた。

「物差しを当ててみろ」

ほぼ予定の長さまで叩き延ばしたのであろう、行光が芳造に命じた。

「二尺九寸です」

芳造は準備していた物差しですぐに測った。

「そうか、これで良いだろう。火床の火を落とせ」

その日の作業が終わった。

試作刀の素延べを終えてから十日ほど経った日のことだった。つくつく法師がかまびすしく鳴きだした昼下がり、行光の鍛冶場を祐慶が訪ねてきた。手には六尺ほどの鉄杖《てつじょう》を携えていた。

「準備はできているのか」

祐慶は家に入るなり、応対した梛に訊いた。

「ええ、皆さん、庭で待っておりますよ」

「そうか」

祐慶は庭にまわった。庭には隣家との境界付近に、幹回りが一抱え半ほどもある欅《けやき》の老木が生えているが、その木陰で、行光や五郎、それに古株の三人の門人らが、まだ暑い陽射しを避けて談笑していた。欅の葉隠れでは、ここでもつくつく法師がせわしなく鳴いている。

「おう、兄者。またお手数をかけます」

丸太に腰かけていた行光は、立ち上がって祐慶に挨拶した。

「今度の刀の出来はどうかな」

「これなんですが……」

行光は傍らに置いていた太刀を手に取った。昨日、鍛冶押《かじお》しを終えたばかりの試作刀で、柄《つか》は取り付けてあるが上《かみ》は裸身のままである。この刀が鞘に収まることはない。

「十文字鍛えの本三枚で仕上げました。この前試してもらった刀より、鋼の硬軟の差を大きくしてあります。今回は焼刃土にも工夫を凝らしたので、焼き入れも巧くいきました」

焼刃土は土と炭の粉、砥石《といし》の粉を等量に混ぜるのが掟であるが、今度の試作刀では、高温での焼き入れに耐えるよう焼刃土を荒目に調整し、土置《つちおき》も比較的厚く施して焼き入れを行った。

行光は福岡一文字の吉房に、華麗な重花丁子《じゅうかちょうじ》を裸焼きで入れる手法を見せてもらって以来、感度のよい鉄を追い求めていたが、意図した刃文を確実に表現するには、やはり土を置くのが最良の道と、裸焼きは諦めていた。

「そうか、今度は期待が持てそうだな。それではまず巻藁《まきわら》から行くか」

祐慶はそう言うと、僧衣を脱ぎ捨て下帯《したおび》一枚の姿になった。行光は鍛えた刀の切れ味を見るため、武術の心得のある祐慶に試し斬りを頼むのが常だった。祐慶に薙刀を持たせれば鎌倉近辺では敵無しで、刀の扱いにもそこそこに慣れていた。いずれも若き日に、日光の寺にある時、仏法修行の傍ら身に付けたものである。

祐慶も四十九歳になっていた。しかし下帯一枚になった姿は、裸形の仁王像にも似て、まだ青年のそれである。修作と芳造によって、庭の中央に、芯《しん》に古竹を入れた巻藁が立てられた。祐慶が試作刀を手にその前に立った。

祐慶は太刀を振り上げると、何の気負いもなく巻藁を右袈裟《けさ》斬りにした。刹那的《せつなてき》な音がして、巻藁がみごとに斜めに斬り落とされた。欅のつくつく法師の声が鳴き止んでいた。

試作刀の切れ味を確認した祐慶は、今度は続けざまに太刀を振るった。まず巻藁を左右袈裟斬りにした後、次いで左右の横一文字斬り、最後に左下から巻藁を斬り上げた後、宙に舞った巻藁片を一刀両断に斬り捨てた。鮮やかな手並みである。

「なかなかの切れ味だな」

祐慶が刃味《はあじ》を褒めた。

「次は角《つの》試しだ」

行光が甚五郎に声をかけた。巻藁が片付けられた後に、鹿角が固定された台が置かれた。堅い鹿の角を使った堅物《かたもの》試しである。刀は刃肉を落として薄刃にすればよく切れるが、よほど強靱な刃でない限り、堅い物にあたると欠けてしまう。堅くてしかも曲がりのある鹿角を切断するには、良刀を用いるのみならず、よほど太刀筋が確かでなければ適わない。

祐慶が鹿角に一太刀目を入れた。斬り落とされた角片が宙に跳ねた。刃こぼれは無かった。二太刀目。再び角は切断されたものの、物打ちの辺りに、わずかではあったが刃こぼれが生じていた。

「欠けてしまったか……」

行光が肩を落とした。

「よし、次は棒試しだ。五郎、お前が刀を握れ」

祐慶が五郎に命じた。

「はい」

五郎は行光から刀を受け取り、正眼《せいがん》に構えた。祐慶も持参した六尺の鉄杖を持って五郎と対峙《たいじ》する。

「いいか、しっかり握っていろよ」

「はい」

祐慶が鉄杖で思い切り刀の側面を払った。鉄杖は重さが九百匁《もんめ》（約三キロ）もある。甲高い金属音とともに刀が跳ねたが、五郎は再び正眼の位置に刀を戻した。祐慶の鉄杖が今度は反対側の側面を襲った。左右交互に刀の平を叩くこと十回。それでも刀に疵はつかず、曲がりも生じなかった。

続いて祐慶は刀の棟《むね》を打ち始めた。刀は棟打ちに弱い。棟を強打されれば、鍛錬不足の刀は簡単に折れてしまう。二度、三度、……十二度目の衝撃を与えた時、試作刀には刃切れが生じていた。そして、さらに打ち続けること七度目で、刃切れの箇所から折れてしまった。

「よし、ここまでだ」

祐慶が荒試し終了を告げた。

「前の奴よりずいぶん丈夫な刀になったではないか」

祐慶が吹き出た玉の汗を拭きながら言った。前に試した刀は、平打ちの段階で曲がりが生じていた。

「そうですね……もう一工夫と言ったところですか」

行光にはまだ納得のできかねる結果であった。

二　法皇の肌守《はだもり》

正応《しょうおう》二年（一二八九）の十月のことだった。国宗は一人、秋の色に彩られた巨福呂坂《こぶくろざか》を下っていた。幕府の細工所《さいくどころ》から呼び出しを受けたのだ。国宗宅まで遣いに来た小者は、至急出頭せよとの細工所頭の命を伝えただけで、用件については何も話さなかった。

（何事だろうか？）

国宗に思いあたる節はなかった。細工所に上がると、いつもは苦虫を嚙みつぶしたような顔の細工所頭が、国宗をにこやかな笑顔で迎えた。

「おお国宗殿、偉いことになりましたぞ」

「……」

「朝廷より詔命《しょうめい》が下ったのじゃ。亀山上皇様が、国宗殿を京都に上らせるよう命じてこられた」

「上皇様が！」

亀山上皇の天皇在位中には初めて蒙古の国書が届き、院政中には二度の元寇が起こった。上皇は、我が身をもって国難に代わらんと、伊勢神宮に異国降伏を祈願するとともに、博多の筥崎宮《はこざきぐう》には宸筆《しんぴつ》で『敵国降伏』としたためた勅額《ちょくがく》を奉納している。幕府方の時宗とともに、宮方を代表して元寇という史上希な国難にあたった一人である。

「ああ、そうじゃ。都からの知らせによれば、上皇様は出家されて法皇を名乗られているそうだ」

亀山上皇は院政を行うこと十三年、二年前に伏見《ふしみ》天皇が即位すると院政を止め、先月の九月十七日、離宮の禅林寺殿《ぜんりんじどの》で剃髪し、四十歳にして法皇と称するようになった。

「亀山法皇様とお呼びすれば、よろしいわけですか」

「そのようじゃな。法皇様は御自分の御座《ござ》の近くに置かれる、御守護の太刀を所望されているそうだ」

「肌守《はだもり》でございますか。それをこの国宗に」

この上ない名誉であった。国宗は時の権力者北条時頼が、わざわざ備前から鎌倉に招聘《しょうへい》した名工である。国宗銘の刀はそれだけでも鎌倉武士たちの垂涎《すいぜん》の的《まと》であったが、門流に国光、行光という時代の寵児《ちょうじ》とも言うべき二人の刀工が現れるに及んで、その名声はいやが上にも高まっていた。

「詳細はまた後日伝達する。都に上るとなると、色々と片付けておかねばならぬ事などもあろう。いつでも鎌倉を出立できるよう、早めに済ませておかれよ」

「承知致しました」

細工所を出た国宗は、そのまま自宅に引き返した。来る時はそれほど意識しなかった道中の紅葉が、帰路には万感の想いで胸に迫ってきた。

（わしが時頼様の命で鎌倉に移住したのは、奇しくも亀山天皇様が即位した年であった。あれから三十年の月日が流れ、齢《よわい》七十を超えてしまった）

この間、国宗は三度ほど備前へ帰国した。生まれ故郷の山河は昔の記憶そのままに国宗を迎えてくれたが、里帰りするたびに知己《ちき》は少なくなってしまっていた。

(幸い健康に恵まれたため、まだまだ槌は握れるだろう。しかし、長旅は今度が最後になるに違いない。骨は故郷の備前に埋めたい。法皇様の詔命はちょうどよい機会かも知れぬ。もう老骨のこの身に、鎌倉で役立つことは少ない)

国宗に後顧《こうこ》の憂いはなかった。鎌倉鍛冶界は国光、行光の名人を得て、我が国でも有数な刀剣生産拠点となろうとしていた。それにもう一人、五郎という次代の鎌倉鍛冶を担うであろう自慢の孫もいた。五郎はすでに二十六歳になり、父行光の代作も手堅くこなしている。

(細工所に願い出れば、帰国は許されるであろう。京都で仕事を無事終えることができたら、そのまま備前へ帰れるよう頼み込むことにするか)

国宗は帰国を決断した。燃える秋が、国宗の望郷の念を駆り立てていた。

翌日、国宗の姿は飯島の行光の家にあった。国宗が娘夫婦の家を訪れるのは珍しいことだった。

「亀山法皇様の肌守《はだもり》を鍛えることになった」

国宗は膝に五歳になる曾孫の小春を抱いていた。

「それはまた光栄な！」

「おめでとうございます」

行光と桔梗は国宗の慶事を喜んだ。

「おめでとう」

小春が国宗を見上げるようにして、かわいらしい声で言った。

「これはこれは、ありがとう」

国宗は目を細めた。

「ついては都に赴くことになる」

「えっ！　そのお歳で都までの長旅は難儀致しましょう。こちらで刀を鍛えて、法王様に送り届けるということでは駄目なのですか」

「都へ参れとの詔命であるから、上京せぬわけにはいくまい。……何、わしの足腰はまだ大丈夫だ。和賀江島から船で難波《なんば》に渡りさえすれば、京の都まではすぐだ」

「それはそうですが……」

桔梗が父親の体を気づかって顔を曇らせた。

「都で刀を鍛えるとなれば、先手《さきて》として最低三名の供が必要でしょう。私もお供の一人に加えて頂きたいのですが、仕事が立て込んでいてままなりません」

「先手のことは心配してもらわなくてもいいのだが……実は今日、ここを訪ねたのは、二人に話しておきたい事があるからだ。わしも七十を過ぎた。法皇様の詔命をよい機会だと思い、備前への帰国願いを出すつもりだ。許しが出れば都での仕事を終えしだい、そのまま故郷へ帰ろうと思う」

いずれ備前へ帰る――そのことは常日頃から、国宗に聞かされていたことだった。行光夫婦は驚かなかったが、実際、それが現実となると様々な想いが沸き起こった。

「わしの鍛冶場も今では大所帯だ。わしが備前へ帰るとなると、これまで鎌倉殿から提供されていた屋敷や田畑は返納しなければならないかと心配していたのだが、ここへ来る前に細工所頭に相談したところ、宗次郎に引き継がせてくれそうな話だった。鎌倉に残る者どもの生活が今までどおりならば、わしは心おきなく備前に帰ることができる」

「それはよろしゅうございました」

「お父さんがいなくなると寂しくなります。私も一緒に備前へ帰りたくなりました」

桔梗は国宗の歳を考えれば、永久《とわ》の別れになることを覚悟した。

「お義父さんにお願いがあるのですが」

行光が改まった口調で国宗に切り出した。

「何かな」

「五郎もすでに二十六になりました。いつまでも私の代作をやっていてはつまらぬでありましょうから、独立させようと思っています」

「おお、そうか」

「つきましては、お義父さんに、五郎の刀工名を考えてはもらえませぬか」

「三代目行光とするのではないのか」

「いえ、そのつもりは毛頭ありません。親の欲目かも知れませぬが、五郎はきっと後世に名を遺す名工となることでしょう。親を超えていく息子に、親と同じ名を与えては申し訳ありません。お義父さんは私が鎮西の地にある間、五郎に鍛冶の基本を叩き込んで下さいました。できればお義父さんの一字を頂ければと考えております」

「豊後行平の血を引く行光殿の息子に、この国宗が名を与えてもよろしいのか」

「私からもお願いします」

桔梗が頭を下げた。

「そうか。それでは少し考えさせてくれ。よき名を考えておこう」

国宗が命名を受け合った。


飯島の行光宅から帰った国宗は、鍛錬着に着替えて鍛冶場に入った。鍛冶場では次男の宗次郎らが、盛んに鍛錬を行っていた。

国宗は棚から心鉄《しんがね》用に精鍛した拍子木《ひょうしぎ》形の鉄塊を取り出すと、自分の吹子《ふいご》の火床《ほど》に炭火を熾し、それを赤め始めた。鉄塊が熱せられると、それを素延べの要領で平たい棒状に打ち延ばしていった。国宗が小槌で丹念に打ち出したのは、鎬造《しのぎづく》りの茎《なかご》であった。寸法は太刀のそれである。

国宗は茎を打ち出し終えると、区《まち》の上一寸（約三センチ）余りに鏨《たがね》を入れて切り落とした。国宗は刀身のない、茎の部分だけを造ったのである。

赤められ熱を持っていた茎形の鉄片が冷めると、国宗はそれを持って研ぎ場に入った。焼けただれた鉄片を台の上に固定して、鑢《やすり》で整形を始めた。まず茎尻《なかごじり》を剣先に似た剣形《けんぎょう》の形に整えた。次いで各部に鑢をかけ、真剣と何ら違わぬ茎仕立てを行った。

黒く焼けただれていた茎形の鉄片は、美しく鉄色《かないろ》の輝きを放った。少し右下がりにかけられた鑢目《やすりめ》が、茎にいちだんと美観を添えている。

国宗は茎仕立《なかごじた》てを終えると、それを銘切り台の上に置いて固定した。刀身のない茎を台の上に置いたのは初めてだった。国宗は鏨《たがね》と小槌を手にすると、いつもとは勝手の違う銘切りにかかった。そこに刻むべき文字は、行光の鍛冶場からの帰りに決めてあった。

数日後、国宗は行光の鍛冶場に遣いを出し、五郎を山ノ内の自宅に呼んだ。五郎は梛を伴ってやってきた。

「先日、行光殿に五郎の刀工名を考えてくれと頼まれてな。気に入ってもらえると良いのだが……」

国宗はそう言って、細長い桐の箱を五郎夫婦の前に差し出した。

「これは？」

「開けてみるとよい」

「はい」

五郎は箱を手に取って蓋を開いた。中には鉄色に輝く、真新しい茎《なかご》が入っていた。それには『命名正宗』の四文字が彫られていた。

「正宗《まさむね》！　正宗でございますか」

五郎は茎を返してみた。裏には『正応二年秋　国宗』の文字。

「どうだ……」

「正宗、五郎正宗か。よき刀工名だと思います」

「そうか、気に入ってくれたか」

五郎は茎を表にして箱に戻し、それを梛に手渡した。梛は文字が読めない。

「まさむね、と読むんだ」

五郎は正宗の二文字を指差して教えた。

「まさむね」

梛は正宗の文字を頭の中に刻み込むかのように、人差し指で何度もなぞった。

「わしがこの鎌倉を去るにあたって、この地に何がしかのものを遺したとすれば、それを継ぐ正統の者、というぐらいの意味じゃが」

「そうですか、きっと父さんも母さんも気に入ってくれると思います。ありがとうございました」

五郎夫婦は国宗に深々と頭を下げた。

「それと細工所頭とも相談したのだが、宗次郎と一緒に五郎も御用鍛冶に取り立てられることになった。近々正式に沙汰があるはずだ。そうなれば鍛冶免の田畑なども与えられよう。これを機に行光殿の鍛冶場から独立して新しい鍛冶場を築くもよし、今までどおり親子で刀を打つもよし、それは五郎の自由にすればよい」

行光が幕府御用鍛冶に取り立てられたのは二十九の時であった。五郎はそれより三歳も若かった。

「重ね重ねありがとうございます」

五郎夫婦は再び頭を下げた。

国宗宅を辞した二人は鶴岡八幡宮寺に立ち寄り、大進坊祐慶に、『正宗』の刀工名を名乗ることになった経緯を報告したのであった。


国宗が鎌倉を去る日は、鶴岡八幡宮寺の大銀杏《おおいちょう》の葉が舞い散る前にやってきた。国宗は次男の宗次郎と四男の四郎、それに弟子の又助を京都に伴うことになった。国宗に付き従う三人は、京都の禅林《ぜんりん》寺殿《じどの》で無事に大役を果たし終えた暁には、国宗を備前まで送り届けて鎌倉に帰ってくることになった。

国宗らが鎌倉を発つ日、和賀江島には一族や多くの知己たちが見送りに集まった。国宗が時頼に招聘《しょうへい》され鎌倉に移住した際には、次男宗次郎夫婦、それに四男四郎、一人娘の桔梗の四人を伴っていただけであったが、あっという間に過ぎた三十年の月日は、孫、曾孫《ひまご》を誕生させ、鎌倉に多くの血縁者を扶植していた。

「五郎、いや正宗よ。刀の茎《なかご》に銘を印しただけの刀工になるな。刀剣史に『正宗』の名を刻むよう精進致せ」

乗船間際、国宗は五郎にそう言い残して背を向けたのだった。五郎にとり、これが国宗との最後の別れとなった。禅林寺殿で亀山法皇の肌守を鍛え上げて備前に帰った国宗は、それから一年後には亡くなったのである。まるで自分の死を予期していたかのような里帰りであった。

第十四章　残り香

一　爆死

正応《しょうおう》三年（一二九〇）の夏、それまで鳴りを潜めていた北条時影《ときかげ》が、鎌倉の趙龍《ちょうりゅう》の家を訪ねてきた。時影は一人の男を伴っていて、二人とも修験者のなりである。趙が時影と顔を合わせるのは、円覚寺を爆破炎上させて以来であった。

「権作殿、こちらは三浦頼盛《みうらよりもり》殿だ。北条氏に滅ぼされた三浦一族の残党を束ねておられる」

時影が紹介した男は、細面の顔に無精髭を蓄え、眼光が異様に鋭かった。

（野犬の目をしている。昔の俺の目だ）

趙は咄嗟《とっさ》にそう思った。男の目は時宗の命を狙っていた頃の趙のそれだった。頼盛の妻は安達氏の縁者であり、頼盛は五年前に北条氏に滅ぼされた安達泰盛とも懇意な間柄であった。それだけに北条氏に対する恨みには深いものがある。

「頼盛でござる。時影殿から聞いて、そなたに是非逢いたいと思っていた。円覚寺放火は実におみごとでござった」

「あれで権作殿の作った鉄炮の威力が証明された。鉄炮さえあれば専横《せんおう》著しい得宗政権をくつがえし、これまでの恨みを晴らすこともできよう。円覚寺放火から二年半、頼盛殿とともに各地を駆けめぐり、安達氏などの残党とも接触し、蜂起の手はずを整えて参った。だが、何と言っても、一斉蜂起の一番の要《かなめ》は、権作殿の鉄炮じゃ。お願いした鉄炮の製造はどうなっておろうか」

「五十個ほどできておる」

「おう、五十も！　それだけあれば鎌倉の神社仏閣、御家人屋敷、主な鎌倉殿の建物をぶっ飛ばすことができる。いちどきに行えば、鎌倉殿は大混乱に陥るであろう。それを合図に各地で仲間を蜂起させようぞ」

時影は満面に喜色を浮かべた。

「来年二月十五日は、父君の二十回忌でござったな」

頼盛が念を押すように時影に言った。京都の六波羅で北条時輔《ときすけ》が弟の時宗に討たれて、早くも満十九年が経とうとしていた。

「祥月命日《しょうつきめいにち》の二月十五日を決起の日と定め、手抜かりなく準備致そう」

おそらく反得宗勢力の間では煮詰まっている日程なのであろう、時影が大事の日取りをこともなげに口にした。多量の鉄炮の完成により、北条政権に積年の恨みを晴らせる日がより現実味を帯び、三浦頼盛は目を輝かせた。


十一月に入って間もなくのことだった。その日、正宗と伯父の祐慶は、小町大路の雑踏の中を、飯島の行光の家に向かって歩いていた。

「どうだ五郎、正宗の鍛冶名には慣れたか」

「そうですね……あまり銘を切る機会もないですから、それほど実感が湧かぬ、と言ったところです」

五郎が国宗から『正宗』の刀工名を授かって、すでに丸一年が過ぎていた。正宗を名乗り、幕府御用鍛冶となっても、五郎の生活はこれまでと何ら変わるところはなかった。行光と鍛冶場を別にすることもなく、鉄と格闘する日々を続けていた。

御用鍛冶の仕事の大半は幕府からの注文であり、その納入品に銘を切ることはない。また、幕府の仕事に差し障りのない範囲で個人の注文も受けるが、御用鍛冶に鍛刀を依頼するのは高貴な身分の者が多く、この場合も相手の地位に遠慮して銘を刻むことはなかった。ただ、五郎が刀工名を授かったことを聞きつけ、さっそく鍛刀を依頼してきたごく近しい鎌倉武士らには、正宗は銘を切ってこれに応じた。

「そうか。わしは坊主の名を刀工名に使っているから、茎《なかご》に初めて銘を刻んでも何の感慨も湧かなかった。ただ俗名の藤太郎を捨てて坊主になった時は、祐慶と呼ばれるたびに何ともこそばゆい想いをしたものだが」

伯父と甥の二人は、銘の話で盛り上がりながら、小町大路を下っていた。

小町大路が滑川《なめかわ》を横切る辺りにやってきた時だった。袖《そで》の触れあう近さで、正宗らとすれ違った男があった。男は潰したばかりの一羽の鶏と、二本の酒壺《さけつぼ》を提げて歩いていた。足を縄で括《くく》って逆さにぶら下げられた鶏の首からは、まだ血が滲み出て地面に点々と滴《したた》っていた。祐慶は男の顔を見た刹那、脳裡に何かが過ぎるのを感じた。

（今の男は！）

どこかで逢ったような気がした。だが想い出せなかった。祐慶は立ち止まり、後ろを振り返った。

男はしだいに離れていく。

「どうかしたのですか？」

　正宗も立ち止まった。

「……」

　祐慶は何も応えず、ただ男の後ろ姿を目で追っていた。その時、向こうから葛籠《つづら》を背負った男がやってきた。その葛籠を見た時、祐慶の記憶の糸が繋《つな》がった。

「あの男だ！　八幡宮や円覚寺で、葛籠の上に画板を置いて絵を描いていた男だ。間違いない」

「えっ！」

　それを聞いて正宗も驚いた。

「時宗様を襲った奴に違いない。よし、つけてみるぞ」

　祐慶は男の後を追い始めた。正宗も慌ててそれに従う。男は鶴岡八幡宮寺の横を抜け、六浦《むつうら》路を足早に上っていった。男に何ら不審な素振りはなかった。酒と鶏を買い求めて家路を急ぐ、ごくありふれた庶民の姿だった。

（人違いだったのではないだろうか……）

　男の後をつけているうちに、祐慶の自信は薄れていった。祐慶が男と言葉を交わしたのは、円覚寺落慶の年であったから、それから八年もの年月が流れていた。

（最初の直感を信じよう。とにかくどこの何者だか突き止めねば）

　祐慶はそう思いなおして、黙々と男を追い続けた。正宗はただ祐慶の後についていくしかなかった。

　男は八幡宮寺と六浦口の間の中ほどまで来た時、ようやく脇道にそれ、やがて谷《やつ》の奥のそれほど大きくもない一軒家に入った。辺りには他に家らしきものは見あたらない。正宗と祐慶は近くの藪に隠れて家の様子をうかがった。

　ほどなくすると家から女が出てきて、湯気の立っている鍋を軒先に置いた。女は家の中に戻ると、今度は鶏をぶら下げて出てきた。鶏が鍋の中に投げ込まれた。女は頃合いを見て、鶏の羽毛をむしり始めた。女は色白で男好きのする顔立ちである。

　祐慶はじっと女を観察し続けた。

（この女もどこかで逢ったような気がするが……それも遠い昔に）

「もしやこの女！」

　祐慶の記憶に甦ったものがあった。沼間の国光のもとで鍛冶修業をしていた頃、何度か逢った近所の女に似ていた。弟の藤三郎に横恋慕し、桔梗を襲わせた女。

「あの女に間違いない。確か『お万』という名だった。沼間を追われたと聞いたが、こんな所に住んでいたのか」

「知っているんですか、あの女を！」

　正宗が驚いた顔をした。

「ああ、沼間の国光様の近くに住んでいた女だ……」

　祐慶は正宗にそれ以上のことは語らなかった。

　お万は鶏を丸裸にし終えると、今度は鍋と俎《まないた》と包丁を持ち出してきて、手慣れた仕草でさばき始めた。そして肉と骨に分け終えると、それを鍋に入れて家の中に消えた。やがて竈《かまど》のある辺りから煙が立ち昇った。

（まだ夕餉の支度には早い時刻だ。酒と鶏を買ってきて、お万も身ぎれいにしているところを見ると、何か祝い事でもあるのか？）

祐慶がそんなことを考えていると、突然、正宗が祐慶の袖を引き、声をひそめて言った。

「人が来ます」

祐慶が振り向くと、野中の一軒家に続く小道を、二人の男が登ってくるのが見えた。

「修験者ではないか？」

太刀を佩いた山伏《やまぶし》姿の二人は、正宗らのすぐ目の前を通り過ぎていった。正宗が二人の出現に気づくのが遅れれば、危うく見つかるところであった。

山伏二人は一軒家の入り口に立った。戸が開き男が顔を出した。男は注意深く周囲を見まわした後、二人を家の中に招き入れた。

「あの時の男だ！　時宗様に鉄炮を投げつけた奴だ。間違いないです」

趙龍の顔を確認した正宗は興奮気味に言った。

「円覚寺を鉄炮で火の海にしたのも奴らだろう。仏閣に火を放つなど断じて許せぬ。薙刀を持参しておれば、わし一人で捕らえてやるのだが」

祐慶は地団駄《じだんだ》を踏んだ。

「どうします」

「鶏を料理していたところを見ると、あの胡散臭《うさんくさ》い山伏どもはしばらく家にいるに違いない。わしはこのことを役人に知らせに行ってくる。五郎はここで見張っておれ」

そう言うなり、祐慶は潜んでいた藪の中から抜け出していった。一軒家から鎌倉市中までは一里余り。祐慶は墨衣《すみごろも》を翻して六浦路を駆け下った。

「何年か前、時宗様を円覚寺で襲撃した一味を見つけましたぞ」

祐慶は侍所《さむらいどころ》に飛び込み注進に及んだ。

「時宗様を襲った輩《やから》だと！」

鎌倉市中の巡察《じゅんさつ》をつかさどる奉行は、事の重大さに驚きの表情を見せた。執権襲撃事件が起きたのは七年前のことであったが、時宗の死によっていつの間にかうやむやになっていた。それが、突然、亡霊のように蘇ったのである。奉行は半信半疑であった。

「三年前、円覚寺に放火したのも、一味に間違いござらぬ」

「何と！」

執権襲撃、円覚寺放火、いずれも歴史的大罪である。

「一味の隠れ家は、六浦路を一里ほど上った谷《やつ》の奥でござる」

「よし、分かった。直ちに兵を派遣致そう。案内を頼む」

「拙僧にも薙刀をお貸し下され。助太刀致す」

「祐慶殿に加勢して頂ければ心強い」

祐慶の薙刀の腕前は、奉行も承知していた。奉行はみずから兵を率いて、賊の捕縛《ほばく》に向かうことになった。祐慶は薙刀を携えて先頭に立ち、その後に騎馬の奉行と三十名ほどの歩卒が続いた。

「しばらくここで待っていて下され。一味の隠れ家を甥に見張らせてあるから、こちらの様子を訊いて参る」

祐慶はお万の家のだいぶ手前で捕縛使一行の歩みを止めさせると、単身、正宗の視界に入る辺りまで駆けていった。祐慶に気づいた正宗が藪の中から顔を出した。祐慶と正宗の間は一町（約百㍍）余り。祐慶は正宗を手招きした。

「あれから動きはなかったか」

駆け寄ってきた正宗に祐慶が訊ねた。

「ありません。家に入ったままです」

「そうか」

祐慶は奉行のもとに引き返した。

「賊はまだ家におりますぞ」

祐慶は捕縛使一行をお万の家に導いた。野中の一軒家が見えてきた。

「あの家です。中には少なくとも男三人、女一人がいる」

祐慶が奉行に告げた。

「よし、家を取り囲んでいっきに踏み込もう」

「ちょっと、待たれよ。それは危険だ。貴殿も鉄炮は御存じであろう。あの家の中には鉄炮があるやも知れぬ。それで円覚寺を爆破炎上させたのだ。もしも鉄炮を使われたら犠牲者が出ますぞ。それに鉄炮で自決などされたら、時宗様襲撃のことや、円覚寺放火の真相が闇に葬られてしまう」

「それなら、どうすればよいのだ」

「とりあえず、来客の二人が家を出るのを待ったらどうであろう。家から離れた場所で生け捕りにし、残りはその後ということで」

「分かった」

奉行は家を遠巻きに囲むように命じた。それから一時《いっとき》余り経った頃、まだ日が高いうちに山伏たちが家から出てきた。二人は六浦路を市中とは反対の方角に上り始めた。奉行は二十名の兵を割《さ》いて二人の後を追わせ、お万の家から十分離れた所で捕らえさせた。不意を衝《つ》かれた北条時影と三浦頼盛は、抵抗する間もなく難なく取り押さえられた。

「二人は侍所へ送らせました」

山伏姿の二人を捕縛に向かった一隊の頭《かしら》が、十名の手勢を引き連れて帰ってきた。そしてお万の家の包囲に加わった。

「どうする。このままでは日が暮れてしまうぞ」

奉行が祐慶に言った。

「それでは踏み込みますか。その前に拙僧が、おとなしく縛《ばく》につくよう話して参る」

兵の配置が完了したのを見て、祐慶は家の戸口に向かった。

「頼もう、お万さんはおられるか」

祐慶はお万の名を呼んだ。家の中の話し声が止んだ。奇妙な間。

「誰だい？」

戸口の向こうで、険のあるお万の声が響いた。

「沼間の祐慶でござる。ほら、国光様の鍛冶場で修業していた。……藤三郎の兄と名乗った方が分かりやすいかな」

「藤三郎の兄！」

懐かしい名を聞いてお万は驚き、そろそろと家の扉を開けた。お万が沼間を追放されてから二十八年。二人は互いにかつての面影を探し求めた。

「何の用だい？」

祐慶が薙刀を手にしていることに気づき、お万の目に不審の色が浮かんだ。祐慶の目にも、家の中の囲炉裏の前に座っている、あの男が見えた。祐慶はやにわにお万の胸ぐらをつかむと、外に引きずり出した。

「何をするんだい！」

お万の抗議には応えず、祐慶は女をそのまま後ろに追いやった。祐慶は家の中で泰然と構えている男と向き合った。

「お主は鉄炮を使って時宗様を襲撃したばかりか、円覚寺まで炎上させたな。先ほどの二人は捕らえた。この家の周りも厳重に取り囲んだから、無駄な抵抗はせずにおとなしく縛《ばく》につけ」

祐慶が男に向かって叫んだ。趙龍がニヤリと不敵な笑みを浮かべた。

「鉄炮というのは、これのことか」

趙が傍らの酒壺をつかむと、これみよがしに高く掲げて見せた。中にぎっしり焔硝の詰められた壺。先ほど三浦頼盛に披露したばかりの物である。

（酒壺ではないか？　蒙古が使用したのとは形が違う。そうか、市中で硫黄を多量に買ったのは、やはりこの男に違いない。こいつは鉄炮の製造法を知っているのだ。ありふれた酒壺に焔硝を詰めて、間に合わせの鉄炮を作ったのだ！）

祐慶の背筋に冷たいものが走った。

「わしの客人二人を捕まえたというのは本当か」

趙は鷹揚《おうよう》な態度で祐慶に訊ねた。

「ああ」

「そうか、もう少しで面白いことになったのにな」

「いったいお前は何者なのだ。どうして鉄炮の製造法を知っている」

祐慶が趙を声高に問い糾した時だった。お万が後ろから祐慶を思いっきり突き飛ばした。趙の説得に集中していた祐慶は、不意をつかれ大きくよろけた。その隙にお万は家の中に駆け込んだ。祐慶が体勢を立て直した時、家の中に恐ろしい光景を見た。趙が囲炉裏の火で、酒壺の火縄に火を付けたのだ。それも壺の口近くの辺りに。

火縄が激しく燃焼を始めた。趙はそれを傍らに置くと、盃に酒を満々と注ぎ、ひと呑みにあおった。趙は酒を胃袋に流し込むと、再び祐慶を見てニヤリと笑った。祐慶の鼻先にまで焔硝の匂いが漂い始めていた。

「逃げろ、みんな家から離れろ。鉄炮が破裂するぞ」

祐慶は大声で叫びながら、家の戸口から一目散に駆け出していた。祐慶の背後で大音響が起こった。爆風に襲われた祐慶は前のめりに倒れた。爆発は一度だけではなく、次々とくり返された。祐慶は腹這いになったまま両手で後頭部を押さえ、爆発が止むのを待った。

辺りがようやく静かになった時、お万の家は跡形もなく吹き飛び、辺りに飛び散った木片が黒煙の中で炎をあげて燃え盛っていた。

捕まった北条時影と三浦頼盛は、侍所で激しい拷問を受けた。しかし二人は何も吐かなかった。二人は直ちに斬首の刑に処された。

二　走湯《はしりゆ》大権現

年が明け、鎌倉幕府八代将軍久明《ひさあき》親王が、幕府恒例の二所詣《にしょもうで》を終えて間もなくのことであった。将軍の二所詣とは、箱根権現と走湯権現（伊豆《いず》山《さん》権現）の二所と三島明神への参詣をいい、毎年、有力御家人と随兵数百騎を従えて行われる重要な宗教儀礼であるが、その参詣の終わった二月の半ば、祐慶は鶴岡八幡宮寺の別当職にある頼助《らいじょ》に呼ばれた。

「祐慶、走湯に副別当として行ってはもらえぬか」

「またその話でございますか」

「鎌倉殿の意向じゃ。そちが昨年、北条時影の謀反を未然に防いだことへの恩賞の意味もあろう」

走湯大権現は、伊豆の熱海にある関八州鎮護の社《やしろ》である。源頼朝は平家により伊豆国に配流《はいる》の身となっていた時、北条政子とこの神社の境内で密かに逢瀬《おうせ》を重ね、源家再興を祈願したという謂われがあり、頼朝は幕府を開くとこの神社を手厚く保護している。神社といっても神仏混淆《しんぶつこんこう》の、修験道色の濃い社である。

祐慶の走湯大権現への赴任話は前にもあった。慶元《けいげん》から無学祖元《むがくそげん》とともに硝石を持ち帰った功に対し、執権の時宗が計ったのである。しかし、祐慶はそれを固辞していた。

『御存じのように、私は刀身彫刻に身を入れている堕落僧にございます。伊豆の地にあっては何かと不自由になるので、平に御容赦下さい』

祐慶は刀身彫りを理由に、伊豆行きを断ったのである。

「ずっととは言わぬ。鎌倉殿の意向を二度もむげにはできまいから、二、三年だけでも行ってきてはもらえぬか」

別当の頼助は困り果てた顔をして言った。よほど幕府に懇請されたのであろう。祐慶はそれを見ると、別当の顔を立てない訳にはいかなくなった。

「分かりました。二、三年したら必ず呼び戻して下さい」

祐慶は伊豆行きを了承した。

「伊豆の走湯に副別当として赴くことになった」

祐慶はまっさきに行光に知らせた。

「それはおめでとうございます。走湯権現といえば、箱根権現とともに二所詣《にしょもうで》の一つ。将軍家の崇拝篤《あつ》き神社ではありませぬか」

「あまり気が進まぬが……彫刻の必要な刀は伊豆山に届けてくれ。向こうで彫って送り返すから。国光様にも挨拶に伺わねばならぬな」

祐慶は国光一門の彫りも手がけている。

「走湯権現には、今は使用していない鍛冶場があるから、たまには手慰《てなぐさ》みに刀も鍛えるつもりだ。その時は鉄をまわしてくれ」

「はい」

「向こうには永くおられるのですか」

「いや、三年もすればまた帰ってくるつもりだ」

「そうですか。それで、こちらはいつ発たれます」

「月末になるだろう」

「もうすぐではありませぬか。その時は正宗に送らせましょう。荷物もありましょうから」

祐慶が走湯大権現に赴任するため伊豆へ向かったのは、桜が爛漫《らんまん》と咲き誇る頃であった。従うのは侍僧《じそう》の明慶《みょうけい》と正宗夫婦の三人。正宗は祐慶が伊豆山で鍛刀すると言うので、当座しのぎの鋼を背負っていた。

道中、走湯大権現の三里ほど手前には、かつて梛が海難に遭って蘇生した岩浦がある。正宗夫婦は梛の仲間の命日である四月十五日には、毎年、浄香院《じょうこういん》まで墓参に出かけるのを習わしにしていた。
「命日までにはまだ一月半ほどあるが、今年は早めに行ってみないか」

正宗は走湯権現からの帰りに浄香院に立ち寄るつもりで、梛を同行したのである。

酒匂宿《さかわのしゅく》で一泊した一行は、翌日の夕刻には走湯権現に到着していた。走湯権現は小高い山腹に在って相模灘が一望でき、近くには初島《はつしま》が、水平線上には御神火《ごしんか》をなびかせる大島が浮かんでいた。

祐慶の一行は副別当坊へ案内され、夕餉が振る舞われた。翌日、祐慶と明慶は別当坊へ挨拶に出かけたので、正宗と梛は参拝するため社殿へと向かった。

歴史を感じさせる社頭の左右には、走湯権現の神木である梛の木が亭々《ていてい》とそびえていた。幹周りは二抱え、高さは七丈（約二十メートル）ほどもある巨木である。正宗の妻の、その名の由来となった梛の木。
「この木の葉っぱを持っていれば、願い事が叶うそうだ。特に男女の仲を結ぶ御利益《ごりやく》があるらしい。若き日の頼朝公と政子殿も、梛の葉を互いの胸に分かち持っていたとか」

以前、走湯権現を訪れたことのある正宗が、椰の大木を仰ぎながら言った。椰はこの社に来たのは初めてであった。

走湯権現の広大な境内には桜が咲き乱れ、小鳥のさえずりが満ち満ちていた。朱の漆《うるし》をまとい、極彩色の彫刻が施された社殿は、周りの緑の木立に鮮やかに映えていた。

正宗夫婦が参拝を終え、参道の石段を下っていた時だった。武家の七人連れの男女が一列になって、石段を登ってくるのに出くわした。太刀を佩いた武士が先頭に立ち、それに四人の女、最後には胴丸に身を包み薙刀を携えた雑兵が二人続いていた。先頭から三人目の女は赤子を抱いている。

「どこぞの御家人の妻子であろう」

「お宮参りに来られたのね」

正宗夫婦は一行とすれ違う時、石段の端に寄り頭を垂れた。その時だった。

「五郎殿ではありませぬか！」

女人の先頭を歩いていた女が、突然語りかけてきた。

（……？）

正宗は思わず声の主を見つめた。

「小町殿！」

懐かしい女の貌だった。二人で大仏寺に出かけて以来であるから、八年半ぶりの再会である。小町は正宗とは一つ違いの二十七歳。花の盛りを過ぎたにもかかわらず、今、伊豆山に咲き誇る桜花のように、その華やかな美貌には昔と比べても何ら翳《かげ》りはなかった。

「この方は私の遠縁の者です。皆は先に行ってもらえませぬか」

小町が武士に命じた。

「かしこまりました」

一行は五郎夫婦に頭を下げながら、その場を後にしていった。

「こちらの方は」

小町が正宗に訊いた。

「妻の梛です」

「まあ、そうですか。初めてお目にかかります。五郎殿とは遠縁にあたる小町と申します」

小町が梛に丁寧な挨拶をした。梛も慌てて頭を下げた。梛は五郎から小町の名を一度も聞いたことがなかった。

「何から話していいのか……今の状況がよく呑み込めないのですが」

正宗は率直に言った。小町のなりは、大友家に奉公している時のそれではなかった。多くの僕《しもべ》にかしずかれる身分の様である。

（小町殿は豊後の国守だった大友頼康様の奥方に仕えていた。これだけの器量だ。大友家の重臣の目にとまり、高い身分を得たとしても不思議はない）

正宗は小町の言葉を待った。

「五郎殿が私を嫁にして下さらなかったので、今はさる方の囲い者の身です」

小町の口にした囲い者という言葉に、正宗は胸を刺された想いだった。

「では今のお子は……」

「私の娘です。お宮参りに連れてきました。箱根権現、走湯権現とまわってきましたから、次は三島明神へ参詣します。五郎殿も二所詣《にしよもうで》に来られたのですか」

「鶴岡八幡宮の供僧をしていた私の伯父が、この走湯に副別当として迎えられたため、荷物を運ぶ加勢でついて参りました」

「そうでしたか。あのお坊様ですね」

小町は以前、鎌倉の大友邸で、頼康に招かれて邸を訪れた祐慶と逢っている。

「伯父を御存じでしたか」

「ええ、……五郎殿はお子は」

小町が椰の顔を見て言った。

「娘が一人おります」

椰が答えた。

「まあ、私と同じだ。……それでは五郎殿、なぎ殿とお幸せに。……また、ゆっくり逢える日があるといいのですが」

小町はそう言い残すと、石段を小走りに登っていった。後に、小町の乳の匂いが、残り香となって微かに漂った。小町が去ると、椰が口を開いた。

「あなたの過去には、あのような人がいたのだ。女でも見惚《みと》れてしまいそうな美しい方ね。どうしてお嫁にしなかったの」

「お前と再会しなければ夫婦になっていたと思う」

正宗は正直に言った。

「私なんかとは天地の差のある方じゃない。そんなの理由にはなりませんよ」

「そうか。それじゃ、しいて言えば、黄金色《こがねいろ》と鉄色《かないろ》の違いかな。鍛冶屋の俺は、眩い黄金色より、澄んだ鉄色に魅せられた」

「私は鉄色ですか。それなら分かるような気もします」

それまで、どこか強ばった表情をしていた梛が、ようやく笑顔を浮かべた。梛があからさまに嫉妬の色を見せたのは、これまで一度も無かったことだった。小町の美貌と、『私を嫁にして下さらなかった』という一言が、それだけ梛の心をかき乱したのだ。正宗夫婦は再び石段を下り始めた。

(小町殿は囲い者と言われたが、相手は何者だろう)

正宗はそのことが気になっていた。

正宗夫婦が社頭にそびえる梛の木の近くまで来た時だった。広場に立派な輿《こし》が置かれ、その周りには十人ほどの武士が整然と待機しているのが見えた。

「さっきの方の輿かしら？」

「まさか！」

輿はあまりにも立派すぎた。たとえ大友家の重臣といえども、使用するのは憚《はばか》られるような代物である。

「あの家紋はどなたの家のものでしょう」

輿に家紋がしつらえてあった。正宗が博多にある時、よく目にした大友家の杏葉紋《ぎょうようもん》である。

「大友家の家紋だ！」

特徴のある紋所である。正宗の知る限り、杏葉紋を用いる御家人は大友家だけである。

「では、あの方を囲っているのは大友氏の一族かしら」

椰が正宗に向かって小声で囁《ささや》いた。

正宗は杏葉紋を見た瞬間、香椎宮《かしいぐう》近くで見かけた豊後国守大友頼泰の顔を想い浮かべていた。鎮西奉行の一翼を担っていた頼泰は、当時六十ほどの武将であった。あれからちょうど十年ほどの年月が流れている。

（小町殿は頼泰様の奥方の侍女をされていた。このような物々しい随兵を従えているところを見ると、小町殿は頼泰様のお手つきになったのだろうか。しかし、さっきの赤子と、七十の老人はどうも結びつかないが……）

正宗が大友一族で見知っているのは、頼泰のみだった。

小町は正宗にとって、もはや過去の人であったが、再会し親しく言葉を交わした後は、やはり気になる存在であった。正宗の脳裡には、国東や大仏寺での小町との想い出が蘇っていた。

副別当坊には、まだ祐慶らの姿はなかった。

「祐慶様はこちらの別当様とは懇意の間柄ですから、話が弾んでおられるのでしょう」

祐慶の僧坊で下働きを務めることになった近在の平蔵が言った。

「ちと訊ねたいのですが……」

正宗は平蔵にそう切り出してはみたものの、椰の前では次の言葉を口にしづらかった。椰に小町のことにこだわっていると思われたくなかったのだ。それでも正宗は思い切って平蔵に訊ねた。

「さっき大友家の一行に出逢ったのですが……赤子を連れてお宮参りに来られた方は、どなたか御存じではありませんか」

「ああ、あの方は、豊後の国守様の御側室だそうですよ。鎌倉から国許《くにもと》へ帰られる途中に、当社へ立ち寄られたとか」

「国守の側室様！　国守とは大友頼泰様のことですか」

「いえ違いますよ。その御子息の親時《ちかとき》様です」

「ちかとき様」

「鎮西奉行も兼ねておられるそうです」

「そうですか……大友ちかとき様……ちかとき様か」

正宗は小町を囲った男の名を二度くり返した。その傍らで、正宗の様子を梛が複雑な表情で見つめていた。

第十五章　赤い月

一　大地震

「梛も小春も、ちょっと来てみろ！」

夕餉の後だった。食事の後片付けをしている妻と娘を、外に出た正宗が大声で呼んだ。どこか尋常でない声音《こわね》である。

「どうしたのですか？」

妻の梛が椀《わん》を洗う手を休め、板壁越しに訊いた。

「赤い月が出ているぞ」

「……赤い月」

「嘘だ、お月様は赤くなんかないもん」

九歳になる小春が叫んだ。

「嘘なものか。早く来てみろ」

正宗に促され、ようやく二人が家の中から出てきた。それを見て正宗が月の方角を指差した。庭に欅《けやき》の老木が生えているが、その頂《いただき》に十二夜ほどの月が昇っていた。

「うわっ！　気味が悪い」

小春が正宗にしがみついてきた。真っ赤な夕日のような色をした月だった。正宗も椰も初めて見る、まがまがしい不気味な月の色。それを目にした者は、鳥肌立たずにはおられない異様な色彩。

「天変地異《てんぺんちい》の前触れかも知れない……」

椰が乾いた声で言った。若い頃、海の上で生活していた椰は、陸では見られない様々な自然現象を体験していた。その椰でも、赤い月を見るのは初めてだった。

「明日の伊豆行きに、差し障りがなければよいが」

三日後の四月十五日は、椰が海難で多くの仲間を失った日だった。正宗夫婦と小春の三人は、明日、早朝には伊豆へ出かける予定でいた。岩浦の浄香院《じょうこういん》で供養を終えた後は、走湯大権現まで足を延ばし、祐慶伯父に彫刻依頼の刀を届けねばならなかった。

「何でしたら墓参は日延べしてもよいのですよ」

「そうだな。しばらく様子を見るか」

三人はいつまでも、凍りついたように天空の一角を仰いでいた。


正宗親子が月を見ていた頃、同じように邸の縁側から赤い月を仰いでいる男があった。執権職の北条貞時《さだとき》である。

（不吉な星のことは耳にするが、赤い月とは。悪しき凶事《きょうじ》の前触れに違いない。飢饉《ききん》か、疫病の流行か。それとも……）

貞時の脳裡を、伯父時輔《ときすけ》の次男時影《ときかげ》の顔が過ぎった。貞時は三年前、謀反の咎《とが》で従兄《いとこ》の時影を斬首の刑に処している。

「何よりも用心せねばならないのは謀反だ。寝首を掻かれぬよう気をつけねば」

　貞時は赤い月に向かって呟いた。


　その夜、鎌倉市中は異様な雰囲気に包まれていた。真夜中になると、山中の雉《きじ》が断続的に鳴き続けた。飼い犬の遠吠えも止むことがなかった。そしてようやく東の空が白み始めた頃だった。恐れていた凶事が姿を現した。牙を剥《む》いたと言った方がよい。

　その時、正宗親子は小春を挟むように川の字になって寝ていた。鳥や犬の鳴き声で寝付かれずにいた正宗は、伊豆行きを延期したため、寝床の中で今日の仕事の段取りなどを考えていた。

　突き上げるような衝撃とともに、激しい揺れが家を揺らした。柱が悲鳴をあげて軋《きし》んだ。

「地震だ！」

　正宗は咄嗟《とっさ》に小春の上に覆いかぶさり娘をかばった。

「苦しい」

　すっかり熟睡していた小春は、正宗の胸の下で寝ぼけた声を出した。

「あなた」

　椰も正宗の方に飛びついてきた。その時、外で雷でも落ちたような激しい音が響いたかと思うと、続いて何かが押し潰されたような物音。

「何だ今の音は？」

「鍛冶場の辺りから……」

椰の声を遮るように、再び大きな揺れが襲ってきた。正宗たちの寝ていた家屋が揺れに抗しきれず倒壊を始めた。屋根から息もできないほど埃《ほこり》が降り注ぎ、三人は頭を抱えてうずくまった。

正宗は地震の揺れが未来永劫《みらいえいごう》止まぬのではと思った。今にも大地が大きく裂け、家族はすべて奈落の底に呑み込まれるのではと怖《お》じけ立っていた。永い恐怖の時が過ぎた。

「大丈夫か」

ようやく激しい揺れが収まった時、正宗は二人の安否を確かめた。

「ええ。小春、怪我はないかい」

「うん」

正宗と椰は打撲を負ったが、かすり傷程度であった。三人がほうほうの態《てい》で倒れた家の中から抜け出ると、すでに辺りは明るくなっていた。正宗はそこで凄まじい光景を見た。庭にあった幹回りが一抱え半ほどもある欅《けやき》の老木が、根本からぽっきり折れて、鍛冶場に覆いかぶさっていた。鍛冶場は地震で倒壊する前に、大木に押し潰されたのだ。鍛冶場の隣には弟子たちの住む小さな家がある。それにも欅の枝がのしかかり半壊の状態だった。四人の人影が見えた。正宗の弟子たちである。家の中から人を助け出そうとしているようだ。

「おい、中に誰かいるのか！」

正宗は弟子小屋に走り寄った。

「三郎が足を挟まれています」

行光の鍛冶場では十人ほどが働いているが、妻帯者の五人を除いた他は、弟子小屋で寝起きしている。半壊した弟子小屋から四人は自力で這い出したが、三郎だけが閉じ込められたのだ。倒れた柱に足を挟まれ、身動きができないでいた。余震はまだ続いている。

「三郎、大丈夫か。もう少しの辛抱だ。我慢しろ」

正宗は三郎を励ました。

皆で協力して柱をどけ、ようやく三郎を助け出した。血まみれになった三郎の足は骨折していた。

「添え木をしてやれ」

正宗は自分の帯を解いて与えた。

「お義父《とう》さんたちは大丈夫でしたよ」

隠居屋の様子を見に行った梛が、足早に帰ってきて正宗に告げた。

「そうか」

正宗は隣近所を見まわした。おおかたの家が倒壊しているようだ。遠くでは何ヶ所も火災が起き、黒々と煙りが上がり始めていた。近くの山肌は抉《えぐ》られたように崩れ去っている。

「おい、みんな近所を見てまわれ。怪我をしている人や、家の中に閉じ込められている者を助けろ」

正宗はそう命じて、近くの倒壊した家に向かった。途中、近所の古老が海の方を見つめているのに出逢った。

「利八《りはち》爺、どうした？」

「津波が来るかも知れないぞ。聞いたことがある。昔、地震で鎌倉に津波が押し寄せ、鶴岡八幡宮まで被害に遭ったそうだ」

「八幡宮まで！」

大洋に面し、馬蹄《ばてい》形の山で囲まれた狭隘《きょうあい》な鎌倉は、津波に対して最も脆弱《ぜいじゃく》な地形をしていた。

「なるべく高台に避難するに限るが……しかし逃げようにも高台は山崩れする危険がある。こうなったら運を天に任せるより仕方がないな」

利八爺が言うように、高台はいたる所で土砂が崩落し、立木が無秩序に倒れて醜い様相を呈していた。それに鎌倉市中の住人は、津波を恐れて逃げ出すような状況ではなかった。倒壊した家屋の下には多くの人が閉じ込められ救出を待っていた。一刻も早くそれらの人々を助け出さねば、あちらこちらで火勢を増し始めた炎の犠牲になるのは目に見えていた。鎌倉に大地震の二次災害が迫っていた。

正宗らは終日、近所の救援に駆けずりまわった。幸い危惧していた津波が発生することはなかった。時が経つにつれ、断片的ではあったが、人づてに被害の状況が伝わってきた。山ノ内の建長寺は倒壊炎上し、ほとんどの伽藍が焼失していた。政所《まんどころ》、問注所《もんちゆうじよ》など幕府関係の建物や、鶴岡八幡宮寺の若宮《わかみや》、寿福寺《じゆふくじ》の本殿なども倒壊し、大慈寺《だいじじ》などにいたっては伽藍が土砂の中に埋没してしまっていた。鎌倉中の大きな建物がことごとく転倒し、幾千人もの死者が出ていたのである。正宗らが救援にあたっている間にも、大きな余震が何度も襲い、這《は》って歩かねばならないほどであった。

「由比ヶ浜の鳥居付近は、死人の集積場所になっていて、何百人もの死骸が転がっているそうよ。井戸水も濁っていて煮炊きもできないわ」

これまで多くの修羅場《しゆらば》を乗り越えてきた椰であったが、大自然の猛威の前には人がどんなに脆《もろ》い存在であるか思い知らされていた。

正応《しようおう》六年（一二九三）、四月十三日、明け方に起きた大地震の被害は、関東全域で死者二万三千人以上に及んだ。鎌倉市中は家屋の倒壊に加え、いたる所で大地が裂け、出水や山崩れなどが各所で発生して惨憺《さんたん》たる状況を呈していた。

大地震の前触れとなった赤い月は、地震の発生を見届けると、その日のうちに、またもとの清《さや》かな月に戻っていた。

（やはりあの赤い月は凶事の前触れであったか）

執権北条貞時は、大地震の最中にそう思った。揺れの止んだ後、次々ともたらされる情報は想像を絶するものだった。時の権力者ゆえに、この地震の惨状を誰よりも詳細に知る立場にあった。それだけに苦悩も深い。貞時の耳に届いた報告の中に、最も危険な香りのするものがあった。貞時は緊張を覚えた。

貞時を乳母として育てたのは、貞時の内管領《ないかんれい》平頼綱の妻であった。頼綱は乳母の夫という立場を利用して年少の執権職を操り、幕府草創期以来の有力御家人安達氏を幕政の場から追放し、今では絶大な権力を手中に収めていた。貞時の例に倣い、その娘も頼綱邸で乳母に育てられていた。

「頼綱の邸に出向き、娘の安否を確かめて参れ」

大地震の直後、娘の身を心配した貞時は近習を頼綱邸に遣わし、その報告を受けた。

「頼綱様の邸も被害を被っておりましたが、姫様はお怪我一つなく、御無事でございました。頼綱様は不測の事態に備え、兵を集められ、邸の防備を固めておられましたから、姫様の身には何の御懸念も要らぬかと」

近習は娘の安全を力説した。

「邸に兵を集めた！」

貞時はその一言に敏感に反応した。別な意味に受け取ったのである。貞時の脳裡に、七年半前、頼綱が耳打ちした言葉が甦っていた。

『秦盛が嫡男の宗景《むねかげ》に源氏姓を名乗らせ、将軍に押し立てようと陰謀を企てています』

その讒言《ざんげん》により、まだ十五歳の若さだった貞時は、祖父安達泰盛らを誅殺《ちゆうさつ》し、安達氏を滅亡の淵に追い込んだのである。貞時の母も妻も安達氏の出であった。貞時は己の体に流れる濃い血脈を、自身の手で絶とうとした事に他ならない。政《まつりごと》の裏表が分かるようになると、貞時は安達氏を粛清したことを悔やんだ。そして頼綱の専横《せんおう》を憎んでいた。

(今度は大地震の混乱を利用して、北条氏を倒そうとしているのでは!)

貞時は極度の疑心暗鬼に駆られた。

「頼綱が謀反の準備をしている。頼綱親子を討て」

余震も収まった二十二日、貞時は謀反を理由に頼綱の邸に討手《うつて》を差し向けた。そして頼綱とその子助宗《すけむね》をはじめ、九十三人を討ち果たしたのである。これにより貞時は幕府の実権を取り戻すことができたが、その代償として頼綱邸に預けられていた娘は帰らぬ人となった。


地震は収束したものの、人々の間には不安が高まり、寺社では読経や祈祷《きとう》が盛んに行われていた。人々は大自然の怒りに対しては、神頼みしか手立てはなかったのである。

余震が完全に収まり、人々の心にようやく復興への意欲が沸き始めた頃であった。正宗は椰と一緒に鶴岡八幡宮寺に出かけた。走湯大権現で副別当職を務めている伯父の祐慶が、社用で八幡宮に滞在していた。正宗夫婦は地震のため、四月十五日に伊豆の浄香院《じようこういん》を訪ねることができなかったので、祐慶が走湯大権現に帰る折り浄香院に香を届けてもらおうと、八幡宮を訪れたのである。大地震の被災者となった正宗夫婦は、今は遠出など考えられないような状況に置かれていた。

祐慶が泊まっている八幡宮の宿坊には、墨衣《すみごろも》をまとった先客があった。

「こちらは極楽寺の忍性《にんしょう》様だ。お名前は存じておろう。忍性殿、この者たちは拙僧の甥夫婦でござる。お見知りおき下され」

祐慶に客人を紹介され正宗は驚いた。この頃、鎌倉市中に極楽寺の良観房《りょうかんぼう》忍性の名を知らぬ者はいない。極楽寺を拠点として、癩《らい》や盲《めしい》などの病人や、社会から差別されている非人や乞食《こつじき》などの救済活動に身を捧げ、人々の尊敬を集めている僧である。

「もちろんです。このたびの震災では多くの人に施粥《せしゅく》をなされ、貧者には衣料を与え、壊れた橋や道を修復なさっておいでです。皆、忍性様にはとても感謝しております」

「感謝するなら拙僧ではなく、和賀江島に出入りして関銭《せきせん》を払ってくれる船に言いなされ。わしらはそれを使わせてもらっているだけじゃ」

関銭とは通行税のことである。極楽寺は和賀江島の管理と引き替えに、幕府から関銭を徴収する権利を与えられている。忍性の慈善活動はこの関銭に負うところが大きい。

極楽寺は鎌倉の西の入り口に建てられた律宗《りっしゅう》の大寺院である。極楽寺坂と呼ばれるこの地は、鎌倉を追い立てられた癩者《らいしゃ》や貧民たちが群れる地でもある。忍性は広大な寺域の中に、癩病患者の療養施設、病人を無料で診療する施薬院《せやくいん》、孤児や貧民の救済施設、さらには馬の病舎まで置いていた。また和賀江島を維持するために木工《もく》（大工）や石工《いしく》らを束ねている忍性は、彼らを使って道や橋の修築、干ばつ時の井戸掘り、極楽寺切り通しの開削《かいさく》なども行っていた。

「忍性様だからこそ関銭を活かせるのです。余人を持ってしては、必ず私利私欲による腐敗が生じま

「これはずいぶん買いかぶられたものだ。拙僧とは初対面のはずでござろう」

忍性は膝を正宗夫婦の方に向けて言った。

「ずいぶん昔のことですが、忍性様を一度だけお見かけしたことがございます。あれは滝ノ口まで、元使の処刑を見に行った帰りのことでございました。極楽寺坂の近くで水を乞う癩者《らいしゃ》に出くわしましたが、私は手を差し伸べてやることができませんでした。その時、どこからともなく忍性様が現れて、何のためらいもなく癩者に肩を貸し、極楽寺の方へ連れていかれました。その時、私はまだ十二歳の童でしたが、穢《けが》れに触れることを恐れない忍性様に強い感銘を受けました。人々が忍性様のことを生き仏様だとか菩薩の化身だとか言っている意味が、子供心にも分かったような気がしました。少年時代のあの日のことは、今でも鮮明に覚えております」

「元使が処刑された年といえば、極楽寺が火災で焼失した年ではないか。わしはその頃、寺の再建をせねばならず忙しい日々を送っていたが……その様なこともあったのか」

「私は元使の処刑を目の当たりにしてきたばかりでした。そのせいだと思いますが、行き倒れ寸前の癩者を助ける忍性様を見て、子供心にも不思議な想いに囚われていました。生を断つ者もあれば、消えていこうとする命を、身を捨てて救おうとしている者もある。私は二つの現実に戸惑いを覚えたのです。私は今では刀鍛冶を生業《なりわい》としています。切れ味鋭い刀を作ろうと、日夜研鑽《けんさん》を重ねているつもりです。私の努力は詰まるところ、人を傷つけ、殺《あや》めるのに最適な道具作りに向けられています。これでいいのかと悩むこともたびたびです。そんな煩悶に陥ったのは、あの日に、忍性様が癩者を助ける行為を目撃してからのことです」

「悩みなされ」

忍性が正宗の目を見据えて言った。

「……」

「拙僧が営んでいる桑ケ谷《くわがやつ》の療養所を存じておろう。あの療養所のおかげで、多くの病人が命を救われている。あの施設は亡き北条時宗様の意を体して設けられたものだ。滝ノ口で元使を斬るよう命じられたのが時宗様なら、療養所を作る計画を立てられたのも時宗様だ。人は皆、多くの矛盾を抱えて生きているものよ」

「忍性様にもその様なものがおありですか」

「もちろんじゃ。わしの癩者に対する救済活動一つをとっても矛盾に満ちている。癩病を前世の悪業の報いであり、仏罰の極致であると唱え始めたのは誰じゃ。業病《ごうびょう》なるものを民衆に広めたのは、他ならぬ仏の道を説く我々坊主ではないか。その結果、癩者は最も穢《けが》れた存在として家族に見捨てられ、村八分にされるようになった。癩者は病苦に加え、業病という名の差別にも苦しめられているのだ。我々坊主が癩病は業罰《ごうばつ》だと因果応報を説き、その一方で癩者の救済を唱えて慈悲を施すのは偽善《ぎぜん》ではないか。わしは常にそのことで苛《さいな》まれている」

正宗は忍性の心の闇をのぞいた思いだった。

「二度にわたる蒙古襲来を凌げたのも、お主たち刀鍛冶が鍛えた優れた刀があったからではないのか。刀のおかげでこの国は蒙古の属国にならずに済んだともいえる。物事にはすべて表と裏がある。悩みなされ。結論が見いだせなくとも悩みなされ。それで良いのじゃ」

その時、坊舎《ぼうしゃ》がぐらりと揺れた。久しく絶えていた余震である。

「ほら、大地も悩んでおるぞ」

二人の会話に黙って耳を傾けていた祐慶が口をはさんだ。

二　母の死

暦が五月に変わって間もなくの頃だった。その日、正宗と行光は二人で鍛冶場の片付けに精を出していた。地震の後、弟子たちには暇を出していた。彼らの実家も例外なく被災していたからである。鍛錬に最も重要な吹子《ふいご》が、欅《けやき》の枝で押し潰されて使い物にならなくなっていた。正宗が壊れた吹子の中から、内張にされた獣の毛皮を剥がしていると、椰が血相を変えて鍛冶場へ駆けてきた。

「あなた、お母さんが倒れました。早く来て！」

椰は激しく手招きしながら、衝撃的な言葉を口にした。

「母さんが！」

「桔梗が！」

正宗と行光は同時に叫んだ。二人は手にしていた物をその場に放り出すと、直ちに椰の後を追った。

桔梗は釣瓶《つるべ》井戸の傍らに倒れていた。

「一緒に洗い物をしていたら、突然、倒れられたのです」

椰がおろおろしながら言った。

「すぐに戸板か何かを持ってこい」

行光が正宗に命じた。

「はい」

正宗は庭の片隅に積み上げた廃材の中から戸板を探した。

「桔梗、俺だ。分かるか」

行光は妻を仰向けにして話しかけた。桔梗の目は焦点が定まらなかった。何かわけの分からないことを呟いている。

「持ってきました」

正宗が桔梗の傍らに戸板を置いた。

「よし、ゆっくり乗せるんだ」

正宗と行光は桔梗を戸板に寝かせた。

地震の後、行光の一家は庭の片隅に掘っ立て小屋を建てて、仮の住まいとしていた。五人は三丈四方ほどの広さの小屋で、身を寄せ合うように雨露を凌いでいたのである。

ゴザの上に桔梗が横たえられた。その様子を九歳になる小春が心配そうに見守っている。

「正宗、薬師《くすし》を呼んできてくれ」

「はい」

正宗は小屋を飛び出していった。無我夢中で駆けた。

(きっと、震災の影響で気苦労が絶えなかったせいだ)

正宗は震災後の苦難の日々を想った。食べ物、飲み水、ねぐら、どれ一つとっても容易ではなかった。目前に梅雨の季節が迫っていた。

行光一家が懇意にしている薬師は、往診のために出払っていた。家人の話では、いつ帰宅するか分からないという。無理もなかった。鎌倉市中には怪我人や病人が満ち溢れているのだ。だが、薬師に診てもらえるのはごく一部の人間だけだ。正宗は薬師の家人に往診を頼んで引き返した。

薬師が桔梗の診察に来たのは、夕方近くになってからであった。

「中気《ちゆうき》（脳卒中）ですな」

薬師の口から死病の名が洩れた。

「……」

正宗の家族は、みんな体を強ばらせた。

「今夜が越せるかどうか」

薬師はさらに非情な宣告をした後、気休めの薬を処方して帰っていった。薬師が去ると、正宗は小屋の中で薪《たきぎ》を焚いた。薪の明かりの中で、正宗の家族は桔梗を取り囲みまんじりともしなかった。朝餉を食べてから何も口にしてはいなかったが、誰も空腹すら覚えなかった。

「よしいがわが……」

混濁《こんだく》した意識の中で、桔梗はうわごとを口にしだした。

「備前の吉井川のことを想い出しているのだろう」

正宗は博多からの帰途、備前を訪れた時に目にした大河の流れを想い浮かべた。母は正宗に、吉井川の流れの清らかなこと、豪雨の際の恐ろしかったこと、魚採りに興じたことなどを、折に触れて語って聞かせた。桔梗が十四歳で父国宗とともに鎌倉に移住してから、三十三年の年月が流れていたが、この間、桔梗は一度も帰国していない。

「母さんは備前に帰りたかったのだろうな」

正宗がポツリと呟きながら、頭にのせた濡れ布を取り替えた。

薬師の言葉どおり、桔梗は夜が明ける前に亡くなった。正宗は最愛の肉親を失ったのである。享年四十七歳であった。桔梗の亡骸は、行光の先祖の眠る墓所に葬られた。

「母さん、この遺髪は、いつか必ず備前に届けるからな」

正宗は母の墓前で、遺髪を握りしめながら涙声で呟いた。

三　孤児

大地震で正宗は多くの隣人や知人、かけがえのない友人を失った。地震が直接の原因ではなかったが、母の死もその誘因は地震に違いなかった。震災による心労がたたったのだ。

（地震さえなければ、母はまだ生きていたはずなのに）

墓前に香を手向けに行くたびに正宗はそう思った。しかし嘆き悲しんでばかりいる訳にはいかなかった。鎌倉中で復興の槌音が響き始めていた。正宗一家も遅れをとらじと、身を粉にして働いた。

正宗一家は家や鍛冶場を再建するのに秋口までかかった。鍛冶場でどうにか仕事が再開できるようになったある日、正宗は椰と小春を伴って、深澤の里に大仏を拝みに出かけた。正宗は巨大な阿弥陀如来像の前で、母や震災で亡くなった人々のために祈った。

「これを買ってくれ」

拝礼を終えて大仏殿を出た所で、正宗は童《わらべ》に声をかけられた。境内では大地震で親を失った孤児たちが、参拝客に物乞いをする姿が目立っていた。その日、正宗一家は何度もその子らに呼び止められていた。銭をくれではなく、これを買ってくれ、と言われたのは初めてであった。物乞いをする孤児らは、どの子も哀れんで欲しげな、悲しそうな暗い目をしていたが、仏像を買ってくれと声をかけてきた童だけは違っていた。切れ長の黒目がちの瞳に、その様な卑屈な色は少しもなかった。

竹籠《たけかご》を背負った童は、手に小さな木彫りの仏像を握りしめていた。正宗は差し出された像を手にして眺めた。朴《ほお》を素材に観音像が彫られていた。一瞥《いちべつ》しただけで玄人《くろうと》はだしの彫りだった。

「この白木《しらき》の像はどうしたのだ」

「俺が彫ったのだ」

「お前が！」

どう見ても童の手になるものではない。

「お前はいくつだ」

「十一だ」

「十一の童にこんな物を彫れるわけがない」

正宗は大人気ないと思いつつも、童に向かってキッパリと言った。

正宗の伯父の祐慶は手先が器用で、幼少の頃から彫り物をしていた。今では刀身彫刻をさせれば、鎌倉近辺では右に出る者はいない。その伯父が十歳の時に彫った木彫りの仏像を、飯島の祖母に見せてもらったことがあるが、童の観音像ほど巧くはなかった。

(どこからか盗んできたのだろう)

正宗も椰もそう思った。

「俺が彫った物だと証拠を見せたら買ってくれるか」

童は何ら動じる様子も見せず、落ち着き払った声で返した。

「……ああ、いいとも」

正宗は童の気迫に押され、思わず頷いた。

童は背負っていた竹籠を地面に降ろすと、中から彫りかけの仏像と小さな丸刀《まるとう》を取り出した。童は粗彫《あらぼ》りの仏像をつかむと、鼻の部分の仕上げを始めた。鮮やかな手さばきで、鼻の先から小鼻の形に沿って彫り進めていく。正宗と梛は目を合わせた。

「分かった、分かった、買ってやる。しかし巧いものだな。その彫りをどこで習ったんだ」

「習うものか、自己流だ」

「そうなのか！」

正宗はますます感心した。正宗も幼少より、周りから手先が器用と言われて育った男である。器用者同士、正宗は童にどこか自身と相通ずるものを感じた。そして童の素性が知りたくなった。

「お前の名前は何と言うのだ」

「彦四郎《ひこしろう》」

「お前はこの辺りに住んでいるのか」

「家は地震で焼けて親も兄弟もみんな死んじまったから、今は極楽寺の悲田院《ひでんいん》に厄介になっている」

「忍性様の所にいるのか！」

悲田院は貧者や孤児の収容施設である。

「俺は由井の飯島で刀鍛冶をやっている者だ。お前の器用さは磨けばきっとものになると見た。どうだ、俺のところに来て刀鍛冶の修業をしてみる気はないか」

正宗の決断は早かった。それだけ童が披露した彫りの技がみごとだったと言うことだ。正宗は父の行光に頼み込んで、童を内弟子として置いてもらおうと心に決めたのである。

「飯を食わせてくれるのか」

「もちろんよ。寝る場所も、着る物も用意してあげるわ」

椰が笑顔で言った。

「この子と一緒に暮らすの」

九歳になる小春が恥ずかしそうに訊いた。

「そうよ。仲良くしなさい」

「それなら鍛冶屋の弟子になる」

彦四郎が嬉しそうに言った。

「そうと決まれば、忍性様に一言断りを入れておかねばな。椰たちは先に家に帰っていなさい。俺はこれから、この子と極楽寺に出かけてくる」

正宗と彦四郎は、大仏寺から半里ほど離れた極楽寺に向かった。極楽寺は由比ヶ浜西端にある極楽寺口を越え、坂を下り終えた所にある。広大な規模の大寺院で、本堂をはじめとする七堂伽藍に加え、四十九子院《しいん》、十二社を抱えているが、この前の地震でそれらの建造物も多大な損壊を受けていた。門前に建ち並んでいた多くの店も同様な被害を受けたが、商魂たくましい商人たちの努力で、以前の賑わいを取り戻しつつあった。

極楽寺は一見すると鎌倉にある他の大寺院と何ら変わらなかったが、周りの谷《やつ》に点在する子院に混じって、癩宿《らいじゆく》、療病院《りようびよういん》、施薬院《せやくいん》、薬湯室《やくとうしつ》、悲田院《ひでんいん》など、多くの療養施設や貧民救済施設が寺域で異彩を放っていた。

正宗は極楽寺を訪ね、長老の忍性に面会を請うた。忍性は多忙な大寺院の別当職の身でありながら、また、正宗とは一面識にもかかわらず直ぐさま姿を現した。

「祐慶殿の甥御《おいご》ではござらぬか。おや彦四郎も一緒か」

「先日は色々とお教え頂き、ありがとうございました。今日、忍性様をお訪ねしたのは、この彦四郎のことでございます」

正宗は彦四郎の彫った木像を握りしめていた。

「彦四郎が何か？」

「この子を私のところで預からせては頂けませんか。実は先ほど、彦四郎の彫ったこの木像を見て驚かされたばかりです。この歳でこれだけのものを彫れるとは、並の才ではありません。この子に刀作りを教えれば、将来が楽しみです」

「拙僧も彦四郎の才能を知ったのはつい最近のことじゃ。極楽寺の木工《もく》（大工）の棟梁に預けようかと思っていたところじゃ」

「木工に……」

「彦四郎、刀鍛冶の道をめざすか。それとも木工がよいか」

忍性は彦四郎に問いかけた。正宗は十一歳の童には難しい選択だと思った。

「刀鍛冶になりたい」

彦四郎は忍性の問いかけに速答した。正宗が意外に感じたほど、何らのためらいも見せずに。

「それはどうしてだ」

「木を彫っていると、鑿《のみ》によってまったく切れ味が違うんだ。同じ鉄で出来ているのに、どうしてなんだろうと、いつも不思議に思っていた。自分の手でよく切れる鑿を作ってみたいんだ」

彦四郎はあっけらかんとして言った。

「正宗殿、そなたに預けるのが良さそうだな」

忍性が笑み顔で言った。

「はい、責任を持って必ず立派な刀工に育て上げてみせます」

鎌倉が希に見る大地震に襲われた年の秋、彦四郎という十一歳の童が、行光の鍛冶場に弟子入りすることになった。

第十六章　刀身彫り

一　フビライの死

フビライは二度の日本遠征に失敗した後も、日本に対する報復と侵略の念をますます募らせていた。弘安《こうあん》の役では完敗をきしたものの、旧南宋軍八万の棄兵《きへい》に成功していた。

フビライは弘安の役の翌年から、帝国の面子《めんつ》にかけても日本に朝貢《ちょうこう》させようと、性懲《しょうこ》りもなくたびたび使者を送ってきた。武力で成せなかった属国化を、再び交渉で果たそうとは笑止千万であるが、その一方でフビライは着々と第三次日本征討の準備をさせていた。旧南宋の敗残兵は、まだ膨大な数が残されていた。これを処理するためにも、フビライは侵略戦争を継続する必要に迫られていた。朝鮮半島南部の合浦《がっぽ》に、中国各地から軍船や兵糧を集めさせたが、高麗王忠烈《ちゅうれつ》がこれに積極的に加担したのは言うまでもない。

だが弘安九年（一二八六）正月、フビライは日本征討中止の命令を出さざるを得なくなった。二度の日本遠征により帝国の財政が疲弊し、ベトナムや江南、モンゴル、満州での反乱が相次ぎ、第三次日本征討どころではなくなったからである。しかしフビライ自身は、執拗に日本への野望を抱き続けていた。

文永・弘安の役で日本軍の主戦力として活躍した松浦《まつら》党などは、戦後、幕府に恩賞を求めたが受け入れられなかった。幕府にしてみれば、侵攻してきた蒙古軍を壊滅させたものの、敵領の小島一つでも版図にできたわけではなかった。両戦役で命を賭《と》して奮戦した松浦党や御家人などに、恩賞を与えて報いたいのはやまやまだったが、先立つ土地が無かったのである。

『鎌倉殿に恩賞を貰えぬならば、蒙古や高麗に流した血の代償を払ってもらおうではないか。我々は報復の鬼となろうぞ』

松浦党などは蒙古軍撃退の勢いに乗り、数十隻の兵船を構えて、高麗や遠く元の沿岸をめざして船出していった。朝鮮半島や大陸の情報が欲しい幕府は、これを黙認する態度をとった。

永仁《えいにん》二年（一二九四）の三月のことであった。黄海《こうかい》を北上する松浦水軍の兵船三十隻余りがあった。肥前の平戸を出た船団はまず西へ向かい、済州島《さいしゅうとう》をかわした後、朝鮮半島の陸影《りくえい》を見失わない程度に距岸《きょがん》を保ちながら、進路を北にとって北上を続けていた。

船団の中央にひときわ大きな船があったが、この船には平戸松浦氏の惣領である定《さだむ》の弟勝《すぐる》が乗り込み、総勢六百人もの手勢を指揮していた。勝はこれまで高麗南岸の海域を大々的に荒らしまわっていた。めぼしい浦があると陽が沈むのを待って夜襲を敢行し、兵営を襲撃した後、珍しい宝物《ほうもつ》や米穀などの食糧を略奪していた。また航行している船を見つけると、積み荷を船ごと奪うのが常だった。海上にある船は敵の水軍といえども容赦しなかった。一戦を交えた後、捕獲した武器と船を自分の戦力に組み入れた。

その日、勝の船団は昼前には仁川《じんせん》沖に達していた。松浦党といえども、これほど敵陣深く北上することは滅多にない。

「よし、山東《さんとう》半島に向かうぞ。西へ進路を向けろ」

勝は大声で配下に命じた。帆に受ける風が順風になり、船団の船脚《ふなあし》が増すとともに、朝鮮半島の陸影がしだいに小さくなっていった。

「前方に船がいるぞ！」

翌日、指揮船の見張りが叫んだ。大船は海面からの眼高《がんこう》が高いので、より遠くの水平線まで遠望できる。

「三隻だ。船が三隻見える」

再び見張りが声を張り上げた。

「渤海湾《ぼっかいわん》の方に向かっているな。よし、まずこいつらを血祭りにあげるぞ。追いかけて取り囲め」

みずから船影を視認した勝《すぐる》が配下に命じた。十数隻の船脚《ふなあし》の速い小型船が次々と隊列から抜け出ていった。櫓《ろ》も併用しているため、見る間に大船の一団から離れていく。

やがて前方に見えた三隻の船は、狼に取り囲まれた羊のように、松浦党の小型船に包囲されていた。船形から高麗船であった。そこへ勝の乗る大船の一団が到着した。

「これはただの商い船ではないな。何だ、あのおびただしい兵は」

三隻の高麗船の船上では、弓に矢をつがえた兵が、松浦党の攻撃を待ち構えているのが見えた。

「身分の高い貴人でも乗っているか、あるいは元への貢ぎ物を積んでいるのではないでしょうか」

配下が言った。

「面白くなってきたぞ。積み荷しだいじゃ、山東半島まで行かなくとも、平戸へ帰れるかも知れぬ」

勝はそう言ってほくそ笑んだ。

「刃向かう奴は皆殺しだ。いっきに片付けろ」

松浦党の高麗船への攻撃が始まった。高麗船に多数の兵が配置されているとは言え、その数は三隻合わせて百名余り。それに対し、松浦党は六百ほどの陣容である。多勢に無勢で、高麗兵は次々と討ち取られていった。陽が傾く頃には、高麗船は完全に松浦党に制圧されていた。

勝が高麗船の一隻に乗り移った。降伏した高麗船の船頭が引き出され、勝の訊問が始まった。

「物々しい警護の兵が付いていたが、積み荷はいったい何だ」

勝の言葉を通事が高麗語に直す。

「高麗国王から元の皇帝への貢ぎ物だ」

すっかり観念した高麗船の船頭は、包み隠さず話した。

「ほう！」

通事の言葉を聞き、周囲を取り囲んでいた松浦党の面々から驚きの声が洩れた。

「いつもこの時期に貢ぎ物を運ぶのか」

勝が再び訊ねた。それを受け、通事が船頭と会話を始めた。突然、通事の声が高くなり、表情まで変わった。

「どうした？」

勝が二人の会話に割って入った。

「元の皇帝フビライが亡くなったそうです。病死とのこと」

通事が思いがけぬ言葉を発した。

「いつのことだ！」

「今年の一月の半ば頃だそうです。この船の積み荷は、四月に即位する新帝への祝い品だそうです」

永仁《えいにん》二年（一二九四）一月十五日、フビライは大都宮城の紫檀殿《したんでん》で病没していた。その後継者となったのは皇孫のテムルで、四月七日に上都で即位する運びになっていた。

「憎っくき蒙古の親玉が地獄に落ちたぞ」

勝が太刀を抜いて、天を刺すように掲げた。周囲にいた松浦党の面々も刀を抜き、いっせいに鬨《かちどき》をあげた。事情を分からぬ他の船の者は、何事が起きたのかと船縁《ふなべり》に寄って高麗船の方をうかがった。

「直ちに平戸へ引き返すぞ」

勝は山東半島を荒らしまわる予定を急遽《きゅうきょ》変更し、平戸への帰還を命じた。日本遠征の勅を発し、膨大な人命をもてあそんだ非情な男の死。松浦党にとって、それは衝撃的な情報であった。勝はそのことを、一刻も早く兄の定《さだむ》や仲間に知らせたかった。

平戸に帰った勝は、フビライの死を御館山《おたちやま》城の定に告げた。

「そうか、何よりな情報を持ち帰ったな。直ちにこのことを鎮西探題《ちんぜいたんだい》に報告せよ」

定は勝に命じた。鎮西探題は、幕府が九州統括のために、昨年、博多の姪《めい》の浜に設置した機関である。勝は二隻の早船を博多へ急行させた。

「これでようやく戦時体制を解くことができる」

「いや、フビライの後継者がどのような方針を打ち出すか、それを見極めてからだ」

鎮西探題からの報告を受けた幕府内部では様々な意見が飛び出したが、評定衆の間では楽観的な見方が大勢を占めた。

フビライの八十年の生涯は、侵略戦争に明け暮れた血生臭いものであった。だが半生を費やしたにもかかわらず日本征服の野望は叶わず、その遺骸は歴代蒙古皇帝の墓所である、モンゴル高原のケルレン谷へ葬られた。

第六代ハーンに即位したテムル（三十歳）は、フビライの果たせなかった夢まで継承したのか、日本の属国化を図ろうとの野望を抱いていた。

二　祐慶の弟子

震災孤児の彦四郎が行光の家で暮らすようになり、一年余りが経過していた。

「彦四郎を見ていると、幼い日の五郎を想い出す」

行光は折りに触れてそう口にした。正宗はそのたびに、彦四郎の歳と同じ頃の自分を振り返った。彦四郎は直観力に優れていて、何事をするにも要領がよかった。正宗が何か教えると、ただそれを鵜呑みにするのではなく、その背後にあるものまで汲み取った上で、確実に自分のものとして身に付けていった。正宗は彦四郎という弟子を得て、初めて教えることとの喜びを知らされた。

最近では行光が彦四郎に教えることが多くなった。まるで男子の孫でもできたように彦四郎をかわいがり、手をとり足をとりして面倒を見るのだった。椰が小春を産んでから九年が経過していたが、初産の時の難が障《さわ》ったのか、第二子には恵まれなかった。行光が彦四郎をかわいがるのを見るにつけ、正宗は申し訳ない想いに駆られるのだった。

永仁《えいにん》三年（一二九五）の初夏、祐慶が四年ぶりに伊豆走湯《はしりゆ》大権現から古巣の鶴岡八幡宮寺に復帰した。祐慶はさっそく行光の鍛冶場に顔を出した。ちょうど鍛冶場は休憩時で、弟子たちは寝そべっている者、話し込んでいる者などそれぞれであったが、祐慶は鍛冶場の外で木彫りをしている彦四郎の姿に目を留めた。祐慶が初めて見る顔である。

「あの者は」

祐慶が弟の行光に訊ねた。

「ああ、彦四郎と言います。この前の地震で孤児になり、極楽寺の施設にいたのを、正宗が鍛冶修業をさせるため連れてきたのです。今は家族同様に、ここで暮らしています」

祐慶は彦四郎のもとへ歩み寄った。

「何を彫っておるのだ」

「不動明王だ」

彦四郎は黙々と鑿《のみ》を走らせながら、顔も上げずに答えた。

「ちょっと見せてくれぬか」

「ああ、いいよ」

彦四郎が彫りかけの仏像を差し出した。それを手にした祐慶は、食い入るように見つめた。実に巧い彫り味である。祐慶は彦四郎の顔を見た。まだ、あどけなさを多分に残している。祐慶には、不動明王の憤怒《ふんぬ》の形相と、少年の童顔との落差がどうもしっくりと来なかった。その時、祐慶の胸に遠い日の出来事が過ぎった。

（幼い五郎が巧みに炭を切るのを見て、驚かされたことがあったが……。あれ以来だ、俺が子供の仕事ぶりに感動を覚えたのは）

祐慶は咄嗟に決断していた。

「いくつになった」

「十三だ」

「そうか。……正宗」

祐慶は鍛冶場で談笑していた正宗を呼んだ。

「何か？」

「この者をわしの弟子にしたいのだが」

「弟子！」

正宗は何を言い出すのだと思った。

「嫌だ、坊主になどなるものか。俺の師匠は正宗様と行光様だけだ」

彦四郎が大声で叫んだ。

「……これは何か勘違いさせてしまったな。彦四郎とやら、わしも坊主は嫌いじゃ。経を読むより、刀を鍛え、刀身に彫り物を施す方が性にあっておる。お前の彫ったこの仏像は、子供の手になるとは思えぬ出来映えだ。その方、なかなか器用な手先をしておる。そう思ったからこそ、刀鍛冶をめざすなら、木を彫るより、刀身に彫刻を彫る技を習ってみてはと申しておるのだ」

「何だ、弟子にすると言うから、てっきり坊主かと思った」

「彦四郎、祐慶伯父は鎌倉では一番の刀身彫刻の名人なんだぞ。お前にそれを教えたいと、親切心でおっしゃっているのだ」

正宗が噛んで含めるように言った。

「わしも五十六になった。これまで培《つちか》ってきた刀身彫りの技を、誰かに伝えたいと思っていたところだ。お前の彫った仏像を見て、とても子供が彫った物には見えなかった。この者なら教え甲斐があると見たのだ。どうだ、月に四、五日でよい。その日は鍛冶の仕事は休みにしてもらって、八幡宮のわしの所へ来い。わしがみっちり刀身彫刻を教えてやる。どうだ、修業してみる気はないか」

「……」

彦四郎がどうしたものかという眼差しで正宗を見た。

「彦四郎、俺は伯父上の言われることに大賛成だぞ。刀身彫刻を教えてもらえ。習っておいて益こそあれ、無駄なことはない。俺も若い時に習っておくべきだったと、今になって後悔しているのだ」

「師匠がそう言うなら」

彦四郎が頷いた。

彦四郎は五日おきに御谷《おやつ》の大進坊に出かけることになった。祐慶は僧坊の縁先で、彦四郎に刀身彫刻を教えた。その傍ら、銘を刻むのに必要な読み書きの手ほどきも始めた。

三　落飾《らくしょく》

行光の弟子の修作は、亀ヶ谷坂の登り口近くに住んでいる。ここから飯島の鍛冶場まで通っているのだが、数日前から体調を崩して寝込んでいた。

「薬師《くすし》から煎じ薬を貰ってきた。修作に届けてくれ」

正宗は妻の椥《なぎ》に頼んだ。椥は由比ヶ浜の漁師から買い求めた鯛を持って、修作の家に見舞いに向かった。途中、亀ヶ谷郷にある大友家の邸の前を通った。土塀《どべい》を廻らした邸の正門前には、幾頭もの駿馬《しゅんめ》が繋がれ、道端には複数の輿《こし》も置かれて、人の出入りが慌ただしかった。

(何かあったのだろうか?)

椥が大友邸を横目で見ながら通り過ぎようとした時だった。

「親より先に逝《い》かれるとは」

馬の手綱《たづな》を手にして主人の帰りを待っている家人《けにん》らの会話が、聞くとはなしに椥の耳に入った。

(誰か亡くなられたのだ……)

椥が大友家の人間で唯一面識のあるのは、伊豆の走湯権現の参道で出逢った小町のみである。椥の脳裡にその美しい貌が想い起こされていた。女までが妙な気になりそうな美貌。椥は今でも小町に嫉妬めいた感情を覚えていた。

修作の家は大友邸からそう離れていない所にあった。修作はまだ床に伏していた。

「たびたびのお見舞い、ありがとうございます。もう二日もすれば仕事に行けますので」

修作は床から体を起こしながら言った。椥は先日も正宗と見舞いに来たが、その時に比べれば顔色もよく、声にも生気《せいき》があった。

「大友様のところでは、御不幸があったみたいです」

しばらし雑談の後、修作の妻が言った。椥も気になっていたところである。

「どなたが亡くなられたのですか？」

「御当主の親時《ちかとき》様だそうです」

「親時様が！」

椰は驚いた。小町は親時の側室である。

「お父上はまだ御健在だというのに……親時様は還暦前の六十歳だったそうですよ」

「六十！　そんなにお歳を召されていたのですか」

椰は、小町は正宗より一つ年下と承知していた。今年で三十一のはずである。

（親子ほどの年齢差だ……）

椰の頭の中で、四年前に伊豆で乳呑み児を伴っていた小町と、六十の老人がどうしても結びつかなかった。

『今はさる方の囲い者の身です』

走湯権現の参道で小町が洩らした言葉が、椰の耳に意味深な響きとなって甦っていた。

「家督は息子の貞親《さだちか》様が継がれたそうです」

「では小町殿とその娘子は」

椰はついそのことを訊いていた。

「こまち殿？」

大友邸の近くに住んでいるとは言え、修作の妻が小町のことを知る由もなかった。亀ヶ谷郷にある大友邸は豊後国の鎌倉における出先にすぎず、領国住まいを命ぜられている遠国の御家人が、鎌倉の邸を訪れることはそう滅多になかった。

「あの綺麗な側妻《そばめ》の方のことではないですか。数年前に邸で姫子をお産みになった」

修作の妻は小町を見かけたことがあるらしかった。

「ええ、そうです」

「あの方は豊後に帰られましたから」

修作の妻も小町のことについては、それ以上何も知らなかった。


「修作さんは二、三日すれば仕事に来られるそうです」

病気見舞いから帰った梛は、行光と正宗にまずそのことを報告し、その後、大友家の不幸を話した。

「御当主の親時様が亡くなられたそうです」

「何！　本当か」

正宗が大きな声をあげた。

「頼康様の間違いではないのか？」

行光が訝《いぶか》った。

「いいえ、親時様が身罷《みまか》られたのだそうです」

「そうか……」

行光も紀定春《きのさだはる》の娘が親時の側室となっていることは、兄の祐慶から聞いて承知していた。一度は我が息子の嫁にと考えた小町だが、今となっては遠縁の娘の天運を、幸多かれと祈る以外になかった。

「きっと髪を落とされるのでしょうね」

梛が言った。

「落飾《らくしょく》か」

正宗は椰の顔を見つめた。椰が伊豆の浄香院《じょうこういん》で髪を落とし、尼になりはしまいかと、夢でうなされていた日々のことが甦《よみがえ》っていた。しかし、小町が落飾するかも知れないと聞いても、正宗に心の動揺はなかった。正宗の脳裡には、走湯大権現の参道に香った、小町の乳の匂いが想い出されていた。

（親時様との間に子まで成したのだ。髪を落とすのは当然であろう）

正宗は六郷満山《ろくごうまんざん》と謳われた仏の里に生まれた小町が、落飾して尼になるのはしごく自然な成り行きに想えていた。

（だが小町殿の娘は、まだ五つにもならぬはずだ……）

正宗は小町の娘の行く末を案じていた。

第十七章　貞宗

一　大願成就《たいがんじょうじゅ》

正宗は三十半ばの齢《よわい》を迎え、父の行光も刀匠としての円熟期に入っていた。この頃になると、新しい鍛法の工夫は、正宗が独りで引き継いだ恰好になっていた。正宗は行光がどうしても越えられなかった課題を、一つ一つ改めて見直していた。

正宗が祖父の国宗から学んだ備前流の焼き入れ法は、火力の弱い赤松の炭を使用し、高熱の炭火の中に直接刀身を入れず、炎の中で刃を下にして刃先を赤め、その後、急冷を避けて温水を満たした水舟《みずぶね》にゆっくり入れるというものであった。この結果、刃文の上に霞のような微細な白い粒子が付いた。これは匂《にお》いと呼ばれるものであるが、匂い出来の刀は折れにくい反面、曲がりやすい欠点があった。

このため、正宗は焼き入れ法の改良を試みていた。火力の弱い赤松の炭に代え、火力の強い栗炭を使用することにした。刀身全体を燃え盛る炭火の中に完全に埋没させ、備前の流儀とは反対に刃を上に向け、強い炎が刃部によくあたるようにして赤めた。この時、吹子《ふいご》で盛んに風を送って火床《ほど》の温度を高め、刀身全体の色合いが赤白色になるまで強く焼いた。例えれば、夏の夜に山の端から出た月の色である。刀身がこのような色合いになった時、これを取り出して水舟の中で急冷させた。この方法では、刃文の上にまるで銀河を見るような、一つ一つの粒を肉眼で識別できる白い粒子が付いた。これは匂いに対し沸《に》えと呼ばれるが、沸え出来は刃が硬く焼き上がり曲がりにくい反面、折れやすく刃こぼれしやすくなった。

水舟の温度にも注意を払った。水が温かすぎると冴えた刃にならず、あまり冷たいと疵が出やすかった。正宗は焼き入れ時の加熱法と、水舟の温度を何度もくり返し試したのである。

正宗は試行錯誤の末に、長寸で反り浅く、頃合いの身幅に、重ね薄く、鎬《しのぎ》高く、平肉《ひらにく》つかず、切先が延びて、フクラ枯れた（切っ先の刃部の曲線の円《まる》みが少ない）姿に、地沸《じに》え（刃と鎬の間の沸え）のよく付いた切れ味鋭い刀を完成させていた。

五月《さつき》晴れのある日、行光宅の庭で荒試《あらだめ》しを行うことになった。この庭では、これまでに数え切れないほどの荒試しが行われてきた。いずれの場合も斬り手は祐慶であった。

祐慶は正宗から試作刀を渡された時、これまでになく鋭利感を覚え、思わず刀身を凝視した。焼幅の広いうねるような乱れ刃が焼かれていた。地鉄《じがね》は硬軟の鋼を練り合わせた独特の板目《いため》鍛えである。輝くような刃中の沸えには躍動感があり、青みを帯びた地肌は見る者の心を深淵《しんえん》に引き込むような凄味があった。

いつもの手順で荒試しが開始された。垂直に立てられた芯に古竹を入れてある巻藁《まきわら》が、まるで大根でも切り刻んでいるかのように、次々と細かくされていった。周りで見ている者には、刀の切れ味が鋭いのか、それとも祐慶の手並みが鮮やかなのか判断がつかなかったが、巻藁を切り終えた試作刀には疵《きず》も曲がりも無かった。

次いで角試《つの》しにかかった。用意された六本の鹿角《しかづの》を、刀身を当てる部位を変えて切断してみたが、刃こぼれは一つも生じていなかった。これまでになかったことである。

「初めて角試しに耐えたな」

祐慶が満足の表情を浮かべた。

次いで棒試《ぼうだめ》しに移った。いつものように正宗が刀を手にして、祐慶に向かって正眼《せいがん》に構えた。祐慶の六尺の鉄杖《てつじょう》が、正宗の握る試作刀の側面を左右交互に払い始めた。鉄同士がぶつかる音が何度も響き、二十度目の音を最後に、祐慶は鉄杖を地面に突き刺した。

「疵も曲がりもないぞ」

刀身を眇《すが》めるように見ていた正宗が嬉しそうに言った。

「よし、最後と行くか」

手拭いで顔の汗を拭った祐慶が、再び鉄杖を手にした。

「よいか、行くぞ」

「お願いします」

正宗も再び正眼に構えた。祐慶は上段から刀の棟《むね》を打ち始めた。十二度目の衝撃を与えた時、正宗はいったん疵が生じていないか確認してみた。いつもだと、この段階で小さな刃切れが生じている。

「どうだ」

祐慶も心配して訊ねた。

「まだ疵はありません」

「そうか。続けよう」

庭にまた単調な金属音が響き始めた。

「十八、十九、二十」

周りにいた弟子たちが、いっせいに声をあげ始めた。祐慶は棟《むね》打ちを二十回で終えた。正宗が刀身の検分を始めた。行光や弟子たちが固唾を呑んでそれを見守る。

「まだ疵はないぞ」

正宗が震えるような声で言った。

「正宗、合格だ。これだけ棟打ちに耐えれば文句なく合格だ。お前はついに新しい鍛法を完成させたのだ」

行光が目を細めて言った。鎌倉の地に、武家の府にふさわしい、独創性に満ちた刀が誕生した瞬間であった。

『鎌倉に備前や奈良、京都にも引けをとらぬ鍛冶集団を育てたい』

それは四十年ほど前、備前三郎国宗を鎌倉に招聘《しょうへい》した北条時頼の夢であった。

『相州鎌倉の地に独自の鍛刀法を打ち立てたい』

それは時頼の命で国宗門下となった新藤五国光の夢であった。

時頼と国光の夢は、藤三郎行光を経て、五郎正宗の代にようやく現実となったのである。

「正宗、その刀を時頼様の墓前に見せに行ってこい」

念願が叶って気の抜けたような正宗に向かって、祐慶が喝《かつ》を入れるように命じた。

二　小春の恋

川端で三人の乙女が洗い物をしていた。水が冷たく感じられる季節になっていたが、乙女らは少しも意に介さない様子で、屈託のない華やいだ声をあげていた。

「小春はいずれ彦四郎兄《にい》と一緒になるんだろう」

裾《すそ》をたくし上げ、すんなりとした白い足で平らな岩の上に置いた衣類を踏み洗いしていた妙《たえ》が、豊かな胸を揺らしながら小春に訊いた。小春より一つ年上の十六である。洗濯物を川の流れですすいでいた小春が、右手で水をすくって妙に飛ばした。水飛沫《みずしぶき》は妙の上半身を濡らした。

「冷たい、何をするんだよ」

妙が体をよじらせながら、黄色い声を張り上げた。妙は年が明けたら、木工《もく》（大工）の金蔵と夫婦になる予定だ。

「小春ったら赤くなっている」

タライに鶯《うぐいす》の糞《ふん》を入れて下着を揉み洗いしていた同い歳の萩が、小春の顔をのぞき込むようにして言った。

「無口でちょっと陰のある男だが、鍛冶の腕は絶品だって言うじゃないか。小春が要らないって言うのなら、萩、お前が彦四郎をものにしな」

妙は小春が頬を赤らめたのを見て、ますます調子に乗ってからかった。

「もう何年、一緒の屋根の下で暮らしているんだい」

萩が小春に訊いた。

「あたいが九つの時からだから……六年になるよ」

「それじゃ兄妹みたいなものだな。好きも嫌いもないか」

「うちへ来た当初はよく遊んでくれたけど、近頃はなぜか避けているようなところがある」

「それはお互い年頃だからだろう。小春のおっぱいも大きくなったことだし」

萩はそう言いながら、右手の人差し指で小春の胸元を広げ、身を乗り出すようにしてのぞき込んだ。白い胸の膨らみが女の目にも眩しかった。小春が萩の手をぴしゃりと叩いた。

小春から見て、彦四郎はとりたてて男前というわけではないが、そこそこの真面目そうな顔立ちである。十名ほどいる弟子たちの中では最も年若だが、父の正宗も祖父の行光も、彦四郎の刀工としての才能を一番買っている。行光も正宗も幕府お抱えの刀工であるから、将来とも鍛冶場を存続させていくためには、一人娘の自分が技能優れた刀工を婿に迎えねばならないことも小春は自覚している。目下その適役は彦四郎である。小春は淡い恋心を彦四郎に抱いているが、彦四郎との間に目に見えない壁を感じていた。

「一度女の武器で迫ってみな」

妙が岩の上で裾を腰まではしょって見せた。

「いやだあ、妙姉《ねえ》はその手で金蔵さんをたらし込んだのかい」

萩が下卑《げび》た声で言った。

「明日は八幡宮の流鏑馬《やぶさめ》の日だろう。金蔵と見に行く約束をしているんだ」

「わあ、いいな。あたいらも一緒についていこうかな」

「馬鹿なことを言うんじゃないよ。二人で行きな。いい男が見つかるかも知れないよ」

妙が岩の上から流れの中に降りた。小春は間もなく祝言を控えた女の眩しさを感じた。小春は彦四郎のことを想った。明日は鍛冶場は休みだ。しかし彦四郎は、祐慶大伯父のところへ彫刻を習いに行くと言っていた。

(明日くらい彫刻なんか休めばいいものを)

八幡宮の流鏑馬の日だというのに、祐慶の僧坊へ刀を彫りに出かける彦四郎に小春は不満だった。


翌日の九月十六日は秋晴れだった。鶴岡八幡宮寺では、毎年九月十四日から十六日までの三日間、恒例の例大祭が盛大に執り行われる。このため行光の鍛冶場ではこの間を休みにしていた。例大祭は八幡宮にとって一年で最も重要な祭事であり、鎌倉の町は祭り一色となった。

「小春、これを祐慶伯父さんに届けてくれない」

御萩《おはぎ》を重箱に詰め終えると、椰が小春に命じた。二人は早朝から御萩作りに精を出していた。弟子たちは皆、二日前から里に帰っていて、いつもは槌音で騒々しい家の中が不思議なくらい静かだった。代わって遠くから祭り囃子《ばやし》が響いている。

「多めに入れておいたから、小春も伯父さんたちと一緒にお食べ」

小春は重箱を提げて、参詣客で賑わう若宮大路を、八幡宮の僧坊へと向かった。午後からは八幡宮の境内で、天下泰平を祈念しての流鏑馬奉納の神事や、殺生《せっしょう》を戒める放生会《ほうじょうえ》の儀式も行われることになっていた。

鶴岡二十五坊のある辺りは、僧たちが八幡宮へ出かけたのか、ひっそりとしていた。祐慶の僧坊には彦四郎がいるはずであった。小春は木戸をくぐって表座敷のある庭に足を踏み入れた。縁先に人影が見えた。彦四郎であった。刀身に一心不乱に鏨《たがね》を打ち込んでいる。小春はしばらくその姿を黙って眺めていた。

(男が仕事に熱中している姿は頼もしい)

小春はそう思った。

「彦四郎、御萩を持ってきたよ」

鏨の音が止んだのを見て、小春が彦四郎に声をかけた。

「ああ、小春さん」

「祐慶おじさんはいる」

「神事に参加せねばならないと言って、朝から八幡宮へ出かけている。昼には帰ってくるはずだ」

「そう」

また彦四郎が鏨を使い始めた。

「御萩を食べない」

小春が仕事の腰を折るように言った。

「師匠がいないのに、先に手を付けるわけにはいかないよ」

彦四郎は鏨を打つのを止めずに言った。相変わらず生真面目《きまじめ》な男である。

「そう……」

僧坊に二人きりのせいか、彦四郎はよけいに無口になった。八幡宮の境内からは、囃子《はやし》の音が賑やかに響いてくる。

「今日はいつまでここにいるの」

「これを仕上げるまでだ」

「早く済ませて流鏑馬を見に行こうよ」

「……」

「独りじゃつまらないから」

小春は甘えるように言った。

正午を過ぎても祐慶は帰ってこなかった。八幡宮で一番大事な神事の日である。僧坊などでくつろいでいられるはずもなかった。

「終わった」

彦四郎がようやく鏨を置いた。

「見せて」

小春がねだると、彦四郎は固定した台から刀身を外して小春に手渡した。梵字《ぼんじ》が刻まれていた。小春は九歳の時、初めて大仏寺の境内で彦四郎に逢った時のことを想い出した。

『これを買ってくれ』

彦四郎はそう言って小春の家族の前に姿を現したが、そのとき手にしていた白木《しらき》の仏像は、子供心にも立派なものだと思った。何不自由なく育った小春にとって、両親を失いながらもけなげに生きている彦四郎は、その時からたくましい存在であった。目の前の彫り上げられたばかりの刀身彫りを見ていると、一層その想いが募るのだった。

「帰ろうか」

彦四郎が言った。

「この御萩はどうするの。祐慶おじさんは帰ってこなかったじゃない。二人で食べようよ。お腹がすいたわ」

「そうだな」

「朝からお母さんと、せっせと作ったんだからね」

「そうか」

小春が僧坊の土間にまわって、炊事場から器と箸を持ってきた。そして御萩をよそおい、彦四郎に差し出した。

「ありがとう」

二人は縁先に並んで食べ始めた。彦四郎と小春が同じ屋根の下で暮らし始めて六年の月日が流れていたが、二人きりでこのような時を過ごしたのは初めてであった。

彦四郎は御萩を食べ終わると、筆で紙切れに『小春が参りました』と記した。彦四郎は祐慶から、彫りと一緒に読み書きも教わっている。

「重箱はこの紙と一緒に、囲炉裏のそばに置いておけばいい」

「何て書いてあるの」

小春は読み書きができない。

「小春が参りました、と書いた」

「そう、それなら黙って置いて帰っても大丈夫ね」

小春は紙に書かれた文字をしげしげと見つめながら言った。そして文字の書ける彦四郎をますます頼もしく感じた。

「流鏑馬を見てから帰ろうか」

祐慶の僧坊を出た所で彦四郎が言った。

「うん」

小春の顔色が明るくなった。二人は流鏑馬の行われる馬場に向かった。

八幡宮の境内中央を横切る百四十間の馬場では、すでに流鏑馬が始まっていた。走路の片側三ヶ所に、青竹に挟んだ的《まと》が距離を置いて設けられ、狩装束《かりしょうぞく》に身を包んだ射手《いて》が馬を走らせながら、三本の鏑矢《かぶらや》を次々に放っていた。矢が的板を射抜くたびに、つめかけた観衆から大きな拍手と歓声が沸き上がっていた。

「本殿を拝んで帰ろうよ」

流鏑馬が終わった後、小春が彦四郎を誘った。

「ああ……」

二人は大石段を登り、並んで拝礼した。

「何を祈願したの」

「特にないさ。小春さんは」

「内緒だよ」

小春がわざとらしく上目を使い、幼げなもの言いをした。二人は石段を下り始めた。途中で小春が立ち止まった。

「彦四郎はあの木の名前を知っている」

小春は若宮社の方を指差した。大石段の最上段と若宮社の本殿を結ぶ線の、ちょうど中間辺りに、幹の周囲が一抱えほどもある大小二本の大木があった。

「いや、知らない」

「梛《なぎ》の木だよ」

「なぎの木」

「お母さんの名は、この木から頂いたんだって」

「梛……そうなんだ」

「なぎは海の凪に通じるでしょう。だから航海の安全を願う信仰を集めてきた木なんですって。母は松浦《まつら》水軍の出だから、そういう意味を込めて名付けられたらしいの。漁師さんたちは、梛の葉を海路安全の護符《ごふ》代わりに持っているらしいわよ」

「そんな謂《い》われがあるのか……それでここの境内にも植えられているんだ」

「……」

この境内に植えられた理由はそれもあるが、もっと別な謂われがあった。その謂われを小春は祐慶から聞いて知っていた。しかし小春はそのことを彦四郎に話さなかった。

かつて祐慶が四年ほど副別当職を務めた伊豆走湯大権現の社頭には、雌雄一本ずつの梛が植えられていた。梛の葉はなかなか引き千切れず、仲良く二つ並んで実をつけることから、梛の木には夫婦円満、縁結びの御利益があるとされ、この葉を所持すれば恋いの願い事が必ず叶うと言われていた。若き日に伊豆山に配流《はいる》されていた源頼朝が、北条政子とこの梛の下で逢瀬《おうせ》を重ねたという伝承があり、良縁が結ばれる縁結びの神木とされていた。鶴岡八幡宮寺の梛の木は、政子が伊豆山からその木の実を取り寄せて植えさせたものであった。

「ねえ、葉っぱを貰っていこうよ」

小春はそう言うなり、つかつかと木立の中へ入っていった。梛は雌雄異株《しゆういしゆ》で、八幡宮にも一本ずつ植えられている。目通りで幹周りが一抱えほどのものと、それより少し小さい株があった。小さい木には実がついていた。雌木の枝は低く垂れ下がっていたので直ぐに葉をちぎれたが、雄木の枝は少し高い位置にあり、小春の身の丈では跳躍しても手は空をつかむだけだった。

「彦四郎、この木の葉っぱを採って欲しい」

小春は石段から眺めている彦四郎にねだった。男梛の葉は女が持つお守り、女梛の葉は男が持つお守りである。小春はどうしても男梛の葉が欲しかった。

彦四郎もやむなく木立の中へ分け入った。彦四郎は一番垂れ下がった枝に跳び上がって手を伸ばしたが、長身にもかかわらずあと一歩のところで届かなかった。

「ねえ、私を持ち上げて」

彦四郎がもたついているのを見て小春が言った。彦四郎は少したためらいながらも、小春の両股を抱いて持ち上げた。

「採れた」

小春は数枚の葉を握りしめていた。

三　倶利伽羅《くりから》

彦四郎が鶴岡八幡宮寺の祐慶のもとに通うようになってから、すでに丸五年が過ぎていた。この間、彦四郎は五日おきに僧坊を訪ね、祐慶から刀身彫刻と読み書きを教わった。ある日、彦四郎はいつものように、祐慶の僧坊に上がった。

「来たな」

祐慶はそう言うと、部屋の片隅から長寸の太刀を持ち出してきた。白鞘から刀身を抜き放ち、目釘《めくぎ》を抜いて柄《つか》を外した。そして、刀身を彦四郎の前に置いたのである。

彦四郎は刀枕《かたなまくら》に寝かされたその太刀を見つめた。研ぎ上げたばかりの新身であった。長寸で頃合いの身幅に、切先がやや延びた姿である。刀身の表には炎を身にまとった火焔不動明王《かえんふどうみょうおう》が彫られていたが、茎《なかご》に銘は無かった。

「これは親方が鍛えた太刀ではありませぬか」

彦四郎は一瞥《いちべつ》しただけで、それが正宗の鍛えた太刀だと分かった。彫り物はもちろん祐慶の手になるものである。

「裏を返してみよ」

祐慶が彦四郎に命じた。彦四郎が太刀を返すと、裏には何も彫られていなかった。

「……」

「裏は彦四郎に任せる。存分に腕を振るってみよ」

彦四郎はこれまで、研ぎの段階で疵が出て世に出せない刀や、実戦で折れた刀身などを用いて彫刻の技を磨いてきた。それらは刀剣の素材として破棄されるもので、現に武士が佩いているものや、打ちおろしの新身に彫ったことは一度もなかった。祐慶に彫りを施せと命じられた刀は、凡刀ではなく、いきなり正宗の鍛えた優品である。さらに太刀の表には、刀身彫刻の名人祐慶の彫りが施されている。当然のことではあるが、表と裏の彫りの力量に差があってはならない。

（師匠は表の彫りと同等の彫り物を刻めと命じておられるのだ。茎《なかご》に銘が刻まれていないところを見ると、親方の刀は細工所に納めるものか、あるいは名のある御家人の注文品であろう。初めて新身に彫り物を命じられるのなら、もっと肩の凝らないものにしてくれたら良かったものを）

彦四郎は大きな重圧を感じた。

「どうだ、やれるか」

いつまでも太刀を見つめている彦四郎に、祐慶が弟子の胸中を見透かしたように言った。

「やれます。やらせて下さい」

彦四郎は萎えそうになる自分の気持ちを奮い立たせるかのように、声に気迫を込めて応えた。

「よいか、これは練習ではなく仕事だ。だが今回は最初だから、いつまでと期限は切らぬ。じっくりと取り組んでみよ」

彦四郎にはそれだけが救いであった。彦四郎はすぐさま命じられた仕事に取りかかった。まず裏に彫る意匠《いしょう》を考えねばならない。彦四郎は太刀表の祐慶の彫りを凝視し続けた。

（この図柄と少しでも違和感を覚えるものであってはならない）

剣と羂索《けんさく》を手にした火焔不動明王——彦四郎はそれと対になる意匠を考え続けた。なかなか思うようなものが浮かばなかった。彦四郎は僧坊を出て付近を散策し始めた。気がつくと、いつの間にか八幡宮の境内をさまよっていた。下宮《げぐう》の回廊内に手水社《てみずや》があり、水を吐いている竜と出逢った。

（竜か、竜でもよいな。倶利伽羅《くりから》にするか）

倶利伽羅とは刀身の彫り物の一種で、剣《つるぎ》に竜が巻きついた姿を図案化した剣巻き竜のことである。彫りの緻密さによって、真・行・草の三種があるが、彦四郎は表の不動明王の図柄に合わせ、最も難しい真の倶利伽羅を浮き彫りにすることにしたのである。意匠が決まると、彦四郎は急ぎ足で僧坊に引き返した。

下絵は刀身と焼刃に釣り合ったものでなければならない。その日、彦四郎は何度も下絵を描き直したが、納得のいくものはできなかった。

五日後、彦四郎はようやく完成させた下絵を持って大進坊を訪れると、筆と墨で実際の刀身にそれを写し取った。そして毛彫り鏨《たがね》を握って刀身に向かった。失敗は許されなかった。初めての鏨を入れる時、彦四郎を恐ろしいほどの緊張が襲っていた。

それから一月余り後、祐慶は行光の鍛冶場を訪ねた。

「頼まれていた彫り物が仕上がった」

祐慶はそう言って正宗に太刀を差し出した。

「そうですか。忙しかったのではないですか」

いつもより日数がかかったので、正宗は伯父を気づかった。

「そんなことはないが、まあ見てくれ」

祐慶が行光の鍛冶場の刀身彫りを手がけて二十五年余り、甥の正宗の短刀に初めて爪付剣《つめつきけん》の透かし彫りを施してからも十年の歳月が流れていた。以前は彫りが完成すると、祐慶みずから行光の鍛冶場に届けていたが、近頃では、刀身彫りを学んでいる彦四郎が持ち帰るようになっていた。祐慶が持参するのは珍しく、おまけに慌ただしく刀袋の紐を解き、一刻も早く中のものを見せたがっている様子である。

「……拝見します」

正宗は白鞘を受け取ると、静かに刀身を抜き放った。表には火焔不動明王、裏には真の倶利伽羅が彫られていた。常の祐慶の仕事である。

「いつもながら立派な彫りです」

正宗がそう言って、刀身を鞘に収めようとした時だった。

「表と裏、どちらの彫りがよい」

祐慶が妙なことを正宗に訊いた。

「どちらと言われましても……」

正宗は仕舞いかけた刀身を再び抜き、表裏の彫り物を交互に眺めた。

「私には同じ出来にしか見えませぬが。私も伯父上に彫りを習っておれば、微妙な違いが分かったのでしょうが……」

「ではその方の好みでよいから、どっちが優れている」

祐慶は何が何でも白黒をつけさせたがっている。これまでなかったことである。正宗もどちらかを選ばねばならなくなった。

「好みの女を選ぶのは簡単なんですが……しいてと言われれば、倶利伽羅の方でしょう。不動明王より図柄が複雑ですから、素人目には倶利伽羅を彫るのは難しいように想えます」

「そうか、倶利伽羅の方を選んだか。倶利伽羅を」

祐慶は何度も頷きながら、独り言のように言った。

「いったい、どうしたというのです？」

正宗はいつもと様子の違う伯父を怪訝《けげん》そうに見つめた。

「ついに超えていきおったか」

祐慶が晴れ晴れとした顔になった。

「何のことです？」

「その裏の彫りは彦四郎が彫ったものだ」

「彦四郎が！」

正宗は改めて倶利伽羅に目をやった。不動明王が持つといわれる三鈷《さんこ》柄《づか》の剣を、猛々《たけだけ》しい竜が四肢でつかんで巻きつき、その頭上には竜の吐く気を表す火炎が添えてある。彫口の深いみごとな彫りである。

「初めて新身に彫らせてみた。あいつは天分に恵まれている。彦四郎ほどの才能に、凡刀に彫り物をさせたくはなかった。それで、あえてお前の鍛えた刀に彫らせた。正宗のお目にかなったのだ。もうわしには彦四郎に教えることなど何もなくなった」

大進坊祐慶は、自分の持てる彫技のすべてを彦四郎に伝え終え、安堵感と充足感に満たされていた。

四　後継者

乾元《けんげん》二年（一三〇三）、正宗は四十になった。椰と結ばれてから十九年、授かった子宝は小春一人であった。そろそろ鍛冶場の後継者のことを真剣に考えねばならない時期にきていた。娘の小春は十七。正宗夫婦は、小春の胸が膨らみ、体の線が女らしくなった頃より、漠然と考えていることがあった。それは同じ屋根の下で暮らしている彦四郎を、小春と妻合《めあ》わせようと考え始めたのである。鍛冶屋の娘が技量の優れた弟子と一緒になるのは、どこにでも転がっているありふれた話であった。

昨年、彦四郎が二十になった時、小春と一緒になってはくれぬかと、椰が彦四郎に持ちかけたことがあった。

「それだけは勘弁して下さい」

彦四郎は言下に断った。彦四郎を家に住まわせて九年余り。大地震で家族を失った孤児を、我が子のように育ててきたつもりの椰には、『それだけは』という彦四郎の言葉が身に堪《こた》えた。彦四郎と小春を兄妹同然に扱ってきただけになおさらである。

「そんなに小春のことが嫌いかい！」

「嫌いなわけがありません」

「それならなぜ？　小春は彦四郎となら一緒になってもいいと言っているのですよ。いえ、彦四郎と夫婦になりたいと心底から願っているのです」

「……」

彦四郎は黙りこくったまま、それ以上何も言わなかった。

「そう言えば、俺たちは彦四郎のことを何一つ知らないな。親兄弟のことも、鎌倉のどこに住んでいたのかさえ知らない。ただ大地震で孤児になった子だとしか……。家に来た時には十一歳だったのだから、それなりの過去を背負っていたであろうに。震災孤児ということで、忌まわしい記憶を呼び覚まさせるのはかわいそうだと思い、これまであえて何も触れないできたが……」

棚から彦四郎の気持ちを聞かされた正宗は、永いこと同じ釜の飯を食いながら、愛弟子《まなでし》のことを半分も理解していなかったことを思い知らされた。

「何か重い過去を背負っているのかも知れませんね」

その後、その話はおしまいにし、彦四郎も何事もなかったように日常をくり返していた。それから一年が経った。

その日、正宗は彦四郎を伴い、朝比奈《あさひな》切り通しを越えて六浦《むつうら》まで出かけた。六浦津は内海《うちうみ》（東京湾）の良港で、和賀江島が風浪の影響を受けやすいため、鎌倉の外港として発達し、関東各地からの物資の集散地となっていた。南宋が健在な頃は、大陸から訪れた色鮮やかな宋船で賑わったこともあった。

正宗は奥州の鉄が届いたとの知らせを受け、六浦まで引き取りに出かけたのである。泊まりがけの旅であった。

船から降ろされた鉄の品質を確認し、鎌倉に搬送するため荷駄《にだ》の手配を終えると、正宗と彦四郎は港の茶店で一休みしていた。六浦での用件は終えたので、後は鎌倉に帰るだけだった。六浦の海は複雑な入り江に囲まれ、大小の島が点在する景勝の地である。二人が鎌倉では目にすることのない景観を眺めている時だった。

「彦四郎ではないのか……」

突然、彦四郎に声をかけてきた者があった。正宗より年配の五十がらみの男である。手には酒壺をぶら下げ、日中から酒の匂いをさせて歩いていた。彦四郎の顔が蒼白になっていた。

「親方、行きましょう」

彦四郎はまだ団子を食べ終わっていないのに立ち上がり、正宗を置いて勝手に歩き出した。正宗は彦四郎の尋常でない態度に唖然《あぜん》としたものの、すぐに後を追い始めた。

「この馬鹿息子が。役だたずめ」

男は彦四郎に向かって罵声《ばせい》を浴びせた。

(馬鹿息子！ この男は彦四郎の親父なのか？ 孤児だとばかり思っていた彦四郎に親がいたのか！)

彦四郎はその場から逃げるように、急ぎ足で歩いていた。先ほどの男から、一歩でも離れたいといった歩き方である。正宗は彦四郎に追いすがって、今の男のことを問い質したかった。しかし彦四郎は、正宗のことは忘れ去ったかのように、後ろを振り向きもせず先を急いでいた。

(今、彦四郎の頭には、あの男のことしかないのだ)

どれほど歩いただろうか。突然、彦四郎が後ろを振り返った。顔をくしゃくしゃにして涙を流していた。彦四郎は男の姿がないのを確認すると、道沿いに流れている小川へ下りていき、涙で濡れた顔を洗い始めた。正宗は道端に立ってそれを見守っていた。

「親方、申し訳ありませんでした」

やがて彦四郎が川から上がってきて正宗に頭を下げたが、まだ後ろを気にしている様子だった。顔を清めたものの、目は真っ赤である。正宗は頷いただけで、何も言わなかった。

(言いたくなかったら、何も話さないでいい)

　正宗はそんな心境だった。

「それじゃ、行こうか」

　正宗は先に立って歩き出した。

「さっきの男は俺の親父です」

　彦四郎がようやく絞り出したような声で言った。正宗は足を止め、後ろを振り返った。そこにはすべてを告白したがっている愛弟子《まなでし》の顔があった。正宗はその様に受け取った。

「震災で肉親を失い、天涯孤独《てんがいこどく》の身だと申していたではないか。これまですっかりそう信じていたぞ」

「嘘をついておりました。申し訳ありません」

「六浦津へ同行せよと命じた時、なぜか気乗りしない様子であったが、さっきのような事態を恐れていたのだな」

　彦四郎が頷いた。

「わしの家へ来てから、これまで家族の者とは逢わなかったのか？」

「はい、六浦の家を飛び出してから、今日、初めて親父に逢いました。十年ぶりです」

「せっかく逢ったというのに、話もせずに別れて良かったのか」

「親とは思ってはいませんから」

「他に家族は」

「いません。母は俺が八歳の時、気が触れて自分で命を絶ちました。血筋なのです。母方の祖父も腕のよい仏師《ぶっし》だったのに、気が触れて鑿《のみ》で自分の胸を刺して亡くなっています。……親父は母が亡くなった後、酒に溺れるようになり、俺は酷い虐待を受けました。それで家を飛び出して鎌倉に出たのですが、ちょうど大地震に出くわしてしまったのです」

「祖父が仏師だったのか。それで彦四郎は彫刻が巧いのか。彫りは祖父に習ったのだな」

「いいえ。俺が生まれた時には、祖父はすでに亡くなっていました。実は祖父の父……俺から見れば曾祖父ですが、この人も大仏師でした。江州《ごうしゅう》高木の産で、奈良に出て有名な大仏師の弟子となり、師の一字を授かり貞慶《ていけい》と名乗っていたそうです。師が鎌倉殿に招かれたため、一緒に鎌倉に下ってきたとか。俺は母から祖父や曾祖父が大仏師だったと聞いて育ったので、自己流で仏師の真似事をしていただけです。さっきの父は仏像彫りとは関係のない木工《もく》でした。俺は祐慶師匠に刀身彫刻を習うまでは、誰からも彫りを教えられたことはありません」

「曾祖父の名はていけいと言ったが、どのような字を書くのだ」

「ていは貞淑の貞、けいは慶びの慶です」

「貞慶と言うことは、やはり康慶《こうけい》一門の仏師か！　鎌倉に招聘された有名な大仏師というのは、運慶《うんけい》という名ではないのか」

「はい、そのとおりです」

「運慶！　それはまた凄い。わしも見たことはないのだが、東大寺南大門の金剛力士像の作者ではないか」

運慶は平安末期から鎌倉初期にかけて、奈良で活躍した大仏師である。一時期、鎌倉に下り、東国武士の気風に合った力強い仏像をあちこちの寺に遺している。

「はい、俺も最近そのことを知りました」

「慶の一字を授かるとは、そなたの曾祖父はよほど腕がよかったのであろうな。彦四郎は曾祖父の血を引いたのだ」

「その血筋が怖いのです。祖父や母のように、この俺もいつ気が触れて、おかしな行動に走りはしまいかと……」

彦四郎の目には、正宗がこれまで見たことのない、不安気な色が浮かんでいた。

「大丈夫だ、お前におかしな兆候は微塵《みじん》もないぞ」

正宗は彦四郎を慰めた。

「昨年、おかみさんに小春さんを嫁に貰ってくれぬかと、それはもう、もったいないお話を頂きました。でもこういう事情ですので、お断り致しました。自身でもいつ気が触れるかと、心配な日々を送っているというのに、子供をもうけ、その者たちがこの血を引きやしないかと心配するのは耐えられません。それでお断り致しました。この恩知らずめと思われたことでしょうが、このような訳ですので、どうかお許し下さい」

「何か事情があるのだろうと、椰と話しておった」

「今日、親方に胸の中のものを洗いざらいぶちまけることができ、十年ぶりに胸のつかえが下りました。これまで親方やおかみさんに嘘をついていたこと、ほんとうに申し訳ありませんでした」

「もう何も気にするな。今日のことは、わし一人の胸に納めておく。よいか、鎌倉に帰っても、これまで同様に振る舞うのだぞ」

「……はい」

「おお、そうだ。こうしてじっくりお前と話すのは滅多にないことだから、ここで話しておこう」

「……？」

「彦四郎に刀工名を授けようと思う」

「えっ！」

「わしが祖父の国宗から一字を引き継ぎ、正宗を名乗ったのは二十六の時であった。その宗の一字をいつか彦四郎に継がせたいと思っていた。何とするか考えあぐねていたのだが、お前の曾祖父が運慶の弟子貞慶と聞いて閃いた。曾祖父の貞の一字を貰い、『貞宗《さだむね》』ではどうだ」

「貞宗……」

「どうじゃ」

「どうもこうもありません。親方、そして国宗様に連なる宗の一字を頂けて感激です」

「そなたはまだ二十一であろう。わしが正宗を名乗った歳より五年も早いのだぞ。それだけ腕が秀でているということだ。刀工名を授けた以上、わしの鍛冶場から独立するもよし、残ってわしの片腕を続けてくれるもよし、好きなようにしろ。わしの希望としては、小春が彦四郎を好いているようだから、娘と一緒になって鍛冶場を引き継いで欲しい。血筋のことはあれこれ考えず、天に任せてみてはどうだ」

　正宗は彦四郎を懇々と説いた。

　その年の秋、鶴岡八幡宮寺の梛の木が赤い実を結ぶ頃、お守りの葉の御利益があったのか、小春は念願かなって彦四郎の妻となった。

第十八章　鎌倉物

一　注進物《ちゅうしんもの》

正和《しょうわ》二年（一三一三）の、まだ松の内のことだった。鎌倉市中の武家の間で、刀に関するある情報が駆けめぐった。

「注進物がまとまったそうだ」

腰に太刀を帯びた者たちが熱い口調で語り合う注進物とは、幕府が全国の御家人に命じて報告させた切れ味の鋭い業物《わざもの》のことである。幕府は通達を出し、実戦で著しく真価を発揮した刀の作者を上申させたのであるが、その結果がこの正月十一日付でまとまり公表されたのである。

日本征服のあくなき執念を燃やしたフビライの死から十九年、幕府もようやく蒙古襲来に対する警戒を解いて間もない頃であった。蒙古との戦闘は日本軍の武器に多大な影響を与えたが、幕府もこの時期になり、我が国の武器について総括してみようと思い至ったのである。その一環としての注進物選定で、幕府は見た目の出来不出来ではなく、よく斬れたという実績のある刀に限って報告させたのである。

注進物に注目していたのは、刀に命を託す武士だけではなかった。その製作者たる刀工らは、武士以上に多大な関心を持ってその公表を待ち望んでいた。そんな中、正月十三日、細工所《さいくどころ》から正宗に呼び出しがかかった。時期が時期だけに、正宗自身は無論のこと、門弟はじめ家族の誰もが『進注物』の件で呼び出されたのだと思った。

正宗が細工所に出かけると、沼間の新藤五国光の長男国重《くにしげ》の姿があった。国重は正宗より九歳年上の五十九で、今では国光の鍛冶場は国重が仕切っていた。国重は国光門下では、正宗の父行光の弟弟子にあたる。

「正宗も呼び出しを受けたのか」

「ええ、やはり進注物の件でしょうか」

「おそらく」

二人が通された見参所《けんざんどころ》でしばらく談笑していると、やがて細工所頭の二階堂重実《にかいどうしげざね》が姿を現した。

「待たせたな」

重実はそう言いながら上座に腰をおろした。

「今日、二人に足を運んでもらったのは他でもない。全国の御家人から注進させた業物がようやくまとまり、鎌倉の現役刀工としては、そちら二人に関係することなので呼び出したしだいだ」

正宗は細工所頭の言葉を聞いて、父行光と沼間の頭領国光の刀が業物の作者として選ばれたのだと想った。高齢の両工の代理として、それぞれの息子が呼び出されたのだと。国重も正宗と同じ想いで沼間からやってきていた。だが、細工所頭の口から洩れた言葉は意外なものだった。

「報告された刀工の数は全部で六十工であった。鎌倉からは業物の作者として、国重一人の名が注進されていた」

正宗と国重は訝しそうな表情で顔を見合わせた。鎌倉で著名な現役の刀工と言えば、国光とその門下の行光、そして国重と正宗である。

「私一人だけですか？」

国重が狐につままれた表情で細工所頭に訊ねた。

(国重殿一人が選ばれたのなら、なぜ俺を呼び出したのだ？)

正宗も国重と同じような顔で細工所頭の言葉を待った。

「我々も国光や行光、それに国重、正宗の名があがってくるだろうと想っていたのだが、案に相違して報告されたのは国重一人であった。おそらく他の者の刀は、孝か不幸か、実戦の場でその真価を発揮する機会がなかったものと想われる。特に国光などは短刀の名手として持てはやされているから、今回は注進する者もなかったのではないか。だから注進物として刀工名簿に名が載らなかったとしても、そう気に病むことはない」

細工所頭は正宗に向かって慰めにも似たことを言った。

(ならばなぜ俺をここに呼び出したのだ？)

正宗は腑に落ちなかった。すると正宗の心を読み取ったかのように、二階堂重実が言葉を続けた。

「今日、正宗を呼んだのは、知らせたいことがあったからだ。他でもない、正宗の祖父、国宗殿のことだが……」

細工所頭は二十三年も前に亡くなった国宗の名を口にした。

「祖父が何か？」

「実はこちらに寄せられた六十工の中で、国宗殿と京の了戒《りょうかい》の刀がひときわ抜きん出て最多を占めたのだ。注進物の中でも、その出来様によっては切れないものもあったが、了戒と国宗だけはどれもよく切れたとの報告であった。天下にあまたいる古今の名工らを差し置いて、国宗、了戒の二人に讃辞が寄せられたというわけだ」

「まことでございますか！」

正宗は思わず上ずった声をあげていた。平安時代以来、五百年に及ぶ日本刀の歴史の中では、幾多の刀工が刀を鍛えている。その中で、切れ味において、国宗の刀が最高の栄誉に輝いたのだ。正宗は感動すら覚えた。山城の了戒のことは正宗も知っていた。京都で粟田口鍛冶と並ぶ二大流派の一つ、来《らい》一派を率いる国俊《くにとし》の子で、現役の刀工である。正宗は太刀はまだ目にしたことはないが、『了戒』と二字銘のある刃長九寸（約二十七㌢）ほどの短刀を、さる御家人宅で拝見したことがある。冠落《かんむりおと》し造りで、表裏に薙刀樋《なぎなたひ》と添え樋をかいた独特の姿をしていた。

「備前の二代目国宗には、さっそく知らせを送った。鎌倉で国宗の正系を継ぐ者といえば、宗次郎が亡くなった今は正宗であろう。それで今日はお主を呼び出したしだいだ」

国宗が備前に帰国した後、山ノ内の鍛冶場を守っていた次男の宗次郎は、五年前にすでに鬼籍（きせき）に入っていた。

「そうでございましたか。御配慮、まことに感謝の念に堪えません」

「正宗、よかったな。わしの父もこの事を聞けば、さぞかし喜ぶことであろう」

国重の父国光は、若き日に北条時頼に命じられ、国宗のもとに入門している。国重はいわば国宗の孫弟子にあたる。国宗の栄誉を、国重は自分が注進物の選に入った以上に喜んでいた。

注進物の情報は、直ちに全国に広まった。これに最も関心を寄せたのは、当然ながら武士たちである。国宗と了戒の刀には人気が殺到し、国中の武士の垂涎《すいぜん》の的《まと》となった。それと同時に、備前の二代国宗と、国宗の孫である正宗も一躍脚光を浴びるようになった。特に新しい鍛刀法を編み出した正宗に世間の目が注がれるようになり、様々な形でその切れ味が試されるようになった。その結果は国宗を凌ぐものであった。

それまでの猪首《いくび》切先、厚重ね、蛤《はまぐりば》刃の太刀に対し、正宗は長寸で反り浅く、重ねは薄く、切先の延びた姿を世に問いかけていた。地鉄《じがね》も硬軟の鋼を練り合わせて鍛錬し、それを高温で処理して表面を硬化させたものであった。

いつしか世の人々は、正宗の打ち立てた新しい鍛刀法によって鍛えられた刀を、『鎌倉物』と呼ぶようになっていた。大和、山城、備前の三大流派に次ぐ、四番目の有力な流派と目されるようになったのである。

二　屋敷拝領

正和《しょうわ》五年（一三一六）、飯島の行光の鍛冶場に、新藤五国光の長男国重の遣いが訪れた。

「昨夜、国光様が亡くなられました」

遣いの者は沼間から駆けてきたらしく、激しく息をしながらそう告げた。

「そうか……」

行光は数日前、沼間の国光の家を訪れ、師を見舞ったばかりだった。病の床についた国光は人相が変わるほどに頬の肉が落ち、蝋《ろう》のように白くなった肌からは精気のかけらも感じられなくなっていた。その時から、行光は今日という日を覚悟していたのであったが、いざその報告を受けると胸に込み上げてくるものがあった。

行光は十二歳の時から二十九まで、十七年もの間、先代国光、そしてその跡を継いだ新藤五国光の鍛冶場で厄介になった。この間、国光が山ノ内の国宗の鍛冶場に身を置いていたのが縁で、行光は国宗の娘桔梗を娶《めと》るめぐり合わせとなった。独立して以後も、鎌倉鍛冶の鍛法を幕府の本拠地にふさわしい流儀にすべく、共に切磋琢磨《せっさたくま》してきた仲である。

行光の胸の中に、ぽっかりと大きな虚《うろ》ができた。それは十二歳の時、父親を失った際に受けた喪失感にも似ていた。

「いくつであった」

「八十二歳でございました」

「そうか……師匠はわしより十歳年上であったな」

国光は数年前に入道《にゅうどう》し、法名を光心《こうしん》と名乗っていた。そして出家した後も槌を手放すことはなく、茎《なかご》に光心銘を添えるようになっていた。鎌倉に独自の鍛刀術を打ち立てようとした最初の人は、寄る年波には逆らえず没したのであったが、鎌倉には愛弟子《まなでし》の行光とその子正宗によって、すでに大和、山城、備前の流儀にひけを取らない相州の鍛法が確立されていた。国光は自分の志が、門流に連なる者たちによって達成されたのを見届けての大往生であった。

行光は祐慶、正宗とともに、新藤五国光の葬儀に臨んだ。導師《どうし》を務めたのは祐慶であった。行光が沼間の地を離れ、由比の飯島に移り住んで、四十三年の年月が流れていた。沼間の知己《ちき》の多くは鬼籍に入り、葬儀で顔を合わせた者も、すぐには誰彼《だれかれ》と分からぬほどに変貌していた。
新藤五国光の名跡はその長男国重が継ぎ、沼間の刀工集団を率いることになった。

この年の七月十日、北条時宗の孫で、得宗家嫡流の高時《たかとき》が鎌倉幕府第十四代執権となった。まだ十四歳の若さに加え病弱な体質であったため、幕政は連署《れんしょ》の北条貞顕《さだあき》、外戚《がいせき》の安達時顕《ときあき》、北条得宗家の家政《かせい》を務める内管領《ないかんれい》長崎高綱（円喜《えんき》）らに後見されての執権就任であった。

高時が執権に就任して間もなく、正宗に細工所から呼び出しがかかった。何事かと急いで駆けつけた正宗に、細工所頭の二階堂重実が思いがけないことを口にした。

「そちに土地屋敷を与えることになった」

「……！」

「そちがこの地に打ち立てた相州の流儀とも言うべき鍛刀法は、鎌倉のみならず全国の鍛冶たちの師表《しひょう》となっている。鎌倉殿はその功績に報いるため、寿福寺《じゅふくじ》の南隣に土地屋敷を用意した。そち一代に限りその所有を認める。なお子孫に器量の優れた者がいれば、引き続きその所有を認めるのもやぶさかではない。正宗には師に優るとも劣らぬ貞宗がいることだし、そなたに後顧《こうこ》の憂いなどはなかろう」

細工所頭は淀みなく述べた。鎌倉中の職能人を統《す》べる職責にある者として、正宗の慶事はみずからが職責をまっとうしていることの証だ。細工所頭の声は弾んでいた。

「ありがとうございます」

正宗は深々と頭を下げた。正宗は幕府御用鍛冶となった二十七年前、すでに由比の飯島に鍛冶免の田畑を拝領していた。土地屋敷を賜うのは、それ以来のことである。

寿福寺は源氏山《げんじやま》の麓にあり、鶴岡八幡宮寺から西へわずか四町（約四百《メートル》）ほどしか離れていない。近くには幕府の所在する若宮御所もある。寿福寺の寺域は、かつて源頼朝の父義朝《よしとも》の居館があった場所で、頼朝は初めここに幕府を置こうとしたほどの源氏ゆかりの地である。沼間にしろ山ノ内の鍛冶ヶ谷にしろ、鎌倉七切り通しの外にあることを考えれば、刀工風情が寿福寺の南隣に屋敷を賜るなど破格の厚遇である。時頼に招聘《しょうへい》された国宗でさえ、巨福呂坂口《こぶくろざかぐち》の外に屋敷を与えられていた。鎌倉の中枢部に屋敷を拝領したということは、正宗が相州鍛冶の頭領として幕府に認められたに等しかった。

「少々お訊ね致しますが、寿福寺の辺りはいわば鎌倉の中心部。かような場所で、騒々しい槌音を響かせても宜しいのでございましょうか」

正宗がまっさきにその様な心配をせねばならぬほどの聖域である。

「鎌倉殿がそこへ移れと命じるのだから、何の気兼ねがあろうか。武士《もののふ》の魂を鍛える槌音を、鎌倉市中に轟かせるがよかろう。新しい鍛冶場で心おきなく鍛刀に励めばよい」

「おそれいります。……ところで」

正宗が再び何やら訊きたげな顔になった。

「我が父が飯島に拝領中の土地屋敷はいかがなりますか」

「行光は行光、正宗は正宗であろう。行光拝領の土地は、しかるべき後継者に継がせればよかろう」

「それでよろしいのでございますか」

「技量優れた者が継ぐとなれば、我々としては否応もない。蒙古襲来の危機が遠のいたとは言え、武備の充実は常に心がけておかねばならぬ。鍛冶場はまだいくつあっても足りないほどなのだ」

新しい屋敷拝領と引き替えに、飯島の土地屋敷を召し上げられるのではないかと危惧《きく》した正宗は胸を撫でおろした。由比の飯島は曾祖父行平以来の縁故の地である。母桔梗の眠る地は、他のいかなる地をもってしても代え難い。

正宗は細工所からの帰り、幕府から下賜《かし》された新しい地所に立ち寄った。飯島の地所とは比較にならない広さの土地に、立派な屋敷が建っていた。かつて北条氏に滅ぼされた御家人が住んでいた屋敷らしかった。正宗は人の世の栄枯盛衰《えいこせいすい》を肌で感じていた。

（まず鍛冶場を築かなければならないな）

屋敷内をひとめぐりした正宗は、厩《うまや》を取り壊してそこに鍛冶場を築くことを決めた。正宗は飯島に帰ると、屋敷拝領の件をまっさきに行光に告げた。

「それは良かった」

正宗が細工所に呼ばれたと聞いて何事かと気になっていた行光は、息子が自分を超えていったことを痛感し、『出藍《しゅつらん》の誉《ほまれ》』という言葉を想い浮かべていた。

「帰りに拝領した屋敷を見て参りました。御家人の屋敷だったそうですから、もちろん鍛冶場がありません。明日にでも知り合いの木工《もく》を訪ねて、鍛冶場の建築を頼んでくるつもりです」

「そうか。それなら、よい機会だから、この家の処置のことも決めねばならぬな。正宗、甚五郎を呼んでくれ」

父の口から甚五郎の名が洩れた時、正宗には父が何を考えているのか予想がついた。

「はい」

正宗は直ちに甚五郎を呼んできた。行光に従って九州まで同行した甚五郎も、すでに五十五歳になっていた。

「甚五郎、正宗が屋敷を賜り、寿福寺の隣に移り住むことになった。それで今後のことだが、甚五郎はわしとともにここに残ってはくれまいか。わしも七十二になり、体力も衰えた。今日より甚五郎に、三代目行光を名乗ることを許そうと思う。これまでわしによく尽くしてくれた。礼を言うぞ。これからもこの鍛冶場を盛り立てていってくれ」

甚五郎は行光の鍛冶場では正宗、貞宗に次ぐ技量の持ち主である。正宗が行光の名乗りを継がなかったので、いずれ行光の名跡を継ぐことは既定のこととなっていた。甚五郎は以前から行光の代作もこなしている。

「ありがとうございます。親方の名を辱めぬよう頑張ります」

甚五郎は満面に笑みを浮かべ深々と頭を下げた。

「うん、頼んだぞ」

行光も自分の人生に一区切りつけた想いで頷いた。

新しい鍛冶場ができ上がるまではまだ間があった。正宗は鍛冶場の完成を待って、拝領した屋敷に引っ越すつもりでいた。その間に、正宗は細工所の許しを得て、屋敷拝領の御礼と、執権就任祝いを兼ねて、北条高時に太刀を献上することになった。正宗は貞宗と二人の若い門人を先手《さきて》に鍛刀に取りかかった。いつもは師弟ともども、鍛錬衣の片肌《かたはだ》を脱いだり、両肌《もろはだ》を脱いだりのくだけた恰好であるが、今回は執権職への献上刀を鍛えるため、四人とも烏帽子《えぼし》をかぶり、白の直垂《ひたたれ》に袴《はかま》を着用していた。

「また来ていますよ」

鍛錬の仕事が一区切りついた時、先手を務めていた貞宗が正宗に小声でささやいた。飯島の鍛冶場は通りに面している。多くの凡工が一子相伝の秘技を守るためと称して、鍛冶場を人目から避けるようにしているのに対し、行光は鍛冶場をおおらかに開け放ち、道行く人々が作業をのぞいても気にも留めなかった。明かりを遮断して行う焼き入れ以外の作業は、開け放たれた入り口から誰でも中を見ることができた。

行光にしろ、正宗にしろ、体得した鍛刀の技を、秘技として鍛冶場内に留めておく気はなかった。もともと蒙古を撃退するために、親子で苦心惨憺《さんたん》して編み出した鍛刀法である。全国の刀鍛冶に鎌倉の流儀を広め、もし蒙古が三たび現れた際に威力を発揮できれば、この上ない喜びと考えていた。だから請われれば、誰にでも快くその奥義を披瀝してきた。そのため、鎌倉の流儀は急速に全国に浸透しつつあった。

正宗が鍛冶場の入り口を見ると、一人の小太刀《こだち》を佩いた武家の子が、中の様子を熱心にのぞいていた。この子が鍛冶場に姿を現すようになったのは最近である。鍛冶の仕事が珍しいのであろう、いつもしばらく眺めてから帰っていった。子供の背後には、守り役の屈強そうな二人の武士が控えていた。

「今日は正装しているが、特別な刀でも鍛えているのか」

正宗らが仕事の手を休めたのを見て、子供が突然声をかけてきた。初めてのことである。その声には子供とは思えない気品があった。正宗はよほど名のある御家人の子であろうと想った。

「はい、執権様に献上する刀を鍛えているため、今日は斎戒沐浴《さいかいもくよく》し、威儀を正して作業しております」

正宗がていねいに答えた。

「そうか、執権様の刀か」

「鍛冶の仕事は珍しいですか」

「赤めた鉄の色がいい。硬い鉄が自由自在に姿を変えていく様子に心が躍る」

「そうでございますか。よろしかったら、むさ苦しい場所ですが、中に入って存分に御覧下さいませ」

「いや、執権様の刀を鍛える邪魔をしてはまずかろう。仕事を続けてくれ」

執権の刀と聞いて憚《はばか》るものを感じたのか、子供はそそくさと立ち去っていった。

正宗が扇ケ谷《おうぎがやつ》の寿福寺隣に拝領した屋敷は、しばらく使われていなかったので、傷んでいる箇所も多かった。鍛冶場の新築と同時に、それらの修理も行わねばならなかった。

正宗一家は秋口には新しい屋敷に移り住んだ。正宗の父行光は七十二歳の高齢になっていたが、槌が振るえる間はと、三代目行光を継いだ甚五郎一家とともに飯島の鍛冶場に残った。正宗は貞宗をはじめとして、飯島の鍛冶場で働いていた半数近い弟子を引き連れて引っ越した。藤三郎行光の鍛冶場は、正宗と三代目行光の鍛冶場に分かれたのである。

そして迎えた秋分の日、正宗の新しい鍛冶場では、鶴岡八幡宮寺の神官を呼んで、火入れ式が厳かに執り行われた。

「槌音が将軍様の耳障りになりはしまいか」

扇ケ谷の屋敷は、九代将軍守邦親王《もりくにしんのう》が住まう若宮御所とも、五町（五百米《メートル》）と離れていない。弟子たちが火入れ式の槌音を気づかっているのを見て、正宗は苦笑するのだった。

ある日、正宗は貞宗が隣の屋敷をのぞいているのを見つけた。西隣はさる御家人の屋敷である。

「あまり隣をのぞくでないぞ」

貞宗が垣根に首を突っ込むようにしているので、正宗は思わず見咎《みとが》めた。

「申し訳ありません」

「隣がどうかしたのか？」

「……近くの古老に聞いたのですが、ここは以前、運慶《うんけい》屋敷跡と呼ばれていたのだそうです。かつて運慶が鎌倉に下向した時、鎌倉殿から賜り住んでいた所で、仏像を造る工房もここにあったとか。親方は御存じでしたか」

「いや、わしは今初めて聞いた。しかし、それはまた奇遇だな。それではお前の曾祖父貞慶《ていけい》殿も、ここに住んでいたか出入りしたであろう」

「ええ、そんなことを考えていたら、ついつい身を乗り出してしまいました」

「そうか、そうだったのか。ここに運慶が住んでいたとはな」

運慶は初代執権の北条時政などに招かれ、一門の仏師を率いてたびたび鎌倉に下ってきた。そして東国の各地に、坂東《ばんどう》武者《むしゃ》の好みに合致した、力強い作風の仏像をいくつも遺していた。

「彦四郎は運慶の作品を見たことがあるのか」

「三浦半島の浄楽寺《じょうらくじ》で、阿弥陀《あみだ》三尊像《さんぞんぞう》と不動明王、それに毘沙門天《びしゃもんてん》の五体の仏像を拝観したことがあります。和田義盛様の依頼で、運慶が十人の仏師を率いて制作したものだそうです。曾祖父の貞慶もその一人だったと想われます」

「そうか」

「運慶の屋敷跡の隣に越してきたのは、何かの因縁でしょうか」

「わしには分からぬが、まあ、物事はよい方に考えることだ」

「そうですね」

二人の足元では、真っ赤な曼珠沙華《まんじゅしゃげ》が秋風に揺れていた。

三　小町の娘

火入れ式を終えた正宗の鍛冶場は、本格的な槌音を響かせ始めた。鍛冶場開きの祝儀を兼ねた個人注文も多く、それこそ猫の手も借りたいほどの忙しさであった。その頃のことである。正宗の屋敷を、四十半ばの女人が訪ねてきた。

「私は近くの大友家に仕えている者ですが……」

女は正宗にそう切り出した。

「大友家？」

その刹那《せつな》、正宗の脳裡を小町の面影が過ぎった。小町とは走湯大権現の参道で逢って以来、その後、久しく顔を逢わす機会はなかった。今となっては遠い過去の人である。

「月香尼《げっこうに》様の遣いで参りました」

「げっこうに様？」

「小町様と申し上げれば、お分かりでしょうか」

「存じておるが……」

「小町様は仏門に入られて、今は月香尼と名乗っておられます」

「やはり髪を落とされていたのか」

「月香尼様は、先月から鎌倉の大友屋敷におられます。またすぐに豊後に帰らねばなりませんが、鎌倉滞在中に正宗殿にお逢いしたいとおっしゃっています。折り入ってお願い事があるとか」

「この私に！」

「都合のよき日に、屋敷まで御足労願えませんでしょうか」

「それは構わぬが……早い方がよろしいのでござろう。そちらの都合さえよければ、明日の午前中にでも伺いますが」

「そうですか。では月香尼様に、その様にお伝え致します。これは豊後の干し椎茸《しいたけ》ですが、お召し上がり下さいませ」

女は手土産を差し出した。

「これはどうも」

女人は正宗に深々と頭を下げて帰っていった。

正宗が過ぎ去った年月を数えてみると、小町に最後に逢ってから二十五年もの歳月が流れていた。

「お前も覚えておろう。豊後の国守様の側室となった小町殿のこと」

正宗は干し椎茸を梛に手渡しながら言った。

「ええ」

「今、うちに見えたのは、小町殿の遣いの者だった。わしに何か用があるらしい。明日、大友様の邸に出かけるから、着る物を用意しておいてくれ」

「何用でしょう」

「さあ、分からぬ。小町殿は落飾《らくしょく》されたそうだ」

「やはりそうでしたか」

椰は複雑な表情を浮かべた。

翌日、正宗は頃合いを見て、大友邸に出かけた。扇ヶ谷の正宗宅から大友邸までは、ほんの五町《ちょう》（約五百メートル）と離れていない。正宗は自宅から目と鼻の先に小町が滞在しているなど、夢想だにしていなかった。

正宗は案内された離れの一室で小町を待った。やがて複数の絹擦れの音が近づいてきた。正宗は平伏して足音を迎えた。

「五郎殿、顔をお上げ下され」

聞き覚えのある懐かしい声が響いた。正宗が顔を上げると、上座には人の姿はなく、正宗のすぐ傍らに二人の女人が膝をそろえていた。正宗は慌てて体の向きを変えた。尼僧姿の年増の女と、艶《あで》やかな衣装をまとった女。正宗は若い女に、思わず小町殿と呼びかけそうになった。それほど若い女は、正宗の記憶に残る小町の面影と瓜二つであった。

「五郎殿、お久しゅうございます」

尼僧が笑顔で正宗に語りかけた。二十五年ぶりの再会であった。小町もさすがに寄る年波には勝てず、若い頃の色香はすっかり褪《あ》せていたが、代わってその地位にふさわしい気品を漂わせていた。

「小町殿も元気で何より」

「この者は娘の瑠《る》衣《い》です」

小町が若い女を紹介した。

「では、あの時の！」

「そうです。走湯でお逢いした時は、まだ赤子でしたが」

正宗の記憶に、参道で嗅いだ小町の乳の匂いが想い出されていた。

「こんなに大きくなられて」

「五郎殿こそ立派に大成されて……『正宗』の名は豊後の国まで聞こえておりますよ。同じ紀氏の流れを汲む者として、五郎殿を誇らしく思っております」

「お子は何人もうけられました」

「早くに落飾したので、瑠衣一人です」

「そうでしたか」

その時、正宗宅を訪れた女が、もう一人の侍女とともに茶と菓子を運んできた。

「このマツが、走湯で逢った時、娘を抱いていた者です」

「ああ、そうでしたか」

マツはニコリと笑い、正宗の前に茶菓子を置くと部屋を出ていった。

「五郎殿はお忙しいでしょうに、お呼びだてして申し訳ありません。実は五郎殿にお願いしたいことがあってお越し頂きました」

月香尼は茶を勧めながら言った。

「何でございましょう?」

「実は娘が来春嫁ぐことになりました」

「それはおめでとうございます」

「娘も二十七になりました。行きそびれるのではなかろうかと心配しておりましたら、ようやく縁あって嫁に出すことになりました。お相手は薩摩《さつま》守護職《しゅごしき》島津忠宗《ただむね》様の嫡男貞久《さだひさ》様です」

「薩摩の島津様！」

島津氏は鎌倉から九州に下向《げこう》した御家人の中では、少弐《しょうに》氏、大友氏と並ぶ名門中の名門である。小町の娘はその島津家当主の嫡男に嫁ぐのだという。願ってもない良縁に想えた。早くに父親を失ってその後ろ盾もなく、加えて庶子《しょし》の身の上を考えれば、やはり母親譲りの美貌がそれを可能にしたのであろう。

「刀工の五郎殿にお願いというのは他でもないのですが、お守り刀を一口鍛えてはもらえないでしょうか。娘が嫁ぐ日に持たせてやりたいのです」

「……」

「いかがでしょうか」

「小町殿の実家は刀鍛冶ではございませぬか。まずは定春殿にお願いするのが筋ではありませぬか」

「父は亡くなりました。この子がまだよちよち歩きの時分です。それに、父の代で定秀《ていしゅう》以来の鍛冶の血脈は絶えてしまいました」

「それは存じませんでした！　お悔やみ申し上げます」

「鍛えて頂けますか」

「分かりました。その様な事情なら、定春殿に代わって精魂込めて鍛えましょう」

「よろしくお願い致します」

瑠衣がそう言って頭を下げた。その声までもが若き日の小町に似ていた。

「どのような用向きだったのですか」

正宗が家に帰ると、待ちかねたように梛が訊ねた。小町は正宗のかつての縁談相手である。その小町から正宗が呼び出されたのだ。梛は心中穏やかでないものがあった。

「小町殿の娘が来春嫁ぐのだそうだ。ほら、お前も覚えておろう。走湯の参道で逢った赤子のことを。もう二十七になったのだそうだ。その娘にお守り刀を持たせてやりたいので、わしに鍛えて欲しいとの依頼であった」

「姫様は薩摩の島津家に嫁ぐのだそうですね」

「なぜそのことを知っている！」

「さっき、修作さんの嫁から聞きました」

弟子の修作の家は大友家の近くにある。修作の嫁は、顔見知りの大友家の家人から聞いたらしい。

「そうか、この界隈《かいわい》では、みんな周知のことなのだな」

「後妻《ごさい》に入るそうではありませんか」

「後添《のちぞ》いなのか！」

「あら、何も聞いては来なかったのですか。島津様の亡くなられた正室《せいしつ》様には男子がなかったようですが、側室に男子が一人いるそうです。小町殿の嫁がれる殿御《とのご》は、今度の婚姻を機に、島津家の家督《かとく》を継がれるとか」

梛は遠い薩摩の国の内情に、やけに詳しかった。

「将来、難しいことにならねば良いですが……」

梛が宙を見て言った。

「難しいこと？」

「家督相続のことです。側室に長子《ちょうし》がいるのに、もし小町殿の娘に男子が誕生したら、甥に命を狙われた時宗様みたいになりはしまいかと」

「そういうことも考えられるか！」

北条時頼の正室の子時宗は、庶兄《しょけい》の時輔《ときすけ》を誅殺し、そしてその遺児時影《ときかげ》に命を狙われた。正宗夫婦は円覚寺のその現場に居合わせただけに、心配もひとしおだった。

「御家人の家督相続のことを、我々如きが心配しても仕方あるまい」

「そうですね」

「まずは立派な守り刀を鍛えてやることだな」

正宗は瑠衣の懐を飾る、守り刀の意匠を考え始めていた。

第十九章　紅蓮の炎

一　倒幕の謀議

正中《しょうちゅう》元年（一三二四）の九月も末のことだった。祐慶の居住する僧坊へ、鶴岡八幡宮寺別当の顕弁《けんべん》が忙《せわ》しげにやってきた。北条一族（金沢流）の顕弁は、二年前から別当職に就いていた。祐慶は縁先で、沼間の国広から依頼された太刀に、爪付剣《つめつきけん》の浮き彫りを刻んでいる最中であった。

祐慶は八十五歳になっていた。八幡宮に籍を置く僧の中では最長老となり、八幡宮を知り尽くした生き字引的存在で、祐慶には別当ですら一目も二目も置いていた。顧みれば九代別当の隆弁《りゅうべん》以来、十六代別当の顕弁まで、実に八人の別当に仕えてきたことになる。最近では刀身彫刻で気を紛らす日が多かったが、見た目には二十歳は若く見えるほど身体はいたって健康で、今でも八幡宮の若い僧たちに薙刀の指導を続けていた。歳を感じさせぬ身のこなしと、衰えを知らぬ明晰《めいせき》な頭脳に敬意を表し、若い供僧《ぐそう》らは祐慶のことを『大進坊の怪僧』と呼んでいた。

時宗の時代には、焔硝《えんしょう》の製造法を求めて大陸へ派遣されるなど、本来の供僧の仕事とはかけ離れた任務を与えられるなどしていたが、時宗が鬼籍に入って後はその様なこともなかった。幕府中枢とは縁遠くなったものの、それでも幕府と表裏一体の関係にある鶴岡八幡宮寺に僧籍があると、様々な幕府内の情報に接することができた。

「おう、おられたか」

八幡宮で最高位にある別当は、庭先に咲き乱れた竜胆《りんどう》の花を、僧衣の裾で撫で倒す勢いで足早にやってきた。祐慶より二回り以上も若い顕弁が、このように慌ただしく訪ねてくる時は、何か相談事がある時か、自分の胸にしまいきれない情報に接した時である。

「いかがなされました、顕弁殿」

祐慶は鏨《たがね》を打つ手を休めた。

「京の都でよからぬことが起きたようじゃ」

別当は縁先に腰をおろすと、思いがけないことを口にした。

「よからぬこと？」

「帝《みかど》が北条政権の転覆を企てたとのこと」

「後醍醐《ごだいご》帝が！」

それはまさに青天の霹靂《へきれき》であった。しかし、祐慶は冷静に事態を見つめていた。

（来るべきものが来たか……）

それは昨今の世相に想いを馳せれば、予期できぬことではなかった。

「何でも北野天満宮《きたのてんまんぐう》の祭礼日に決起する手はずだったとか。六波羅の兵が祭りの警備に出払った隙をついて探題を襲い、それに呼応して興福寺や延暦寺の衆徒《しゅうと》も武装蜂起する計画であったようだ。首謀者は天皇側近の権中納言《ごんちゅうなごん》日野資朝《すけとも》と、参議の日野俊基《としもと》だそうだ」

「それでどうなりました」

祐慶は鏨と金槌を握りしめたまま、身を乗り出すようにして訊ねた。帝が鎌倉幕府に反旗を翻すのは、百年ほど前、幕府草創期の承久《じょうきゅう》三年（一二二一）に、後鳥羽《ごとば》上皇が討幕の兵を挙げて敗れて以来である。

「挙兵の謀議に加わった一人が怖《お》じけづき、六波羅探題へ計画を密告したため事が発覚したようだ。今月の十九日に日野資朝と日野俊基が捕縛され、加担した御家人らは直ちに討たれたらしい。他に南《なん》都北嶺《とほくれい》の僧兵や、都近辺の武士たちが参加していたようだが詳しいことは分からぬ」

「やはり皇位継承がらみの事件ではありますまいか。後醍醐帝にしてみれば、せっかく手にした皇位を、単なる中継ぎで終わらせたくはないでありましょう。皇位を自身の皇子に継承させたいと願うのは人の親として当然のこと。そのためには、関東方を倒さねばならぬと考えられたのではありますまいか」

朝廷では五十年以上も前から、皇統が持明院統《じみょういんとう》（後深草《ごふかくさ》天皇の血統）と大覚寺統《だいかくじとう》（亀山天皇の血統）の両統に分裂し、皇位の継承をめぐる激しい対立が続いていた。幕府はこの解決策として、両統がほぼ十年をめどに交互に即位するという裁定を下したが、両統の対立は依然として解消しないまま、文《ぶん》保《ぽう》二年（一三一八）に大覚寺統の後醍醐天皇が即位した。後醍醐天皇の即位は、兄後二条《ごにじょう》天皇の遺児である皇太子邦良《くによし》親王成人まで、という暫定的なものであった。

「後嵯峨《ごさが》上皇も罪なことをなされたものだ。後深草、亀山の両天皇は、れっきとした自身の皇后の子ではないか。それなのに兄の後深草天皇の皇子を差し置いて、弟の亀山天皇の皇子を皇太子となされた。それも後深草天皇の皇子が年長であるにもかかわらず。どのような理由があったのかは分からぬが、とんだ天下大乱の火種を遺されたものだ」

顕弁が吐き捨てるように言った。

「しかし後醍醐帝も思い切ったことをなされる。蒙古の脅威が去ったというのに、また新たな戦乱の予兆とならねばよいが」

僧坊の庭を、冷ややかな秋風が渡り始めていた。風にそよぐ紫色の竜胆《りんどう》を見つめながら、祐慶が憂い顔で言った。

「帝が王政の奪還に食指を動かされるような世相があるからだ。執権の高時様が二十二歳になられた今でも、政治の実権は長崎高資《たかすけ》とその父円喜《えんき》がにぎり、専断を欲しいままにして賄賂《わいろ》政治を行っている。それよりも何よりも、北条氏のみが栄華を誇っているところに問題がある。まるで壇ノ浦で敗れる前の平家の姿にも似ている。帝は御家人たちの不満が高まっている今こそ、関東を倒す好機と考えられたのであろう」

顕弁の大胆な発言に祐慶は驚かされた。顕弁は北条一族の一人である。しかも弟の貞顕《さだあき》が六波羅探題北方や連署まで務めるほどの、北条家の中でも屈指の家柄である。僧籍にあるとは言え、顕弁の北条政権批判は辛辣《しんらつ》であった。

しかし、顕弁の言うことは的を射ていた。鎌倉幕府は、文永、弘安の二度にわたる蒙古襲来をどうにか凌いだ。日本侵攻の張本人フビライは亡くなったものの、その後継者による三度目の襲来が予想されたため、幕府は永い間、臨戦態勢を解くことができなかった。そのため戦時体制の名のもとに、西国の守護を主に北条一族などで固めるなどしたため、西国の要衝のほとんどが北条氏の直接支配する所となっていた。このことが一所懸命《いっしょけんめい》の土地とともに生きてきた御家人の反撥を買い、全国津々浦々に不平不満が満ち溢れていた。

「帝の処遇はどうなるのでありましょうか」

「おそらく後鳥羽上皇の例に倣って、隠岐島辺りに配流《はいる》であろう」

「北方の奥羽でも反乱が相次いでいると聞きます。悪党《あくとう》の動きも活発だ。これから先、北条政権は持ちましょうや」

「後醍醐天皇の処遇は慎重にならざるを得ないだろうな。今度の事件の処理を誤れば、北条政権は致命的な痛手を被るかも知れない」

顕弁の予想はあたっていた。幕府は朝廷と全面対決の姿勢を打ち出すのは得策ではないと判断、日野資朝は首謀者として佐渡へ島流しとなり、日野俊基は証拠不十分で許された。後醍醐天皇も咎められることはなかった。幕府は穏便な処置に留めたのである。しかし燃え上がろうとした熾《お》きは、消えることなく埋《うず》み火となって遺された。

二　暗君

正中《しょうちゅう》三年（一三二六）二月十三日、北条高時は病を理由に二十四歳で執権職を退き出家した。弱冠十四歳で執権職に就いて以来、幕府の実権は舅《しゅうと》の安達時顕《ときあき》や内管領《ないかんれい》長崎高資《たかすけ》らに握られていたが、高時は成人して後もなお傀儡《かいらい》であることに絶望し、政治への情熱を失ったからである。

高時が辞任した時、その嫡男万寿丸《まんじゅまる》はまだ二歳の幼児であった。そのため後継をめぐって一悶着が起きた。高時の弟泰家《やすいえ》を推す安達氏と、万寿丸が成人するまでの中継ぎとして、北条貞顕《さだあき》（四十九歳）の昇格を考える長崎高資とが対立することになった。貞顕は鶴岡八幡宮寺別当顕弁の弟である。結局、十五代執権には貞顕が就任するが、これに異を唱える泰家は出家し、さらに貞顕暗殺の風聞《ふうぶん》が立つに及んで、もともと政務に興味のなかった貞顕は、在職わずか十日余りで執権の座を降りたのである。十六代執権には、六代執権北条長時の曾孫《ひまご》にあたる、北条守時《もりとき》(二十二歳)が就任した。

北条得宗家の邸は、鶴岡八幡宮寺の南、小町大路と横大路が交わる辺りにある。通称を小町邸。第二代執権北条義時以後、代々の執権はたいていここを邸としてきた。

北条高時が執権職を辞した頃より、小町邸に異変が見られた。邸から毎日のように、太鼓、笛、銅《どう》拍子《ひょうし》などが賑やかに響くようになり、月に二度ほどは凄まじい猛犬の吠え声が、鎌倉市中を威圧するかのように聞こえだした。

高時が執権職を放棄した年の、ある秋の日のことだった。正宗はまだ陽が高いうちに、祐慶の僧坊に出かけた。彫りを依頼するため、脇には布でくるんだ数振りの刀を抱えていた。

正宗が横大路まで歩いてきた時だった。近くの小町邸の方から、賑やかな囃子《はやし》の音が聞こえてきた。

「こんな真っ昼間から田楽《でんがく》にうつつを抜かしているのか」

正宗はしばし立ち止まって、呆れ顔で北条得宗家の邸の方を見つめた。田楽は五穀豊穣《ごこくほうじょう》を願う大衆芸能である。田楽法師《でんがくほうし》と呼ばれる芸人が一座を組み、編木《ビンザサラ》や腰太鼓、鼓《つづみ》、笛などを打ち奏でながら、曲芸を交えて踊る賑やかな芸能である。近頃、京の都で流行《はや》っているとかで、これを聞いた高時は、田楽一座を鎌倉まで招き寄せたのである。

「またやっておったか。よくも飽きぬものだ」

正宗から小町邸の乱痴気《らんちき》ぶりを聞いた祐慶は、顔をしかめ吐き捨てるように呟いた。

「昼間はそうでもありませんが、夜ともなると私の家の方まで囃子《はやし》の音が聞こえてきます。それも周囲が寝静まった夜更けまで」

「そうか、困ったものだ」

「日夜を問わぬ田楽ざんまいは、やはり巷《ちまた》で噂されているように、執権職を投げ出さざるを得なかった憂さ晴らしでしょうか」

「それならまだ救いもあろうが、もしかしたら根っからの放蕩癖《ほうとうへき》なのかも知れぬ。闘犬のこともあるではないか」

「闘犬といえば、先日、小町邸に入っていく、犬を乗せた輿《こし》を見かけました。漆塗りの立派な檻《おり》に入れられた犬は、豪華な錦の布で飾られていました。おそらく四国辺りから、はるばる船で運ばれてきた犬かと。それは見るからに獰猛《どうもう》そうな面構えの犬でした」

「また、犬合わせをやるのであろう」

　高時は田楽のみならず闘犬にも熱中している。高時が闘犬に興味を覚えるようになったきっかけは、昨年の七月、早朝の由比ヶ浜で愛馬を駆っていた時のことである。大型の痩せた二匹の野犬が、砂を巻き上げながら、凄まじい噛み合いを演じている場に出くわした。その傍らには行き倒れになったのか、それとも誰かが放置したのか、人の死骸が横たわっていた。破れた粗衣を申し訳程度にまとった死骸はほとんど半裸の状態で、その腹部の辺りは犬に食べられ背骨や肋骨《ろっこつ》がのぞいていた。二匹の犬は人肉をめぐって、死闘を演じていたのである。高時は馬を止め、魂の抜けたような顔をしてそれを眺めていた。やがて勝負がつき、一匹の犬が尻尾《しっぽ》を巻いて逃げていくのを見て、『負け犬だけにはなりたくないの』、と呟いた。幕府内での実権を長崎高資らに奪われていた高時は、逃げていく負け犬の姿に我が身を重ねていたのである。

それがきっかけで、高時は触れを出して犬を集めだした。執権の命とあって、全国の御家人たちは強い犬を探し出しては、御輿《みこし》に犬を乗せて鎌倉の小町邸に送り届けた。鎌倉は犬の町と化し、『犬合わせ』の日には、小町邸からは終日犬の声が絶えなかった。威嚇《いかく》する声、逃げ惑う声、断末魔の声。高時は執権辞任と同時に仏門に入っていたから、小町邸の惨《むご》たらしい獣声は、常識では考えられないことであった。

高時の田楽三昧《ざんまい》と闘犬狂いは市中でも有名になり、童たちにすら『うつけもの』と蔑《さげす》まれていた。

「また乱世が参らねばよいがの。刀鍛冶が忙しくなる時代が来ては困る」

祐慶が暗い表情で呟いた。

三　鎌倉鍛冶惣領《そうりよう》

嘉暦《かりやく》三年（一三二八）の、年明け間もない雪の日のことだった。六十五歳になった正宗の鍛冶場に来客があった。沼間鍛冶の広光である。広光は二人の子を伴っていた。

「これは広光殿、よう来られましたな」

正宗の父行光は、かつて沼間の国光、次いでその子新藤五国光のもとで学んだが、広光は新藤五国光の次男国広の息子である。新藤五国光が他界すると国光の名跡はその長男国重が継いだが、その国重もすぐに世を去っていた。残された国重の息子は、今では二代国重を名乗っている。国広は兄国重の亡き後、沼間の刀工集団を率いているが、いずれはその任を二代国重に引き継がせるつもりでいた。

正宗を訪ねてきた広光は二代国重の従弟にあたり、正宗よりはちょうど二回りも歳下である。

「今日は正宗様にお願い事があって参りました」

「願い事？　何でござろう」

「この二人をこちらで預かってはもらえませぬか」

「弟子にされよと申されますか！」

「はい」

「これは驚きました。広光殿は沼間鍛冶の頭領の息子ではござらぬか。沼間の新藤五鍛冶といえば、我が父の師筋。新藤五鍛冶の門流ともいうべき私に、なぜ大事な子息を預けられますか」

「御存じのように、私は若い頃から健康に恵まれませんでした。最近ではとみに体力も衰え、小槌を持つのも叶わなくなりました。この子らの大成を見届けることは難しいでしょう。正宗様にこの子らの行く末を託したいのです」

「それなら新藤五嫡流の、二代国重殿がおられるではありませぬか」

「いやいや、従兄の国重といえども、鎌倉流を打ち立てられた正宗様には、一歩も二歩も及びません。匠《たくみ》の世界は他に秀でた技能こそがすべて。実力がなくては、いかなる名跡といえども消えゆく運命にございます」

今から十四年前になるが、正和《しょうわ》三年（一三一四）、幕府は細工所《さいくどころ》御用人に与えた鍛冶免《かじめん》の屋敷や田畑を、他人に譲渡したり器量のない子孫が世襲することを禁止する通達を出していた。鎌倉鍛冶の本流を自負する名門、新藤五一派といえども例外ではなかった。広光の懸念は、鎌倉で幕府直属の職能人として糧《かて》を得ている者たちすべての思いであった。

「二度にわたる蒙古との戦や内乱で、国宗様の刀の切れ味が実証されました。命を託すに足りる名刀と、全国の武士の間で持てはやされております。その国宗様の鎌倉における正統を継がれた正宗様は、鎌倉鍛冶の顔とも言える存在です。また志のある刀工は、蒙古との戦で一変した戦闘法に対処すべく、刀剣類の改良に創意工夫を競い合ってきましたが、新しい鎌倉の鍛法を編み出された正宗様は、その面においても飛び抜けた存在です。今や正宗刀の名声は当代一かと。その様なことを考えると、息子たちを是が非でも正宗様に預かってもらいたいという想いが募り、こうしてやって参りました。上の九郎次郎は十五、下の九郎三郎は十三ですが、私と父の国広で少しは鍛冶の手ほどきをしてあります。正宗様、この二人の本格的な鍛冶修業を、是非ともお願いできませんでしょうか」

広光が手をついて頭を下げると、二人の息子もそれに倣った。師筋にあたる新藤五鍛冶に懇願されては、正宗に否応もない。広光の息子たちとは初めて逢ったが、利発そうな顔立ちに加え、体格も堂々としている。正宗は教え甲斐のありそうな子らだと思った。

「分かりました。広光殿がそれほどまでにおっしゃるなら、お二人をお引き受け致しましょう」

「願いをお聞き届けいただき、まことにありがとうございます」

広光の蒼白い顔に、心なしか赤味が差していた。

その年の秋の事であった。細工所《さいくどころ》に鎌倉の主だった御用鍛冶が集められた。沼間鍛冶を束ねる国広、山ノ内鍛冶を束ねる国綱、それに行光と正宗の四人である。この時、山ノ内鍛冶の頭領国綱の名跡は、新藤五国光の義父国綱の孫が継いでいた。

細工所頭の二階堂重実は、開口一番に蝦夷《えぞ》の大乱に触れた。

「蝦夷の揉め事をようやく鎮めることができたが、火種は燻《くすぶ》り続けている。いつまた乱が勃発《ぼっぱつ》するとも限らぬ」

奥州では十数年来、蝦夷代官職の安藤氏の内紛が続き、これに蝦夷の蜂起が加わり複雑な乱に発展していた。安藤氏の内紛に油を注いだのは内管領《ないかんれい》の長崎高資である。高資が安藤氏のみならず対立する相手方からも賄賂を受け取り、適当に事を処理したため内紛は激化していた。幕府は追討軍を派遣して乱を鎮めようとしたが、武力による制圧が叶わず和議という形で乱を収めていた。

「御内人《みうちにん》の内紛を武力で制圧できず苦々しい限りだ。蒙古襲来の恐れが去って一息つけると思っておったら、今度は内なる乱への備えを行わねばならなくなった。御用鍛冶の面々には、これまで同様に増産に励んで欲しい。そこでじゃが、これまではまとまりに欠けていた御用鍛冶を一つに束ね、鎌倉殿が供給する鉄や炭などの効率的な配分を行い、刀剣類の計画的な生産を計るため、鎌倉鍛冶惣領《そうりょう》の職を設けることになった。惣領は鎌倉鍛冶を代表する顔である。鎌倉殿と地鍛冶の間の架け橋になってもらわねばならぬが、惣領を誰にするかは、この場に集まった親方衆の合議で決めて欲しいがどうであろうか」

細工所頭は刀工の面々を見まわした。

「異存はござりませせぬ」

四人も同意した。

「それでは、わしが同席せぬ方が相談しやすかろう。わしはしばらく座を外すゆえ、結論が出たら知らせてくれ」

細工所頭はそう言って姿を消した。

「私は行光殿が適役だと思いますが」

まず口火を切ったのは、沼間鍛冶を束ねる国広である。

「私は一軒の鍛冶場の親方にすぎませんぞ。それに老いて鍛冶場を甚五郎に譲った身。国広殿や国綱殿のように、鍛冶集落のいくつもの鍛冶場を束ねた経験もない。惣領の役はお二人で決めれば良いことと思うが、……のう正宗」

行光は正宗に同意を促した。

「私も父と同じ考えです」

それを黙って聞いていた国綱が口をはさんだ。

「私も国広殿と同じ考えだが、行光殿が老いを理由に辞退されるならば、正宗殿に惣領になって頂きたい。我々の世界は技量が第一。鎌倉に住む鍛冶の誰もが、技量の最も優れた者を我が惣領と仰ぎたいことでしょう」

「私もその意見に同感だ。技量のみならず、伝系といい、人望といい、鎌倉鍛冶惣領は正宗殿で異存はありません」

初め長幼の序を重んじて行光の名を口にした国広だったが、国綱の意見に双手をあげて賛成した。

正宗は父の方を見た。

「お二人にそこまで言って頂けるのなら、正宗、引き受けてはどうだ」

「分かりました」

正宗が頷いた。

「言うまでもないことだが、惣領を引き受けた以上は、鎌倉のどの鍛冶場に対しても、公平でなければならぬぞ」

行光が強い口調で言った。

「もちろんです」

正宗の鎌倉鍛冶惣領の役が決まった。

四　貞宗従軍

元弘《げんこう》元年（一三三一）の八月のことだった。鶴岡八幡宮寺の別当坊で、別当の有助《ゆうじょ》と祐慶がくつろいでいた。有助は四月に顕弁《けんべん》が入滅《にゅうめつ》したため、その後を継いだ十七代別当である。有助によって抹茶《まっちゃ》が点《た》てられ、二人の前には器に盛られた白玉団子《しらたまだんご》が置かれていた。

昼過ぎになると、二人は一緒に茶を飲むのが日課になっていた。顕弁時代の習慣を、有助がそのまま引き継いだ恰好である。祐慶は九十二歳。有助は祐慶からすれば孫のような歳の五十五。しかし見た目には、二人の間にそう歳の差は感じられなかった。東寺《とうじ》の長者を経て鶴岡八幡宮寺の別当に補任された有助は、気苦労の多い激務を経験してきたせいか歳より老けていた。

「高時殿が長崎高資《たかすけ》を誅殺しようとする陰謀が露見し、鎌倉殿は上を下への大騒ぎだそうです」

有助は祐慶が飲み干した茶碗に、新たに茶を淹《い》れながら言った。

「あの暗愚《あんぐ》な高時殿が！」

祐慶はそのことを初めて耳にした。

「高資のあまりの専横ぶりに、高時殿といえども堪忍袋の緒が切れたのでありましょう。御内人《みうちにん》の身でありながら、今や高資の権力は執権職の地位までも左右し得るほどです。北条政権はまさに末期的様相を呈している」

「それで高時殿はどうなりました。あの高資が黙ってはおりますまい」

「それが情けないことに、自分で長崎高頼《たかより》らに高資誅殺を命じておきながら、事が発覚すると高頼らに罪をかぶせて、自分は知らぬ存ぜぬを通しているそうです。得宗家当主として、実に嘆かわしい。田楽、闘犬ざんまいの悪評に加え、これでは多くの御家人が北条家に見切りをつけることでしょう。それでなくても、蒙古の一件で御家人たちを疲弊させ、彼らの不満を買っておるというのに」

「拙僧も高齢ゆえ、盛者必衰のことわりを目にすることもなかろうと思っていましたが、どうやら北条家滅亡の足音はそこまで来ているようですな」

祐慶は白玉団子を口に運んだ。


それからほどない日であった。正宗に細工所から出頭するようにとの遣いがあった。正宗は政所《まんどころ》の邸内にある細工所に出かけた。

（どうしたのだろう。政所の様子がおかしい？）

建物の要所を警固する兵の数がいつもより多かった。政所の邸内で行き交う人々の足取りも慌ただしく、表情にも緊張感が滲み出ていた。

「後醍醐帝が再び鎌倉殿に反旗を翻された」

細工所頭の二階堂重実は、正宗の顔を見るなりそう切り出した。高時の長崎高資暗殺計画と、それに続く騒動が京都に伝わると、後醍醐天皇は好機到来とばかりに再び兵を挙げたのである。

「……」

　正宗は政所内の異様な空気の理由を知った。正宗に返す言葉はない。

「後醍醐帝は奈良や比叡山《ひえいざん》の僧兵どもを味方に引き入れ、性懲《しょうこ》りもなく鎌倉殿の転覆を企てていたらしい。それを六波羅が察知し、首謀者の日野俊基《としもと》をはじめ、僧侶など多数を捕らえたそうだ。帝は大和の笠置《かさぎ》山に逃れ、盛んに綸旨《りんじ》を発して味方を募っているとのこと。これに呼応する者が各地に現れた模様だ」

　細工所頭は顔をいくぶん紅潮させ、早口で一気に述べ立てた。そして一呼吸置いた後、今度はおもむろに言い放った。

「その様な都の情勢なので、鎌倉鍛冶惣領のそちに命ずる事ができた」

「何でござりましょう」

「鎌倉殿は帝の挙兵を鎮圧するため、引付衆《ひきつけしゅう》の大仏貞直《おさらぎさだなお》殿を大将、北条貞冬《さだふゆ》殿、足利高氏《たかうじ》殿を副将として、数万規模の軍勢を都に差し向けることになった。ついては刀鍛冶を十名ほど従わせることになる。地鍛冶の中から至急選抜し、いつでも鎌倉を出立できるよう準備させよ」

「十名でござりますか」

　従軍刀工の仕事は新身《あらみ》を鍛えることよりも、戦闘で曲がった刀身や欠損した刃の修理、それに研ぎが主である。名工でなくても務まるので、たいてい凡工を従軍させるのが習いだ。だが刀鍛冶を十名ということは、一人の刀工に先手《さきて》が最低二人は必要だから、総勢三十名の人間を選んで送り出さなければならない。戦闘には直接加わらないとは言え、生死が交錯する戦地に赴くことに変わりはない。戦況しだいでは武器を持って闘わざるを得なくなることもある。従軍刀工の人選を任されたということは、人の生死に関わることであり、正宗は気が重くなった。

「戦は長引くのでございますか」

「何とも言えん。前回は帝が蜂起される前だったので六波羅の兵だけで片付いたが、今回はそうも行くまい。天皇は笠置《かさぎ》山から全国の脈のありそうな武将らに助勢を呼びかけているそうだから、もしかしたら思わぬ大乱になるかも知れぬ。戦が長引けば武器の補充を行わねばならぬから、鎌倉に残った刀鍛冶は増産を心がけるよう」

「分かりました」

細工所を出た正宗は帰路についた。横大路を歩きながら、各鍛冶場に対する員数の割り当てを考えていた。家に帰った正宗は文机の前に座った。そして山ノ内鍛冶の頭領国綱と、沼間鍛冶の頭領国広に宛てて文《ふみ》をしたためた。

文には細工所頭の命を記し、各鍛冶場に四名の刀工と先手八名の人選を依頼した。正宗は文を書き上げると、それを自分の鍛冶場の小者に託して、山ノ内と沼間の鍛冶集落へ走らせた。その後で正宗は貞宗を呼んだ。

「後醍醐帝が再び鎌倉殿に反旗を翻されたそうだ。それで鎌倉殿は近々追討軍を派遣することになった。今日、細工所に呼ばれたのは従軍刀工の件だった。十名の刀工を従軍させよとの命だ」

「刀工十名ですか……」

「それぞれに先手二名が要るから、総勢三十名になる」

「結構な員数になりますね」

「山ノ内と沼間には、それぞれ刀工四名を出してもらうよう遣いを送った。それで相談だが、わしの鍛冶場と父の鍛冶場から刀工二人を出すことにした。わしの鍛冶場からは貞宗に行ってもらいたい。総勢三十名の鍛冶集団を、貞宗に束ねて欲しいのだ」

貞宗のような技量優れた刀工を従軍させるのは気が進まぬが、鎌倉鍛冶惣領の名代として欠かせなかった。

「分かりました」

「うちの鍛冶場から連れていく先手の人選は貞宗に任せる。追討軍の出立は間もなくだそうだから、直ちに準備を致せ」

「はい」

「わしはこれから飯島へ行ってくる」

正宗は父の鍛冶場に出かけた。行光は八十七歳になっていた。兄祐慶同様、健康な身体に恵まれ、さすがに最近では槌を持つことはなくなったが、焼き入れや鍛冶押しなどはまだ現役でこなしていた。

正宗は父と三代目行光を継いだ甚五郎に、従軍刀工を出すようにとの細工所の命を伝え、刀工一人と先手二人の人選を頼んだ。

「私の鍛冶場からは貞宗を行かせます。従軍する刀工集団を束ねさせます」

「そうか、貞宗なら適任だ」

「親父殿はかつて、北条実政様の軍に従って博多まで行った経験があります。今日はその体験を伺いに来ました。持参すべき必需品などについてお教え下さい」

その日、正宗は父の従軍体験談に耳を傾けた。一緒に博多で過ごした日々のことも幾度となく話題に上った。近頃、正宗は父とこのようにじっくりと話し込んだことはなかった。正宗と父の会話は夕方近くまで及んだ。その間に、甚五郎行光が従軍する三人の名を決めて知らせに来た。

正宗が飯島から家に戻ると、娘の小春と顔が合った。表情に精彩がなかった。貞宗が出征することを聞かされたのであろう。考えてみれば、小春は幼少の頃より、貞宗とは同じ屋根の下でずっと一緒に暮らしてきた。貞宗と離れて暮らすのは初めての経験になる。不安を覚えるのは当然だった。

「小春、心配は要らぬ。戦に赴くといっても、数万もの味方の後方で、刀の修理をしているだけだ。それに相手はお公家さんだ。鎌倉方の大軍を目にすれば、戦わずして降参することだろう。今年中には、これまで同様の生活に戻れるはず」

正宗はそう言って娘を慰めた。

出兵を命じられた大仏貞直《おさらぎさだなお》率いる幕府軍は、九月五日から七日にかけて、威風堂々《いふうどうどう》と鎌倉を出発した。従軍刀工三十名は、荷車に鍛冶道具一式と食糧などの生活必需品を載せ、兵糧や武器を満載した荷駄の一群とともに隊列の後部に従った。正宗は鎌倉鍛冶惣領として、家族や一門の者たちとともに出征する鍛冶集団を見送った。

幕府軍出立にあたって、一つ問題が起きた。幕府軍の副将に任じられた足利高氏の父貞氏《さだうじ》が、出陣当日の五日に他界したのである。貞氏が危篤に陥った時、高氏は出兵を辞退するが、後醍醐帝の挙兵を深刻に受け止めていた幕府はこれを許さず、出陣をためらう高氏に対し、あろうことか妻子を人質として重ねて出兵を命じた。高氏は父の仏事の最中に、後ろ髪を引かれる想いで鎌倉を後にしていった。この時、軍馬の背に揺られる高氏の心には、父の死を悼《いた》む悲しみ以上に、北条氏に対する憎悪の炎が燃え盛っていた。

幕府軍が鎌倉を発って間もなくの九月十一日、天皇の要請に応じて河内《かわち》の楠木正成《くすのきまさしげ》が赤坂城で勤王の旗を挙げたのをはじめ、各地に挙兵する者が現れた。しかし幕府の大軍の前に、九月二十八日、行在所《あんざいしょ》となっていた笠置《かさぎ》城は陥ちて天皇は捕らえられ、十月二十一日、赤坂城も陥落し楠木正成は逃亡した。またもや後醍醐帝の野望は水泡に帰したのである。

これに先立つ十月六日、幕府は後醍醐天皇に強請《きょうせい》して、三種の神器《じんぎ》を持明院統の光厳《こうごん》天皇に授けさせた。

大仏貞直《おさらぎさだなお》率いる幕府軍は、十一月には鎌倉に帰着した。正宗は長引くと見られた戦がすみやかに収束し、胸を撫でおろした。鎌倉鍛冶惣領として三十名の鍛冶たちを戦地に赴かせたが、一人も欠けることなく無事な姿を見た時には、ほっとした想いであった。

五　父の死

年が改まった元弘《げんこう》二年（一三三二）三月、後醍醐天皇は隠岐島へ配流《はいる》となり、側近の日野俊基《としもと》は鎌倉に送られ、六月に葛原ヶ岡《くずはらがおか》で斬首された。

日野俊基が処刑されて間もなくのことだった。その日の夕刻前、正宗の屋敷に三代目行光の鍛冶場の又七が息を切らして駆け込んできた。

「大親方が亡くなりました」

又七は応対に出た小春に、うわずった声でそう告げた。

「お祖父さんが！」

突然の訃報に小春は動転しながらも、鍛冶場の正宗にまっさきに知らせた。

「親父が亡くなっただと！」

つい先月、米寿を一門総出で祝ったばかりであった。

「どうして亡くなった！」

正宗は又七に訊いた。

「仕事場で倒れていて、その時はすでに事切れていました」

死因は老衰であった。年齢からして大往生である。

『祝いなどしてもらうと、早くお迎えが来るからよしてくれ』

正宗が米寿の祝いのことを話すと、行光はあまり気乗りな様子ではなかった。

(親父の言ったように、祝い事は止めておけば良かったか)

正宗は混乱した頭で思った。

「私は祐慶様にもこのことを伝えに参らねばなりませんので、これで失礼致します」

「そうか、御苦労であった」

又七は慌ただしく去っていった。

「親方、何はさておき、飯島へ走りましょう。みんな、大親方の喪が明けるまで仕事は休みだ。鍛冶場を綺麗に片付けておけ」

貞宗が弟子たちに指示した。

正宗、貞宗、椰、小春の四人は飯島へ急いだ。小春は顔を涙でくしゃくしゃにしていた。

藤三郎行光の亡骸は、行光が普段生活していた部屋に横たえられていた。枕元には行光の跡を継いだ甚五郎が、気落ちした様子で座っていた。正宗の家族が入っていくと、甚五郎は言葉もなく頭を下げた。

「甚五郎、面倒をかけたな」

父親の寝顔を確認した後、正宗がねぎらいの言葉をかけた。

「いえ、とんでもありません。いつもと変わらぬ様子で仕事をされていたものですから、倒れておられるのを見つけた時には、ほんとにびっくり致しました」

「親父は何の仕事をしていたのだ。鍛冶押しか」

「いえ、今日は焼刃土を塗っておりました」

「そうか、土を塗りながら亡くなったのか。この歳で、刃文ので き上がりに心を馳せながら死ねたとは、刀工冥利《みょうり》に尽きるな。俺もあやかりたいものだ」

「まったくそのとおりです。これ以上の大往生はないでしょう」

仏の安らかな寝顔をのぞき込みながら、貞宗が言った。

正宗は父の亡骸の前を離れると鍛冶場に入った。弟子たちが黙々と中を清めていた。皆、言葉少なに正宗に頭を下げた。正宗は父が倒れていたという作業場に上がった。台の上に焼刃土を塗りかけた刀身が横たえられていた。父は土を塗るヘラを手にしたまま、息絶えていたという。

正宗は父の肌の温もりがまだ残っていそうな作業台に座った。そして父の置いた土を凝視した。正宗は自然とヘラを手にしていた。父の最後の仕事を完成させてやりたかった。行光の刃文は直刃仕立てが基調である。正宗は父の意図した刃文を想像しながら土を置いていった。正宗は土を置き終えた後も、じっとその場から離れなかった。

いつの間にか鍛冶場に闇が迫っていた。母屋の方から耳慣れた読経の声が聞こえ始めた。伯父の祐慶の声だった。

（伯父上も来られたのか）

正宗はようやく鍛冶場を離れた。

行光の野辺の送りには多くの人が参列した。鎌倉鍛冶物領の父親の葬儀だけに、幕府からも使者が遣わされ、山ノ内や沼間の鍛冶集落からも多くの刀工や関係者が参列した。導師の役は九十三歳になる兄の祐慶が務めた。行光の亡骸は、行平以来の縁者が眠る飯島の墓所に葬られた。

逝く者があれば、息を吹き返した者もあった。終息したかに見えた後醍醐帝の乱であったが、この年の末、赤坂城陥落後、生死が不明であった楠木正成が、南河内の千早城《ちはやじょう》で再び挙兵した。それと時を同じくして、後醍醐天皇の皇子護良《もりなが》親王も、吉野で倒幕の狼煙《のろし》をあげていた。

六　幕府滅亡

元弘三年（一三三三）に入ると、楠木正成や赤松則村《あかまつのりむら》が相次いで挙兵し、各地で反幕勢力が立ち上がった。後醍醐天皇も配流先の隠岐を脱出すると、伯耆《ほうき》の名和長年《なわながとし》に奉ぜられて船上山《せんじょうさん》に篭城、ここから全国の武士に綸旨《りんじ》を下して討幕を呼びかけた。これを知った幕府は大軍の派遣を決定し、北条氏一門の名越高家《なごえたかいえ》と足利高氏を大将として上洛させることになった。

鎌倉では再び従軍刀工の一団が編成された。正宗と甚五郎行光の鍛冶場からも前回同様三名ずつが加わり、今度は沼間の二代国重がこれらを束ねることになった。

足利高氏は幕府の要求に従い、異心《いしん》のない旨の起請文《きしょうもん》をしたため、妻登子《とうこ》と嫡子で四歳の千寿王《せんじゅおう》（義詮《よしあきら》）を人質に置いて、三月二十七日、北条氏への離反を心に秘めながら、三千余騎を率いて鎌倉を出発していった。

高氏は京に着いた翌日、使者を伯耆《ほうき》に遣わして天皇に帰順を表明し、朝敵追討の綸旨を賜った。そして挙兵の機をうかがっていたが、名越高家が赤松則村に破れて討ち死にしたのを好機に、所領の丹波に入り旗幟《きし》を鮮明にした。篠村《しのむら》八幡宮に陣を布いた高氏は、各地の武士に檄を飛ばし、五月七日、近国の武士が勢揃いするのを待って京都に攻め入った。これにより六波羅軍は大敗し、探題北方の北条仲時《なかとき》らは光厳《こうごん》天皇を奉じて近江へ敗走した。

このような世情の中、五月八日、かねて幕府に不満を抱いていた上野《こうずけ》国の御家人新田義貞《にったよしさだ》は、後醍醐天皇より発せられた幕府追討の綸旨に応じて挙兵した。新田軍は当初百五十騎ほどのわずかな軍勢であったが、上野国の守護所を陥して鎌倉をめざし始めると、しだいに呼応する者が増えていった。利根川を越え武蔵国に入ると、鎌倉から脱出した足利高氏の嫡男千寿王の軍も合流した。これにより倒幕軍に馳せ参ずる者が急激に増え、ついには一万数千騎の大軍となっていた。

新田義貞挙兵の報に、幕府は北条高時の弟泰家《やすいえ》を大将として、一万騎の軍勢を迎撃のため派遣した。五月十五、十六の両日、新田軍と幕府軍は多摩川の分倍河原《ぶばいがわら》で激突したが、新田軍は幕府軍を圧倒し、敗れた泰家はわずか五百騎を引き連れて辛くも戦場から脱出した。泰家が鎌倉に逃げ帰ったのは、十六日の夜半のことであった。

真夜中に正宗屋敷の玄関の板戸が激しく叩かれた。拳で板戸を破ろうとしているかのような手荒さである。普段なら屋敷の者は安らかな寝息を立てている刻限であるが、この日ばかりは誰一人として寝付かれず、皆、まんじりともせず外の物音に耳をそばだてていた。

鎌倉の住人なら、反旗を翻した新田義貞を討つため、幕府が大規模な軍勢を差し向けたのは知っていた。以来、市中は昼夜にかかわらず甲冑や馬蹄《ばてい》の音が絶えなかったが、今夜はいつにも増して騒々しかった。正宗屋敷の住人らは、善からぬ事が身近に迫っているのを肌で感じ、不安な夜を過ごしていたのである。

その不安をさらに増幅させるような板戸を叩く音。起き上がった貞宗が、囲炉裏の遺り火で手燭《てしょく》を点して土間に降りた。

「どなたですか」

「わしだ、祐慶だ」

真夜中の訪問者が、辺りも憚《はばか》らず大声で叫んだ。

「師匠！」

貞宗は祐慶のことを、いまだにそう呼んでいる。祐慶は九十三歳の高齢である。このような夜分、八幡宮の僧坊から訪ねてくること自体が異常だ。貞宗は急いで戸を開けた。祐慶は左手に薙刀、右手に松明《たいまつ》を持って立っていた。

「何事でございます。こんな夜中に？」

祐慶は貞宗を押しのけるように家に入ってきた。

「皆を起こしてここに集めろ」

祐慶は怒鳴るように言った。

「どうなされました伯父上。何かあったのですか?」

起こされるまでもなく、正宗も椰も床から出ていた。

「鎌倉方の軍が破れたぞ。多摩川の辺りで新田軍に壊滅させられた」

「壊滅！　また負けたのか」

正宗は溜め息を洩らした。幕府軍がこんなにも脆《もろ》いものとは思わなかった。足利高氏が朝廷側に寝返り、六波羅探題が攻略されたと、鎌倉市中に噂が流れたばかりだ。

「つい先頃、大将の泰家様は、わずか五百騎を引き連れて逃げ帰ってきたそうだ」

「何ともぶざまな！」

「勝った義貞は休むことなく鎌倉に兵を進めているらしい。今日中にも新田軍が攻め寄せてくるぞ。市中で戦闘が始まれば、鎌倉は火の海となろう。一刻も早く屋敷を捨て、鎌倉の外に避難しろ。鎌倉の各切り通しは、間もなく脱出する大勢の人々で混雑し始めるだろう。新田軍が迫れば、切り通しはすべて閉じられ、外に逃げ出すのは叶わなくなる」

いつの間にか住み込みの弟子たちも、不安気な表情で顔をそろえていた。

「分かりました」

正宗は祐慶に向かって頷いた。

「聞いてのとおりだ。戦乱が収まるまで、弟子たちには暇を出す。それぞれ親兄弟のもとに帰り、各自の判断で避難せよ。今度の戦乱は長引くかも知れぬが、必ずまた逢おうぞ。椰、家にある銭《ぜに》を皆に分け与えてやれ。小春、米や食料も残らず平等に分配しなさい。皆、荷物は必要最小限に絞るのだぞ。それでは支度にかかれ」

正宗の号令で家人や弟子は散っていった。

「伯父上はどうなされます」

正宗が祐慶に訊いた。

「わしは八幡宮を守らねばならぬ」

「大丈夫ですか」

「新田軍とて源氏ではないか。源氏の守護神たる八幡宮を、間違っても攻撃することはなかろう」

「それもそうですが」

「それでは戦乱が収まったら、またこの場所で逢おう。いや待て、この屋敷は戦禍を被るかも知れぬな。その時は八幡宮に来い。わしは決して八幡宮を離れることはない。それまで達者でな」

祐慶は慌ただしく正宗屋敷を去っていった。正宗が貞宗に送らせようというのを、『わしを老人扱いするのか』、と一喝して。

「親方、親方たちはどこへ逃れます。よかったら沼間へ来られませんか。沼間は事ある時には砦《とりで》にもなります。身を守る術《すべ》を心得た集落です」

沼間から修業に来ている九郎次郎が、正宗に熱心に勧めた。正宗は急なことで、まだどこへ逃げるか決めてはいなかった。

「そうだな、その時はよろしく頼む」

支度のできた者から順次屋敷を去っていった。屋敷には正宗の家族だけが残った。

(今度の戦で北条氏は滅びるかも知れない)

正宗は燭《しょく》を片手に、ひっそりとした鍛冶場に佇み、不吉な予感に駆られていた。正宗は鉄の保管庫の扉を開けた。出雲や奥羽から取り寄せた鉄がうず高く積まれていた。刀鍛冶にとっては命の次に大事な物。正宗は何か決断した様子で、鋤《すき》を手にすると裏庭に出た。そして松明《たいまつ》の明かりを頼りに、地面に穴を掘り始めた。

「何をしているのです！」

　正宗に貞宗が声をかけた。

「ちょっと手伝ってもらえないか。鉄だけは略奪に遭わぬよう隠しておきたい」

「そうですね」

　貞宗も正宗とともに汗を流した。穴を掘り終えると鉄塊を投げ込み、製作途中の刀などもボロ布にくるんで一緒に埋めた。作業を終える頃には、東の空が白み始めていた。鎌倉市中の騒ぎも、いよいよ大きくなっている。

「それでは、ここを出るとするか」

「どこへ行くのです」

「とりあえず、沼間へ逃れよう。九郎次郎が面倒を見てくれるそうだ」

「そうですか。沼間なら一番安全でしょう」

　正宗一家は屋敷を後にした。食糧や鍋釜、それに簡単な身のまわりの品を、四人で分担して背負った。正宗は母の遺髪を懐にしまうと、白鞘に入った十数振りの刀を束にして筵《むしろ》で巻き、それを担いで先頭に立った。椰はあの行平の短刀を腰に帯びていた。正宗はその姿を五十年ぶりぐらいに見た。

　一行は今小路を下り、沼間に向かった。夜明けとともに、鎌倉市中の混乱は頂点に達し、蜂の巣をつついたような騒ぎになっていた。

『新田軍は藤沢まで迫ったそうだ』

逃げ惑う人々の間で、その様な情報が語られていた。正宗は甚五郎行光の鍛冶場のことも気になったが、飯島に立ち寄る余裕はなかった。名越《なごえ》の坂口が封鎖される前に、そこを抜け出さねばならない。

（甚五郎のことだ。うまく避難するだろう）

正宗は懸念を振り払った。

正宗一家はどうにか名越口脱出に成功し、一路目的地をめざした。沼間に着いたのは真昼頃であった。柵が廻らされた鍛冶集落は、門口が固く閉ざされ砦と化していた。鎌倉最大の刀剣生産拠点だけに、武器を求めて兵禍が及ぶのを防ぐためである。いつもは槌を握る住人が、刀を帯び薙刀を手にして警備についていた。

「何者だ」

門口で見張りをしていた若者が、正宗一行を問い糾した。

「鎌倉の正宗だ」

「正宗様！」

沼間の住人には、正宗の顔はともかく、その名はあまねく知れ渡っている。何せ鎌倉鍛冶をすべて束ねる鍛冶惣領である。

「ちょっとお待ちを」

若者はそう言い残して誰かを呼びに行った。やがて顔を見せたのは、正宗より年輩の国弘（滝太郎子）である。現在、沼間鍛冶の頭領は、国弘の分家筋にあたる新藤五国光の次男国広が務めているが、本来なら国弘が継いでしかるべきであった。幕府が職能人に対しては徹底した実力主義を求めたため、国弘の祖父が没した後は、沼間鍛冶の頭領の地位は新藤五国光、その子国重、そして国重の弟の国広と引き継がれていた。

「正宗殿ではございませぬか。いかが致しました」

「鎌倉に新田軍が迫ったので、避難して参りました。戦乱が収まるまで、身を寄せさせてはもらえませぬか」

「正宗殿、もう北条の時代はおしまいだ。我々沼間の人間は、もともとは三浦氏に属していた鍛冶集団。三浦氏を滅ぼした北条氏が破れようとも、我々には何の関わりもござらぬ。我々はただこの地を死守し、次の支配者が決まるのを待つのみだ。北条氏の厚遇を受けてきた正宗殿に、ここに転がり込んでこられては、後々、差し障りがあろうというもの。迷惑にござる。よそ者は一人たりとも沼間には入れませぬ。他をあたって下され」

　国弘の声は冷たかった。沼間の鍛冶集落は大規模な武器製造拠点だけに、独自の情報網を持っている。北条氏に見切りをつけたということは、それなりの根拠があってのことであろう。

「国弘、正宗殿に何ということを！」

　沼間鍛冶の頭領国広であった。広光も、九郎次郎、九郎三郎兄弟も一緒だ。

「よそ者は沼間には入れぬと申したまでだ」

「正宗殿は我々鎌倉鍛冶の惣領ぞ」

「それは北条政権があってのこと。北条氏が滅びようとしている今、それは有名無実」

　幕府が職人の技能重視の政策をとった結果、沼間の頭領の地位は本家の国弘系から分家筋の国光系へと移った。しかし本家である国弘系は、沼間では隠然とした勢力を保ち続けていた。歴史の大転換にあたり、これまでの両家の確執がいっきに噴き出していた。北条氏滅亡の時を前に、沼間の人々の心理は激しく揺れ動いていた。正宗は沼間の殺気だった雰囲気を感じ取った。

「分かりました。我々のことで仲違《なかたが》いをされるな。失礼致した」

正宗は柵の向こうの人々に一礼して踵《きびす》を返した。

正宗一家が一町ほど歩いた時だった。鍛冶集落の門が開き、転がり出るように九郎次郎、九郎三郎兄弟が飛び出してきた。

「親方、申し訳ありませぬ」

九郎次郎が涙声で叫んだ。

「お前が謝ることはない。沼間にも色々事情があろう。我々のことは心配するな」

「しかし」

「鎌倉のことは数日のうちに決着がつこう。戦いが収まれば、すぐ鎌倉に帰れるさ」

貞宗が言った。

「そうですか……。親方、こんな時に何ですが、お願いがあります」

「何だ？」

「我々兄弟はまだ修業半ばですが、どうか今ここで、我々二人に刀工名をお授け下さい。親方の一字を頂きとうございます」

「それではまるで、今日が今生の別れみたいではないか」

「もしもということがありますから」

九郎次郎は真剣である。

「分かった」

正宗は額に皺《しわ》を寄せて考え始めた。やがて道端に落ちていた小枝を拾った。

「それではまず九郎次郎」

「はい」

正宗は小枝で地面に二文字を書いた。

「正広でどうだ」

「正広。……はい、ありがとうございます」

「九郎三郎はこれでどうだ」

正宗は正広と書いた隣に、広正と記した。

「広正ですか、ありがとうございます」

九郎三郎が深々と頭を下げた。

「それでは二人とも元気でな。国弘殿を恨むでないぞ」

正宗はそう言い残して、二人の兄弟に背を向けた。

「予定がすっかり狂ってしまいました」

貞宗が力なく言った。

「とりあえず今夜は海辺で野宿するか。田越《たごえ》川の河口付近なら水にも困らない」

正宗一家は今来た道を引き返し始めた。

沼間の海岸一帯は、名越坂口と小坪口から避難してきた難民で混雑していた。難民は砂浜に家族単位で身を寄せ合っている。人が多く集まっている場所にいれば、盗賊などに襲われる危険も少ない。

正宗一家も田越川の河口近く、松の大木の下にその夜の居場所を定めた。雨露も凌げそうな枝振りの松である。

三浦方面から幕府方の兵を満載した大小の軍船がやってきて、由比ヶ浜の沖に向かっていくのが見えた。沼間の海岸は入り江になっているので、和賀江島付近に碇泊していた民間の船は、戦禍を避けてそこに移動してきていた。その他にも、小舟を漕いで沼間の海岸まで逃げてくる者も後を絶たなかった。海の上も陸と変わらぬくらい慌ただしかった。

陽が落ちると海岸のあちこちで焚き火が燃え始めた。正宗一家も砂浜に打ち上げられた流木を拾い集めて火を熾し、それでカマスの乾物を焼いて空腹を満たした。今年は二月に閏月《うるうづき》があったため、陰暦五月半ばといっても季節は梅雨明け前で、夜になっても寒い思いをすることはなかった。正宗一家は焚き火を囲んで、まんじりともせず一夜を明かした。

翌日の早朝のことだった。

『新田軍が鎌倉に攻撃を仕掛けているそうだ。巨福呂《こぶくろ》坂、化粧《けわい》坂、極楽寺坂で激しい戦闘が始まったらしい』

沼間海岸の難民の間に新しい戦況が広まった。五月十八日早朝、新田軍は三方より鎌倉に侵攻を開始したのである。しかし鎌倉の各切り通しは、幕府がその存亡を賭けて築いた鉄壁の要塞である。幕府の防衛線は極めて堅固で、士気旺盛な新田軍もなかなか突破することはできなかった。

正宗が砂浜で横になり、戦闘の行方に思いを馳せている時だった。

「三星紋《みつぼしもん》だ！」

海を見つめていた椰が、突然、立ち上がって叫んだ。

「どうしたんだ?」

「あれは松浦《まつら》党の船です。間違いない」

椰は沖の船を指差しながら言った。

沼間の海岸の沖合には、大小合わせて十数隻の船が碇泊していた。正宗が椰の指差した方をうかがうと、帆柱に三星紋を染め抜いた旗を掲げた大船があった。船尾にはためかせた純白の幟《のぼり》にも、八幡大菩薩の文字の上に、星を表す黒丸が漢字の『品』の字よろしく並んでいた。三星紋は肥前の松浦党の家紋である。

「知っている船か」

「三星紋を掲げた船なら仲間です」

椰はその船を懐かしげに見つめていた。


幕府軍と新田軍の攻防は次の日も続いているらしかった。正宗一家は相変わらず海岸で生活していた。その日、貞宗は岩場に貝を採りに出かけていた。正宗親子が今後のことなどを話し合っている時であった。

「松浦の船が伝馬《てんま》を降ろした」

椰が入り江の方を見つめて呟くように言った。

「てんま……?」

小春は母の視線の先を追った。

「あっ、もう一艘《そう》降ろしたぞ」

椰は若い頃船に乗っていただけあって、老いてもなお遠目が利いた。暗い鍛冶場で炎を相手にしている正宗よりは、格段に視力が優っていた。正宗が松浦党の船を見ると、船尾の辺りに二艘の小舟が見えた。

「水汲みを始めるのだろうか」

正宗が椰に訊いた。

「桶《おけ》を載せているから、きっとそうでしょう」

正宗たちのいる砂浜の背後は小高い山になっていて、海岸にせり出た岩場から清水がほとばしり出ている場所があり、その水が避難民の飲み水となっていた。この水場のことは鎌倉に出入りする船乗りらも承知のようで、沖に碇泊している船が小舟を降ろし、石清水《いわしみず》を汲みに来るのを、正宗は毎日のように目にしていた。

松浦党の船から降ろされた二艘の伝馬も、ゆっくりと石清水のある場所に向かって漕ぎ寄せてきた。

「ちょっと故郷の訛《なま》りを聞きに行ってきます」

椰はそう言って立ち上がると、砂浜を歳を感じさせぬ足取りで歩いていった。

二艘の伝馬は渚辺に漕ぎ寄せると、正宗のいる場所から一町半（約百五十㍍）ほど鎌倉寄りの砂浜に次々と乗り上げた。一艘の伝馬に二人ずつの男が乗っていた。椰が砂浜に降りた男と話を始めた。

やがて椰は着物の裾をたくし上げて海の中に入り、舟の上の男から桶を受け取ると、男たちと一緒に石清水の方に歩き出した。水汲みを手助けするつもりらしい。

「私たちも手伝いに行こうか」

小春が正宗に言った。

「母さんは故郷の人たちに逢えて嬉しいのだ。好きにさせておきなさい」

　正宗は松にもたれて、水汲みの様子を眺めていた。

「あっ、お母さんが舟に乗り込んでしまったよ！」

　正宗がしばし微睡《まどろ》んでいると、突然、小春が大きな声を出した。正宗が伝馬の方を見ると、水を積み込み喫水が深くなった伝馬に椰が乗り込み、それを男たちが沖に向かって押しているのが見えた。伝馬が汀《みぎわ》を離れると、男たちは軽やかな身のこなしで舟に乗り込んだ。伝馬は艪《ろ》を使って沖に進み始めた。もう一艘の伝馬もその後に続く。椰が伝馬の上から正宗たちに手を振った。

「お母さんは大船に遊びに行くつもりなのかな」

　小春が手を振って母に応えながら、心配そうな声で言った。

「若い頃の生活が忘れられないのだろう」

　やがて伝馬は沖に碇泊している大船に横付けした。椰が縄梯子《なわばしご》を登るのが見えた。二艘の伝馬はその後も海岸と大船の間を往復し続けた。

　松浦党の伝馬に気をとられている間に、鎌倉から沼間の海岸へ逃げてくる小舟の数が急に増えだした。小舟は沈むのではと思われるほど人を乗せている。それらの人々が上陸すると、新しい情報がもたらされた。

『化粧坂《けわい》、巨福呂坂《こぶくろ》、極楽寺坂方面で激戦が行われている。新田軍が稲村ヶ崎沿いに鎌倉に侵入し、由比ヶ浜付近を焼き払ったが、鎌倉方が必死の防戦の末にこれを撃退した』

　小舟で逃げ出してきた者たちの情報は、一時的にせよ倒幕軍が鎌倉に侵攻したというものであった。由比ヶ浜方面から立ち昇る煙に鎌倉は恐慌をきたし、鎌倉が陥ちることはあるまいと留まっていた人々も、我先にと小舟で脱出を始めたのである。幕府軍は倒幕軍の猛攻を、七ッロで辛うじて死守している模様であった。

（いつまで鎌倉方が持ちこたえられるか）

正宗は鎌倉陥落が間近いと想った。考えてみれば刀工は哀れな存在だ。権力者が代わるたびに、その技能を欲しがる新たな権力者に、引き続き隷属《れいぞく》していくことになる。正宗は国宗以来、いや、もっと遡れば曾祖父の行平以来、幕府に過分な庇護《ひご》を受けてきた身の上を顧みた。

（鎌倉の支配者が代わった時、俺は何のこだわりもなく新たな支配者に服従することができるだろうか。俺も七十になった。刀工として功なり名も遂げた。もう俺のことはよい。これから先は娘婿の身の振り方を第一に考えねば）

正宗がその様なことを考えている間も、松浦党の伝馬は船と陸岸を往復して給水作業を続けていた。やがてその伝馬に便乗して椰が帰ってきた。舟は正宗たちのいる砂浜の前に、乗り上げるように着けられた。舟から降りた椰の手には土産の食糧が提げられていた。伝馬を漕いできた松浦党の男たちは、再び水を汲むため石清水の方へ舟を向けた。

「知り合いでもいたのか」

「顔は知らなくても、松浦党はみんな仲間です」

「あの船はいつまでここにいるんだ」

「合戦の勝敗を見極めたら国に帰るそうです」

「松浦党はいずれに付くのだ」

「宮方らしいです」

「そうか、それは懸命な選択かも知れない」

「船頭が、野宿しているのなら船に来ないか、と言ってくれました。私も船の上の生活が懐かしい。戦いの趨勢《すうせい》が分かるまで厄介になりませんか。この辺りもいずれ無法地帯になるでしょうから、いつ盗賊に襲われるとも限らないですよ」

百四十年余り続いた鎌倉幕府が、終焉《しゅうえん》を迎えようとしていた。それは同時に秩序の崩壊を意味し、治安も乱れ始めていた。

「そうか、それならお願いしようか。貞宗もそれでよいか」

正宗は貝採りから帰ってきていた貞宗に訊いた。

「私は親方の仰せのままに」

「それなら伝馬の所へ行きましょう。もうすぐ水の積み込みも終わるはずだから」

椰はさっそく荷物をまとめ始めた。

正宗一家は二艘の伝馬に分乗し、沖に碇泊している大船に向かった。船に乗り込んだ四人を、船頭が出迎えた。

「これはこれは正宗殿、鎌倉の名匠を我が船にお迎えできて光栄ですぞ」

「お言葉に甘え、厄介になります」

「先ほど椰殿に逢った時はびっくり致しましたぞ」

「妻を御存じか！」

「知っているも何も……我々が正宗殿の顔は知らなくとも、名前を承知しているようなもの」

「……？」

「蒙古との戦でまっさきに敵船を焼き沈めた椰殿を、我が松浦党の一員なら知らぬ者はいないということです。我々の仲間内では、椰殿はもはや伝説的な存在なのです」

椰が蒙古戦を彩った女傑《じょけつ》として崇拝されていたとは、正宗は今の今まで露知らないことだった。正宗は椰の方を見た。椰は視線を外し、素知らぬ顔に及んだ。

「私のつれ合いは、それほどまでに有名ですか」

正宗は気恥ずかしい思いだった。

「それに正宗殿の妻女となられた方ですから」

船頭はそうも付け加えた。

椰の若き日の武勇伝のおかげで、正宗一家は思わぬ歓待を受け、久々に馳走を口にした。貞宗と小春は大船に乗るのは初めてで、沖合から眺める陸の景色を新鮮に感じていた。

日付は変わり、二十一日の、夜明けにはまだだいぶ間のある刻限であった。正宗一家は久しぶりに熟睡していたが、船内が騒々しくなったため目が覚めた。

「何か起きたのですか？」

正宗は近くにいた水夫の一人に訊ねた。

「新田軍が鎌倉に侵入を始めたんだ」

水夫は声を弾ませて言った。船は盗賊の襲来を避けるため、小坪口に近い大崎の沖に碇泊していた。正宗が船縁《ふなべり》に立つと、雲間からわずかに洩れる月明かりで、鎌倉の西半部が望めた。稲村ヶ崎の辺りに無数の松明《たいまつ》がうごめいている。由比ヶ浜沖に碇泊していた幕府の軍船もそちらに移動し、新田軍に矢いくさを仕掛けているようだ。

「今、干潮時だわ。新田軍は潮の干くのを待って、稲村ヶ崎の磯伝いに鎌倉に攻め込んだのよ」

潮の満ち干に詳しい椰が言った。

新田軍は三日かけて化粧坂、巨福呂坂、極楽寺坂を攻めたが、鎌倉城の城門と謳《うた》われた切り通しの防御は堅固で、新田勢はこれを攻めあぐねていた。ところが二十日になって、大館宗氏《おおだてむねうじ》の軍が稲村ヶ崎から鎌倉侵入に成功した。これを聞いた義貞は、さっそく主力を稲村ヶ崎に移し、干潮時を狙って鎌倉攻略を開始したのである。

極楽寺坂の辺りで次々と火の手が上がるのが見えた。戦闘が始まった模様だ。正宗らは言葉もなくそれを見つめていた。

夜が明けると松浦党の船は碇を揚げ、和賀江島の沖合まで移動していった。そこからは鎌倉全域が見渡せた。陽が昇るにつれ、大仏坂、化粧坂、巨福呂坂も煙に包まれ始めた。それぞれの坂口を固めていた幕府軍は、稲村ヶ崎から侵攻した新田軍に背後を突かれ、挟み撃ちにされているのであろう。市中に入った新田軍は、次々と幕府の建物に火を放ったようだ。その火は浜風に煽られて巻き上げられ、まるで巨大な炎の渦巻きとなり、鎌倉の街を焼き尽くしながら荒れ狂っている。海上から鎌倉を見ていると、戦況が手にとるように分かるのだった。

「大仏寺の辺りも燃えているわ」

小春が悲しそうな声で言った。

「大仏様は大丈夫でしょうか」

亡き桔梗から義父との馴れ初めを聞かされていた椰は、大仏のことを心配していた。

「これで北条氏は滅亡だな」

正宗は昂揚《こうよう》した気分で言い放った。それは歴史的大事件を目の当たりにしたと言う意味で、息浜《おきのはま》から蒙古の大船団を望んだ時の感慨とどこか似ていた。

「正宗殿、我々は鎌倉の陥落を見届けました。これから直ちに国に帰り、この事を主家に報告しなければなりません。正宗殿はどうなさいます。この船に一緒に乗っていかれるもよし、ここで降りられるもよし」

いつの間にか正宗の側に来ていた船頭が言った。

「皆、どうする」

正宗は家族に訊ねた。

「鎌倉近辺は当分の間物騒でしょう。といって見知らぬ土地に上陸するのも心もとない」

貞宗が言った。正宗はその時、懐に抱《いだ》いた母の遺髪を思い出した。

(いつか母の遺髪を故郷に葬ってやらねばと考えていたが、今がそのよい機会かも知れぬ)

正宗は決断した。

「北条政権が滅びた今、国中で治安が乱れることであろう。どうだ、このまま備前の国へ行かないか。備前には親戚の者たちがいる。この国の治世《ちせい》が定まるまで、厄介になろうではないか。もしそこが気に入れば、永住してもよい。備前なら鍛冶の腕を持っていれば、食いはぐれることもあるまい。亡くなった母が備前に誘っているような気がするのだ」

正宗は懐から母の遺髪を出して見せた。

「そうしましょう」

椰がまっさきに同意した。その一言で正宗一家の備前行きが決まった。

「船頭殿、聞いてのとおりです。厚かましいのですが、備前まで乗せていってはもらえませぬか」

「よろしいですよ。それでは帆を揚げますぞ」

船頭は出帆《しゅっぱん》を命じた。


その夜は鎌倉中で火が燃え盛り、市中の大半が兵火に焼け尽くされようとしていた。すでに鎌倉幕府十六代執権北条守時《もりとき》は、巨福呂坂で倒幕軍を迎え撃った後、十八日には自害していた。執権職に留まること六年であったが、実権は北条高時や内管領《ないかんれい》長崎高資《たかすけ》らに握られ、妹婿足利高氏に謀反を起こされての憤死《ふんし》であった。だが、まだ幕府は滅びてはいなかった。たとえ暗君と言われようとも、北条氏得宗の高時が生きていた。

翌二十二日、新田軍が鎌倉の中枢に迫ると、高時は一族郎党とともに小町の得宗邸を出て、南東へ四町（約四百メートル）ほど離れた、北条家の菩提寺東勝寺《とうしょうじ》に立てこもった。その中には烏天狗《からすてんぐ》のなりをした田楽法師《でんがくほうし》や、白拍子《しらびょうし》の一団も付き従っていた。

「もはやこれまでじゃ。最後までわしを見捨てなかった皆に礼を申す」

本堂の入り口に立った高時は、一族郎党を前に頭を下げた。

「お館様《やかた》！」

本堂の前に嗚咽《おえつ》が満ちた。

「何をしておる。わしの死出のはなむけに田楽を舞え。囃子《はやし》を奏でよ」

最後部にいる田楽座員に向かってそう言い残すと、高時は堂内に入っていった。高時の弟北条泰家と二人の武者が続いた。本堂の扉が閉じられると、田楽囃子が響き始めた。高時は編木《ビンザサラ》の小気味よい音を好んだ。それを心得ている田楽座員は、丈の短い編木で、ジャッ、ジャッ、と歯切れのよい旋律を奏でた。

高時は本堂の祖廟《そびょう》に向かって祈りを捧げ始めた。

「兄上、私は自害など致しませぬぞ。このまま北条家を滅ぼすのは忍びない。邦時《くにとき》と亀寿丸《かめじゅまる》を逃がし、いつの日か再起を図りますぞ」

泰家が高時に怒鳴るように声を浴びせた。邦時と亀寿丸は高時の長男、次男である。

「そうか、それもよかろう」

高時は太刀と腰刀を腰から外すと、板間に座り込んだ。

「わしがこの太刀で自害したら、太刀は邦時に形見の品として渡してくれ。腰刀は亀寿丸に頼む」

高時はそう言い残すと太刀を抜き放ち、刀身の峰《みね》に左手を添えて自分の喉元に押しつけた。堂内には外の田楽囃子が紛れ込んでいる。高時はその調べにしばし耳を傾けた後、喉笛《のどぶえ》を掻き切っていた。

泰家は兄の最期を見届けると、高時が手にしていた太刀の血糊を袖で拭い、鞘に収めた。そして太刀と腰刀を武者の一人に預けると、堂の外に出て配下に命じた。

「本堂に火を放て」

その声を合図に田楽囃子が途絶えた。雑兵が松明《たいまつ》に火を点し、次々と堂内に投げ込んだ。本堂が紅蓮の炎に包まれ始めた。それは百四十年続いた鎌倉幕府の、哀しい終焉《しゅうえん》の炎であった。足利高氏の離反からわずか一ヶ月、源頼朝の創設した幕府を略奪した平氏の北条一族が、源氏の新田義貞による鎌倉攻めで最期を迎えたのである。

燃える炎が激しくなるにつれ、境内のいたる所で、高時に従ってきた者たちが我先にと自害を始めていた。女人らは二人が相対して互いの胸を短刀で突き刺し、武者姿の者たちは太刀で喉を掻き切っていた。その中には鶴岡八幡宮寺別当の有助《ゆうじょ》の姿もあった。

北条得宗家に殉じた者は、およそ八百七十名。東勝寺の境内はまさに地獄絵と化していた。その混乱の最中、北条泰家らは高時の遺児二人を擁して、名越坂から逃亡していった。だが鎌倉脱出にはどうにか成功したものの、二人の子の運命は明暗に分かれた。長男邦時は得宗家被官《ひかん》で伯父の五大院宗繁《ごだいいんむねしげ》に託され伊豆山に脱出したが、宗繁に裏切られて捕らえられ、五月二十八日、鎌倉で処刑の憂き目に遭った。邦時の異母弟亀寿丸は、北条氏の拠点の一つであった信濃に落ち延び、御内人《みうちにん》の諏訪頼重《すわよりしげ》によって匿《かくま》われた。

鎌倉陥落後、北条一族の残党は各地に潜伏し、再起の日を待つことになった。

第二十章　遊子《ゆうし》

一　兼光《かねみつ》

炎上する鎌倉を後にした正宗一家の乗る船は、真夏の暑い盛り、備前の牛窓浦《うしまど》に着いた。正宗にとっては、五十年ほど前、博多からの帰りに父行光と立ち寄った懐かしい港だった。

「すっかり世話になりました。今の私にはこのような物でしか感謝の気持ちを表すことができませんが……」

正宗は白鞘《しらざや》に入った太刀を船頭に差し出した。

「……」

「蒙古との船軍《ふないくさ》を念頭に鍛えた太刀です。お納め下され」

正宗はそう言って、太刀を船頭に握らせた。

「正宗殿の刀は、今や殿上人《てんじょうびと》か有力御家人しか手に入れられぬと聞いております。我々のような者にとっては、拝見するのも叶わぬ名刀。それを頂戴してもよろしいのですか」

船頭は心底から恐縮した様子で受け取った。

「松浦《まつら》党は二度にわたる蒙古との戦で、その先頭に立って活躍されました。この刀はその様な方々のために鍛えたもの。松浦党のあなたに所持して頂ければ、正宗にとってはこの上ない喜びです」

「そうですか。それでは僭越《せんえつ》ながら松浦党を代表して、この刀を預かっておきます。さっそく神棚に供えねば……。正宗殿や御家族が、早く鎌倉に帰れるよう祈っておりますぞ。ではまたいつかお逢い致しましょう。椰殿もお元気で」

三星紋を掲げた船は、帆を休める間もなく、瀬戸内の海を九州へと下っていった。

「それでは長船《おさふね》へ向かうとするか」

船が島影に隠れると、まだなごり惜しそうに海を見つめている椰に正宗が声をかけた。

「二代目の国宗様は、十数年前に亡くなられたと聞きましたが……」

貞宗が歩きながら正宗に話しかけた。正宗の母桔梗の長兄はすでに亡くなり、その子が三代目国宗を継いでいるはずである。

「ああ、そのとおりだ。三代目を継いだわしの従弟は、確かわしより五つ年下であった。五十年前にこの地に立ち寄った時は、まだ十五の若者であったが」

「親方を覚えてくれているでしょうか」

「わしもちょっと心配だな」

「国宗様の眠る和気庄《わけのしょう》は、長船からは遠いのですか」

「半日ほどの距離だったと思う。この様子では明日も天気が良さそうだから、母の遺髪を和気庄に届けられるであろう」

正宗は懐にしまった母の遺髪を、力強く握り締めていた。

鎌倉幕府が崩壊するほどの大乱の勃発で、いきおい長船の鍛冶集落は活気を呈していた。木炭や鉄塊、製品となった刀を運ぶ荷駄が、土埃《つちぼこり》を巻き上げてひっきりなしに道を行き交っていた。

「正宗様でございますか！　お懐かしい。お互い歳をとりましたな。ところで鎌倉は大変なことになったとか。どうしておられるかと案じていたところです。しかし、よくここを頼ってくれました」

当代の国宗は正宗一家を快く迎えてくれた。

「鎌倉が落ち着くまで、長船に身を寄せさせてはもらえまいか。家族四人が雨露さえ凌げればよいので、適当な家を世話してもらえれば助かるのだが」

「遠慮などなさらず、我が家に御存分に滞在して下さいませ。正宗様を拙宅《せったく》に招けるなど、光栄この上もありません。どうか長船鍛冶たちに、鎌倉の新しい流儀の片鱗でも伝授して頂ければ幸いです。かねがねこの長船には、できることなら鎌倉に出向き、正宗様に師事したいと願っている者が大勢います。この機会に、是非我々を御指導下さいませ」

「鎌倉の流儀は、蒙古との戦の体験から必然的に生まれたもの。多くの人々の貴い血を犠牲にして築かれました。少なくとも蒙古と戦うには理想的な刀と自負致しております。また、いつ外敵の襲来があるかも知れませんから、新しい鍛法を積極的に広めたいと思っております。学びたいと欲する者があれば、誰彼なく喜んでお教え致します。私の流儀にも、まだ改良の余地はいくらでもあります。全国の刀工が知恵を絞れば、さらに優れた刀ができ上がることでしょう」

「そうですか。それでは正宗様のこと、鍛冶仲間に吹聴《ふいちょう》致しますぞ」

三代目国宗は、正宗の長船入りを心から歓待している風であった。

「話は変わりますが、私の母は十四歳でこの地を出て以来、二度と帰郷することは叶いませんでした。それだけに望郷の念はひとしおだったらしく、死の間際には、うわごとで吉井川の名を何度も口走っておりました」

正宗は四十年も前の母の臨終の模様を、つい昨日のことのように想い出していた。

「そうでしたか。……私も叔母のことは父から何度も聞かされました。やはり一緒に過ごした子供時代のことです。祖父が鎌倉にたった一人の妹を連れていった時には、ずいぶん別れが辛かったようで、その後、父は妹に逢いたい一心で二度ほど鎌倉を訪れたそうです。老いてからは再会できる日が訪れるのを心待ちにしていたのですが、叔母の方が先に鬼籍に入ってしまいました。叔母の訃報がもたらされた時には、もう一度逢って積もる話がしたかったと、しきりに嘆き悲しんでおりました。妹と再会が叶わなかったことは、父の唯一の心残りだったと思います」

国宗もしんみりと語った。

「和気庄に眠る肉親たちの傍らに埋めてやりたいと思って、これを持参致しました」

正宗は懐から母の遺髪を取り出して見せた。

「そうですか、それはよい。こちらに眠っている者たちも喜ぶことでしょう。明日、さっそく故人たちに引き合わせてやりましょう」

翌朝、正宗一家は国宗の案内で、まず長船にある二代国宗の墓に詣でた。その後、長船から四里ほど離れた和気庄を訪ね、先祖の眠る墓所に案内された。

(母さん、待たせたな。やっと皆のいる所へ連れてきたぞ。母さんが我が子のようにかわいがっていたという、五郎叔父さんの側に埋めてやろうな)

正宗は胸の中でそう呼びかけながら、五郎叔父の眠る墓の傍らに穴を掘り、そこに母の遺髪を手厚く葬った。

和気から帰った翌日のことだった。正宗が国宗の鍛冶場で一門の者たちと刀剣談義を交わしていると、六十前後とおぼしき一人の男が訪ねてきた。がっちりとした体躯に柔和な顔立ちの男は、白いものの混じる立派な山羊鬚《やぎひげ》を蓄えていた。

「これはこれは兼光様《かねみつ》ではありませんか。そろそろ顔を見せられる頃ではないかと思っておりました」

国宗はその男の来訪を予期していたらしかった。

「今朝、鎌倉鍛冶惣領の正宗様が、こちらに御逗留中と耳にしたので、さっそく伺ったしだいです」

男は初対面の正宗と貞宗に、親しみの眼差しを向けながら応じた。

「こちらは長船鍛冶の頭領兼光様です」

国宗が男を正宗に紹介した。

「この方が兼光殿ですか！　御高名は鎌倉まで届いておりますぞ」

兼光は長船鍛冶中興の祖光忠《みつただ》の曾孫で、長船鍛冶の正統に連なる名匠である。当代、長船の刀工で兼光の右に出る者はいない。兼光の名は正宗の耳にも入っていた。

「それは光栄なことです。……今日は正宗様にお願いがあって参りました。いつまで長船に御滞在か存じませぬが、その間だけでも私を門人の一人にお加え願えませんか」

「……」

正宗にとって意外な申し出であった。名もない刀工ならいざ知らず、兼光は刀剣王国備前の、しかもその中で最も勢力を誇る長船鍛冶の頭領である。

「見たところ私の方が兼光殿より歳だけは上のようでございますが、兼光殿は伝統と格式を誇る長船鍛冶の長《おさ》ではございませぬか。その兼光殿が新興の鎌倉鍛冶に弟子入りとは、ちと解せませぬが……」

正宗は率直に疑問をぶつけた。

「正宗様はその様に受け取られますか。正宗様が大和や山城の鍛冶ならば、私にも長船鍛冶の面子《めんつ》がありますから、門人にしてくれなどとは口が裂けても言えませぬ。だが正宗様は備前鍛冶の大先達《だいせんだつ》、三郎国宗様の鎌倉における正系を継がれた方と認識しておりますれば、辞を低くして教えを請うのに何のこだわりがありましょうや。我々備前鍛冶は、正宗様を身内同様に思っておりますぞ」

兼光が心の中の熱い想いを口にした。

「分かりました。兼光殿が私から学びたいものがあるなら、何なりとお教え致しましょう。私は鎌倉流の鍛法を世に広めたいと思っております。兼光殿に協力願えれば鬼に金棒でござる」

「ありがとうございます」

「北条氏が滅びた今、天下が定まるまで紆余《うよ》曲折《きょくせつ》は避けられますまい。悲しいことですが、我々の鍛えた刀によって、また多くの血が流れることでしょう。刀鍛冶が食うに困らぬ世の中は悲劇でござる」

正宗が憂えげな表情で言った。

「まことに」

兼光が大きくうなずく。

「兼光様、私も正宗様に鎌倉流の伝授をお願いしたところです。良かったらこの鍛冶場で、一緒に学ぼうではありませぬか」

国宗が兼光に声をかけた。

「よろしいのか」

「もちろんです。明日からでも参られませ」

翌日から兼光が国宗の鍛冶場に日参するようになった。兼光がみずから進んで正宗に弟子入りしたのであったが、正宗に師弟の意識は毛頭なかった。兼光は長船鍛冶の頭領として優れた技量を有していた。国宗の鍛錬所内での二人の関係は、互いにその技術を教え合うというものであった。

二　尊氏《たかうじ》と顕家《あきいえ》

鎌倉幕府が滅亡すると、六月五日、後醍醐天皇は伯耆国《ほうき》の行宮《あんぐう》から京都に帰還し、天皇親政を開始した。八月に入ると足利高氏は従三位《じゅさんみ》に叙せられ、天皇の名『尊治《たかはる》』の一字を賜って、『高氏』を『尊氏』に改めていた。

十月も中旬のことだった。後醍醐帝が里内裏《さとだいり》（仮御所）としている二条富小路内裏《にじょうとみのこうじだいり》に参内《さんだい》した尊氏は、廊下で若い公家とすれ違った。遠目にも北畠顕家《きたばたけあきいえ》だとすぐに分かった。御所の女房《にょうぼう》どもの間で噂がしきりの美少年で、一目見たら忘れられない顔である。前の大納言北畠信房《きたばたけのぶふさ》の嫡男で、まだ十六歳にもかかわらず、異例の早さで正三位《しょうさんみ》に昇った貴公子である。尊氏は以前にも御所内で顕家に逢ったことがあった。

顕家は衣冠《いかん》正しい姿に、菊花紋を散らした黄金《こがね》造りの太刀を佩いていた。後醍醐帝から、奥州下向のはなむけに賜った太刀である。尊氏の目に黄金の菊花紋が眩しかった。

「これはこれは陸奥守《むつのかみ》殿」

尊氏は辞を低くして道を譲った。相手は若輩でも、位階は上である。

「尊氏殿ではございませぬか」

「奥州鎮定を命じられたそうにございますな」

「まもなく都を発ちますので、今日は主上《しゆじよう》に暇乞《いとまご》いに参りました」

後醍醐天皇は奥州にみずからの支配を行き渡らせるため、北畠信房を後見に就け、顕家に幼い我が子義良《のりなが》親王（後村上《ごむらかみ》天皇）を奉じさせて、陸奥国へ派遣することにしたのである。

（何と澄んだ目をしているのだ！）

尊氏は顕家と初めて間近に接した。裏表のない純粋な心を宿している目だった。自信に満ち才知をほとばしらせている目でもあった。公家であるから文の道に長《た》けているのは当然だったが、顕家は武の道にも秀でているとのもっぱらの噂だった。年若くして重職に就く例は多々あるが、それは御輿《みこし》的場合がほとんどである。ところが顕家は、その秀でた器量のために、蝦夷《えぞ》との複雑な問題が起きている奥州へ派遣されるのだという。

「奥州の冬は寒さが厳しいと聞きます。向寒の折り、道中の無事を祈ります る」

「また逢いましょうぞ」

顕家は笑顔で去っていった。尊氏は顕家の後ろ姿を見送りながら、得体の知れない感情に囚われていた。

（あの目は何だ……あの汚れを知らぬげな目の輝きは。恐ろしきものを感じる。護良《もりなが》親王と対した時にすら覚えたことのない怖さを）

護良親王は後醍醐天皇の長子である。尊氏同様に征夷大将軍職を望んで尊氏と対立していた。その日、直感力に優れた尊氏は、遠く奥州の任地に赴こうとしている若い公家に、宿命的な出逢いを感じていた。

北畠顕家が義良《のりなが》親王を奉じて陸奥に下向した後、二ヶ月ほど遅れて、今度は尊氏の弟足利直義《なおよし》が、後醍醐帝の幼い皇子成良《なりなが》親王を奉じて鎌倉に向かった。そして翌年の正月には、年号が『建武《けんむ》』と定められた。

年が変わって間もなく、京都の尊氏の邸で、尊氏と足利家の執事職である高師直《こうのもろなお》、高師泰《こうのもろやす》兄弟が膝を交えていた。

「帝はお館様が新政の重要な役職に就くよう、強く望んでおられます」

師直が宮中での帝の様子を伝えた。

「そうか」

尊氏は建武政権には師直、師泰兄弟などを送り込み、弟の足利直義を鎌倉将軍府執権とするのみで、自身は役職には就かず政権と距離を置いている。

「ここが我慢のしどころです。役職を受けてしまえば、征夷大将軍の目が無くなります」

尊氏は北条家への反旗を決意した時から、征夷大将軍の宣下《せんげ》を受け、鎌倉で開幕《かいばく》するつもりであった。それは平家の北条家が執権の名のもとに源氏に取って代わった頃からの、源氏の正統を自負する足利家の宿願でもあった。

「ところで話は変わるが……昨年、北畠顕家に逢った」

尊氏が言った。

「陸奥守に」

兄の師直が応じた。

「公卿には珍しく文武に秀でていると聞いたが、あれは評判どおりの男か」

「そのようでございます」

師直が打てば響くように返事をした。

「どうかなさいましたか？」

弟の師泰が訊いた。

「いや」

尊氏は高兄弟に心の中を悟られぬよう、ふいと庭の方に目をやった。

三　怨念《おんねん》の太刀

年号を建武《けんむ》と改め、意気揚々と船出したはずの新政であったが、綻《ほころ》びはその年のうちにやってきた。公武両輪の天皇親政を理想としたにもかかわらず、公家が重用されたため、公武の間に不和が生じ、新政に失望した武士たちは、武家政治の再興を願って尊氏に衆望《しゅうぼう》を寄せるようになっていた。そして、北条氏の残党に加え、天皇方に加わった恩賞に不満を抱く武士たちが、各地で絶え間なく騒乱を起こし始めたのである。

このような中、尊氏と護良《もりなが》親王の対立が抜き差しならぬ状況に陥り、護良親王はついに尊氏暗殺を謀るがこれに失敗した。後醍醐帝とも確執を生じていた護良親王は、父皇の命によって捕らえられ、鎌倉へ護送されて東光寺《とうこうじ》に幽閉された。

建武二年（一三三五）の、七月も半ば過ぎのことだった。足利尊氏の側近高師直《こうのもろなお》のもとに、信濃守護小笠原貞宗から驚くべき知らせが届いた。

『諏訪頼重《すわよりしげ》らが北条高時の次男亀寿丸を擁立して挙兵。府中に攻め入り国司を自刃させ、目下、千曲川沿いに我が軍と交戦中』

師直は信濃からの急報を直ちに尊氏に伝えた。

「亀寿丸だと！　生きておったのか」

尊氏は幼少の亀寿丸を、その胸に抱いたこともある。

「亀寿丸は名を時行《ときゆき》と改めているそうにございます」

「ときゆき」

最後の北条氏得宗高時が東勝寺で自害すると、その遺児である邦時《くにとき》と亀寿丸は、高時の弟泰家《やすいえ》によって落ち延びさせられた。長男の邦時は捕らえられて斬首されたが、次男の亀寿丸は譜代の臣諏訪頼重によって信濃に匿《かくま》われた。そして九歳に成長した亀寿丸は、元服して名を時行と名乗っていた。

「泰家の動きと繋がっているのであろう」

鎌倉陥落後、泰家の消息はようとして知れなかった。ところが先月、今、亀寿丸の名に驚かされたように、その名が突然耳に飛び込んできて、尊氏は肝を冷やしたばかりであった。あろうことか泰家は京の都に潜伏していて、関東申次《かんとうもうしつぎ》を務め北条氏と一蓮托生《いちれんたくしょう》の関係にあった西園寺公宗《さいおんじきんむね》らと共謀し、持明院統《じみょういんとう》の後伏見《ごふしみ》法皇を奉じて政権転覆をもくろんでいたのである。公宗は後醍醐天皇の暗殺に失敗して返り討ちにあったが、泰家は辛くも逃れて各地の北条残党に挙兵を呼びかけていた。

「新政に不満を抱く信濃近国の武士や北条の残党が集まり、侮《あなど》れない勢力となったそうにございます。目下、時行勢は鎌倉へ向け進軍している様子。いかがなされますか」

尊氏は建武の新政をくつがえす絶好の機会が訪れたと思った。

「もう少し待て。実が熟して落ちるのを待つのだ。だが、いつでも兵を鎌倉に向けられるよう準備だけは怠るな」

尊氏は、はやる心で師直に命じた。

時行軍は各地で後醍醐天皇方の軍勢を破り、鎌倉から出陣した足利直義をもけちらした。直義は尊氏の嫡男足利義詮《よしあきら》や、後醍醐天皇の皇子成良《しげなが》親王らを連れて鎌倉から逃れた。直義は鎌倉から落ちる際、密かに配下に命じ、幽閉中の護良《もりなが》親王を殺させた。

『七月二十五日、時行軍は鎌倉に入ったそうにございます』

尊氏はこの報に接すると、いよいよ腰を上げた。機が熟したのである。

「私みずから東国に下り、鎌倉を奪還して北条時行を討伐したいと思います。つきましては征夷大将軍と、諸国惣追捕使《しょこくそうついぶし》に任命して頂きとうございます」

尊氏は後醍醐天皇に迫った。しかし尊氏を征夷大将軍に任じることは、とりもなおさず武家政権を認めることであり、みずからの新政が侵されることになる。天皇は尊氏の征夷大将軍を認めず、鎌倉から命からがら逃げ帰った成良《しげなが》親王を征夷大将軍に任じ、尊氏にみずからの強い意志を示した。

「後醍醐帝の叡慮《えいりょ》は計り難し」

尊氏は出鼻をくじかれた思いであった。

「お館様、このたびの騒動は武家政権を再興する千載《せんざい》一遇《いちぐう》の好機にございます。何が何でも鎌倉へ兵を出すべきです」

　高師直は尊氏に進言した。

「勅許《ちょっきょ》を得ずしてか！」

「所詮、帝の権威は飾り物に過ぎません。この際、御所に巣くう天狗など、隠岐島辺りへ流してしまわれてはいかがです。御所には後醍醐帝の代わりに、帝をかたどった木像でも安置しておけばよろしいかと」

　尊氏も一瞬耳を疑う剛毅《ごうき》な発言である。

「はっはっは、師直も思い切ったことを申すの」

　尊氏は腹を抱えて笑った。

「よし、鎌倉へ向け、直ちに出兵致す」

　尊氏は何か吹っ切れたように師直に命じた。師直の戯言《ざれごと》が尊氏の決断を促したのである。

　八月二日、尊氏は勅許の得られないまま独断で東国に向かった。これを聞いた建武の新政に不満を抱く武士たちは、武家政治の復興を願って次々と尊氏に従った。雪達磨《ゆきだるま》式に大軍となった尊氏軍は、途中、足利直義勢と合流し、破竹の進撃で鎌倉に迫った。

　怒濤の如く押し寄せてきた尊氏軍に、時行軍は為す術もなかった。諏訪頼重らは自害し、時行は再び鎌倉から逃亡した。尊氏は八月十九日には鎌倉を奪回していた。時行が鎌倉を占拠できたのは、わずか二十日間であった。

　二年半ぶりに鎌倉へ帰った尊氏は、天皇の帰京命令を拒否して、そのまま鎌倉から動こうとしなかった。その上、乱の鎮圧に付き従った将士に独自に恩賞を与えたり、関東にあった新田氏の領地を勝手に没収するなど、新政から離反する姿勢を明確に打ち出していた。

鎌倉がすっかり平穏を取り戻したある日、尊氏はかねて気にかかっていた東勝寺《とうしょうじ》に出かけた。頼朝が開いた幕府が、百四十年目にして滅びた場所である。ここで自害して果てた、北条高時以下の一族郎党八百七十余名の怨念がこもる寺。だが寺とは名ばかりで、いまだに火災の痕が生々しく遺る廃墟《はいきょ》であった。

尊氏は高時が自刃したという本堂跡に向かって手を合わせた。高時は尊氏にとって元服した際の烏帽子親《えぼしおや》であり、高時の名より一字を得て高氏を名乗っていた過去もある。尊氏は永い瞑目《めいもく》の後、視線を眼下に広がる鎌倉市中に向けた。東勝寺の寺域はかつては鬱蒼《うっそう》とした木々に覆われていたが、その多くが兵火を被ったため、今では見晴らしが良くなっていた。尊氏は北条義時が小町邸を造って以来、歴代執権の邸となっていた辺りに目を留めた。邸跡には宝戒寺《ほうかいじ》が建立されることになっていた。滅亡した北条一族を弔うため、後醍醐天皇が尊氏に命じた寺である。

「天狗《てんぐ》め……」

尊氏は苦々しげに呟いた。宝戒寺建立は、北条氏の残党を懐柔するための策にすぎない。東勝寺跡に立った尊氏は、この時、朝廷に離反してみずから幕府を開くことを、改めて心に誓っていた。

尊氏は若宮大路幕府跡に仮住まいしていた。東勝寺跡から帰った尊氏に、弟の直義が太刀を差し出した。

「高時が自害に使用したものだそうです。北条氏の氏寺ともいうべき円覚寺に保管されておりました」

直義は意外なことを口にした。高時の遺骸はそれと判別できないほどに黒こげになっていたはずである。自害に用いた刀が遺骸の傍らにあったとすれば、刀も炎を免れない。

「よく焼けなかったな！」

「新田軍が高時の嫡男邦時を捕らえた時、一緒に手に入れたものだそうです。五大院宗繁《ごだいいんむねしげ》が泰家から託されたと申していたとか。邦時を処刑した時もこれを使用したそうですから、この刀はいわば北条家滅亡の象徴的刀です」

「怨念《おんねん》深き刀ではないか。して、誰の作か。高時が自害に用いた刀とあれば、さぞや由緒ある名刀であろう」

「ところが意に反して、古名刀ではなく新しいものを佩いておりました。地鍛冶の正宗の作です」

「正宗！」

正宗の名を聞いた刹那、尊氏の脳裡を、幼い頃の想い出が過ぎった。尊氏はよく守り役たちにねだって、和賀江島に船を見に出かけた。その帰り、いつも立ち寄る鍛冶場があった。そこでは刀が作られていた。赤められた鉄が小気味よく加工されていくのが面白く、尊氏は守り役に促されるまで作業に見惚れていた。ある日、大船を見た後、鍛冶場を訪れると、中の雰囲気がいつもと違っていた。普段は炭にまみれ、火の粉で焼け焦げた鍛錬着で仕事をしている刀工たちが、その日は白装束に烏帽子《えぼし》姿で刀を鍛えていた。尊氏が特別な刀でも鍛えているのかと訊ねると、執権様に献上する刀を鍛えているのだと答えが返ってきた。鍛冶場からの帰路、尊氏は守り役に献上刀を鍛えていた鍛冶の名を訊ねた。守り役の口からは『正宗』という名が洩れた。それが、尊氏が正宗という刀工名を耳にした最初であった。尊氏がまだ又太郎と名乗っていた、十二歳の時分のことである。

「これはもしやあの時の刀……」

尊氏は言いしれぬ因縁を感じた。尊氏は刀を抜いてみた。鎌倉ぶりの刀として、昨今、全国の刀匠たちが競って模作している刀の姿があった。尊氏は、高時がこの刀に、自分の命を託した気持ちが分かるような気がした。

「飯島の正宗の鍛冶場はどうなった」

尊氏は太刀を鞘に仕舞いながら、遠い日の記憶に刻まれた鍛冶場のことを、懐かしい想いで訊ねた。

「正宗は寿福寺の近くに新しい土地屋敷を賜り、そこへ移ったと聞いておりますが」

直義にもそれ以上のことは分からなかった。

職人には様々な種類があるが、武家にとってまず第一に重要な職能人は刀鍛冶である。尊氏は鎌倉物を創始した正宗を、自分の庇護のもとにおきたいと思った。

「正宗の消息を調べてこい」

尊氏は近習の佐々木秀綱に命じた。普通なら『調べさせよ』と下命するのに、二十歳の秀綱に『調べてこい』と申し渡したのは、一刻も早く正宗の消息を知りたいと思ったからである。

若宮大路幕府跡から寿福寺までは、五町（約五百《メートル》）と離れていない。秀綱は直ちに寿福寺に足を運んだ。

「この辺りに正宗という刀工の鍛冶場があったはずだが」

秀綱は寿福寺の門前で、付近の住人に訊ねた。

「正宗様の鍛冶場は、新田軍に焼き払われて、もう何も残ってはいませんよ。以前、弟子だった方も訪ねてきましたが、親方の消息が不明になったと心配しておりました」

秀綱は教えられた正宗の屋敷跡に立った。住人が話したとおり、そこにあったはずの建物は焼失し、辺りは草藪に覆われていた。金敷《かなしき》や鋏《はさみ》などの鍛冶具はすべて持ち去られ、燃え残った柱なども薪《たきぎ》にされたのであろう。火床《ほど》跡だけが草も生えず、そこが鍛冶場だったことを唯一物語っていた。

秀綱は飯島の甚五郎行光の鍛冶場にも足を運んでみたが、そこも同様な有様であった。しかし秀綱は、飯島の古老から耳寄りな情報を得た。

「正宗の伯父が八幡宮の供僧《ぐそう》をやっているはずです。名は祐慶と申しましたが、九十を超す高齢だったから、果たして存命しているかは分かりません」

秀綱は八幡宮に向かった。社務所《しゃむしょ》で祐慶のことを訊ねると、御谷《おやつ》の僧坊にまだ健在だという。秀綱が教えられた大進坊を探し当てると、鍬《くわ》を手に庭で畑仕事をしている一人の僧があった。鍬さばきも軽やかだったので、秀綱はこの僧坊の侍僧《じそう》だと想った。

「精が出ますな」

秀綱はその僧に呼びかけた。

「何か用でござるか」

僧が鍬の動きを止めて、秀綱の方を振り返った。

「こちらは大進坊と伺って参りましたが、祐慶殿はおられますか」

「祐慶は拙僧だが」

しかし秀綱には信じられなかった。その僧は背筋もしゃんとして、言語も明瞭であった。

「私がお逢いしたいのは、御高齢の方だが？」

「拙僧は九十六になるが、鶴岡二十五坊に拙僧より年上はおりませぬぞ」

祐慶は笑いながら言った。

「九十六！　これは失礼致しました。あまりにも若く見えるので、人違いかと思いました。正宗殿の伯父にあたる、祐慶殿に間違いありませぬな」

　秀綱は念を押した。

「いかにも」

「実は拙者、足利尊氏様の命で、正宗殿の行方を捜しております。祐慶殿は正宗殿がどこにおられるか、存じてはおりますまいか。尊氏様が正宗殿に是非逢いたいと申されているのです」

「尊氏様が……」

　鎌倉陥落後、祐慶にも正宗一家の行方はようとして知れなかった。沼間に避難していると思い老骨に鞭打って訪ねると、九郎次郎、九郎三郎兄弟から、正宗一家が沼間の鍛冶集落に身を寄せるのを断られたことを聞かされた。そこで祐慶は八方手を尽くして甥の安否を訊きまわった。すると正宗らが伝馬で沖の大船に乗り込み、そのまま西方へ去ったとの情報を得た。それから数ヶ月経った頃、和賀江島に着いた船の水夫が祐慶を訪ねてきて、正宗から託されたという封書を手渡した。それには、正宗らが備前長船の国宗宅に居候《いそうろう》している旨が記されていた。

（正宗が長船にいることを、正直に話していいものかどうか……）

　天下はまだ定まっていなかった。幕府滅亡後、鎌倉の支配者は目まぐるしく代わった。新田義貞、足利尊氏、北条時行、そしてまた尊氏。

（尊氏殿と後醍醐帝の確執は、すでにのっぴきならぬところまで到っている。公武いずれがこの国を支配するのか分からぬうちに、早々と一方に加担するのは危険だ。しかし天皇親政が崩れ去った今、この先、この国を治められるのは武家でしかあり得ないだろう）

祐慶は心を決めた。

「備前の長船におりまするぞ。亡き母の遺髪を届けに行っております」

「いつ帰ってこられます」

「存じませぬ。帰ってきても家さえありませぬからな」

秀綱にとっては、それだけで十分な情報であった。

「おじゃま致した」

秀綱はそそくさと祐慶の僧坊を後にした。

「直ちに鎌倉へ帰ってくるよう、長船へ遣いの者を出せ」

正宗の居所を知った尊氏は、すぐさま秀綱に命じた。


十月になって間もなくのことであった。長船の頭領兼光が、慌ただしい様子で三代国宗の鍛冶場にやってきた。

「正宗様を訪ねて、鎌倉から早馬が参りましたぞ。使者を外に待たせてありますので、顔をお出し下されば」

兼光は息せききって正宗に告げた。

「鎌倉から早馬!」

正宗は何事が起きたのかと思った。さっそく家の外に出てみると、馬の手綱を手にして男が立っていた。馬の毛は湿り気を帯び、湯気を立てている。

「私が正宗ですが」

「鎌倉の足利尊氏様の遣いで参りました。至急、鎌倉に帰られよとのことです」

正宗は驚いた。尊氏といえば時の人だった。その一挙一動に、皆が固唾を呑んで注目していた。

「急にその様なことを言われても困る」

正宗は尊氏との間に主従関係があるわけではない。無視してもよいのだが、しかし相手は天下を握る可能性が高い人物である。

「これは尊氏様からの書状です」

使者は正宗に封書を差し出した。正宗がその場で目を通すと、これまでどおり鎌倉鍛冶物領として遇し、従来の給地も引き続き使用を認めるので、至急鎌倉に戻るようにと書かれてあった。

正宗もできれば早く鎌倉に帰りたかった。いくら従弟の国宗宅とは言え、一家四人でいつまでも居候を決め込む訳にはいかなかった。しかし天下はまだ騒然としており、とりあえずは国宗宅の近くに一軒家を借りようと思っていた矢先である。

「御返事を」

書状を読み終えた正宗に使者は迫った。

「一晩、考えさせて欲しい。家族の者たちとも相談せねばならぬ」

正宗はそう言って、使者にお引き取りを願った。

その後、正宗は家族と話し合った。正宗も七十二歳である。もう自分の時代はとうに過ぎたと思っている。これからは自分の技を受け継いだ貞宗の時代だ。正宗は娘婿の考えを第一に尊重することにした。

「貞宗はどう思う」

「いつまでも国宗様の厄介になっている訳にも参りません。よい機会ではございませぬか。足利尊氏様に賭けてみようではありませんか」

椰も小春も頷いた。正宗一家の鎌倉帰りが決まった。

数日後、正宗の家族は、国宗一門や兼光などに見送られ、陸路鎌倉に発った。季節は真冬に向かっていた。旅路の困難が予想された。

正宗の一行が、摂津、京都、近江を経て、濃尾《のうび》平野のほぼ中央に位置する尾州の赤池《あかいけ》までやってきた時だった。季節は十一月になり雪が降り積もっていたが、ここで天下の雲行きが怪しくなった。

尊氏が東国に去った後、後醍醐帝側の最有力者は、武者所《むしゃどころ》別当の新田義貞であった。鎌倉を陥落させた実績のある義貞は、武家政権の既成事実化を進めていた尊氏にとっては、目の上のたんこぶ的存在となっていた。このため尊氏は、義貞を『君側《くんそく》の奸《かん》』であるとして、その追討を後醍醐帝に上奏した。しかし後醍醐帝は逆に、義貞に尊氏追討を命じ、尊良《たかなが》親王を奉じさせて、京都鎌倉往還《おうかん》を鎌倉へ進発させたのである。その数、六万七千騎もの大軍であった。

正宗一家はそのことを赤池宿《あかいけじゆく》で知った。

「追討軍はすでに美濃と近江の国境の不破関《ふわのせき》を越えたそうですよ。間もなくここを大軍が通過していくことでしょう。鎌倉へ行きなさるなら、しばらく様子を見てはどうですか」

旅籠《はたご》の主人は正宗一家を気づかってくれた。正宗の脳裡に鎌倉陥落時の混乱が過ぎった。船上から見た紅蓮の炎の記憶。それは二度と目にしたくない光景だった。

「御主人の言われるとおりだ。もう少し成り行きを見てみよう」

正宗はしばらく赤池に留まることにした。

それから二日後のことだった。新田義貞の軍勢が大挙して尾張路を通過していった。その偉容を見た時、正宗は再び鎌倉陥落の予感がしていた。

その後、京都鎌倉往還沿いの赤池には、次々と戦況が伝えられた。義貞軍を迎え撃った尊氏の弟足利直義の軍は、矢矧《やはぎ》川や手越河原《てごしがわら》の合戦に連敗し、義貞軍は伊豆国府《こくふ》（三島）にまで進撃したとのことだった。

（新田様は再び鎌倉を陥されるのか。そうなれば尊氏様の命運も尽き、書状に書かれていたことも反《ほ》故《ご》になる。混乱する鎌倉へ帰るのを諦め、備前へ引き返して、長船に生活の基盤を築くか）

正宗がそのように考え出した頃、東国では逆の流れが起き始めていた。義貞軍が鎌倉に迫ると、尊氏はこれを迎え撃つため、みずから出陣の準備を始めた。すると源氏の統領の旗揚げと聞いて、尊氏のもとに馳せ参じる関東武士は引きも切らず、尊氏軍は雪達磨式に大軍となっていたのである。

尊氏軍は十二月八日に鎌倉を進発した。朝廷方をはるかに凌駕《りょうが》する大軍の出現に、追討軍の中には尊氏軍へ寝返る者も現れ、十二月十一日、足利軍は箱根と竹之下で義貞軍を破った。この戦いで朝廷方は総崩れになり、尊氏軍は敗走する義貞軍を追って西上を始めた。

義貞軍惨敗の報が尾張路を駆け抜けた後、その情報の正しさを証明するかのように、赤池を次々と義貞軍の敗残兵が西へ落ちていった。そしてその後を追うように、尊氏軍の先遣隊が姿を現した。

『総大将の足利尊氏様は清須宿《きよすじゅく》に陣を敷かれた』

先遣隊の兵士の口から、尊氏の動向までが伝わってきた。それを聞いた赤池の有力者たちは、陽が傾いたにもかかわらず、兵糧や酒を荷車に載せ、一里ばかり離れた清須に陣中見舞いに出かけ始めた。

「尊氏様に逢いに行ってくる」

正宗も貞宗を伴って旅籠を出た。尊氏は明日になれば赤池を通過するだろうが、行軍中の尊氏に面会は叶わない。面会できるとすれば、今夜しか機会はなかった。それを逃せば、いつまた機会が訪れるか分からない。

正宗が清須宿に着いた時は、すでに日が暮れてしまっていた。正宗は尊氏の本陣に向かったが、さすがに警備は厳重で、警固の雑兵《ぞうひょう》に行く手を阻まれてしまった。

「どこへ行く」

「尊氏様にお目通りを願いたいのですが」

「御大将に目通りだと。お前たちは何者だ？」

「私は鎌倉の刀鍛冶、正宗にございます。尊氏様から呼び出しを受けたため、こうして訪ねて参りました」

正宗はそう言って、懐に忍ばせた尊氏の書状を見せた。

「しばらく待っておれ」

雑兵は書状を取り上げると、本陣の方へ消えていった。ほどなくすると甲冑武者が姿を現した。

「案内致す。ついて参れ」

武者はそう言うと、さっさと先に立った。本陣の内はすでに赤々と篝火《かがりび》が焚かれていた。正宗は陣幕が張り巡らされていたので直ぐには気づかなかったが、尊氏の宿所は清須の大きな寺で、尊氏とその属将らは本堂の中に座していた。

「正宗か。よう訪ねてきた」

正宗と貞宗が本堂にまかり出ると、尊氏が笑顔で迎えた。

「鎌倉への帰途、戦が起こりましたゆえ、当地で戦乱が収まるのを待っておりました」

正宗はこれまでの事情を申し述べた。

「そうであったか。正宗には書状にしたためたとおり、鎌倉鍛冶惣領の地位と、従来の土地の所有を許す。貞宗ともどもわしに仕えよ」

「ははっ」

平伏した二人の前に尊氏が太刀を持って近寄り、突然、それを抜き放った。正宗も貞宗も一瞬ぎくりとした。

「この太刀に見覚えがあるか」

尊氏がそう問いかけながら、正宗に抜き身の太刀を差し出した。

「……」

正宗は黙ってそれを受け取り、刀姿、刃文、地鉄と型通り目を通した。刃文はゆったりとした焼幅の広い乱れ刃が焼かれていた。地肌は独特の板目鍛えである。燭《しょく》の微かな明かりの中であっても、その刀を見まがうはずはなかった。しかも、正宗がこれまで鍛えた数ある刀の中でも、記憶に深く刻まれた太刀であった。

「これは私の鍛えたものですが……」

その刀は正宗が精進潔斎して鍛え、時の執権北条高時に献上した太刀であった。尊氏がそれを佩いていたことに、正宗は人の世の栄枯盛衰を想い、無常観に駆られた。

「鎌倉陥落の折り、北条高時様はこの太刀で自害なされた」

尊氏は何の感情も込めずに言った。

「私の刀で！」

正宗は非常な驚きを覚えた。高時の執権職就任を祝い、屋敷拝領の御礼として献上した太刀であった。高時が自刃に用いるなど想像もしなかったことだ。正宗は複雑な気持ちに駆られながら、手にした太刀を凝視した。

「高時様の嫡男邦時の斬首にも使用された」

尊氏はまたもや思いがけないことを口にした。

「……！」

もはや正宗には言葉がなかった。これまで数えきれぬほどの刀を世に出してきた。それらは戦いに使われ、人を殺《あや》めた刀も数あることであろう。しかし個名をあげて、人の命を断った刀だと見せられたのは初めてである。あまりに生々しい現実だった。正宗の脳裡に、父行光の刀が元使杜世忠《とせいちゅう》の首を刎ねた、遠い日の光景が甦っていた。

「ところで正宗、わしを覚えておるか」

正宗から太刀を受け取り、再び着座した尊氏が、話題を変えた。

「何のことでございましょう？」

正宗は尊氏に逢ったのは今日が初めてである。

「わしはそちの鍛冶場をたびたび訪れているのだぞ」

「……？」

「武家の童がよくのぞいていたであろう」

「……ああ、あの時の！　あの子は尊氏様でございましたか。どこか名のある御家人様のお子であろう、ぐらいにしか想っておりませんでしたが……そうでございましたか」

「和賀江島に船を見に行った帰り、よく鍛冶場に寄らせてもらった。わしは一度だけそなたと話をしたことがあった」

「はい、覚えております。その太刀を鍛えている最中のことにございました」

「そうか、やはりこれはあの時の刀か」

思いがけぬ二人の縁《えにし》であった。

「そちの鍛冶場は灰燼《かいじん》に帰していたそうだ。このまま鎌倉に戻っても雨露を凌ぐ場所がないな」

尊氏は何か思慮《しりよ》している様子である。

「わしはこれから上洛し、一仕事せねばならぬ。正宗は家族を同道しているのなら、赤池でしばらく待て。貞宗はわしの軍に従軍刀工として京まで従え。今、わしの軍には、沼間の国重一門が従っている。貞宗がこれに加わってくれれば心強い。都を平定した後、正宗と貞宗の処遇を決めよう。今、赤池の旅籠《はたご》にいるのであったな」

「はい」

「赤池の有力者に命じて、その方らの住まいは何とかさせる。連絡があるまで今の宿で待て。それと見知らぬ土地に滞在するとなると、何かと物入りであろう。金子《きんす》も下げ渡す」

尊氏はありがたい配慮も見せた。

尊氏の本陣を辞した正宗と貞宗は、沼間の国重一門の宿営を探し歩いた。おびただしい大軍の中から従軍刀工の一団を探し当てるのは至難であったが、松明《たいまつ》を持って訊ねまわりようやく見つけることができた。

「御両人とも無事でありましたか。鎌倉陥落時には、正宗様を沼間に入れまいとする輩《やから》がいて、申し訳ありませんでした。あれからどうなさったのかと、正広、広正ともども心配しておりました」

二代国重は突然訪ねてきた正宗を見て、懐かしそうな表情で言った。沼間の頭領は鎌倉陥落後、国広から新藤五国光嫡流の二代国重に引き継がれていた。

「正広兄弟も元気でござるか」

正宗はまだ修業半ばであったが、沼間の地で刀工名を与えて別れた九郎次郎、九郎三郎兄弟の消息を訊ねた。

「正広は昨年、嫁を迎えましたぞ」

「ほう、それはめでたい」

「実は私の娘と一緒にさせました」

「そうですか！　それは良縁でござる。して、孫はまだですか」

「まだでござる」

「この戦乱が収まり鎌倉に帰れば、孫の顔が見られるかも知れませぬな」

「ところで正宗様はどこへ行っておられたのです？」

「備前まで母の遺髪を届けに行っておりました」

「そうでございましたか。……その方が良かったかも知れませぬな。北条氏が滅亡してからというもの、鎌倉はずっと騒然とした有様で、とても鍛刀どころではありませんでしたから。今回、尊氏様の命で、一門の者を引き連れて戦に参加することになりました。尊氏様の命とあっては、有無もありません。長いものには巻かれろです。都の情勢がどうなっているのか分かりませぬが、早く鍛刀に専念できる日が来ることを望むばかりです。しかし刀鍛冶が平和な世を望むなど、おかしな話ですな。戦乱あればこその刀鍛冶なのに。正宗様も尊氏軍に従われるのですか」

「いや、私は高齢ゆえ、宿泊中の赤池で戦が終わるのを待つことになりました。京へは貞宗が従いますので、よろしく頼みます」

「どうかよろしく」

貞宗が頭を下げた。

「貞宗殿が加わってくれれば鬼に金棒。急な従軍命令だったので、今回、刀工は七名ほどしか参加しておりません。刀工が不足しております。箱根や竹之下で大戦《おおいくさ》が行われたので、その時損傷した刀の修理でまだてんてこまいの状況です。昼間は移動するので仕事ができませんから、行軍の止まった夜に研ぎなどの作業をやっております」

国重の言葉に辺りを見まわすと、寒風の中、篝火《かがりび》を頼りに刀を研いでいる者たちがいた。

「これはうっかり致しましたな。国重殿の仕事の腰を折ってしまったのではありませんか」

「いえいえ、そんなことはありません」

「貞宗、それでは失礼しようか」

「はい。ところで国重殿、私は赤池で国重殿に合流しようと思います。そのおつもりで」

「分かりました。お待ちしております」

国重の野営地を辞した正宗と貞宗が、赤池の宿に帰り着いたのは東の空が白む頃であった。

翌日、まだ暗いうちから尊氏の軍勢が行軍を始めた。赤池を戦闘部隊が延々と通過していき、荷駄の一群が現れたのは翌々日の真昼近くであった。国重の顔を認めた貞宗は、隊列の中に紛れていった。貞宗にとっては二度目の従軍であった。

「小春、見たとおりの大軍だ。都はすぐに平定され、貞宗もじきに帰ってくることだろう。何も心配することはない。ここでゆっくり貞宗の帰りを待とう」

正宗は涙を浮かべて夫を見送った娘を慰めた。

尊氏軍が赤池をすべて通過し終えた翌日、正宗一家が身を寄せている旅籠《はたご》に、身なりのよい男が訪れた。

「名主様《みょうしゅ》が訪ねてこられましたぞ」

宿の主人によれば、名主は赤池近郷の富農らしかった。

「領主様から、あなた様の住まいを探すよう命じられた金右衛門にございます。お気に召すか分かりませぬが、この近くに空き家を探して参りました」

三日前、尊氏が正宗に約束したことが直ちに実行されたのである。

(さすがは源氏の正統に最も近い血筋を誇る尊氏様だけのことはある!)

正宗は驚きを覚えた。

名主が世話してくれた家は、滞在中の旅籠からも近い所にあった。翌日、正宗一家はそこへ移った。

貞宗が出征して間もなくのことだった。粉雪の降り積もった正宗の借家を、五十代後半とおぼしき男が訪ねてきた。

「私は隣国美濃の、志津《しづ》という所に住んでいる兼氏《かねうじ》と申す刀工にございます。こちらに正宗様がおられると聞き、是非、お逢いしたいとやって参りました」

美濃と尾張の国境は木曽川である。志津は赤池から西へ七里、その二つの村の中間辺りを木曽川が流れている。

正宗は訝《いぶか》しく思った。赤池では自分が刀工であることは秘している。唯一、正宗の正体を知る名主《みょうしゅ》には、刀鍛冶であることを他言せぬよう頼んである。武器製作者は戦乱の世では最も重宝《ちょうほう》される職能人である。腕のよい刀工は、強引に拉致《らち》される例も後を絶たない。

(なぜわしがここにいることを知っているのだ?)

正宗はそのことが気にかかった。

「私が正宗だが……」

悪い男ではなさそうだと思った正宗は、少し間を置いてから応えた。

「大垣宿《おおがきじゅく》で足利尊氏様の陣列に加わっていた貞宗殿にお逢いしました。その時に正宗様がこちらに滞在しておられると伺い、矢も盾もたまらず、こうしてやって参りました。この家のことは旅籠の主人に教えてもらいました」

「貞宗と逢われたのか!」

男の肩には雪が積もっている。

「まあ、中にお入りなさい。寒かったでござろう。火にあたりなされ」

囲炉裏の周りには椰と小春もいた。

「これは塩鰤《しおぶり》と地酒でござるが」

兼氏は椰に手土産を差し出した。

「これはかたじけない」

　正宗は頭を下げた。

「それで御用の向きは」

　正宗が兼氏に訊ねた。

「少々話が長くなりますが、私の鍛えた太刀を佩いていたある武士が、戦場で敵の武将と斬り結んだのだそうです。刃《やいば》を交えているうちに太刀を真っ二つにされ、危うく命を落としそうになりましたが、仲間の助太刀で事なきを得ました。私はその武士に後で呼びつけられ、折れた刀を突きつけられてこっぴどく叱られました。その時、武士は分捕ってきた相手の太刀を私に見せてくれました。茎に銘は有りませんでしたが、敵の武将は死の間際に『正宗作』と言い残したのだそうです。私は正宗様の太刀を初めて目に致しました。そして、これが今、世間で盛んに喧伝《けんでん》されている鎌倉物かと感激いたしました。直ちに鎌倉に出向き、正宗様に師事したい衝動に駆られましたが、もうこの歳ではそれも叶いません。先日、足利尊氏様の軍が近くを通られた時、鉄を供出するようにとの命を受け、私は鉄を大垣宿まで運びました。そこで私から鉄を受け取られたのが貞宗殿でした。その時、わずかな時間でしたが、貞宗殿と話をする機会に恵まれました。その様な訳で正宗様が赤池に滞在中と知り、是非お逢いしたいとやって参りました」

　兼氏は正宗を訪ねることになった経緯を熱く語った。

「そうでしたか」

「鎌倉物の秘技を教えて下さいなどと、虫のよいことは申しません。ただ正宗様に拝眉《はいび》の機を得て、刀剣談義でも願えればと考え、こうして迷惑を顧みずやって参りました」

「私の鍛冶場に秘伝などありません。前の二度の蒙古襲来では、多くの人がこの国を守るために命を落としました。今ある鎌倉の鍛刀の流儀は、その人々の命と引き替えに、私の父行光がその基礎を築いたものです。父もそうでしたが、父の技を引き継いだ私も、これを秘伝とする気は毛頭なく、逆に世間に広く知ってもらいたいと考えております。鎌倉の流儀には、まだまだ改良の余地が多分にあります。私は一人でも多くの刀工によって、新しい鍛法がより完成されたものとなるのを願っているのです。私にお訊ねになりたいことがあれば、何なりと質問して下さい。私は包み隠さずお話しするつもりです」

「何と立派なお考えか！　貞宗殿も同様なことを口にしておられました。私は大和の手掻《てがい》派の鍛法を修めております。これに正宗様の鍛法を取り入れ、よりよい刀作りをめざしたいと思います。どうか御指導のほど、よろしくお願い致します」

その日、正宗と兼氏は、鰤鍋《ぶりなべ》をつつきながら酒を酌《く》み交わし、夜を徹して語り合った。

その後も兼氏はたびたび正宗のもとを訪れるようになった。借家にはもちろん鍛冶場はないので、正宗はもっぱら口述で鎌倉物の技法を伝授した。言葉で伝えることが不可能な時は、七里離れた志津の兼氏宅まで出かけ、鍛冶場で実際に吹子《ふいご》を吹いて教えた。備前長船の頭領兼光に自分の技を教えた際もそうであったが、正宗は時には辞を低くして、逆に兼氏の技を習得することもあった。

四　風林火山《ふうりんかざん》

建武《けんむ》三年（一三三六）正月十一日、足利軍はついに京都に侵攻した。後醍醐天皇は比叡山へ逃れ、建武の新政は崩壊した。

正宗が尊氏軍が京都に入ったとの噂を聞いて直ぐのことだった。尊氏軍を追うように、赤池をおびただしい騎馬軍団が西上していった。精強そうな騎馬隊の後には、一糸乱れぬ歩卒が延々と続いた。その兵力五万余り。陣旗には『疾如風、徐如林、侵掠如火、不動如山』の句と、割菱《わりびし》が染められていた。疾《はや》きこと風の如く、徐《しず》かなること林の如く、侵掠《しんりゃく》すること火の如く、動かざること山の如し。兵法書・孫子《そんし》の有名な一節である。

「奥州からやってきた、北畠顕家《きたばたけあきいえ》様の軍だそうです」

路地の陰から一緒に隊列を眺めていた兼氏が正宗に言った。疾《はや》きこと風の如く——翻《ひるがえ》る旗印の文字そのままに、後醍醐帝の宣旨《せんじ》を受けて、尊氏を打倒するため、奥州多賀国府《たがこくふ》から長駆してきた騎馬軍団であった。長旅の疲れは見えなかったが、京都が間近に迫ったためか、緊張している様子もうかがえた。

（先にここを通過した足利軍より、格段に統率がとれている。精強そうなこの軍を相手に、尊氏様は大丈夫だろうか）

正宗は清須宿《きよすじゆく》で面会した尊氏の顔を想い浮かべた。その時だった。一段と蹄《ひづめ》の音と甲冑の擦れ合う音が大きくなったかと思うと、ひときわ鮮やかな萌黄糸威《もえぎいとおどし》の大鎧《おおよろい》に身を包んだ武将の姿が見えた。

「あれが総大将の顕家様でしょう」

兼氏が声をひそめて言った。顕家の乗った馬は早足でやってきた。

（何と見目《みめ》好《よ》い若武者だ！）

正宗は息を呑んだ。馬上の主は、まるで美しい女人に鎧《よろい》を着せたのではないかと疑いたくなるほど、麗しい顔立ちをしていた。

「まだ十九だそうです」

兼氏は京都に近い美濃に住んでいるだけに、都人《みやこびと》のことには実に詳しかった。それに二年ほど前、陸奥守に任ぜられて奥州へ下向する顕家の姿も見たのだという。

「北畠顕家様といえば、先の大納言の御曹子であろう。総大将とは名ばかりの御輿《みこし》ではないのですか」

正宗は目の前を通り過ぎようとしている美しすぎる若武者が、五万もの大軍を動かしているとは想えなかった。別に実力者がいるのだと勘ぐった。

「とんでもありません。今では従二位《じゅにい》にして、鎮守府将軍にも任ぜられている公家武将です。ほら噂をすれば御輿がやってきましたよ。輿の主は九歳になる義良《のりなが》親王です」

兼氏が指差した方を見ると、騎馬軍団の後方に立派な輿が続いていた。兼氏によれば、それには後醍醐天皇の皇子が乗っているという。

「顕家軍の到着で、京を追われている後醍醐帝側も、勢いを盛り返しましょう。間もなく壮絶な戦が始まりますぞ」

兼氏の言葉には説得力があった。正宗は尊氏の入京で天下は定まったものと安堵していたのであるが、突然の予想だにしない奥羽軍の出現に、ただただ呆気に取られていた。

(貞宗の身に、もしものことがなければ良いが)

正宗は神仏に祈りたい心境に陥っていた。

京都鎌倉往還《おうかん》の街道筋にある赤池には、都の情勢はかなりの確度で伝わってきた。兼氏の予想は的中した。北畠軍の到着で官軍の士気は大いに上がり、大敗をきした足利尊氏は、二月十二日、兵庫から海路西国に逃走していた。尊氏は九州に足利家の領地があるため、そこで再起を期すことにしたのである。

『足利軍は京都を追われ、九州へ落ちたらしい』

その情報を正宗に知らせたのも兼氏であった。正宗は梛と小春にそのことを告げた。

「彦四郎は大丈夫でしょうか」

小春が泣き声になった。

「きっと大丈夫よ。戦をするわけじゃなく、刀の修理をするだけだから」

梛が小春を慰める。

「もし尊氏様と離ればなれになったのなら、こちらへ逃げ帰ってくるであろうが、まだ尊氏様に従っているとすれば、西国へ向かったかも知れぬ」

正宗の脳裡に、騎馬で颯爽《さつそう》と目の前を通り過ぎた、北畠顕家の美しい顔が甦っていた。戦闘する一方に大義というものがあるならば、顕家の顔はまさに大義を具現《ぐげん》したような風貌だった。

（尊氏軍はやはり賊軍なのか……）

正宗は涙を流している娘を見た。小春が不憫《ふびん》に思えた。

（俺は不用意に貞宗を死地に追いやったのではないだろうか）

正宗はわざわざ尊氏の本陣を訪ねたのを悔やんだ。戦乱の最中である。律儀に顔を出す必要はなかったのだ。

「勝敗の帰趨《きすう》を見誤ったか。もう少し、天下の情勢を見極めるべきだった」

日頃は愚痴などこぼさない正宗が、悔恨《かいこん》の情をさらけだしていた。このような時、蒙古船を沈めるなど、数々の修羅場《しゅらば》をくぐってきた椰の方が、正宗よりよほど落ち着いていた。

「松浦党《まつらとう》がどうなるのかも心配だわ」

椰はもう一つの懸念を口にした。松浦党の去就である。松浦家の惣領職は定《さだむ》である。定は朝廷方に味方して活躍、建武の中興がなると肥前守《ひぜんのかみ》に任ぜられ、後醍醐天皇に忠誠を尽くしていた。このまま行けば、九州へ落ちた尊氏軍と松浦党が矛を交えることになる。松浦党と娘婿の貞宗が敵対関係に陥るのは、椰にとって耐えられないことだった。

その日を境に、正宗一家は西国の情勢に聞き耳を立てるような生活を送り始めた。

「天下を二分している戦乱の行方は、今後どうなるか分かりません。おそらく長引くと想われます。正宗様も赤池に鍛冶場を築き、刀作りを始められてはいかがですか。こういう御時世ですから、刀は引く手あまたです。作るはしから売れていきます」

兼氏は正宗の懐を心配したのである。正宗は備前を発つ時、鎌倉から持参した刀は、すべて売り払って路銀に替えていた。それに加え、尊氏から拝領した金子もあった。今のところ切り詰めた生活さえしていれば、当分は食うには困らなかったが、この先、赤池にどれほど滞在することになるのか、想像すらできない状況にあった。赤池で待てと命じた尊氏は西国へ落ち、貞宗の消息は不明である。正宗は気が向くと兼氏の鍛冶場へ出かけ、吹子《ふいご》を操って無聊《ぶりょう》を慰めているが、本格的に鍛刀を始めたいという想いは強かった。

「私もそのことを考えていたところです。貞宗の消息が判明するまではここを動けませんから、簡単な鍛冶場でも築こうかと」

「是非そうなさいませ」

椰も賛成した。

「そうとなれば、私が鍛冶道具一式を、志津から持って参ります」

「そうして頂ければ助かります」

こうして正宗一家は、赤池に当分腰を据える決意をした。

兼氏の斡旋で、まず二人の若者が正宗に弟子入りした。正宗は二人の若者と一緒に、粗末ながらも鍛冶小屋を建てた。そして三月の末には鍛冶場に吹子《ふいご》を据え、火入れ式を行ったのである。

それから数日後のことだった。赤池を横切る京都鎌倉往還が、甲冑の擦れ合う音や、馬の蹄《ひづめ》の音などで騒々しくなった。異変を知った正宗は鍛冶場を飛び出し、街道筋まで駆けつけた。そこには東へ向かって行軍する、おびただしい兵士の群れがあった。

「どうしたんだ？　この軍勢は何だ」

正宗は通過する兵馬を眺めていた村人に訊ねた。

「北畠顕家様が義良《のりなが》親王様を奉じて、奥州へ帰国の途に着かれたのだそうだ」

村人の返事を待つまでもなかった。正宗の目に北畠軍の旗印、『風林火山』の文字が飛び込んできた。孫子に深く傾倒していた顕家が、陸奥の多賀国府を出立する際に陣旗に定めたもので、この旗印を掲げる武将は顕家しかいない。

(顕家様が陸奥へ帰られる！　もはや奥州軍が京都に留まる必要はないほどに、後醍醐帝の立場が安定したということか)

顕家軍が都に向かって赤池を通過した時、戦闘を前に兵士の表情は強ばっていたが、今、正宗の目の前を通過していく兵士の顔はどれも晴れやかだった。

（これでは貞宗との再会の日は、ますます遠のくかも知れない）

正宗の心は鬱《ふさ》いでいた。

「顕家様だ！」

村人の間からどよめきにも似た声があがった。

京都鎌倉往還の街道筋に住む村人たちは、まさに時代の目撃者であった。これまで幾多の軍勢が東へ西へと進軍する姿を見てきた。尊氏追討のため東国に下った新田義貞の軍は、返り討ちにあって這《ほう》這《ほう》の体《てい》で都へ引き返した。それを追って都に入った尊氏軍は、はるばる奥州から風の如く長駆してきた顕家軍に九州へ追われた。赤池を通過した新田義貞の兵は六万七千、顕家軍五万、足利尊氏の兵にいたっては十万とも二十万とも言われる大兵力であった。赤池の村人はそれらの軍勢の栄枯盛衰を見つめてきたのである。

足利尊氏を西国へ敗走させた顕家の顔を拝もうと、赤池の村人は沿道に鈴なりに群れていた。

「公家将軍にもかかわらず、あの尊氏軍を打ち破るとは、まさに天才軍略家だ」

「光源氏《ひかるげんじ》も真っ青の男ぶりだそうではないか」

「まだ十九の若さにもかかわらず、このたび権中納言《ごんちゅうなごん》に任じられたそうな」

顕家の姿を一目見ようと押しかけた村人たちはかまびすしかった。やがて萌黄糸威《もえぎいとおどし》の大鎧《おおよろい》をまとった馬上の顕家が近づいてくると、村人は神仏でも見るような眼差しを向け、中には手を合わせる者まであった。

顕家は青毛の背に揺られながら、右手に手綱を持ち、正面をまっすぐ見据えて進んできた。正宗の視線はおのずと顕家の腰に注がれた。立派な黄金造《こがねづく》りの太刀を佩いていた。

(顕家様の腰を飾っている太刀は誰の作であろうか)

正宗はふとそんな事を考えていた。その間に顕家の姿は遠のいていていた。


赤池を顕家軍が通過して間もなくのことだった。

『西国に下った尊氏軍が、三月二日に、筑前の多々良浜《たたらがはま》で、勤王派の菊池武敏《きくちたけとし》軍に大勝したそうだ』

赤池をまたまた重大な情報が駆け抜けた。天下は後醍醐帝のものに帰したとばかり思っていた正宗にとって、それは青天の霹靂《へきれき》にも似た逆転劇であった。

尊氏軍が巻き返しに成功したのは、少弐頼尚《しょうによりなお》、大友氏泰《うじやす》、島津貞久の三氏の協力とともに、松浦党《まつら》の動向が関係していた。松浦党の惣領定《さだむ》は、尊氏が九州に落ちた時には、後醍醐帝側の武将として都にあった。このため松浦で定の留守を守っていた弟の勝《すぐる》は、初め宮方に加担していたが、多々良浜の戦いでは尊氏軍に寝返り、これで戦いの流れが一変し尊氏は勝利を得ていた。

「松浦党は尊氏様についたそうですね」

梛は貞宗が従っている尊氏と松浦党が手を結んだので安堵していた。

「尊氏様はこれで有力な水軍を手に入れられた。瀬戸の海を押し渡って、都に戻ってくるのもそう遠くはないであろう」

正宗の脳裡には、先日、赤池を通過していった北畠顕家の顔が浮かんでいた。

(あの軍略に長《た》けた天才武将はもう都にはいない。後醍醐帝は右腕をもがれたも同然だ)

正宗は人知れず胸を撫でおろしていた。

「早く貞宗の安否が分かるといいね」
梛が小春の肩に手を置いて言った。

五　左文字《さもんじ》

尊氏軍大勝の報が赤池にもたらされた頃、貞宗は尊氏の本陣のある筥崎宮《はこざきぐう》近くに在った。尊氏が多々良浜の戦に勝つと、九州の有力武家は次々と勝者になびき、宮方の勢力は振るわなくなっていた。勢いを盛り返した尊氏は、再起の態勢を着々と整えていった。

ある日、貞宗は息浜《おきのはま》に出かけた。そこはかつて行光、正宗親子が槌を振るっていた場所である。そのことを二人から聞かされていた貞宗は、西国の土産話にするつもりで訪ねたのである。行光が息浜に鍛冶場を築いてから五十年もの年月が流れていた。貞宗は地元の人に行光の鍛冶場跡を訊ねまわった。しかし行光が息浜に駐槌《ちゆうつい》したのは弘安の役の前後であり、息浜が最も騒然としていた時期であったから、その鍛冶場跡を覚えている者は無かった。

かつて息浜には数軒の鍛冶場しかなかったが、今ではいくつもの鍛冶場が槌音を響かせるようになっていた。二度にわたる蒙古襲来を凌いだ後も、幕府は三度目の侵攻があると見て、博多湾周辺の防備強化に努め、外敵に対する臨戦態勢を解くことはなかった。このため幕府は、北条氏一門を鎮西探題として博多に下向させたが、これに従った沼間や山ノ内の鍛冶たちが、次々と息浜周辺に鍛冶場を設けたからである。

何人かに行光の鍛冶場跡を訊ねた後、貞宗は海辺の近くにある一軒の鍛冶場に足を踏み入れた。中では若い男が鋼を選り分けていた。

「もうだいぶ古い話になりますが、蒙古が博多に攻めてきた頃、この辺りに行光という刀工の鍛冶場があったはずですが、どこかご存じではないですか」

貞宗は男に訊ねた。

「さあ」

男は首を振り、奥を見た。貞宗が男の視線を追うと、鍛冶場の片隅に研ぎ場があり、そこで刀を研いでいる者があった。

「行光といえば相州正宗の親父殿のことかい」

研ぎ場の男は背を向けたまま、手を休めることなく低い声で言った。

「そうです！」

貞宗は初めて手応えを感じた。

「ところであんたは」

「申し遅れましたが、その正宗の娘婿で貞宗と申します」

「何、貞宗殿！」

男は刀を研ぐのを止めて振り返った。貞宗と同年配ほどの男である。

「これはたまげた。貞宗殿は正宗殿にも劣らぬ名匠と聞き及んでおりますぞ。どうしてここに……そうか、尊氏殿の軍に加わってこられましたな」

「はい、そうです」

「わしは左《たすく》と申す。刀工名は源左《みなもとのたすく》。たすくは左《ひだり》の一字でござる」

「左殿……もしや松浦党の方ではござらぬか。鎮西の武士で一字を名乗る者は、ことごとく松浦党の一族であると聞いたことがございますが」

貞宗はそのことを義母の梛に聞いていた。

「いかにも。わしも正宗殿の妻女は、我が松浦党の一族であると承知しておりますぞ。確か名は梛殿」

「義母《はは》の名まで御存じか！」

「当然でござろう。蒙古襲来の折り、敵船に乗り込み、火を放って大船を沈めた武勇は、今でも松浦党の中で語り継がれておりますぞ。そして鎌倉鍛冶惣領の正宗殿に嫁がれたことも。松浦党の誇りでござる」

「……」

貞宗は左と名乗る刀工が、あまりに自分の家族のことに詳しいので返す言葉もなかった。

「行光殿の鍛冶場跡を案内致そう」

桶の水で手を清めると、男は立ち上がりながら言った。

「御存じなのですか！　お願いします」

左に従って貞宗は鍛冶場を出た。

「ところで梛殿はまだ御健在ですか」

「ええ、西国のことを折りに触れては懐かしがっておられます。今、私の義父母は尊氏様に命じられ、尾州の赤池という村に留《とど》まっております」

「そうですか」

「松浦党が尊氏軍に合力してくれて助かった。もし敵対していたら、こうしてあなたと話す機会もなかったことでしょう」

「全国の武将は宮方と武家方に分かれ、この国は内乱の様相を呈している。多々良浜の戦以後、松浦家の惣領職は勝《すぐる》様が継承した恰好ですが、兄の定《さだむ》様と行動する者も多く、一枚岩を誇った松浦党も二つに分かれてしまいました。早くこの国を一つにまとめねば、蒙古に付け入る隙を与えてしまう」

「まったくそのとおりです」

貞宗も同感であった。

「ああ、この辺りと聞いております。行光殿が鍛刀していた場所は」

左の鍛冶場からそう遠くない所であった。左が立ち止まって指し示した場所には、新しい町家が建っていた。そこには鍛冶場の片鱗も残されてはいなかった。貞宗は時の移ろいを感じた。

「行光殿が息浜に来られたのを機に、その後、鎌倉から多くの刀工がこの地にやってきました。今ではその門流たちの鍛冶場が随所にあります。行光殿はいわば筑前《ちくぜん》鍛冶中興の祖であります」

「そう言って頂ければ私も嬉しい」

「ところで貞宗殿は博多にはいつまでおられますか」

「尊氏様はすでに上洛の準備をなされております。おそらく来月早々には博多を発たれるでしょう。そうなれば私もついていかねばなりません」

「そうですか。……実は私は筑前の宇美《うみ》で鍛刀していた、実阿《じつあ》という師に鍛冶の技を学びました。その後は相州から下ってきた刀工たちにも指導を受けました。正宗様は鎌倉物を完成させた名人。その弟子貞宗殿はその正統を継がれたお方。私に鎌倉の鍛法を伝授願えませぬか」

左が一途な表情で頼んだ。

「残された時は幾日もありませんよ。それでもよろしいのですか」

「構いません。鎌倉物の正統の片鱗《へんりん》に触れるだけでも良いのです」

「分かりました。そもそも鎌倉流の鍛法は、蒙古相手の戦闘を念頭に生み出された鍛法です。師の正宗はそれを秘伝として一流一派に伝えるのではなく、全国に普及させたいと願っております。私でよければ時の許す限り、師に成り代わってお教え致しましょう。私は今、箱崎の鍛冶場で刀の修理に明け暮れていますが、いつでもおいで下され」

「ありがたい。今日にも押しかけてよろしいですか」

「構いません。鍛冶場まで同道致しましょうか」

左《たすく》はその日から足繁く貞宗の鍛冶場を訪れ、鎌倉流の鍛法を学び始めた。左は後に左文字《さもんじ》と呼ばれる名工に大成する。

四月三日、尊氏は一色範氏《いっしきのりうじ》ら足利一門を九州の押さえに残し、少弐《しょうに》、大友、島津らの九州勢を従えて海路博多を発った。膨れ上がった軍勢を船で移動させることができたのは、松浦党の協力が得られたからである。

足利軍には途中から中国、四国勢も加わり、士気はますます高まった。そして備後の鞆《とも》で二手に分かれることになり、尊氏は引き続き海路を、弟の直義は陸路をとって東上した。

時の勢いというものを味方に引き入れ、数万もの大軍に膨れあがった尊氏軍に、宮方は何ら妙策がなかった。五月二十五日、尊氏は摂津国に進撃して和田岬で新田義貞軍と戦ってこれを敗走させ、湊川《みなとがわ》では楠木正成の軍を全滅させた。

「顕家《あきいえ》を奥州へ帰すのではなかった」

正成戦死の報を受けた後醍醐帝は、顕家の名を何度も口にして悔しがった。後醍醐帝は二十七日には叡山《えいざん》に逃れ、二十九日には入れ代わるように直義軍が京都に入った。

「足利軍が京都を奪還したそうだ」

正宗は外出先でその情報を得ると、直ちに家に帰り椰と小春に知らせた。

「小春、もうすぐ貞宗に逢えるわよ」

椰は娘の肩を叩いて喜んだ。貞宗が家族から引き離されて、半年余りが経っていた。

「生きていればの話でしょう」

小春は一瞬喜色を顔に表したものの、すぐに心配顔になった。足利尊氏の入京とともに、恐れていた知らせが届く可能性もあった。正宗一家はそれまでもそうであったが、引き続き一日千秋の想いで貞宗の帰りを待つことになった。その間、京都の情勢は目まぐるしく変化していた。

六月半ばになると、尊氏が光厳《こうごん》上皇とその弟豊仁《ゆたひと》親王を奉じて入京し、八月には親王が神器《じんぎ》のないまま即位して光明《こうみょう》天皇となった。ここに北朝が成立したのである。

尊氏が入京した後も、貞宗の消息は分からなかった。赤池で待つように命じた尊氏からも、いつまで経っても何の沙汰《さた》もなかった。

十月になると、後醍醐天皇は新田義貞に恒良《つねよし》、尊良《たかよし》両親王を奉じさせて北陸へ下らせ、自身は尊氏の要請に応じて帰京し、十一月二日、神器を光明天皇に授けた。こうして建武の新政はわずか二年半で、名実ともに終わりを告げたのである。

十一月七日、尊氏は二項十七条よりなる建武式目《けんむしきもく》を公布して、幕府の再興を天下に宣言するとともに、今後の施政の基本方針を示した。

それから間もなくのことだった。赤池宿の旅籠《はたご》の主人が正宗の家にやってきた。正宗は赤池では刀工であることは秘していたが、借家の片隅に鍛冶場を築き槌音を響かせるに至っては隠しようもなく、面識のある旅籠の主人も正宗の素性はすでに承知していた。

「貞宗様からの書状を預かって参りました」

宿の主人は思いがけないことを口にした。

「貞宗の！」

それは正宗一家が永いことひたすら待ち望んでいた吉報であった。

「先ほど私の宿を、鎌倉に下る途中だという、一人の商人が訪れました。そして都で貞宗様に頼まれたと言って、正宗様宛のこの書状を置いていかれました」

旅籠の主人は封書を正宗に差し出した。

「それはそれは、お手数をおかけ致しました。私の婿はこの家のことは知らないので、きっと旅籠の御主人なら、これを私に届けてくれると考えたのでしょう。わざわざ御主人に御足労いただき、ありがとうございました」

「婿殿と連絡がついてよろしいでしたな」

旅籠の主人はそう言って帰っていった。

「おい、貞宗から便りが届いたぞ！」

正宗は大声で梛と小春を呼び寄せると、一通り文面に目を走らせた後、家族の前でゆっくりと読み始めた。それには、赤池に残した肉親のことを気づかうとともに、都を落ちてから再び都に戻るまでの経緯が、几帳面な文字で縷々《るる》記されてあった。そして都は一応平穏になったものの、いつまた思わぬ出来事が起こるか分からないので、暇をもらって赤池に帰れるのは、まだ先のことになるかも知れないと結んでいた。

「とにかく貞宗の消息が判明して何よりだ。生死さえはっきりすれば、ここでいつまでも待つことができる」

椰も小春も涙を浮かべて頷いた。

貞宗が文に記してあったように、都にはその後も次々と事件が持ち上がっていた。

『先に光明天皇に渡した神器は偽物であり、自分が正統な天皇である』

後醍醐帝は十二月二十一日、密かに京都を脱出して大和の吉野に走り、吉野朝廷（南朝）を開いて、尊氏の擁立する京都の朝廷（北朝）に対抗した。ここに二つの朝廷と二つの年号が併立する、南北朝六十年の内乱が始まることになった。

第二十一章　入道《にゅうどう》

一　炎心《えんしん》

翌年の、鴨川の水がぬるむ頃だった。貞宗と二代国重が洛中の尊氏の本営に呼ばれた。二人が何事かと出かけてみると、思いがけないことに、待ち受けていたのは尊氏であった。

「正宗はまだ赤池宿《あかいけじゆく》にいるはずだな」

尊氏が貞宗に訊いた。

「はい、尊氏様の指示を待っております」

「そうか。……今日は二人に申し伝えたいことがあって、ここに呼び寄せた。わしは吉野の天狗に睨《にら》みの利く京に、新しい武家政権を打ち立てるつもりだ。とは言っても鎌倉を捨てるわけにはゆかぬ。鎌倉が東国を治める重要な拠点であることに変わりはない。そこでじゃが、正宗、国重のうち一人は京に残し、もう一人は鎌倉へ帰して彼の地の刀工たちを束ねさせようと思う。さて誰を鎌倉に帰したものか」

尊氏は二人を見まわした。尊氏は天下を平定した後は、武家政権発祥の地の鎌倉に幕府を開くつもりであった。だがいまだに後醍醐帝に翻弄《ほんろう》され続けている尊氏は、南北両朝が並立する状況に至って方針を転換したのである。京都や奈良は備前に次ぐ刀剣類の生産拠点であり、名工も数多くいて、その供給量に不安はなかった。しかし尊氏は、気心の知れた鎌倉鍛冶も、手近に置きたいと考えたのである。

「お訊ねしてもよろしいですか」

国重が言った。

「何じゃ」

「京に残すとは、どのような意味でございますか」

「この地に根をおろせということだ。鎌倉から家族や一門の者を呼び寄せ、都で我に仕えよということだ」

「分かりました。貞宗殿、いかが致そう」

国重が貞宗の方を振り向いた。国重は何事にも地味な貞宗に比べ、社交的で派手好きな性格である。以前、二人で繁華な洛中を歩いていた折り、『住めば都と言うが、住むなら都でござるな』と、目を輝かせながら語ったことがあった。貞宗は国重なら都に残る方を望むであろうと想った。

「義父《ちち》の意向を訊いてみないことには……私の一存では返答しかねます」

貞宗は即答を避けた。

「貞宗、正宗は高齢の身じゃ。いずれ正宗の跡はそちが継ぐことになろう。この件に関しては、貞宗の意向を汲んでもよいぞ」

尊氏はこの場で決着をつけたいらしい。ならば貞宗に迷いはなかった。貞宗は国重の気持ちを尊重してやろうと思った。

「それでは鎌倉に帰して頂きとうございます。義父の正宗もそれを望んでいることと思いますれば」

「そうか、それなら正宗ともども鎌倉へ帰るがよい。そして相州の流儀にいっそう磨きをかけよ。国重に異存がなければの話だが」

「私に異存はありませぬ」

　国重は目を輝かせて言った。


　従軍刀工を免ぜられた貞宗は、単身、家族の待つ尾張へと向かった。赤池に着いた貞宗は、一年半前の記憶を頼りに、半月ばかり寝起きした旅籠《はたご》を探した。

「ああ、いつぞやの方ではありませぬか。お帰りなさいませ。お預かりした書状は正宗様にお届けしておきましたよ。家族の皆様は、あなたのお帰りを首を長くしてお待ちです」

「その際は御面倒をおかけ致しました」

　貞宗は宿の主人に礼を述べた。

「正宗様の住まいはすぐ近くですよ」

　愛想のよい宿の主人は、往来に出て正宗の借りた家を丁寧に教えてくれた。

　貞宗が家族の住む家を探しあてると、家の片隅から槌音が響いていた。

(鍛冶場を築かれたのか！)

　貞宗の胸に熱いものが込み上げてきた。その槌音こそが、家族の無事を物語っているようであった。

　貞宗は槌音に誘われるように鍛冶場をのぞいていた。正宗を横座に、二人の見知らぬ若者が先手《さきて》を務めていた。

「あなた！」

突然、背後から懐かしい声が聞こえた。貞宗が振り返ると小春の姿があった。

「……変わりなかったか」

小春は黙って頷いた。貞宗は小春に歩み寄り、両肩に手をかけた。

「義母《はは》もお元気か」

「ええ」

貞宗は家族全員の無事を確認し、ようやく安堵の胸を撫でおろした。

都を発つ時、貞宗は正宗宛の書状を尊氏から預かっていた。久々に家族四人が顔を揃えた席で、その書状が広げられた。それには従来の地所、田畑を安堵し、改めて鎌倉鍛冶惣領に任ずるとの内容が記されてあった。

「これでようやく鎌倉に帰ることができるな」

書状を読み終えた正宗は、貞宗を見据えながら物静かに言った。その正宗に、国重が京に残り、正宗が鎌倉に帰ることになった経緯を貞宗は語った。

「鎌倉を選んだ私の判断、よろしかったでしょうか」

「もちろんだ。わしはいつまでも相州鎌倉鍛冶でありたい。国重殿が京都を望まれたのなら、万事めでたしではないか」

「その言葉を聞いて、ほっと致しました」

「そうと決まれば、すぐにでもここを発とう。鎌倉を離れてはや四年、何もかもが気がかりなことだらけだ。祐慶伯父にも早く逢いたい」

翌日、正宗はさっそく志津の兼氏を訪ねた。

「尊氏様に鎌倉鍛冶惣領職を命じられたため、相模へ帰国することになりました。今日はその御挨拶に上がりました。赤池滞在中、兼氏殿には何くれとなくお世話になりました。礼を申します」

「それはおめでとうございます。貞宗殿も無事に帰られて何より。私の方こそ厚かましく押しかけては、鎌倉の流儀を懇切に伝授して頂きました。師の志を受け継ぎ、これからも鍛刀法の改良に取り組んでいきたいと思います」

「それで一つ相談なのですが、赤池で弟子にした二人を、こちらで引き取ってはもらえないでしょうか。二人が希望すれば鎌倉に同行するつもりでしたが、二人にも色々事情があり、この地を離れることができないようなのです」

「それは御心配なく。もともと二人は私が正宗様に世話した者たち。私が責任を持ってお引き受け致します。幸いと言っては、はなはだ不謹慎なのですが、このような世情なので、刀剣類の需要は逼迫《ひっぱく》しております。私の鍛冶場も、人手はいくらあっても足りないくらいですから」

兼氏は正宗の申し出を快く受け入れてくれた。正宗は一番気になっていた件が解決し、肩の荷を降ろした思いだった。

それから七日後、正宗一行は木曽川に出て、舟で河口まで下った。そこから船で鎌倉に向かうのである。船便の手配をつけてくれたのも兼氏であった。兼氏と弟子だった二人は、わざわざ港まで見送りに来てくれた。

「私もこの地に、いつの日か、一流一派を打ち立てて御覧に入れます」

別れ際、兼氏は正宗に力強く宣言した。

「期待しておりますよ」

正宗は激励の意味を込めて兼氏の肩を叩いた。

志津三郎兼氏は、その後、大和の伝系に正宗から学んだ鎌倉流を加味し、新しい流儀を編み出した。時代はまさに南北朝の内乱のただ中であり、刀剣類は引く手あまたの状況であった。美濃の地の利に支えられた兼氏の伝法は、瞬く間に隆盛を極め、後世、大和伝、山城伝、備前伝、相州伝と並び称される美濃伝《みのでん》として、五箇伝《ごかでん》の一つに数えられることになる。

正宗一家は伊勢湾へと船出していった。季節はすでに初夏となり、北上するにはもってこいの南風が吹いていた。船は途中の浦々で帆を休めながら、順調に航海を続けた。伊勢湾を抜け出てからも風待ちをすることもなく、遠州灘から駿河湾へと進んでいった。まだ頂に残雪を輝かす富士の峰が、鎌倉が近づいてきたことを知らせてくれた。

下田で帆を休めた頃より、椰の表情が暗くなった。正宗には若き日の海難を想い出しているのだとすぐに分かった。すでにあの悲劇の日から五十三年もの年月が経っていた。四年前、炎上する鎌倉を逃げ出した時も遭難海域を通過したが、その時は鎌倉陥落の衝撃で憔悴《しょうすい》し、正宗は遠い昔のことに想いを馳せている余裕などなかった。船が伊豆半島の沖合にさしかかった時、椰が船縁《ふなべり》で手を合わせているのを見ても、すぐには海で亡くなった仲間に弔意を表しているのだとは気づかなかった。いつまでも合掌を続ける椰の姿を見て、正宗はようやく海難のことに思いあたったのだった。

「明日は風向きも良さそうだから、まっすぐ鎌倉に向かうらしい。明るいうちに和賀江島に着けるだろうと船頭が言っていた。岩浦の沖にさしかかったら、椰の仲間を弔ってやろう。船頭から酒を分けてもらったから」

正宗は梛に酒壺を差し出した。

「ありがとう」

正宗には心なしか梛の表情が明るくなったように感じられた。

翌日、下田を発った船が初島を過ぎると、正宗の家族は船尾に集まりその時を待った。真鶴岬の沖に来た時、梛が海に酒を注いで仲間の冥福を祈った。岩浦の漁村が見えていた。浄香院《じょうこういん》の屋根も新緑の葉陰にのぞいていた。梛と正宗は、尼寺に向かって永いこと手を合わせ続けた。

小田原沖を過ぎると、やがて江ノ島がはっきりと見えてきた。正宗一家は江ノ島を、そしてその向こうに見える稲村ヶ崎を凝視し続けた。稲村ヶ崎の向こうには鎌倉がある。四人の脳裡に焼き付いているのは、至る所で紅蓮の炎をあげていた鎌倉の光景である。新田軍の猛攻に、まさに陥落寸前の鎌倉城だった。あれから丸四年の年月が経過していた。二年前には北条高時の遺児時行《ときゆき》の起こした兵火をも被っている。四人は船が稲村ヶ崎をかわすと、どのような鎌倉が姿を現すのか、恐れにも近い心持ちでその時を待っていた。

船は滑るように稲村ヶ崎を通過していった。四人は船に揺られながら、しばらく声もなく鎌倉市中を眺めていた。鶴岡八幡宮寺の社殿の朱色が、四人の心を捉えて離さなかった。

「そんなに変わっていなかった」

梛がポツリと言った。

「船から見る限り、鎌倉陥落の日の光景が夢のようだ」

正宗も梛につられたように呟く。それほど船から望んだ鎌倉は平穏そのものに見えた。正宗一家が鎌倉を離れていた間に、住人は必死で鎌倉を再建したのであろう。正宗は故郷の人々のたくましさを感じた。

和賀江島に上陸した正宗一行は、まっさきに飯島の甚五郎行光の鍛冶場を訪ねることにした。陸に上がってみると、船から見た光景と違い、鎌倉市中はまだ随所に兵火の痕を留めていた。それを見た正宗一行は、行光の鍛冶場はどうなっているかと不安に駆られた。

「槌音が聞こえてくる」

小春が叫ぶように言った。正宗も立ち止まって耳を澄ました。

「聞こえる。鍛錬の槌音だ。甚五郎の鍛冶場に相違ない」

正宗が感極まった声を出した。

槌音を響かせていたのは、思ったとおり甚五郎行光の鍛冶場だった。しかし元の鍛冶場ではなく、新しく建て直されていた。やはり兵火は免れなかったのだ。正宗一行の突然の帰国に、行光一門は驚いた。

「祐慶様から無事とは聞いておりましたが、こうしてお逢いするまでは心配でなりませんでした」

甚五郎こと三代行光が手拭いで汗を拭きながら言った。

「皆も無事で何よりだ。兵火で命を落とした者はいなかったのか」

「ええ、我々一門の者は幸いにも」

「そうか、それは良かった」

「祐慶様もお元気でございます」

行光は遣いの者を鶴岡八幡宮寺に走らせた。正宗の弟子の一部は行光の鍛冶場に厄介になっていたが、その者たちは師匠の帰国を他の弟子たちに知らせるため鍛冶場を飛び出していった。

「正宗様の屋敷は、兵火をもろに受けてしまいました。今では雑草が生い茂っております。当分はここで以前のように暮らして下さい」

「そういう訳にもゆくまい。尊氏様の命で鎌倉に帰ってきたのだ。願い出れば当座の雨露を凌げるように計らってもらえるはずだ。我々のことは心配には及ばぬ。何はともあれ、屋敷跡を見に行ってこねば」

　正宗と貞宗は二人連れだって焼失したという屋敷跡に出かけた。行光が語ったように、そこには夏草が一面に生い茂っていた。燃え残った廃材などは、人々が薪《たきぎ》にするため持ち出したのであろう、ものの見事に無くなっていた。草むらの中に佇んだ正宗は、世の無常を肌で感じていた。

「鉄は大丈夫でしょうか」

　鎌倉脱出時に鍛錬用の鉄を庭に隠したが、貞宗はそれを埋めた辺りに立って言った。

「掘り返した痕跡はないようだが……鍛冶場を再建するまで、このままにしておこう」

　正宗が帰ってきたことを知り、弟子たちが次々と顔を揃えた。正宗一家の当座のねぐらは、祐慶の僧坊の一室を提供してもらうことになった。そして翌日から屋敷跡の草刈りが始まり、木工《もく》を連れて来て新しい家を建てることになった。

「天下の形勢はまだ定まってはいない。いつまた兵火がこの鎌倉に及ぶとも限らぬ。我々の住む家は雨露を凌げればよい。しかし鍛冶場だけは立派なものを作ってくれ」

　正宗は木工にそう依頼した。

焼失した屋敷跡に、鋸《のこぎり》や鉋《かんな》の音が響き始めた。正宗は家や鍛冶場の再建は、すべて貞宗に任せていた。正宗はすでに七十四歳の老境である。年齢を考えると、鍛冶場は代替わりの時期を迎えていた。いや、遅すぎたのかも知れなかった。貞宗夫婦には子ができなかったので、正宗が孫の顔を見てからと思っているうちに、いつの間にか時が流れてしまっていたのだ。正宗は隠居を考え始めていた。

その日、椰と貞宗夫婦が家の建築現場に赴いた後、正宗は僧坊の縁側にぽつねんと胡座《あぐら》をかき、周りの山の新緑に心を奪われていた。清々しい景観を見つめていると、正宗の脳裡に、赤池宿を颯爽《さっそう》と通過した北畠顕家《きたばたけあきいえ》の、凛々《りり》しくも美しい青年武将の姿が想い起こされていた。

正宗はこれまでに、幾人もの権力者の栄枯盛衰を目のあたりにしてきた。武門とは切っても切り離せぬ刀工という職に生まれつき、しかも天賦の才に恵まれたため、鎌倉を支配した代々の権力者の知遇も得てきた。

（俺の生きた時代は、まさに戦乱に明け暮れた時代だった。蒙古との戦以外は、すべて時の権力者の私利私欲による戦だった。そのとばっちりを受け、多くの人が命を落とし、残された者たちも困窮に追いやられた。権力者の野望ほど醜いものはない）

その様なことを考えながら、眼に心地よい緑を見つめていた正宗の脳裡に、ふと萌黄糸威《もえぎいとおどし》の大鎧《おおよろい》をまとった北畠顕家の記憶が過ぎったのである。まるで汚れを知らぬげな清楚な美女に、華やかな甲冑を着せたような、まさに錦上《きんじょう》に花を添えるといった趣の青年武将であった。

（あの方も心は醜い野望で一杯なのであろうか。まだ若いから今はそうでなくても、この新緑が秋になれば色づくように、いずれ心は醜いものに染まっていくのであろうか）

正宗はいつになく、とりとめのない想いに駆られていた。

「正宗、何を物思いに耽っているのだ」

いつの間にか、伯父の祐慶が姿を現していた。朝の勤行《ごんぎょう》を終えたのである。

「これは伯父上、つい新緑に見惚れておりました」

「刀鍛冶が風景に見惚れるほど、鎌倉が平穏になったということかな」

「つかの間の平穏でござりましょう。世の中は南北両朝に分かれて、相変わらずいがみ合っております。鎌倉にいつ戦禍が及んでも不思議ではありません」

「そうだな。正宗の言うとおりだ」

「ところで伯父上、私の鍛えた刀が、北条高時様の自害に用いられ、その子邦時《くにとき》様の処刑に使用されたのは御存じでしたか」

「いや、それは初耳だ！　まことか」

「尾張で尊氏様の本陣を訪ねた時、尊氏様から直接伺いました。尊氏様は北条氏にとどめを刺した刀だと仰せになり、縁起を担いで後醍醐帝との戦に佩いておられました」

「そうだったのか、お前の刀が北条政権に引導《いんどう》を渡したのか。正宗もさぞや複雑な心境であろうな」

「高時様が自害なされた東勝寺では、他にも数多くの人が命を絶ったとのこと。今、あの寺はどうなっております」

「歴代執権の邸跡には、滅亡した北条一族を弔うため、新しく宝戒寺《ほうかいじ》という寺が建立中だ。そのため、東勝寺はそのまま打ち捨てられている。東勝寺はあまりに多くの血で穢《けが》されたからな」

「廃寺《はいじ》にされているのですか。一度、東勝寺を訪ねてみようと思っておりました。これから出かけて参ります」

「そうか」

祐慶の僧坊を出た正宗は八幡宮の境内を抜け、鎌倉を流れる最大の川である滑川《なめかわ》を渡った。渓谷の風情に包まれた滑川は、新緑の緑を清流の川面《かわも》に映し、単調なせせらぎの音を奏でていた。川を渡ってまっすぐ進むと山にさしかかり、その左側に鎌倉幕府終焉の地、東勝寺跡があった。

正宗も前に何度か参拝に訪れたことのある寺であったが、その記憶に残る寺の光景と、現在の様子はまったく異なるものであった。鎌倉炎上の日から丸四年。境内の建物はすべて焼失し、周囲の木々には焼けて立ち枯れしているものが多く、寺域には荒涼とした風景が広がっていた。遺っているものといえば伽藍の礎石《そせき》と、元々この寺は城郭《じょうかく》の役目も併せ持って造られたため、石垣が多く目についた。それほど広い寺ではないので、この場所で八百名近い人の血が流されたとは、容易には信じられなかった。正宗は高時が自刃したという、本堂のあった場所の前で手を合わせた。

東勝寺跡の裏手には、山腹をくり抜いた『やぐら』があった。やぐらは平地の少ない鎌倉独特の墓である。鎌倉の山は柔らかい岩質のため、山腹に横穴を掘り墳墓とするようになったのである。そのやぐらは、立派な閂《かんぬき》付きの観音扉で閉ざされていた。鎌倉陥落時に自刃した、高時以下の北条一族を葬った墳墓である。あまりに殉死した者が多かったため、他の多くの遺骸は、東勝寺の東にある釈迦《しゃか》堂《どう》ケ谷《がやつ》の奥に、多数のやぐら群を築いて埋葬されていた。

正宗はやぐらの前に佇み、永い間、手を合わせ続けた。瞑目する正宗の脳裡に、自刃する高時の姿が想い浮かんでいた。

（栄華を極めた北条氏の最期に、俺の鍛えた刀が大きな関わりを持ったのだ。人の生き血を吸って）

正宗の胸に不思議な昂揚感《こうようかん》があった。

(この衝《つ》き上げてくるものは何だ！)

正宗は東勝寺で亡くなった多くの霊に呼びかけられているような気がした。正宗の脳裡を様々な昔の出来事が去来し始めた。父の刀が滝ノ口で元使の首を刎ねた光景。癩者《らいしゃ》に肩を貸していた忍性《にんしょう》の気高い姿。博多湾を埋め尽くした蒙古の軍船。炎上する鎌倉。……それらがその時々の心象《しんしょう》とともに、次々と正宗を襲った。

『なぜ出家なさったのですか』

正宗はかつて、父の師である国光が出家したと聞いて、本人に訊ねたことがあった。

『これと言って理由などはない。ただ、その様な心持ちになっただけのことよ』

国光は笑いながらそう答えてくれた。国光は入道し、『光心《こうしん》』と名乗った後も槌を手放すことはなく、刀の茎《なかご》にまで光心銘を刻んだ。

(これが国光様がおっしゃっておられた、その様な心持ちではないのか！)

正宗は、はたとそのことに思いあたった。正宗はこれまで、仏門に帰依《きえ》するなど考えたこともなかった。だが、みずからの鍛えた刀が、最後の北条氏得宗高時の自刃に使用されたと聞かされて以来、『出家』の二文字が心の片隅で陽炎《かげろう》のように揺らめきだしたのを意識していた。

(国光様もこのような心境になられて出家なされたのだろうか)

その時、正宗の脳裡に再び忍性の姿が浮かんだ。重症の癩者に肩を貸して、道を共に歩んでいた、穢《けが》れに触れることを恐れぬ崇高な姿。

(極楽寺の忍性様こそが真の僧だ。あの方に帰依《きえ》し、得度《とくど》したかった)

他宗排撃にうつつを抜かしている俗僧たちとは一線を画《かく》し、ひたすら病者や貧者の救済活動に身を捧げた忍性。人々は忍性を生身の菩薩として慕い敬っていた。正宗が永い人生の中で、初めて心を惹かれた僧である。しかし忍性はすでにこの世にない。嘉元《かげん》元年（一三〇三）、極楽寺において八十七歳で入滅《にゅうめつ》していた。

東勝寺から帰った正宗は、祐慶に出家の意志を伝えた。

「好きにすれば善かろう」

「ついては伯父上に、戒師《かいし》をお願いしたいのですが」

「わしでよいのか。わしは忍性殿のような菩薩ではないぞ」

「菩薩でなくとも、八幡宮では影の別当、もしくは大進坊の怪僧と呼ばれている身ではございませぬか。どうか刀鍛冶にふさわしい法名をお授け下さい」

「分かった。考えておこう」

祐慶はさっそく法名に心を馳せるかのように瞑目していた。

その年の七月、正宗はみずからが生まれた日を選んで鶴岡八幡宮寺で得度《とくど》を受け、白髪頭に剃刀《かみそり》を入れた。戒師の祐慶から授けられた法名は、鍛冶の身にふさわしい『炎心《えんしん》』であった。

二　菊一文字

昨年の暮れ、密かに京都を脱出して大和の吉野に逃れた後醍醐天皇は、吉野朝廷（南朝）を開いて尊氏の擁立する京都の朝廷（北朝）に対抗していた。しかし股肱《ここう》の臣であった楠木正成を失い、後醍醐帝の武力は極めて脆弱《ぜいじゃく》なものとなっていた。このため後醍醐帝は正成に代わる武将として、奥羽の平定に赴いている鎮守府将軍北畠顕家《きたばたけあきいえ》を頼りにすることにした。顕家は後醍醐帝に反旗を翻して京都を占領した足利尊氏を、東北武士団を率いて上洛し、瞬く間に西国に追い払った輝かしい武功の持ち主である。後醍醐帝は京都を奪回するため、顕家に再び足利尊氏追討の勅命を発し出陣を促したのである。

延元《えんげん》二年（一三三七）八月十一日、顕家は後醍醐天皇の要請に応じて再度上洛軍を起こした。そして義良《のりなが》親王を奉じ、十万の精鋭を率いて東北の霊山《りょうぜん》城を進発したのである。ちょうど正宗が出家して間もない頃であった。

北畠軍は各地で北朝方の勢力と交戦しつつ西進し、関東に入ると北条時行や、上野《こうずけ》で挙兵した新田徳寿丸《とくじゅまる》（義興《よしおき》）の軍がこれに加わった。北条高時の次男時行は、先年、吉野の後醍醐帝と接触し、朝敵恩赦の綸旨《りんじ》を受けて南朝方に属していた。徳寿丸は新田義貞の次男である。

鎌倉を守っていたのは、足利尊氏の嫡男義詮《よしあきら》（八歳）であった。足利軍は北畠軍阻止に出陣し、十二月二十日、利根川で北畠軍と激突したが、顕家の巧みな用兵の前に惨敗を期してしまった。義詮の出陣は、顕家の不敗神話に花を添えただけであった。兵を退いた足利軍は、鎌倉の守りに徹することになった。

北畠軍は二十三日から二十四日にかけて、東の朝比奈《あさひな》切り通しなどから鎌倉に攻め入った。足利軍の戦意は乏しく、さしたる迎撃戦も行わずに、義詮を奉じて鎌倉から逃げ出した。そんなぶざまな足利軍の中にあって、唯一、武士の面目を見せたのは斯波家長《しばいえなが》である。家長は大倉山山頂に築いた杉本城に立てこもり、顕家の大軍をものともせず最後の抵抗を試みた。しかし孤軍奮闘したものの杉本城は陥落し、討ち死にした者は三百余名に達した。宿老とともに自刃して果てた家長は、まだ十七歳の若さであった。

北畠軍が関東に入って以来、正宗のもとには祐慶から戦況が逐一もたらされていた。

『早く鎌倉から避難するように』

足利軍が利根川で大敗を期した時、祐慶は正宗のもとに遣いを寄こしてそう忠告した。情勢は新田義貞が鎌倉を陥落させた時と酷似していた。鎌倉に住む誰もが、四年前の鎌倉が炎上した時の光景を想い浮かべ、浮き足だっていた。正宗は祐慶の忠告を容れ、家族や弟子たちを江ノ島方面へ逃げさせることにした。その時、一悶着《ひともんちゃく》が起きた。正宗が独りで屋敷に残ると言い出したからである。

「なぜ避難しないのです」

「わしは出家した身。今さら命を惜しむ気など毛頭ない。もう世俗のごたごたに振りまわされたくないのだ。もし兵難に遭って命を落とすようなことがあっても、少しも悔いはない。わしのことは心配せず、お前たちだけ、しばらく鎌倉から離れるがよい」

正宗は家族や弟子たちの説得にも、かたくなに耳を貸さなかった。説得を諦めた貞宗らは、極楽寺坂口から鎌倉を逃れていった。

正宗は独りで屋敷に残った。朝比奈口が破られ足利軍が鎌倉を放棄すると、その後を埋めるように『風林火山』の旗印が鎌倉市中を席巻《せっけん》した。御家人の邸や神社仏閣は北畠軍の宿所と化し、辻の要所要所には兵が配置された。北畠軍の軍紀は行き届いており、乱暴狼藉や略奪は起こらなかった。そして何よりも、四年前の鎌倉陥落の際のような、兵火が猛威を振るうこともなかった。

鎌倉から足利軍を駆逐した北畠顕家は、さっそく十騎ほどの将士を引き連れて、市中の中枢を視察してまわった。

顕家が寿福寺近くの路上で馬を止めた。一軒の屋敷の前である。中から鉄を鍛える単調な槌音が響いていた。鎌倉のほとんどの住人は、兵難を恐れて鎌倉から逃げ出していた。残っている者といえば、火事場泥棒のたぐいか、足腰の不自由な老人や病人たちである。陥落したばかりの鎌倉に、鍛冶の槌音はそぐわなかった。顕家はその響きに興味を覚えた。

「鎌倉の中枢部で槌音を響かせているとは、野鍛冶などではあるまい。きっと刀を打っているのであろう」

顕家はこのような時に、平然と槌音を響かせている者の顔を見たくなった。顕家は身軽な身のこなしで馬から下りた。母屋に人のいる気配は感じられなかった。その母屋の裏に鍛冶場らしき一棟があり、槌音はそこから響いていた。顕家が鍛冶場をのぞこうとした時、不意に槌音が止み、代わって吹《ふい》子《ご》の音が響きだした。

新築間もない立派な鍛冶場である。顕家は中に足を踏み入れた。薄暗い鍛冶場の奥に、吹子を操っている人影が見えた。火床《ほど》から立ち昇る炎に照らし出された人影は一人である。年配の刀工のようであった。

(見たところ働き手が十数人はいてもおかしくない鍛冶場だが……他の刀工たちは逃げ出したのであろうか)

顕家はそんなことを考えながら、鍛冶の仕事を見つめていた。刀鍛冶は顕家が入ってきたのも気づかずに、金敷《かなしき》に赤めた鉄塊をのせて再び金槌を振るい始めた。

「おい」

顕家の家臣が刀鍛冶に呼びかけた。槌音が止んだ。

「こちらにおわすは鎮守府将軍の北畠顕家様なるぞ」

刀鍛冶は驚いた様子で槌を置き、顕家の前にひざまずいた。

「このような鎌倉の中心部で鍛冶場を営んでいるとは、さぞかし名のある刀工であろう。そちの名は」

顕家が訊ねた。

「正宗と申します」

「何！　正宗」

驚きの声をあげたのは顕家の家臣である。正宗の名は遠く奥州の地にも鳴り響いていた。

「そちが有名な相州正宗か」

若いにもかかわらず、顕家の声にはどこか威厳が感じられた。

「ははっ」

「我が軍が鎌倉に侵攻するというのに、どうして逃げ出さなかった」

顕家の問いかけに、正宗は少し間をおいて応えた。

「私は去年、尾張の赤池という所に滞在しておりました。そこで上洛される北畠様の軍をお見受け致しました。大軍にもかかわらず、通過された後、略奪や乱暴狼藉の噂を一つも耳に致しませんでした。まず、それが一つ。私は出家した身にございますれば、俗世のごたごたに煩わされたくありません。それが二つ目の理由にございます」

「そうか……まあ、それはさておき、せっかく天下の名匠に逢えたのだ。さっそく一振り鍛えてもらいたいところだが、長旅で疲れた軍をしばし休ませたら、年明け早々に鎌倉を発たねばならぬ。それでじゃが」

顕家はそう言うと、腰に吊した太刀を外した。正宗が赤池で見た黄金《こがね》造りの太刀である。鎮守府将軍の腰を飾る立派な拵《こしら》え。

「年内にこの太刀の疵《きず》を直してはもらえぬか。物打ちの辺りを欠けさせてしまったのだ」

正宗は受け取った太刀を抜き放った。杢目《もくめ》肌がよく詰んだ地鉄《じがね》は青く冴え、焼幅の広い華やかな重花丁子《じゅうかちょうじ》乱れの刃文が焼かれていた。一見して備前の上工の手になる、品格の高い作柄である。顕家が言ったように、切先三寸のところに刃こぼれがあった。それほど深い疵ではない。

「これでしたら研ぎだけで直せます」

「そうか」

「しかし、見れば見るほど素晴らしい御刀《おかたな》でございます。鍛えの精緻さといい、華やかな重花丁子の刃文といい、さぞや名のある刀工の作でございましょう」

正宗は茎《なかご》を改めてみたくなった。

「菊御作《きくのぎよさく》だ」

顕家がさりげなく口にした。

「菊御作！　これが、かの有名な御所焼《ごしよやき》の太刀でございますか」

正宗は目を瞠《みは》った。太刀を持つ手が微かに震えていた。菊御作とは後鳥羽上皇が御親作《ごしんさく》された刀のことである。上皇は承元《しようげん》元年（一二〇七）に御番鍛冶《ごばんかじ》制度を設け、承久《じようきゆう》の乱で隠岐島に配流されるまでの十数年間、その院中や水無瀬宮《みなせのみや》で刀を作られている。刀剣趣味の上皇は、全国から当代の名匠を召し寄せて、月番を定めて当番鍛冶に鍛刀の相手をさせたのである。上皇みずから焼き刃された太刀には、銘の代わりに佩表《はきおもて》の鎺《はばき》下《した》に大きく菊花紋が毛彫りされていた。

上皇が刀を打つなど、皇室始まって以来、前代未聞のことであった。だが上皇には深い叡慮《えいりよ》があった。武家政治を廃止して王政復古の政治を実現しようとした上皇は承久の乱を起こすが、この時、菊花紋の切られた太刀は、討幕の士気を鼓舞《こぶ》する手段として、上皇のもとに馳せ参じた公卿や武士らに下賜《かし》されたのである。以来、菊紋は天皇家の定紋《じようもん》とされるようになっていた。

「奥州下向を命ぜられた折り、後醍醐帝より賜ったものだ。鍛えたのは備前の則宗《のりむね》だ」

則宗は番鍛冶の筆頭に挙げられる名工である。則宗の打った太刀に、後鳥羽上皇が焼き入れされた刀は、特に『菊一文字』と呼ばれていた。

「このような世にも希有《けう》な太刀に、私ごときが手を加えてよろしいものでしょうか」

「何を申すか。もしも正宗が後鳥羽上皇様の御代《みよ》に生を受けていたならば、鍛刀のお相手として、まっさきに召されていたであろうに」

「そんな、滅相な」

謙遜《けんそん》する正宗の脳裡を、曾祖父豊後行平のことが過ぎった。行平は御番鍛冶に列せられるはずだったが、政争に巻き込まれて上野国《こうずけ》に遠流《おんる》となり、その栄誉を棒に振っている。正宗は御所焼の太刀を手にして、奇しき因縁を感じていた。

「修理してくれるな」

顕家は正宗に念を押した。

「分かりました。それではお預かり致します」

「上洛前にまた寄らせてもらう」

顕家はそう言い残して、正宗の鍛冶場を去っていった。正宗は顕家が姿を消した後、しげしげと太刀の疵に見入った。十万もの大軍を率いる総大将の刀に、誉《ほま》れ疵《きず》が生じるなど、普通は考えられないことだ。おそらく自軍を鼓舞するため、その先頭に立って敵と切り結んだのであろう。正宗から見れば孫ほどの顕家である。弱冠二十歳の顕家に、正宗は改めて畏怖《いふ》の念を禁じ得なかった。

正宗はさっそく太刀の修理に取りかかった。刀身の若干の歪《ゆが》みを正し、疵の深さに合わせて研ぎで刃を落とした。


顕家が再び正宗の鍛冶場を訪れたのは、正月元旦の昼過ぎのことだった。前触れもなく、家臣三名だけを連れてやってきた。

「修理はできたか」

戦陣の中にあっても、ささやかに新年を祝ったのであろう。顕家の顔には赤味が差していた。それがいっそう、好男子ぶりを引き立たせている。

「はい」

正宗は預かった太刀を顕家に返した。

「さすが名刀だけに、研いだ感触が何とも言えぬものでした」

正宗は率直に感想を述べた。顕家は菊一文字の疵が修理されているのを確認すると、太刀を付き従ってきた配下の者に手渡した。

「尊氏殿は当面のわしの敵じゃ。その尊氏殿のお抱え鍛冶を務める正宗に、太刀を修理してもらった。

尊氏殿が聞いたら怒るであろうな」

「尊氏様はそんな狭量な方ではございません」

「そちは尊氏殿に逢ったことがあるのか」

「はい、尾張の赤池に滞在していたのは、尊氏様の命にございます。清須宿《きよすじゆく》の本陣で一度だけお逢い致しましたが、その時の印象では、心の広い方とお見受け致しました」

「そうか。……尊氏殿が後醍醐帝に反旗を翻されたのも、無理からぬことであった。昨今の天下の乱れは、建武《けんむ》の新政の誤りに原因がある」

顕家は何を思ったのか、突然、尊氏に隷属する正宗に向かって、みずからの心情を吐露し始めたのである。それは後醍醐帝に対する苦言であった。

民は戦で疲弊しているので租税を減らさねばならないこと。法令に尊厳を持たせ朝令暮改《ちようれいぼかい》は慎むこと。行幸《ぎようこう》、酒宴を控え倹約すること。はびこる佞臣《ねいしん》を退けること。人材登用や褒美《ほうび》の乱れを正すこと。

……などを滔々《とうとう》と語ったのである。顕家の一言一句が正宗の心に共感を呼んでいた。

「わしは上洛が叶い主上《しゆじよう》に目通りを許されたら、あえて辛辣《しんらつ》な意見を奏上するつもりだ。それでも先非《せんび》が改められないならば、わしは主上のもとを去り隠遁《いんとん》するであろう」

顕家の言葉に私利私欲や、顕官《けんかん》にありがちな野望はまったく感じられなかった。顕家が真に国を憂えていることが、正宗にひしひしと伝わってきた。

(この若武者は希に見る澄んだ心の持ち主だ。まるで俗世の垢を拭い清めるため、天が御遣わしになった武神にも想える)

正宗が顕家と言葉を交わしたのは、ほんの少しの間であったが、正宗はこの青年武将にすっかり心を惹かれていた。顕家の考え方に心酔したのだ。

（公家でありながら、武家の出以上に武将らしい方だ。この方のために太刀を鍛えてみたい。この方にこそ、我が太刀を佩いてもらいたい）

正宗がその様な感情を抱いたのは、永い刀工生活の中で初めてのことだった。しかも相手は、正宗の主人である尊氏の宿敵である。

「明日、鎌倉を進発することになった」

顕家が正宗に大事を告げた。暮れに顕家が鍛冶場を訪れた時、新年早々に鎌倉を離れると話していたので、正宗は七日過ぎくらいを想定していた。

「それは急なことで！」

顕家の出陣の予定を耳にした時、正宗はせめて太刀一振りを鍛えるだけの時が欲しいと切に思った。

（今、この方と別れたら、二度と逢えないような気がする。そうなれば、この方のために太刀を作ることが叶わなくなる）

鎌倉が顕家に占拠されたため、勝ち馬に乗ろうという考えからではなかった。むしろ逆だった。正宗は目の前の若武者に、なぜか死相《しそう》を見ていた。無敵に想える十万もの大軍が、明日、死地に赴くため進発するような気がしていた。

正宗に魔が差した。鎌倉鍛冶惣領という立場、自分の年齢、家族や弟子のこと、それらをすべて忘却の彼方に押しやり、ただ顕家のために一刀を鍛えたいという想いだけが膨らんでいた。

「顕家様、私を従軍刀工として付き従わせて下さい」

正宗はそう口にしていた。

「……その方は尊氏殿より、鎌倉鍛冶の頭領に任じられている身ではないか！」

顕家は驚いた様子で聞き返した。尊氏との主従関係は、時勢の流れで勝手に築かれたものである。正宗がみずから望んだわけではない。

「私はもはや出家した身。願わくば俗世とのしがらみは、なるべく容赦願いたいと思っております。ただ出家したといっても刀工を捨てるわけには参りません。生ある限り、槌を握っていとうございます。私はこうして顕家様にお逢いして、この方のために太刀を鍛えてみたいという武将に、初めてめぐり逢えた気がしてなりません。私に是非、顕家様の佩刀を鍛えさせてはもらえませぬか」

「正宗にそのように言ってもらえれば、この顕家、武将冥利《みょうり》に尽きるのだが……わしが役目を果たし、再びこの鎌倉を経て奥羽の地に向かう時では駄目か」

「……」

正宗は黙って顕家を見つめていた。明日に出陣をひかえた総大将に、二度と逢えぬかも知れないとは言えなかった。

「そうじゃな、わしがこの鎌倉に帰ってこられるという保証はないからな」

顕家は正宗の心を読み取ったように言った。

「いえ、そういう意味ではございません。私は父の行光とともに博多に出かけ、蒙古との戦を直接見聞し、蒙古との戦闘に適した刀を生み出そうと励んだこともありました。外敵の脅威が薄らいだ今、今度は国内の戦ではどのような刀が求められているのか、自身の目で見極めてみたいのです。蒙古が襲来してから、国内での戦闘法もだいぶ変化したと聞いておりますれば」

縁起でもないことを顕家に想像させた正宗は、気転を利かせてそのように述べた。

「わしの軍旗、風林火山の旗印を見たか。我が軍は風の如く進軍するのを常としている。そなたは見たところ六十半ば過ぎ。行軍に後れをとりはしまいか」

「おそれながら、私は七十五でございます」

「何！」

「まだ体力の衰えを知らぬせいか、初対面の人には一回りほど若く見られます」

正宗は体力には自信があった。血筋なのか、伯父の祐慶などは九十九歳という高齢にもかかわらず、まだかくしゃくとして刀身に鏨《たがね》を当てている。正宗は都までの長い道程《みちのり》を想った。

（大丈夫だ。行ける）

奥州から鎌倉へ、そして京へ長駆しようとしている顕家軍のことを考えれば、鎌倉から京へはそれほど難儀なことではないように想えた。

「我が軍には、山城国の来《らい》一派や、奥州平泉《ひらいずみ》の宝寿《ほうじゅ》鍛冶たちが付き従っているが、この先、永い戦になるかも知れぬゆえ、刀鍛冶は何人でも欲しいのが本音だが……」

「急な話ですので、先手の一人もそろえられず、鍛冶道具一式を持参することも叶いませぬが、研ぎなどで協力できるかと。従軍している鍛冶たちの協力を得られるならば、刀を打つこともできましょう。都までの間に、何とか顕家様に太刀一振りを鍛えて進ぜたいと思います」

「分かった。それでは刀工らを束ねている宝寿に、このことを伝えておく。わしは明日鎌倉を先発するが、何せ十万もの大軍ゆえ、荷駄の出立は二日ほど後になろう。それまでにここを訪ねるよう宝寿に申し付けておく。それではまた逢おう」

顕家は菊一文字の太刀とともに、幕営《ばくえい》に引き返していった。正宗は顕家の後ろ姿を見送ると、直ちに祐慶の僧坊に向かった。祐慶はこのところ、よほどのことがない限り自分の僧坊にいることが多かった。顕家が鎌倉に入ると、別当の頼仲《らいちゅう》やおおかたの供僧などは八幡宮から逃げ出したので、鶴岡二十五坊も人気が絶えた状態になっていた。

「数日後に、北畠顕家様の軍とともに、鎌倉を発つことになりました」

正宗は祐慶に前置きもなく告げた。

「何！　どういうことだ。顕家殿に無理《むり》強《じ》いされたのか」

「私から願い出たのです。従軍刀工として供をさせてくれと」

「貞宗も行くのか」

「いえ、私一人です。貞宗らは江ノ島の方に避難させてあります。家族の者たちが帰ってきたら、このことを知らせてやって下さい」

「あの者どもにも相談せず、一存で決めたのか！」

「はい」

「だからなぜ？」

「これまでは、時の権力者に求められるままに刀を作って参りました。こちらから、自分の鍛えた刀を身に帯びて欲しいと願うような武将には、これまで一人もめぐり逢えませんでしたが、その様な方がやっと現れたのです」

「それが顕家殿だというわけか。お前は顕家殿のことを、どれほど知っているというのだ。今回、初めて逢ったばかりであろう。一度逢っただけで、どれほどのことが分かるというのだ。確かにわしが耳にする顕家殿の評判は、非の打ち所のないものばかりだ。だからと言って……顕家殿も人間ぞ。鬼神にあらず。もしも戦に負ければ正宗の命も危なくなるのだぞ。何を好き好んで戦地に赴くのだ。椰殿や小春が嘆き悲しむであろう。悪いことは言わぬ。その話、自分の歳を考えてお断りせよ」

「歳のことは伯父上に言われたくはございませぬ」

祐慶はすでに九十九。百歳の大台を前に、八幡宮内では怪僧の渾名《あだな》にさらに磨きがかかっていた。

「鍛冶道具はどうするのだ。先手は。一人で荷駄を引いては行けぬぞ」

「顕家軍には、宝寿や来一派の鍛冶たちが付き従っておるそうにございます。私は彼らの中に入れてもらい、奥羽の鍛冶たちの手伝いをする恰好になると思います。先手が必要になれば、彼らに頼むつもりです」

「勝手にするがよい。ただ、このわしより先に浄土に行くことだけは許さぬぞ」

説得を諦めた祐慶は、どこか投げ遣りに言った。

「それでは行って参ります」

正宗が立ち上がると、祐慶は今生の別れになるかも知れないと思ったのか、わざわざ僧坊の外まで見送りに出た。

三　顕家戦死

顕家軍の従軍刀工たちを束ねていたのは、奥州平泉の宝寿であった。まだ四十代半ばである。宝寿は正宗が顕家に従軍を願い出た翌日には、二人の若者とともに正宗の屋敷を訪ねてきた。

「顕家様から正宗様に便宜を図るよう仰せつかっております。行軍の折りは我々と一緒に行動願います。この者たちは小十郎と吉蔵と申しますが、何かありましたら、何なりと申し付け下さい。正宗様の面倒を見るよう言いつけてあります」

宝寿の後ろで、若い青年二人がぺこりと頭を下げた。宝寿は二人に命じて正宗の荷物を荷車に積み込ませた。正宗は顕家のために鍛える太刀の材料として、選りすぐりの鉄や焼刃土《やきばづち》などを準備してあった。鉄は鍛冶場を再建した時、庭に埋めてあった鉄塊を掘り出したが、その中から最良のものを選び出したのである。

正月二日、鎌倉やその周囲に宿営していた北畠勢は、騎馬隊を先頭に続々と鎌倉を進発していった。十万もの大軍を送り出すには時間がかかる。兵糧や武器を満載した荷駄の隊列は、戦闘部隊に二日ほど遅れて鎌倉を出立した。

正宗らは極楽寺坂を越えると、一路京の都をめざした。途中に通過した江ノ島の近くには、貞宗ら正宗の家族が知り合いの家に身を寄せているはずであったが、正宗は断腸の想いで連絡をとることはなかった。

北畠勢の進軍速度は、顕家が正宗に『風の如く』と表現したように、素早いものであった。荷駄を押しながら進む兵糧部隊といえども、本隊に後れをとるわけにはいかなかった。季節は真冬だった。高齢の正宗には極めて過酷な行軍となった。昼間は急ぎ足で歩き、夜になったら寒さに震えながらも、棒のようになって睡眠を貪《むさぼ》った。そのくり返しの日が続いた。箱根の山を越えた顕家軍は、七日には伊豆の三島大社で戦勝祈願を行った。

前回の上洛で北畠勢の武威は沿道の諸国に広く知れ渡っていて、今回も鎌倉を難なく陥落させてきた顕家軍に、大々的に戦闘を仕掛ける愚か者はほとんど無かったが、街道のところどころで小競り合いはくり返された。

戦闘が無ければ、軍は休まず進軍を続けた。正宗は早く顕家の太刀を鍛えたかったが、行軍が止まぬ以上、その機会は訪れなかった。

一月十二日、顕家軍は遠江《とおとうみ》の橋本宿《はしもとじゅく》に到着した。浜名湖から海に通じる浜名川という短い川があるが、橋本宿はこの川に架かる橋のそばにあった。顕家軍はここで後醍醐天皇の皇子宗良《むねなが》親王らの軍と合流を果たし、士気はさらに高まった。正宗はこの頃になると、宝寿や来の鍛冶たちと懇意になっていた。行軍にも慣れ、小競り合いで損傷した刀の研ぎ直しや、持参した鋼の鍛錬を始めていた。

顕家軍は二十一日には尾張に入り、先頭部隊はその日のうちに黒田宿に攻め入った。黒田宿はかつて正宗が暮らした赤池の、北西三里ばかりの所にある。近くを木曽川が流れ、美濃との国境の宿である。顕家軍はさらに木曽川を越え、武家方と戦闘を交えながら、墨俣川《すのまたがわ》も渡って西進を続けた。

顕家軍が美濃に入ると、背後から美濃守護職土岐頼遠《ときよりとお》をはじめとする、東国の武家方が追撃してきた。顕家軍の行く手には、高師泰《こうのもろやす》、佐々木道誉《どうよ》らの軍勢が、美濃と近江国境の不破関《ふわのせき》の辺りで待ち受けていた。

一月二十八日、顕家軍は追いすがってきた八万の敵と、美濃国青野原《あおのがはら》で戦端を開き、激戦の末にこれを退けた。戦いには勝ったものの、青野原の西の入り口には、まだ高師泰らが布陣していた。両者の睨み合いは翌々日まで続いた。

三十日の昼過ぎのことだった。正宗は顕家の本陣に呼ばれた。

「勝ち戦、祝着《しゅうちゃく》に存じます」

正宗は顕家の前にひざまずき、まず戦勝の祝いを述べた。

を手渡した。

「うん」

顕家は軽く返事をすると、近習の一人に目配《めくば》せした。近習は手に太刀を持って正宗に近づき、それを手渡した。

「これは、この前の菊一文字ではございませぬか？」

「修理してもらったばかりなのに心苦しいのだが、また疵《きず》をつけてしまった」

「拝見してもよろしいですか」

「見てくれ」

正宗はそろりと太刀を抜き放った。凄まじい刃こぼれが生じ、棟《むね》には幾多の誉れ疵があった。正宗が何よりも驚いたのは、切先がほとんど無くなっていることだ。刀にとっては致命的であった。正宗らは後方にいて分からなかったが、菊一文字の疵は戦の激しさを物語っていた。鎮守府将軍みずから先頭に立ち、敵軍と斬り結んだのだ。

「修理できるか」

顕家が憂え気な顔をして訊いた。

「無理でございます」

正宗はきっぱりと速答した。そう口にしながら、自分でも少し間を置くべきだったと後悔するほどの早さ。正宗には菊御作《きくのぎょさく》の名刀が台無しになったことへの、言いようのない苛立ちがあったのだ。

「そうか、やはりそうか。切先を欠けさせてしまっては、修理は無理だろうと思っていたが……ところで、わしの佩刀を鍛えてくれると申していたが」

「はい、もうじき焼き入れの予定です。しかし陣中にあっては、顕家様の佩刀にふさわしい拵《こしら》えを着せてやることができません」

刀を鍛えても、鞘《さや》を飾る様々な刀装具が必要となる。鐔《つば》、兜金《かぶとがね》、石突《いしづき》、責金《せめがね》、櫓金《やぐらがね》、口金物《くちかなもの》など、それは多種多様である。

「実用に差し障りなければ何でもよい。わしは華美は好まぬ」

「それでよろしければ、宝寿殿に頼めば何とかなると思います。応急処置用に、様々な寸法の金具を持参しているはずでございますから」

「それで構わぬ。一刻も早く正宗の刀を振るってみたい」

「分かりました。なるべく早く仕上げるように致します」

「青野原の戦では、辛《から》くも勝利を収めることができたが、兵は長旅で疲れ切っている。前面の高師泰軍はわずか一万騎ばかりだから、これを撃破して近江路から一挙に京の都を衝いてもよいのだが、わしは兵や馬を休めたいと思っている。我が軍はこれより南行して伊勢に向かう」

顕家はこれからの予定を正宗に打ち明けた。

(兵を休めてくれるのなら、仕事もはかどる)

正宗はそう思った。

その日の夜になって、顕家の軍が動いた。北畠勢は伊勢方面に向かって南下を始めたのである。寒風の中、不破関での死闘を覚悟していた高師泰の軍は、対峙《たいじ》していた顕家軍が陣形を解いたのであっけにとられた。

北畠顕家が伊勢に向かったのには、もう一つ理由があった。顕家の父北畠親房《ちかふさ》は、一昨年の暮れ、後醍醐天皇の意を受けて伊勢に赴き、神宮から西へ二里ほど隔たった田丸《たまる》に城を築いていた。伊勢はいわば北畠氏の根拠地でもあったのだ。とは言うものの、伊勢も必ずしも南軍が優勢ではなかった。顕家軍が伊勢国に入った時、安濃津《あのつ》の辺りで南北両軍が対峙していたのである。

北畠軍が伊勢方面へ転進したとの報告を受けた足利尊氏は、不破関に布陣していた佐々木道誉勢を直ちに鈴鹿関《すずかのせき》の備えに向かわせるとともに、京より上杉頼成《よりなり》を奈良の警固に派遣した。同じく京にあった高師直《こうのもろなお》を、北畠軍追撃のため伊勢方面に出陣させた。二年前、北畠顕家に苦杯を舐め、九州まで落ちねばならなかった尊氏は、同じ轍《てつ》は踏むまいと、盤石《ばんじゃく》の布石を打ったのである。

顕家軍は伊勢路をゆっくりした速度で南下していた。正宗はこの間に、鍛えた刀に焼を入れ、一点の曇りなく研ぎ上げていた。正宗は安濃津《あのつ》に着く前に、この刀に銘を切った。正宗が自分の鍛えた刀に銘を入れることは極めて希なことである。幕府のお抱え鍛冶だった正宗は、その納入品に銘を切る必要はなかったからである。しかし今回鍛えた刀は、みずからが望んで精鍛した一刀である。正宗はこの太刀に銘と年紀を刻んだ。

銘を切り終えた正宗は、刀身をそのまま布にくるみ、従軍刀工を束ねている宝寿《ほうじゅ》の野営地を訪ねた。

「宝寿殿、お願い事があって参りました」

「これは正宗様、いかがなさいました」

「ようやく顕家様の佩刀が仕上がりました」

「そうですか、たいそう御苦労なさいましたな」

宝寿は正宗が寸暇を見つけては刀を鍛えていたのを知っている。時には鍛錬の最中に兵糧を狙った敵の伏兵《ふくへい》に襲撃され、せっかく精鍛した鉄塊をその場に置いて逃げ出したこともあった。

「宝寿殿の配下には、鞘師や金具師もおられます。是非、この太刀の外装をお願いできませぬか」

正宗は自分の鍛えた太刀を差し出した。

「しかし……正宗様も承知とは思いますが、ここには鎮守府将軍の太刀を飾るような外装具は何一つありませんぞ」

「顕家様もそのことは了解した上で命じられました。華美なものは好まぬから、実用第一の外装にしてくれとの仰せです」

「そうですか。ならばお引き受け致しましょう。鞘や金具を手がける者たちは、顕家様が初めて奥州に下られた折り、来《らい》一派の刀工たちとともに付き従ってきた都の者たちです。彼らなら間に合わせの材料でも、立派に仕上げることでしょう」

「それはありがたい。どうかよしなに」

「正宗殿の太刀、後でじっくりと拝ませて頂きます」

「どうぞ」

正宗はようやく肩の荷を降ろした思いであった。

顕家軍が安濃津を過ぎた頃、隊列に緊張が走った。京を発してきた高師直の軍が、背後に迫ったという知らせが届いたのである。二月半ば、宮方と武家方は安濃津と伊勢神宮の中間の辺りで合戦をくり広げ、顕家は激戦の末にこれを退けたのである。

(顕家様の佩刀は折れたりしなかっただろうか)

合戦の間、正宗はそのことを心配し続けた。青野原で顕家の本陣に呼ばれた時、顕家は菊一文字に代わる太刀を佩いていた。鎮守府将軍の腰を飾る太刀である。誰の作かは聞きそびれたが、さぞかし名のある刀工が鍛えた刀には違いないだろう。しかし番鍛冶筆頭の則宗が鍛えた太刀まで、使用不能にしてしまった顕家である。正宗はそのことを考えると、心配で心が安まることはなかった。

高師直の軍を撃退した顕家軍は、武家方の反撃体勢が整わぬうちに、奈良に向けて進撃を開始した。伊賀国経由で奈良に向かったのである。

二月二十一日、顕家軍は奈良を防衛していた武家方を追い払い、ようやく南都に入った。

北畠勢が奈良に陣を構えて三日後、正宗のもとを宝寿が訪れた。

「やっとでき上がりました」

宝寿は太刀一振りを携えていた。

「できましたか！」

「どうぞ御覧下さい」

宝寿が袋の中から太刀を取りだして正宗に渡した。正宗の鍛えた刀身に合わせて新調された黒塗りの鞘に、無骨ではあるが実用的な外装具が取り付けられていた。

「これなら顕家様も満足されることでしょう。ではさっそく顕家様の本陣を訪ねましょう」

顕家の本陣とは半里ほど離れている。二人は連れ立って顕家を訪ねた。

「宝寿殿のおかげで、どうにか仕上がりました」

正宗は太刀を恭しく顕家に差し出した。

「首を長くして待っていたぞ」

顕家は腰かけていた唐櫃《からびつ》から立ち上がると、大鎧《おおよろい》に巻いた太刀緒《たちお》を解き、佩いていた太刀を腰から外した。そして正宗から新しい太刀を受け取ると、近習の手を煩わすことなく、みずからそれを腰に佩いたのである。武将が命を託す太刀である。顕家は正宗の鍛えた太刀を、何ら検《あらた》めることなく身に帯びたのだ。正宗の打った刀をそれだけ信頼していることの証だった。

顕家は太刀を佩くと、それをゆっくり抜き放った。次いで大上段に構え、いっきに振りおろした。

「うん、持ち重りもせず、なかなか扱いやすいぞ」

そう言った後、顕家は初めて刀身に見入った。長寸で反りが浅く、重ねの薄い、切先の延びた姿に、顕家はこれまでの刀にない鋭利感を覚えた。

「蒙古の甲冑を断つために工夫されただけあって、なかなか斬れそうだな。刃文にも備前の丁子《ちょうじ》とは違った趣がある」

顕家はこれまで愛用していた菊一文字と比べているのであろう、その上で正宗の刀を気に入ってくれた様子である。正宗は顕家の佩刀を鍛えるという願望を果たし、ほっとした思いであった。

「宝寿、この太刀の拵えを手がけた者たちにも、わしが礼を言っていたと申し伝えてくれ」

「はい、ありがたきお言葉。かの者たちも喜びましょう」

「ところで、これから先、どうするのだ」

顕家が正宗に向かって言った。

「えっ？」

「わしの佩刀を鍛え終えたではないか。それがわしの軍に従った目的だったのであろう」

軍略に長けた顕家は、人の心を読む名人でもあったのだ。

「ここまで御一緒させて頂いたからには、顕家様の行く末を見届けとうございます」

正宗は顕家の目を見つめて応えた。

「そうか、ならば京洛の地を一緒に踏むか。しかしそれは容易なことではなさそうだ」

北畠軍が奈良に入ったことを知った足利尊氏は、各地の軍に南都へ向かうよう命じていた。この頃、奈良は緊迫の度合いを、日毎に深めていたのである。

正宗が顕家に太刀を献上して三日後、二十八日のことであった。南都奪回のため、高師直《こうのもろなお》らの軍が北方から市中に侵攻してきた。これを迎え撃った顕家軍と、東大寺北隣の般若坂《はんにゃざか》で激しい戦闘が始まった。武家方は西方からも古都に侵攻し、奈良市中は騒然となった。

戦いの帰趨《きすう》が決したのは夕刻前であった。般若坂での死闘の末、顕家軍は致命的な大敗を期したのである。鉄の団結を誇ってきた奥羽軍は、ここで散り散りにされてしまい、顕家は辛うじて河内《かわち》国に逃げ延び、義良《のりなが》、宗良《むねなが》両親王は後醍醐帝のいる吉野へと敗走していった。正宗ら従軍刀工も、いつの間にか顕家の本隊とはぐれてしまっていた。

奈良を落ちた北畠勢は、各地で小競り合いを演じながら天王寺《てんのうじ》に向かった。北畠勢を支援したのは楠木氏の一族である。三月八日、顕家軍は天王寺で武家方を破り、顕家はその勢いに乗って、弟の北畠顕信《あきのぶ》を京都の南西にある男山《おとこやま》に進出させた。

一方の武家方は、高師直、武田信武《のぶたけ》、島津貞久《さだひさ》らが北畠軍迎撃にあたり、顕家の軍と一進一退の攻防をくり広げていたが、三月十六日、武家方は北畠本隊に総力で襲いかかった。この戦いで北畠勢は再び大敗し、敗残軍は和泉方面に敗走した。武家方は足利尊氏に戦勝報告をし、落武者狩りの指令を出したが、この後も各地で小競り合いは続いていた。

北畠顕家は体勢を立て直すため、諸国に応援を求め続けた。北畠勢は和泉地区の南朝軍と合流した後、坂本郷の観音寺に城を築き、ここを拠点としていた。

五月十六日、天王寺に駐屯していた高師直らは南下を始めた。これを見た顕家は、わずかな残兵を率いて出陣した。もはや兵力の差はいかんともし難く、顕家は死に花を咲かせるため最後の出撃を敢行したのである。

五月二十二日、和泉国の堺浦で両軍はぶつかった。顕家と彼に従う数十騎ほどの武者は最期まで獅子奮迅《しふんじん》の働きを見せたが、衆寡敵《しゅうかてき》せず、ついに石津《いしづ》の地で壮烈な戦死を遂げた。顕家は二十一歳という若さだった。

顕家は戦死する七日前の五月十五日、陣中から後醍醐天皇に宛てて、六ヶ条にわたる奏上文をしためていた。それには民の困窮、人材登用や褒美《ほうび》の乱れ、佞臣《ねいしん》のはびこり、経費の無駄使いなどに言及し、『建武の新政』の誤りを厳しく諫《いさ》める内容であった。いつか鎌倉で正宗に話したことが、奏上文にそのまま記されていたのである。

男山に立てこもって最後まで抵抗を続けていた北畠顕信が敗退したのは、七月十一日の夜のことであった。

四　浮雲

「顕家《あきいえ》卿さえ亡き者にすれば、これで天下の帰趨《きすう》が決したようなものだ」

男山を陥落させて京に帰陣し、足利尊氏の幕営に上がった高師直を、尊氏は満面に笑みを浮かべて迎えた。

鎌倉を難なく陥落させ、鬼神の如き早さで上洛してくる北畠顕家を、尊氏は何よりも恐れていた。

九州まで落ち延びねばならなかった二年前の苦い想いが、尊氏の脳裡を二六時中《にろくじちゆう》過ぎるのだった。青野原《あおのがはら》での敗北の報が届いた時、尊氏は再び西国への逃避を考えた。ところが顕家軍は不破関《ふわのせき》を越えることなく、なぜか伊勢へ転進してしまったのである。それを聞いた尊氏は、我が耳を疑った。首が辛くも繋がった想いだった。

顕家戦死の一報がもたらされた時、尊氏は家臣の目をも憚《はばか》らず小躍りして喜び、これで枕を高くして眠れる、と口走ったほどだった。

「敵ながらあっぱれな最期でございました。勝敗が決した後も自刃することすら潔しとせず、命が尽きるまで太刀を振るい続けておりました」

師直は若き公家武将の戦いぶりを、畏敬《いけい》の念を込めて尊氏に語った。

「これは顕家卿が討ち取られた際に、握りしめていた太刀にございます。まさに血刀と呼ぶにふさわしい状態で、茎《なかご》の中まで血糊が充満しておりました。清めさせてはありますが、完全には拭い去れておりません」

師直はそう言って太刀を差し出した。

「これが顕家卿の佩刀？」

尊氏は不審そうな表情をした。尊氏は顕家の佩刀と聞いて、いつか御所で顕家に逢った折り、その腰に吊されていた、菊花紋を散らした黄金作りの太刀拵えを想い浮かべていた。しかし師直が差し出した太刀は、鎮守府将軍の腰にはまるでそぐわない、無骨な黒塗りの太刀である。

「やけに長い太刀ではないか？　顕家卿の愛刀は、後醍醐帝より下賜された菊一文字と聞き及んでいるが」

「顕家卿が最期に手にしていた刀に間違いはありません。私がしかとこの目で実見しております」

「何も疑うわけではないが……」

その太刀は鞘の長さから、蒙古襲来以降に流行《はや》りだした長寸の太刀であることが知れた。

(刀は消耗品。何が起きるか分からぬ激しい戦闘の中で、菊一文字以外の太刀を佩いていても不思議はないが……)

尊氏はそう思いつつ鞘口《さやぐち》を切り、太刀を抜き放った。

「やはり御所焼ではなかった」

刀身に見入った尊氏が低い声を洩らした。顕家が後醍醐天皇より下賜された太刀は菊一文字、即ち後鳥羽上皇が備前から召した則宗を相手に鍛えたものである。ならばその焼き刃は、絢爛《けんらん》たる丁子乱《ちょうじみだ》れでなければならない。なのに尊氏が手にしている太刀には、まったく作風を異にする、波打つような彎《のた》れた刃文が焼かれていた。

「おそらくは……」

師直が口をはさんだ。

「何だ」

「顕家卿は戦に臨んでは常に先陣を切っておいででしたから、たび重なる戦闘で菊御作《きくのぎょさく》は消耗したのではないでしょうか。それで新しい刀に代えたものと想われます」

「そうか……それでは、この太刀は誰の作だ」

「御自身で確認して頂けませぬか。私も茎《なかご》に切られた銘を見て、いまだに半信半疑の状態ですので……」

師直が思わせぶりに言った。

「何をもったいぶっているのだ？」

尊氏は顕家の遺品の作者に興味を覚えたらしく、近習に命じて太刀の目釘を抜かせ、みずから柄《つか》を外した。佩表《はきおもて》の茎《なかご》には二字銘が刻まれていた。

「正宗ではないか……」

「いかにも。鎌倉鍛冶惣領の正宗の太刀を、顕家卿が所持していたとしても、何ら不思議はありません。しかし……」

そう言って師直は息を継いだ。

「裏に切られた年紀を見て頂けませぬか」

「年紀……」

尊氏は刀身を返した。

「延元三年二月……延元だと！」

そこには南朝方の年号が刻まれていた。しかも延元三年とは今年の年号である。尊氏の思考が一瞬停止していた。

「私もこの年紀を目にした時は、我が目を疑いました」

「二月といえば青野原の戦の直後ではないか。わしが鎌倉鍛冶惣領に任じた正宗が、なぜ南朝の年号を切るのだ？」

「考えられるのは鎌倉が陥落した折り、顕家軍に徴用され、その軍に加わったのではないでしょうか」

「それなら顕家軍壊滅の後、正宗の行方はどうなったのだ」

「さあ」

師直にも正宗の行方が分かるはずもなかった。

北畠顕家が戦死した後も、南北両軍の戦闘が終結することはなく、各地で小競り合いが展開されていた。閏七月、越前の藤島城をめぐる戦いで、新田義貞がついに討ち取られた。尊氏はこの直後の八月十一日、念願の征夷大将軍に任じられ、ここに名実ともに室町幕府が成立した。

後醍醐天皇は足利尊氏討伐を全国に呼びかけ、各地に皇子や諸将を派遣して、京都奪還のための勢力拡大に努めていた。これに対し、尊氏は一族を守護に任じて諸国に配置するとともに、関東管領《かんれい》や九州探題を置いて南朝勢力に対抗させた。

尊氏が征夷大将軍に任じられて間もなくのことだった。

「妙な報告があります」

近習が尊氏に告げた。

「何だ？」

「奈良で捕らえられた顕家軍の雑兵《ぞうひょう》の中に、刀鍛冶の正宗が混じっているとのこと」

「何、正宗が！」

「たまたま正宗の顔を見知っていた者が見つけたのだそうです。それまでは正宗とは名乗らず、尾州赤池村の野鍛冶だと称していたそうにございます。なぜその様な嘘をついたのか……。鎌倉陥落時にむりやり徴用されたのなら、みずからそう言いそうなものですが」

近習は腑に落ちぬ顔をして言った。

「正宗を京へ連れて参れ」

この前の太刀のこともある。尊氏は正宗に直接逢って、疑問を質したいと思った。

それから三日ほど後、正宗は尊氏の幕営の門をくぐった。正宗は直ちに尊氏の前に連れていかれた。

尊氏は評定の最中だったらしく、尊氏の前には平服姿の四人の武将が居並んでいた。

「やはり、正宗に間違いなかったか」

尊氏は正宗の顔を見るなり言った。

「わしが鎌倉の防衛をなおざりにしたばかりに、そちにも難儀をかけたな」

正宗が顕家軍に徴発されたものとばかり思っている尊氏は、正宗にねぎらいの言葉をかけた。

「いえ、顕家様の軍に加わったのは、私の意志にございます」

正宗はきっぱりと言ってのけた。

「何だと！　顕家が天下を手中に収めるとでも思ったか」

尊氏は不快の色を露わにした。

「滅相もございません。刀工風情に天下のことなど分かりませぬ。私から見れば孫ほども年下の顕家様ですが、逢った瞬間、非常に惹かれるものを感じました。一口で申せば、顕家様に一目惚れしたのかも知れません。……この方の佩刀を鍛えてみたいと思いました。そして老いの身を顧みず、顕家様の軍に付き従っておりました」

「いかなる理由があれ、敵陣に身を置くとは、わしへの反逆のそしりは免れないぞ」

「覚悟しております。いかなる仕置きも甘んじて受けますする」

「もうよい、下がれ。早々にわしの前から失せよ。よいか正宗、今後、鎌倉と京へ足を踏み入れることは断じて許さぬぞ。このこと、肝に銘じておけ」

そう申し渡した尊氏の脳裡には、幼少の頃、行光の鍛冶場で聴いた鍛錬の槌音が甦っていた。

尊氏の幕営を出た正宗は、洛外に向かってあてもなく歩み始めた。尊氏の勘気を被ったにもかかわらず、正宗の心は平静そのものであった。その正宗を追ってきた武士があった。

「ちょっと待たれよ。そなたと話をしたいとおっしゃる方がおられる」

「この私と……？」

正宗は幕営に呼び戻された。連れていかれた先は、先ほどとは別の一室だった。上座に老将とおぼしき男が座り、正宗を待っていた。先ほど、尊氏の前に居並んでいた武将の一人である。

上座の男が声を発した。

「わしは島津貞久である」

「島津貞久様！」

正宗が対面している相手は、小町の娘瑠衣《るい》が嫁いだ、島津家五代目当主であった。大友家から瑠衣を娶った翌年に薩摩《さつま》守護職《しゅごしき》を嗣ぎ、足利尊氏の倒幕挙兵勧誘に乗って鎮西探題北条英時を自刃に追い込み、その功により大隅、日向の守護職をも兼ねるようになっていた。多々良浜の戦いで菊池勢を撃退した後は、尊氏に従って上京し、足利幕府成立に大きく貢献していた。当年七十の、正宗とそう変わらぬ歳である。

「瑠衣の守り刀を見せてもらったぞ」

「そうでございますか。瑠衣様はお元気でございますか」

「ああ元気じゃ」

「お子様は」

「三男二女をもうけてくれた」

「それはよろしゅうございました」

「ところで正宗、これからどう致すのだ」

尊氏に妻子や貞宗の住む鎌倉に立ち入るなと宣告されたばかりである。正宗はまだ身の振り方など決めてはいなかった。

「……」

「何だったら、わしに仕えぬか。薩摩は温暖な住みよい土地ぞ」

貞久は思いがけないことを口にした。

「お心づかい、ありがたく存じますが、私もすでに七十五の齢に達しました。この歳では遠い薩摩の国まで下るなど、おぼつかない事にございます。よしんば無事にたどり着くことができたとしても、槌を握れるのはそう永くはないでしょう。島津様の好意に甘えては、迷惑をかけるだけにございます」

正宗は貞久の申し出を断った。

「正宗は七十五であったか。歳より若く見えるの。わしより年下だと思ったが……それなら仕方あるまいな」

貞久は正宗を召し抱えるのを諦めた。

「ところで瑠衣様の母上様は御健在でしょうか」

正宗は小町のことを訊ねた。

「月香尼殿のことか。もうとっくに亡くなられたぞ。わしが瑠衣を娶って間もなくのことであった」

「そんなにお早く！」

正宗は佳人薄命《かじんはくめい》の理《ことわり》をかみしめていた。

幕営を出た正宗は、尊氏に命じられたとおり洛外に向かった。都大路はすでに秋の気配に色濃く包まれていた。

京洛から姿を消した正宗の、その後の消息を知る者は誰もいない。時の権力者足利尊氏の勘気を被った正宗の名は、尊氏存命中には歴史の表舞台に出ることはなかった。新藤五国光に始まり、藤三郎行光を経て、五郎正宗によって大成された鎌倉の鍛法は、彦四郎貞宗、そして二代広光、その子正広・秋広の時代に最盛期を迎えるが、その技法の難易さに加え、鎌倉が武家の府の地位を失ったため、その後、急速に衰退の道をたどった。

第二部

第一章　沸《に》えの美

一　妙本《みようほん》

室町幕府の第三代将軍足利義満《よしみつ》は、応永《おうえい》元年（一三九四）、将軍職を嫡男の義持《よしもち》に譲ると、三年後、『花の御所』と呼ばれた室町殿《むろまちどの》から、新たに造営した北山殿《きたやまどの》（後の鹿苑寺《ろくおんじ》）へ移った。京都の西北に位置する北山殿は、鎌倉時代に関東申次《かんとうもうしつぎ》役として威勢を誇った西園寺家の本邸跡である。西園寺公宗《きんむね》が後醍醐帝の暗殺を企てて誅殺《ちゆうさつ》された後は、広大な邸宅は荒れるに任されていたが、これを義満が譲り受け、自身の隠居所として大幅に改修したのである。隠居所とは言え御所に匹敵する規模の邸で、敷地内には多くの殿舎が軒を連ね、終生政治の実権を手放さなかった義満は、この地にあって政務を見ていた。

応永九年（一四〇二）の初冬のことだった。北山殿の一角にある宝蔵庫の中に、義満の御腰物《おこしもの》掛り宇都宮三河《うつのみやみかわ》入道《にゆうどう》と、研ぎ師の松田妙本《みようほん》（本阿弥《ほんあみ》家始祖）の姿があった。三河入道は鑑刀の大家であり、先年、刀剣鑑定の秘伝書『秘談抄《ひだんしよう》』五巻を著していた。妙本もまた当代を代表する刀剣研磨師である。三河入道は四十、妙本は三河入道より五つほど歳下であった。

まだ木の香が漂う宝蔵庫の棚には、足利家伝来の刀剣、甲冑などの武具が多数収められていた。刀剣のおおかたは義満によって収集されたもので、黒漆塗りの箱に入れられ整然と並べられていた。

義満は先月の九月、北山殿で明の建文帝《けんぶんてい》の使者を引見している。その際、何腰かの太刀が明使に贈られたが、妙本と三河入道の二人は、その事後処理のために宝蔵庫へ入ったのである。

ずらりと並べられた黒漆塗りの刀箱に混じって、白木《しらき》造りの刀箱があった。妙本がその前で足を止めた。

「前から気になっていたのですが、この太刀には何か謂われでもあるのでございますか」

妙本が三河入道に訊ねた。三河入道は、義満お抱えの研ぎ師になって日の浅い妙本と違い、足利家所蔵の刀剣類については博学である。

「正宗か……」

三河入道がポツリと洩らした。

「他の正宗は無論のこと、行光や貞宗の刀も立派な刀箱に収められて大事に保管されています。なのにこの正宗は、刀箱からして冷遇されているとしか思えません。他の正宗より出来が劣るならともかく、かなりの傑作にもかかわらず」

妙本の声が熱を帯びていた。

「この正宗は尊氏様の勘気を被ってしまったのだ」

三河入道はさらりと言ってのけた。

「勘気？」

それはどう言うことですか、と訊きたげな妙本を尻目に、三河入道は刀箱の紐を解き始めた。そして箱の中の刀袋から太刀を抜き出した。北山殿の宝蔵庫に仕舞われた刀にしては、お粗末な黒塗りの太刀拵えである。

「この太刀の茎《なかご》を改めたことはあるか」

三河入道が妙本に訊ねた。

「いえ、上《かみ》を拝見しただけです」

「そうか」

三河入道はその場で目釘《めくぎ》を抜き、柄《つか》を外し始めた。柄が抜けると、刀身を妙本に手渡した。妙本は茎に目を落とした。

「この正宗は在銘《ざいめい》でございますか！」

妙本が感嘆の声をあげた。三河入道に茎《なかご》を改めたことはあるかと問われた時、もしやと期待を抱いたのであったが、実際に正宗の銘を目にすると驚かずにはいられなかった。妙本は二十年ほど研ぎ師をやっているが、無銘の正宗を研いだことはあっても、まだ在銘の正宗を目にしたことはなかった。それほど正宗の在銘品は希有《けう》である。

「驚くのは早い。問題は裏銘だ」

「裏銘？」

妙本は鞘を返した。

「何と、年紀まで刻んであるとは！」

妙本は絶句した。

「その年紀が尊氏様の逆鱗《げきりん》に触れたのだ」

「年紀が？」

妙本はしばらく茎《なかご》を見つめていた。『延元三年二月』と切られている。妙本はすぐにはその年号の意味するところが分からなかった。

「延元《えんげん》……延元とは南朝年号ではありませぬか！」

妙本がようやくそれに気づいた。応永の世から六十年も前の年号である。

「正宗は南朝方に属していたのですか？」

「そうらしいな。その太刀は正宗が北畠顕家《きたばたけあきいえ》卿のために鍛えたもので、顕家卿はその刀を手にして討ち死にされたのだそうだ」

三河入道は足利尊氏の宿敵の名を口にした。

「これがあの顕家様の佩刀！　奥羽軍十万を率いたという公家武将の……」

北畠顕家は妙本が生まれるずっと以前の武将であるが、妙本は顕家の武名をその美男ぶりとともに聞き及んでいた。妙本はしげしげと正宗に見入った。

「こちらも顕家卿の正宗以上に、いわくつきの正宗だ」

妙本が顕家佩用の正宗に心を奪われているうちに、三河入道は棚から別の黒漆塗りの刀箱を取り出していた。

「……と申されますと？」

「北条家にとどめを刺した刀だ。最後の得宗《とくそう》北条高時はこの刀で自刃し、さらに嫡男の邦時《くにとき》もこの正宗で首を刎ねられたそうだ。尊氏様は一時、この刀を好んで佩いておられたとか」

妙本は手にしていた顕家の太刀を置くと、三河入道が取り出した箱の紐を解きだした。まだ拝見したことのない正宗である。北条高時自刃の刀と聞いて妙本の胸は昂ぶり、結びを緩める指先が微かに震えていた。

青地錦《あおじにしき》の袋の中には、北条得宗家にふさわしい贅《ぜい》を尽くした太刀拵えが入っていた。妙本は刀身を抜き、丹念に鑑《み》はじめた。妙本は刀剣の研磨が本職であるが、御供衆《おともしゆう》の小笠原備前守持長《もちなが》に刀剣鑑定の術《すべ》を習っていて、目利きも達者である。

「この正宗に銘は」

「無銘だ」

「そうでございますか……」

妙本は二本の太刀を、交互に手に持って鑑比べた。

「しかし、この二本の正宗、いずれも惚れぼれする出来でございますな」

妙本はいつまでも正宗を放そうとしない。

「三河入道様、この顕家卿の正宗を、私に研がさせてはもらえませんか」

太刀を置いた妙本が、突然、改まった口調で言った。

「研がせろだと……どこか錆でも浮いているか」

御腰物掛りの役目は、刀剣の手入れが第一の職務である。宝蔵庫の名刀に錆を生じさせるなど言語道断、職務怠慢のそしりは免れない。目の前に置かれた二本の正宗は、春夏秋冬、年四回の油の塗り替えを怠ったことはない。しかも配下の者に任せず、三河入道みずからが行ってきた。錆が発生するなどありえない。

「いえ、そうではありませぬ。この正宗を新しい研ぎにかけてみたいのです」

「新しい研ぎ？」

刀剣の研磨は、刀の誕生した時より始まっている。初めは刀工みずからが研いだ鍛冶押し程度の研磨であったが、やがて研ぎ師という専門職が生まれ、その技法にも様々な工夫が施され進化してきた。そして刀身に美を見いだした時、研ぎの目的も切れ味だけを求めていたものから、地鉄や刃文の美を引き出すという高尚《こうしょう》な目的も加わった。妙本は美的要素を引き出す研磨の工夫に、人一倍熱心な研ぎ師である。

「地鉄の肌模様や刃中の沸えや匂いを、これまで以上に明瞭に現すことができます。実はこの前、さる武将の依頼で相州物を研ぐ機会があり、新しい研ぎを試してみました。研いだのは二代広光作の短刀です」

二代広光は、鎌倉が新田義貞の軍勢に攻撃されている最中、沼間の地で正宗に正広の刀工名を授けられた九郎次郎である。父広光の名跡を継ぎ、刀工名を正広から広光に改めていた。

「それでどうなった」

「相州物を新しい研ぎにかけたのは初めてでしたが、研ぎながら我が目を疑いました。研ぎ進めていくにつれ、これまで見たことのない様々な働きが現れてきたからです。地鉄や彎《のた》れた刃文の中に、筋状や稲妻状の金の糸屑みたいな線が、いくつも浮き出ているではありませんか。そして刃一面に匂いを敷き、そこに沸えが絡んで、まさに千変万化の働きです。私はこのような研ぎ映えのする刀を、これまで見たことがありません。まさに名刀を研ぎあてた想いでした。それならばと備前物や山城物などでも、新しい研ぎを試してみました。やはりこれまでの研ぎとは比較にならぬくらい、地鉄の肌や刃文をくっきり現すことができました。備前物などは映りの部分まで明瞭に出ます。しかし広光ほど劇的ではありませんでした。刃中の賑やかな働きが広光独特のものなのか、相州物全般の特徴なのかは分かりません。ちょうど広光以外の相州物を研いで、そのことを確認してみたいと思っていたところです」

「その広光はどうした」

「私は三河入道様に鑑《み》て頂きたかったのですが、依頼主が急いでいたものですから、その機会を作れませんでした」

「そうか。もしそれが相州物全般の特徴なら、広光の師匠の正宗や貞宗はどのようであろうか」

「私もそう思い、相州上工の作を研ぎたいと、その機会を待ち望んでいたところです。これほどの正宗なら、研ぎ甲斐があるのですが」

妙本は再び顕家の太刀を手に持った。

「そうか、ならばその顕家卿の正宗を研いでみよ」

三河入道は正宗の研磨を承知した。

二　拭《ぬぐ》い

研ぎ師の松田妙本は、将軍足利義持《よしもち》の住む室町殿から、そう遠くない所に仕事場を構えている。北山殿の宝蔵庫から正宗を持ち帰った妙本は、直ちに研ぎ場に足を運んだ。心がはやっていた。

研ぎ場は北向きの部屋に作られている。南向きに比べ光線の変化が少ないため、砥石を使う時も、研ぎ上げた刀の鑑賞をする場合にも、光による錯覚を最少にとどめることができるからである。腰窓《こしまど》から射し込む晩秋の陽射しが、塵一つ無く拭き清められた研ぎ場に柔らかく満ちていた。

妙本は緑地の刀袋から太刀を取り出した。黒漆塗りの何の装飾もない実用一点張りの頑丈な拵《こしら》え。革の佩緒《はきお》には顕家卿のものであろうか、血の滲《し》みた痕が明瞭に遺っている。

「この太刀拵えは何度見ても、鎮守府大将軍のものとは想えぬ」

妙本は独り言を呟きながら、目釘を抜き、太刀の外装を取り払った。

妙本は刀身を眇《すが》めながら光に透かした。北山殿の薄暗い宝蔵庫で目にした時よりも、採光の良い研ぎ場では、地鉄や刃文の特徴がより鮮明に確認できた。ていねいな古研ぎの上に、三河入道の細やかな手入れが施されている。

(これなら広光以上のものが期待できる)

正宗を持つ妙本の胸は躍っていた。

妙本はこれまでにも、何振りかの正宗を研いだことがある。だがそれは地肌や刃文が分かる程度の、従来行われてきた研ぎであった。切れ味を第一に考えた、それほど地鉄や焼き刃の美しさには留意しない研磨法。これから妙本が正宗に施そうとしているのは、刀身の持つ美的要素を引き出す研ぎである。鍛え肌や焼き刃の中に潜んでいた沸えや匂いの様々な働きを、これまでと違って鮮明に浮き出させることのできる研ぎ。

妙本は折り烏帽子《えぼし》をかぶると、襷《たすき》がけをして床几《しょうぎ》に腰をおろした。そして研ぎ箱の上に正宗を置いて、古研ぎの上に新しい研ぎを施し始めた。

刀剣の研磨を一口で言えば、刀身を粗い砥石から細かい砥石へ順次交換しながら研ぎ、最後には砥石の目を消して鏡面のようにする作業である。研ぎ直す正宗に下地研ぎは不要なので、砥石を使わない仕上げ研ぎから始めた。それでも研磨を終えるまで、数日はかかるはずだった。

妙本は寝食を忘れて、毎日、正宗の研磨に打ち込んだ。焼き刃の上に砥汁《とぎじる》を塗り、細やかな砥石の小さな薄片で刃の中をこすった。次いで同じように、地鉄を親指の腹でかき起こすように磨いた。作業を終えると、刀身には潤いが出ていた。

その後、いよいよ妙本の新しい工夫である拭《ぬぐ》いの工程に入った。それは地鉄に光沢を出す作業である。砥石の粉末と丁子油を混ぜたものを紙で濾《こ》し、それを刀身に垂らして、丸めた綿を親指の腹で押さえながら、刃部を避けて丹念にこすっていった。

拭いを終えた時、妙本の親指の先は赤く腫れ上がっていた。その代償に、研ぐ前はうっすらと霞がかかったようだった正宗の地鉄が、新しい研ぎにより秋の蒼穹《そうきゅう》のように澄み渡って見えた。砥石の目はまったく見えなくなり、地は青黒い底光りを放つようになっていた。

次いで妙本は刃取りの作業に取りかかった。地鉄に拭《ぬぐ》いを入れると焼刃にも幾分拭いがかかるため、青黒くなった焼刃を白くするのである。極薄の柔らかい砥石片に砥汁をつけて、刃文の形をなぞるように磨いていった。

数日後、研磨を終えた妙本は、研ぎ場で独り正宗に見入っていた。鍛え肌に沿って線状に煌めくものがあった。刃縁《はぶち》や刃中にも同じような直線状、あるいは稲妻状のものがある。いずれも粗い粒である沸《に》えが繋がり、肌や刃の中で光って見えているのである。また細かい粒である匂いが塊になり、刃中に浮かんでいるような部分もあった。実に変化に富んだ景色で、まるで流星の交錯する夏の夜空のようであった。

（やはり想ったとおりだ。正宗はかくも華やかな作風だったのだ。さすがは鎌倉流を打ち立てた名匠、

広光以上に刃中や地鉄の中の働きが美しい。こんな研ぎ映えのする刀は見たことがない)

正宗を握りしめた妙本の手は震えていた。妙本は板間に胡座《あぐら》をかき、なおも正宗に見入った。古来より刀を研ぐとは、いかに切れ味を鋭く研ぐかであった。地鉄や焼き刃を美しく見せようなどと、意識して研ぐことはなかった。妙本の工夫した新しい研ぎで仕上げられた正宗は、刀には切れ味の他に別の見所があることを語っていた。

(相州物は硬軟の異質の鉄を練り合わせて鍛えるそうだが、地鉄や刃中のこの賑やかな働きはその結果現れたものだろうか。激しい沸えの作風は、高火《たかび》のなせる技であろう。焼き崩れの妙味ともいうべき沸えの美は、匂い本位の備前刀の刃文とは異質な美だ。おおらかでいて緻密。このような美の世界を生み出した正宗は、まさに刀剣界の巨匠だ)

妙本は正宗を手にしたまま、身じろぎもせず沸えの美に酔いしれていた。

(このことを義満様に報告せねば。あの方はきっと興味を示されることだろう)

妙本は心が落ち着いた時、まっさきにそう思った。

(俺の編み出した新しい研磨の技法も、世の称賛を浴びることだろう。これで足利将軍家お抱え研ぎ師の地位も安泰だ)

妙本は独りほくそ笑んでいた。

三　舎利殿《しゃりでん》

先の将軍足利義満の営む北山殿には、その中心に鏡湖池《きょうこち》と名付けられた浄土風の広い池があり、その池中には三層楼閣の舎利殿が浮かび、池畔に建てられた二層の天鏡閣《てんきょうかく》と橋で結ばれていた。舎利殿の初層は接客目的の釣殿《つりどの》であり、二層の観音殿と三層の仏殿には内外とも漆の上に金箔が貼られ、こけら葺《ぶ》きの屋頂には金色の鳳凰《ほうおう》が飾られていた。

十月半ば、釣殿の室内に、足利義満と宇都宮三河入道の二人が相対して座っていた。南面の開け放たれた蔀戸《しとみど》の向こうには、池に浮かぶ葦原島《あしはらじま》が鎮まって見えている。

「あの正宗を研ぎ直したとはな」

義満が三河入道を見つめて言った。義満は室町幕府第二代将軍足利義詮《よしあきら》の子で、尊氏の死からちょうど百日目に、三代将軍の座を約束された存在として誕生した。当年四十五歳。三河入道より五つ年長である。十年前に南北朝を合一させて全国統一を果たし、足利幕府の全盛期を築いた男。『花の御所』と呼ばれる豪華な邸宅を造り、さらに京都北山に広大な山荘と金閣を営み、新しい北山文化を発展させた男。

その結果、幕府の財政難を招き、それを打開するため明との交易を望み、みずから明皇帝の臣下と称して朝貢し、今年、応永九年九月五日に、日本国王に冊封《さくほう》された恥知らずの男でもある。

明におもねる義満により、倭寇《わこう》も弾圧の憂き目に遭っている。元寇をはねのけ、民族の矜持《きょうじ》を守り通した鎌倉武士が聞けば、吃驚仰天《びっくりぎょうてん》の呆れ果てた男である。将軍職を義持に譲った後は、出家して道義《どうぎ》と号していた。

「妙本が、新しく工夫した研ぎを正宗で試してみたいと、熱心に願い出ましたゆえ」

「あの正宗をのう」

義満も正宗が祖父の尊氏に追われた経緯は耳にしていた。そのため相州物が脚光を浴びているにもかかわらず、これまで正宗を無視し続けていた。

「妙本の家で研ぎ上がった正宗を拝見してきましたが、まるでこの舎利殿のように、ひときわ異彩を放つ名刀に変貌を遂げておりました」

「新しい研ぎはそれほどまでに凄いのか」

「はい、特に相州物にはてきめんかと。妙本の新しい研ぎによって、正宗は希に見る名工だと実感致しました」

「しかし、そちに書き出させた刀工名簿に、正宗は無かったではないか」

数ヶ月前のことである。義満は出仕した三河入道に、『将軍家が贈答に使用するに足りる、然《しか》る可《べ》き刀工を選んでみよ』と命じたのである。三河入道はその場で、即座に百八十二工の名を書いて差し出した。その中に正宗の名は入っていなかった。三河入道は足利将軍家と正宗の関わりを知っていたため、遠慮して意識的に外したのである。義満もそのことを承知の上で皮肉っていた。

「正宗を他家へくれてやるのは、もったいのうございますから」

三河入道はそつなくかわした。

その頃、松田妙本は北山殿内に在った。義満の近習に案内され、研ぎ上げた正宗を持って舎利殿に向かっていた。義満の住まう北御所を過ぎると、澄みきった瑠璃《るり》色の鏡湖池《きょうこち》に浮かぶ舎利殿が見えてきた。豪華絢爛の金閣が背後の松の緑に映え、近くで通り雨があったのか、晩秋の空に虹がかかり、その片鱗が池の面で揺らめいていた。

（金閣を造営したあの派手好きの方なら、この正宗を見たら間違いなく天下一の名刀と褒めそやすに違いない）

妙本は舎利殿の上に弧を描く虹を見ながら、そう確信していた。それだけ研ぎ上げた正宗の出来映えに自信があったし、義満に親しく接するようになってまだ三年ほどであるが、義満の性格もある程度は心得ていた。

緑地《みどりじ》の刀袋を握りしめて、妙本は舎利殿の前に立った。これまで中に入ったことは一度もない。金閣は池畔から仰ぎ見るだけの崇高な存在だった。研ぎ師の身分で殿中に上がるなど思いもつかぬことだったが、近習によれば義満は妙本を舎利殿に連れてくるよう命じたのだという。妙本は間近に目にする金色の眩しさ圧倒され、気後れしそうになった。いつの間にか胸が激しく鼓動を響かせ、刀袋を握る掌《てのひら》も汗ばんでいた。

(このような所へ刀を持ってこいとは……この中で正宗を見るつもりなのだろうか。あの方らしいといえばそれまでだが、しかし俺の研ぎはこの金閣などに負けはしないぞ)

そう思うと、妙本は一転して武者震いを覚えていた。

妙本は近習に従って舎利殿に上がった。初層は金箔が押されていない寝殿造りの様式で、それほど広くもない板間に、義満と三河入道の二人が胡座《あぐら》をかいて対座していた。

「妙本か、入れ」

義満が言った。

(今日は機嫌が良いな)

妙本は義満の声色《こわいろ》から、すぐさま主人の気分を推し量った。実家に里帰りした妻の帰りが遅いと言って、帰宅した妻を刀の棟で打ちすえたほどの癇癪《かんしやく》持ちである。義満の虫のいどころが悪い日は、臣下は戦々恐々としていた。

「正宗を研ぎ直したそうだな」

挨拶を終えた妙本に、義満が低い声で訊いた。

「はい」

「名刀に化けたとか」

「化けたのではありませぬ。おなごが化粧で美しくなるのとは逆に、垢を落としてやったところ、本来の美しい肌が現れたということでございます」

「ほう、ではその美しい肌とやらを、さっそく拝ませてもらおうか」

「ははっ」

妙本は刀袋から太刀拵えを取り出し、義満ににじり寄って捧げ渡した。義満が黒漆塗りの鞘を払った。北畠顕家の遺刀が鉄色《かないろ》の姿を現した。鑑賞とは言え、舎利殿内で刀が抜かれたのは初めてである。

鞘を置いた義満は刀身に見入った。妙本は固唾を呑んで、義満の顔色を注視していた。

「まるで金糸の糸屑を散らしたような、この黒光りする黄金の筋は何だ！　何とも美しい」

義満が感嘆の声を発した。妙本が予期したとおりである。

（やはりこの方は気に入ってくれた）

妙本は心の中でしてやったりと思った。

「沸えが連なって筋状になったものと思われます。沸えの一粒一粒までもが気品に満ちています。これは備前物などには決して見られないもので、鎌倉物の顕著な特徴ではないかと思われます。まさに沸えの妙とでも申すべき作風でございます」

「新しい研ぎ方だからこそ、このように研ぎ映えがするのか」

「御意にございます。『拭《ぬぐ》い』と名付けた研ぎにより、初めて鎌倉物の美しい見所を引き出すことができました」

「その拭いとやらを、備前物や山城物でも試してみたのか」

「はい。焼き刃や映りも、これまでの研ぎに比べると、より明瞭になりました。しかし鎌倉物のように、目を瞠《みは》るほど顕著ではありませんでした」

「なるほどそうか……」

義満は再び正宗に目を落とし、しげしげと眺めまわした。鏡湖池に鋭い百舌《もず》の声が響き渡った。

「このことを知っている者は他にいるのか」

義満が刀を見つめながら訊いた。声音《こわね》が変わっていた。

「新しい研ぎのことでございますか、それとも鎌倉物がこのように変化に富んだものである、ということでございますか」

「両方じゃ」

「新しい研ぎ方は、まだ門人たちにも秘しております。研ぎ上げた正宗も、上様と三河入道様以外には見せておりません」

「そうか」

義満が刀身を鞘にしまった。そしてギラついた眼差しを妙本に向けた。これまでも何度か遭遇した、腹に一物ある時の目色。義満の醜い心が、表に現れようとする前触れだった。

「このことは秘しておけ。絶対に口外致すな。それから三河入道、銭に糸目はつけぬゆえ、正宗、貞宗など相州上工の作品を密かに収集致せ」

「鎌倉物を集めて何となされます？」

三河入道が義満に訊ねた。

「妙本の研いだこの正宗を見れば、誰しも名刀だと思うであろう。正宗を喧伝《けんでん》し、恩賞などの具とするのだ。目下、政所《まんどころ》は財政難に陥っている。正宗を恩賞に用いることができれば、ずいぶん助かるではないか」

義満はさすがに抜け目のない男である。豪華な『花の御所』を造営し、壮大な『北山殿』を営んで室町幕府の黄金期を築いた義満だが、幕府の直轄領は少ないため台所は火の車である。そのため朝貢国に成り下がってまで、交易の利を大陸に求めた。

「正宗の門流は多いのか」

義満が三河入道に訊いた。

「はい、一時は鍛刀界を席巻した感のあった相州物ですので。……しかし正宗の伝系に名を連ねていても、今ではその流儀を能くする鍛冶などほとんどおりません。というのも、尊氏様が京都に武家政権を開いたため鎌倉は凋落《ちょうらく》の一途をたどり、地鍛冶の多くは諸国の豪族を頼って各地に散ってしまいました。加えて正宗の鍛法は高火を用いるため、他の伝法に比べて非常な熟練を要します。このため荒沸え本位の板目鍛えという掟を伝承できなくなり、正宗の編み出した鎌倉流の鍛法は廃《すた》れてしまっております。いずれ幻のように消えていく運命にあるかと」

三河入道が残念そうに言った。

「ならば、なお好都合ではないか。稀なる物に価値が付くのは世の道理ぞ。それに幸いなことには、目下、武家の風俗に大転換が起きているではないか」

「風俗の大転換とは、刀の帯び様でございますか」

三河入道が訊いた。

「いかにもそうじゃ」

七十年余りも続いた南北両朝の騒乱もどうにか終結し、世は平和な応永時代となっていた。武士はそれまで三尺前後の長寸の太刀を腰に吊していたが、この頃より二尺三寸ほどの刀とそれより短い脇差を二本差すようになり、時代はちょうど太刀から刀へと移り変わる過渡期にあった。

「刀を差すようになったため、寸の長い太刀は盛んに磨り上げられ短くされている。茎《なかご》を切り落とせば、銘が失せ作者が誰か分からなくなる。正宗に似た作風のものを、正宗に出世させるよい機会ではないか。それでなくとも正宗には銘が刻まれていないと聞く」

これには三河入道も妙本も、開いた口が塞がらなかった。

義満はとかく奇行の多い男である。十七歳の時、猿楽一座の十二歳の鬼夜叉《おにやしや》（世阿弥《ぜあみ》）の美貌に一目惚れし、人目を憚《はばか》ることなくこれを寵愛して男色《だんしよく》に勤《いそ》しんだかと思えば、人妻が好きで公家衆の美しい妻を何人も差し出させたばかりか、あろうことか弟の妻まで寝取っている。さらには姪の日野康子《ひのやすこ》を妻にするなど、この道では節操のない鬼畜ぶりを発揮していた。金銭、権威にも貪欲であり、最近では上皇の地位を望んでいるとの噂もあった。みずから明皇帝の臣下となって日本国王に冊封されたのは、明の外圧を利用して皇位の簒奪《さんだつ》を企てているというのである。

（やはりこの方は常人ではない）

妙本は義満のことを空恐ろしく感じた。

（常人ではないからこそ……）

妙本は世阿弥のことを想った。世阿弥は義満の寵愛を受け、将軍の厚い庇護のもとで猿楽《さるがく》（能）を大成し、世阿弥の結崎座《ゆうざきざ》は栄華を極めている。

（我利我利《がりがり》亡者《もうじゃ》の義満様だが、和歌や書にも秀で、文化の面では余人をもって代え難い理解者だ。義満様が自分の研ぎを認めてくれたということは、自分にも世阿弥同様の出世の機会が訪れたということだ）

妙本は世阿弥の華やかな姿を想い描いていた。

「妙本、新しい研ぎを工夫した褒美として、余みずからこの舎利殿を案内致そう」

義満は正宗を置いたまま立ち上がった。

「ありがたき幸せ」

妙本は三河入道とともに義満の後に続いた。

三人は階段を二階に上った。二層は書院造りの観音堂である。黒漆を施された床以外はすべて金箔が押され、堂内の中央には須弥壇《しゅみだん》があり観音像が安置されていて、天井の金箔には天人が描かれていた。さらに上に登ると三層の東縁に出た。三層は禅宗様式の仏殿で、三間四方の堂内には仏舎利《ぶっしゃり》とともに阿弥陀来迎《あみだらいごう》の立像《りゅうぞう》が安置されていた。

妙本は義満の後に従って回廊を歩みながら、紅葉した四方の山並みと鏡湖池を眺めた。まさに深山《しんざん》幽谷《ゆうこく》の中にある極楽浄土の趣である。回廊をめぐり終えた三人は、舎利殿正面に佇んだ。池には地方や異国から集めさせた、幾種類もの珍しい水鳥が浮かんでいる。

「どうじゃ、まさに天上の世界であろう」

義満が誇らしげに言った。

「まさしく浄土でございます」

妙本は世辞ではなく心底からそう思った。

北山殿を囲む緑の中に、紅葉や黄葉が入り乱れていた。それを見た妙本は、正宗の刀身の中で変幻自在の働きを見せる、筋状や稲妻状の煌めきを想い起こしていた。

「まるで正宗の刀身のようじゃ」

義満も同じことを想い浮かべていたらしい。

「御意にございます」

妙本は勢い込んで応えた。

「西園寺の寝殿があったのは、あの辺りじゃ」

義満が突然話題を変え、自分の御所である北御所の方を指差した。

「……？」

「元徳《げんとく》三年というから、今から七十年ほど前のことだ。後醍醐天皇は西園寺公宗《きんむね》に招かれ、この地に行幸し花御覧《はなごらん》を行った。寝殿で花見の宴席が催され、その時、参議中将北畠顕家の舞が披露されたのだそうだ。後醍醐帝はみずから笛を吹き、顕家は『陵王《りようおう》』を舞ったとか。顕家はおん歳十四歳。さぞかし紅顔の美少年だったことだろう。顕家ゆかりのこの地で、研ぎ直された顕家の佩刀を目にすることができた。これも何かのめぐり合わせか。わしはあの正宗に一目惚れしてしもうた。さっそく我が佩刀としたい。三河入道、あの無骨な黒鞘を直ちに新調させよ」

義満は嬉嬉《きき》として命じた。それを聴いた妙本は思った。

（義満様は京の新熊野《いまくまの》神社で、『翁《おきな》』を演じる十二歳の世阿弥《ぜあみ》に一目惚れした。北畠顕家様も伝説の美少年。衆道《しゅうどう》趣味のある義満様のこと、おそらく『翁』を演じる世阿弥と、『陵王』を舞う顕家様の二人を重ねて見ているのであろう。さらには顕家様の遺品の正宗にまで、特別な愛着を抱いたようだ）

義満は容貌は貴族風だが、目つきには気品がない。妙本はそんな義満の横顔を盗み見ながら、義満の心を読んでいた。

「正宗か、まさしく名刀の王にふさわしい名だ」

義満が呟くように言った。

それから六年後の応永十五年（一四〇八）、義満は急病のために死去。享年五十一。義満は皇位に就こうと企てたため、それを阻止しようとする勢力に暗殺されたとも言われる。ともあれ義満は、正宗の真価を認めた、最初の天下人であった。

第二章　振分髪《ふりわけがみ》

一　偏諱《へんき》

天文《てんぶん》二十一年（一五五二）の、夏の盛りのことだった。越前一帯を支配する朝倉氏の本拠地一乗谷《いちじょうがだに》を、室町幕府第十三代将軍足利義藤《よしふじ》（義輝）の使者が訪れていた。越前は地理的に京都に近いため、朝倉家は将軍家と密接な関係を結んでいる。その城下町である一乗谷は、三方を山に囲まれた狭隘《きょうあい》な地形にもかかわらず、『第二の京』と呼ばれるほどの華やかな文化を誇っていた。それというのも、京洛の地が兵火に晒されるたびに、多くの公家や僧侶たちが逃れ住んだからである。

朝倉館の対面所《たいめんじょ》で使者を迎えたのは、朝倉家十一代延景《のぶかげ》と、一族の重鎮朝倉宗滴《そうてき》（教景《のりかげ》）であった。四年前に家督を相続した延景はまだ二十歳の若さだったので、七十六歳の宗滴が、朝倉家の後見人として政務、軍事をつかさどっていた。

「公方《くぼう》様は朝倉殿に、みずからの諱《いみな》の一字を与えるとの仰せでござる。これからは延景を改め、義景と名乗られるがよかろう」

使者が持参したのは、偏諱《へんき》の下賜《かし》を記した御内書《ごないしょ》と、進物の太刀一腰であった。

「身にあまる光栄にございます」

朝倉延景は使者に向かって恭《うやうや》しく頭を下げた。

将軍が臣下に自分の本名から一字を与える慣習が定着したのは、三代将軍足利義満の頃からである。将軍が真の天下人として君臨していた時代には、偏諱の下賜ははなはだ名誉なこととしてありがたがられたが、時は移り、十三代将軍義藤の治世であった。弱冠十七歳の義藤は将軍とは名ばかりで、管《かん》領《れい》細川晴元の重臣三好長慶《みよしながよし》との抗争に破れて近江の坂本に逃れていたが、今年の一月末に長慶と和睦して京に帰ったばかりであった。しかし相変わらず名ばかりの将軍で、幕政の実権は三好長慶が握っていた。そのため、義藤は再び長慶を除こうと画策しているとの噂だったから、北陸の雄、朝倉延景への偏諱の下賜がどういう意味を持つのか、言わずもがなである。

「この太刀は足利家重代の正宗で、義満公が身に帯びておられた由緒正しき名刀とのこと。加えて正宗には珍しく銘があるそうな」

使者は三宝《さんぽう》に載せられた太刀を見ながら得意気に言った。

「在銘の正宗とは、それはまた希有《けう》な！」

朝倉延景はお愛想を言って驚いて見せた。妙本が金閣で正宗の『沸えの美』を義満に知らしめてからすでに百五十年の歳月が流れ、正宗は名刀として天下に認知されていた。それとともに、正宗には無銘の作が多いということも、広く世に知られるようになっていた。

(この太刀の拵えは立派だが、どうせ正真正銘の正宗ではあるまい)

延景はまったく期待していなかった。足利将軍家は、天下に野望を抱く者にとっては御輿《みこし》としての利用価値はあるが、もはや有名無実の存在に近かった。何度も復権を試みるもののそのたびに戦に敗れ、近江に逃避行をくり返す将軍家に、先祖伝来の重宝など残っているはずがなかった。それ故に、義藤は名品に代えて盛んに偏諱の下賜を行い、味方を募っているのである。

　将軍義藤の使者を館の門まで送った後、延景と宗滴は再び広間に戻った。二つの白木の三宝に、御《ご》内書《ないしょ》と太刀が載せられたまま置かれていた。延景は御内書を開いてもう一度文面に目を通した。

「これから義景と名を改めねばならぬとは、煩わしい限りだ。ありがた迷惑よのう」

　延景の口からぼやきの声が洩れた。

「進物まで添えて偏諱をお与えになるとは、殿をよほど頼りにされてのことであろう。快く受けておきなされ」

　宗滴が孫を諭すように言った。貞景、孝景、延景と朝倉氏三代の当主を立派に補佐し、合戦に臨んでは幾多の戦功をあげて朝倉家の危機を救ってくれた老将の言葉に、延景も頷くしかなかった。

「その正宗、どうせ偽物であろう。武器庫にでもしまっておけ」

　延景が近習に命じた。

「お待ち下され」

　宗滴はそう言うや、三宝に載せられた太刀ににじり寄った。

「義藤公は将軍の身でありながら剣術修行に精進され、その技は達人の域とのもっぱらの噂にございます。それも室町殿再興に懸ける意気込みでござろうが、その様な人物が偽物を贈ってくるとは想えませぬ。せっかく頂戴した品を拝見もせずにお蔵入りとは、それでは公方様にははなはだ失礼でござる」

　宗滴は太刀を捧げ持って一礼すると、おもむろに鞘を滑らせた。宗滴は近隣に武名を轟かせた名将であるが、文人としても有名で、武人の嗜《たしな》みとして刀の目利きの基本だけは心得ている。延景は宗滴の言葉を待った。

「この太刀は鎌倉物に間違いなさそうですぞ」

刃中の随所に鎌倉物特有の沸えの働きが踊っていた。

「目釘を外してくれぬか」

宗滴は傍らの近習に命じた。近習は刀の手入れ道具を持ってきて、柄から刀身を抜き出した。宗滴は近習から抜き身を受け取った。

「これはまた！」

茎《なかご》の表裏を見た宗滴が短い声を発した。

「いかが致したのじゃ？」

延景が怪訝《けげん》そうな顔をして訊ねた。

「この太刀には正宗二字銘の他に、年紀まで刻んでありますぞ」

「年紀？」

「裏に『延元三年二月』……延元といえば南朝年紀だが……」

「ほれ見よ、やはりその太刀は偽物ではないか。正宗が宮方の年号を使うわけがない」

延景が勝ち誇ったように言った。

「……」

宗滴も返す言葉がない。

(使者は義満公が身に帯びておられたと申したが、拵えも天下人ならではの立派な物だ。刀身もこれまで拝見した太刀の中では、最も名刀然としている。しかし、この年紀だけはあまりに不自然だ)

「どうぞ御覧下され」

宗滴は刀身を延景に手渡した。

「なかなか立派な太刀ではないか！」

武将としての資質はともかく、一乗谷の華やかな文化を享受して育った延景である。美術工芸の分野に関しては、まだ二十歳といえども、それなりに目が肥えている。

「白黒がはっきりせぬなら宝蔵庫へしまっておけ」

延景は近習に命じた。武器庫から宝蔵庫へ。正宗の保管場所だけは、まともな扱いを受けることになった。

二　一乗谷《いちじようがだに》陥落

朝倉延景が義景と名を改めてから二年後、将軍足利義藤も従三位《じゆさんみ》に叙せられたのを機に名を義輝と改めた。義輝は将軍の権威を復活させようと、積極的に動いていた。

そんな最中の永禄七年（一五六四）、三好長慶《みよしながよし》が病死した。義輝にはまさに天佑であった。好機到来とばかりに復権活動を積極的に展開する義輝に、長慶家臣の松永久秀《まつながひさひで》と三好一族の三好長逸《ながやす》、三好政康《まさやす》、岩成友通《いわなりともみち》は危機感を抱いた。

翌、永禄八年（一五六五）五月十九日、松永久秀と三好三人衆は義輝の従弟である足利義親《よしちか》（義栄《よしひで》）を擁立し、将軍居城の二条御所を襲撃した。

御所の奥にある義輝の御座所に押し入った逆賊らは、思わず後ずさりした。広間の上座に置かれた鎧櫃《よろいびつ》に、甲冑をまとった将軍義輝が腰をおろしていた。義輝は数人の近習を従え、広間の畳には幾本もの白刃《はくじん》が突き立ててあった。最期を悟った義輝が、秘蔵の名刀をすべて持ってこさせ、鞘を払った刀身を畳に刺させたのである。

「お首《しるし》頂戴」

将軍義輝を見つけた逆賊の徒《と》は、功を競うように御座所になだれ込んだ。広間の中で乱闘が始まった。数を頼んでいっきに義輝の首を取ろうとした逆賊らであったが、すぐに広間の外に押し戻されてしまった。

義輝の太刀筋は豪快であり、優美であった。舞うような動きの中から、気迫のこもった打撃が次々とくり出され、その凄まじさにたじろぐ賊兵は次々と斬り伏せられていた。

「さすがは剣豪将軍！」

義輝の近習の中から驚嘆の声が洩れた。義輝は剣聖と謳われた上泉伊勢守信綱《かみいずみいせのかみのぶつな》と塚原卜伝《つかはらぼくでん》を御所に召して剣術を学び、『新陰流』の免許皆伝と『鹿島新当流』の奥義を伝授されたほどの剣の使い手である。義輝の剣の腕を知る者は、『剣豪将軍』と呼び慣わしていた。

数人を斬った義輝の太刀は、血糊と脂で切れ味が鈍り始めていた。義輝はその太刀を敵に投げつけると、遠巻きにして見守る賊兵を尻目に、畳に刺してある刀を手に持った。

「臆するな、かかれ」

賊兵を率いる頭《かしら》が下知を下すと、再び広間の中で乱闘が始まった。義輝は自慢の名刀で敢然と立ち向かい、切れ味が鈍ると畳に刺した新しい刀に代えて敵を切り伏せ続けた。

広間が血の海となり、横たわる屍が義輝の動きを妨げ始めた時、義輝は遂に槍の餌食《えじき》となっていた。辺りに猛火が迫っていた。賊兵は義輝の首を挙げることなく、そこを退去せざるを得なかった。

義輝は薄れていく意識の中で、紅蓮の炎が暴れ始めた広間を見まわした。これまで義輝に仕えてくれた近習たちの屍がここかしこに横たわり、畳に刺した多くの名刀に炎の禍が及ぼうとしていた。

「あの正宗を朝倉にくれておいて良かった」

義輝はそう呟きながら息を引き取っていた。享年三十の若さであった。


足利義輝が無念の死を遂げた翌々年、永禄十年（一五六七）の十一月末のことだった。将軍義輝の幕臣だった細川藤孝《ふじたか》（幽斎《ゆうさい》）は、雪深い一乗谷の安養寺《あんようじ》に在った。

「義景殿は間もなく御到着かと」

藤孝が語りかけたのは、足利義輝の弟義秋《よしあき》であった。『将軍殺し』の大罪を犯した松永久秀と三好三人衆は、義輝の次弟で鹿苑院《ろくおんいん》院主であった足利周嵩《しゅうこう》をも殺害、次いで奈良興福寺にいた一乗院覚慶《かくけい》（義秋）を興福寺に幽閉した。これを細川藤孝や和田惟政《これまさ》らが救出し、次期将軍とするため還俗させて『義秋』と名乗らせ、近江、若狭《わかさ》、敦賀《つるが》と座を移した後、敦賀郡司《ぐんじ》朝倉景恒《かげつね》の案内で、朝倉義景を頼って六日前に一乗谷に入ったのである。

「義景は頼りになるであろうか」

義秋は誰でもよいから、自分を奉じて上洛し、将軍職に就けてくれる者が欲しかった。興福寺を脱出して以来、上杉輝虎《てるとら》、畠山義綱、毛利元就《もとなり》らに上洛を求めるが、いずれも体よく断られていた。

「朝倉家にも他からはうかがい知れぬお家の事情もあるでしょうから、そう簡単には腰を上げてはくれますまい。しかし都では謀略に長けた松永久秀らが、義栄《よしひで》様を傀儡《かいらい》将軍に担ぎ上げようと動いております。何としても上洛を急がねばなりません」

義栄《よしひで》は第十一代将軍足利義澄《よしずみ》の孫で、義秋にとっては従弟にあたる。藤孝は空位となっている十四代将軍の座に憂慮を抱いていた。

藤孝も将軍足利義輝（義藤）から、『藤』の偏諱《へんき》を受けた一人である。それだけに、興福寺から義秋を助け出して以来、各地を流寓《りゅうぐう》しながら、義秋の将軍擁立に血の滲むような努力を傾けていた。

「藤孝が一番の頼りじゃ。よろしく頼むぞ」

義秋は当年三十歳であるが、三つ年上の藤孝にひたすら寄りすがっていた。しかし、それも無理からぬことだった。藤孝は足利義輝とともに塚原卜伝に剣法を学び、弓術など他の武芸にも通じた優秀な武将であるばかりでなく、和歌、刀剣鑑定、音曲《おんぎょく》、有職故実《ゆうそくこじつ》など、あらゆる学問、芸能を修めた、当代随一の教養人でもあったからである。流寓の身の義秋には、過ぎた家臣であった。

「お着きになられたようでございます」

その日、安養寺は降り積もった雪に覆われていた。屋外の音は何一つ聞こえなかったが、寺の客間に複数の足音が近づいていた。寺の住職に案内され、義景とその家臣朝倉景鏡《かげあきら》が部屋に入ってきた。

「この越前へ、ようこそおいで下さいました」

挨拶の後、義景は流浪の身の義秋に対し、まるで将軍に対するようにへりくだって接した。それに気をよくした義秋は、対面早々にもかかわらず、さっそく上洛の意向を義景に伝えた。これまでにも文書で何度も催促したことである。

「わしは興福寺の僧として生涯を終えるつもりであったが、どうやら天はそれをお許しにならぬようじゃ。かくなる上は覚悟を定めた。わしも足利の血を引く武門の生まれ。京に上って悪逆非道な大悪人どもに天誅《てんちゅう》を加え、兄上や弟の無念を晴らして将軍職を継承するつもりだ。朝倉殿、どうかその道案内をお願いしたい」

義景はそれには応えず、昨日、京からもたらされた情報を口にした。

「お耳に入っているかも知れませぬが、つい先頃、足利義栄様が将軍宣下《せんげ》を朝廷に願い出たそうにございます」

「義栄《よしひで》が将軍宣下を！」

義秋と藤孝に衝撃が走った。

「御安心なされませ。朝廷の要求した献金に応じられなかったため、将軍宣下は拒絶されたそうにございます」

「そうか……ならば尚のこと、早急に上洛の手立てを講じてはもらえまいか」

義秋が義景に詰め寄った。義秋を奉じて上洛すべきか否か、義景は悩ましい岐路に立たされることになった。

（わしの手で義秋様を将軍に擁立できれば、都で絶大な権力を手にすることができる。しかし三好・松永勢に、わし一人で対抗するのは無理だ。かといって武田や北条と事を構えている上杉に合力を求めても、輝虎は首を縦には振らぬであろう。果たして懐に飛び込んできたこの窮鳥《きゅうちょう》は、朝倉家にとって吉か凶か）

義景は義秋を見つめた。哀願するような義秋の眼差し。

「当家に……」

と言って、義景は言葉を切った。そして再び続けた。

「当家に単独で上洛できる実力はございませぬ」

義景は義秋の要請を断らざるを得なかった。

「……」

義秋が落胆の色を見せた。部屋に沈黙が流れた。

「朝倉殿、正宗は元気でございますか」

気まずくなった場を取り繕うため、突然、細川藤孝が話題を変えた。

「正宗？」

「義輝様が朝倉殿に偏諱《へんき》を賜った時、一緒に授けられた正宗在銘の太刀です」

「ああ、あの正宗のことでござるか。もちろん当家第一の家宝として、宝蔵庫で大事に保管してありますぞ」

もう十数年も前のことだった。義景は正宗を宝蔵庫にしまわせてから、二度と手にしたことはなかった。正宗在銘、加えて南朝年紀のある、真偽《しんぎ》不詳の太刀だった。

「あの太刀は正宗の最高傑作というべき太刀ですぞ。義輝様に命じられ、私と本阿弥光刹《こうせつ》殿で、将軍家蔵刀の中から選びました。義輝様は北陸の雄たる朝倉家を最も頼りにしておいでだったので、何のためらいもなくあの正宗を手放されました」

もともとは松田姓だった本阿弥家は、始祖妙本より六代目にあたる本光《ほんこう》より、本阿弥を姓として名乗り始めた。本阿弥光刹は妙本より数えて八代目である。

（ではあの正宗は正真物だったのか。宗滴《そうてき》の諫言《かんげん》で宝蔵庫へ仕舞ったが……）

「あの頃、御当家には朝倉宗滴殿という、近隣に武名の轟いた名将がおいでだった。連戦連勝、向かうところ敵無しの方だった」

偶然にも、義景と藤孝は同じ人物のことを想っていた。義景の後見人として朝倉家の政務、軍事を取り仕切っていた宗滴は、すでにこの世に無かった。宗滴死去の後は、義景がみずから政務を執るようになっていた。

「我が家中に宗滴のような戦《いくさ》上手がおれば、義秋様の意を酌《く》めるものを」

宗滴の名が出たのを幸い、義景は義秋の上洛要請を再び婉曲に拒絶していた。

翌年の二月半ばのことだった。三好三人衆の後ろ盾により、足利義栄《よしひで》に朝廷から将軍宣下が下され、第十四代将軍に就任したとの情報が一乗谷にもたらされた。

「将軍殺しの大悪党どもに担がれた傀儡《かいらい》将軍など、天下万民は認めますまい。それに義栄は摂津《せっつ》におり、まだ洛中には入っておらぬとのこと」

藤孝はそう言って、焦慮《しょうりょ》に駆られる義秋をなだめた。

四月になると、義秋は一乗谷の朝倉館で元服式を行った。幼くして興福寺に入ったため、三十一になってからの遅まきの元服であった。この時、『秋』の字は不吉であると言われていたので、名を義昭《よしあき》と改めた。烏帽子親《えぼしおや》を務めたのは朝倉義景である。

一乗谷滞在が長引くにつれ、義景が上洛する意志のないことが明白になっていった。そのため義昭は盛んに上杉輝虎に書を送って上洛を促したが、こちらからも色よい返事は貰えなかった。

「かくなる上は、織田信長を頼ってみてはいかがでしょう。今川を破ってから飛ぶ鳥をも落とす勢いで、去年は美濃を攻略し、稲葉山の井口城を岐阜城と改め、そこを本拠地にしたとか。美貌の妹を浅《あざ》井《い》長政に嫁がせ、織田、浅井の同盟も成立している由にございます」

藤孝が義昭に進言した。

「わしの帰洛を助けてくれるのなら、なに人でも構わぬ」

「朝倉の家臣に明智光秀《あけちみつひで》と申す者がおりますが、織田家に太い手蔓《てづる》がある由にございます。この者に信長との仲介を頼みましょう」

藤孝は直ちに行動を起こした。上洛の機会をうかがっていた信長には願ってもないことであった。義景が盛んに引き留めたにもかかわらず、義昭は七月の末には御座を美濃に移していた。

それから二ヶ月後の永禄十一年（一五六八）九月、義昭は織田信長に奉じられて念願の上洛を果たし、十月には朝廷から将軍宣下を受けて第十五代将軍に就任した。義昭にとって、まるで夢のような数ヶ月であった。

永禄十三年（一五七〇）四月、信長は突如、越前に攻め込んだ。信長軍の攻勢の前に一乗谷も危機に陥るが、信長が妹お市を嫁がせ同盟を結んだはずの浅井長政が、信長を裏切って織田軍の背後を襲ったため、信長は命からがら京都に撤退せざるを得なかった。

信長を御父《おんちち》とまで呼んだ義昭であったが、しかし信長との蜜月は永くは続かなかった。信長にとっても、義昭は所詮、権力のための飾りにすぎなかったのだ。信長の真意が分かった義昭は、反織田の包囲網を作るべく、武田信玄、上杉輝虎、本願寺顕如《けんによ》、朝倉義景、浅井《あざい》長政などと密かに接触し、堅固な信長包囲網を形成していった。細川藤孝は義昭と信長の対立が表面化すると、使者として両者の仲介に奔走していた。

「武田信玄が上洛してくるぞ。いよいよ挙兵の時節到来じゃ。藤高、兵を挙げる準備を致せ。信長に将軍の威光を見せてやるわ」

　信玄からの密書を受け取った義昭は、小躍りして喜んだ。

「上様、お待ち下さいませ。軽々に行動してはなりませぬ。今や信長殿の力は強大。信玄殿の上洛は叶いますまい」

「何を申すか藤孝！　そちはいつから信長に取り込まれた」

　藤孝は義昭と信長の間に立つうちに、信長の並外れた能力に畏怖《いふ》の念を覚え始めていた。

「この戦国の世を鎮められるのは、信長殿をおいて他にありませぬ。今は信長殿に逆らわず、たとえ傀儡《かいらい》と言われようとも、堪え忍ぶのが足利の家名を残す唯一の方策かと」

　元亀《げんき》四年（一五七三）二月二十六日、藤孝が諌《いさ》めたにもかかわらず、義昭は信長を討とうとして、武田信玄の上洛に呼応してみずからも挙兵した。しかし、四月に信玄が病で急死すると、信長包囲網は瓦解《がかい》し、義昭も捕らえられて河内に追放され、室町幕府はここに滅んだのである。義昭とたもとを分かっていた藤孝は、上洛した信長の臣下となり、以後、信長の武将として活躍を始めた。

　室町幕府を滅ぼした信長は、次は浅井、朝倉攻めへと転じた。天正元年（一五七三）八月八日、信長はみずから大軍を率いて北近江に侵攻し、浅井、朝倉の連合軍と鉾を交えた。

「朝倉軍は当主の義景がみずから率いているのではないのか。なのにあの戦意の無さは何だ！　本国に引き込んで、何か策に嵌《は》めようとの魂胆か」

　信長配下の武将が不審がるほど、朝倉軍の士気は低く、戦わずして敗走を始める局面が多かった。

「大将が女狐《めぎつね》に腑抜けにされているからよ」

信長は一乗谷に放った乱破《らっぱ》の報告により、義景が側室小少将《こしょうしょう》の色香に惑わされ、政務を放棄して酒《しゅ》池肉林《ちにくりん》に溺れていることを知っていた。

「追撃の手を緩めるな。朝倉との戦は、これが最後ぞ」

信長は先頭に立って自軍を鼓舞した。

越前に攻め込んだ信長軍は、八月十八日、朝倉氏の本拠地一乗谷に火を放った。一乗谷は幾日も燃え続け、朝倉家栄華の跡は灰燼《かいじん》に帰した。義景は従弟にあたる朝倉景鏡《かげあきら》に裏切られ、落ち延びた先の六坊賢松寺《ろくぼうけんしょうじ》で自害を遂げた。享年四十一。

次いで九月一日、信長軍は浅井の本拠地小谷城を陥した。長政は父の久政と共に自害、享年二十九であった。

三　大磨《おおす》り上げ

一乗谷《いちじょうがだに》が攻め落とされて朝倉氏が滅ぶと、岐阜城の信長のもとには様々な戦利品がもたらされた。『第二の京』とまで呼ばれた一乗谷である。日本海側の港には明船も頻繁に出入りし、日明貿易が盛んだった朝倉領だけに、陶器や書画などの美術品も数多くあった。そんな中で、信長が最も気を惹かれたものがあった。一振りの正宗在銘の太刀である。非常に出来優れた太刀で、贅を尽くした太刀拵えに納められていた。

直ちに登城中の細川藤孝が呼ばれた。信長配下の武将では並ぶ者のない教養人で、刀剣の目利きにも明るかった。

「一乗谷で正宗在銘の太刀を手に入れた。この正宗をどう鑑る」

信長は藤孝に戦利品の太刀を見せた。

「これはあの時の！」

藤孝は太刀拵えを見るなり絶句した。見覚えがあった。一度目にしたら忘れられぬ豪華な太刀拵え。足利将軍家の黄金期にあつらえたもので、天下に二つとないはずである。

「この太刀は足利義輝様が、朝倉義景様に偏諱《へんき》を下賜された折り、その祝いとして一緒に与えられた正宗でございます」

「その様な謂われの太刀か」

「もう二十年ほど前になりますが、義輝様に命じられ、私と本阿弥光刹《こうせつ》殿で贈る準備を致しました」

足利将軍家崩壊後、本阿弥光刹も信長に仕えている。

「茎《なかご》に正宗には希な銘があったぞ。それも年紀まで切られている」

「延元三年二月」

「そうだ、そのとおりだ」

「二十年前、この太刀を初めて拝見した時、なぜ正宗は南朝年紀を刻んだのかと不思議に思いました。それで光刹殿に訊ねたのですが、光刹殿はこの太刀の謂われを詳しく存じておりました」

「ほう、それを聞かせよ」

「この太刀は北畠顕家卿が、難波で戦死された時、握りしめていたそうにございます」

「あの顕家卿が！」

奇遇であった。信長の次男茶筌丸《ちゃせんまる》（信雄《のぶかつ》）は、伊勢の北畠具房《ともふさ》の養嗣子《ようしし》となり、昨年、元服して北畠具豊《ともとよ》と名乗っていた。伊勢北畠家初代の北畠顕能《あきよし》は、顕家の次弟にあたる。同じ天才肌の軍略家同士、信長は顕家に親しい想いを抱いていた。

「足利尊氏様に鎌倉鍛冶惣領《そうりょう》に任じられていたにもかかわらず、正宗はみずから志願して顕家軍に加わり、陣中でこの太刀を鍛えて顕家卿に捧げたそうにございます。おそらくこの太刀は、正宗の鍛えた刀の白眉《はくび》かと」

「……わしはこの太刀を見た時、この上もなく惹かれるものを感じた。今の話を聞いて、ますます気に入った」

信長は立ち上がると、藤孝から太刀を受け取り、白刃を振りまわした。そして広間にどっかと座り込むと、抜き身を手に何か思案している様子である。その視線は柄の辺りに注がれている。

その様子を見て、藤孝は信長が今何を考えているのか想像がついた。信長は桶狭間《おけはざま》で今川義元から得た左文字《さもんじ》も、直ちに二尺二寸に磨り上げさせたという。左文字は、松浦《まつら》党の刀工源左《みなもとのたすく》のことである。刀身の表に『左』、裏に『筑州住』の銘を切ることから、左文字と呼び慣わされている。正宗の娘婿貞宗が、足利尊氏に従って九州に下向した折り、鎌倉の鍛法を伝授した刀工で、信長の時代には正宗と肩を並べるほどの評価を受けていた。信長はその左文字を、何ら躊躇《ちゅうちょ》することなく磨り上げて短くさせたのである。合理性を尊ぶ信長にとり、刀こそは最も実用に徹したものでなければならなかったのだ。その信長が在銘の正宗を手に逡巡《しゅんじゅん》していた。

（上様ほどのお方が悩んでおられる！）

信長の臣下に加わってから、常に即断即決の独裁者ぶりを目のあたりにしてきた藤孝にとり、それは初めて目にする信長の一面であった。

「武家の風俗が、旧《もと》に復することはあるまいな」

信長がみずからに決断を促すように呟いた。

「……」

藤孝は応えなかった。かつては長寸の太刀を腰に吊り下げていた武士だったが、大小の刀を刃を上に向けて帯に差す風俗が定着してすでに久しい。そしてその大刀の長さも、二尺三寸が適当な長さとされるようになっていた。元寇の影響を受けて長寸となっていた鎌倉や南北朝時代の太刀は、磨り上げて短くしなければ差料《さしりょう》として不向きになったのである。このため多くの銘刀が、磨り上げられて無銘となっていた。

「この正宗をわしの差料にしたいと思うが、いささか長い。かといって磨り上げては希有な正宗の銘が消える。これが無銘の正宗なら何も考え煩うことはないのだが……。さて、どうしたものかのう、藤孝」

いつもの自信に満ちた信長の口調ではなかった。

（やはり磨り上げのことで悩んでおられたか……）

藤孝は信長の心中を的確に読んでいたものの、正直なところ藤孝もどちらとも決断しかねていた。太刀の正宗在銘はそれほど希である。

（信長様が常人のお方なら、正宗在銘を磨り上げるなど以ての外、と諫《いさ》めねばならないが……）

藤孝の主《あるじ》は常人ではなかった。天才特有の狂気を、藤孝は多々目にしている。天才は凡庸《ぼんよう》を好まない。それに世はまさに戦国のただ中である。乱世を生き抜くには、刀はそれを帯びる者の身丈にふさわしい長さを持って良しとすべきである。藤孝は決断した。

「伊勢物語の中に出てくる在原業平《ありわらのなりひら》の歌ですが……」

藤孝の口から的外れとも思える言葉が飛び出した。

「くらべこし振分髪《ふりわけがみ》も肩すぎぬ、君ならずしてたれかあぐべき」

藤孝は和歌を一首、ゆっくりと口ずさんだ。

「……」

信長は、何を申すか、という顔をした。

「御存じとは思いますが、この歌は年頃になった男が、おさな友達の娘に恋歌を贈った際の返歌でございます。『昔よく、どちらが長いか比べていた振分髪も、もう肩を過ぎるほど長くなりました。そろそろ一人前の女として、髪上げの式をあげる時期になりましたが、あなた以外の誰のために髪上げを致しましょう。当然、夫と定めたあなたのために致すのです』、という歌意でございますが」

「……」

信長は相変わらず怪訝《けげん》な顔をしたままである。信長に和歌の素養がないわけではない。一国一城の主にふさわしい、文化的教養を身に付けながら育っている。しかしこの方面に関しては、藤孝は信長より数段も上である。

「在銘の正宗を手に入れるのは、天から降ってくる隕星《いんせい》を得るのと同じくらい難しいものです。その様な世にも希な銘を、磨り上げて無銘にするなど言語道断。しかし天下布武のため、信長様が磨り上げて下さるなら、正宗もあの世で目を瞑《つむ》ってくれることでしょう。この銘刀を磨り上げられる人は、信長様以外、天下に二人といないはずです。殿が磨り上げの可否を私に問われるならば、僭越《せんえつ》ではございますが、この正宗に『振分髪』の称号を奉り、答えとしたく存じます」

『髪を上げる』と『刀を磨り上げる』を引っ掛け、藤孝は臆面もなく信長を持ち上げた。これが秀吉辺りが口にした言葉なら、あからさまな世辞に聞こえるだろうが、藤孝の口から発せられると何の嫌らしさもない。

「さすがは家中一の教養人じゃの。よくも咄嗟に、その様な歌を引き合いに出せるものよ。では大磨り上げ無銘にしてもよいと申すか」

信長の顔から迷いが消えていた。

「御意《ぎょい》のままに」

「分かった。ではこの正宗を『振分髪』と名付ける。わしの気が変わらぬうちに、さっさと磨り上げさせよ。わしの身丈は五尺三寸ゆえ、刃長は二尺三寸でよかろう。正月までには拵えも完成させよ」

信長は近習に命じた。

四　箔濃《はくだみ》

「あの三人の者どもの首はどうなった」

信長が近習に訊ねた。朝倉義景、浅井《あざい》久政、浅井長政の三ツ首のことである。討ち取られた三人の首は、信長が実検《じっけん》した後、塩漬けにされて京まで送られ、洛中で晒《さら》し首にされた。信長はそうすることにより、天下に越前と江北の平定を宣言したのである。その後、三ツ首は岐阜に運ばれ、そこでも梟首《きょうしゅ》にされていた。

「まだ晒したままになっております」

「そうか。浅井も朝倉も、首を奪い返しに来るような、気骨のある忠臣を持たなかったと見えるな。それとも家臣団を完膚《かんぷ》無きにまで叩きのめしてやったということか。主君の首を取り戻しに来るような奴がいたら、我が臣下に迎えようと思っていたものを」

「この残暑です。すっかり腐敗してしまったことでしょう。京からこちらへ運ばれてきた時には、かなりの異臭を放っておりましたから。この後、首はいかがなさいますか」

「そうじゃの……」

信長の三人に対する怒りは、晒し首にしてもまだ収まってはいない。特に最愛の妹お市を嫁がせていた浅井長政には、反逆に対する怒りは深かった。長政がみずからは切腹して、お市と三人の娘を信長に引き渡したにもかかわらず、人生最大の窮地に陥れてくれた長政の裏切りは許せなかった。

「朝倉から分捕った正宗はどうなっている」

突如、話が晒し首から正宗に跳んだ。

「はい、磨り上げを終えて、拵《こしら》えをあつらえさせております」

「そうか」

それを聞いて、信長の表情に冷たいものが走った。

「義景にも磨り上げた正宗を見せてやるか」

その時、信長の心に非道の企《たくら》みが浮かんでいた。

「三人の首を髑髏《しゃれこうべ》にし、見栄えをよくするため箔濃《はくだみ》を施せ」

信長は近習に声高に命じた。箔濃とは漆塗《うるし》りに金粉を施すことである。信長は三人の頭蓋骨を漆で塗り固め、その上に金泥《こんでい》で彩色せよと命じたのである。

「首級《しゅきゅう》に箔濃を！」

近習の表情が凍りついた。戦国の世において敵将の首は勝利の証である。しかし晒し首にして勝利を誇示するだけでも十分に残忍なことであるのに、それに箔濃を施せとは人知の及ぶところではない。近習は改めて信長の怒りの大きさを知った。


年が天正二年（一五七四）に改まった正月、天下統一の拠点となっている美濃の岐阜城には、信長配下の諸将が続々と登城してきた。信長は年賀に伺候《しこう》した諸将の前に、磨り上げさせた正宗の刀を小姓に持たせて現れた。

「武田信玄は死に、浅井、朝倉は滅ぼした。念願の天下統一は目前だ。皆の者、昨年同様、今年も身を粉にして励め」

天下布武の旗印の前に立ちはだかっていた近隣の敵対勢力を退け、信長はいつになく上機嫌だった。主の機嫌が良ければ、正月の宴も弾んだ。

一献、また一献と盃が重ねられ、宴もたけなわとなった時だった。突然、信長は立ち上がると、側に侍していた小姓から刀を受け取り、それを抜き放ったのである。賑やかに楽しんでいた諸将の間に戦慄《せんりつ》が走り、座は凍りついたように鎮まり返った。

「この刀は一乗谷《いちじょうがだに》から戦利品として届けられた正宗在銘の太刀を、わしの身丈に合わせて磨り上げたものだ。名匠正宗が北畠顕家卿のために精鍛し、顕家卿はこの刀を手にして戦死を遂げられたのだそうだ。尊氏公以来、歴代の足利将軍家に伝えられていたものを、義輝公が朝倉義景に贈ったとのこと。三尺余りの長寸の太刀だったが、二尺三寸に磨り上げた。細川藤孝が名も付けてくれたぞ。この刀の号は『振分髪』じゃ。何ともかわいらしい異名であろう。その謂われを知りたくば、後で藤孝に訊ねよ。だが和歌の素養のない者は訊くでない。恥をかくぞ」

信長がめでたい元旦の席で刀を抜いたので、何事が始まるのかと緊張していた満座に、安堵の声が洩れた。

「ここで皆の者に珍しい肴《さかな》を披露したいと思う」

広間に再び信長の声が響いた。信長は酒を嗜《たしな》まない。その声は先ほどの声と変わって、冷徹な響きを含んでいた。

三人の小姓衆が、三宝の上に黒漆の箱を載せて運んできて、大広間の中央に置いた。

「いったい何だ？」

諸将は手にしていた杯を置いて眺めている。

「この宴席に最もふさわしい肴だ」

信長の声が響くと、座から私語が止んだ。小姓衆は三宝の上の箱を手にして、三宝と膝の間に置いた。箱の蓋《ふた》を結《ゆ》わえていた朱色の太紐《ふとひも》がほどかれ、蓋が開けられた。

箱の近くにいる武将らの目には、眩い黄金の色が映った。丸みを帯びた物体である。箱の中のものが取り出された時、大広間にざわめきが起こった。

「髑髏《しゃれこうべ》ではないか！」

箔濃《はくだみ》を施された三つの頭蓋骨《ずがいこつ》は、白木の三宝の上に、上座に向けて静かに置かれた。

大広間に居並ぶ者は、戦場の地獄をくぐり抜けてきた歴戦の武将たちばかりである。頭蓋骨など日常見慣れた景色の一つに過ぎず、敵の首を掻いたことのある武将も多数いた。だが箔濃にされた黄金の頭蓋骨を見るのは、皆、初めてであった。

「三つあるということは、朝倉義景、浅井久政、浅井長政の首か！」

武将の一人が押し殺した声で言った。それが信長に聞こえたらしい。

「誰の首か言わずもがなだ。邪魔者たちはいなくなった。今年はいよいよ天下取りも仕上げの時期に入ろう。さあ皆の者、髑髏を肴にもう一献いこうではないか」

信長の勝ち誇った声が大広間に響き渡った。

「おう」

大広間を、いや、岐阜城を勝ち鬨《どき》が揺るがした。

「朝倉義景に無銘となった正宗を見せてやれ」

信長が刀持ちの小姓に命じた。

上座に向かって左端の髑髏《しゃれこうべ》が、義景のなれの果ての姿だった。眼球の無い虚ろな孔が、恨めしげに信長を見つめている。小姓はその前に、三宝に載せた『振分髪』を置いた。

(義景よ、お前の正宗は磨り上げて我が差料にしたぞ)

信長はまるで他人の女を寝取ったような、勝ち誇った昂揚した気分に包まれていた。

この日、岐阜城で催された年賀の宴は、呑めや歌えと盛り上がり、いつ果てるともなく続いていた。

第三章　贋作《がんさく》

一　密議

慶長元年（一五九六）十月のこと、大坂城内にしつらえた黄金の茶室では茶が点《た》てられていた。天井、壁、柱、障子の木枠にいたるまで金箔が施された三畳の小間《こま》で、純金の茶道具を使って亭主を務めるのは太閤秀吉である。

どこかぎこちない所作の天下人の前に、二人の男がかしこまっていた。石田三成と本阿弥光徳《こうとく》である。秀吉の懐刀を自認する三成は、昨年、近江佐和山《さわやま》十九万四千石の所領を与えられたばかりで、今年の六月からは明の講和使節の接待役を務めていた。光徳は初代妙本から数えて九代目にあたり、刀剣の鑑定と研磨を生業《なりわい》として秀吉に仕え、後に本阿弥家中興の祖として名を遺す人物である。

「正宗が最近とみに人気があるそうではないか」

黄金の天目《てんもく》茶碗に、象牙の茶杓《ちゃしゃく》で抹茶をすくって入れると、秀吉は濃茶《こいちゃ》を練りながら上目遣いで光徳に言った。

「研ぎ映えのする刀でありますから」

光徳はさらりと応えた。

「三成から足利義満公と妙本の故事を聞いたぞ」

光徳は三成の方を見た。三十半ば過ぎの頭がやや後ろに突き出た優男であるが、秀吉の側近中の側近として、豊臣政権の行政をつかさどっている切れ者である。

「義満公が妙本に正宗の刀を集めるよう命じたことよ」

三成が光徳を振り返って言った。先日、光徳は三成と雑談をした折り、本阿弥家に伝承されてきた話を語ったのである。

「その事でございますか」

「本阿弥に正宗はあるのか」

秀吉が茶を点てる手を休めて訊いた。

「滅相もないことにござりまする。正宗は大名道具にございますれば」

「一本も無いのか！」

「はい」

秀吉が意外という顔をした。足利義満の命で妙本が集めた正宗は、義満の死後、散逸してしまっていた。

「やはり奥の手しかございませぬな」

三成が言った。

（奥の手……何のことだ？）

怪訝な顔をしている光徳の前に、黄金の天目茶碗が差し出された。茶室の畳表には緋色《ひいろ》の羅紗《らしゃ》が使われている。緋色の上に置かれた黄金の茶碗は、黒味を帯びた濃い緑色をたたえていた。

（美しい！）

光徳は緋と金と緑の彩りに見惚《みと》れた。

（この黄金の茶室を、成り上がり者の俗悪趣味と陰口をたたく者もいるが、我々凡庸《ぼんよう》にはうかがい知れぬ、天下人ならではの境地があるのかも知れない）

光徳はふと、その様なことを想った。

「どうした光徳？」

秀吉の声に光徳は我に返った。そして黄金の天目茶碗の濃茶が、自分のために点てられたものだと初めて気づいた。

「私が先に頂くなど、とんでもないことでございます！」

光徳は三成より歳こそ一回り以上も上だが、禄高は二百七石で、大大名の三成と同席するのも憚《はばか》られる身である。

「今日の茶事《ちゃじ》の主賓は光徳だ。遠慮するでない」

それを聞いた光徳は、秀吉の心に何やら企てがあるのを敏感に感じた。

「……それでは」

光徳は三成に一礼し、茶碗を手にとり作法どおり口にした。

「結構なお点前でございました」

濃茶を飲み干した光徳は静かに茶碗を置いた。

「光徳、ただ今より、そちを『刀剣極め所』に任じ、折紙《おりがみ》の発行を許すことにする。後で折紙に押す銅印も授ける」

秀吉の威厳に満ちた声が、黄金の茶室に響いた。光徳にとって、それはまさに、唐突に降ってきた天の声であった。折紙とは刀剣の鑑定書のことである。秀吉は光徳に、刀剣の真贋《しんがん》を見極め、その正真を保障する『折紙』を出す権利を与えたのである。

「はっ、目利《めき》きを生業《なりわい》とする者にとり、この上なき名誉」

光徳は緋色の羅紗の上で平伏した。

「今後、大坂城内に正宗が無いなどとは言わせぬぞ」

秀吉が黄金の天目茶碗を下げながら言った。

(そういうことか！　正宗を恩賞に用いるので、正宗風の無銘の刀を正宗と極め、それを保証する折紙を発行せよと。おそらく求められるまま、太閤様の必要とする数の折紙を乱発せねばなるまい)

天下統一がなって世の中が鎮まると、秀吉は論功行賞として与える恩賞地に事欠くようになっていた。もはや国内に余分な所領が無くなったので朝鮮出兵を敢行したが、六月に訪れた明使との講和は決裂し、秀吉は再度の朝鮮出兵を命じたばかりであった。秀吉は窮余の一策として、所領に代えて刀剣による恩賞を思いついたのである。

秀吉の心底《しんてい》を見抜いた光徳は、刀剣鑑定家として忸怩《じくじ》たるものがあった。しかし天下人秀吉の前では有無など言えない。

「義満公は金閣の中で、正宗刀の発掘を妙本に命じたそうだな」

「はい、その様に言い伝えられております」

「そうか、そうか」

秀吉は機嫌よく頷いた。

(それで太閤様はこの黄金の茶室で！　義満公の故事に倣ったというわけか)

光徳は秀吉の酔狂さに驚いていた。

刀剣極め所に任じられた本阿弥光徳は、八方手を尽くして正宗、貞宗の正真物を探し求めた。鑑定家の良心が、偽物作りに手を染めることをためらわせたのである。しかし正宗が没して二百五十年以上の時が流れていた。この間は戦乱に明け暮れた時代であった。正宗や貞宗もその禍を被り、必然的に数が少なくなっているはずである。天下人の秀吉すら手に入れづらくなった正宗を、刀剣極め所に任じられたとは言え、光徳がそうそう発掘できるはずもなかった。それに足利義満、織田信長、そして豊臣秀吉と、時代の節目節目の権力者に注目された正宗刀は、天下に広くその名が知られるようになっていた。たとえ正宗を見つけても、おいそれと手放す者はほとんどなかった。光徳の良識ある思いは、すぐさま挫折したのである。

(やはり太閤様から命じられたとおりにせねばならぬか……)

正真物が手に入らねば作風の似通った刀を掘り出してきて、それを正宗に極める以外になかった。光徳は秀吉から拝領の、『本』の字の刻まれた角印を手にして、暗澹《あんたん》とした気持ちになった。一寸角の何の変哲もない銅印が、この上もなく不気味な物に思えた。

(この印を捺《お》せば、わしは刀剣鑑定家としての良心を、太閤様に売り渡すことになる。しかし、それしか本阿弥家の生きる道はない)

光徳は正真物の正宗を諦め、相州物や相州物に似通った刀を探し始めた。そのための便法として、正宗掘り出しに都合のよいように、相洲物鑑刀の掟《おきて》まで定めた。

光徳は生茎《うぶなかご》無銘のものを掘り出した時は、朱漆を用いて、茎の表に『正宗』、裏には自身の花押《かおう》を流麗に記した。正宗に似た作風の在銘の太刀は、大きく磨り上げて銘の部分を切り捨て、新たに成形した茎に『正宗』と金象嵌《きんぞうがん》で刻んだ。そして『代金千枚』などと代付《しろつけ》（価格）を記した折紙を発行するのであるが、折紙に『本』の字の角印を黒肉で捺《お》す時、贋作《がんさく》作りに手を染めたという想いで光徳の胸は痛んだ。

本阿弥光徳が正宗極めの刀を世に送り出せば送り出すほど、一国にも代え難い恩賞刀として、正宗の名はますます高まっていった。

二　国安《くにやす》

本阿弥光徳が刀剣極め所に任じられた翌年のこと、その日、光徳の姿は京都の一条堀川に在った。

（この辺りのはずだが……）

光徳は付近を見まわしながら歩いていた。やがて槌音が聞こえてきたので、めざす家が分かった。

（あそこに違いない）

光徳が訪ねようとしているのは、信濃守国広《しなののかみくにひろ》という刀工の鍛冶場であった。最近、京の都でとみに名の売れている刀工で、その腰を国広で飾る著名な武将も多い。それというのも、京の地に鍛冶場を構えながら、その鍛法は山城流ではなく、流行の鎌倉物上位作を狙った相州流だからである。堀川に鍛冶場を構えているので、人は堀川国広と呼び慣わしている。

「国広殿にお逢いしたいのだが」

光徳は鍛冶場をのぞき込み、近くにいた鍛錬着姿の男に声をかけた。呼びかけられた男は無愛想な表情をしたまま、返事をするでもなく奥へ消えていった。間もなくすると、六十も半ば過ぎとおぼしき、白髪の男が現れた。先ほどの男と人相が似ているが、無愛想ではなかった。

「拙者が国広でござるが……」

男は武家の言葉づかいだった。二十年前に島津義久に追われた、日向《ひゅうが》の伊東義祐《よしすけ》の家臣だった者である。主家没落後はその再興のため奔走していたが、天正十五年（一五八七）、義祐の子祐兵《すけたか》が南日向の飫肥《おび》に二万八千石の旧領を復した後は、主家の許しを得て京都に上り、さらに東国の諸国をめぐって鎌倉物の鍛刀法を習得し、その後、再び京に帰って堀川に鍛冶場を構えていた。刀工というよりは、もともと武人の家系である。

「私は本阿弥光徳でござる」

「本阿弥様！」

「かねがね国広殿には、是非、お逢いしたいと思っておりました」

「刀剣極め所の本阿弥様に、その様に言われては名誉なことでござる」

「今日は刀を一振り鍛えてもらいに参りました」

「それはかたじけない」

「正宗を写してはもらえませぬか。できるだけ本歌《ほんか》に似せた物が欲しいのです」

刀剣極め所に任じられると、光徳が予期したように、秀吉は正宗刀を大坂城や伏見城に持参するよう何度も命じてきた。正宗正真物は無論のこと、正宗風の刀がそうたやすく発掘できるものではない。掘り出した正宗だけでは事欠くに到ったので、光徳はついに正宗風の刀を作らせざるを得なくなったのである。そして大坂や京都近辺の刀工の中で、白羽の矢が立ったのが堀川国広であった。

堀川一派の姿恰好は、相州上位作の大磨り上げ物に見える作柄である。焼幅の広い彎《のた》れ乱れや大互の目乱れを基調とした華やかな刃文を焼き、これに銀粒のような冴えた沸えがよく付き、金筋、稲妻などの働きもみごとであった。光徳はそこに目をつけたのである。

「分かりました。なるべく本歌と違わぬように作って進ぜましょう」

光徳の悪巧《わるだく》みを知る由もない国広は快く応じた。

「研ぎはこちらで行うので、簡単に鍛冶押しをしておいてもらえれば」

「それならば、三月ほど猶予を頂ければ、お渡しできるかと」

「さようか、それではよろしく」

光徳はそう言って国広の鍛冶場を後にした。


ふた月後、洛北にある光徳の家に、国広の鍛冶場から注文した刀が届いた。持参したのは、あの無愛想な男であった。

「堀川から刀を届けに参った」

男はそれだけ言い残して帰っていった。刀を受け取った光徳は、さっそく研ぎ場に入り、白鞘の中身を改めた。

（期待した以上の出来だ！）

光徳は早る気持ちを抑えながら、みずから下地研ぎから始めた。普段、下地研ぎは弟子に任せるのが常である。光徳は数日の間、研ぎ場にこもりきりであった。

丹念に拭《ぬぐ》いを終えた時、姿を現した刃文や地鉄の様は、正宗に迫る出来であった。茎《なかご》に切られた『国広』銘に違和感を覚えるほど、正宗が巧みに写されていた。

(これなら使える。これで太閤様の入り用なだけの正宗をそろえることができる。このこと、三成様に知らせねば)

光徳は研ぎ上げたばかりの『国広』を持って立ち上がった。

光徳の姿は、その日のうちに伏見城内に在った。秀吉は新しい天守閣の完成した伏見城を隠居所と定め、四月の末には大坂城からここに移り住んでいた。光徳は秀吉側近の三成に目通りを求めた。

「この刀は、堀川の国広に正宗を写させた物ですが……」

光徳は国広に刀を打たせた経緯《いきさつ》と、持参した刀の出来映えを三成に語った。

「分かった」

三成は光徳を連れて直ちに秀吉のもとに出向いた。

「この刀はそれほどの出来か」

国広を手にした秀吉が光徳に訊ねた。

「はい、本歌にはあと一歩及びませぬが、正宗に似た刀を探し出すより、国広に写し物を打たせた方が、はるかに手間暇がかかりませぬ」

「そうか、ところで国広とはどのような素性の者か」

「それは三成様がお詳しいかと存じます」

光徳は三成の顔を見て言った。三成は秀吉の島津攻めに従い、島津降伏後はその領国や周辺の検地に当たったため、南九州の武家の内情にも明るかった。

「日向の伊東家の家臣だった者にございます」

「伊東祐兵《すけたか》の……」

「私も祐兵殿の家臣に優秀な刀工がいることは耳にしておりましたが、これほどまでとは」

「家臣だったと申したが、今は伊東の禄を離れているのか」

「そのようでございます。郷里から同族の者どもを呼び寄せ、京の堀川に鍛冶場を構えております」

「三成、その方、その者をすぐに召し抱えよ」

秀吉がせっかちに命じた。

「分かりました」

「洛中で正宗の贋作《がんさく》をやらせるわけには参るまい。そうじゃ、お主の城下へ連れていけ。佐和山なら目立つまい」

「ははっ」

光徳は秀吉の即断ぶりを目の当たりにして、改めて正宗刀に寄せる太閤の一念を感じ取っていた。

数日後、堀川国広は石田三成の伏見邸に呼び出された。国広が何事かと駆けつけてみると、そこには本阿弥光徳の姿もあった。

「先日、そちが鍛えた正宗写しを拝見した。本歌と見まがうばかりの、素晴らしい出来であった。どうであろう、わしに仕える気はないか」

三成は国広を見据えてさっそく本題に入った。

「仕官せよと仰せでございますか」

「光徳と同じ二百石で召し抱えようと思う」

「二百石！」

「どうじゃ」

「おそれながら、石田様のような有力大名から仕官話を頂くのはこの上もなくありがたいのですが、私は日向の伊東家の元家臣です。今は禄を離れているとは言え、当主の祐兵《すけたか》様に上京の許しを得る時、もし主家に一朝有事の事あらば、直ちに京より馳せ戻ると約束を交わしております。さすればただ今のお話、平に御容赦のほどを」

「国広、そちの刀を太閤殿下も拝見されたのじゃ。その上で、そちを召し抱えよとの、殿下直々の御下命であった」

「太閤様が！」

「国広殿、そなたが石田様に仕えることになれば、太閤殿下の伊東家に対する覚えも良くなるというもの。主家にとっても悪い話ではないと思うが」

光徳も言葉を添えた。

「……実はあの刀、私が鍛えたものではございませぬ」

国広はしばらく躊躇した後、きっぱりと言い放った。

「何と！」

光徳が声をあげた。

「近頃では私の刀も都で評判を得たため、鍛冶場も忙しくなり、私一人では注文をこなしきれなくなっております。幸い弟や門人らが腕を上げ、私の刀と何ら遜色のないものを鍛えるようになったため、国広銘の大半はそれらの者が代作したものにございます。私は今では刀を鍛えるより、銘を切ることの方が多くなりました。本阿弥様は私に刀を注文するにあたって、できるだけ正宗に似せたものをと所望されました。実は私の鍛冶場には、正宗を写させれば私以上の腕の者がおります。私の末弟で国安と申しますが、お納め致しました刀は、その国安が鍛えたものにございます」

三成と光徳は顔を見合わせた。

「国安と申す者、それほどまでに相州物が得意か。お主以上に」

三成が念を押すように言った。

「私には弟ほど正宗に似せて打つことなどできません。刀の出来は本阿弥様が一番お分かりのはず」

「もちろんじゃ。わしはあの刀が代作者によるものとは夢にも考えたことはなかった。あの刀を国安という者が打ったとすれば、お主にも劣らぬ凄腕だ」

「光徳様の家に刀をお届けに上がったのが、国安でございます」

「あの者が！」

光徳は無愛想な態度で刀を置いていった男の顔を想い浮かべた。

「国広が主家への義理立てでわしに仕官が叶わぬとあれば、その国安とやらを抱えようではないか。それでどうじゃ」

「兄の私が言うのも何ですが、国安はかなりの偏屈者《へんくつもの》にございますれば、本人の意向を聞いてみぬことには何とも」

「わしは七月には佐和山に帰ることになっている。京にも寄るので、その時までに返事を致せ。国安がわしに仕えるなら、そのまま同道致す。よいか国広、わしの言うことを聞いておいて損はないぞ。

飫肥《おび》の伊東も、そしてお主の堀川一派もだ」

三成の言葉は穏やかだったが、有無を言わさぬ威圧感があった。

（三成様の言うことを聞かねば、きっと伊東家に禍が及ぶことだろう。どうやら三成様の言葉は、太閤様の言葉と思った方がよさそうだ）

国広は弟を佐和山に行かせようと心に決めていた。

三　佐和山

琵琶湖東岸のほぼ中央に位置する佐和山は、中山道《なかせんどう》、北国道《ほっこくどう》、伊勢街道が分岐する関ヶ原に近く、軍事、交通の要衝である。佐和山の山頂に築かれた佐和山城は、五層の天守が高くそびえ立つ名城で、そこからは琵琶湖が一望のもとに見渡せた。三成は五奉行職に就いているため伏見に滞在することが多く、実際に城を任されていたのは父の正継《まさつぐ》であった。

堀川国広の末弟国安が、佐和山に入ったのは七月のことだった。国安は兄の国広とは一回り以上も歳が離れ、五十路を越していたが、まだ独り身の変わり者であった。国安は佐和山城内の一角に、住まいと鍛冶場を兼ねた家を与えられた。それに先手《さきて》が三人と、身のまわりの世話をする若い女が一人。

国安が佐和山に着いた翌日のことだった。

「どうだ、ここは」

佐和山まで同道してきた本阿弥光徳が、国安の新しい鍛冶場に顔を出した。

「堀川と違って静かだ。ここならじっくりと刀が打てそうだ」

道中、光徳とほとんど口を利くことのなかった無口な国安が、よほど佐和山が気に入ったのか饒舌《じょうぜつ》に言った。

「ほう、それは良かった」

光徳は手に刀袋を携えていた。立派な金襴《きんらん》織りの袋である。

「今日は正宗を持参致した」

「正宗を！　本物でござるか」

「無論」

国安は光徳を表座敷に上げた。表座敷のある家をあてがわれるなど、刀工風情にはもったいないほどの厚遇である。

「この刀は太閤殿下直々の命で持参したものにござる。織田信長様遺愛の品で、『振分髪』の異名を持つ正真正銘の正宗でござる。これを参考にして、より完璧な正宗の写し物を鍛えるようにとの、太閤殿下の御下命であった。しばらくそなたに預けるゆえ、心ゆくまで拝見して、正宗の何たるかを学ばれよ」

国安は光徳から刀を受け取ると、さっそく鞘から刀身を抜き放った。国安はまず姿を、次いで地鉄を、そして刃文を凝視した。初め余裕のある眼差しで見ていた国安だったが、すぐに顔から血の気が引いたようになり、せわしなく刀身の各部に視線を泳がせ始めた。

「正真の正宗と言われるものを、これまで二、三見たことがあるが、これほどまでの出来ではなかった。正宗恐るべし」

国安は溜め息にも似た声を洩らした。

「この刀の異名である振分髪は、細川幽斎《ゆうさい》殿が名付けられた。幽斎殿はこの刀を、正宗刀の白眉《はくび》と申されていた。在銘の長寸の太刀を、信長殿の身丈に合わせて二尺三寸に磨り上げたものだそうだ。とくと見ておかれるがよい。二度と拝見は叶いませぬぞ」

幽斎は足利義輝の幕臣だった細川藤孝の入道名である。藤孝は信長が本能寺で殺されると、剃髪して幽斎玄旨《ゆうさいげんし》と号し、嫡男に家督を譲って隠居していた。しかし、足利義輝、足利義昭、織田信長と仕えた当代随一の教養人を秀吉が野に放っておくはずがなく、今でも太閤側近の文化人として寵遇されていた。

「刀の謂われなど興味ござらぬが、この刀は正宗がそれこそ心血を注いで鍛えた一刀でござろう。拙者にこの正宗を写し取ることができるかどうか。それはともかく、このような名刀を拝めただけでも、佐和山まで来た甲斐があった」

国安はなおも正宗を凝視し続けながら言った。

「よろしいか、いかにも正宗の大磨り上げ物といった刀を鍛えて下され。茎はむろん無銘で茎尻《なかごじり》は剣形じゃ」

光徳は国安に念を押した。

「ところで、わしが鍛えた刀を何となさる」

国安が訊いて欲しくないことを口にした。相州物が持てはやされる昨今である。全国の腕に自信のある刀工は、相州物上位作を狙って鍛刀している者も多い。正宗の模作を命ぜられても何の不思議はなかったが、しかし太閤の命で多数の写し物を作るとなれば、そこには何らかの意図があるはずだった。正宗に似せて刀を鍛え、自身の銘を切るなと言われれば、世間に疎い国安にも、佐和山で刀を鍛える意味が理解できていた。

「……」

光徳は言葉に詰まった。

「贋作作りでござるか」

国安は禁句を口にした。

「何事も太閤殿下のおぼし召しだ。あまり詮索なさらぬが身のためですぞ」

光徳は口を震わせ、国安を睨みつけるように言った。

「拙者にその様なことは興味ござらぬ。刀を好きに鍛えさせてくれれば、わしにはそれが何よりでござる」

それは一徹な国安の、偽りのない気持ちだった。

国安は光徳に求められるまま、正宗の写し物を次々と鍛え上げた。国安に贋作作りの意識など毛頭ない。ただひたすら正宗を写しているだけである。正宗の名刀にどこまで迫ることができるか、それが国安の生き甲斐となっていた。

国安の鍛えた正宗の写し物を、正宗や貞宗に極めて世に出すのは光徳の仕事である。光徳は佐和山から国安の鍛えた刀が届けられると、これをみごとに研ぎ上げ、茎《なかご》に鑑定銘を金で象嵌《ぞうがん》するのである。刀の巧拙に応じて、正宗、貞宗、その他の相州上工の銘が刻まれた。そして折紙を添えて大坂城や伏見城に運んだ。こうして国安の鍛えた刀は、一国にも代え難い恩賞品となったのである。光徳こそ真の贋作者であった。

世は高麗陣の最中で、朝鮮で武功をあげた武将に、正宗などの贋作は次々と下賜されていった。国安が正宗写しを鍛えれば鍛えるだけ、相州物の評価は上がり、相州物を手がける堀川国広一門は躍進を遂げていた。京都西陣の名門埋忠明寿《うめただみようじゆ》や、伊賀守金道《いがのかみきんみち》の一門を押さえて、国広一派は京洛で一番の繁栄を見るようになっていた。堀川の国広と佐和山の国安は、まさしく陽と陰の関係にあった。

四 落城

慶長三年（一五九八）八月十八日、太閤秀吉は、五大老筆頭の徳川家康や秀頼の守り役前田利家に後事を託して、隠居所の伏見城で没した。享年六十一歳。稀代《きだい》の英雄の死によって、天下は俄然きな臭くなっていた。

秀吉の薨去《こうきよ》した翌年の、慶長四年閏《うるう》三月のことだった。国安は相変わらず正宗の写し物に精を出していた。佐和山城内にある国安の鍛冶場は、天守や御殿などの建物から隔たった場所にある。ほとんど鍛冶場から出ることのない国安にとって、世間との接点の多くは城外から通ってくる門人三人と下女であった。

「たった今、三成様が帰ってこられたそうです」

弟子の権八が鍛冶場に入ってくるなり国安に告げた。

「御無事であったのか！」

普段は滅多に感情を外に表すことのない国安が、安堵の表情を浮かべた。

去る七日前の、閏三月三日のことだった。五大老の前田利家が秀吉の後を追うように没した。利家逝去の夜、三成と敵対関係にあった武断派の加藤清正、福島正則、黒田長政らが、突然、三成の大坂邸を襲撃したのである。三成は辛くも大坂から脱出して伏見城内に逃れた。この後、清正らと三成は伏見で睨み合う状況となっていた。その報は直ちに佐和山城にももたらされた。

「徳川家康様の配下に護衛されて、伏見城から帰ってこられたそうにございます」

「家康様に？」

三成が家康と反目していることは、世間に疎い国安でも承知していた。犬猿の仲の家康によって、三成が伏見から送り届けられた状況一つをとっても、京や大坂の情勢が尋常でないことが推し量れた。

「国安はおるか」

その時、三成の近習が鍛冶場に入ってきた。

「何事でございます」

「ここに三成様の『切り込み正宗』があろう。それを取って参れとの殿の命じゃ。至急、出してくれぬか」

「分かりました。しばらくお待ちを」

国安は表座敷に向かった。座敷の床の間に『切り込み正宗』は保管してある。国安が佐和山に来た時、信長遺愛の『振分髪』と前後して、それを真似て正宗写しを鍛えるよう預けられたものである。『振分髪』は間もなく大坂城に返されたが、三成の愛用だった『切り込み正宗』は、そのまま国安の鍛冶場に置かれていた。『切り込み正宗』の異名があるのは、物打ち辺りの棟《むね》と鎺元《はばきもと》に、戦場で生じた深い疵があるからである。三成が岡山城主宇喜多秀家《うきたひでいえ》から贈られたもので、刃長二尺二寸二分、地鉄は板目肌立ち、地沸えがよくつき、刃文は互の目乱れに金筋が入って、茎《なかご》は大磨り上げ無銘であった。

名刀であった。

三成が誉れ疵のあるこの刀をこよなく愛したため、『切り込み正宗』は武将たちの間でもよく知られた
「確かに預かったぞ」

近習は刀袋から正宗を出し、誉れ疵を確認すると、慌ただしく鍛冶場を去っていった。

翌日、弟子たちは色々な情報を国安にもたらした。

「三成様は五奉行を辞し、佐和山城に蟄居《ちっきょ》することになったのだそうです」

「蟄居！」

秀吉の死によって、何かが大きく変わろうとしているのだと国安は想った。

「なぜそんな事になったのだ」

「加藤清正様らは、朝鮮での様々な不満を殿に向けられて、殿を討ち果たそうとされたのだそうです。それを徳川様が仲裁され、殿はとりあえず五奉行を辞して佐和山に帰るということで決着が付いたのだとか。家康様は殿が佐和山に帰る途中に再び襲われることを心配なされて、次男の結城《ゆうき》秀康《ひでやす》様に護送役を命じられ、殿を佐和山まで送り届けてくれたのだそうです」

「では徳川殿のせがれは、昨日、この城まで来られたのだな」

「いえ、殿が護衛は勢田《せた》までで結構と辞退したため、勢田から佐和山までは秀康様の家臣が引き続きその任にあたったそうでございます。昨日、ここから持ち出された正宗ですが、殿は恩になった秀康様に贈られたそうです」

「そうであったか。それであのように慌ただしく取りに来たのか」

国安は手元に永く置いてあった正宗が、自分の手の届かぬ所へ行ってしまったため、一抹の寂しさ

を覚えていた。『切り込み正宗』は仕事に行き詰まった時、よく手にして眺めたものだった。

「末永く大事にしてもらえるとよいが」

国安は琵琶湖の湖面を見つめながらそう思った。


国安が『切り込み正宗』を手放して五日ほど経った頃であった。三成が近習を一人伴っただけで、国安の鍛冶場に顔を出した。

「どうだ、仕事ははかどっておるか」

国安は三成が気落ちしているものとばかり思っていたが、以前の三成と変わるところはなかった。だが、髪に白いものが増え、細面の顔がさらに痩せたように見受けられた。

「正宗を写すのは何年やっても至難にございます」

事実、本阿弥に回せるような出来のものは、五、六振り鍛えて一振りでも作れればよい方であった。

「そうか、しかしこれまで以上に、そちの鍛えた正宗写しが必要になってくるのだ」

国安には三成の言葉が意外であった。太閤秀吉が亡くなり、三成自身が蟄居の身となった今、正宗の写し物は不要になったと思っていた。

(今日、ここへ顔を出されたのは、そのことを告げるためだったのではないのか……)

国安は三成の顔を見つめた。嘘偽りを言っている顔ではない。

「よろしいのですか。正宗の写し物を作り続けても」

国安は思わず訊いていた。

「もちろんだ。何を心配しておる」

「本阿弥様には引き続き研いでもらえるのですか」

国安が正宗を忠実に写しても、光徳がその見所を研ぎで引き出し、それに金象嵌《きんぞうがん》で鑑定銘を入れ、代付《しろつけ》を記した折紙を発行しなければ、ただの無銘刀である。三成が蟄居を命ぜられた今、国安は三成と光徳との繋がりが、どのようになっているのか気になっていた。

「その様な心配をせずともよい。そんなことより、『切り込み正宗』を取り上げてしまって悪かった。秀康殿に感謝の意を表すには、あれしかなかったのだ。まさか命の恩人に、国安の鍛えた『正宗』を差し上げるわけにはゆかぬからな」

三成はそう言って笑った。

「国安の刀が天下の行く末を決めるかも知れぬ。正宗の写し物を、どしどし鍛えてくれ」

三成のその言葉には、裏を返せば、俺が豊臣家を守るのだという、三成の自負が込められていた。


家康親子に命を助けられた三成であったが、佐和山に蟄居した後も、虎視眈々《こしたんたん》と家康を討つ機会をうかがっていた。慶長五年（一六〇〇）七月、家康が会津の上杉景勝を討伐するため東下すると、三成は好機到来と見て大坂に赴き、挙兵の根まわしを始めた。

三成は大坂に上る前日、前触れもなく国安の鍛冶場に顔を出した。

「わしは明日大坂に赴くことになった。今、ここに焼き入れを終えた刀は何振りある」

三成は相州上工の作に化けさせることの出来る刀が、何振り仕上がっているか訊ねたのである。

「四振りほどありますが」

「そうか、わしが直接本阿弥に届けるゆえ、後で御殿の方へそれを持参してくれぬか」

「分かりました」

「大坂では、国安の打った刀に、おおいに働いてもらうことになろう。また打ち溜《ため》ておいてくれ」

「はい」

それが国安と三成が言葉を交わした最後になった。


大坂に入った三成により、天下が大きく動き始めた。三成は毛利輝元を西軍の総大将として大坂城に入城させ、八月一日には伏見城を陥落させていた。それから半月ほどした頃であった。国安は佐和山城内で思いがけない光景を目にした。

猩々緋《しょうじょうひ》の陣羽織をはおった騎乗の武将を先頭に、郭内《かくない》に島津の軍勢が入ってきたのである。丸に十字紋の旗指物《はたさしもの》を目にした時、国安の体は思わず強ばり、刀を差していないのに右手が自然と刀の柄を求めて泳いだ。日向の伊東家の家臣だった国安にとり、島津は仇敵であった。国安は戦場で何度も島津勢と刃を交えている。その島津の兵が目の前を行進していた。

「なぜ島津勢がこの城に入ってきたのだ！」

国安は城門の兵に訊ねた。

「三成様と合流するため、美濃の大垣城へ向かう途中らしい」

三成は伏見城の落城を見届けると、いったん佐和山に帰ってきて、城には父正継、兄正澄を残し、みずからは兵六千七百を率いて美濃の大垣城に移っていた。島津勢も西軍諸将とともに伏見を発し、大津から船に乗って湖水を渡り、佐和山に着いたばかりであった。島津の兵は一千余り。佐和山に二日ほど逗留して兵を休ませた後、三成の待つ大垣へ向かう予定でいた。

「今見た馬上の主が島津義弘様だそうだ。朝鮮で最大の武功を挙げられた」

大手門の守備についていた兵は、何か尊い物でも見たような目つきで言った。義弘は島津家当主義久の弟である。

「あれが義弘！」

国安はその顔を初めて、それも間近で見たのである。国安にとって義弘は憎い敵将であり、伊東義《よし》祐《すけ》を豊後に出奔《しゆつぽん》させた張本人であった。

義弘は警護の兵百余りに守られて、三成の父正継に挨拶するため、佐和山城に入ってきた。国安はたまたまその場面に遭遇したのである。

国安の心は高鳴っていた。国安は刀工である前に、伊東氏の家臣であった。豊後に追われた伊東氏は、その後、秀吉のおかげで日向の飫肥《おび》にわずかながらの旧領を取り戻したが、島津氏への積年の怨念が消えたわけではなかった。それは伊東家の禄を離れたとは言え、国安も同じだった。

「三成様も島津殿の合力を得て、鬼に金棒の気分であろう」

城兵たちは国安の心中を知らず、盛んに義弘を褒めそやした。高麗陣最大の戦いであった泗川《しせん》合戦で、義弘は二十万もの明軍を寡兵で打ち破り、明軍の間には『鬼石曼子《おにしまず》』の名が広まった。義弘帰国後の慶長四年（一五九九）一月、五大老は義弘の泗川での戦功を賞して、義弘に『正宗』一腰、義弘の三男忠恒《ただつね》に『長光《ながみつ》』一腰と五万石の加増を行った。二度にわたる朝鮮の役で領地を増やしたのは、ただ島津氏のみであった。そのことは国安も聞いていた。

（義弘の拝領した正宗は、三成様が準備されたと聞いた。三成様は何も言われなかったが、もしや、わしの鍛えた刀では……。そうであれば、これほど痛快なことはない）

国安を昂揚した気分が襲っていた。

それから一月後の九月十七日、佐和山城は払暁《ふつぎょう》より東軍の攻撃を受けていた。二日前の関ヶ原の戦いで、西軍は小早川秀秋《こはやかわひであき》らの寝返りによって惨敗を期し、三成も行方知れずとなっていた。その裏切り者の小早川軍により、佐和山城は攻め立てられていたのである。

九月十八日、佐和山城は陥落し、三成の父正継をはじめとする石田一族の多くは討ち死にした。逃走していた三成も捕縛され、家康の命により京の六条河原で斬首された。

国安に佐和山城と運命を共にする義理はなかった。刀工という非戦闘員の国安は、落城後、許されて兄の国広のもとに帰った。

関ヶ原合戦から十五年後の慶長二十年（一六一五）五月、難攻不落を誇った大坂城もついに落城し、豊臣氏は滅びた。この時、正宗が北畠顕家《きたばたけあきいえ》のために鍛えた『振分髪』も、秀吉が集めた多くの名刀とともに焼失していた。

終章

徳川の世になると、正宗は粟田口吉光《あわたぐちよしみつ》、郷義弘《ごうよしひろ》とともに天下の三作《さんさく》と称され、その筆頭に祭り上げられるようになった。このため、全国の武家は競って正宗を求めた。戦乱の時代は遠い昔語りとなり、世はまさに泰平を謳歌していた。夷敵《いてき》から国を守るために鍛えられた正宗刀が、時代が変わり、家格の軽重の証《あかし》として所蔵されるようになったのである。

しかし、正宗はそれほど作品を遺さなかった。となれば、本阿弥家が俄然忙しくなった。次々と正宗の折紙を乱発し、贋作物が世に送り出されていった。

このような世情を反映して、正宗は歌舞伎や浄瑠璃《じょうるり》、講談話の主人公となり、その名は庶民の間にまで広まった。『五郎正宗』は刀鍛冶の象徴的存在となり、『正宗』といえば名刀の代名詞となったのである。

完

参考文献

「日本刀大百科事典」　福永酔剣　雄山閣
「日本刀銘鑑」　石井昌國　雄山閣
「昭和大名刀図譜」　日本美術刀剣保存協会
「図説豊後刀」　山田正任　雄山閣
「刀匠紀新大夫行平に関する新研究」　眞尾剣堂
「作刀の伝統技法」　鈴木卓夫　理工学舎
「技法と作品　刀工編」　大野　正　青雲書院
「技法と作品　研磨・彫刻編」　大野　正　青雲書院
「日本刀の研究と鑑定（古刀編）」　常石英明　金園社
「日本刀職人職談」　大野　正　光芸出版
「古刀・新刀　刀工作風事典」　深江泰正　グラフィック社
「長谷部新藤五鍛冶の由来」　上森岱乗　刀剣美術第三七九号
「備前三郎国宗の上京説及び鎌倉下向説について」　上森岱乗　刀剣美術第三七九号
「筑前左文字と息浜鍛冶の研究」　上森岱乗　刀剣美術第四一〇号
「相州正宗私論」　上森岱乗　刀剣美術第四二一号
「備前三郎国宗と新藤五国光」　間宮光治　刀剣美術第二九六号
「新藤五国光以前の鎌倉鍛冶」　間宮光治　刀剣美術第三〇五号、第三〇六号、第三〇七号

「鎌倉鍛冶聞書」　本間薫山　刀剣美術第二九七号、第二九八号、第二九九号
「相州広光について」　生野　勇　刀剣美術第四一二号
「図説　北条時宗の時代」　佐藤和彦・錦昭江　河出書房新社
「図説　鎌倉歴史散歩」　佐藤和彦・錦昭江　河出書房新社
「持戒の聖者　叡尊・忍性」　松尾剛次編　吉川弘文館
「朝倉義景」　水藤　真　吉川弘文館
「足利義昭」　奥野高広　吉川弘文館
「鶴岡八幡宮寺——鎌倉の廃寺」　貫　達人　有隣堂
「田谷の洞窟——鎌倉の密教地底伽藍」　吉田　孝　鎌倉新書
「日本名建築写真選集　第十一巻　金閣寺・銀閣寺」　柴田秋介　新潮社
「伊勢物語」　森野宗明　講談社
「風濤」　井上　靖　講談社

〔著者略歴〕

波平 由紀靖（なみのひら ゆきやす）
昭和26年、鹿児島県指宿市に生まれる
九州芸術祭文学賞鹿児島地区優秀賞受賞
（第22回、第27回、第32回、第37回）
「薩摩刀匂えり」で、第四回「中・近世文学大賞」優秀賞受賞

著書
「白薩摩憂愁　高城書房」
（日本図書館協会選定図書）
「薩摩刀匂えり　郁朋社」
（日本図書館協会選定図書）

正宗《まさむね》

平成二十二年十一月十九日　第一刷発行

著　者　波平《なみのひら》由紀靖《ゆきやす》

発行者　佐藤聡

発行所　株式会社　郁朋社《いくほうしゃ》
東京都千代田区三崎町二―二〇―四
郵便番号　一〇一―〇〇六一
電　話　〇三（三二三四）八九二三（代表）
ＦＡＸ　〇三（三二三四）三九四八
振　替　〇〇一六〇―五―一〇〇三二八

印刷
製本　日本ハイコム株式会社

落丁、乱丁本はお取替え致します。
郁朋社ホームページアドレス　http://www.ikuhousha.com
この本に関するご意見・ご感想をメールでお寄せいただく際は、
comment@ikuhousha.com までお願い致します。

ISBN978-4-87302-483-7　C0093